Die zweite Haut

Dean Koontz

Die zweite Haut

Roman

Aus dem Amerikanischen
von Joachim Körber

WILHELM HEYNE VERLAG
MÜNCHEN

Titel der amerikanischen Originalausgabe:
Mr. Murder

Die Originalausgabe erschien im Verlag G. P. Putnam's Sons, New York

Umschlaggestaltung: Christian Diener, München
Redaktion: Jochen Stremmel
Satz: Leingärtner, Nabburg
Druck und Bindung: Offizin Andersen Nexö, Leipzig
Printed in Germany

ISBN 3-453-07696-6

Für Phil Parks,
für das, was häufig drinnen ist,
und für Don Brautigan,
für das, was häufig draußen ist.
Und dafür, dieses Talent
ohne irgendwelche merklichen
ärgerlichen Neurosen zu haben.
Nun, *kaum* welche.

Erster Teil

Sankt Nikolaus und sein böser Zwillingsbruder

Der Winter war kalt und grau dieses Jahr
Der klamme Wind roch nach Weltuntergang
Der Morgenhimmel ward sonderbar
Und katzenhaft schnell zur Mitternacht.

Das Buch gezählten Leids

Das Leben ist eine gnadenlose Komödie. Das ist seine Tragödie.

Martin Stillwater
Ein toter Bischof

Eins

1.

»Ich muß ...«

Martin Stillwater, der sich in seinem bequemen ledergepolsterten Bürosessel zurücklehnte, sanft wippte, ein Diktiergerät in der rechten Hand hielt und einen Brief an seinen Lektor in New York diktierte, stellte plötzlich fest, daß er immer wieder dieselben zwei Worte wie ein verträumtes Flüstern wiederholte.

»... ich muß ... ich muß ... ich muß ...«

Stirnrunzelnd schaltete Marty das Diktiergerät ab.

Der Zug seiner Gedanken war auf ein Nebengleis gerattert und zum Stillstand gekommen. Er konnte sich nicht erinnern, was er sagen wollte.

Mußte was?

Das große Haus war nicht nur ruhig, sondern unheimlich still. Paige war mit den Kindern essen und ins Kino in eine Samstagsmatinee gegangen.

Aber die Stille ohne die Kinder war mehr als nur ein Zustand. Sie besaß Substanz. Die Luft war schwanger davon.

Er legte eine Hand an den Nackenansatz. Die Handfläche fühlte sich kalt und feucht an. Er erschauerte.

Der Herbsttag draußen war so gedämpft wie das Haus selbst, als wäre ganz Südkalifornien menschenleer. Vor dem einzigen Fenster seines Arbeitszimmers im ersten Stock waren die breiten Flügel der rotbraunen Fensterläden nur angelehnt. Sonnenlicht fiel zwischen den schrägen Latten herein und prägte Sofa und Teppich schmale rotgoldene

Streifen auf, die so üppig wie ein Fuchspelz wirkten; der äußerste Lichtstreifen schnitt eine Ecke des U-förmigen Schreibtischs ab.

Ich muß ...

Instinkt verriet ihm, daß erst vor wenigen Augenblicken etwas Wichtiges geschehen war, dicht außerhalb des Sehbereichs, nur unterschwellig wahrgenommen.

Er drehte sich mit dem Sessel herum und betrachtete das Zimmer hinter sich. Abgesehen von den Streifen kupferfarbenen Sonnenlichts, unterbrochen von den Schatten der Läden, bestand die einzige Lichtquelle aus einer kleinen Schreibtischlampe mit Tiffanyschirm. Aber selbst in diesem Halbdunkel konnte er erkennen, daß er allein mit seinen Büchern, Aktenschränken und dem Computer war.

Vielleicht kam ihm die Stille nur deshalb unnatürlich vor, weil das Haus seit Mittwoch von Lärm und Geschäftigkeit erfüllt war, als die Thanksgiving-Ferien angefangen und die Schulen geschlossen hatten. Er vermißte die Kinder. Er hätte mit ihnen ins Kino gehen sollen.

Ich muß ...

Die Worte waren mit einer seltsamen Anspannung ausgesprochen worden – und Verlangen.

Nun überkam ihn ein seltsames Gefühl, eine deutliche Empfindung bevorstehender Gefahr. Es war diese grauenhafte Vorahnung, die die Figuren in seinen Romanen manchmal spürten, die er sich stets zu beschreiben bemühte, ohne dabei auf Klischees zurückzugreifen.

So etwas hatte er seit Jahren nicht mehr empfunden, seit Charlotte mit vier Jahren schwer krank geworden war und der Arzt ihn und Paige darauf vorbereitet hatte, es könnte sich um Krebs handeln. Den ganzen Tag im Krankenhaus, wo ihre Tochter zu Tests von einem Labor zum nächsten gerollt worden war, die schlaflose Nacht und die langen Tage darauf, bis die Ärzte eine Diagnose stellen konnten, fühlte sich Marty von einem bösen Geist verfolgt, dessen Anwesenheit die Luft schwängerte, so daß es ihm schwerfiel zu atmen, sich zu bewegen, zu hoffen. Wie sich herausstellte, war seine Tochter weder von übernatürlichem Bösen noch von einem bösartigen Tumor bedroht worden. Bei dem Problem handelte es sich um eine heilbare Bluterkrankung. Innerhalb von drei Monaten wurde Charlotte gesund.

Aber er erinnerte sich nur noch zu gut an diese bedrückende Furcht.

In deren eisigem Griff befand er sich nun wieder, wenn auch ohne ersichtlichen Grund. Charlotte und Emily waren gesunde, aufgeweckte Kinder. Er und Paige waren glücklich miteinander – absurd glücklich, wenn man sich überlegte, wie viele Paare Mitte dreißig aus ihrem Bekanntenkreis geschieden waren, getrennt lebten oder einander betrogen. Finanziell standen sie besser da, als sie je erwartet hätten.

Trotzdem *wußte* Marty, daß etwas nicht stimmte.

Er stellte das Diktiergerät weg, ging zum Fenster und öffnete die Läden ganz. Ein Waldahorn ohne Laub warf dunkle, länglich verzerrte Schatten über den kleinen Seitengarten. Hinter den knorrigen Ästen schienen die blaßgelben Stuckwände des Nachbarhauses den Sonnenschein aufgesogen zu haben; goldene und rostrote Spiegelungen bemalten die Fenster; das Haus war still und anscheinend friedlich.

Rechts konnte er einen Ausschnitt der Straße sehen. Die Häuser auf der anderen Seite des Blocks waren ebenfalls im mediterranen Stil gebaut, Stuck mit Lehmziegeldächern, von der Spätnachmittagssonne vergoldet und von den filigranen Schatten überhängender Palmwedel verziert. Das ruhige, wohldurchdachte, bis auf den Quadratzentimeter geplante Viertel – tatsächlich sogar die ganze Stadt Mission Viejo – schien eine Zuflucht im Chaos zu sein, das heutzutage den größten Teil der Welt beherrschte.

Er schloß die Läden und sperrte die Sonne völlig aus.

Offenbar existierte die Gefahr nur in seinem Kopf, eine Ausgeburt derselben regen Phantasie, die ihn schließlich zu einem einigermaßen erfolgreichen Kriminalschriftsteller gemacht hatte.

Und doch schlug sein Herz schneller denn je.

Marty ging zur Tür seines Büros hinaus und auf den Flur, bis zur Treppe. Dort blieb er so reglos wie der Geländerpfosten stehen, auf den er eine Hand gelegt hatte.

Er war nicht sicher, was er zu hören erwartete. Das leise Quietschen einer Tür, schleichende Schritte? Das verstohlene Rascheln und Klicken und gedämpfte Poltern eines Eindringlings, der langsam durch das Haus ging?

Da er nichts Verdächtiges hörte und sein rasender Herzschlag langsamer wurde, ließ das Gefühl einer bevorstehenden Katastrophe langsam nach. Aus Angst wurde bloßes Unbehagen.

»Wer ist da?« fragte er, nur um das Schweigen zu unterbrechen.

Der Klang seiner Stimme, die Verwirrung ausdrückte, vertrieb die unheilschwangere Stimmung. Nun war die Stille nur noch die eines leeren Hauses, ohne Bedrohung.

Er ging in sein Büro am Ende des Flurs zurück und ließ sich auf dem Ledersessel hinter seinem Schreibtisch nieder. Da die Läden fest geschlossen waren und keine Lampe brannte, abgesehen von der mit dem Tiffanyschirm, schienen die Ecken des Zimmers weiter zurückzuweichen als die Abmessungen der Wände zuließen – als befände er sich am Schauplatz eines Traums.

Da Obst das Motiv des Lampenschirms bildete, spiegelte die schützende Glasplatte auf dem Schreibtisch leuchtende Ovale und Kreise in Kirschrot, Pflaumenviolett, Traubengrün, Zitronengelb und Beerenblau. Die polierte Metall- und Plexiglasoberfläche des Diktiergeräts, das auf der Glasplatte stand, spiegelte ebenfalls das leuchtende Mosaik und schimmerte, als wären Juwelen darin eingelassen. Als er nach dem Diktiergerät griff, stellte Marty fest, daß seine Hand in die schuppige, irisierende Regenbogenhaut einer exotischen Eidechse gehüllt zu sein schien.

Er zögerte und studierte die Pseudoschuppen auf seinem Handrücken und die Phantomjuwelen auf dem Diktiergerät.

Die Wirklichkeit war von einer Schicht der Illusionen überzogen wie ein beliebiges Stück Fiktion.

Er nahm das Diktiergerät und drückte eine oder zwei Sekunden auf die Rücklauftaste, um die letzten Worte des unvollendeten Briefs an seinen Lektor zu suchen. Das dünne, schrille Piepsen seiner rückwärts abgespulten Stimme drang wie eine fremde Sprache aus dem kleinen, blechernen Lautsprecher.

Als er die Play-Taste drückte, stellte er fest, daß er nicht weit genug hatte zurücklaufen lassen: »*... ich muß ... ich muß ... ich muß ...*«

Stirnrunzelnd drückte er wieder auf Rücklauf und spulte das Band doppelt so weit zurück wie zuvor.

Aber immer noch: »*... ich muß ... ich muß ... ich muß ...*«

Rücklauf. Zwei Sekunden. Fünf. Zehn. Stop. Play.

»*... ich muß ... ich muß ... ich muß ...*«

Nach zwei weiteren Versuchen fand er den Brief: »*... daher müßte ich die endgültige Fassung des neuen Buchs in etwa einem Monat fertig haben. Ich glaube, es ist ... es ist ... äh ... es ...*«

Das Diktat brach ab. Schweigen ertönte vom Band – und sein eigenes Atmen.

Als der aus zwei Worten bestehende Gesang schließlich anfing, hatte sich Marty gespannt auf dem Sessel nach vorne gebeugt und betrachtete das Diktiergerät in seiner Hand.

»*... ich muß ... ich muß ...*«

Er sah auf die Uhr. Nicht ganz sechs Minuten nach vier.

Anfangs entsprach das verträumte Murmeln genau dem, das er gehört hatte, als er wieder zur Vernunft gekommen war und leisen Gesang wie die Antworten auf eine nicht endende, phantasielose religiöse Litanei hörte. Aber nach etwa einer halben Minute veränderte sich die Stimme auf dem Band, wurde schneidend und hektisch, zuerst zornerfüllt, dann wütend.

»*... ICH MUSS ... ICH MUSS ... ICH MUSS ...*«

Frustration sprach aus diesen beiden Worten.

Der Marty Stillwater auf Band – der für den lauschenden Marty Stillwater auch ein vollkommen Fremder hätte sein können – hörte sich an, als litte er unter akuten emotionalen Qualen wegen etwas, das er weder beschreiben noch sich vorstellen konnte.

Wie hypnotisiert betrachtete er finster die verzahnten weißen Spulen des Diktiergeräts, die sich unaufhörlich hinter ihrer Plastikabdeckung drehten.

Schließlich verstummte die Stimme, die Aufnahme war zu Ende, und Marty sah wieder auf die Uhr. Mehr als zwölf Minuten nach vier.

Er hatte angenommen, daß er die Konzentration nur ein paar Sekunden verloren hatte und in einen kurzen Tagtraum eingetaucht war. Statt dessen hatte er das Diktiergerät in der Hand gehalten, den Brief an seinen Lektor vergessen und diese beiden Worte sieben Minuten oder länger wiederholt.

Sieben Minuten, um Himmels willen.

Und er hatte sich überhaupt nicht daran erinnert. Wie in Trance.

Jetzt schaltete er das Band ab. Seine Hand zitterte, und als er das Diktiergerät auf den Schreibtisch stellte, klirrte es auf dem Glas.

Er sah sich in dem Arbeitszimmer um, wo er so viele einsame Stunden damit verbracht hatte, Kriminalfälle auszuhecken und zu lösen, wo er unzählige Figuren durch gewaltige Verwicklungen geschickt und herausgefordert hatte, sich aus tödlichen Gefahren zu befreien. Das Zimmer kannte er so gut: die berstend vollgestopften Bücherregale, ein Dutzend Gemälde, Originale, die für die Schutzumschläge seiner Romane verwendet worden waren, das Sofa, das er in Erwartung ruhiger Stunden gekauft hatte, in denen er neue Geschichten erfinden wollte, aber nie Zeit fand oder Lust verspürte, darauf zu liegen, der Computer mit seinem übergroßen Monitor.

Aber diese Vertrautheit war nicht mehr tröstlich, denn jetzt wurde sie von den seltsamen Geschehnissen der letzten Minuten beeinträchtigt.

Er wischte sich die feuchten Handflächen an den Jeans ab.

Das Grauen, das für kurze Zeit von ihm gewichen war, senkte sich wieder wie Poes geheimnisvoller Rabe herab, der über einer Kammertür hockte.

Als er aus der Trance erwacht war und die Gefahr gespürt hatte, war er davon ausgegangen, daß er die Bedrohung draußen auf der Straße oder in Gestalt eines Einbrechers finden würde, der sich unten in den Zimmern zu schaffen machte. Aber es war schlimmer. Die Bedrohung war nicht äußerlich. Irgendwie steckte die Gefahr in seinem Inneren.

2.

Die Nacht ist dunkel und ohne Turbulenzen.

Die Wolken unten sind silbern und reflektieren das Mondlicht, und eine Zeitlang gleitet der Schatten des Flugzeugs über das dunstige Meer.

Der Flug des Killers von Boston trifft pünktlich in Kansas City, Missouri, ein. Er geht direkt zur Gepäckausgabe. Die Thanksgiving-Ausflügler werden erst morgen zurückreisen, daher ist der Flughafen ruhig. Seine beiden Gepäckstücke – in einem befinden sich eine Pistole Marke Heckler & Koch P7, ein abschraubbarer Schalldämpfer und Ersatzmagazine mit 9mm Munition – fallen als erstes und zweites auf das Förderband.

Bei der Autovermietung stellt er fest, daß seine Reservierung nicht verloren oder falsch aufgeschrieben worden ist, wie es so häufig vorkommt. Er wird die große Ford-Limousine bekommen, die er bestellt hat, und sich nicht mit einem Mittelklassewagen begnügen müssen.

Die Kreditkarte auf den Namen John Larrington wird von dem Verkäufer und dem Scanner von American Express anstandslos akzeptiert, obwohl sein Name nicht John Larrington ist.

Als er das Auto bekommt, läuft es vorzüglich und riecht sauber. Die Heizung funktioniert sogar.

Alles scheint sich bestens für ihn zu entwickeln.

Wenige Meilen vom Flughafen entfernt nimmt er sich ein Zimmer in einem kleinen, dreigeschossigen Motel, wo ihm die Rothaarige an der Rezeption sagt, daß ihm das Frühstück – Brötchen, Saft und Kaffee – morgens aufs Zimmer gebracht wird, wenn er es wünscht. Seine Visa-Karte auf den Namen Thomas E. Jukovic wird akzeptiert, obwohl sein Name nicht Thomas E. Jukovic ist.

Sein Zimmer ist mit einem grellorangeroten Teppich ausgelegt, die Tapete ist blau gestreift. Aber die Matratze ist fest und die Handtücher sind flauschig.

Der Koffer mit der automatischen Pistole nebst Munition bleibt verschlossen im Kofferraum des Autos, wo neugierige Motelangestellte nicht in Versuchung geführt werden können.

Nachdem er eine Zeitlang im Sessel am Fenster gesessen und sich Kansas City im Sternenlicht angesehen hat, geht er zum Essen in den Speisesaal. Er ist einen Meter achtzig groß, wiegt neunzig Kilo, ißt aber so herzhaft wie ein viel größerer Mann. Einen Teller Gemüsesuppe mit Knoblauchtoast. Zwei Cheeseburger, Pommes frites. Ein Stück Apfelstrudel mit Vanilleeis. Sechs Tassen Kaffee.

Er hat immer einen gesunden Appetit. Häufig ist er heißhungrig; manchmal scheint sein Hunger fast unstillbar zu sein.

Beim Essen kommt die Kellnerin zweimal vorbei und fragt, ob das Essen schmeckt und ob er noch etwas braucht. Sie ist nicht nur zuvorkommend, sondern flirtet mit ihm.

Er ist zwar einigermaßen attraktiv, aber sein Äußeres kann es nicht mit dem eines Filmstars aufnehmen. Ja, Frauen flirten häufiger mit ihm als mit anderen Männern, die hübscher und besser gekleidet sind als er. Seine Garderobe, die aus Schuhen Marke Rockport, Khakihosen, einem dunkelgrünen Rollkragenpullover und einer billigen Armbanduhr besteht – kein Schmuck –, ist unauffällig, unscheinbar. Genau so sollte es sein. Die Kellnerin hat keinen Grund, ihn für einen wohlhabenden Mann zu halten. Und doch kommt sie schon wieder und lächelt kokett.

Eine Blondine mit whiskeyfarbenen Augen hatte ihn einmal in einer Cocktailbar in Miami, wo er sie aufgerissen hatte, wissen lassen, daß er eine faszinierende Aura habe. Eine anziehende magnetische Kraft ging von seinem Schweigen und seiner meistens steinernen Miene aus. »Du bist«, hatte sie verspielt beharrt, »der Inbegriff des starken, stummen Typs. Verdammt, wenn du in einem Film mit Clint Eastwood und Stallone mitspielen würdest, würde es gar keine Dialoge geben!«

Später hatte er sie zu Tode geprügelt.

Sie hatte ihn mit dem, was sie sagte oder tat, keineswegs in Rage gebracht. Im Gegenteil, Sex mit ihr war befriedigend gewesen.

Aber er hielt sich in Florida auf, um einem Mann namens Parker Abbotson das Gehirn aus dem Schädel zu pusten, und hatte Angst gehabt, die Frau könnte ihn später irgendwie mit dem Mordanschlag in Verbindung bringen. Er wollte nicht, daß sie der Polizei eine Beschreibung von ihm geben konnte.

Nachdem er sie erledigt hatte, war er ins Kino gegangen und hatte sich den neuesten Spielberg-Film angesehen. Dann einen Streifen mit Steve Martin.

Er mag Filme. Abgesehen von seiner Arbeit lebt er praktisch nur für Filme. Manchmal kommt es ihm so vor, als wären sein wahres Zuhause die Kinos in verschiedenen Städten, die sich jedoch in ihrer einförmigen Supermarktarchitektur so sehr gleichen, daß sie derselbe dunkle Zuschauerraum sein könnten.

Jetzt tut er so, als bemerke er nicht, daß sich die Kellnerin für ihn interessiert. Sie ist recht hübsch, aber er würde es nie wagen, eine Angestellte des Hotels zu töten, in dem er wohnt. Er muß eine Frau in einem Schuppen finden, der in keinem Zusammenhang mit ihm steht.

Er gibt genau fünfzehn Prozent Trinkgeld, weil man sowohl durch Geiz wie auch durch Verschwendung auffallen würde.

Nachdem er noch einmal kurz in sein Zimmer gegangen ist, um eine wollgefütterte Lederjacke zu holen, die für die Novembernacht angemessen ist, steigt er in den gemieteten Ford und fährt in stetig größer werdenden Kreisen durch den umliegenden Handelsbezirk. Er sucht nach einem Etablissement, wo die Chance besteht, daß er die richtige Frau trifft.

3.

Daddy war nicht Daddy.

Er hatte Daddys blaue Augen, Daddys dunkelbraunes Haar, Daddys zu große Ohren, Daddys sommersprossige Nase; er war das Ebenbild des Marty Stillwater, der auf den Schutzumschlägen seiner Bücher abgebildet wurde. Er hörte sich genau wie Daddy an, als Charlotte und Emily und ihre Mutter nach Hause gekommen waren und ihn in der Küche vorgefunden hatten, wo er Kaffee trank, denn er sagte: »Es hat keinen Zweck zu behaupten, daß ihr nach dem Kino noch einkaufen gegangen seid. Ich habe euch von einem Privatdetektiv beschatten lassen. Ich weiß, ihr wart in einer Spielhölle in Gardena, habt Poker gespielt und Zigarren geraucht.« Er stand auf, setzte sich und bewegte sich wie Daddy.

Später, als sie zum Abendessen ins Islands gingen, fuhr er sogar wie Daddy. Was zu schnell war, wie Mom meinte. Oder einfach »die selbstsichere, gekonnte Technik eines Meisterfahrers«, wenn man es aus Daddys Warte sah.

Aber Charlotte wußte, daß etwas nicht stimmte, und sie machte sich Sorgen.

Oh, er war nicht von einem Außerirdischen übernommen worden, der aus einer großen Samenkapsel aus dem Weltall gekrochen war, oder etwas so Extremes. *So sehr* unterschied er sich nicht von dem Daddy, den sie kannte und liebte.

Die Unterschiede waren größtenteils gering. Normalerweise war er entspannt und heiter, aber jetzt war er ein wenig verkrampft. Er saß steif da, als balancierte er Eier auf dem Kopf ... oder als rechnete er damit, daß er jeden Moment von jemand oder etwas geschlagen werden würde. Er lächelte nicht so bereitwillig und oft wie sonst, und wenn er *doch* lächelte, schien er nur so zu tun.

Bevor er mit dem Auto rückwärts aus der Einfahrt stieß, drehte er sich um und sah nach Charlotte und Emily, ob diese auch die Sicherheitsgurte angelegt hatten, aber er sagte nicht »die Stillwater-Rakete zum Mars startet jetzt durch« oder »wenn ich die Kurven zu schnell nehme und ihr euch übergeben müßt, dann tut das bitte anständigerweise in eure Jackentaschen, und nicht auf meine schönen Polster« oder »wenn wir so schnell rasen, daß wir in der Zeit rückwärts reisen, dann ärgert die Dinosaurier nicht«, oder andere dumme Sachen, die er sonst immer sagte.

Charlotte merkte das und war beunruhigt.

Das Restaurant, Islands, hatte gute Hamburger, tolle Fritten – die man auch knusprig bestellen konnte –, Salate und weiche Tacos. Sandwiches und Pommes frites wurden in Körbchen serviert, das Ambiente war karibisch.

»Ambiente« war ein neues Wort für Charlotte. Sein Klang gefiel ihr so gut, daß sie es bei jeder sich bietenden Gelegenheit an den Mann brachte, auch wenn Emily – das hoffnungslose Kind – jedesmal verwirrt war und sagte: »Was für eine Ente? Ich sehe keine Ente«, wenn Charlotte das Wort benutzte. Siebenjährige konnten rechte Quälgeister sein. Charlotte war zehn – oder würde es in sechs Wochen werden –, und Emily war im Oktober *erst* sieben geworden. Em war eine gute Schwester, aber natürlich waren Siebenjährige einfach so ... so *siebenjährig*.

Wie auch immer, das Ambiente war tropisch: bunte Farben, Bambus an der Decke, Holzrollos und jede Menge Topfpalmen. Kellner und Kellnerinnen trugen kurze Hosen und grelle Hawaiihemden.

Das Lokal erinnerte sie an die Musik von Jimmy Buffett, die ihre Eltern liebten, die Charlotte aber ganz und gar nicht kapierte. Zumindest war das Ambiente echt *cool*, und die Pommes waren die besten.

Sie setzten sich in eine Nische in der Nichtraucherabteilung, wo das Ambiente sogar noch schöner war. Ihre Eltern bestellten Corona, das in gefrosteten Krügen serviert wurde. Charlotte trank eine Cola, Emily bestellte Wurzelbier.

»Wurzelbier ist was für Erwachsene«, sagte Em. Sie deutete auf Charlottes Cola. »Wann hörst du endlich auf, solches Kinderzeug zu trinken?«

Em war überzeugt, daß Wurzelbier genau soviel Alkohol wie richtiges Bier enthielt. Manchmal tat sie nach zwei Gläsern so, als wäre sie betrunken, was albern und peinlich war. Wenn Em die torkelnde, rülpsende Betrunkene spielte und Fremde sich nach ihr umdrehten, erklärte Charlotte ihnen, daß Em erst sieben war. Alle hatten Verständnis – was konnte man von einer Siebenjährigen schon anderes erwarten? –, aber es war trotzdem peinlich.

Als die Kellnerin das Essen brachte, unterhielten sich Mom und Dad über Leute aus ihrem Bekanntenkreis, die sich scheiden ließen – langweilige Erwachsenengespräche, die jedes Ambiente rasch ruinieren konnten, wenn man ihnen zuhörte. Und Em schichtete Pommes frites zu seltsamen kleinen Stapeln auf, wie Miniaturversionen moderner Skulpturen, die sie letzten Sommer in einem Museum gesehen hatten; sie schenkte dem Projekt ihre ungeteilte Aufmerksamkeit.

Da alle abgelenkt waren, öffnete Charlotte den Reißverschluß der tiefsten Tasche ihrer Jeansjacke, holte Fred heraus und setzte ihn auf den Tisch.

Er saß reglos unter seinem Panzer, hatte die Stummelbeine und den Kopf eingezogen und war so groß und rund wie eine Herrenarmbanduhr. Schließlich ließ er die kleine, schnabelähnliche Schnauze sehen. Er schnupperte vorsichtig in der Luft, dann streckte er den Kopf ganz aus der Festung heraus, die er auf dem Rücken herumschleppte. Seine dunklen, glänzenden Schildkrötenaugen betrachteten seine neue Umgebung mit größtem Interesse, und Charlotte dachte sich, daß ihn das Ambiente in Erstaunen versetzen mußte.

»Bleib bei mir, Fred«, flüsterte sie, »und ich zeige dir Orte, die keine Schildkröte vor dir gesehen hat.«

Sie sah zu ihren Eltern. Die waren immer noch miteinander beschäftigt und hatten nicht bemerkt, wie sie Fred aus der Tasche geholt hatte. Jetzt konnten sie ihn hinter einem Körbchen mit Pommes nicht sehen.

Zu ihren Pommes frites aß Charlotte weiche Tacos mit Geflügelfüllung, aus denen sie jetzt ein Salatblatt herauszog. Die Schildkröte schnupperte daran und wandte angewidert den Kopf ab. Charlotte versuchte es mit einer Tomatenscheibe. *Ist das dein Ernst?* schien das Tier zu fragen und verschmähte den Leckerbissen.

Ab und zu konnte Fred launisch und schwierig sein. Das war ihre Schuld, vermutete sie, weil sie ihn verdorben hatte.

Sie glaubte nicht, daß Geflügel oder Käse gut für ihn sein würden, und sie wollte ihm erst Tortillakrümel anbieten, wenn er sein Gemüse gegessen hatte, daher knabberte sie an den knusprigen Pommes, sah sich in dem Restaurant um, als wäre sie fasziniert von den anderen Gästen, und schenkte dem ungezogenen kleinen Reptil überhaupt keine Beachtung mehr. Es hatte Salat und Tomate nur verweigert, um sie zu ärgern. Wenn es dachte, daß es sie keinen Pfifferling kümmerte, ob es aß oder nicht, dann würde es wahrscheinlich essen. In Schildkrötenjahren war Fred sieben.

Für ein Heavy Metal-Pärchen in Lederkluft und mit seltsamen Frisuren interessierte sie sich tatsächlich. Die beiden lenkten sie ein paar Minuten ab; sie kam erst wieder zu sich, als ihre Mutter ein erschrockenes leises Quieken von sich gab.

»Oh«, sagte ihre Mutter nach dem Quieken, »es ist nur Fred.«

Die undankbare Schildkröte – schließlich hätte Charlotte sie auch zu Hause lassen können – saß nicht mehr neben dem Teller, wo sie gewesen war. Sie war um das Körbchen voll Pommes herum zur anderen Seite des Tisches gekrabbelt.

»Ich hab' ihn nur herausgeholt, um ihn zu füttern«, sagte Charlotte zu ihrer Verteidigung.

Mom hob das Körbchen, damit Charlotte die Schildkröte

sehen konnte, und sagte: »Liebes, es ist nicht gut für ihn, wenn du ihn den ganzen Tag in der Tasche hast.«

»Nicht den ganzen Tag.« Charlotte nahm Fred an sich und steckte ihn wieder in die Tasche. »Erst seit wir zum Essen aus dem Haus gegangen sind.«

Mom runzelte die Stirn. »Was für Tiere hast du sonst noch bei dir?«

»Nur Fred.«

»Was ist mit Bob?« fragte Mom.

»Oh, bäh«, sagte Emily und schnitt Charlotte eine Grimasse. »Hast du Bob in der Tasche? Ich hasse Bob.«

Bob war ein Käfer, ein langsamer schwarzer Käfer, so groß wie das letzte Gelenk von Daddys Daumen, mit schwachen blauen Mustern auf dem Panzer. Sie hielt ihn zu Hause in einem großen Glas, aber manchmal ließ sie ihn auch heraus und sah zu, wie er in seiner trägen Art über eine Tischplatte oder sogar über ihre Hand krabbelte.

»Ich würde Bob nie mit in ein Restaurant nehmen«, versicherte Charlotte ihnen.

»Du solltest auch so schlau sein, Fred nicht mitzunehmen«, sagte ihre Mutter.

»Ja, Ma'am«, sagte Charlotte aufrichtig verlegen.

»Dumm«, versicherte Emily ihr.

Zu Emily sagte Mom: »Genauso dumm wie Pommes frites als Legosteine zu benützen.«

»Ich mache Kunst.« Emily machte immer Kunst. Manchmal war sie selbst für eine Siebenjährige unheimlich. *Picassos Reinkarnation*, nannte Daddy sie.

»Kunst, hm?« sagte Mom. »Du machst Kunst aus deiner Nahrung, und was wirst du essen? Ein Gemälde?«

»Vielleicht«, sagte Em. »Ein Gemälde aus Schokoladenkuchen.«

Charlotte machte den Reißverschluß der Tasche zu und sperrte Fred ein.

»Wasch dir die Hände, bevor du weiter ißt«, sagte Daddy.

Charlotte sagte: »Warum?«

»Was hast du gerade in der Hand gehabt?«

»Du meinst Fred? Aber Fred ist sauber.«

»Ich hab' gesagt, wasch dir die Hände.«

Der gereizte Tonfall ihres Vaters erinnerte sie daran, daß er heute nicht er selbst war. Er sprach selten so wütend zu ihr oder Em. Sie war nicht artig, weil sie Angst hatte, er würde sie schlagen oder anschreien, sondern weil es wichtig war, ihn oder Mom nicht zu enttäuschen. Es war das beste Gefühl der Welt, wenn sie eine gute Note in der Schule bekam oder anläßlich einer Vorführung gut Klavier spielte, so daß beide stolz auf sie waren. Und nichts war schlimmer als etwas zu vermasseln – und den traurigen Ausdruck der Enttäuschung in ihren Augen zu sehen, auch wenn sie sie nicht bestraften oder etwas sagten.

Nach den schroffen Worten ihres Vaters ging sie ohne Widerrede zur Damentoilette und mußte bei jedem Schritt mit den Tränen kämpfen.

Später, auf dem Nachhauseweg vom Islands, als Daddy wieder seinen Bleifuß hatte, sagte Mom: »Marty, dies sind nicht die fünfhundert Meilen von Indianapolis.«

»Findest du, ich bin zu schnell?« fragte Daddy, als wäre er überrascht. »Ich bin nicht zu schnell.«

»Nicht einmal der maskierte Rächer könnte mit dem Batmobil so rasen.«

»Ich bin dreiunddreißig und hatte noch nie einen Unfall. Makelloses Führungszeugnis. Kein einziger Strafzettel. Bin noch nie von einem Polizisten angehalten worden.«

»Weil sie dich nicht fangen können«, sagte Mom.

»Genau.«

Auf dem Rücksitz grinsten Charlotte und Emily sich an.

Solange sich Charlotte erinnern konnten, führten ihre Eltern solche scherzhaften Unterhaltungen über seinen Fahrstil, obwohl es ihrer Mutter ernst damit war, daß er langsamer fahren sollte.

»Nicht einmal einen Strafzettel wegen falschem Parken«, sagte Daddy.

»Nun, es ist auch nicht leicht, einen Strafzettel wegen Falschparken zu bekommen, wenn die Tachonadel immer am oberen Anschlag klebt.«

Früher war ihr Geplänkel immer heiter gewesen. Aber jetzt fuhr er Mom plötzlich barsch an: »Um Gottes willen, Paige, ich bin ein guter Fahrer, dies ist ein sicheres Auto, ich habe mehr Geld dafür ausgegeben, als ich sollte, weil es eines der sichersten Fahrzeuge auf der Straße ist, also könntest du bitte einfach Ruhe geben?«

»Klar. Tut mir leid«, sagte Mom.

Charlotte sah ihre Schwester an. Em hatte vor Fassungslosigkeit die Augen aufgerissen.

Daddy war nicht Daddy. Etwas stimmte nicht. Total nicht.

Sie waren erst einen Block weiter gefahren, da bremste er, sah Mom an und sagte: »Tut mir leid.«

»Nein, du hast recht, in manchen Dingen bin ich einfach zu zimperlich«, erklärte Mom ihm.

Sie lächelten einander an. Es war wieder gut. Sie würden sich nicht scheiden lassen wie die Leute, von denen sie beim Essen gesprochen hatten. Charlotte konnte sich nicht erinnern, daß sie einmal länger als ein paar Minuten miteinander böse gewesen wären.

Aber sie machte sich trotzdem noch Sorgen. Vielleicht sollte sie *doch* im Haus oder draußen hinter der Garage nachsehen, ob sie irgendwo eine gigantische Samenkapsel aus dem Weltraum finden konnte.

4.

Der Killer fährt wie ein Hai, der durch die kalten Strömungen eines nächtlichen Meers schwimmt.

Er ist zum ersten Mal in Kansas City, kennt aber die Straßen. Völlige Beherrschung des Stadtplans gehört zu seinen Vorbereitungen bei jedem Auftrag, falls er von der Polizei verfolgt wird und eine hastige Flucht unter Zeitdruck bewerkstelligen muß.

Seltsamerweise kann er sich nicht erinnern, daß er eine Karte gesehen – geschweige denn studiert – hat, und er kann sich nicht vorstellen, woher er diese detaillierten Informationen haben könnte. Aber er denkt nicht gerne über Löcher in seinen Erinnerungen nach, weil das die Tür zu einem schwarzen Abgrund öffnet, der ihm angst macht.

Daher fährt er einfach nur.

Normalerweise macht ihm das Fahren Spaß. Aber hin und wieder, so wie jetzt, fühlt er sich durch die Bewegungen des Autos und den Anblick einer fremden Stadt – so vertraut er auch mit dem Stadtplan sein mag – winzig, allein, entwurzelt. Sein Herz fängt schnell an zu schlagen. Plötzlich sind seine Handflächen so feucht, daß sie am Lenkrad abrutschen.

Als er vor einer Ampel bremst, sieht er das Auto in der Spur neben sich und erkennt eine Familie im Licht der Straßenlaternen. Der Vater fährt. Die Mutter sitzt auf dem Beifahrersitz, eine attraktive Frau. Ein etwa zehnjähriger Junge und ein sechs- oder siebenjähriges Mädchen sind auf dem Rücksitz. Auf dem Nachhauseweg von einer Nacht in der Stadt. Möglicherweise im Kino. Sie unterhalten sich, lachen, Eltern und Kinder gemeinsam, vereint.

In seiner niedergeschlagenen Verfassung ist dieser Anblick ein gnadenloser Hammerschlag, und er stößt einen dünnen, wortlosen Klagelaut aus.

Er fährt von der Straße ab auf den Parkplatz eines italienischen Restaurants. Sackt in seinem Sitz zusammen. Atmet kurz und abgehackt.

Die Leere. Ihm graut vor der Leere.

Und jetzt hat sie ihn eingeholt.

Er fühlt sich, als wäre er ein hohler Mann aus hauchdünnem geblasenem Glas, zerbrechlich, kaum substantieller als ein Gespenst.

In solchen Augenblicken braucht er verzweifelt einen Spiegel. Sein Spiegelbild gehört zu den wenigen Dingen, die seine Existenz bestätigen können.

Das auffällige rot-grüne Neonschild des Restaurants beleuchtet das Innere des Ford. Als er den Rückspiegel kippt, um sich selbst zu betrachten, hat seine Haut das Aussehen einer Leiche, und in seinen Augen lodern wechselnde scharlachrote Schatten, als würde ein Feuer in seinem Innersten brennen.

Heute abend genügt sein Spiegelbild jedoch nicht, seine Erregung zu lindern. Er fühlt sich mit jedem verrinnenden Augenblick substanzloser. Vielleicht wird er ein letztes Mal ausatmen und den letzten Rest seiner Substanz mit diesem Atemzug verströmen.

Tränen beeinträchtigen seine Sicht. Er ist überwältigt von seiner Einsamkeit und von der Sinnlosigkeit seines Lebens gequält.

Er verschränkt die Arme vor der Brust, umarmt sich selbst, beugt sich nach vorne und legt den Kopf auf das Lenkrad. Er schluchzt wie ein kleines Kind.

Er kennt seinen Namen nicht, nur die Namen, die er in Kansas City verwenden wird. Er wünscht sich so sehr, einen eigenen Namen zu haben, der nicht gefälscht ist wie die Kreditkarten, auf denen er steht. Er hat keine Familie, keine Freunde, kein Zuhause. Er kann sich nicht erinnern, wer ihm diesen Auftrag gegeben hat – oder die anderen Jobs davor –, und er weiß nicht, warum seine Opfer sterben müssen. Unglaublicherweise hat er auch keine Ahnung, wer ihn bezahlt, kann sich nicht erinnern, woher er das Geld in seiner Brieftasche hat oder wo er die Kleidung gekauft hat, die er am Leib trägt.

Auf einer viel tieferen Ebene weiß er nicht, wer er ist. Er besitzt keine Erinnerung an eine Zeit, als etwas anderes als Mord sein Beruf gewesen ist. Er hat keine politische Meinung, keine Religion, keine wie auch immer geartete Lebensphilosophie. Wenn er versucht, sich um aktuelle Belange zu kümmern, muß er feststellen, daß er nicht begreifen kann, was in den Zeitungen steht; er kann seine Aufmerksamkeit nicht einmal auf die Nachrichten im Fernsehen konzentrieren. Er ist intelligent, dennoch gestattet er sich – oder *werden* ihm gestattet – nur Befriedigungen körperlicher Natur: Essen, Sex, die brutale Erregung des Mordens. Weite Teile seines Geistes sind nicht kartographiert.

Ein paar Minuten verstreichen unter grünem und rotem Neon.

Seine Tränen trocknen. Langsam hört er auf zu zittern.

Er kommt wieder in Ordnung. In den alten Trott zurück. Gefaßt, beherrscht.

Tatsächlich erhebt er sich mit erstaunlicher Geschwindigkeit aus den Niederungen der Verzweiflung. Überraschend, wie schnell er bereit ist, mit seinem letzten Auftrag fortzufahren – und mit dem bloßen Schatten eines Lebens, das er führt. Manchmal scheint ihm, als wäre er wie eine dumme und gehorsame Maschine programmiert.

Andererseits, würde er nicht weiter machen, was sonst bliebe ihm? Dieser Schatten eines Lebens ist das einzige Leben, das er hat.

5.

Als die Mädchen oben waren, sich die Zähne putzten und für das Bett zurechtmachten, ging Marty methodisch von Zimmer zu Zimmer des Erdgeschosses und vergewisserte sich, daß alle Türen und Fenster versperrt waren.

Er hatte die halbe Runde im Parterre schon beendet – und zog gerade am Riegel des Küchenfensters über der Spüle –, als er sich überlegte, was für einer seltsamen Beschäftigung er hier nachging. Normalerweise vergewisserte er sich vor dem Schlafengehen, daß Eingangs- und Hintertür abgeschlossen waren, natürlich, ebenso die Schiebetür vom Wohnzimmer zur Veranda, aber für gewöhnlich kümmerte er sich nicht darum, ob ein bestimmtes Fenster geschlossen war, es sei denn, es wäre tagsüber zum Lüften geöffnet worden. Dennoch überprüfte er die Sicherheit des Hauses so geflissentlich, wie ein Wachtposten die äußerste Verteidigungslinie eines von Feinden belagerten Bollwerks überprüfen würde.

Als er mit der Küche fertig war, hörte er Paige eintreten, und einen Augenblick später schlang sie beide Arme um ihn und umarmte ihn von hinten. »Alles in Ordnung?« fragte sie.

»Ja, nun ...«

»Schlimmer Tag?«

»Eigentlich nicht. Nur ein schlimmer Augenblick.«

Marty drehte sich in ihrem Armen um und umarmte sie ebenfalls. Sie fühlte sich so wunderbar an, so warm und kräftig, so *lebendig*.

Es überraschte ihn nicht, daß er sie jetzt noch mehr liebte als damals am College, als er sie kennenlernte. Die Triumphe und Niederlagen, die sie gemeinsam erlebt hatten, die jahrelangen tagtäglichen Bemühungen, einen Platz in der Welt zu finden und ihren Sinn zu erkennen, das alles war ein fruchtbarer Nährboden, auf dem Liebe wachsen konnte.

Aber in einer Zeit, da das Schönheitsideal angeblich von neunzehnjährigen professionellen Cheerleaderinnen der Oberliga-Footballmannschaften verkörpert wurde, hätte es eine Menge Leute bestimmt überrascht zu hören, das wußte Marty, daß er Paige mit jedem Jahr attraktiver fand, mit dem sie von einem neunzehnjährigen Mädchen zu einer dreiunddreißigjährigen Frau wurde. Ihre Augen waren nicht blauer als bei ihrer ersten Begegnung; ihr Haar war nicht kräftiger goldfarben, und ihre Haut war weder glatter noch rauher geworden. Dennoch hatten die Erfahrungen ihr Charakter und Tiefe verliehen. So abgedroschen es sich in einem Zeitalter des unverblümten Zynismus auch anhören mochte, manchmal schien ein inneres Licht aus ihr zu leuchten, so strahlend wie das verehrte Objekt eines Gemäldes von Raffael.

Ja, vielleicht hatte er ein Herz so weich wie Butter, vielleicht war er süchtig nach Romantik, aber er fand ihr Lächeln und die Herausforderung ihrer Augen unendlich attraktiver als einen Sechserpack nackter Cheerleader.

Er gab ihr einen Kuß auf die Stirn.

Sie sagte: »Ein schlimmer Augenblick? Was ist passiert?«

Er hatte sich noch nicht überlegt, wieviel er ihr von den verlorenen sieben Minuten erzählen sollte. Im Augenblick schien es das beste zu sein, das unheimliche Erlebnis herunterzuspielen, am Montag morgen zum Arzt zu gehen und vielleicht sogar ein paar Tests durchführen zu lassen. Befand er sich bei bester Gesundheit, erwies sich das, was heute nachmittag in seinem Arbeitszimmer geschehen war, möglicherweise als einmaliger, unerklärlicher Vorfall. Er wollte Paige nicht unnötig beunruhigen.

»Nun?« beharrte sie.

Mit der Betonung des Wortes erinnerte sie ihn daran, daß zwölf Jahre Ehe schwerwiegende Geheimnisse unmöglich machten, so sehr seine Zurückhaltung auch besten Absichten entspringen mochte.

Er sagte: »Erinnerst du dich an Audrey Aimes?«

»Wen? Oh, du meinst in *Ein toter Bischof?«*

Ein toter Bischof war ein Roman, den er geschrieben hatte. Audrey Aimes war die Hauptperson.

»Kannst du dich noch an ihr Problem erinnern?«

»Sie fand einen toten Priester, der an einem Haken im Kleiderschrank ihrer Diele hing.«

»Davon abgesehen.«

»Sie hatte *noch* ein Problem? Eigentlich sollte ein toter Priester genügen. Bist du sicher, daß du deine Bücher nicht zu kompliziert konstruierst?«

»Es ist mein Ernst«, sagte er, obwohl ihm bewußt wurde, wie seltsam es war, daß er seine Frau über eine persönliche Krise unterrichtete, indem er sie mit den Erlebnissen einer Krimiheldin verglich, die er *selbst* geschaffen hatte.

War die Trennlinie zwischen Leben und Dichtung für andere Menschen ebenso verschwommen wie manchmal für einen Schriftsteller? Und wenn ja – konnte man daraus ein Buch machen?

Stirnrunzelnd sagte Paige: »Audrey Aimes ... O ja, du meinst ihre Blackouts.«

»Fugues«, sagte er.

Eine Fugue, in der Fachsprache auch »Amnesie-Episode« genannt, war eine Persönlichkeitsstörung. Das Opfer ging aus, sprach mit Leuten und ging verschiedenen Aktivitäten nach, wobei es einen völlig normalen Eindruck machte – und doch konnte es sich später nicht erinnern, wo es gewesen war und was es während der Blackouts getan hatte, als wäre die Zeit im Tiefschlaf verbracht worden. Eine Fugue konnte Minuten dauern, Stunden, sogar Tage.

Audrey Aimes fing plötzlich im Alter von dreißig Jahren an, unter Fugues zu leiden, weil nach mehr als zwei Jahrzehnten verdrängte Erinnerungen an Kindesmißbrauch an die Oberfläche kamen und sie sich psychologisch davon distanzierte. Sie war überzeugt gewesen, daß sie den Priester im Zustand einer solchen Fugue getötet hatte, aber selbstverständlich hatte jemand anders ihn ermordet und in ihrem Schrank versteckt, und der ganze bizarre Mordfall stand damit in Zusammenhang, was ihr als kleines Mädchen widerfahren war.

Obwohl er seinen Lebensunterhalt damit verdiente, vollendete Hirngespinste zu ersinnen, genoß Marty den Ruf, emotional so stabil wie der Fels von Gibraltar und so sanftmütig wie ein Golden Retriever auf Valium zu sein, und eben darum lächelte Paige ihn nun immer noch an und schien nicht bereit zu sein, ihn ernst zu nehmen.

Sie stellte sich auf Zehenspitzen, gab ihm einen Kuß auf die Nase und sagte: »Du hast also vergessen, den Müll raus zu bringen, und jetzt willst du dich damit herausreden, daß es an einem Persönlichkeitszusammenbruch liegt, der auf längst vergessene, gemeine Kindesmißhandlungen zurückgeht, als du sechs Jahre alt warst. Also wirklich, Marty. Du solltest dich schämen. Deine Mom und dein Dad sind die reizendsten Leute, die ich je getroffen habe.«

Er ließ sie los, schloß die Augen und drückte eine Hand auf die Stirn. Er bekam teuflische Kopfschmerzen.

»Im Ernst, Paige. Heute nachmittag ... im Arbeitszimmer ... sieben Minuten ... nun, ich weiß nur, was ich in diesen sieben Minuten gemacht habe, weil es auf Band aufgezeichnet ist. Daran erinnern kann ich mich nicht. Und es ist unheimlich. Sieben unheimliche Minuten.«

Er spürte, wie ihr Körper erstarrte, als ihr klar wurde, daß es sich nicht um einen komplexen Scherz handelte. Als er die Augen aufschlug, stellte er fest, daß das verspielte Lächeln verschwunden war.

»Vielleicht gibt es eine Erklärung«, sagte er. »Vielleicht besteht kein Grund zur Beunruhigung. Aber ich habe Angst, Paige. Ich komme mir dumm vor, als sollte ich einfach die Achseln zucken und es vergessen, aber ich habe Angst.«

6.

In Kansas City poliert ein kalter Wind die Nacht, bis der Himmel eine endlose Platte klaren Kristalls zu sein scheint, in der die Sterne schweben und hinter der ein endloser Stausee der Dunkelheit lauert.

Unter dieser gewaltigen Last von Raum und Schwärze duckt sich die Blue Life Lounge wie eine Forschungsstation auf den Grund eines Meeresgrabens, die unter Druck steht, damit sie nicht implodiert. Die Fassade ist mit einer glänzenden Aluminiumfolie verkleidet, die an die Transportwagen von Airstream und Autobahnraststätten der fünfziger Jahre erinnert. Blaues und grünes Neon buchstabiert den Namen in einer geschwungenen Schrift und beleuchtet das Gebäude; es schimmert im Aluminium und lockt so unwiderstehlich wie die Lampen Neptuns.

Im Inneren, wo eine Band Rock'n Roll der vergangenen beiden Jahrzehnte aus den Verstärkern hämmern läßt, geht der Killer auf eine große, hufeisenförmige Bar in der Mitte des Raumes zu. Dicker Zigarettenqualm, Biergeruch und Körperausdünstungen machen die Luft so dick, daß sie ihm fast Widerstand leistet, als wäre sie Wasser.

Die Menge bietet ein vollkommen anderes Bild als die traditionellen Thanksgiving-Szenen, die an diesem verlängerten

Wochenende über die Bildschirme flimmern. Die Kunden an den Tischen sind fast ausnahmslos rüpelhafte junge Männer in Gruppen, mit mehr Energie und Testosteron, als gut für sie ist. Sie brüllen, um sich über die donnernde Musik hinweg verständlich zu machen, begrapschen die Kellnerinnen, um deren Aufmerksamkeit zu erwecken, und johlen begeistert, wenn der Gitarrist ein gelungenes Riff spielt.

Die Entschlossenheit, mit der sie ihren Spaß haben wollen, erinnert an das hektische Wuseln von Insekten.

Ein Drittel der Männer an den Tischen sind in Begleitung junger Frauen oder Freundinnen von der toupierten, dick geschminkten Fraktion. Sie sind so ungehobelt wie die Männer – und wären bei einem Familientreffen am heimischen Kamin ebenso fehl am Platze wie kreischende bunte Papageien am Bett einer sterbenden Nonne.

Die hufeisenförmige Bar umgibt eine ovale, von roten und weißen Spots angestrahlte Bühne, wo zwei junge Frauen mit ausnehmend straffen Figuren zum Klang der Musik wie wild herumwirbeln und es tanzen nennen. Sie tragen Cowgirlkostüme, die aufreizend gestaltet sind, nichts als Fransen und Spangen, und eine löst Pfiffe und Gejohle aus, als sie sich von ihrem Oberteil befreit.

Die Männer auf den Barhockern entstammen allen Altersschichten und scheinen im Gegensatz zu den Gästen an den Tischen allein zu sein. Sie sitzen schweigend da und schauen zu den Tänzerinnen mit ihrer glatten Haut auf. Viele schwanken leicht mit den Hockern oder bewegen verträumt die Köpfe im Rhythmus einer Musik hin und her, welche weitaus weniger hektisch als diejenige ist, die die Band tatsächlich spielt; sie sind wie eine Kolonie Seeanemonen, die von tiefen unterirdischen Strömungen bewegt werden und stumpfsinnig darauf warten, daß ihnen ein Krümelchen Freude zugespült wird.

Er nimmt auf einem der beiden freien Hocker Platz und bestellt eine Flasche Becks dunkel bei dem Barkeeper, der Walnüsse in den Armbeugen knacken könnte. Alle drei Barkeeper sind groß und muskulös und zweifellos wegen ihrer

Fähigkeit eingestellt, auch als Rausschmeißer fungieren zu können, sollte sich die Notwendigkeit ergeben.

Die Tänzerin am anderen Ende der Bühne, deren Brüste unbehindert hüpfen, ist eine atemberaubende Brünette mit einem Tausend-Watt-Lächeln. Sie geht in der Musik auf und scheint echten Spaß an der Darbietung zu haben.

Die Tänzerin in seiner Nähe, eine langbeinige Blondine, ist noch attraktiver als die Brünette, aber ihre Bewegungen wirken mechanisch, und sie scheint von Drogen oder Ekel betäubt zu sein. Sie lächelt nicht und sieht keinen an, sondern hat den Blick auf eine ferne Stelle gerichtet, die nur sie allein sehen kann.

Sie macht einen überheblichen Eindruck und scheint die Männer zu verabscheuen, die sie ansehen. Es würde ihm größtes Vergnügen bereiten, die Pistole zu ziehen und mehrere Schüsse in ihren Prachtkörper abzufeuern – und einen obendrein mitten in ihr arrogantes Gesicht.

Ungeheurer Nervenkitzel überkommt ihn beim bloßen Gedanken, ihr die Schönheit zu nehmen. Das findet er faszinierender als ihr das Leben zu nehmen. Er schätzt das Leben gering, Schönheit dagegen hoch ein, da sein eigenes Leben häufig unerträglich öde ist.

Glücklicherweise liegt die Pistole im Kofferraum des gemieteten Ford. Er hat die Waffe genau aus dem Grund dort gelassen, der Verlockung aus dem Weg zu gehen, wenn er sich zu so einer Gewalttat hingezogen fühlt.

Manchmal verspürt er zwei- oder dreimal täglich das Verlangen, jeden zu vernichten, der in seiner Nähe ist – Männer, Frauen, Kinder, einerlei. Im Bann dieser finsteren Anwandlungen haßt er jede Menschenseele auf dem Antlitz der Erde – sei sie schön oder häßlich, reich oder arm, klug oder dumm, jung oder alt.

Vielleicht beruht sein Haß teilweise darauf, daß er anders ist als sie. Er muß immer als Außenseiter leben.

Aber schlichte Entfremdung ist nicht der Hauptgrund dafür, daß er ab und zu an wahllose Gemetzel denkt. Er braucht etwas von anderen Menschen, das sie nur unwillig hergeben, und weil sie es ihm verweigern, haßt er sie mit einer Inbrunst, daß er zu jeder Greueltat fähig wäre, obwohl er keine Ahnung hat, was er eigentlich von ihnen erwartet.

Das geheimnisvolle Bedürfnis ist manchmal so intensiv, daß es Schmerzen bereitet. Es ist ein Verlangen wie die Gier eines Verhungernden – aber keine Gier nach Nahrung. Häufig steht er zitternd am Rand der Offenbarung; ihm wird klar, daß die Antwort erstaunlich einfach ist, wenn er sich ihr nur öffnen kann, aber stets entzieht sich ihm die Erleuchtung.

Der Killer trinkt einen kräftigen Schluck aus der Flasche Becks. Er will das Bier, braucht es aber nicht. Wollen ist nicht brauchen.

Auf der erhöhten Bühne nimmt die Blondine das Oberteil ab und entblößt blasse, aufwärts gerichtete Brüste.

Wenn er die Pistole und den Munitionsvorrat aus dem Kofferraum des Autos holt, verfügt er über neunzig Schuß. Wenn die arrogante Blondine tot ist, könnte er die andere Tänzerin töten. Dann die drei muskelbepackten Barkeeper mit drei Kopfschüssen. Er ist ausgezeichnet im Gebrauch von Schußwaffen unterrichtet – aber er kann sich nicht daran erinnern, wer ihn ausgebildet hat. Wenn diese fünf tot sind, kann er in die fliehende Menge zielen. Viele, die nicht durch Schüsse sterben, würden von der panischen Menge totgetrampelt werden.

Der Gedanke an ein Gemetzel erregt ihn, und er weiß, Blut kann ihn zumindest vorübergehend das quälende Verlangen vergessen lassen, das ihn peinigt. Er hat den Teufelskreis schon öfter erlebt: Verlangen führt zu Frustration; Frustration wird zu Wut; Wut schlägt in Haß um; Haß erzeugt Gewalt – und Gewalt kann manchmal besänftigend wirken.

Er trinkt mehr Bier und fragt sich, ob er verrückt ist.

Er erinnert sich an einen Film, in dem ein Psychiater dem Helden versichert, daß nur geistig gesunde Menschen an ihrer geistigen Gesundheit zweifeln. Echte Irre sind stets fest von ihrer Vernunft überzeugt. Daher muß er geistig gesund sein, da er imstande ist, daran zu zweifeln.

7.

Marty lehnte am Türrahmen und sah zu, wie die Mädchen nacheinander vor dem Frisiertisch im Schlafzimmer Platz nahmen, damit Paige ihnen das Haar bürsten konnte. Beiden fünfzigmal.

Vielleicht lag es am einförmigen Rhythmus der bürstenden Bewegungen oder an der beruhigenden häuslichen Szene, daß Martys Kopfschmerzen nachließen. Wie auch immer, die Schmerzen verschwanden.

Charlottes Haar war golden, wie das ihrer Mutter, das von Emily dagegen so dunkelbraun, daß es fast schwarz wirkte, wie das ihres Vaters. Beim Bürsten schwatzte Charlotte fast ununterbrochen mit Paige; aber Emily blieb stumm, krümmte den Rücken, schloß die Augen und genoß das Bürsten mit fast katzenhaftem Vergnügen.

Die unterschiedlichen Hälften ihres gemeinsamen Zimmers bescheinigten weitere Unterschiede zwischen den Schwestern. Charlotte mochte Poster voller Bewegung: bunte Heißluftballons vor einem Wüstenhintergrund; eine Ballettänzerin mitten in einem Entrechat; rennende Gazellen. Emily bevorzugte Poster mit Herbstlaub, tief verschneiten Nadelbäumen, mondbeschienener silberner Brandung an einem hellen Strand. Charlottes Bettdecke war grün, rot und gelb; die von Emily aus beigem Chenille. In Charlottes Hälfte regierte das Durcheinander; die von Emily war blitzblank.

Dann waren da die Haustiere. Auf Charlottes Seite des Zimmers standen in einem Einbauregal das Terrarium, welches das Zuhause von Fred der Schildkröte war; das große Einmachglas, in dem Bob der Käfer inmitten von Laub und Gras wohnte; der Käfig von Wayne der Rennmaus; ein zweites Terrarium, dessen Bewohner Sheldon die Schlange war; ein zweiter Käfig, worin Whiskers die Maus eine Menge Zeit damit verbrachte, trotz Draht und Glas zwischen ihnen Sheldon zu beobachten; und ein letztes Terrarium für Loretta das Chamäleon. Charlotte hatte nicht einsehen wollen, daß ein

Kätzchen oder ein junger Hund ein angemessMeneres Haustier gewesen wären. »Hunde und Katzen laufen dauernd herum, man kann sie nicht in einem sicheren kleinen Heim halten und beschützen«, erklärte sie.

Emily besaß nur ein Haustier. Sein Name war Peepers. Es war ein Stein von der Größe einer kleinen Zitrone und jahrzehntelang vom fließenden Wasser des Baches Sierra glatt geschliffen, in dem sie ihn vor einem Jahr in den Sommerferien gefunden hatte. Sie hatte zwei schmachtende Augen darauf gemalt und behauptete: »Peepers ist das beste Haustier von allen. Ich muß ihn nicht füttern oder hinter ihm saubermachen. Er ist schon seit ewigen Zeiten hier, also ist er echt klug und weise, und wenn ich traurig oder wütend bin, dann erzähle ich ihm, was mich bedrückt; er hört sich alles an und wird ganz traurig, und dann muß ich nicht mehr darüber nachdenken und kann fröhlich sein.«

Emily konnte Gedanken äußern, die oberflächlich gesehen kindlich waren, aber bei eingehenderer Betrachtung tiefschürfender und reifer zu sein schienen, als man es von einer Siebenjährigen erwarten sollte. Wenn Marty in ihre dunklen Augen sah, dann kam es ihm vor, als wäre sie sieben, ginge aber auf vierhundert zu, und er konnte es kaum erwarten zu sehen, wie interessant und vielschichtig sie sein würde, wenn sie erwachsen war.

Als ihre Haare gebürstet waren, krochen die Mädchen in ihre Betten, ihre Mutter zog die Decken über sie, gab jeder einen Kuß und wünschte ihnen angenehme Träume. »Laß dich nicht von den Bettwanzen beißen«, warnte sie Emily, weil der Satz sie immer zum Kichern brachte.

Als Paige zur Tür ging, zog Marty einen Lehnstuhl von seinem üblichen Platz an der Wand und stellte ihn ans Fußende genau zwischen die beiden Betten. Er löschte sämtliche Lichter, abgesehen von einer kleinen Leselampe über seinem offenen Notizbuch und einer leuchtenden Micky Maus neben der Steckdose über dem Boden. Er setzte sich auf den Stuhl, hielt das Notizbuch in Lesedistanz und wartete, bis das Schweigen dieselbe Aura freudiger Erwartung angenommen hatte wie in einem Theater, wenn sich langsam der Vorhang hebt.

Die Stimmung war vorbereitet.

Dies war die glücklichste Zeit von Martys Tag. Die Gutenachtgeschichte. Was auch immer passieren mochte, nachdem er morgens aufstand, er konnte sich immer auf die Gutenachtgeschichte freuen.

Er schrieb die Geschichten selbst in ein Notizbuch mit der Aufschrift *Gutenachtgeschichten für Charlotte und Emily*, das er eines Tages vielleicht sogar veröffentlichen würde. Oder auch nicht. Jedes Wort war ein Geschenk für seine Töchter, daher lag die Entscheidung, die Geschichten mit anderen zu teilen, ganz bei ihnen.

Heute abend sollte eine ganz besondere Geschichte beginnen, eine Geschichte in Reimform, deren Fortsetzungen bis Heiligabend reichen würden. Vielleicht konnte sie ihm helfen, die beunruhigenden Ereignisse in seinem Arbeitszimmer zu vergessen.

»Als Thanksgiving glücklich vorüber war,
mehr Truthahn gegessen als letztes Jahr ...«

»Es reimt sich!« sagte Charlotte entzückt.

»Pssssst!« wies Emily ihre Schwester zurecht.

Es gab wenige, aber wichtige Regeln des Geschichtenerzählens, und eine davon besagte, daß das aus den beiden Mädchen bestehende Publikum nicht mitten im Satz, oder im Fall eines Gedichts mitten in der Strophe, unterbrechen durfte. Ihre Kritik wurde geschätzt, ihre Reaktion gewürdigt, aber dem Erzähler mußte der gebührende Respekt entgegengebracht werden.

Er begann erneut:

»Als Thanksgiving glücklich vorüber war,
mehr Truthahn gegessen als letztes Jahr,
mehr Füllung, Kartoffeln, Gemüse zuhauf
in die Münder geschaufelt bis obenauf.

Und nach Biskuits, Salaten und süßem Gebäck
paßt uns kein Hemd mehr, es hat keinen Zweck.«

Die Mädchen kicherten genau da, wo sie kichern sollten, und Marty konnte sich kaum zurückhalten, sich umzudrehen und nachzusehen, wie es Paige bisher gefiel, da sie es bis zu diesem Augenblick auch noch nicht gehört hatte. Aber niemand würde einen Geschichtenerzähler ernst nehmen, der nicht bis zum Ende seiner Geschichte auf Beifallsbezeugungen warten konnte; eine unerschütterliche Aura der Selbstsicherheit, ob nun gespielt oder echt, war von grundsätzlicher Bedeutung für den Erfolg.

»Freun wir uns nun auf das große Fest,
das gar nicht mehr lang' auf sich warten läßt.
Ganz sicher wißt ihr, was für ein Tag,
nicht Ostern noch Pfingsten, gemeint sein mag.
Nun sagt mir rasch, welcher Tag uns da lacht,
Ich frag' euch, ihr Ladies, wie heißt er ...?«

»Weihnacht!« antworteten Charlotte und Emily wie aus einem Mund, und ihre hastige Antwort bestätigte ihm, daß er sie in seinen Bann gezogen hatte.

»Bald holen wir den Baum herbei.
Warum nur einen? Vielleicht zwei oder drei!
Mit Lametta und buntem Schmuck angetan,
schauen wir ihn noch viel lieber an.
Mit Lichterketten dann das Dach geziert,
daß der Rentierschlitten uns finden wird.
Dann rasch noch mit Streusalz die Ziegeln gewürzt,
damit Sankt Niklaus nicht ausrutscht und stürzt;
sonst bricht er sich vielleicht noch ein Bein,
und wir möchten wirklich nicht schuld daran sein.«

Er sah die Mädchen an. Ihre Gesichter schienen im Schatten zu leuchten. Ohne ein Wort auszusprechen sagten sie ihm: *Nicht aufhören, nicht aufhören!*

O Gott, das gefiel ihm. Und er liebte sie so sehr.

Wenn es einen Himmel gab, dann war er genau hier und jetzt.

»Doch höret, was Schlimmes geschehen ist,
ich hoffe, daß es euch nicht das Fest vermiest.
Nikolaus wurde gefesselt, geknebelt,
entführt, gefangen, mit Drogen umnebelt.
Sein Schlitten steht einsam, verlassen dort,
und jemand nahm seine Kreditkarte fort.
Bald räumt man sein Konto ratzeputz ab
mit dem elektronischen Bankautomat.«

»Oh-ohh«, sagte Charlotte und kuschelte sich tiefer unter die Decke, »es wird gruselig.«

»Logisch«, sagte Emily. »Daddy hat es geschrieben.«

»Wird es zu gruselig?« fragte Charlotte und zog die Decke bis zum Kinn hoch.

»Hast du Socken an?« fragte Marty.

Charlotte zog normalerweise Socken im Bett an, außer im Sommer, weil sie immer kalte Füße hatte.

»Socken?« sagte sie. »Klar. Und?«

Marty beugte sich nach vorne und dämpfte die Stimme zu einem unheilschwangeren Flüstern. »Weil diese Geschichte erst am Heiligabend zu Ende ist, und bis dahin wird es dir vor Angst bestimmt ein dutzendmal die Socken ausziehen.«

Er machte ein garstiges Gesicht.

Charlotte zog die Decke bis zur Nasenspitze hoch.

Emily kicherte und verlangte: »Komm schon, Daddy, wie geht es weiter?«

»Über Berge und Täler, weiß und verschneit,
Silberner Glockenklang tönt weit und breit.
Und Rentiere ziehn das himmlische Gefährt,
eine dumme Gans hat sie fliegen gelehrt.
Der Kutscher kichert, er ist, sind wir ehrlich,
ein Irrer, ein Schurke, gemeingefährlich.

Etwas stimmt nicht, man sieht es, o weh und o graus
mit diesem falschen Sankt Nikolaus.
Er sabbert und stammelt und stottert und spuckt,
hat Anfälle, Krämpfe, zappelt und zuckt;
seine Augen sind finster, drum holt eins, zwei, drei
so schnell es geht die Polizei.
Ein Blick verrät, er ist geisteskrank,
und aus seinem Mund weht übler Gestank.«

»Herrje«, sagte Charlotte und zog die Decke bis unter die Augen. Sie tat immer so, als gefielen ihr gruselige Geschichten nicht, aber sie beschwerte sich stets als erste, wenn nicht früher oder später etwas Schreckliches in einer Geschichte passierte.

»Wer war es?« fragte Emily. »Wer hat den Nikolaus gefesselt, geknebelt, entführt und seinen Schlitten geraubt?«

»Vorm Weihnachtsfest hütet euch dieses Jahr,
denn nun droht eine neue Gefahr.
Sankt Nikolaus' Zwilling, der fies und gemein
schlich heimlich bei seinem Bruder sich ein,
Und darum, Mütter, seid auf der Hut,
liebt ihr eure Kinder, dann hütet sie gut;
denn durch den Kamin und durch den Schlot
kommt dieser böse, gemeine Idiot!«

»Ihhh!« rief Charlotte und zog die Decke über den Kopf.

Emily sagte: »Was hat den Zwillingsbruder des Nikolaus so böse gemacht?«

»Vielleicht hatte er eine schlimme Kindheit«, sagte Marty.

»Vielleicht wurde er so *geboren*«, sagte Charlotte unter der Decke.

»Können Menschen böse geboren werden?« fragte Emily. Dann beantwortete sie ihre eigene Frage, bevor Marty es konnte. »Aber klar können sie. Wenn manche Menschen gut geboren werden können, wie du und Mommy, dann müssen auch welche böse geboren werden können.«

Marty sog die Reaktion der Mädchen in sich auf und freute

sich über sie. Auf einer Ebene war er Schriftsteller, speicherte ihre Worte ab, den Rhythmus ihrer Sprache, ihrer Mienen, falls er es einmal in einem Buch verwenden konnte. Er nahm an, es war nicht besonders bewundernswert, selbst die eigenen Kinder als Studienmaterial zu betrachten; möglicherweise war es sogar moralisch verwerflich, aber er konnte nicht anders. So war er eben. Aber gleichzeitig war er auch Vater und verwahrte den Augenblick im Geiste, weil er eines Tages nur noch Erinnerungen an ihre Kindheit haben würde, und er wollte imstande sein, sich an *alles* zu erinnern, das Gute und das Böse, winzige Augenblicke und große Ereignisse, in Technicolor und Dolby Stereo und vollkommen klar und deutlich, weil ihm alles zu kostbar war, als daß er es verlieren wollte.

Emily sagte: »Hat der böse Zwillingsbruder des Nikolaus einen Namen?«

»Ja«, sagte Marty, »er hat einen, aber ihr müßt auf einen anderen Abend warten, bis ihr ihn erfahrt. Wir haben das Ende des ersten Teils erreicht.«

Charlotte streckte den Kopf unter der Decke hervor, dann bestanden beide Mädchen darauf, daß er den ersten Teil des Gedichts noch einmal lesen sollte, was er vorher gewußt hatte. Aber selbst beim zweiten Mal würden sie noch zu aufgeregt zum Schlafen sein. Sie würden auf einem dritten Vorlesen bestehen, und er würde gehorchen, denn dann würden sie so vertraut mit den Worten sein, daß sie sich beruhigen konnten. Wenn er mit dem dritten Vorlesen fertig war, würden sie entweder tief schlafen oder gerade am Eindösen sein.

Als er wieder mit der ersten Zeile anfing, hörte Marty, wie sich Paige umdrehte, zur Tür hinaus und zur Treppe ging. Sie würde im Wohnzimmer auf ihn warten, möglicherweise mit einem prasselnden Feuer im Kamin, möglicherweise mit Rotwein und einer Kleinigkeit zu essen, und sie würden sich aneinander kuscheln und von ihrem Tag erzählen.

Fünf Minuten des Abends, jetzt oder später, würden interessanter für ihn sein als eine Reise um die Welt. Er war ein hoffnungsloser Stubenhocker. Die Freuden von Herd und Familie waren verlockender für ihn als die geheimnisvollen Sandwüsten Ägyptens, die Pracht von Paris und die Geheimnisse des Fernen Ostens zusammengenommen.

Als er seinen beiden Töchtern zublinzelte und wieder las: »Als Thanksgiving glücklich vorüber war«, hatte er vorübergehend vergessen, daß heute nachmittag etwas Beunruhigendes in seinem Arbeitszimmer geschehen und sein häuslicher Friede gestört worden war.

8.

In der Blue Life Lounge streift eine Frau an dem Killer entlang und rutscht auf den Barhocker neben ihm. Sie ist längst nicht so schön wie die Tänzerinnen, aber für seine Zwecke attraktiv genug. Sie trägt braune Jeans und ein rotes T-Shirt und könnte eine ganz gewöhnliche Kundin sein, aber das ist sie nicht. Er kennt ihren Typ – eine käufliche Venus mit dem Geschick einer geborenen Buchhalterin.

Sie beginnen eine Unterhaltung, indem sie sich dicht zueinander beugen, damit sie einander über den Lärm der Band hinweg verstehen können, und wenig später berühren sich ihre Köpfe fast. Ihr Name ist Heather, behauptet sie jedenfalls. Ihr Atem riecht nach Pfefferminz.

Als sich die Tänzerinnen zurückziehen und die Band eine Pause macht, hat sich Heather überzeugt, daß er kein Cop von der Sitte ist, daher wird sie kühner. Sie weiß, was er will, sie hat, was er will, und sie läßt ihn wissen, daß sie ihm, wenn er kaufen will, was zu verkaufen hat.

Heather erzählt ihm, daß auf der anderen Straßenseite ein Hotel liegt, wo man Zimmer stundenweise mieten kann, wenn ein Mädchen dem Management bekannt ist. Das überrascht ihn nicht; es gibt Gesetze der Lust und der Ökonomie, die so beständig wie Naturgesetze sind.

Sie zieht ihre lammfellgefütterte Jacke an, dann gehen sie gemeinsam in die kalte Nacht hinaus, wo ihr Pfefferminzatem in der frischen Luft zu Dampf kondensiert. Sie überqueren den Parkplatz und die Straße Hand in Hand, als wären sie ein Liebespärchen an der High School.

Obwohl sie weiß, was er will, hat sie ebensowenig wie er eine Ahnung, was er braucht. Wenn er bekommen hat, was er will, und wenn das das brennende Verlangen in ihm nicht stillen konnte, wird Heather das Muster der Emotionen kennenlernen, das ihm inzwischen schon so vertraut ist: Verlangen führt zu Frustration; Frustration wird zu Wut; Wut schlägt in Haß um; Haß erzeugt Gewalt – und Gewalt kann manchmal besänftigend wirken.

Der Himmel ist ein gewaltiger Gletscher aus kristallklarem Eis. Die Bäume stehen Ende November kahl und ohne Blätter da. Der Wind erzeugt einen kalten, klagenden Laut, wenn er von der umliegenden Prärie über die Stadt weht. Und Gewalt kann manchmal besänftigend wirken.

Später, nachdem er sich mehr als einmal in Heather ergossen hat und nicht mehr im drängenden Griff der Lust gefangen ist, kommt ihm das schäbige Hotelzimmer wie eine unerträgliche Erinnerung an die seichte, schmuddelige Natur seiner eigenen Existenz vor. Seine unmittelbare Begierde ist gestillt, aber der Wunsch nach mehr Leben, nach Richtung und Sinn, ist ungebrochen.

Die nackte junge Frau, auf der er noch liegt, kommt ihm jetzt häßlich vor, sogar ekelhaft. Die Erinnerung an Intimitäten mit ihr stößt ihn ab. Sie kann oder will ihm nicht geben, was er braucht. Sie lebt am Rand der Gesellschaft, verkauft ihren Körper, sie ist selbst eine Ausgestoßene und damit ein nervtötendes Symbol seiner eigenen Entfremdung.

Sie ist überrascht, als er ihr ins Gesicht schlägt. Der Schlag ist so fest, daß er sie betäubt. Als Heather beinahe bewußtlos zusammensackt, legt er ihr beide Hände um den Hals und würgt sie mit aller Kraft, die er aufbringen kann.

Der Kampf ist lautlos. Der Schlag, gefolgt von außerordentlichem Druck auf die Luftröhre bei gleichzeitigem Abschneiden der Blutzufuhr zum Gehirn durch die Halsschlagadern, macht eine Gegenwehr ihrerseits unmöglich.

Er befürchtet, sonst die unerwünschte Aufmerksamkeit anderer Hotelgäste auf sich zu ziehen. Aber so wenig Lärm wie möglich ist auch wichtig, weil ein stiller Mord persönlicher, intimer und befriedigender ist.

Sie geht so leise dahin, daß er an Naturfilme über bestimmte Spinnen und Gottesanbeterinnen denken muß, die ihre Männchen nach dem ersten und einzigen Geschlechtsakt töten, stets ohne einen Laut von Täter und Opfer. Heathers Tod steht ganz im Zeichen eines kalten und ernsten Rituals, welches der stilisierten Brutalität dieser Insekten gleichkommt.

Minuten später, nachdem er sich geduscht und angezogen hat, überquert er die Straße vom Motel zur Blue Life Lounge und holt seinen Mietwagen. Er hat Geschäfte zu erledigen. Er ist nicht nach Kansas City geschickt worden, um eine Hure namens Heather zu töten. Sie war lediglich eine Ablenkung. Andere Opfer warten auf ihn, und jetzt ist er hinreichend entspannt und konzentriert, daß er sich ihrer annehmen kann.

9.

In Martys Arbeitszimmer stand Paige im bunten Partylicht der Tiffanylampe neben dem Schreibtisch, ließ das kleine Diktiergerät nicht aus den Augen und hörte zu, wie ihr Mann zwei beunruhigende Worte mit einer Stimme ausstieß, deren Spektrum von melancholischem Flüstern bis zu wütendem Fauchen reichte.

Nach nicht einmal zwei Minuten ertrug sie es nicht mehr. Die Stimme klang fremd und zugleich vertraut, weshalb sie viel schlimmer als eine vollkommen fremde Stimme klang.

Sie schaltete das Diktiergerät ab.

Als sie feststellte, daß sie das Rotweinglas immer noch in der rechten Hand hielt, trank sie einen kräftigen Schluck. Es war ein ausgezeichneter kalifornischer Cabernet, der ein langsames Nippen verdient gehabt hätte, aber plötzlich interessierte sie sich mehr für die Wirkung als für den Geschmack.

Marty, der auf der anderen Seite des Schreibtischs stand, sagte: »So geht es noch mindestens fünf Minuten weiter. Alles in allem sieben Minuten. Nachdem es geschehen war, bevor du mit den Mädchen nach Hause gekommen bist, habe ich ein bißchen recherchiert.« Er deutete zu den Bücherregalen an der Wand. »In meinen medizinischen Nachschlagewerken.«

Paige wollte nicht hören, was er ihr sagen wollte. Die Möglichkeit einer schwerwiegenden Krankheit war unvorstellbar. Sollte Marty etwas geschehen, wäre die Welt ein weitaus dunklerer und weniger interessanter Ort.

Sie war nicht sicher, ob sie es verkraften könnte, wenn sie ihn verlor. Ihr wurde klar, wie seltsam ihr Verhalten war, besonders wenn man bedachte, daß sie als Kinderpsychologin in ihrer Privatpraxis und im Verlauf vieler Stunden, die sie Wohlfahrtsprogrammen für Kinder opferte, Dutzende Kinder unterwiesen hatte, wie sie mit Trauer fertigwerden und nach dem Tod eines geliebten Menschen weiterleben konnten.

Marty, der mit leerem Weinglas um den Schreibtisch herum zu ihr kam, sagte: »Eine Fugue kann ein Symptom für mancherlei sein. Zum Beispiel für die Alzheimersche Krankheit im Frühstadium, aber ich denke, das können wir ausschließen. Wenn ich die Alzheimersche Krankheit hätte, dann wäre ich mit einem Jahrzehnt Vorsprung der jüngste bekannte Fall.«

Er stellte das Glas auf den Schreibtisch und ging zum Fenster, wo er zwischen den Holzklappen der Läden in die Nacht hinaus sah.

Paige stellte betroffen fest, wie verletzlich er plötzlich wirkte. Mit seiner Größe von einem Meter achtzig, seinen neunzig Kilo, seiner unbekümmerten Lebensart und seinem grenzenlosen Enthusiasmus für das Leben war Marty ihr stets solider und dauerhafter als alles in der Welt vorgekommen, eingeschlossen Berge und Meere. Plötzlich wirkte er so zerbrechlich wie eine Glasscheibe.

Er hatte ihr den Rücken zugewandt und studierte immer noch die Nacht, als er sagte: »Oder es könnte ein Anzeichen für einen kleineren Schlaganfall sein.«

»Nein.«

»Aber alle Nachschlagewerke, die ich konsultiert habe, nennen als wahrscheinlichste Ursache einen Gehirntumor.«

Sie hob das Glas. Es war leer. Sie konnte sich nicht erinnern, daß sie den Wein getrunken hatte. Ihre eigene kleine Fugue.

Sie stellte das Glas auf den Schreibtisch. Neben das verhaßte Diktiergerät. Dann ging sie zu Marty und legte ihm eine Hand auf die Schulter.

Als er sich zu ihr umdrehte, küßte sie ihn sanft und hastig. Sie legte den Kopf an seine Brust und drückte ihn, und er legte die Arme um sie. Durch Marty hatte sie gelernt, daß Umarmungen für ein gesundes Leben so wichtig waren wie Essen, Wasser, Schlaf.

Vorhin, als sie ihn ertappt hatte, wie er systematisch überprüfte, ob alle Fenster verschlossen waren, hatte sie nur mit einem finsteren Stirnrunzeln und einem einzigen Wort – *»Also?«* – darauf bestanden, daß er nichts vor ihr verbarg. Jetzt wünschte sie sich, sie hätte gar nichts von diesem einen schlimmen Augenblick an einem ansonsten prächtigen Tag gehört.

Endlich sah sie zu ihm auf, direkt in seine Augen, ohne die Umarmung zu lösen, und sagte: »Es muß nichts sein.«

»Es ist etwas.«

»Ich meine nichts Körperliches.«

Er lächelte wehmütig. »Es ist tröstlich, eine Psychologin im Haus zu haben.«

»Nun, es könnte etwas Psychologisches sein.«

»Irgendwie ist es nicht besonders beruhigend, daß ich möglicherweise nur verrückt bin.«

»Nicht verrückt. Gestreßt.«

»Ah, ja, Streß. *Die* Ausrede des zwanzigsten Jahrhunderts, die Lieblingsausrede jedes Schwindlers, der auf Unzurechnungsfähigkeit plädiert, jedes Politikers, der erklären möchte, warum er betrunken und mit nackten Teenagern in einem Motelzimmer entdeckt wurde ...«

Sie ließ ihn los und wandte sich wütend ab. Sie war nicht speziell wütend auf Marty, sondern auf Gott, das Schicksal, was auch immer, das plötzlich turbulente Strömungen in den ruhigen Fluß ihres Lebens gebracht hatte.

Sie wollte zum Schreibtisch gehen und ihr Glas holen, als ihr einfiel, daß sie es schon leer getrunken hatte. Sie wandte sich wieder an Marty.

»Na gut ... abgesehen von damals, als Charlotte krank war, bist du nie gestreßter als eine Miesmuschel gewesen. Aber vielleicht machst du dir ja *heimlich* Sorgen. Und du stehst in letzter Zeit ziemlich unter Druck.«

»Tatsächlich?« Er zog die Brauen hoch.

»Der Abgabetermin für dieses Buch ist knapper als sonst.«

»Aber ich habe immer noch drei Monate und denke, daß ich nur einen brauche.«

»Die neuen Karriereerwartungen – dein Verleger, dein Agent, jeder in der Branche sieht dich jetzt mit anderen Augen.«

Die Taschenbuchnachdrucke seiner beiden letzten Romane standen beide acht Wochen auf der Bestsellerliste der *New York Times*. Er hatte bisher noch keinen Hardcoverbestseller gehabt, aber mit Erscheinen seines neuesten Romans im Januar schienen auch diese neue Höhen des Erfolgs in greifbare Nähe zu rücken.

Der plötzliche steile Anstieg der Verkaufszahlen war aufregend, aber auch beängstigend. Marty wollte zwar ein größeres Publikum, aber er war auch fest entschlossen, seine Bücher nicht auf größeren Erfolg hin maßzuschneidern und sie so dessen zu berauben, was ihre Spontaneität ausmachte. Er wußte, er lief Gefahr, sein Schreiben *unbewußt* anzupassen, daher war er in letzter Zeit ungewöhnlich hart gegen sich selbst gewesen, obwohl er selbst *immer* sein schärfster Kritiker war und manche Seite zwanzig- bis dreißigmal umschrieb.

»Dann ist da die Zeitschrift *People*«, sagte sie.

»Das ist kein Streß. Es ist vorbei.«

Vor einigen Wochen war ein Journalist von *People* ins Haus gekommen, zwei Tage später folgte ein Fotograf zu einer zehnstündigen Aufnahmesession. Marty, der nicht aus seiner Haut konnte, mochte sie, und sie mochten ihn, aber anfangs hatte er sich der Bitte seines Verlegers, den Artikel zu machen, verzweifelt widersetzt.

Angesichts seines freundschaftlichen Umgangs mit den Leuten von *People* hatte er keinen Grund zu glauben, der Artikel würde negativ sein, aber selbst mit wohlwollender Berichterstattung kam er sich meistens billig und effekthascherisch vor. Für ihn zählten nur die Bücher, und nicht der Autor, der sie schrieb, und er wollte nicht, wie er sich ausdrückte, »die Madonna des Kriminalromans sein und nackt mit einer Schlange zwischen den Zähnen in einer Bibliothek posieren, um die Verkaufszahlen anzukurbeln.«

»Es ist noch nicht vorbei«, widersprach Paige. Die Ausgabe mit dem Artikel über Marty würde erst am Montag an den Kiosken zu haben sein. »Ich weiß, daß dir davor graut.«

Er seufzte. »Ich will nicht ...«

»Madonna mit einer Schlange zwischen den Zähnen sein, ich weiß, Baby. Ich will damit nur sagen, du stehst wegen dieser Zeitschrift mehr unter Streß als dir bewußt ist.«

»So sehr unter Streß, daß ich sieben Minuten weggetreten bin?«

»Klar. Warum nicht? Ich wette, das wird der Arzt sagen.«

Marty sah sie skeptisch an.

Paige schlüpfte wieder in seine Arme. »In letzter Zeit ist alles so gut für uns gelaufen, fast zu gut. Man neigt dazu, in solchen Fällen etwas abergläubisch zu werden. Aber wir haben hart gearbeitet, wir haben es verdient. Nichts wird schiefgehen. Hast du verstanden?«

»Ich habe verstanden«, sagte er und drückte sie an sich.

»Nichts wird schiefgehen«, wiederholte sie. »Nichts.«

10.

Nach Mitternacht.

Das Viertel besteht überwiegend aus riesigen Parkplätzen, und die großen Häuser sind weit entfernt von den Grundstücksgrenzen gelegen. Gewaltige Bäume, so uralt, daß es fast den Anschein erweckt, als hätten sie eine eigene Intelligenz entwickelt, stehen am Straßenrand Wache, hüten die wohlhabenden Einwohner, strecken die kahlen schwarzen Glieder wie High-Tech-Antennen aus, welche Informationen über potentielle Bedrohungen für das Wohlbefinden derer sammeln, die hinter den Mauern aus Sand- und Backstein schlafen.

Der Killer parkt das Auto um die Ecke des Hauses, wo seine Arbeit auf ihn wartet. Er geht den Rest des Weges zu Fuß, summt leise eine selbsterfundene fröhliche Melodie und benimmt sich, als wäre er schon zehntausend Mal auf diesen Gehwegen spazierengegangen.

Verstohlenes Verhalten fällt immer auf und erregt, wenn es auffällt, unweigerlich Argwohn. Ein Mann dagegen, der sich kühn und direkt bewegt, wird als ehrlich und harmlos betrachtet, man tuschelt nicht über ihn und vergißt ihn später wieder völlig.

Eine kalte Brise aus Nordwesten.

Kein Mond am Himmel.

Eine argwöhnische Eule wiederholt monoton ihre einzige Frage.

Das Haus ist im georgianischen Stil gehalten, Sandstein mit weißen Säulen. Das Grundstück wird von einem spitzen, schmiedeeisernen Zaun begrenzt.

Das Tor der Einfahrt steht offen und befindet sich offenbar schon seit vielen Jahren in dieser Position. Das gemächliche, friedliche Leben in Kansas City bringt keine Paranoia hervor.

Er geht die kreisförmige Zufahrt zum Vordach über dem Haupteingang entlang, als gehöre das Haus ihm, schreitet die Stufen empor und bleibt vor der Eingangstür stehen, wo er eine kleine Brusttasche seiner Lederjacke öffnet. Aus dieser Tasche holt er einen Schlüssel.

Bis zu diesem Augenblick hat er nicht gewußt, daß er diesen Schlüssel bei sich trägt. Er weiß nicht, wer ihn ihm gegeben hat, kennt seinen Zweck aber sofort. Dies ist ihm schon häufig passiert.

Der Schlüssel paßt wie angegossen in das Schloß.

Er öffnet die Tür zur dunklen Diele, schreitet über die Schwelle in das warme Haus und zieht den Schlüssel aus dem Schloß. Die Tür macht er leise hinter sich zu.

Nachdem er den Schlüssel wieder eingesteckt hat, wendet er sich der beleuchteten Schalttafel einer Alarmanlage neben der Tür zu. Er hat sechzig Sekunden ab Öffnen der Tür Zeit, den korrekten Code einzugeben, der das System lahmlegt; andernfalls wird automatisch die Polizei gerufen. Die sechsstellige Ziffernfolge fällt ihm genau in dem Augenblick ein, als er sie braucht, und er gibt sie ein.

Er holt einen weiteren Gegenstand aus der Jacke, dieses Mal aus einer tiefen Innentasche: eine außerordentlich kompakte Nachtbrille, die ausschließlich für das Militär hergestellt wird und von Privatpersonen nicht gekauft werden kann. Diese verstärkt selbst das kümmerlichste Licht so sehr, um den Faktor zehntausend, daß er sich so sicher durch dunkle Räume bewegen kann, als wären alle Lampen eingeschaltet.

Er geht die Treppe hinauf und holt die Heckler & Koch P7 aus dem übergroßen Schulterhalfter unter der Jacke. Das aufgesteckte Magazin enthält achtzehn Schuß.

Ein Schalldämpfer ist in eine kleinere Tasche des Halfters gesteckt. Er nimmt ihn heraus und schraubt ihn lautlos auf die Mündung der Pistole. Der Schalldämpfer gewährleistet zehn bis zwölf leise Schüsse, verschleißt aber so schnell, daß der Killer unmöglich das ganze Magazin leer schießen kann, ohne andere im Haus oder die gesamte Nachbarschaft aufzuwecken.

Acht Schuß müßten voll und ganz genügen.

Das Haus ist groß, zehn Türen befinden sich in der T-förmigen Diele des ersten Stocks, aber er muß nicht nach seinem Opfer suchen. Der Grundriß dieses Stockwerks ist ihm ebenso vertraut wie der Stadtplan.

Durch die Brille ist alles in ein grünliches Licht getaucht, weiße Gegenstände scheinen von einem geisterhaften inneren Leuchten beseelt. Er kommt sich vor wie in einem Science Fiction-Film, ein furchtloser Held, der andere Dimensionen oder eine alternative Erde erforscht, die bis auf einige wenige entscheidende Aspekte absolut mit der unseren identisch ist.

Er öffnet die Tür des Schlafzimmers, tritt ein. Er nähert sich dem großen Doppelbett mit seinem kunstvoll geschnitzten georgianischen Kopfteil.

Zwei Menschen schlafen unter den leuchtenden, grünlichen Decken, ein Mann und eine Frau Mitte vierzig. Der Mann liegt auf dem Rücken und schnarcht. Sein Gesicht läßt sich mühelos als das des eigentlichen Ziels des Killers identifizieren. Die Frau liegt auf der Seite, halb im Kissen vergraben, aber der Killer kann erkennen, daß sie das Sekundärziel ist.

Er hält die Mündung der P7 an den Hals des Mannes.

Der kalte Stahl weckt den Mann, er reißt die Augen auf, als würden die Lider durch den Gegengewichtmechanismus von Puppenaugen gesteuert werden.

Der Killer drückt ab, zerfetzt den Hals des Mannes, hebt die Waffe und feuert zwei Schuß aus nächster Nähe in das Gesicht. Die Pistolenschüsse hören sich wie das leise Zischen einer Kobra an.

Er geht um das Bett herum, ohne auf dem Plüschteppichboden ein Geräusch zu machen.

Zwei Kugeln in die linke Schläfe der Frau beenden seinen Auftrag, und sie wacht nicht einmal auf.

Eine Zeitlang steht er neben dem Bett und genießt die unglaubliche Zärtlichkeit des Augenblicks. Beim Sterben anwesend zu sein heißt, an einem der intimsten Erlebnisse teilzuhaben, das man auf dieser Welt nur haben kann. Schließlich ist niemand anderer als die engsten Familienangehörigen am

Totenbett erwünscht, um Zeugen des letzten Atemzugs eines Sterbenden zu werden. Daher ist es dem Killer nur möglich, sich durch den Akt der Exekution über seine graue und erbärmliche Existenz zu erheben, denn nur dann wird ihm die Ehre zuteil, diesem tiefsten aller Ereignisse beizuwohnen, das feierlicher und bedeutender als die Geburt ist. In diesen kostbaren Augenblicken, wenn seine Opfer dahingehen, gelingen ihm Beziehungen, bedeutende Bande zu anderen Menschen, *Verbindungen*, die seine Entfremdung für kurze Zeit vertreiben können und ihm das Gefühl vermitteln, als wäre er mit einbezogen, gebraucht, geliebt.

Zwar sind die Opfer stets Fremde für ihn – und in diesem Fall kennt er nicht einmal ihre Namen –, aber das Erlebnis kann so bewegend sein, daß ihm Tränen in die Augen treten. Heute abend gelingt es ihm jedoch, sich zu beherrschen.

Da er keine Lust hat, die Verbindung enden zu lassen, legt er der Frau zärtlich eine Hand auf die linke Wange, die nicht von Blut besudelt und noch angenehm warm ist. Dann geht er noch einmal um das Bett herum und drückt dem toten Mann sanft die Schulter, als wollte er sagen: *Lebwohl, alter Freund, lebwohl.*

Er fragt sich, wer sie sind. Und warum sie sterben mußten.

Lebwohl.

Er geht durch das dunkle Haus voll geisterhaften grünen Schatten und leuchtenden grünen Umrisse. In der Diele nimmt er sich die Zeit, den Schalldämpfer von der Waffe zu schrauben und beide Teile im Halfter zu verstauen.

Er nimmt die Brille unwillig ab. Ohne deren Linsen wird er wieder von der magischen Gegenwelt, wo er kurze Zeit Verwandtschaft mit anderen Menschen verspürte, zurückversetzt auf diese Welt, wo er sich sehr bemüht, sich zugehörig zu fühlen, aber für alle Zeiten ein Außenseiter bleibt.

Er verläßt das Haus und schließt die Tür, macht sich aber nicht die Mühe, sie abzuschließen. Er wischt den Messingknauf nicht ab, weil er sich keine Gedanken macht, er könnte Fingerabdrücke hinterlassen.

Die kalte Brise faucht und heult unter dem Vordach hindurch.

Abgefallene Blätter wuseln in Scharen mit rattenähnlichem Kratzen und Rascheln über die Einfahrt.

Die Wache stehenden Bäume scheinen auf ihren Posten eingeschlafen zu sein. Der Killer spürt, daß niemand ihn aus einem der leeren Fenster in der Straße beobachtet. Selbst die fragende Stimme der Eule ist verstummt.

Da ihn immer noch bewegt, woran er teilgehabt hat, verzichtet er darauf, auf dem Rückweg zum Auto sein kleines Nonsenslied zu summen.

Während er zu dem Hotel fährt, wo er wohnt, spürt er erneut das niederdrückende Gefühl der Apartheid, in der er lebt. Ausgestoßen. Gemieden. Ein einsamer Mann.

In seinem Zimmer zieht er das Schulterhalfter aus und legt es auf den Nachttisch. Die Pistole befindet sich noch im Griff des nylongefütterten Ledergurts. Er betrachtet sie eine Weile.

Im Badezimmer nimmt er eine Schere aus dem Rasierzeug, klappt den Deckel der Toilette herunter, setzt sich im grellen Neonlicht und zerstört gewissenhaft die beiden gefälschten Kreditkarten, die er bisher bei diesem Auftrag benutzt hat. Morgen wird er Kansas City mit einem Linienflug verlassen, wieder einen anderen Namen benutzen, und auf der Fahrt zum Flughafen wird er die winzigen Bruchstücke der Karten den ganzen meilenlangen Highway entlang verstreuen.

Er kehrt zum Nachttisch zurück.

Sieht die Pistole an.

Nachdem er die Leichen am Tatort zurück gelassen hatte, hätte er die Waffe in so viele Einzelteile wie möglich zerlegen sollen. Die Teile hätte er an weit entfernten Orten wegwerfen müssen: den Lauf vielleicht in einem Abwasserkanal, den halben Rahmen in einem Bachbett, die andere Hälfte auf einer Müllkippe ... bis nichts mehr übrig blieb. Das ist die Standardprozedur, und er kann nicht begreifen, warum er dieses Mal davon abgewichen ist.

Unterschwellige Schuldgefühle folgen auf diese Abweichung von der Routine, aber er wird nicht wieder losziehen und die Waffe beseitigen. Er fühlt sich nicht nur schuldig, er fühlt sich ... rebellisch.

Er zieht sich aus und legt sich hin. Er schaltet die Nachttischlampe aus und betrachtet die verschiedenen Schichten der Schatten an der Decke.

Er ist nicht müde. Seine Verstand ist rastlos, seine Gedanken springen mit solch nervtötender Schnelligkeit von einem Thema zum nächsten, daß der hyperaktive geistige Zustand bald in körperliche Unruhe umschlägt. Er wird zappelig, zupft an den Laken, zieht Decke und Kissen zurecht.

Auf dem Interstate Highway rollen riesige Lastwagen unablässig fernen Zielen entgegen. Der Gesang ihrer Reifen, das Dröhnen ihrer Motoren und das *Wusch* der Luft, die von ihnen verdrängt wird, bilden einen Teppich von Hintergrundgeräuschen, die normalerweise beruhigend wirken. Diese Zigeunermusik der Fernstraße hat ihn schon häufig in den Schlaf gelullt.

Aber heute nacht geschieht etwas Seltsames. Aus Gründen, die er nicht verstehen kann, ist dieses vertraute Mosaik von Geräuschen kein Schlummerlied, sondern ein Sirenengesang. Er kann ihm nicht widerstehen.

Er steht vom Bett auf und geht durch das Zimmer zum einzigen Fenster. Dort genießt er eine verschwommene nächtliche Aussicht auf einen unkrautbewachsenen Hügel und einen Ausschnitt des Himmels darüber – wie zwei Hälften eines abstrakten Gemäldes. Auf der Kuppe, an der Trennlinie zwischen Himmel und Hügel, werden die klobigen Pfosten einer Highwayleitplanke flackernd von vorbeifahrenden Scheinwerfern angestrahlt.

Er schaut halb in Trance nach oben und bemüht sich, Fahrzeuge in westlicher Richtung ins Auge zu fassen.

Die sonst melancholische Kantate des Highway ist heute verlockend, sie ruft ihn und macht geheimnisvolle Versprechungen, die er nicht versteht, aber dennoch erforschen möchte.

Er zieht sich an und packt seinen Koffer.

Draußen sind Parkplatz und Fußwege menschenleer. Autos stehen in Richtung der Zimmer und warten auf die morgendliche Weiterfahrt. In der Nähe klickt unablässig ein Getränkeautomat in einem Automatenalkoven, als würde er Eigenreparaturen durchführen. Der Killer fühlt sich, als wäre er der einzige Mensch in einer von Maschinen beherrschten – und nur noch für Maschinen geschaffenen – Welt.

Augenblicke später befindet er sich auf der Interstate 70, Richtung Topeka, und hat die Pistole neben sich liegen, aber mit einem Handtuch des Motels zugedeckt.

Etwas westlich von Kansas City ruft ihn. Er weiß nicht, was es ist, fühlt sich aber unerbittlich nach Westen gezogen, so wie Eisen von einem Magneten angezogen wird.

So seltsam es scheinen mag, das alles beunruhigt ihn nicht; er fügt sich dem Zwang, nach Westen zu fahren. Schließlich hat er so weit er sich erinnern kann Orte aufgesucht, ohne den Zweck seiner Reise zu kennen, bis er am Ziel angekommen ist, und er hat Menschen getötet ohne eine Ahnung zu haben, warum sie sterben müssen oder in wessen Auftrag die Hinrichtung erfolgt.

Aber er ist ganz sicher, daß dieser plötzliche Aufbruch von Kansas City nicht von ihm erwartet wird. Er soll bis zum Morgen im Motel bleiben und den ersten Flug nach ... Seattle nehmen.

Vielleicht hätte er in Seattle Anweisungen von den Bossen bekommen, an die er sich nicht erinnern kann. Nun wird er nie erfahren, was ihn in Seattle erwartet hätte, denn Seattle ist als Reiseziel gestrichen.

Er fragt sich, wieviel Zeit verstreichen wird, bis seine Vorgesetzten – wie sie auch heißen und wer sie auch sein mögen – bemerken, daß er fahnenflüchtig geworden ist. Wann werden sie anfangen, nach ihm zu suchen, und wie wollen sie ihn jemals finden, nachdem er nun nicht mehr seiner Programmierung gemäß funktioniert?

Um zwei Uhr nachts herrscht kaum Verkehr auf der Interstate 70, hauptsächlich Lastwagen, und er rast vor manchen der gewaltigen Kolosse her und im abgasgeschwängerten Gefolge von anderen durch Kansas, wobei er sich an einen Film über Dorothy und ihren Hund Toto und einen Tornado erinnert, der sie von diesem flachen Farmland fortwirbelte und an einen weitaus seltsameren Ort brachte.

Mit Kansas City, Missouri, und Kansas City, Kansas, in seinem Rücken, stellt der Killer fest, daß er vor sich hin murmelt: *»Ich muß, ich muß.«*

Dieses Mal steht er kurz vor einer Offenbarung, die die genaue Art seines Verlangens enthüllen wird.

»Ich muß ... muß jemand ... ich muß jemand ... ich muß jemand ...«

Während Vororte und schließlich die dunkle Prärie vorbeisausen, erfüllt ihn wachsende Erregung. Er steht zitternd am Rande einer Einsicht, die, wie er genau spürt, sein Leben verändern wird.

»Ich muß jemand ... muß ... ich muß jemand werden.«

Er begreift sofort den Sinn dessen, was er gesagt hat. Mit »jemand werden« meint er nicht, was ein anderer Mann mit denselben Worten meinen würde; er meint nicht, daß er jemand Berühmtes oder Reiches oder Wichtiges werden muß. Nur jemand. Jemand mit einem richtigen Namen. Nur ein gewöhnlicher Joe, wie sie in den Filmen der vierziger Jahre immer zu sagen pflegten. Jemand, der mehr Substanz als ein Gespenst hat.

Der Sog des unbekannten Leitsterns im Westen wird mit jeder Meile stärker. Er beugt sich leicht nach vorne, kauert über dem Lenkrad und sieht gebannt in die Nacht.

Hinter dem Horizont, in einer Stadt, die er sich noch nicht einmal vorstellen kann, wartet ein Leben auf ihn, ein Zuhause. Familie, Freunde. Irgendwo stehen Schuhe, in die er schlüpfen kann, eine Vergangenheit, die er sich behaglich aneignen kann, ein Lebenszweck. Und eine Zukunft, in der er wie andere Menschen sein kann – akzeptiert.

Das Auto rast westwärts und durchschneidet die Nacht.

11.

Um halb eins, auf dem Weg ins Bett, blieb Marty Stillwater vor dem Zimmer der Mädchen stehen, öffnete die Tür einen Spalt und trat leise über die Schwelle. Im bernsteinfarbenen Leuchten der Mickey Mouse-Lampe konnte er seine beiden Töchter sehen, die friedlich schliefen.

Hin und wieder beobachtete er sie eine Weile im Schlaf, um sich zu überzeugen, daß sie echt waren. Er hatte mehr Glück und Wohlstand und Liebe genossen, als ihm zustand, daher befürchtete er, manche seiner Zuwendungen könnten sich als vergänglich oder gar illusorisch erweisen; das Schicksal könnte eingreifen, um das Gleichgewicht wieder herzustellen.

Die alten Griechen hatten das Schicksal in Gestalt dreier Schwestern personifiziert: Klotho, die den Faden des Lebens spann; Lachesis, die die Länge des Fadens maß; und Atropos, die kleinste der drei, aber die mächtigste, die den Faden durchschnitt wie es ihr gerade gefiel.

Manchmal schien es für Marty logisch zu sein, das Leben so zu sehen. Er konnte sich die Gesichter dieser weißgekleideten Gestalten besser vorstellen als die seiner Nachbarn in Mission Viejo. Klotho besaß ein gütiges Gesicht mit fröhlichen Augen, die an die Schauspielerin Angela Lansbury erinnerten, und Lachesis war niedlich wie Goldie Hawn, aber mit einer Aura des Heiligen. Lächerlich, aber so stellte er sie sich vor. Atropos war ein Miststück, wunderschön, aber kalt – verkniffener Mund, anthrazitfarbene Augen.

Der Trick bestand darin, sich das Wohlwollen der ersten beiden Schwestern zu sichern ohne die Aufmerksamkeit der dritten auf sich zu lenken.

Vor fünf Jahren war Atropos in Form einer Blutkrankheit von ihrem himmlischen Gefilde herab gestiegen, um an Charlottes Lebensfaden zu schnippeln, den sie aber Gott sei dank nicht völlig durchgeschnitten hatte. Aber außer auf Atropos hörte diese Göttin auf zu viele Namen: Krebs, Hirnblutung, Koronarthrombose, Feuer, Erdbeben, Gift, Mord und zahllose weitere. Vielleicht stattete sie ihnen jetzt gerade wieder einen Besuch unter einem ihrer zahlreichen Pseudonyme ab, nur war dieses Mal Marty das Ziel, nicht Charlotte.

Manchmal konnte die lebhafte Phantasie eines Romanciers ein Fluch sein.

Plötzlich ertönte aus den Schatten von Charlottes Seite des Zimmers ein Klackern und Rattern und erschreckte Marty. Tief und bedrohlich wie die Warnung einer Klapperschlange. Dann wurde ihm klar, worum es sich handelte: eine Hälfte im Käfig der Rennmaus nahm ein Laufrad ein, und das rastlose Tier rannte darin wie besessen auf der Stelle.

»Geh schlafen, Wayne«, sagte er leise.

Er warf noch einen Blick auf die Mädchen, dann verließ er das Zimmer und machte die Tür leise hinter sich zu.

12.

Er erreicht Topeka um ein Uhr früh.

Er wird immer noch zum westlichen Horizont gezogen, so wie ein Zugvogel unerbittlich nach Süden gezogen wird, wenn der Winter kommt, und folgt einem Ruf, der lautlos ist, einem unsichtbaren Signalfeuer, als würden die Spuren von Eisen in seinem eigenen Blut auf diesen unbekannten Magneten ansprechen.

Er verläßt den Freeway am Stadtrand und sucht nach einem anderen Auto.

Irgendwo gibt es Menschen, die den Namen John Larrington kennen, die Identität, unter der er den Ford gemietet hat. Wenn er nicht in Seattle auftaucht, wo ihn möglicherweise ein anderer Auftrag erwartet hätte, werden diese seltsamen und gesichtslosen Vorgesetzten zweifellos anfangen, nach ihm zu suchen. Er vermutet, daß sie über gewaltige Mittel und Einfluß verfügen; er muß jede Verbindung mit seiner Vergangenheit abbrechen, damit die Jäger keine Möglichkeit haben, ihn zu verfolgen.

Er parkt den gemieteten Ford in einer Wohngegend und geht drei Blocks weit zu Fuß, wobei er die Türen der am Straßenrand geparkten Autos ausprobiert. Nur die Hälfte sind verschlossen. Er wäre bereit, ein Auto kurzzuschließen, sollte es erforderlich sein, aber in einem blauen Honda findet er die Schlüssel hinter der Sonnenklappe.

Nachdem er zu dem Ford zurückgefahren ist und Koffer und Pistole in den Honda umgeladen hat, fährt er in immer größeren Kreisen und sucht nach einem Laden, der rund um die Uhr geöffnet hat.

Er hat keine Karte von Topeka im Kopf, weil niemand damit gerechnet hat, daß er dorthin gehen würde. Es raubt ihm den letzten Nerv, Straßenschilder anzusehen, deren Namen ihm alle unbekannt sind, und keine Ahnung zu haben, wohin ihn eine Straße führen wird.

Er fühlt sich ausgestoßener denn je.

Nach fünfzehn Minuten findet er einen Supermarkt und kauft die Regale mit Slim Jims, Käsecrackern, Erdnüssen, Minikrapfen und anderen Lebensmitteln, die man leicht beim Fahren verzehren kann, fast leer. Er ist bereits ausgehungert. Falls er noch zwei Tage unterwegs sein wird – vorausgesetzt, er wird ganz bis zur Küste gezogen –, braucht er beachtliche Vorräte. Er will seine Zeit nicht in Restaurants vergeuden, doch sein beschleunigter Stoffwechsel zwingt ihn, größere Mahlzeiten und häufiger zu essen als andere Menschen.

Nachdem er noch drei Sechserpacks Pepsi zu den anderen Sachen in dem Einkaufswagen gelegt hat, geht er zur Registrierkasse, wo die einsame Kassiererin sagt: »Sie scheinen eine Riesenparty zu feiern, oder so.«

»Ja.«

Als er bezahlt, wird ihm klar, daß er mit den dreihundert Dollar in seiner Börse – die Summe Bargeld, die er *immer* bei einem Job dabei hat – nicht weit kommen wird. Die gefälschten Kreditkarten, von denen er immer noch zwei besitzt, kann er nicht mehr benützen, denn dann wird man ihn mit Sicherheit anhand seiner Einkäufe verfolgen können. Von jetzt an muß er bar zahlen.

Er bringt die drei großen Tüten mit Vorräten zu dem Honda nach draußen und kommt wieder mit der Heckler & Koch P7 in den Laden zurück. Er schießt die Kassiererin in den Kopf und macht die Kasse leer, aber alles, was er rausholt, ist sein eigenes Geld plus weitere fünfzig Dollar. Besser als gar nichts.

An einer Arco Tankstelle tankt er den Honda voll und kauft eine Karte der Vereinigten Staaten.

Am Rand des Arco-Parkplatzes ißt er Slim Jims im Licht einer Natriumdampflampe, deren Schein allem eine widerliche gelbe Farbe verleiht. Er ist heißhungrig.

Als er von Würstchen zu Krapfen wechselt, studiert er die Karte. Er könnte auf der Interstate 70 weiter nach Westen fahren – oder statt dessen auf den Kansas Turnpike nach Südwesten bis Wichita, weiter bis Oklahoma City und dann auf der Interstate 40 direkt nach Westen.

Er ist es nicht gewöhnt, Alternativen zu haben. Normalerweise tut er, wozu er ... programmiert wurde. Nun, wo er eine Entscheidung treffen muß, stellt er fest, daß das ausgesprochen schwierig ist. Er sitzt unentschlossen da, wird zunehmend nervöser und läuft Gefahr, von seiner Unentschlossenheit gelähmt zu werden.

Schließlich steigt er aus dem Honda aus, steht in der kühlen Nachtluft und sucht Hilfe.

Der Wind bringt die Telefonleitungen über ihm zum Vibrieren – ein quälender Laut, dünn und wehmütig wie das Weinen toter Kinder, die in einem dunklen Jenseits herumwandern.

Er wendet sich so unausweichlich nach Westen wie eine Kompaßnadel den magnetischen Nordpol sucht. Die Anziehung hat etwas Übersinnliches, als wäre eine Präsenz da draußen auf, die ihn ruft, aber die Verbindung ist längst nicht so komplex, mehr biologischer Natur, sie hallt in seinem Blut und seinem Mark wider.

Als er wieder am Steuer des Autos sitzt, findet er den Kansas Turnpike und fährt Richtung Wichita. Er ist immer noch nicht müde. Falls erforderlich, kann er drei Nächte ohne Schlaf auskommen, ohne geistig oder körperlich beeinträchtigt zu sein, was eine seiner speziellen Fähigkeiten ist. Der Gedanke, jemand zu sein, erregt ihn so sehr, daß er möglicherweise nonstop fährt, bis er sein Ziel gefunden hat.

13.

Da Paige wußte, daß Marty halbwegs damit rechnete, wieder von einem Blackout befallen zu werden, dieses Mal in der Öffentlichkeit, bewunderte sie seine Fähigkeit, eine unbekümmerte Fassade zu wahren, um so mehr. Er schien so heiter und unbeschwert wie die Kinder zu sein. Vom Standpunkt der Mädchen war der Sonntag ein perfekter Tag.

Am späten Vormittag fuhren Paige und Marty mit ihnen zum Ritz-Carlton Hotel in Dana Point zum traditionellen Brunch am Thanksgivingwochenende. Sie fuhren nur zu besonderen Anlässen dorthin.

Emily und Charlotte waren wie immer bezaubert von dem großzügig angelegten Gelände, den wunderschönen öffentlichen Räumen, dem makellosen Personal in seinen gestärkten Uniformen. Sie trugen ihre besten Kleider und Schleifen im Haar und hatten ihren Spaß daran, vornehme Damen zu spielen – fast soviel Spaß wie beim zweimaligen Plündern des Dessertbuffets.

Am Nachmittag war es ungewöhnlich warm für die Jahreszeit, daher zogen sie sich um und besuchten den Irvine Park. Sie schlenderten auf den malerischen Wegen dahin, fütterten die Ente im Teich und besuchten den kleinen Zoo.

Charlotte liebte den Zoo, weil die Tiere, wie ihre Menagerie zu Hause, in Behausungen gehalten wurde, wo ihnen nichts zustoßen konnte. Es waren keine exotischen Exemplare dabei – sämtliche Tiere waren in der Region beheimatet –, aber in ihrem typischen Überschwang hielt Charlotte jedes für das interessanteste und niedlichste Geschöpf, das sie je gesehen hatte.

Emily ließ sich auf ein Blickgefecht mit dem Wolf ein. Das Raubtier mit seinen großen, bernsteinfarbenen Augen und dem dichten silbergrauen Pelz sah dem Mädchen von seiner Seite des Käfigs direkt und stechend in die Augen und wandte den Blick nicht mehr ab.

»Wenn man zuerst wegsieht«, informierte Emily die anderen ruhig und ernst, »dann verschlingt einen ein Wolf mit Haut und Haaren.«

Die Konfrontation dauerte so lange, daß Paige trotz des Zauns mulmig wurde. Dann senkte der Wolf den Kopf, schnupperte am Boden, gähnte ausgiebig, um zu zeigen, daß er nicht eingeschüchtert worden war, sondern lediglich das Interesse verloren hatte, und schlurfte davon.

»Er konnte mit seinem ganzen Schnaufen und Pusten die drei kleinen Schweinchen nicht erwischen«, sagte Emily, »daher wußte ich, daß er *mich* schon gar nicht erwischen konnte, weil ich klüger als Schweine bin.«

Sie meinte den Zeichentrickfilm von Disney, die einzige Version des Märchens, die sie kannte.

Paige beschloß, ihr niemals die Version der Gebrüder Grimm zu lesen zu geben, die von sieben Geißlein statt drei kleinen Schweinchen handelte. Der Wolf verschlang sechs von ihnen ganz. Sie wurden im letzten Augenblick davor gerettet, verdaut zu werden, als die Mutter den Bauch des Wolfs aufschnitt und sie aus den dampfenden Eingeweiden herausholte.

Paige drehte sich zu dem Wolf um, als sie weitergingen. Er sah Emily wieder nach.

14.

Sonntag ist ein emsiger Tag für den Killer.

In Wichita verläßt er den Turnpike kurz vor Dämmerung. In einer anderen Wohngegend, die sich kaum von der in Topeka unterscheidet, tauscht er die Nummernschilder des

Honda gegen die eines Chevy aus, wodurch sein gestohlenes Fahrzeug noch schwerer aufzuspüren sein wird.

Am Sonntag morgen kurz nach neun trifft er in Oklahoma City in Oklahoma ein, wo er gerade lange genug Rast macht, um wieder vollzutanken.

Auf der anderen Straßenseite, gegenüber der Tankstelle, liegt ein Einkaufszentrum. In einer Ecke des riesigen, verlassenen Parkplatzes steht eine Sammelbox von Goodwill Industries so groß wie ein Gartenhaus.

Als er vollgetankt hat, läßt er seine Koffer samt Inhalt bei Goodwill. Er behält nur die Kleidungsstücke, die er trägt, und die Pistole.

Im Verlauf der Nacht, auf dem Highway, hatte er Gelegenheit, über seine seltsame Existenz nachzudenken – und sich zu fragen, ob er möglicherweise einen Miniatursender bei sich trägt, der es seinen Vorgesetzten ermöglichen könnte, ihn aufzuspüren. Vielleicht hatten sie ja damit gerechnet, daß er eines Tages abtrünnig werden würde.

Er weiß, man kann einen einigermaßen weitreichenden Sender, der von einer winzigen Batterie gespeist wird, auf äußerst kleinem Raum verstecken. Zum Beispiel in der Schale eines Koffers.

Als er auf der Interstate 40 direkt nach Westen fährt, schiebt sich eine pechschwarze Wolke vor die Sonne. Vierzig Minuten später fängt es an zu regnen; der Regen hat die Farbe von geschmolzenem Silber und wäscht sofort sämtliche Farben aus dem weiten, verlassenen Land rechts und links des Highway. Die Welt besteht aus zwanzig, vierzig, hundert Grautönen, und nicht einmal Blitze unterbrechen die deprimierende Trostlosigkeit.

Die monochrome Landschaft bietet keine Abwechslung, daher hat er Zeit, über die künftigen anonymen Jäger nachzudenken, die ihm dicht auf den Fersen sein könnten. Ist es paranoid zu denken, ein Sender könnte in seine Kleidung eingewoben sein? Er bezweifelt, daß man einen im Material seiner Hosen, des Hemds, Pullovers, der Unterwäsche oder der

Socken verstecken könnte, ohne daß er ihn schon bei einer oberflächlichen Untersuchung anhand des Gewichts entdecken würde. Damit bleiben seine Schuhe und die Lederjacke.

Die Pistole schließt er aus. Sie würden nichts in eine P7 einbauen, das deren Funktion beeinträchtigen könnte. Außerdem hätte er sie kurz nach den Hinrichtungen, für die sie zur Verfügung gestellt worden war, wegwerfen sollen.

Auf halbem Weg zwischen Oklahoma City und Amarillo, östlich der texanischen Grenze, führt er von der Interstate auf einen Rastplatz, wo zehn Autos, zwei Schwerlaster und zwei Wohnmobile Schutz vor dem Unwetter gesucht haben.

In einem angrenzenden Kiefernhain hängen die Äste nach unten, als wären sie vom Regen getränkt, und sie wirken grau wie Asche, nicht grün.

Die großen Kiefernzapfen sehen seltsam aus, wie Krebsgeschwulste.

In einem klobigen, quadratischen Bauwerk sind die Waschräume untergebracht. Er läuft durch den Wolkenbruch zur Herrentoilette.

Als der Killer am ersten von drei Pissoirs steht, der Regen heftig auf das Dach prasselt und der Geruch von nassem Beton erstickend in der Luft hängt, kommt ein Mann Anfang Sechzig herein. Auf einen Blick: dichtes weißes Haar, runzliges Gesicht, Knollennase mit geplatzten Äderchen. Er geht zum dritten Pissoir.

»Ganz schönes Unwetter, was?« sagt der Fremde.

»Ein echter Straßenfeger«, sagt der Killer, ein Ausdruck, den er einmal in einem Film gehört hat.

»Hoffe, daß es bald weiterzieht.«

Der Killer stellt fest, daß der alte Mann etwa seine Größe und Figur hat. Als er den Reißverschluß der Hose zumacht, sagt er: »Wohin fahren Sie?«

»Im Augenblick nach Las Vegas, aber dann anderswohin, und danach wieder anderswohin. Meine Frau und ich sind pensioniert und leben größtenteils im Wohnmobil. Wir wollten uns das Land schon immer ansehen, und jetzt erfüllen wir uns diesen Wunsch. Gibt nichts Schöneres als das Leben auf der Straße, jeden Tag was Neues zu sehen, die reine Freiheit.«

»Klingt toll.«

Am Waschbecken, wo er sich die Hände wäscht, zögert der Killer und fragt sich, ob er es wagen soll, dem alten Narren gleich hier eine zu verpassen und die Leiche in einer Toilettenkabine zu verstecken. Aber da so viele Leute auf dem Parkplatz sind, könnte jemand unerwartet hereinkommen.

Als der Fremde den Hosenladen zumacht, sagt er: »Das einzige Problem ist nur, daß es Frannie – das ist meine Frau – nicht gefällt, wenn ich bei Regen fahre. Sobald es mehr als nur ein bißchen nieselt, will sie an den Straßenrand fahren und abwarten.« Er seufzt. »Heute werden wir nicht viele Meilen zurücklegen.«

Der Killer trocknet sich die Hände unter dem Heißlufttrockner. »Nun, Vegas ist morgen auch noch da.«

»Stimmt. Selbst wenn der liebe Gott am Tag des Jüngsten Gerichts kommt, werden die Blackjacktische offen sein.«

»Ich hoffe, Sie sprengen die Bank«, sagt der Killer und geht hinaus, als der alte Mann zum Waschbecken kommt.

Als er naß und zitternd wieder im Honda sitzt, läßt er den Motor an und schaltet die Heizung ein. Aber den Gang legt er nicht ein.

Drei Wohnmobile parken in den tiefen Buchten am Bordstein.

Eine Minute später kommt Frannies Mann aus der Toilette. Durch die Regenschlieren auf der Windschutzscheibe beobachtet der Killer den weißhaarigen Mann, der zu einem großen, silbernen und blauen Road King sprintet, in den er durch die Fahrertür vorne einsteigt. Auf die Tür ist der Umriß eines Herzens aufgemalt, und in diesem Herzen stehen zwei Namen in schnörkeliger Schrift: Jack und Frannie.

Das Glück ist Jack, dem Rentner mit Ziel Las Vegas, nicht hold. Der Road King steht nur vier Buchten von dem Honda entfernt, und das macht es dem Killer leicht zu tun, was getan werden muß.

Der Himmel gießt einen wahren Ozean aus. Das Wasser fällt an dem windstillen Tag senkrecht herab, zertrümmert unablässig die spiegelgleichen Pfützen auf dem Asphalt und ergießt sich in scheinbar endlosen Strömen in die Rinnsteine.

Autos und Lastwagen fahren vom Highway ab, parken eine Weile, fahren weiter und werden von neuen Fahrzeugen ersetzt, die sich zwischen den Honda und den Road King stellen.

Er ist geduldig. Geduld gehört zu seiner Ausbildung.

Der Motor des Wohnmobils läuft. Kristallisierte Abgase steigen von den beiden Auspuffrohren auf. Warmes, goldgelbes Licht leuchtet hinter den Vorhängen der Seitenfenster.

Er beneidet sie um ihr behagliches Heim auf Rädern, das gemütlicher aussieht als jedes Heim, das er je besitzen wird. Außerdem beneidet er sie um ihre lange Ehe. Wie mag es sein, eine Frau zu haben? Wie würde man sich als geliebter Ehemann fühlen?

Nach vierzig Minuten läßt der Regen immer noch nicht nach, aber eine ganze Schar Autos brechen auf. Der Honda ist jetzt das einzige Fahrzeug, das auf der Fahrerseite des Road King parkt.

Er nimmt die Pistole, steigt aus dem Auto aus, geht hastig zu dem Wohnmobil und behält dabei die Seitenfenster im Auge, sollten Frannie und Jack in diesem ungünstigsten aller Momente beschließen, nach draußen zu sehen.

Er schaut zu der Toilette. Niemand zu sehen.

Perfekt.

Er ergreift den alten verchromten Türgriff. Nicht abgeschlossen. Er steigt ein, geht die Stufen hinauf und sieht über den Fahrersitz.

Die Küche liegt unmittelbar hinter der offenen Kabine, eine Eßnische folgt nach der Küche, dann das Wohnzimmer. Frannie und Jack sitzen in der Nische und essen, Frannie hat dem Killer den Rücken zugekehrt.

Jack sieht ihn zuerst und steht auf, während er gleichzeitig aus der Nische schlüpft, und Frannie sieht mehr neugierig als erschrocken über die Schulter. Die ersten beiden Schüsse treffen Jack in Brust und Hals. Er bricht über dem Tisch zusammen. Die blutbespritzte Frannie macht den Mund auf, um zu schreien, aber die dritte Hohlspitzkugel verleiht ihrem Schädel eine radikal neue Form.

Der Schalldämpfer ist auf die Mündung aufgeschraubt, aber er taugt nicht mehr viel. Die Dämpfpolster sind zusammengedrückt. Das Geräusch der Schüsse ist nur unwesentlich leiser als der normale Mündungsknall.

Der Killer zieht die Fahrertür hinter sich zu. Er sieht auf den Gehweg hinaus, zu dem regennassen Picknickgelände, den Waschräumen. Niemand ist zu sehen.

Er klettert über die Schaltung auf den Beifahrersitz und sieht zum vorderen Fenster auf die Seite hinaus. Nur noch vier weitere Fahrzeuge stehen auf dem Parkplatz. Das nächste ist ein Lastwagen Marke Mack, dessen Fahrer in der Toilette sein muß, denn in der Fahrerkabine ist niemand zu sehen.

Es scheint unwahrscheinlich, daß jemand die Schüsse gehört hat. Das Prasseln des Regens bietet eine ideale Tarnung.

Er drehte den Beifahrersitz herum, steht auf und geht nach hinten in das Wohnmobil. Bei dem toten Paar bleibt er stehen, berührt Jacks Rücken ... und Frannies linke Hand, die in einer Blutlache neben ihrem Eßteller auf dem Tisch liegt.

»Lebt wohl«, sagt er leise und wünscht sich, er könnte sich mehr Zeit nehmen, diesen speziellen Augenblick mit ihnen zu teilen.

Aber nachdem er schon so weit gekommen ist, kann er es kaum erwarten, seine Kleidung gegen die von Frannies Mann auszutauschen und sich wieder auf den Weg zu machen. Inzwischen ist er fest davon überzeugt, daß ein Sender in den Gummiabsätzen seiner Rockport Schuhe verborgen ist, dessen Signale schon in diesem Augenblick gefährliche Leute in seine Richtung leiten.

Nach dem Wohnzimmer folgt ein Bad, ein großer Schrank,

der vollgestopft ist mit Frannies Kleidung, und ein Schlafzimmer nebst einem kleineren Schrank mit Jacks Kleidungsstücken. In weniger als drei Minuten hat er sich nackt ausgezogen und zieht neue Unterwäsche, Tennissocken, Jeans, ein rot-braun kariertes Hemd, ein paar ausgetretene Turnschuhe und eine braune Lederjacke anstelle seiner eigenen schwarzen an. Der Schritt der Hose sitzt perfekt, der Bund ist zwei Zentimeter zu weit, aber er zieht ihn mit einem Gürtel zusammen. Die Schuhe sind etwas zu groß, aber er kann sie tragen, Hemd und Jacke passen wie angegossen.

Er trägt die Rockport Schuhe in die Küche. Um seine Vermutung zu bestätigen, nimmt er ein Küchenmesser aus einer Schublade und säbelt die verschiedenen Schichten der Gummisohle an einem Schuh ab, bis er auf eine kleine, mit elektronischen Gerätschaften vollgestopfte Höhlung stößt. Ein Miniatursender ist mit einer Reihe von Uhrenbatterien verbunden, die um den ganzen Absatz herum zu verlaufen scheinen, möglicherweise um die ganze Sohle.

Also ist er doch nicht paranoid.

Sie kommen.

Er läßt den Schuh inmitten eines Haufens von Gummischnipseln auf dem Küchentresen stehen, durchsucht hektisch Jacks Leichnam und nimmt das Geld aus der Brieftasche des alten Mannes. Zweiundsechzig Dollar. Er sucht nach Frannies Börse und findet sie im Schlafzimmer. Neunundvierzig Dollar.

Als er das Wohnmobil verläßt, wirkt der grauscheckige Himmel konvex, wie von der Last der Gewitterwolken abwärts gebeugt. Regen prasselt megatonnenweise auf die Erde.

Nebelschwaden winden sich zwischen den Stämmen der Kiefern und scheinen nach ihm zu greifen, während er zum Honda läuft.

Als er sich wieder auf der Interstate befindet und durch die ewige Dämmerung des Unwetters rast, dreht er die Heizung des Autos bis zum Anschlag hoch und überquert wenig später die Grenze nach Texas, wo das flache Land womöglich noch flacher wird. Er hat die letzten Überbleibsel seines alten Lebens hinter sich gelassen und fühlt sich befreit. Er schlottert unbeherrscht, vom kalten Regen durchnäßt, zittert aber auch vor Aufregung und Vorfreude.

Sein Schicksal liegt irgendwo im Westen.

Er schält die Plastikverpackung von einem Slim Jim und ißt beim Fahren. Ein schwaches Aroma unter dem vorherrschenden Duft des Dörrfleischs erinnert ihn an den metallischen Geruch von Blut in dem Haus in Kansas City, wo er das namenlose Paar in seinem riesigen georgianischen Bett zurückgelassen hat.

Der Killer fährt mit dem Honda so schnell er sich auf der regennassen Straße traut und ist bereit, jeden Polizisten zu töten, der ihn aufhalten sollte. Als er am Sonntag abend kurz nach Einbruch der Dämmerung Amarillo, Texas, erreicht, stellt er fest, daß der Honda praktisch auf Reserve läuft. Er fährt gerade lange genug auf einen Rastplatz, um zu tanken, auf die Toilette zu gehen und mehr Lebensmittel für unterwegs zu kaufen.

Hinter Amarillo braust er westwärts in die Nacht und passiert Wildorado, an der Grenze von New Mexico, und plötzlich wird ihm klar, daß er die Badlands im Herzen des alten Westens durchquert, wo so viele wunderbare Filme gedreht wurden. John Wayne und Montgomery Clift in *Red River*, wo ihnen Walter Brennan links und rechts die Schau gestohlen hat. *Rio Bravo*. Und *Mein großer Freund Shane* spielte in Kansas – oder nicht? –, Jack Palance legte Elisha Cook jr. um, und das Jahrzehnte bevor der Wirbelsturm Dorothy nach Oz beförderte. *Ringo, Der Scharfschütze, Der Marshal, Der große Bluff, Denen man nicht vergibt, Ein Fremder ohne Namen, Nevada*, so viele hervorragende Filme, die zwar nicht alle in Texas, aber zumindest im *Geist* von Texas spielten, mit John Wayne und Gregory Peck und Jimmy Stewart und Clint Eastwood, Legenden, mythische Orte, die jetzt real geworden sind und jenseits des Highway warten, wenn auch von Regen und Nebel und Dunkelheit verhüllt. Man konnte fast glauben, daß diese Geschichten jetzt in Wirklichkeit in den Grenzstädten gespielt wurden, durch die er fuhr, und daß er Butch Cassidy oder Sundance Kid oder ein anderer Revolverheld eines früheren Jahrhunderts war, ein Killer, aber eigentlich kein schlechter Kerl, von der Gesellschaft mißverstanden und wegen dem, was man ihm angetan hatte, gezwungen zu töten, Kopfgeldjäger auf seinen Fersen ...

Erinnerungen von Kinoleinwänden und Spätfilmen im Fernsehen – die bei weitem den größten Teil der Erinnerungen ausmachen, die er besitzt –, überfluten seinen gequälten Verstand, beruhigen ihn, und eine Zeitlang ist er so vollkommen in diesen Phantasiegebilden verstrickt, daß er zu wenig auf seine Fahrweise achtet. Allmählich bemerkt er, daß seine Geschwindigkeit auf vierzig Meilen die Stunde gesunken ist. Lastwagen und Pkws donnern an ihm vorbei, erschüttern mit ihren Druckwellen den Honda und spritzen schmutziges Wasser auf die Windschutzscheibe, worauf ihre Heckleuchten in der Dunkelheit verschwinden.

Er redet sich ein, daß das geheimnisvolle Schicksal, das ihn erwartet, so gewaltig sein wird wie jedes, das John Wayne in seinen Filmen suchte, und gibt Gas.

Auf dem Beifahrersitz türmen sich leere und halbvolle Lebensmittelverpackungen, zusammengeknüllt und verschmiert und voller Krümel. Sie fallen auf den Boden unter dem Armaturenbrett und füllen den gesamten Fußraum auf der Beifahrerseite auf.

Aus dem Durcheinander zieht er eine frische Packung Krapfen. Um sie hinunterzuspülen, macht er eine warme Dose Pepsi auf.

Westwärts. Immer weiter westwärts.

Eine Identität wartet auf ihn. Er wird jemand sein.

15.

Später am Sonntag, zu Hause, nach Riesenschüsseln Popcorn und zwei Videos, brachte Paige die Mädchen zu Bett, gab ihnen einen Gutenachtkuß und zog sich zur offenen Tür zurück, wo sie Marty beobachtete, wie er sich zu dem Ereignis des Tages setzte, das er am höchsten schätzte. Märchenstunde.

Er fuhr mit dem Gedicht über den bösen Zwillingsbruder des Nikolaus fort, und die Mädchen waren sofort wieder fasziniert.

»Rentiere schweben herab aus der Nacht.
Was hat ihnen nur solche Angst gemacht?
Ihr furchtsames Bangen wird noch bestärkt,
die klugen Tiere haben längst schon gemerkt,
dieser Weihnachtsmann ist ein fremdes Ding,
ein völlig Verrückter, ein Eindringling.
Sie hätten sich längst schon ins Zeug gelegt,
und diesen Irren von der Erde gefegt.
Doch Nikolaus' Zwilling, der braust durch die Lüfte,
trägt eine Peitsche an seiner Hüfte.
Dazu noch Pistolen, Granaten und mehr:
ein häßliches, tödliches Strahlengewehr!«

»Strahlengewehr?« sagte Charlotte. »Dann ist er ein Außerirdischer.«

»Sei nicht albern«, wies Emily sie zurecht. »Er ist der Zwillingsbruder des Nikolaus, wenn er ein Außerirdischer wäre, müßte der Weihnachtsmann auch einer sein, und das ist er nicht.«

Mit der blasierten Herablassung einer Neunjährigen, die schon längst gemerkt hat, daß es gar keinen Nikolaus gibt, sagte Charlotte: »Em, du mußt noch viel lernen. Daddy, was macht dieses Strahlengewehr? Einen in Matsch verwandeln?«

»In Stein«, sagte Emily. Sie zog eine Hand unter der Bettdecke hervor und zeigte den polierten Stein vor, auf den sie zwei Augen gemalt hatte. »Das ist mit Peepers passiert.«

»Sie schweben aufs Dach, herab aus der Luft,
dieser Nikolaus ist ein gemeiner Schuft.
Er beugt sich herunter und flüstert im Nu
den Rentieren folgende Warnung zu:
›Ihr habt doch Verwandte da unten am Pol,
unschuldige Seelen, sie fühlen sich wohl.
Drum bleibt mir schön hier und fliegt nicht von hinnen,
solange ich in dem Haus da drinnen;
sonst nehm ich ein Flugzeug zum Pol zurück
und esse ein köstliches Rentier-Picknick:
mit Rentierbraten und Rentierfilet,
mit Rentiersuppe und Rentierpaté.‹«

»Ich *hasse* diesen Kerl«, verkündete Charlotte mit Nachdruck. Sie zog die Decke bis zur Nasenspitze hoch, wie am vergangenen Abend, aber heute hatte sie nicht richtig Angst, sondern amüsierte sich prächtig und tat nur so, als gruselte sie sich.

»Der Kerl ist einfach böse zur Welt gekommen«, entschied Emily. »Er konnte sicher nicht so werden, nur weil sein Dad und seine Mom nicht so lieb zu ihm waren, wie sie sein sollten.«

Paige bewunderte Martys Fähigkeit, genau den richtigen Tonfall zu treffen, der ihm die ungeteilte Aufmerksamkeit der Kinder sicherte. Hätte er ihr das Gedicht vorher vorgelesen, hätte Paige gesagt, es wäre ein wenig zu stark und finster für kleine Mädchen.

Soviel zur Frage, was besser war – die Einsichten einer Psychologin oder der Instinkt des Geschichtenerzählers.

»Am Kamin schaut er hastig hinab in den Ofen,
doch dieser Zugang ist nur für die Doofen.
Mit seinen Werkzeugen kann er bedacht
sich Zugang verschaffen wie ein Dieb in der Nacht.
Vom Dach zur Küchentür springt er alsdann,
und fängt diabolisch zu grinsen an,
weil er weiß, daß er schlimme Sachen parat

für die friedlich schlafende Familie hat.
Dann grinst er noch einmal, die elende Laus,
und bricht ein durch die Tür in das Stillwater-Haus.

»Unser Haus!« quietschte Charlotte.

»Ich wußte es!« sagte Emily.

Charlotte sagte: »Hast du nicht.«

»Hab ich doch.«

»Nein.«

»Doch. Darum habe ich Peepers im Bett, damit er mich bis nach Weihnachten beschützen kann.«

Sie bestanden darauf, daß ihr Vater alles noch einmal vorlas, von Anfang an, alle Verse beider Abende. Als Marty sich fügte, schlich Paige zur Tür hinaus und ging nach unten, um die Popcornreste wegzuschaffen und die Küche aufzuräumen.

Was die Kinder betraf, war der Tag perfekt gewesen, und für sie war er auch nicht schlecht gelaufen. Marty hatte keinen weiteren Anfall mehr erlitten, wodurch sie sich selbst in dem Glauben wiegen konnte, daß seine Fugue etwas Einmaliges gewesen war – beängstigend, unerklärlich, aber kein Anzeichen für einen schwerwiegenden degenerativen Zustand oder eine Krankheit.

Kein Mann konnte mit zwei solchen Energiebündeln von Kindern Schritt halten, sie unterhalten und einen ganzen hektischen Tag lang dafür sorgen, daß sie nicht quengelig wurden, wenn er sich nicht bester Gesundheit erfreute. Was die andere Hälfte der legendären Stillwater Eltern-Maschine anbetraf: Paige war erschöpft.

Seltsamerweise überprüfte sie auch die Fenster und Türschlösser, als sie das Popcorn weggeräumt hatte.

Gestern abend hatte Marty sein Bedürfnis nach besseren Sicherheitsmaßnahmen nicht erklären können. Schließlich war sein Problem ein inneres.

Paige kam zu dem Schluß, daß es sich hier schlicht um ein Übertragungsphänomen handeln mußte. Er hatte nicht an die Möglichkeit von Tumoren oder Hirnblutungen denken wollen, weil diese sich seiner Kontrolle völlig entzogen, daher hatte er sich nach außen gewandt und Gegner gesucht, gegen die er wenigstens etwas Konkretes unternehmen konnte.

Andererseits, möglicherweise hatte er auch instinktiv auf eine echte Bedrohung reagiert, die sich der bewußten Wahrnehmung entzog. Da sie Aspekte der Jungschen Theorie in ihr persönliches und berufliches Weltbild mit einbezog, konnte Paige an Konzepte wie kollektives Unbewußes, Synchronizität und Intuition glauben.

Als sie an der Verandatür des Wohnzimmers stand und über die dunkle Veranda in den Garten sah, fragte sie sich, welche Bedrohung Marty da draußen in einer Welt gespürt haben mochte, die, so lange sie lebte, immer gefährlicher geworden war.

16.

Er wendet die Aufmerksamkeit stets nur kurz vom Highway ab und wirft rasche Blicke auf die seltsamen Umrisse, die auf beiden Seiten der Straße aus Regen und Dunkelheit aufragen. Abgebrochene Zähne aus Fels haben sich aus dem Sand herausgebohrt, als würde ein Moloch unter der Erde gerade das Maul aufreißen, um jedes arglose Tier zu verschlingen, das sich auf der Oberfläche herumtreibt. Weit verstreute Gruppen verkrüppelter Bäume bemühen sich, in einem Landstrich am Leben zu bleiben, wo Unwetter selten und Regengüsse noch seltener sind; knorrige Äste winden sich aus dem Nebel, kantig und chitinartig wie die stachligen Gliedmaßen von Insekten, werden flüchtig von den Scheinwerfern angestrahlt, zucken Sekundenbruchteile im Wind und verschwinden wieder.

Der Honda besitzt zwar ein Radio, aber der Killer schaltet es nicht ein, weil er sich nicht von der geheimnisvollen Macht ablenken lassen will, die ihn nach Westen zieht und mit der er die Vereinigung sucht. Meile für Meile wächst die Anziehungskraft, und nur daran ist ihm gelegen; er könnte sich ebensowenig davon abwenden wie die Erde ihre Rotationsrichtung ändern und morgen früh einen Sonnenaufgang im Westen zustande bringen könnte.

Er läßt den Regen hinter sich und gelangt schließlich auch unter den Wolkenfetzen hervor in eine klare Nacht mit unzähligen Sternen. An einem Abschnitt des Horizonts kann man vage leuchtende Gipfel und Klüfte erkennen, so fern, daß sie den Rand der Welt bilden könnten, gleich Alabasterwällen, welche ein Märchenreich beschützen, die Mauern von Shangri-La, in denen noch der Mond des vergangenen Monats leuchtet.

Er fährt in die Weite des Südwestens, vorbei an Diademen aus Lichtern, bei denen es sich um die Städte Tucumcari, Montoya und Cuervo handelt, und dann weiter über den Pecos.

Zwischen Amarillo und Albuquerque hält er zum Tanken und um Öl nachzufüllen und benützt die Toilette der Tankstelle, wo es nach Insektenvertilgungsmittel riecht und zwei tote Schaben in der Ecke liegen. Das gelbe Licht und der schmutzige Spiegel offenbaren ein Antlitz, das er als seines erkennen kann, auch wenn es irgendwie verändert ist. Seine blauen Augen wirken dunkler und stechender als er sie je gesehen hat, und die Linien seines sonst freundlichen und offenen Gesichts sind ausgeprägter geworden.

»Ich werde jemand sein«, sagt er in den Spiegel, und der Mann im Spiegel spricht die Worte im Einklang mit ihm aus.

Als er Sonntag nacht um halb zwölf Albuquerque erreicht, tankt er den Honda an einer Raststätte voll und bestellt zwei Cheeseburger zum Mitnehmen. Dann bricht er zum nächsten Abschnitt seiner Reise auf – dreihundertfünfundzwanzig Meilen bis Flagstaff, Arizona – und ißt die Burger in den weißen Papiertüten, in denen er sie bekommen hat und in die duftendes Fett, Zwiebeln und Senf tropfen.

Dies wird seine zweite Nacht ohne Schlaf, aber er ist nicht müde. Er ist mit einer außergewöhnlichen Vitalität gesegnet. Manchmal hat er es schon zweiundsiebzig Stunden ohne

Schlaf ausgehalten und trotzdem einen klaren Kopf behalten.

Aus Filmen, die er in einsamen Nächten in fremden Städten gesehen hat, weiß er, daß der Schlaf der einzige unbezwingbare Gegner von Soldaten ist, die verzweifelt bemüht sind, eine harte Schlacht zu gewinnen. Von Polizisten auf Beobachtungsposten. Von denen, die freiwillig Wache gegen Vampire halten, bis die Dämmerung die Sonne und damit Erlösung bringt.

Seine Fähigkeit, wenn er will mit dem Schlaf einen Waffenstillstand zu schließen, ist so ungewöhnlich, daß er sich scheut, darüber nachzudenken. Er spürt, daß es Dinge über ihn gibt, die er besser nicht wissen sollte, und das ist eines davon.

Eine weitere Lektion, die er aus Filmen gelernt hat, ist die, daß jeder Mensch Geheimnisse hat, sogar vor sich selbst. Demzufolge machen ihn Geheimnisse allen anderen Menschen nur ähnlicher. Was genau der Zustand ist, nach dem er sich am meisten sehnt. Wie andere Menschen zu sein.

In seinem Traum stand Marty an einem kalten, windumtosten Ort und fühlte sich von Entsetzen gepackt. Er war sich bewußt, daß er auf einer Ebene stand, die so flach und konturlos war wie die gewaltigen Talsohlen in der Mojavewüste auf dem Weg nach Las Vegas, aber er konnte die Landschaft nicht richtig sehen, denn die Dunkelheit war allgegenwärtig wie der Tod. Er wußte, etwas kam durch die Düsternis auf ihn zu gerast, etwas unvorstellbar Seltsames und Feindseliges, Gewaltiges und Tödliches, und dennoch vollkommen Stummes; er *wußte* tief in seinem Innersten, daß es kam, großer Gott, ja, aber er hatte keine Ahnung, aus welcher Richtung es sich näherte. Links, rechts, von vorne, von hinten, aus dem Boden unter seinen Füßen oder vom pechschwarzen Himmel über ihm, aber es kam näher. Er konnte es *spüren*, ein Objekt von so gewaltiger Größe und Masse, daß die Atmosphäre in seiner Bahn komprimiert wurde und die Luft eindickte, während die unbekannte Gefahr näher kam. Es kam so rasch näher, schneller, schneller, und er hatte keine Möglichkeit, sich zu verstecken. Dann hörte er, wie Emily irgendwo in der undurchdringlichen Dunkelheit um Hilfe schrie, nach ihrem Daddy rief, und Charlotte ebenfalls, aber er konnte sie nicht ausfindig machen. Er lief in eine Richtung, dann in eine andere, aber ihre von zunehmender Panik gezeichneten Stimmen schienen stets hinter ihm zu sein. Die unbekannte Gefahr war näher gekommen, noch näher, die Mädchen hatten Angst und weinten, Paige rief seinen Namen mit einer derart entsetzten Stimme, daß Marty anfing zu weinen ob seines Unvermögens, sie zu finden, oh gütiger Gott, und es war fast bei ihm, das Ding, was immer es auch sein mochte, so unaufhaltsam wie ein fallender Mond, Welten im Zusammenstoß, ein unvorstellbares Gewicht, eine Urkraft wie diejenige, die das Universum erschaffen hatte, so zerstörerisch wie die, die ihm eines Tages ein Ende bereiten würde, und Emily und Charlotte schrien, schrien ...

Westlich der Painted Desert, vor Flagstaff, Arizona, kurz vor fünf Uhr am Montag morgen, wirbeln vor der Dämmerung Schneeflocken vom Himmel, und die kalte Luft ist ein scharfes Skalpell, das ihm bis auf die Knochen schneidet. Die braune Lederjacke, die er vor noch nicht einmal sechzehn Stunden dem toten Mann in dem Wohnmobil in Oklahoma abgenommen hat, ist nicht dick genug, ihn in der frühmorgendlichen bitteren Kälte warm zu halten. Er zittert, als er den Honda an einer Selbstbedienungszapfsäule voll tankt.

Als er wieder auf der Interstate ist, beginnt er die dreihundertfünfzig Meilen lange Reise nach Barstow, Kalifornien. Sein Zwang, weiter nach Westen zu fahren, ist inzwischen so stark, daß er sich hilflos in dessen Griff befindet, wie ein Asteroid, der, von der gewaltigen Schwerkraft der Erde eingefangen, unerbittlich einem katastrophalen Zusammenstoß entgegen gezogen wird.

Grauen riß ihn aus dem Traum von Dunkelheit und unbekannter Gefahr: Marty Stillwater richtete sich kerzengerade im Bett auf. Sein erster wacher Atemzug war so explosionsartig, daß er sicher war, er hatte Paige geweckt, aber sie schlief ungestört weiter. Er war eiskalt und dennoch schweißgebadet.

Allmählich schlug sein Herz nicht mehr so angstvoll. Durch die leuchtenden grünen Ziffern der Digitaluhr, das rote Leuchten der Fernsehanzeige und die indirekte Beleuchtung am Fenster war das Schlafzimmer nicht annähernd so schwarz wie die Ebene in seinem Traum.

Aber er konnte sich nicht wieder hinlegen. Der Alptraum war realistischer und erschreckender gewesen als alle, die er bisher gehabt hatte. Unmöglich, jetzt wieder einzuschlafen.

Er schlüpfte unter der Decke hervor und ging barfuß zum nächsten Fenster. Er studierte den Himmel über den Dächern der Häuser auf der anderen Straßenseite, als könnte ihn etwas in seinem dunklem Gewölbe beruhigen. Statt dessen stellte er fest, daß der schwarze Himmel am Horizont eine graublaue Färbung annahm, und der Einbruch der Dämmerung erfüllte ihn mit dem irrationalen Grauen, das er am Samstag nachmittag in seinem Arbeitszimmer verspürt hatte. Während der Himmel sich verfärbte, fing Marty an zu zittern. Er versuchte, sich zu beherrschen, aber das Zittern wurde immer schlimmer. Er fürchtete nicht das Tageslicht, sondern etwas, das der Tag mit sich brachte, eine namenlose Bedrohung. Er konnte spüren, wie diese nach ihm griff, ihn suchte – das war verrückt, verdammt –, und da schlotterte er so sehr, daß er eine Hand auf den Fenstersims legen mußte, um sich zu stützen.

»Was ist bloß los mit mir?« flüsterte er verzweifelt. »Was geschieht mit mir, was stimmt nicht?«

Stunde für Stunde verharrt die Tachonadel bebend zwischen 90 und 100. Das Lenkrad vibriert unter seinen Handflächen bis seine Hände schmerzen. Der Honda dröhnt und scheppert. Der Motor gibt ein dünnes, konstantes Heulen von sich; er ist die Dauerbelastung nicht gewöhnt.

Rostrot, knochenweiß, schwefelgelb, das blasse Purpur verödeter Adern, trocken wie Asche, kahl wie der Mars, heller Sand mit reptilienhaften Rückenplatten aus Felsgestein, dazwischen verdorrte Grüppchen Mesquitesträucher: der grausamen Weite der Mojavewüste wohnt eine majestätische Leblosigkeit inne.

Unweigerlich denkt der Killer an alte Filme über Siedler, die mit Planwagen nach Westen ziehen. Zum ersten Mal wird ihm klar, wieviel Mut es erforderte, mit diesen baufälligen Fahrzeugen zu reisen und das eigene Leben der Gesundheit und Ausdauer von Zugpferden anzuvertrauen.

Filme. Kalifornien. Er befindet sich in Kalifornien, der Heimat der Filme.

Weiter, weiter, weiter.

Von Zeit zu Zeit entfährt ihm ein unfreiwilliges Wimmern. Das Geräusch ist das eines Tieres, das in Sichtweite eines Wasserlochs verdurstet, sich auf den Tümpel zuschleppt, der die Rettung bedeutet, aber fürchtet, es könnte sterben, bevor es seinen brennenden Durst löschen kann.

Paige und Charlotte waren bereits in der Garage, um das Auto zu holen, und riefen: »Emily, beeil dich!«

Als Emily sich vom Frühstückstisch abwandte und zu der offenen Tür ging, die die Küche mit der Garage verband, hielt Marty sie an den Schultern fest und drehte sie zu sich um. »Warte, warte, warte.«

»Oh«, sagte sie, »hab ich ganz vergessen«, und stellte sich für einen Kuß auf Zehenspitzen.

»Das kommt als zweites«, sagte er.

»Und als erstes?«

»Das.« Er ließ sich auf ein Knie nieder, damit er auf einer Ebene mit ihr war, und wischte ihr mit einer Papierserviette den Milchschnurrbart ab.

»Oh, schlimm«, sagte sie.

»Es sah süß aus.«

»Paßt eher zu Charlotte.«

Er zog eine Braue hoch. »Hm?«

»Sie ist die Schlampige.«

»Sei nicht so unhöflich.«

»Sie weiß es, Daddy.«

»Trotzdem.«

Paige rief erneut aus der Garage.

Emily gab ihm einen Kuß, und er sagte: »Mach deiner Lehrerin keinen Ärger.«

»Nicht mehr als sie mir«, antwortete Emily.

Er zog sie impulsiv an sich, drückte sie fest und wollte sie nicht mehr loslassen. Der saubere Geruch von Ivory-Seife und Babyshampoo umgab sie; ihr Atem trug den Geruch von Milch und das Getreidearoma von Cheerios in sich. Er hatte noch nie etwas Süßeres, Besseres gerochen. Ihr Rücken fühlte sich beängstigend schmal unter seiner Handfläche an. Sie war so zierlich, er konnte das Klopfen ihres kleinen Herzens sowohl durch die Brust – die sie an ihn drückte – wie auch durch Schulterblätter und Wirbelsäule spüren, auf denen er die Hand liegen hatte. Die schreckliche Gewißheit überkam ihn, daß etwas Furchtbares geschehen und er sie nie wiedersehen würde, wenn er es zuließ, daß sie aus dem Haus ging.

Er mußte sie selbstverständlich gehen lassen – oder sein Zögern erklären, was er nicht konnte.

Liebling, weißt du, das Problem ist, etwas stimmt nicht in Daddys Kopf, darum habe ich immer so schreckliche Gedanken, als würde ich dich und Charlotte und Mommy verlieren. Ich weiß, es wird nichts passieren, wirklich nicht, weil das Problem nur in meinem Kopf existiert, wie ein großer Tumor oder so etwas. Kannst du »Tumor« buchstabieren? Weißt du, was das ist? Nun, ich werde einen Arzt aufsuchen und ihn herausschneiden lassen, einfach herausschneiden, den bösen alten Tumor, und dann werde ich nicht mehr ohne Grund so ängstlich sein …

Er wagte nicht, so etwas zu sagen. Er würde ihr nur angst machen.

Er gab ihr einen Kuß auf die weiche, warme Wange und ließ sie gehen.

An der Tür zur Garage blieb sie stehen und sah sich noch einmal um. »Liest du heute abend wieder das Gedicht?«

»Worauf du dich verlassen kannst.«

Sie sagte: »Rentierbraten ...«

»... Rentierfilet ...«

»... Rentiersuppe ...«

»... und Rentierpaté«, sagte Marty.

»Weißt du was, Daddy?«

»Was?«

»Du bist *sooooo* albern.«

Emily ging kichernd in die Garage. Das *Kla-wumm* der Autotür, die hinter ihr ins Schloß fiel, war das endgültigste Geräusch, das Marty je gehört hatte.

Er sah die Tür an und mußte sich zwingen, nicht hinzulaufen und sie aufzureißen und sie anzuschreien, sie sollten dableiben.

Er hörte, wie das große Garagentor nach oben rollte.

Der Automotor ertönte, keuchte, sprang an und wurde hochgejagt, als Paige auf das Gas trat, bevor sie den Rückwärtsgang einlegte.

Marty hastete aus der Küche durch das Eßzimmer ins Wohnzimmer. Er ging zu einem der Fenster nach vorne, von dem er die Einfahrt sehen konnte. Die Holzläden waren vom Fenster zurückgeklappt, daher blieb er ein paar Schritte vom Glas entfernt stehen.

Der weiße BMW fuhr rückwärts aus der Einfahrt, aus dem Schatten des Hauses in den Novembersonnenschein. Emily saß vorne bei ihrer Mutter, Charlotte auf dem Rücksitz.

Als der Wagen die Allee entlangfuhr und verschwand, trat Marty so dicht an das Fenster, daß er die Stirn an das kalte Glas drückte. Er versuchte, seine Familie so lange es ging im Blickfeld zu behalten, als könnten sie *alles* überleben – selbst Flugzeugabstürze und Atombombenexplosionen –, wenn er sie nur nicht aus den Augen ließ.

Den letzten Blick auf den BMW warf er durch einen plötzlichen Schleier heißer Tränen, die er kaum unterdrücken konnte.

Die starke emotionale Reaktion auf den Abschied seiner Familie beunruhigte ihn so sehr, daß er sich vom Fenster abwandte und wütend sagte: »Verdammt, was ist bloß los mit mir?«

Schließlich gingen die Mädchen nur zur Schule und Paige ins Büro, wo sie fast jeden Tag hingingen. Sie folgten einem Tagesablauf, der bis jetzt noch nie gefährlich gewesen war, und er hatte keinen logischen Grund zu der Annahme, daß er heute gefährlich werden würde – oder überhaupt jemals.

Er sah auf die Armbanduhr. 7:48.

Sein Termin bei Dr. Guthridge war nur noch etwas mehr als fünf Stunden entfernt, aber das schien eine unendlich lange Zeitspanne zu sein. In fünf Stunden konnte alles passieren.

Needles – Ludlow – Daggett.

Weiter, weiter, weiter.

9:04 Pacific Standard Zeit.

Barstow. Trockene, ausgebleichte Stadt in einem harten, trockenen Land. Vor gar nicht so langer Zeit haben Postkutschen hier gehalten. Eisenbahnschienen. Ausgetrocknete Flüsse. Rissiger Stuck, abblätternde Farbe. Das Grün der Bäume wegen einer ewigen Staubschicht auf den Blättern verblaßt. Motels, Schnellimbisse, mehr Motels.

Eine Tankstelle. Benzin. Herrentoilette. Schokoriegel. Zwei Dosen kalte Cola.

Inhaber zu freundlich. Geschwätzig. Langsam mit dem Wechselgeld. Kleine Schweinsaugen. Feiste Wangen. Hasse ihn. Halt den Mund, halt den Mund, halt den Mund.

Sollte ihn erschießen. Sollte ihm den Kopf wegpusten. Befriedigend. Kann es nicht riskieren. Zu viele Leute in der Nähe.

Wieder auf der Straße. Interstate 15. Westwärts. Schokoriegel und Coke bei achtzig Meilen pro Stunden. Einsame Ebenen. Sanddünen, Schiefer. Vulkangestein. Joshuabäume mit vielen Armen stehen Wache.

Als Pilger ins Heilige Land, als Lemming auf dem Weg zum Meer, als Komet auf seinem ewigen Kurs, westwärts, westwärts im Versuch, die Sonne zu überholen, die das Meer sucht.

Marty besaß fünf Schußwaffen.

Er sammelte sie nicht und war auch kein Jäger. Er schoß nicht auf Tontauben oder Zielscheiben, weil er Spaß daran hatte. Im Gegensatz zu einigen Menschen, die er kannte, hatte er sich nicht aus Angst vor einem gesellschaftlichen Kollaps bewaffnet – auch wenn er manchmal überall Spuren davon sah. Er konnte nicht einmal sagen, daß er Waffen *mochte*, aber er sah ein, daß sie in einer aus den Fugen geratenen Welt notwendig waren.

Er hatte die Waffen eine nach der anderen zu Studienzwecken gekauft. Als Kriminalschriftsteller, der über Polizisten und Mörder schrieb, glaubte er, er müsse wissen, wovon er schrieb. Da er kein Hobbyschütze war und ihm nur eine begrenzte Zeit zur Verfügung stand, die verschiedenen Hintergrundinformationen zu recherchieren, die für jeden Roman wichtig waren, ließen sich kleinere Fehler hin und wieder leider nicht vermeiden, aber er fühlte sich wohler, wenn er über eine Waffe schrieb, mit der er schon einmal geschossen hatte.

Im Nachttisch bewahrte er einen nicht geladenen .38er Revolver von Korth und eine Schachtel Munition auf. Der Korth war eine handgefertigte Waffe allerhöchster Qualität, in Deutschland hergestellt. Nachdem er für einen Roman mit dem Titel *Tödliche Dämmerung* gelernt hatte, wie man ihn gebrauchte, hatte er ihn zur Sicherheit zu Hause behalten.

Er und Paige hatten die Mädchen mehrmals auf einen überdachten Schießstand mitgenommen, wo sie Scheibenschießen sehen konnten, und sie hatten ihnen einen tiefempfundenen Respekt vor dem Revolver beigebracht. Wenn Charlotte und Emily alt genug waren, würde er ihnen beibringen, wie man mit einer Schußwaffe umging, allerdings einer mit einem kleineren Kaliber und weniger Rückstoß als die Korth. Unfälle mit Schußwaffen waren fast immer die Folge von Unwissenheit. In der Schweiz, wo jeder erwachsene Mann verpflichtet war, eine Waffe zur Verteidigung des Landes in Notzeiten zu besitzen, gehörte Waffenunterricht zur Allgemeinbildung, und tragische Unfälle kamen ausgesprochen selten vor.

Er holte den .38er aus dem Nachttisch, lud ihn und nahm ihn mit in die Garage, wo er ihn im Handschuhfach ihres Zweitwagens verstaute, eines grünen Ford Taurus. Er wollte ihn auf seine Fahrt zum Termin mit Dr. Guthridge um ein Uhr mitnehmen.

Eine Mossberg-Schrotflinte Kaliber 20, ein Gewehr Colt M16 A2 und zwei Pistolen – eine Beretta Modell 92 und eine Smith & Wesson 5904 – wurden noch in den Originalverpackungen in einem angeschlossenen Metallspind in einer Ecke der Garage aufbewahrt. Dazu Schachteln voll Munition für jedes benötigte Kaliber. Er packte alle Waffen aus, die vor dem Einlagern gereinigt und geölt worden waren, und lud sie.

Die Beretta trug er in die Küche und legte sie in eines der oberen Schränkchen neben dem Kamin, vor zwei Keramikschüsseln. Dort würden die Mädchen sie nicht finden, bis er eine Familienkonferenz einberufen und die Gründe für seine außergewöhnlichen Vorsichtsmaßnahmen erklärt hatte – wenn er sie erklären konnte.

Das M16 wanderte in einen Schrank im Foyer gleich bei der Eingangstür. Er legte die Smith & Wesson in seine Schreibtischschublade, in die zweite Schublade auf der rechten Seite, und die Mossberg unter das Bett im Schlafzimmer.

Die ganze Zeit während seinen Vorbereitungen machte er sich Gedanken, ob er sich nicht möglicherweise gegen eine Gefahr wappnete, die überhaupt nicht existierte. Angesichts der Fugue, die er am Samstag nachmittag erlebt hatte, sollte er eigentlich als *allerletztes* mit geladenen Waffen herumspielen.

Er hatte keinen Beweis dafür, daß Gefahr drohte. Er handelte rein aus Instinkt, eine Soldatenameise, die hirnlos Befestigungen anlegt. So etwas war ihm noch nie passiert. Er war von Natur aus ein Denker, ein Planer, ein Tüftler, auf gar keinen Fall aber ein Mann der Tat. Aber dies war eine *Sturzflut* instinktiver Reaktionen, und er wurde von ihr mitgerissen.

Als er das Gewehr unter dem Bett im Schlafzimmer versteckt hatte, wurden die Gedanken über seinen Geisteszustand unvermittelt von anderen Überlegungen verdrängt. Die niederschmetternde Atmosphäre seines letzten Traums überkam ihn wieder, das Gefühl, als würde ein schreckliches Gewicht mit mörderischer Geschwindigkeit auf ihn zu rasen. Die Luft schien dicker zu werden. Es war fast so schlimm wie in dem Alptraum. Und es wurde immer schlimmer.

Gott steh mir bei, dachte er – aber er wußte nicht, ob er um Beistand gegen einen unbekannten Feind oder gegen die finsteren Impulse in sich selbst flehte.

»Ich muß ...«

Windhosen. Tanzen in der Hochwüste.

Sonnenlicht funkelt auf zerbrochenen Flaschen entlang des Highway.

Schnellstes Fahrzeug auf der Straße. Überholt Autos, Lastwagen. Die Landschaft verschwimmt zur Schliere. Verstreute Städte, nur Schlieren.

Schneller. Schneller. Als würde er in ein schwarzes Loch gesogen.

An Victoriaville vorbei.

An Apple Valley vorbei.

Durch den Cajon Paß, tausenddreihundertneunzig Meter über dem Meeresspiegel.

Dann abwärts. Durch San Bernadino. Auf den Riverside Freeway.

Riverside. Carona.

Durch die Santa Ana Mountains.

»Ich muß jemand ...«

Süden. Der Costa Mesa Freeway.

Die Stadt Orange. Tustin. Im Vorstadtlabyrinth von Südkalifornien.

Mächtiger Magnetismus, zieht, zieht unablässig.

Mehr als Magnetismus. Schwerkraft. In den Strudel des schwarzen Lochs hinab.

Wechseln auf den Santa Ana Freeway.

Trockener Mund. Bitterer, metallischer Geschmack. Rasendes Herzklopfen, pochende Schläfen.

»Ich muß jemand werden.«

Schneller. Als wäre er ein schwerer Anker an einer endlosen Kette, der in die dunklen Tiefen eines grundlosen Meeresgrabens hinabsinkt.

Vorbei an Irvine, Laguna Hills, El Toro.

Ins dunkle Herz des Geheimnisses.

»... muß ... muß ... muß ... muß ... muß ...«

Mission Viejo. Die Ausfahrt. Ja.

Runter vom Freeway.

Suche den Magneten. Die geheimnisvolle Anziehungskraft.

Den weiten Weg von Kansas hierher, um das Unbekannte zu finden, um seine seltsame und wunderbare Zukunft zu entdecken. Zuhause. Identität. Sinn.

Links abbiegen, zwei Blocks, rechts abbiegen. Unbekannte Straßen. Aber um den Weg zu finden, muß er sich nur der Macht ergeben, die ihn anzieht.

Mediterrane Häuser. Ordentlich gemähte Rasen. Palmenschatten auf pastellgelben Stuckwänden.

Hier.

Dieses Haus.

Zum Bordstein. Anhalten. Einen halben Block entfernt.

Ein Haus wie alle anderen. Ausgenommen. Etwas im Inneren. Was er im fernen Kansas zum ersten Mal gespürt hat. Was ihn angezogen hat. Etwas.

Die Anziehungskraft.

Drinnen.

Wartend.

Ein wortloser Triumphschrei entringt sich ihm, und er erschauert heftig vor Erleichterung. Er muß sein Schicksal nicht mehr suchen. Er weiß zwar noch nicht, was es sein könnte, ist aber sicher, daß er es gefunden hat, daher sackt er auf dem Sitz zusammen, seine verschwitzten Hände rutschen am Lenkrad ab, und er freut sich, daß er am Ende seiner langen Reise angelangt ist.

Er ist aufgeregter als er es jemals gewesen ist, und von Neugier erfüllt; aber nachdem er sich nun aus dem eisernen Klammergriff des Zwangs befreit hat, verschwindet auch das drängende Gefühl der Hektik. Sein rasend klopfender Herzschlag sinkt auf eine normalere Zahl von Schlägen pro Minute. Seine Ohren hören auf zu klingeln, und er kann tiefer und freier atmen als während der letzten fünfzig Meilen. Innerhalb verblüffend kurzer Zeit ist er äußerlich ruhig und so gelassen wie in dem großen Haus in Kansas City, wo er dankbar die zärtliche Intimität des Todes mit dem Mann und der Frau in dem antiken georgianischen Bett teilte.

Als Marty die Schlüssel des Taurus vom Brett in der Küche genommen hatte, in die Garage gegangen war, die Tür des Hauses abgeschlossen und den Knopf gedrückt hatte, der das automatische Garagentor hob, war das Gefühl einer bevorstehenden Gefahr so akut und beängstigend, daß er sich am Rand einer blinden Panik befand. In einem fiebrigen Anfall von Paranoia war er überzeugt davon, daß er von einem unheimlichen Gegner verfolgt wurde, der nicht nur über die normalen fünf Sinne verfügte, sondern auch über paranormale Fähigkeiten, ein wahrhaft verrückter Gedanke, um Gottes Willen, direkt aus dem *National Enquirer*, verrückt und dennoch unausweichlich, weil Marty tatsächlich eine Präsenz *spüren* konnte ... eine brutale, raubtierhafte Wesenheit, die von ihm wußte, ihn bedrängte, sondierte. Ihm war zumute, als würde eine viskose Flüssigkeit mit Hochdruck in seinen Schädel gespritzt, die ihm das Gehirn zusammendrückte, das Bewußtsein aus ihm herausquetschte. Auch richtige körperliche Auswirkungen gehörten dazu, denn er fühlte sich wie ein Tiefseetaucher unter einer Tonnenlast Wasser, seine Gelenke schmerzten, die Muskeln brannten, und die Lungen wollten sich nicht ausdehnen und frische Luft einatmen. Außerordentliche Empfänglichkeit gegenüber jedem einzelnen Stimulus lähmte ihn beinahe: Das laute Rasseln des aufwärts rollenden Garagentors zerriß ihm fast die Trommelfelle; das einfallende Sonnenlicht versengte ihm die Augen; und ein muffiger Geruch von Mehltau – normalerweise so schwach, daß man ihn kaum aufspüren konnte – explodierte wie eine Wolke giftiger Sporen aus der Ecke der Garage, so durchdringend, daß ihm übel davon wurde.

Nach einem Augenblick ließ der Anfall nach, und er hatte sich wieder völlig unter Kontrolle. Obwohl er geglaubt hatte, sein Schädel würde platzen, ließ der innere Druck so unvermittelt nach, wie er gekommen war, und er taumelte nicht mehr am Rand der Bewußtlosigkeit dahin. Die Schmerzen in Muskeln und Gelenken waren verschwunden, und das Sonnenlicht brannte ihm nicht mehr in den Augen. Es war, als wäre er aus einem Alptraum erwacht – nur war er vor und nach dem Erwachen schon wach gewesen.

Marty lehnte sich an den Taurus. Er wollte nicht glauben, daß das Schlimmste vorüber war, und wartete verkrampft darauf, daß die nächste unerklärliche Woge paranoiden Entsetzens über ihm zusammenschlagen würde.

Er sah aus der schattigen Garage auf die Straße hinaus, die ihm vertraut und fremd zugleich vorkam, und rechnete fast damit, daß ein monströses Ungeheuer aus dem Pflaster emporsteigen oder aus der sonnigen Luft herabstoßen würde, eine unmenschliche und unbarmherzige Kreatur, tückisch und darauf aus, ihn zu vernichten, das fleischgewordene unsichtbare Gespenst aus seinem Alptraum.

Sein Selbstvertrauen stellte sich nicht wieder ein, und er konnte nicht aufhören zu zittern, aber seine Angst sank allmählich auf ein erträgliches Niveau, und er konnte sich überlegen, ob er imstande war, Auto zu fahren. Was sollte geschehen, wenn er beim Fahren einen ähnlich desorientierenden Anfall hatte? Er würde praktisch nichts von Stopschildern, Gegenverkehr und anderen Gefahren mitbekommen.

Es war wichtiger denn je, daß er Dr. Guthridge aufsuchte.

Er fragte sich, ob er ins Haus zurückgehen und ein Taxi rufen sollte. Aber dies war nicht New York City, wo es auf den Straßen von Taxis wimmelte; in Südkalifornien waren die Worte »Taxi Service« in den meisten Fällen ein Oxymoron. Bis er mit dem Taxi zu Dr. Guthridges Praxis kam, würde er seinen Termin höchstwahrscheinlich verpaßt haben.

Er stieg ins Auto und ließ den Motor an. Voll wachsamer Konzentration stieß er rückwärts aus der Garage auf die Straße, wobei er das Lenkrad so steif handhabte wie ein Neunzigjähriger, der sich akut seiner spröden Knochen und seines dünnen Lebensfadens bewußt ist.

Den ganzen Weg bis zur Praxis des Arztes in Irvine mußte Marty Stillwater an Paige und Charlotte und Emily denken. Durch den Verrat seines eigenen schwachen Fleisches konnte es geschehen, daß er die Mädchen nicht zu jungen Frauen heranwachsen sehen oder die Freude haben würde, an der Seite seiner Frau alt zu werden. Zwar glaubte er an ein Leben nach dem Tod, in dem er schließlich einmal mit denen vereint sein würde, die er liebte, aber sein Leben schien ihm so kostbar, daß nicht einmal die Aussicht auf eine sorgenfreie Ewigkeit den Verlust einiger Jahre diesseits des Schleiers wettmachen konnte.

Aus einem halben Block Entfernung beobachtet der Killer, wie das Auto langsam rückwärts aus der Garage stößt.

Als der Ford in die andere Richtung abbiegt und allmählich im essig-goldfarbenen Herbstsonnenschein verschwindet, wird ihm klar, daß der Magnet, der ihn von Kansas City hierher gezogen hat, sich in diesem Auto befindet. Möglicherweise ist es der nur vage sichtbare Mann hinter dem Lenkrad – aber es könnte auch gar kein Mensch sein, sondern ein Talisman, der anderswo in dem Fahrzeug versteckt ist, ein magischer Gegenstand, der sich seinem Verständnis entzieht, aber aus noch unbekannten Gründen mit seinem Schicksal verknüpft ist.

Der Killer läßt um ein Haar den Honda an, um dem Magneten zu folgen, überlegt sich aber, daß der Fremde in dem Ford früher oder später zurückkommen wird.

Er streift das Schulterhalfter über, schiebt die Pistole hinein und zwängt sich in die Lederjacke.

Aus dem Handschuhfach holt er die Ledertasche mit Reißverschluß, in der sich sein Einbrecherwerkzeug befindet. Dazu gehören sieben Dietriche mit Sprungfedern, ein L-förmiges Spannwerkzeug und eine winzige Spraydose mit Graphitgleitmittel.

Er steigt aus dem Auto aus und geht dreist den Bürgersteig entlang auf das Haus zu.

Am Ende der Einfahrt befindet sich ein weißer Briefkasten, auf dem ein Name geschrieben steht – STILLWATER. Diese zehn schwarzen Buchstaben scheinen eine symbolische Macht zu besitzen. Stilles Wasser. Ruhe. Frieden. Er hat ein stilles Gewässer gefunden. Er hat viele Turbulenzen, Stromschnellen und Strudel hinter sich gebracht, und jetzt hat er einen Platz gefunden, wo er ausruhen kann, wo seine Seele Ruhe finden wird.

Zwischen der Garage und dem Zaun um das Grundstück öffnet er die Klappe eines schmiedeeisernen Tors. Er folgt einem Durchgang zwischen der Garage links und einer mannsgroßen Eugeniahecke rechts bis zum rückwärtigen Teil des Hauses.

Der flache Garten ist üppig bepflanzt. Die Eugeniahecke setzt sich dort fort, dazu ausgewachsene Birkenfeigen, die ihn vor den neugierigen Blicken der Nachbarn abschirmen.

Die Pergola wird von einer offenen Konstruktion aus Rotholzbalken geschützt, zwischen denen sich dicht die dornigen Triebe einer Bougainvillea ranken. Selbst an diesem letzten Tag im November zieren blutrote Blüten das Dach der Pergola. Abgefallene Blütenblätter bedecken den Betonboden, als hätte hier ein erbittert ausgefochtener Kampf stattgefunden.

Eine Küchentür und eine breite Glasschiebetür bieten zwei potentielle Zugangsmöglichkeiten in das Haus. Beide sind abgeschlossen.

Die Schiebetür, hinter der er ein menschenleeres Wohnzimmer mit gemütlichen Möbeln und einem Großbildfernseher ausmachen kann, wird außerdem von einem Holzbalken gesichert, der in die innere Führungsschiene geklemmt wurde. Sollte es ihm gelingen, das Schloß aufzubrechen, müßte er trotzdem die Scheibe einschlagen und ins Innere greifen, um die Stange zu entfernen.

Er klopft heftig an die andere Tür, obwohl er durch deren Fenster erkennen kann, daß sich niemand in der Küche aufhält. Als er keine Antwort bekommt, klopft er noch einmal mit demselben Ergebnis.

Aus dem kompakten Einbrecherset holt er die Graphitdose heraus. Er duckt sich vor der Tür und sprüht Gleitmittel in das Schloß. Schmutz, Rost oder andere Verunreinigungen können die Zähne verkanten.

Er tauscht die Dose gegen die Spannfeder und ein Werkzeug, das »Rechen« genannt wird. Den L-förmigen Schlüssel führt er zuerst ein, um den erforderlichen Druck auf das Schloß auszuüben. Dann schiebt er den Rechen so weit es geht in den Schlüsselkanal ein, drückt ihn nach oben und spürt, wie er gegen die Zähne drückt. Er schaut blinzelnd in das Schloß und zieht den Rechen hastig heraus, aber dieser hebt nicht alle Zähne bis zum Punkt des Einrastens hoch, daher versucht er es noch einmal, und noch einmal, und schließlich, nach dem sechsten Versuch, scheint der Kanal frei zu sein.

Er dreht den Knauf.

Die Tür öffnet sich.

Er rechnet halb damit, daß ein Alarm ertönt, aber keine Sirene ist zu hören. Ein rascher Blick auf Tür und Rahmen zeigt ihm, daß auch keine magnetischen Schalter oder dergleichen vorhanden sind, demnach kann es auch keinen lautlosen Alarm geben.

Nachdem er die Werkzeuge weggepackt und den Lederkoffer geschlossen hat, tritt er über die Schwelle und macht leise die Tür hinter sich zu.

Er steht eine Zeitlang in der kalten, schattigen Küche und

absorbiert die Schwingungen, die positiv sind. Dieses Haus heißt ihn willkommen. Hier beginnt seine Zukunft, und die wird unendlich strahlender sein als seine verwirrte, von Amnesie überschattete Vergangenheit.

Als er die Küche verläßt, um das Haus zu erforschen, zieht er die P7 nicht aus dem Schulterhalfter. Er ist sicher, daß niemand zu Hause ist. Er spürt keine Gefahr, hat ein gutes Gefühl.

»Ich muß jemand werden«, sagt er zu dem Haus, als wäre es ein lebendes Wesen mit der Macht, seinen Wunsch zu erfüllen.

Im Erdgeschoß findet sich nichts Interessantes. Die üblichen Zimmer sind mit behaglichen, aber unspektakulären Möbelstücken versehen.

Oben bleibt er nur kurz in jedem Zimmer und verschafft sich einen allgemeinen Überblick über den ersten Stock, bevor er sich Zeit für eine gründlichere Untersuchung nimmt. Ein Elternschlafzimmer mit angrenzendem Bad und begehbarem Kleiderschrank ... ein Gästezimmer ... Kinderzimmer ... noch ein Bad ...

Das letzte Zimmer am Ende des Flurs – im vorderen Teil des Hauses gelegen – wird als Arbeitszimmer genutzt. Es enthält einen großen Schreibtisch und ein Computersystem, wirkt aber eher gemütlich als geschäftsmäßig. Ein klobiges Sofa steht unter dem geschlossenen Fenster, eine Tiffanylampe auf dem Schreibtisch.

Eine der beiden längeren Wände ist mit einer Doppelreihe von Bildern geschmückt, deren Rahmen einander fast berühren. Die Stücke der Sammlung stammen offensichtlich von mehr als einem Künstler, die Themen jedoch sind ausnahmslos finster und brutal, aber mit unzweifelhaftem Talent dargestellt: verzerrte Schatten, körperlose, vor Entsetzen aufgerissene Augen, ein Ouija-Brett, auf dem ein blutbefleckter Kelch steht, pechschwarze Umrisse von Palmen vor einem geheimnisvollen Sonnenuntergang, ein von einem Zerrspiegel verunstaltetes Gesicht, die glänzenden Stahlklingen von scharfen Messern und Scheren, eine trostlose Straße, wo bedrohliche Schurken gerade außerhalb des trüben gelben Leuchtens von Straßenlaternen lauern, kahle Bäume mit kohlschwarzen Ästen, ein Rabe mit roten Augen, der auf einem Totenschädel sitzt, Pistolen, Revolver, Schrotflinten, ein Eispickel, ein Schlachterbeil, eine Axt, ein seltsam befleckter Hammer, der obszön auf einem Seidenneglige und Spitzenbettwäsche liegt ...

Die Bilder gefallen ihm.

Sie sprechen ihn an.

Das ist das Leben, das er kennt.

Er wendet sich von der Bilderwand ab, schaltet die Schreibtischlampe ein und bewundert deren bunte, leuchtende Schönheit.

In der Glasplatte, die den Schreibtisch schützt, wirken die Spiegelbilder der Kreise und Ovale und Tränen immer noch hübsch, aber dunkler als bei direkter Betrachtung. Auf eine undefinierbare Weise haben sie auch den Charakter von Vorzeichen.

Als er sich nach vorne beugt, sieht er die beiden Ovale seiner Augen, die ihn aus dem polierten Glas anstarren. Eigene winzige Spiegelbilder des Mosaiks aus Lampenschein spiegeln sich darin, so daß sie nicht wie Augen aussehen, sondern wie die leuchtenden Sensoren einer Maschine – und wenn doch Augen, dann die fiebrigen Augen eines seelenlosen Wesens –, und er wendet rasch den Blick von ihnen ab, bevor zuviel Selbstanalyse ihn zu beängstigenden Gedanken und unerträglichen Schlußfolgerungen führt.

»Ich muß jemand werden«, sagt er nervös.

Sein Blick fällt auf eine Fotografie im silbernen Rahmen, die ebenfalls auf dem Schreibtisch steht. Eine Frau und zwei kleine Mädchen. Ein hübsches Trio. Lächelnd.

Er hebt das Foto auf, damit er es eingehender studieren kann. Er drückt eine Fingerspitze auf das Gesicht der Frau und wünscht sich, er könnte sie wirklich berühren, die warme und sanfte Haut spüren. Er streicht mit dem Finger über das Glas und berührt zuerst das blonde Kind und dann den dunkelhaarigen Kobold.

Als er nach einer oder zwei Minuten vom Schreibtisch weggeht, nimmt er das Foto mit. Die drei Gesichter auf dem Portrait sind so wunderschön anzuschauen, daß er sie jedesmal ansehen will, wenn er den Drang dazu verspürt.

Als er die Titel der Bände auf dem Bücherregal betrachtet, macht er eine Entdeckung, die ihn zumindest in einem gewissen Rahmen begreifen läßt, weshalb er von den grauen, herbstlichen Ebenen des Mittelwestens ins sonnige Kalifornien nach Thanksgiving gezogen wurde.

Einige wenige Regalbretter enthalten Bücher – Kriminalromane – von nur einem Autor: Martin Stillwater. Derselbe Nachname, den er draußen auf dem Briefkasten gesehen hat.

Er stellt das silbergerahmte Portrait beiseite und zieht einige dieser Romane aus den Regalen, wobei er überrascht feststellt, daß ihm manche Schutzumschläge bekannt vorkommen, weil die Originalgemälde an der Bilderwand hängen, die ihn so sehr fasziniert hat. Jeder Titel ist in verschiedenen Übersetzungen vorhanden: Französisch, Deutsch, Italienisch, Holländisch, Schwedisch, Dänisch, Japanisch und einige andere Sprachen.

Aber nichts ist so interessant wie das Foto des Autors auf der Rückseite jedes Schutzumschlags. Er studiert sie lange Zeit und streicht Stillwaters Gesichtszüge mit dem Finger nach.

Fasziniert überfliegt er die Klappentexte. Dann liest er die erste Seite eines Buches, die erste Seite eines anderen, dann noch eine.

Er schlägt eine Widmungsseite vorne in einem der Bücher auf und liest, was dort gedruckt steht: *Dieses Buch ist meiner Mutter und meinem Vater gewidmet, Jim und Alice Stillwater, die mich gelehrt haben, ein ehrlicher Mann zu sein – und die keine Schuld trifft, daß ich denken kann wie ein Krimineller.*

Seine Mutter und sein Vater. Er liest ihre Namen voller Staunen. Er besitzt keine Erinnerungen an sie, kann sich nicht an ihre Gesichter erinnern oder sich vorstellen, wo sie leben.

Er geht zum Schreibtisch zurück und blättert das Adreßbuch durch. Er findet Jim und Alice Stillwater in Mammoth Lake, Kalifornien. Die Anschrift sagt ihm nichts, und er fragt sich, ob dies das Haus ist, in dem er aufgewachsen ist.

Er scheint seine Eltern zu lieben. Immerhin hat er ihnen ein Buch gewidmet. Und doch sind sie Fremde für ihn. So vieles hat er verloren.

Er geht zum Bücherregal zurück. Er schlägt die amerikanischen oder britischen Ausgaben jedes Titels auf, um die Widmungen zu lesen, und findet schließlich: *Für Paige, meine perfekte Frau, nach der meine besten weiblichen Figuren modelliert sind – ausgenommen natürlich die mörderischen Psychopathinnen.*

Und zwei Bände weiter: *Für meine Töchter, Charlotte und Emily, in der Hoffnung, daß sie dieses Buch eines Tages lesen, wenn sie erwachsen sind, und wissen, daß der Daddy in dieser Geschichte mit meinem Herzen spricht, wenn er so überzeugt und gefühlvoll von seinen eigenen kleinen Töchtern erzählt.*

Er stellt die Bücher beiseite und greift wieder nach dem Foto, das er mit etwas wie Ehrfurcht in beiden Händen hält.

Die attraktive Blondine muß Paige sein. Eine perfekte Frau.

Die beiden Mädchen sind Charlotte und Emily, aber natürlich kann er nicht wissen, wer welche ist. Sie machen einen süßen und folgsamen Eindruck.

Paige, Charlotte, Emily.

Endlich hat er sein Leben gefunden. Hierher gehört er. Dies ist sein Zuhause. Die Zukunft beginnt jetzt.

Paige, Charlotte, Emily.

Dies ist die Familie, zu der ihn das Schicksal geführt hat.

»Ich muß Marty Stillwater werden«, sagt er und freut sich, daß er endlich seinen eigenen warmen Platz in dieser kalten und einsamen Welt gefunden hat.

Zwei

1.

Dr. Paul Guthridges Praxis besaß drei Untersuchungszimmer. Im Lauf der Jahre war Marty schon in allen gewesen. Sie waren identisch und nicht von Behandlungszimmern anderer Ärzte zwischen Maine und Texas zu unterscheiden: hellblaue Wände, Edelstahlarmaturen, ansonsten alles weiß-in-weiß; Waschbecken, Hocker, ein Sehtestplakat. Der Raum besaß soviel Charme wie eine Leichenhalle – nur roch er besser.

Marty saß auf dem Rand eines gepolsterten Untersuchungstischs, der mit einer Endlosrolle Papier abgedeckt war. Er trug kein Hemd, und es war kühl in dem Raum. Obwohl er die Hosen noch anhatte, fühlte er sich nackt und verwundbar. Er stellte sich vor, daß er einen katatonischen Anfall bekam, weder sprechen noch sich bewegen, noch blinzeln konnte, worauf der Arzt ihn für tot halten, ganz ausziehen, ihm eine Kennkarte an den großen Zeh binden, ihm die Augen zukleben und ihn zur weiteren Untersuchung zur Gerichtsmedizin schicken würde.

Er verdiente zwar seinen Lebensunterhalt damit, aber die Phantasie des Kriminalschriftstellers machte ihm die ständige Gegenwart des Todes bewußter als den meisten Menschen. Jeder Hund war ein potentieller Überträger von Tollwut. Jeder fremde Wagen, der durch das Viertel fuhr, wurde von einem sexuellen Triebtäter gesteuert, der jedes Kind entführte und ermordete, das länger als drei Sekunden unbeaufsichtigt blieb. Jede Dose Suppe in der Küche war eine Lebensmittelvergiftung, die nur darauf wartete, zum Einsatz zu kommen.

Vor Ärzten hatte er keine besondere Angst – aber er fühlte sich in ihrer Gegenwart auch nicht gerade wohl.

Ihn beunruhigte die ganze *Vorstellung* von der medizinischen Wissenschaft, aber nicht, weil er ihr mißtraute, sondern weil ihn allein schon ihre Existenz irrationalerweise daran erinnerte, daß das Leben vergänglich und der Tod unvermeidlich waren. Daran mußte er nicht erinnert werden. Er verfügte bereits über ein akutes Wissen um den Tod und verbrachte sein ganzes Leben damit, mit diesem Wissen fertig zu werden.

Marty, der fest entschlossen war, nicht hysterisch zu klingen, wenn er Guthridge seine Symptome schilderte, berichtete die Ereignisse der vergangenen drei Tage mit einer leisen, nüchternen Stimme. Er bemühte sich, auf sachliche statt emotionale Ausdrücke zurückzugreifen, begann mit der siebenminütigen Fugue in seinem Arbeitszimmer und endete mit dem unvermittelten Anfall von Panik, den er verspürte, als er das Haus verließ, um zur Praxis des Arztes zu fahren.

Guthridge war ein ausgezeichneter Internist – teilweise weil er ein guter Zuhörer war –, sah aber nicht danach aus. Er war fünfundvierzig, wirkte aber zehn Jahre jünger und hatte jungenhafte Manieren. Heute trug er Tennisschuhe, weite Hosen und ein Mickey Mouse-Sweatshirt. Im Sommer bevorzugte er bunte Hawaiihemden. Wenn er, was selten genug vorkam, den traditionellen weißen Kittel über Hosen mit Bügelfalten trug, sagte er stets, daß er »Doktor spielte« oder »vom Bekleidungskomitee der amerikanischen Ärztekammer auf strenge Bewährung gesetzt« oder »plötzlich von der göttlichen Verantwortung meines Berufes überwältigt« worden sei.

Paige hielt Guthridge für einen außergewöhnlichen Arzt, und die Mädchen behandelten ihn mit der speziellen Hingabe, die normalerweise einem Lieblingsonkel vorbehalten bleibt.

Marty mochte ihn auch.

Er vermutete, daß das exzentrische Gehabe des Arztes nicht ausschließlich dazu diente, Patienten zu amüsieren und ihnen die Nervosität zu nehmen. Guthridge schien, wie Marty auch, allein an der Tatsache, daß es den Tod gab, moralisch Anstoß zu nehmen. Als junger Mann hatte er sich vielleicht sogar zur Medizin hingezogen gefühlt, weil er den Arzt als Ritter sah, der gegen Drachen in Gestalt von Krankheiten und Seuchen kämpfte. Junge Ritter sind stets der Überzeugung, daß edle Absichten, Geschick und Glauben über das Böse triumphieren. Alte Ritter wissen es besser – und benutzen manchmal den Humor als Waffe, um Verbitterung und Verzweiflung zu bekämpfen. Guthridges Latschen und das Mickey Mouse-Sweatshirt dienten vielleicht dazu, seine Patienten zu entspannen, aber sie waren gleichzeitig sein Panzer gegen die harte Realität von Leben und Tod.

»Ein Panikanfall? Ausgerechnet Sie haben einen Panikanfall?« fragte Paul Guthridge zweifelnd.

Marty sagte: »Hyperventilieren, Herzklopfen, mir war, als müßte ich explodieren – ich finde schon, daß sich das nach einem Panikanfall anhört.«

»Klingt mehr nach Sex.«

Marty lächelte. »Glauben Sie mir, Sex war es nicht.«

»Da könnten Sie recht haben«, sagte Guthridge seufzend. »Es ist so lange her, ich weiß nicht mehr genau, wie Sex eigentlich ist. Glauben Sie mir, Marty, dies ist eine ganze schlechte Zeit, Junggeselle zu sein, es gibt so viele schlimme Krankheiten da draußen. Man lernt ein Mädchen kennen, geht mit ihr aus, gibt ihr einen züchtigen Kuß auf die Wange, wenn man sie nach Hause gebracht hat – und dann fährt man heim und wartet ab, ob einem die Lippen faulen und abfallen.«

»Bezaubernde Vorstellung.«

»Realistisch, hm? Vielleicht hätte ich Schriftsteller werden sollen.« Er untersuchte Martys linkes Auge mit einem Augenspiegel. »Hatten Sie ungewöhnlich starke Kopfschmerzen?«

»Einmal am Wochenende. Aber nichts Ungewöhnliches.«

»Wiederholte Schwindelanfälle?«

»Nein.«

»Vorübergehende Blindheit, deutliche Einengung der peripheren Sehfähigkeit?«

»Nichts dergleichen.«

Guthridge widmete Martys rechtem Auge seine Aufmerksamkeit und sagte: »Was das Schreiben angeht – das haben auch schon andere Ärzte getan, wissen Sie. Michael Crichton, Robin Cook, Somerset Maugham ...«

»Seuss.«

»Seien Sie nicht sarkastisch. Wenn ich Ihnen das nächste Mal eine Injektion verabreichen muß, nehme ich vielleicht eine Pferdespritze.«

»Ich habe den Eindruck, daß Sie das sowieso immer tun. Ich will Ihnen was sagen, Schriftsteller zu sein ist nicht halb so romantisch, wie die Leute glauben.«

»Wenigstens müssen Sie keine Urinproben untersuchen«, sagte Guthridge und legte den Augenspiegel beiseite.

Während grelle Geisterbilder des Instruments noch vor seinen Augen tanzten, sagte Marty: »Wenn man als Schriftsteller anfängt, behandeln einen viele Lektoren und Agenten und Filmproduzenten als wäre man *selbst* eine Urinprobe.«

»Schon, aber jetzt sind Sie eine Berühmtheit«, sagte Guthridge und rückte die Ohrenstöpsel des Stethoskops zurecht.

»Noch lange nicht«, wandte Marty ein.

Als er die Luftmanschette eines Blutdruckmeßgeräts um Martys Oberarm legte, sagte Guthridge: »Nun, ich weiß nur eines, wenn man ins Magazin *People* kommen will, muß man auf die eine oder andere Art eine Berühmtheit sein – Rocksänger, Schauspieler, Politiker, Mörder oder vielleicht auch der Typ mit der größten Ohrenschmalzsammlung der Welt. Wenn Sie also glauben, daß Sie kein berühmter Schriftsteller sind, dann möchte ich gerne wissen, wen Sie ermordet haben und wieviel Ohrenschmalz Sie denn nun genau besitzen.«

»Woher wissen Sie das mit *People*?«

»Wir haben es für das Wartezimmer abonniert.« Er pumpte die Manschette auf, bis sie fest anlag, dann las er die fallende Quecksilbersäule des Geräts, ehe er fortfuhr. »Die neueste Ausgabe kam mit der Morgenpost. Meine Vorzimmerdame zeigte sie mir regelrecht amüsiert; sie sagte, Sie könnte sie sich am allerwenigsten als Mr. Murder vorstellen.«

Verwirrt sagte Marty: »Mr. Murder?«

»Haben Sie den Artikel noch nicht gesehen?« fragte Guthridge, als er Marty die Manschette abnahm und die Frage mit dem häßlichen Geräusch des reißenden Klettverschlusses unterstrich.

»Nein, noch nicht. Man bekommt sie vorher nicht gezeigt. Sie meinen, in dem Artikel bezeichnen sie mich als Mr. Murder?«

»Nun, ist irgendwie niedlich.«

»Niedlich?« Marty zuckte zusammen. »Ich frage mich, ob es Philip Roth gefallen würde, ›Mr. Literat‹ genannt zu werden, oder Terry McMillan ›Ms. Schwarze Familiensaga‹.«

»Sie wissen ja, wie es heißt – jede Publicity ist gute Publicity.«

»Das war Nixons erste Reaktion auf Watergate, oder nicht?«

»Wir haben *People* sogar zweimal abonniert. Ich gebe Ihnen eine unserer Ausgaben, wenn Sie gehen.« Guthridge grinste schalkhaft. »Wissen Sie, bis ich den Artikel gelesen habe, war mir eigentlich nie so richtig klar, was für ein furchteinflößender Kerl Sie sind.«

Marty stöhnte. »Das hatte ich befürchtet.«

»Eigentlich ist es gar nicht so schlimm. Da ich Sie kenne, denke ich, Sie werden es ein bißchen peinlich finden. Aber umbringen wird es Sie nicht.«

»Und was *wird* mich umbringen, Doc?«

Guthridge sagte stirnrunzelnd: »Nach dieser Untersuchung würde ich sagen Altersschwäche. Allen äußeren Anzeichen zufolge erfreuen Sie sich bester Gesundheit.«

»Das Schlüsselwort dabei ist ›äußeren‹«, sagte Marty.

»Richtig. Ich möchte, daß Sie sich einigen Tests unterziehen. Ambulant im Hoag Hospital.«

»Ich bin bereit«, sagte Marty grimmig, obwohl er überhaupt nicht bereit war.

»O nein, nicht heute. Sie werden frühestens morgen einen Termin frei haben, wahrscheinlich erst am Mittwoch.«

»Wonach suchen Sie mit diesen Tests?«

»Gehirntumor, krankhafte Veränderungen. Schwerwiegende Störungen der Blutchemie. Möglicherweise eine Verlagerung der Zirbeldrüse, die Druck auf das umliegende Gehirngewebe ausübt – was Symptome auslösen könnte, die mit Ihren vergleichbar sind. Andere Sachen. Aber machen Sie sich keine Sorgen, weil ich ziemlich sicher bin, daß wir nichts finden werden. Ihr Problem ist höchstwahrscheinlich nur Streß.«

»Das hat Paige auch gesagt.«

»Sehen Sie. Sie hätten mein Honorar sparen können.«

»Seien Sie ehrlich, Doc.«

»Ich bin ehrlich.«

»Ich muß gestehen, daß ich Angst habe.«

Guthridge nickte mitfühlend. »Verständlich. Aber hören Sie mir zu, ich habe Symptome gesehen, die bei weitem bizarrer und ernster waren als Ihre – und Streß war die Ursache.«

»Psychisch.«

»Ja, aber nichts Langfristiges. Und Sie werden auch nicht verrückt, falls Sie sich darüber Gedanken machen sollten. Versuchen Sie, sich zu entspannen, Marty. Nächste Woche wissen wir, was los ist.« Falls erforderlich, konnte Guthridge ein so beruhigendes Gebaren – und ein ebenso tröstliches Verhalten am Krankenbett – an den Tag legen, wie jede grauhaarige medizinische Eminenz im dreiteiligen Anzug. Er nahm Martys Hemd von einem Haken an der Tür und gab es ihm. Das schwache Leuchten seiner Augen verriet einen Stimmungsumschwung. »Wenn ich einen Termin im Krankenhaus für Sie vereinbare, was für einen Namen des Patienten soll ich angeben? Martin Stillwater oder Martin Murder?«

2.

Er erforscht sein Haus. Er brennt darauf, alles über seine neue Familie zu erfahren.

Da ihm der Gedanke, Vater zu sein, besonders verlockend erscheint, fängt er im Zimmer der Mädchen an. Eine Zeitlang bleibt er einfach unter der Tür stehen und betrachtet die beiden so unterschiedlichen Hälften des Raums.

Er fragt sich, welche seiner jungen Töchter die quirlige ist, die ihr Zimmer mit Postern bunter Heißluftballons und springender Tänzerinnen schmückt, die eine Rennmaus und andere Haustiere in Drahtkäfigen und Glasterrarien hält. Er hält das Foto seiner Frau und seiner Kinder noch in der Hand, aber die lächelnden Gesichter offenbaren nichts von den Persönlichkeiten.

Die zweite Tochter ist offenbar ruhiger, da sie beschauliche Landschaften an den Wänden bevorzugt. Ihr Bett ist ordentlich gemacht, die Kissen fein säuberlich drapiert. Ihre Märchenbücher hat sie ordentlich aufgestellt, der Schreibtisch in der Ecke ist aufgeräumt.

Als er die Spiegeltür des Schranks öffnet, sieht er eine ähnliche Unterscheidung in den aufgehängten Kleidungsstücken. Die links sind nach Art und Farbe sortiert. Die rechts lassen keine spezielle Ordnung erkennen, sie hängen schief auf den Bügeln und in einer Art und Weise aneinandergequetscht, die Falten praktisch garantiert.

Da die kleineren Jeans und Kleider sich auf der linken Seite des Schranks befinden, kann er davon ausgehen, daß das ordentliche, ruhige Mädchen die jüngere der beiden ist. Er hebt das Foto hoch und betrachtet sie. Die Elfe. So niedlich. Er weiß immer noch nicht, ob sie Charlotte oder Emily ist.

Er geht zum Schreibtisch auf der Seite des Zimmers, die der älteren Tochter gehört, und betrachtet das Durcheinander: Zeitschriften, Schulbücher, ein gelbes Haarband, eine Schmetterlingsmütze, ein paar verstreute Streifen Black Jack-Kaugummi, Buntstifte, ein verschlungenes Paar rosa

Kniestrümpfe, eine leere Coladose, Münzen und ein Gameboy.

Er schlägt eines der Schulbücher auf, dann noch eines. In beide ist derselbe Name mit Bleistift eingetragen: Charlotte Stillwater.

Das ältere, disziplinlosere Mädchen ist Charlotte. Das jüngere Mädchen, das seine Sachen ordentlich wegräumt, ist Emily.

Wieder betrachtet er ihre Gesichter auf dem Foto.

Charlotte ist hübsch, ihr Lächeln bezaubernd. Aber wenn er mit einem seiner beiden Kinder Ärger bekommen wird, dann mit ihr.

Er wird keine Unordnung in seinem Haus dulden. Alles muß perfekt sein. Ordentlich und sauber und glücklich.

In einsamen Hotelzimmern in fremden Städten brannte er, wenn er wach in der Dunkelheit lag, vor Verlangen und wußte nicht, was dieses Verlangen befriedigen könnte. Jetzt weiß er, wenn er Martin Stillwater wird – Vater dieser Kinder, Ehemann dieser Frau –, dann ist dies das Schicksal, welches die schreckliche Leere füllen und ihm endlich Zufriedenheit verschaffen wird. Er ist der Macht dankbar, die ihn hierher geführt hat, und er ist fest entschlossen, seine Verantwortung gegenüber seiner Frau, seinen Kindern und der Gesellschaft zu erfüllen. Er wünscht sich eine ideale Familie, wie er sie in bestimmten Lieblingsfilmen gesehen hat; er möchte gütig sein wie Jimmy Stewart in *Ist das Leben nicht schön?* und klug wie Gregory Peck in *Wer die Nachtigall stört* und bewundert wie beide, und er wird alles Erforderliche tun, um ein liebendes und harmonisches und ordentliches Zuhause zu gewährleisten.

Er hat auch *Böse Saat* gesehen und weiß, daß manche Kinder ein Zuhause und jegliche Hoffnung auf Harmonie zunichte machen können, weil das Potential, Böses zu tun, in ihnen brennt. Charlottes Schlampigkeit und ihre seltsame Menagerie beweisen, daß sie zu Ungehorsam und möglicherweise Gewalt fähig ist.

Wenn Schlangen in Filmen auftauchen, dann sind sie *immer* Symbole des Bösen, gefährlich für die Unschuldigen; demzufolge ist die Schlange in dem Terrarium ein beängstigender Beweis für die Verderbtheit des Kindes und die Notwendigkeit einer strengen Hand. Sie hält auch noch andere Reptilien, Nagetiere und einen häßlichen schwarzen Käfer in einem Glas – die Filme haben ihn gelehrt, das alles mit den Mächten der Finsternis in Verbindung zu bringen.

Er studiert das Foto erneut und staunt, wie unschuldig Charlotte aussieht.

Aber er muß an das Mädchen in *Böse Saat* denken. Sie schien ein Engel zu sein und war doch durch und durch böse.

Martin Stillwater zu sein ist vielleicht doch nicht so einfach, wie er zuerst gedacht hat. Charlotte könnte ein ganz schönes Problem werden.

Glücklicherweise hat er *Lean On Me* gesehen, wo Morgan Freeman die Rektorin einer High School spielt, die Ordnung in eine von Anarchie beherrschte Schule bringt, und er hat *Der Prinzipal* mit James Belushi gesehen, daher weiß er, daß auch böse Kinder im Grunde genommen Disziplin wollen. Sie werden angemessen reagieren, wenn Erwachsene den Mumm aufbringen und auf Anstandsregeln bestehen.

Wenn Charlotte störrisch und ungehorsam ist, wird er sie bestrafen, bis sie lernt, ein braves Mädchen zu sein. Er wird sie nicht im Stich lassen. Anfangs wird sie ihn hassen, weil er ihr Privilegien streicht, weil er ihr Hausarrest auferlegt, weil er ihr weh tun wird, sollte es erforderlich sein, aber mit der Zeit wird sie einsehen, daß er nur ihr Bestes will, und sie wird lernen, ihn zu lieben, und verstehen, wie weise er ist.

Er kann den Augenblick des Triumphs richtig vor sich sehen, wenn nach vielen Anstrengungen ihre Rehabilitierung gesichert ist. Ihre Erkenntnis, daß sie Unrecht hatte und er ein guter Vater gewesen ist, wird in einer rührenden Szene gipfeln. Sie werden beide weinen. Sie wird sich reuevoll und beschämt in seine Arme werfen. Er wird sie fest in die Arme nehmen und ihr sagen, alles ist gut, nicht weinen. Sie wird sagen: »O

Daddy«, mit zitternder Stimme, und sich fest an ihn klammern, und danach wird alles perfekt zwischen ihnen sein.

Er sehnt sich nach diesem köstlichen Triumph. Er kann sogar die schmetternde und aufwühlende Musik hören, die ihn begleiten wird.

Er wendet sich von Charlottes Seite des Zimmers ab und geht zum ordentlichen Bett seiner jüngeren Tochter.

Emily. Die Elfe. Sie wird ihm nie Schwierigkeiten machen. Sie ist eine gute Tochter.

Er wird sie auf seinem Schoß sitzen lassen und ihr aus Märchenbüchern vorlesen. Er wird mit ihr in den Zoo gehen, und ihre kleine Hand wird in seiner verschwinden. Im Kino wird er ihr Popcorn kaufen, und dann werden sie nebeneinander in der Dunkelheit sitzen und über den neuesten Zeichentrickfilm von Walt Disney lachen.

Ihre großen dunklen Augen werden bewundernd zu ihm aufschauen.

Süße Emily. Liebe Emily.

Er zieht die Chenillebettdecke fast ehrfürchtig zurück. Die Zudecke. Das Laken. Er betrachtet das unterste Laken, auf dem sie vergangene Nacht geschlafen hat, und das Kissen, auf dem ihr zierliches Köpfchen ruhte.

Sein Herz schwillt vor Liebe und Zärtlichkeit an.

Er legt eine Hand auf das Laken und streicht hin und her, hin und her; er betastet den Stoff, auf dem ihr jugendlicher Körper vor so kurzer Zeit noch gelegen hat.

Er wird sie jeden Abend ins Bett bringen. Sie wird den kleinen Mund auf seine Wange pressen, so warme kleine Küsse, und ihr Atem wird nach dem süßlichen Minzaroma von Zahnpasta riechen.

Er bückt sich und riecht an dem Laken.

»Emily«, sagt er leise.

Oh, wie sehr er sich danach sehnt, ihr Vater zu sein und in diese dunklen, zaghaften Augen zu schauen, diese riesigen und bewundernden Augen.

Seufzend kehrt er in Charlottes Seite des Zimmers zurück.

Er läßt das silbergerahmte Foto seiner Familie auf ihr Bett fallen und studiert die Haustiere auf den Regalen ohne Bücher.

Einige der Tiere sehen ihn an.

Mit der Rennmaus fängt er an. Als er die Klappe öffnet und in den Käfig greift, drängt sich das furchtsame Tier in eine Ecke; es spürt seine Absicht und ist gelähmt vor Angst. Er packt es, nimmt es aus dem Käfig. Zwar versucht es, sich zu befreien, aber er hält seinen Körper fest in der rechten Hand, den Kopf in der linken, dreht ruckartig und bricht ihm das Genick. Ein sprödes, trockenes Geräusch. Sein Schrei ist schrill, aber kurz.

Er wirft die tote Rennmaus auf die bunte Bettdecke.

Dies ist der Anfang von Charlottes Erziehung.

Sie wird ihn dafür hassen. Aber nur eine Weile.

Mit der Zeit wird sie einsehen, daß dies unangemessene Haustiere für ein kleines Mädchen sind. Symbole des Bösen. Reptilien, Nagetiere, Käfer. Hexen halten sich solche Tiere als ihre Hausgenossen, um untereinander und mit Satan zu kommunizieren.

Er hat alles über die Hausgenossen von Hexen in Horror-Filmen gelernt. Wäre eine Katze im Haus, würde er sie ebenfalls töten, ohne zu zögern, denn manchmal sind sie niedlich und unschuldig, nur Katzen, nichts weiter, aber manchmal sind sie Ausgeburten der Hölle. Wenn man so ein Tier in sein Haus bringt, dann läuft man Gefahr, den Teufel selbst einzuladen.

Eines Tages wird Charlotte es verstehen. Und ihm dankbar sein.

Mit der Zeit wird sie ihn lieben.

Sie werden ihn alle lieben.

Er wird ein guter Ehemann und Vater sein.

Die gewöhnliche Maus, viel kleiner als die Rennmaus, zittert ängstlich in seiner Faust; ihr Schwanz hängt zwischen seinen zusammengedrückten Fingern heraus, nur der Kopf steht hervor. Sie entleert ihre Blase. Er verzieht das Gesicht, als er die warme Nässe spürt, drückt angeekelt zu so fest er kann und quetscht das Leben aus dem schmutzigen kleinen Vieh.

Er wirft sie auf das Bett, neben die tote Rennmaus.

Die harmlose Gartenschlange in ihrem Glasterrarium unternimmt keinen Versuch, vor ihm zu fliehen. Er hält sie am Schwanz und schlägt mit ihr zweimal durch die Luft wie mit einer Peitsche, dann klatscht er sie heftig gegen die Wand, noch einmal, und ein drittes Mal. Als er sie vor dem Gesicht baumeln läßt, ist sie vollkommen reglos, und er sieht, daß ihr Schädel zertrümmert ist.

Er legt sie neben Rennmaus und Hausmaus.

Der Käfer und die Schildkröte geben ein erfreuliches Knirschen von sich, als er sie unter dem Absatz zertritt. Er legt ihre zerquetschten Überreste ordentlich auf die Bettdecke.

Nur die Echse entkommt ihm. Als er die Abdeckung vom Terrarium hebt und danach greift, wuselt das Chamäleon schneller als das Auge an seinem Arm hinauf und springt von seiner Schulter. Er wirbelt herum, sucht danach und sieht es auf dem Frisiertisch, wo es zwischen Kamm und Bürste auf einer Schmuckschatulle sitzt. Dort verharrt es reglos und fängt an, seine Farbe dem Hintergrund anzupassen, aber als er versucht, es zu ergreifen, schnellt es davon, vom Frisiertisch herunter, auf den Boden, quer durch das Zimmer und unter Emilys Bett, wo es verschwindet.

Er beschließt, es in Ruhe zu lassen.

Vielleicht ist es am besten so. Wenn Paige und die Mädchen nach Hause kommen, werden die Vier gemeinsam danach suchen. Wenn sie es gefunden haben, wird er es vor Charlottes Augen töten oder vielleicht von ihr verlangen, daß sie es selbst tötet. Das wird eine gute Lektion sein. Danach wird sie keine unerwünschten Tiere mehr ins Haus der Stillwaters bringen.

3.

Auf dem Parkplatz vor dem zweistöckigen, im spanischen Stil erbauten Bürokomplex, wo sich Dr. Guthridges Praxis befindet, saß Marty in seinem Auto und las den Artikel über sich in *People*, während böiger Wind trockenes Laub über den Bürgersteig wehte. Zwei Fotografien und eine Seite Text waren über drei Seiten der Zeitschrift verteilt. Zumindest die paar Minuten, die er brauchte, um den Artikel zu lesen, vergaß er seine sämtlichen anderen Sorgen.

Als er die schwarze Schlagzeile sah, zuckte er zusammen, obwohl er sie schon kannte – **MR. MURDER** –, aber gleichermaßen peinlich berührt war er von dem Untertitel in kleineren Buchstaben: IN SÜDKALIFORNIEN SIEHT KRIMIAUTOR MARTIN STILLWATER FINSTERNIS UND UNHEIL, WO ANDERE NUR SONNENSCHEIN SEHEN.

Er fühlte sich als schwermütigen Pessimisten portraitiert, der sich ausschließlich in Schwarz kleidete, am Strand und unter den Palmen herumschlich, jeden mit bösen Blicken maß, der es wagte, seinen Spaß zu haben, und sich bis zum Überdruß über die Niedertracht der menschlichen Rasse verbreitete. Bestenfalls legte der Artikel den Schluß nahe, er sei ein theatralischer Scharlatan, der sich mit seiner Kostümierung das seiner Meinung nach kommerziellste Image für einen Krimiautor zugelegt hatte.

Möglicherweise übertrieb er. Paige würde ihm sagen, daß er zu empfindlich reagierte. Das sagte sie immer, und normalerweise ging es ihm dann besser, ob er ihr nun glaubte oder nicht.

Er betrachtete die Fotografien, bevor er den Artikel las.

Auf dem ersten und größten Bild stand er im Garten hinter dem Haus, mit Bäumen und der Abenddämmerung als Hintergrund. Er sah wie ein Schwachsinniger aus.

Ben Walenko, der Fotograf, hatte Anweisungen bekommen, Marty in einer Pose darzustellen, die man bei einem Kriminalschriftsteller für angemessen hielt, daher war er mit Requisiten angekommen, die Marty mit dem entsprechenden finsteren Gesichtsausdruck schwingen sollte: eine Axt, ein riesiges Messer, ein Eispickel, ein Gewehr. Als Marty sich höflich weigerte, von diesen Requisiten Gebrauch zu machen oder einen Trenchcoat mit hochgestelltem Kragen und tief in die Stirn gezogenem Fedora zu tragen, hatte der Fotograf zugestimmt, daß es albern für einen erwachsenen Mann wäre, sich zu verkleiden, und vorgeschlagen, sie sollten auf alle gängigen Klischees verzichten und ihn einfach als Schriftsteller und ganz normalen Menschen abbilden.

Jetzt wurde deutlich, daß Walenko schlau genug gewesen war, auch ohne die Requisiten zu bekommen, was er wollte, nachdem er sein Opfer in Sicherheit gewiegt hatte. Der Garten schien ein harmloser Hintergrund zu sein. Aber durch das Zusammenwirken der langen Schatten der Dämmerung, der hohen Bäume, der vom letzten, düsteren Tageslicht erhellten Wolken, der strategischen Anordnung von Scheinwerfern und eines extremen Kamerawinkels, war es dem Fotografen gelungen, Marty unheimlich aussehen zu lassen. Darüber hinaus hatte sich die Redaktion von den zwanzig Aufnahmen, die im Garten gemacht worden waren, die schlimmste ausgesucht: Marty blickte schief, seine Gesichtszüge waren verzerrt; die Scheinwerfer des Fotografen spiegelten sich in seinen zusammengekniffenen Augen, die zu glühen schienen wie die Augen eines Zombies.

Das zweite Foto war in seinem Arbeitszimmer aufgenommen worden. Er saß am Schreibtisch und sah in die Kamera. Auf diesem Foto war er zu erkennen, aber inzwischen hätte er es vorgezogen, wenn er *nicht* zu erkennen gewesen wäre, denn die einzige Möglichkeit, ein letztes bißchen Würde zu bewahren, schien darin zu bestehen, aus seinem wahren Erscheinungsbild ein Geheimnis zu machen; durch eine Kombination von Schatten und das seltsame Licht der Tiffanylampe sah er selbst auf dem Schwarzweißfoto wie eine Zigeunerin aus, die in ihrer Kristallkugel ein Vorzeichen künftiger Katastrophen gesehen hatte.

Er war überzeugt, daß viele Probleme der Welt auf die Übersättigung der modernen Gesellschaft durch die Medien zurückgeführt werden konnten sowie deren Neigung, nicht nur sämtliche Themen bis zum Punkt der Absurdität zu vereinfachen, sondern Dichtung und Wahrheit durcheinanderzubringen. Die Fernsehnachrichten gaben dramatischen Filmberichten den Vorzug vor sachlicher Berichterstattung und Sensationsgier vor Substanz, sie buhlten mit denselben Mitteln wie die Produzenten von Polizeifilmen und Gerichtssaaldramen um Einschaltquoten. Dokumentarfilme über tatsächliche historische Gestalten waren zu »Dokudramen« geworden, in denen wahrheitsgemäße Berichte über Lebensläufe unbarmherzig dem Unterhaltungswert oder sogar den persönlichen Hirngespinsten der Produzenten geopfert wurden, die die Vergangenheit drastisch verzerrt darstellten. Rezeptpflichtige Medikamente wurden in Werbespots von Schauspielern angepriesen, die Ärzte in Sendungen mit hohen Einschaltquoten spielten, als hätten sie tatsächlich ein Medizinstudium in Harvard absolviert und nicht nur einen oder zwei Schauspielkurse besucht. Politiker traten als Gäste in Folgen verschiedener Serienkomödien auf. Schauspieler derselben Serien ließen sich bei politischen Veranstaltungen sehen. Es war noch gar nicht so lange her, da hatte der Vizepräsident der Vereinigten Staaten lang und breit mit dem fiktiven Reporter einer Fernsehkomödie diskutiert. Die Öffentlichkeit verwechselte Schauspieler *und* Politiker mit den Rollen, die sie spielten. Ein Verfasser von Kriminalromanen sollte demzufolge nicht nur wie eine Figur aus seinen Büchern sein, sondern wie die Karikatur des Archetyps der typischsten Gestalt des ganzen Genres. Und Jahr für Jahr waren die Leute weniger imstande, sich eine klare Meinung zu wichtigen Fragen zu bilden oder Dichtung und Realität auseinanderzuhalten.

Marty war fest entschlossen gewesen, nichts zu dieser Krankheit beizusteuern, aber er war übertölpelt worden. Jetzt war er im Denken der Öffentlichkeit fest als der unheimliche und geheimnisvolle Autor unheimlicher Kriminalromane verankert, der besessen von der dunklen Seite des Lebens war, so düster und seltsam wie die Figuren, über die er schrieb.

Früher oder später würde ein verwirrter Mitbürger, der Martys Manipulation erfundener Figuren in Romanen für die Manipulation wirklicher Menschen im wirklichen Leben hielt, vor seinem Haus vorfahren und ihm auf Plakaten vorwerfen, er hätte John Lennon, John Kennedy, Rick Nelson und Gott allein weiß wen noch getötet, obwohl er ein Kind war, als Lee Harvey Oswald abdrückte (oder als siebzehntausendundsiebenunddreißig homosexuelle Verschwörer abdrückten, wenn man Oliver Stones Film Glauben schenken wollte). Etwas Ähnliches war Stephen King zugestoßen, oder nicht? Und Salman Rushdie hatte mit Sicherheit einige Jahre hinter sich, die so spannend waren wie alles, was der Held in einer Räuberpistole von Robert Ludlum erdulden mußte.

Erbost über das bizarre Image, das ihm die Zeitschrift untergeschoben hatte, und mit vor Verlegenheit rotem Kopf behielt Marty den Parkplatz im Auge, ob ihn jemand beobachtete, wie er etwas über sich selbst las. Einige Leute kamen von oder gingen zu ihren Autos, aber niemand schenkte ihm Beachtung.

Wolken verdunkelten den bislang sonnigen Tag. Der Wind wirbelte abgestorbenes Laub zu einem Miniaturtornado auf, der über eine freie, asphaltierte Fläche tanzte.

Er las den Artikel, den er mit Seufzen und Murmeln kommentierte. Obwohl er einige kleinere Fehler enthielt, war der Text weitgehend sachlich. Aber der allgemeine Tenor paßte zu den Fotos. Der gruslige alte Marty Stillwater. Was für ein finsterer und verdrießlicher Bursche. Sieht hinter jedem Lächeln das böse Grinsen eines Verbrechers. Arbeitet in einem spärlich beleuchteten Arbeitszimmer, fast dunkel, und *behauptet*, daß er nur Spiegelungen auf dem Computermonitor verhindern will (blinzel, blinzel).

Seine Weigerung, Charlotte und Emily fotografieren zu lassen, die nur dazu diente, ihr Privatleben zu schützen und zu verhindern, daß sie von Klassenkameraden gehänselt wurden, wurde als Angst vor Kidnappern interpretiert, die hinter jedem Busch lauerten. Schließlich hatte er vor ein paar Jahren einen Roman über eine Entführung geschrieben.

Paige, »hübsch und geistreich wie eine Heldin von Martin Stillwater«, wurde als Psychologin bezeichnet, »deren eigener Job erforderlich macht, daß sie in die dunkelsten Geheimnisse ihrer Patienten eindringt«, als sei sie nicht mit der Beratung von Kindern befaßt, die mit der Scheidung der Eltern oder dem Tod eines geliebten Menschen nicht fertig wurden, sondern mit der Tiefenanalyse der brutalsten Serienmörder des Jahrhunderts.

»Die gruslige alte Paige Stillwater«, sagte er laut. »Nun, warum hätte sie mich auch geheiratet, wenn sie nicht selbst ein bißchen verschroben wäre?«

Er sagte sich, daß er übertrieb.

Als er die Zeitschrift zuklappte, sagte er: »Gott sei Dank habe ich die Mädchen nicht mitmachen lassen. Sie würden wie die Kinder der ›Addams Familie‹ aussehen.«

Wieder sagte er sich, daß er übertrieb, aber seine Laune wurde nicht besser. Er fühlte sich gedemütigt, erniedrigt; und die Tatsache, daß er lautstark Selbstgespräche führte, schien ärgerlicherweise seinen frisch erworbenen nationalen Ruf als lächerlicher Exzentriker zu erhärten.

Er drehte den Schlüssel im Zündschloß und ließ den Motor an.

Als er über den Parkplatz zur belebten Straße fuhr, quälte Marty der Gedanke, daß sein Leben mit der Fugue am Samstag nachmittag mehr als nur eine vorübergehende Wendung zum Schlechteren genommen hatte, daß der Artikel in der Zeitschrift nur ein weiteres Hinweisschild auf dieser neuen, dunklen Straße darstellte, und daß er lange Zeit über unebene Wege holpern mußte, bis er wieder auf den glatten Highway zurückgelangte, den er verlassen hatte.

Ein Wirbelwind aus Laub ergoß sich über das Auto und erschreckte ihn. Die trockenen Blätter raschelten über Haube und Dach wie die Klauen einer Bestie, die fest entschlossen schien, ins Innere zu gelangen.

4.

Er bekommt Hunger. Seit Freitag nacht hat er nicht mehr geschlafen, ist mit Höchstgeschwindigkeit durch das halbe Land gerast, meistens bei schlechtem Wetter, und hat nun aufregende und aufwühlende eineinhalb Stunden im Haus der Stillwaters verbracht, wo er mit seinem Schicksal konfrontiert wurde. Seine Energiereserven sind aufgebraucht. Er zittert und hat weiche Knie.

In der Küche plündert er den Kühlschrank und stapelt die Lebensmittel auf einem Eßtisch aus Eiche. Er verschlingt mehrere Scheiben Schweizer Käse, einen halben Laib Brot, ein paar Gürkchen und fast ein Pfund Speck, die er vermischt, ohne sich groß belegte Brote zu machen, ein Bissen hiervon, ein Bissen davon, er ißt den Speck roh, weil er keine Zeit damit vergeuden will, ihn zu braten; er schlingt, konzentriert sich ausschließlich aufs Essen, ohne auf Manieren zu achten, und spült alles hastig mit großen Schlucken kalten Biers hinunter, dessen Schaum ihm über das Kinn fließt. Er möchte so vieles tun, bevor seine Frau und die Kinder nach Hause kommen, und er hat keine Ahnung, wann er mit ihnen rechnen darf. Das fette Fleisch ekelt ihn, daher greift er ab und zu in ein großes Glas Mayonnaise, wobei er ganze Klumpen herausholt und von den Fingern leckt, um einen Mundvoll Essen geschmeidig zu machen, den er nur schwer schlucken kann, selbst mit Hilfe einer neuen Flasche Corona. Zwei dicke Stücke Schokoladenkuchen, die er ebenfalls mit Bier hinunterspült, beenden seine Mahlzeit, worauf er die Schweinerei hastig mit Papiertüchern aufwischt und sich die Hände an der Spüle wäscht.

Er fühlt seine Lebensgeister wiederkehren.

Mit der silbergerahmten Fotografie in der Hand geht er in

den ersten Stock zurück, wobei er zwei Stufen auf einmal nimmt. Er geht ins Elternschlafzimmer, wo er beide Nachttischlampen einschaltet.

Eine Zeitlang betrachtet er das große Doppelbett und ist erregt beim Gedanken an Sex mit Paige. Mit ihr Liebe zu machen. Wenn man es mit jemandem macht, der einem wirklich am Herzen liegt, nennt man es »Liebe machen.«

Sie liegt ihm wirklich am Herzen.

Sie *muß* ihm am Herzen liegen.

Schließlich ist sie seine Frau.

Er weiß, ihr Gesicht ist hübsch, bildschön, mit einem sinnlichen Mund und feinem Knochenbau und fröhlichen Augen, aber anhand der Fotografie kann er kaum etwas über ihren Körper sagen. Er stellt sich vor, daß sie volle Brüste hat, einen flachen Bauch, lange, wohlgeformte Beine, und er brennt darauf, neben ihr zu liegen, tief in ihr zu sein.

An der Kommode zieht er Schubladen auf, bis er ihre Unterwäsche gefunden hat. Er liebkost einen knappen Slip, die Körbchen eines Büstenhalters, ein Spitzenbettjäckchen. Er nimmt ein Seidenhöschen aus der Schublade, reibt sich das Gesicht damit, atmet tief ein und flüstert mehrmals ihren Namen.

Liebe mit ihr zu machen wird vollkommen anders sein als der verschwitzte Sex mit den Schlampen, die er in Bars aufgerissen hat, denn nach diesen Erlebnissen fühlte er sich stets leer, entfremdet, frustriert, weil sein Bedürfnis nach Intimität unerfüllt blieb. Frustration wird zu Wut; Wut schlägt in Haß um; Haß erzeugt Gewalt – und Gewalt kann manchmal besänftigend wirken. Aber dieser Teufelskreis wird sich nicht wiederholen, wenn er mit Paige Liebe macht, denn er gehört in ihre Arme wie in keine anderen. Bei ihr wird sein Verlangen ebenso gestillt werden wie seine Begierde. Gemeinsam werden sie eine Vereinigung erleben, wie er sie sich nicht einmal vorstellen kann, perfektes Einssein, Wonne, seelische wie körperliche Erfüllung, wie er es in unzähligen Filmen gesehen hat; ihre Körper werden in goldenes Licht getaucht sein, Ekstase, eine tiefempfundene Intensität der Lust, wie sie nur im

Angesicht wahrer Liebe möglich ist. Hinterher wird er sie nicht töten müssen, denn dann werden sie eins sein, zwei Herzen, die im Einklang schlagen, ohne Grund, jemanden zu töten, übersinnlich, alles Verlangen auf köstliche Weise gestillt.

Die Aussicht auf sie beide im Bett macht ihn fast atemlos.

»Ich werde dich so glücklich machen, Paige«, verspricht er ihrem Bild.

Ihm wird bewußt, daß er seit Samstag nicht mehr gebadet hat, er will aber bei ihrer Rückkehr sauber sein, daher legt er das Seidenhöschen wieder auf den Stapel, von dem er es geholt hat, macht die Schublade zu und geht ins Bad, um zu duschen.

Er zieht die Kleidungsstücke aus, die er am Sonntag, vor kaum vierundzwanzig Stunden, in Oklahoma aus dem Schrank im Wohnmobil des weißhaarigen Rentners Jack genommen hat. Nachdem er jedes Kleidungsstück zu einem festen Ball zusammengerollt hat, stopft er sie in einen Abfalleimer aus Messing.

Die Duschkabine ist geräumig, das Wasser herrlich heiß. Er schäumt sich kräftig mit dem Stück Seife ein, und kurz darauf sind die Dampfwolken von einem fast berauschenden Blumenduft erfüllt.

Nachdem er sich mit einem flauschigen gelben Handtuch abgetrocknet hat, sucht er in den Schubladen im Badezimmer, bis er seine Toilettenartikel gefunden hat. Er benutzt einen Deoroller und kämmt sich das nasse Haar aus der Stirn, um es ganz natürlich trocknen zu lassen. Er rasiert sich mit einem Elektrorasierer, spritzt sich etwas Kölnisch Wasser mit Limonenaroma ins Gesicht und putzt sich die Zähne.

Er fühlt sich wie ein neuer Mensch.

In seiner Hälfte des großen begehbaren Kleiderschranks wählt er eine Baumwollunterhose, Blue Jeans, ein schwarzblau kariertes Flanellhemd, Tennissocken und ein Paar Nikes aus. Alles paßt ihm wie angegossen.

Es ist so gut, zu Hause zu sein.

5.

Paige stand an einem der Fenster und sah die grauen Wolken von Westen näherkommen, die ein Wind vom Pazifik vor sich hertrieb. In ihrer Bahn wurde die Erde unter ihnen dunkler, und die sonnenbeschienenen Gebäude zogen Schattenmäntel an.

Das Allerheiligste der Bürosuite mit ihren drei Zimmern im fünften Stock besaß zwei große Fenster, die einen trostlosen Ausblick auf einen Freeway, ein Einkaufszentrum und die zusammengedrängten Dächer von Reihenhäusern boten, welche sich offenbar bis in alle Ewigkeit durch Orange County erstreckten. Ihr hätte ein malerischer Blick aufs Meer oder ein Fenster zu einem üppig bepflanzten Innenhof gefallen, aber das hätte eine höhere Miete bedeutet, was am Anfang von Martys Schriftstellerkarriere unmöglich gewesen wäre, als sie die Hauptverdienerin war.

Trotz seines zunehmenden Erfolgs und eindrucksvollen Einkommens war es ihr immer noch unmöglich, sich andernorts eine teurere Praxis zu mieten. Selbst eine erfolgreiche literarische Laufbahn war eine unsichere Art, den Lebensunterhalt zu verdienen. Der Inhaber eines Lebensmittelladens hatte Angestellte, die auch in seiner Abwesenheit Äpfel und Orangen verkaufen konnten, aber wenn Marty krank wurde, kam das gesamte Unternehmen mit quietschenden Reifen zum Stillstand.

Und Marty war krank. Vielleicht schwer krank.

Nein, darüber wollte sie nicht nachdenken. Sie wußten nichts mit Sicherheit. Es paßte mehr zu der alten Paige, der Paige vor Marty, sich über bloße Möglichkeiten statt über gesicherte Fakten Gedanken zu machen.

Genieße den Augenblick, würde Marty zu ihr sagen. Er war der geborene Therapeut. Manchmal dachte sie, daß sie von ihm mehr gelernt hatte als in sämtlichen Vorlesungen für ihren Doktor der Psychologie.

Genieße den Augenblick.

In der Tat wirkte die unablässige Geschäftigkeit der Szene vor dem Fenster belebend. Und obwohl sie früher so depressiv gewesen war, daß schlechtes Wetter ihre Stimmung negativ beeinflussen konnte, hatten die vielen Jahre mit Marty und seiner meist unerschütterlichen Fröhlichkeit ihr ermöglicht, auch in einem aufziehenden Sturm eine feierliche Schönheit zu sehen.

Sie war in einem Elternhaus ohne Liebe, so grimmig und kalt wie eine arktische Höhle, aufgewachsen. Aber diese Zeit lag weit zurück, ihre Folgen waren längst abgeklungen.

Genieße den Augenblick.

Sie sah auf die Uhr und zog die Vorhänge zu, denn die Stimmung der beiden nächsten Patienten würde sicherlich nicht unempfänglich gegenüber grauem Wetter sein.

Bei geschlossenen Vorhängen schien es in dem Raum so gemütlich wie im Wohnzimmer eines Privathaushalts zu sein. Ihr Schreibtisch, die Bücher und die Aktenschränke befanden sich im dritten Zimmer; die Klienten bekamen sie nur in den seltensten Fällen zu Gesicht. Die empfing sie immer in diesem freundlicheren Raum. Das Sofa mit seinem Blumenmuster und den darauf verstreuten Kissen wirkte gemütlich, und die drei gepolsterten Ohrensessel waren alle so groß, daß sich junge Gäste ganz hinein kuscheln und die Beine unter sich verschränken konnten, wenn sie wollten. Lampen mit Seidenschirmen und Fransen verströmten ein mildes Licht, das auf den Nippes auf den Tischchen und den Lladro-Porzellanfiguren in der Mahagonivitrine glänzte.

Normalerweise bot Paige heiße Schokolade und Kekse oder Brezeln mit einem Glas kalter Cola an, was ein Gespräch erleichterte, da die ganze Atmosphäre wie bei Oma zu Hause wirkte. Jedenfalls wie es bei Großmutter zu Hause gewesen war, als noch keine Oma zum Schönheitschirurgen rannte, ihre Figur durch Absaugen der »Rettungsringe« aufpolieren und sich von Opa scheiden ließ, auf Kreuzfahrten für Singles nach Cabo San Lucas oder mit ihrem Freund über das Wochenende nach Vegas flog.

Beim ersten Besuch waren die meisten Klienten erstaunt, daß sie nicht Freuds Gesammelte Werke, eine Couch und die allzu ernste Atmosphäre einer psychiatrischen Praxis vorfanden. Selbst wenn sie ihnen erklärte, daß sie kein Psychiater war, überhaupt keine Ärztin, sondern eine Beraterin mit einem Abschluß in Psychologie, die »Klienten« empfing, keine »Patienten«, Leute mit Kommunikationsproblemen, nicht mit Neurosen oder Psychosen, blieben sie die erste halbe Stunde oder so gehemmt. Schließlich gewann aber das Zimmer – und ihre lockere Art, wie sie gerne glaubte – die Oberhand.

Ihre nächsten Klienten, um vierzehn Uhr, die letzten des Tages, waren Samantha Acheson und deren achtjähriger Sohn Sean. Samanthas erster Mann, der Vater des Jungen, war kurz nach dessen fünftem Geburtstag gestorben. Zweieinhalb Jahre später heiratete Samantha wieder, und Seans Verhaltensstörungen begannen buchstäblich am Tag der Hochzeit, offensichtlich die Folge seiner irregeleiteten Überzeugung, daß sie seinen toten Vater betrogen hatte und eines Tages auch ihn betrügen würde. Seit fünf Monaten empfing Paige sie zweimal wöchentlich mit dem Jungen, errang sein Vertrauen und stellte eine Gesprächsbasis her, so daß sie sich über die Schmerzen und Ängste unterhalten konnten, die er seiner Mutter gegenüber nicht auszusprechen vermochte. Heute sollte Samantha zum ersten Mal dabei sein, ein wichtiger Schritt, da normalerweise rasche Fortschritte gemacht wurden, wenn das Kind bereit war, den Eltern das anzuvertrauen, was es dem Berater bereits anvertraut hatte.

Sie setzte sich in den Sessel, den sie für sich selbst reservierte, und griff nach der Reproduktion eines antiken Telefons, das sowohl als Telefon wie auch als Sprechanlage ins Vorzimmer diente. Sie wollte ihre Sekretärin Millie bitten, Samantha und Sean Acheson hereinzuschicken, aber die Sprechanlage summte bevor sie den Hörer abnehmen konnte.

»Marty ist auf Leitung eins, Paige.«

»Danke, Millie.« Sie drückte Leitung eins. »Marty?«

Er antwortete nicht.

»Marty, bist du da?« fragte sie und vergewisserte sich, daß sie den richtigen Knopf gedrückt hatte.

Leitung eins leuchtete, aber es war kein Ton zu hören.

»Marty?«

»Deine Stimme gefällt mir, Paige. So melodisch.«

Er klang ... seltsam.

Das Herz schlug ihr in der Brust, und sie bemühte sich, die Angst zu unterdrücken, die in ihr aufwallte. »Was hat der Arzt gesagt?«

»Dein Bild gefällt mir.«

»Mein Bild?« sagte sie fassungslos.

»Ich mag dein Haar, deine Augen.«

»Marty, ich verstehe nicht ...«

»Du bist genau das, was ich brauche.«

Ihr Mund war trocken geworden. »Stimmt etwas nicht?«

Plötzlich sprach er sehr schnell und reihte die Sätze ohne Unterbrechung aneinander: »Ich will dich küssen, Paige, deine Brüste küssen, dich an mich drücken, mit dir schlafen, ich werde dich sehr glücklich machen, ich will in dir sein, es wird genau wie im Kino werden, die Wonne.«

»Marty, Liebling, was ...«

Er legte mitten im Satz auf.

Paige, die gleichermaßen überrascht und verwirrt wie besorgt war, lauschte dem Freizeichen, bevor sie den Hörer wieder auf die Gabel legte.

Was sollte das bedeuten?

Es war zwei Uhr, und sie bezweifelte, daß sein Termin bei Guthridge eine Stunde gedauert hatte; demzufolge konnte er sie nicht von der Praxis des Arztes aus angerufen haben. Andererseits konnte er auch noch nicht zu Hause sein, was bedeutete, er mußte sich von unterwegs gemeldet haben.

Sie hob den Hörer und drückte die Nummer seines Autotelefons. Er nahm beim zweiten Läuten ab, und sie sagte: »Marty, was ist denn nur los?«

»Paige?«

»Was sollte das eben?«

»Was sollte *was*?«

»Meine Brüste küssen, um Gottes willen, genau wie im Kino, die Wonne.«

Er zögerte, und sie konnte das leise Brummen des Fordmotors hören, also war er tatsächlich unterwegs. Nach einem Augenblick sagte er: »Mädchen, ich verstehe nicht.«

»Vor einer Minute hast du hier angerufen und dich benommen wie ...«

»Nein. Ich nicht.«

»Du hast *nicht* hier angerufen?«

»Nee.«

»Ist das ein Witz?«

»Du meinst, jemand hat angerufen und gesagt, er wäre ich?«

»Ja, er ...«

»Hat er sich angehört wie ich?«

»Ja.«

»Genau wie ich?«

Paige dachte einen Augenblick nach. »Nun, nicht genau. Er hat sich ziemlich wie du angehört, aber auch wieder ... nicht ganz wie du. Es ist schwer zu erklären.«

»Ich hoffe, du hast aufgelegt, als er obszön wurde.«

»Du ...« Sie verbesserte sich: »*Er* hat zuerst aufgelegt. Außerdem war es kein obszöner Anruf.«

»Ach? Wie war das noch mal, von wegen deine Brüste küssen?«

»Nun, das schien nicht obszön zu sein, weil ich dachte, daß du es bist.«

»Paige, vielleicht kannst du meinem Gedächtnis einmal auf die Sprünge helfen – wann habe ich dich zum letzten Mal während der Arbeit angerufen und dir gesagt, daß ich deine Brüste küssen möchte?«

Sie lachte. »Nun ... nie, soweit ich weiß«, und als er auch lachte, fügte sie hinzu: »Aber vielleicht wäre es ab und zu keine schlechte Idee, um den Tag ein wenig fröhlicher zu machen.«

»Sie sind durchaus küssenswert.«

»Danke.«

»Genau wie dein Mund.«

»Jetzt werde ich rot«, sagte sie, und das stimmte.

»Genau wie deine …«

»Also *das* wird jetzt obszön«, sagte sie.

»Ja, aber ich bin das Opfer.«

»Wie das?«

»*Du* hast *mich* angerufen und regelrecht verlangt, daß ich schmutzige Sachen zu dir sage.«

»So ist es wohl gewesen. Women's Liberation, weißt du.«

»Wo soll das alles enden?«

Eine beunruhigende Erklärung war Paige eingefallen, aber sie wollte sie nicht aussprechen: Vielleicht war der Anruf doch von Marty gewesen, und er hatte ihn in einem Zustand gemacht, der dem seiner Amnesie-Episode, seiner Fugue am Samstag nachmittag, gleichkam, als er mehrere Minuten lang monoton dieselben zwei Worte auf das Diktiergerät gesprochen hatte und sich hinterher nicht mehr daran erinnern konnte.

Sie vermutete, daß ihm gerade derselbe Gedanke gekommen war, denn sein plötzliches Schweigen entsprach ihrem.

Schließlich ergriff Paige das Wort. »Was hat Paul Guthridge gesagt?«

»Er glaubt, daß es wahrscheinlich streßbedingt ist.«

»Glaubt?«

»Er vereinbart für morgen oder Mittwoch Untersuchungen.«

»Aber er war nicht besorgt?«

»Nein. Oder er hat so getan, als wäre er es nicht.«

Pauls zwanglose Art erstreckte sich nicht darauf, wie er Patienten Informationen übermittelte. Da war er stets direkt und kam ohne Umschweife zur Sache. Selbst als Charlotte so krank gewesen war, daß manche Ärzte die schlimmeren Möglichkeiten heruntergespielt haben würden, damit die Eltern Zeit hatten, sich mit dem Allerschlimmsten abzufinden, hatte

Paul sich ungeschminkt mit Marty und Paige über ihren Zustand unterhalten. Er wußte, daß man Halbwahrheiten oder falschen Optimismus niemals mit Barmherzigkeit verwechseln sollte. Wenn Paul über Martys Zustand und Symptome nicht sonderlich besorgt schien – das waren gute Nachrichten.

»Er hat mir sein zweites Exemplar der neuen Nummer von *People* gegeben«, sagte Marty.

»Oh-oh. Du sagst es, als hätte er dir eine Tüte Hundekacke überreicht.«

»Nun, es ist nicht gerade das, was ich mir versprochen hatte.«

»Es ist nicht so schlimm, wie du denkst«, sagte sie.

»Woher willst du das wissen? Du hast es noch nicht gesehen.«

»Aber ich kenne dich und weiß, wie du bei so etwas reagierst.«

»Auf einem Foto sehe ich aus wie Frankensteins Monster mit einem schlimmen Kater.«

»Ich habe Boris Karloff immer geliebt.«

Er seufzte. »Ich schätze, ich kann meinen Namen ändern, mich einer Gesichtsoperation unterziehen und nach Brasilien auswandern. Aber bevor ich einen Flug nach Rio buche, soll ich die Kinder von der Schule abholen?«

»Ich hole sie. Sie haben heute eine Stunde später aus.«

»Oh, stimmt ja, Montag. Klavierstunde.«

»Wir werden gegen halb fünf zu Hause sein«, sagte sie. »Du kannst mir *People* zeigen und den Abend damit verbringen, dich an meiner Schulter auszuweinen.«

»Von wegen. Ich zeige dir *People*, und dann verbringe ich den Abend damit, deine Brüste zu küssen.«

»Du bist etwas ganz Besonderes, Marty.«

»Ich liebe dich auch, Mädchen.«

Als sie auflegte, lächelte Paige. Er konnte sie immer zum Lachen bringen, selbst in finsteren Augenblicken.

Sie wollte nicht über den seltsamen Telefonanruf, über

Krankheit oder Fugues oder Bilder nachdenken, auf denen er wie ein Monster aussah.

Genieße den Augenblick.

Genau das tat sie etwa eine Minute, dann rief sie Millie über die Sprechanlage und bat sie, Samantha und Sean Acheson herein zu bitten.

6.

In seinem Arbeitszimmer sitzt er im Sessel hinter dem Schreibtisch. Der Sessel ist bequem. Er kann fast glauben, daß er schon einmal darin gesessen hat.

Trotzdem ist er nervös.

Er schaltet den Computer ein. Es ist ein IBM-PC mit großem Festplattenspeicher. Eine gute Maschine. Er kann sich nicht daran erinnern, daß er sie gekauft hat.

Nachdem das System ein Datenmanagementprogramm abgespult hat, präsentiert ihm der übergroße Bildschirm ein »Hauptmenu«, das acht Auswahlmöglichkeiten bietet, hauptsächlich Textverarbeitungssoftware. Er entscheidet sich für WordPerfect 5.1, das geladen wird.

Er kann sich nicht erinnern, daß er im Gebrauch eines Computers oder von WordPerfect unterrichtet worden wäre. Die Ausbildung ist in die Nebel der Amnesie gehüllt, genau wie seine Waffenausbildung und sein unheimliches Orientierungsvermögen in den Straßen verschiedener Städte. Offensichtlich waren seine Vorgesetzten der Meinung, daß er grundsätzliche Kenntnisse der Computerbedienung und des Umgangs mit verschiedener Software haben müßte, um seine Aufträge ausführen zu können.

Der Bildschirm wird frei.

Bereit.

In der unteren rechten Ecke des blauen Bildschirms verraten ihm weiße Zahlen und Buchstaben, daß er sich in Dokument eins auf Seite eins, in Zeile eins und Spalte zehn befindet.

Bereit. Er ist bereit, einen Roman zu schreiben. Seine Arbeit.

Er betrachtet den leeren Bildschirm und versucht anzufangen. Anfangen ist schwieriger, als er erwartet hat.

Er hat eine Flasche Corona aus der Küche mitgebracht, da er sich schon gedacht hat, daß er seine Gedanken schmieren muß. Er trinkt einen großen Schluck. Das Bier ist kalt, erfrischend, und er weiß, genau das braucht er, um in die Gänge zu kommen.

Nachdem er die Flasche zur Hälfte leer getrunken hat, ist sein Selbstvertrauen wiederhergestellt, und er fängt an zu tippen. Er hämmert zwei Worte, dann hält er inne:

Der Mann

Der Mann was?

Er starrt den Bildschirm eine Minute an, dann tippt er: »betrat das Zimmer.« Aber welches Zimmer? In einem Haus? Einem Bürogebäude? Wie sieht das Zimmer aus? Wer hält sich sonst noch darin auf? Was macht der Mann in diesem Zimmer, weshalb ist er dort? Muß es ein Zimmer sein? Könnte er einen Zug betreten, ein Flugzeug, einen Friedhof?

Er löscht »betritt das Zimmer« und ersetzt es durch »war groß.« Der Mann ist also groß. Spielt es eine Rolle, daß er groß ist? Ist seine Größe wichtig für die Geschichte? Wie alt ist er? Welche Farbe haben seine Augen, sein Haar? Ist er weiß, schwarz, Asiate? Was hat er an? Und was das betrifft, muß es überhaupt ein Mann sein? Könnte es nicht eine Frau sein? Oder ein Kind?

Mit diesen Fragen vor Augen löscht er den ganzen Bildschirm und fängt noch einmal von vorne an:

Der

Er starrt auf den Bildschirm. Dieser ist schrecklich leer. Unendlich leerer als zuvor, nicht nur vier Buchstaben leerer, nachdem »Mann« gelöscht wurde. Die Möglichkeiten, die nach dem simplen Artikel »der« folgen, sind grenzenlos, wodurch die Auswahl des zweiten Wortes weitaus schwerer wird, als er vermutet hätte, bevor er auf dem schwarzen Sessel Platz genommen und die Maschine eingeschaltet hat.

Er löscht »Der«.

Der Bildschirm ist leer.

Bereit.

Er trinkt die Flasche Corona leer. Es ist kalt und erfrischend, aber es schmiert seine Gedanken nicht.

Er geht zum Regal und zieht acht der Romane heraus, auf denen sein Name steht, Martin Stillwater. Er trägt sie zum Schreibtisch, dann sitzt er eine Weile nur da, liest erste Seiten, zweite Seiten, und versucht, sein Gehirn mit dem Kickstarter in Gang zu setzen.

Sein Schicksal ist, Martin Stillwater zu sein. Soviel steht felsenfest.

Er wird Charlotte und Emily ein guter Vater sein.

Er wird der wunderschönen Paige ein guter Mann und Liebhaber sein.

Und er wird Romane schreiben. Kriminalromane.

Eindeutig hat er früher welche geschrieben, mindestens ein Dutzend, also kann er sie auch wieder schreiben. Er muß einfach ein Gefühl dafür bekommen, wie man es macht, die Gewohnheit wieder erlernen.

Der Bildschirm ist leer.

Er legt die Finger auf die Tastatur und ist bereit zu schreiben.

Der Bildschirm ist so leer. Leer, leer, leer. Er verspottet ihn.

Er vermutet, daß er lediglich durch das leise, beharrliche Summen der Monitorlüftung und das einschüchternde, elektrischblaue Feld von Dokument eins, Seite eins gehemmt wird, daher schaltet er den Computer aus. Die anschließende Stille ist ein Segen, aber die flache, graue Mattscheibe des Monitors wirkt noch spöttischer als der blaue Bildschirm; daß er die Maschine abgeschaltet hat, kommt ihm wie das Eingeständnis einer Niederlage vor.

Er muß Martin Stillwater sein. Das bedeutet, er muß schreiben.

Der Mann. Der Mann war. Der Mann war groß mit blauen Augen und blondem Haar, er trug einen blauen Anzug, ein weißes Hemd und eine rote Krawatte, war etwa dreißig Jahre alt, und er wußte nicht, was er in dem Zimmer machte, das er betreten hatte. Verdammt. Mist. Der Mann. Der Mann. Der Mann ...

Er muß schreiben, aber jeder Versuch zu schreiben führt rasch zu Frustration. Frustration wird zu Wut. Das vertraute Muster. Wut erzeugt einen ganz speziellen Haß auf den Computer, einen *Abscheu* davor, und außerdem einen nicht ganz so klar umrissenen Haß auf seine unbefriedigende Stellung in der Welt, auf die Welt selbst und jeden ihrer Bewohner. Er will so wenig, so jämmerlich wenig, nur dazu gehören, wie andere Menschen sein, ein Heim und eine Familie haben, einen Lebenszweck, den er begreifen kann. Ist das zuviel? Ja? Er will nicht reich sein, Seite an Seite mit den Großen und Mächtigen einhergehen, mit Berühmtheiten speisen. Er verlangt keinen Ruhm. Nach langem Bemühen, Verwirrung und Einsamkeit hat er jetzt endlich ein Zuhause, eine Frau und zwei Kinder, ein Ziel vor Augen, ein Schicksal, aber er spürt, wie ihm das entgleitet, zwischen den Fingern zerrinnt. Er muß Martin Stillwater sein, aber um Martin Stillwater zu sein, muß er *schreiben*, und er kann nicht schreiben, verdammt, kann nicht schreiben. Er kennt den Stadtplan von Kansas City auswendig, von anderen Städten, und er weiß alles über Waffen und wie man Schlösser knackt, weil sie ihm dieses Wissen eingepflanzt haben – wer immer »sie« auch sein mögen –, aber sie haben es nicht für nötig erachtet, ihm auch das Wissen einzugeben, wie man Kriminalromane schreibt, aber das muß er, oh, das muß er mit aller *Macht*, wenn er jemals Martin Stillwater sein will, wenn er Paige, seine reizende Frau, seine Töchter und sein neues Schicksal behalten will, das ihm entgleitet, entgleitet, zwischen den Fingern zerrinnt, seine einzige Chance, glücklich zu werden, schwindet zusehends, weil sie gegen ihn sind, alle, die ganze Welt, gegen ihn verschworen, fest entschlossen, ihn zu isolieren und Verwirrung zu stiften. Und warum? *Warum?* Er haßt sie und ihre Ränke und ihre anonyme Macht, er verabscheut sie und ihre Maschinen so verbittert und allumfassend, daß ...

... er die Faust mit einem Wutschrei in den dunklen Bildschirm des Computers schlägt und fast ebenso sehr auf sein eigenes Spiegelbild zielt wie auf die Maschine und alles, was sie repräsentiert. Das Geräusch des berstendes Glases ist sehr laut in dem stillen Haus, und das Vakuum im Inneren des Monitors ploppt gleichzeitig mit einem Zischen eingesogener Luft.

Er zieht die Hand aus den Trümmern, während noch Scherben auf die Tastatur fallen, und starrt auf sein helles Blut. Scharfe Splitter ragen aus den Häutchen zwischen seinen Fingern und aus einigen Knöcheln. Eine elliptische Scherbe ist in das Fleisch seiner Handfläche eingebettet.

Obwohl er immer noch wütend ist, bekommt er sich allmählich wieder unter Kontrolle. Gewalt wirkt manchmal besänftigend.

Er dreht den Sessel vom Computer weg zur anderen Seite des U-förmigen Arbeitsbereichs, wo er sich nach vorne beugt und die Verletzungen im Licht der Tiffanylampe begutachtet. Die Glasdornen in seinem Fleisch funkeln wie Juwelen.

Er verspürt nur gelinde Schmerzen, und er weiß, auch die werden bald vergehen. Er ist zäh und widerstandsfähig; er besitzt ausgezeichnete regenerative Fähigkeiten.

Einige Splitter des Bildschirms sind nicht tief in die Hand eingedrungen; die kann er mit den Fingernägeln herausziehen. Aber andere stecken fest im Fleisch.

Er schiebt den Sessel vom Schreibtisch weg, steht auf und geht Richtung Badezimmer. Er braucht eine Pinzette, um die störrischeren Splitter herauszuziehen.

Anfangs hat er stark geblutet, aber die Blutung läßt bereits nach. Trotzdem hält er den Arm in die Höhe, die Hand ausgestreckt, damit das Blut am Handgelenk hinab in den Ärmel fließt und nicht auf den Teppich tropft.

Wenn er die Splitter entfernt hat, wird er vielleicht Paige noch einmal bei der Arbeit anrufen.

Er war so aufgeregt gewesen, als er ihre Nummer im Adreßbuch im Arbeitszimmer gefunden hatte, und es hat ihm gefallen, mit ihr zu sprechen. Sie hat sich intelligent, selbstbewußt und zärtlich angehört. Ihre Stimme hatte einen leicht kehligen Klang, den er sexy fand.

Es wird eine wunderbare Dreingabe sein, wenn sie sexy ist. Heute nacht werden sie das Bett teilen. Er wird sie mehr als einmal nehmen. Er denkt an das Gesicht auf dem Foto und die kehlige Stimme am Telefon und ist überzeugt, daß sie seine Bedürfnisse befriedigen wird, wie sie noch nie befriedigt worden sind, daß sie ihn nicht unerfüllt und frustriert lassen wird, wie so viele andere Frauen.

Er hofft, daß sie seine Erwartungen erfüllt, wenn nicht gar übertrifft. Er hofft, er hat keinen Grund, ihr weh zu tun.

Im Badezimmer findet er eine Pinzette in der Schublade, wo Paige ihr Make-up, Nagelscheren, Feilen, Sandblattfeilen und andere Toilettenartikel aufbewahrt.

Am Waschtisch hält er die Hand über das Becken. Es hat zwar schon aufgehört zu bluten, fängt aber jedesmal wieder an, wenn er einen Glassplitter herauszieht. Er dreht den Heißwasserhahn auf, damit das tropfende Blut in den Abfluß gespült wird.

Heute nacht, nach dem Sex, wird er vielleicht mit Paige über seine Schreibblockade sprechen. Falls er so etwas schon einmal gehabt hat, weiß sie vielleicht noch, welche Schritte er bei anderen Gelegenheiten unternommen hat, um die kreative Flaute zu beenden. Er ist sogar überzeugt, daß sie die Lösung wissen wird.

Angenehm überrascht und von einem Gefühl der Erleichterung erfüllt, wird ihm bewußt, daß er sich jetzt nicht mehr allein um seine Probleme kümmern muß. Als verheirateter Mann hat er eine liebende Partnerin, die die vielen Sorgen des Tages mit ihm teilt.

Er hebt den Kopf, betrachtet sein Ebenbild im Spiegel über dem Waschbecken und sagt: »Ich habe jetzt eine Frau.«

Er bemerkt einen Blutfleck auf der rechten Wange und einen weiteren auf dem Nasenflügel.

Leise lachend sagt er: »Du bist so ein Schlamper, Marty. Du mußt ordentlicher werden. Du hast jetzt eine Frau. Frauen haben es gern, wenn ihre Männer ordentlich sind.«

Er wendet seine Aufmerksamkeit wieder der Hand zu und entfernt die letzten Glassplitter mit der Pinzette.

Seine Stimmung bessert sich zunehmend; er lacht wieder und sagt: »Morgen muß ich als allererstes los und einen neuen Monitor kaufen.«

Er schüttelt den Kopf und ist erstaunt über sein kindisches Verhalten.

»Du bist mir schon einer, Marty«, sagt er. »Aber ich denke, Schriftsteller *sollen* temperamentvoll sein, oder?«

Nachdem er den letzten Splitter aus dem Häutchen zwischen zwei Fingern gezogen hat, legt er die Pinzette weg und hält die verletzte Hand unter das heiße Wasser.

»Du darfst so nicht mehr weiter machen. Nicht mehr. Du wirst der kleinen Emily und Charlotte eine Heidenangst einjagen.«

Er schaut wieder in den Spiegel, schüttelt den Kopf und grinst. »Du Irrer«, sagt er zu sich selbst, als spräche er voll Zuneigung zu einem Freund, dessen Eskapaden er bezaubernd findet. »Was für ein Irrer.«

Das Leben ist schön.

7.

Der bleierne Himmel sank unter seinem eigenen Gewicht noch tiefer. Laut Wetterbericht im Radio sollte es bis zur Dämmerung regnen, was zu Staus während der Hauptverkehrszeit führen würde, bei denen die Hölle dem San Diego Freeway vorzuziehen wäre.

Marty hätte von Guthridges Büro aus gleich nach Hause fahren sollen. Er stand kurz vor Fertigstellung seines neuen Romans, und bei den letzten Geburtswehen einer Story verbrachte er normalerweise soviel Zeit wie möglich zu Hause und arbeitete, weil Ablenkungen katastrophal für den erzählerischen Schwung waren.

Außerdem hatte er ungewöhnliche Angst vor dem Fahren. Wenn er zurück dachte, konnte er sich an jede einzelne Minute erinnern, seit er die Arztpraxis verlassen hatte, und war sicher, er hatte Paige nicht während einer Fugue am Steuer des Ford angerufen. Selbstverständlich besaß das Opfer einer Amnesie-Episode keine Erinnerung an den Vorfall, daher brachte vielleicht nicht einmal eine detaillierte Rekonstruktion der vergangenen Stunde die Wahrheit ans Licht. Bei seinen Recherchen für *Ein toter Bischof* hatte er von Opfern erfahren, die in ihrem dissoziativen Zustand hunderte Meilen gefahren waren und mit Dutzenden Menschen gesprochen hatten, sich aber später trotzdem an nichts erinnern konnten. Die Gefahr war nicht so groß wie beim Fahren unter Alkoholeinfluß ..., aber es wäre auch nicht klug, anderthalb Tonnen beschleunigten Stahls in einem veränderten Bewußtseinszustand zu bedienen.

Trotzdem fuhr er statt nach Hause zum Einkaufszentrum von Mission Viejo. Der Arbeitstag war sowieso schon halb vorbei. Und er war zu aufgewühlt, um zu lesen oder fernzusehen, bis Paige und die Kinder heimkamen.

Wenn das Leben hart wird, gehen die harten Männer einkaufen, daher sah er Bücher und Schallplatten durch, kaufte einen Roman von Ed McBain und eine CD von Alan Jackson und hoffte, solche weltlichen Tätigkeiten würden ihm helfen, seine Sorgen zu vergessen. Zweimal schlenderte er am Süßwarenladen vorbei und betrachtete die großen Kekse mit Schokoladenstreuseln und Pecannüssen, aber er brachte jedesmal die Willenskraft auf, ihrem Sirenenruf zu widerstehen.

Die Welt ist viel schöner, dachte er, wenn man nichts über richtige Ernährung weiß.

Als er das Einkaufszentrum verließ, malten kalte Regentropfen zufällige Muster auf den betonierten Gehweg. Blitze zuckten, als er zum Ford lief, Donnersalven hallten über den verhangenen Himmel, und gerade als er die Tür ins Schloß zog und wieder hinter dem Lenkrad Platz nahm, wurden die Tropfen zu einem gewaltigen Sturzbach.

Während der Heimfahrt erfreute sich Marty am Funkeln der vom Regen versilberten Straßen, geräuschvollen Zischen, wenn sie durch tiefe Pfützen fuhren, und dem Anblick schwankender Palmwedel, die die grauen Wolken des Gewitterhimmels zu kämmen schienen und ihn immer an bestimmte Geschichten von Somerset Maugham und alte Filme mit Bogart erinnerten. Da Regen ein so seltener Gast im von Dürre geplagten Kalifornien war, wog der Reiz des Neuen schwerer als die Unannehmlichkeiten.

Er parkte in der Garage, betrat das Haus durch die Verbindungstür zur Küche und genoß die feuchte Schwere der Luft und den Ozongeruch, der stets einem Gewitter vorausging.

In der halbdunklen Küche leuchteten die grünen Ziffern der elektronischen Uhr: 16:10. Paige und die Mädchen würden in zwanzig Minuten nach Hause kommen.

Er schaltete Lampen und Leuchter an, während er von Zimmer zu Zimmer ging. Das Haus machte stets den wohnlichsten Eindruck, wenn es warm und hell erleuchtet war, während Regen auf das Dach trommelte und der graue Schleier eines Sturms die Welt vor jedem Fenster verhüllte. Er beschloß, daß er im offenen Kamin des Wohnzimmers Feuer machen und alle Zutaten für heiße Schokolade zurechtlegen würde, damit er sie gleich machen konnte, wenn Paige und die Mädchen nach Hause kamen.

Aber zuerst ging er nach oben, um Faxgerät und Anrufbeantworter in seinem Büro zu überprüfen. Inzwischen müßte Paul Guthridges Sekretärin mit Terminen für die Untersuchungen morgen im Krankenhaus angerufen haben.

Außerdem hatte er den abwegigen Verdacht, sein literarischer Agent könnte eine Nachricht über den Verkauf der einen oder anderen Auslandslizenz hinterlassen haben, vielleicht sogar Neuigkeiten über ein Filmangebot, einen Grund zu feiern. Seltsamerweise hatte der Sturm seine Stimmung verbessert statt verschlechtert, wahrscheinlich weil schlechtes Wetter einen veranlaßte, sich auf die häuslichen Freuden zu konzentrieren, aber im Grunde genommen fand er immer einen Anlaß, fröhlich zu sein, selbst wenn der gesunde Menschenverstand Pessimismus als realistischere Reaktion vorschlug. Er schaffte es nie, lange niedergeschlagener Stimmung zu bleiben; und seit Samstag nachmittag hatte er soviele negative Gedanken gehabt, daß sie ein paar Jahre ausreichen würden.

Als er sein Arbeitszimmer betrat, streckte er die Hand nach dem Lichtschalter an der Wand aus, um die Deckenbeleuchtung einzuschalten, drückte aber nicht darauf, so überrascht war er, daß die Tiffanylampe und eine Arbeitsleuchte brannten. Er löschte stets alle Lichter, bevor er das Haus verließ. Allerdings hatte ihn, bevor er zum Arzt aufgebrochen war, unerklärlicherweise das seltsame Gefühl beschlichen, als läge er gefesselt auf den Schienen eines heranbrausenden Schnellzugs, und er hatte offenbar nicht mehr daran gedacht, die Lampen auszuschalten.

Als er sich an den Höhepunkt des Panikanfalls erinnerte, in der Garage, als das Entsetzen ihn fast gelähmt hatte, spürte Marty, wie ein Teil seines Optimismus wieder verflog.

Faxgerät und Anrufbeantworter standen an der hinteren Ecke des U-förmigen Arbeitsbereichs. An letzterem blinkte das rote Signallicht, daß eine Nachricht da war, und einige dünne Blätter Papier lagen in der Ablage des ersteren.

Bevor Marty eine der beiden Maschinen erreichte, sah er den zertrümmerten Monitor, aus dessen Rahmen Glaszacken standen. In der Mitte klaffte ein schwarzes Loch. Eine Glasscherbe knirschte unter seinem Schuh, als er den Bürosessel zurückschob und den Computer fassungslos betrachtete.

Unregelmäßige Scherben lagen auf der Tastatur.

Übelkeit zog ihm den Magen zusammen. Hatte er auch das

in einer Fugue getan? Einen stumpfen Gegenstand aufgehoben und den Bildschirm in Stücke gehauen? Sein Leben zerfiel wie dieser zerschmetterte Monitor.

Dann fiel ihm neben dem Glas noch etwas auf der Tastatur auf. Im trüben Licht glaubte er Tropfen geschmolzener Schokolade zu sehen.

Stirnrunzelnd berührte Marty einen der Flecken mit der Spitze des Zeigefingers. Noch leicht klebrig. Etwas blieb an seiner Haut haften.

Er hielt die Hand unter die Arbeitsleuchte. Die klebrige Substanz auf seiner Fingerspitze war dunkelrot, fast kastanienfarben. Keine Schokolade.

Er hielt den besudelten Finger an die Nase und suchte nach einem spezifischen Geruch. Der Geruch war schwach, kaum wahrnehmbar, aber er wußte sofort, worum es sich handelte, hatte es wahrscheinlich schon in dem Augenblick gewußt, als er es berührte, weil er auf einer tiefen, primitiven Ebene darauf programmiert war, den Geruch zu erkennen. Blut.

Wer den Monitor kaputtgemacht hatte, hatte sich geschnitten.

Martys Hände wiesen keine Schnittwunden auf.

Er blieb vollkommen reglos, abgesehen von einem Kribbeln auf der Wirbelsäule, das seinen Nacken mit einer Gänsehaut überzog.

Langsam drehte er sich um und rechnete fest damit, jemanden zu sehen, der hinter ihm den Raum betreten hatte. Aber er war allein.

Regen trommelte auf das Dach und gluckerte in der Nähe in einer Dachrinne. Blitze zuckten, die man zwischen den Lamellen der Fensterläden erkennen konnte, Donner ließ die Fensterscheiben vibrieren.

Er horchte in das Haus.

Die einzigen Geräusche waren die des Sturms. Und das rasche Pochen seines Herzschlags.

Er ging zu den Schubladen an der rechten Seite des Schreibtischs und öffnete die zweite. Heute morgen hatte er die 9mm

Smith & Wesson dort hineingelegt, und er rechnete damit, daß sie nicht mehr da sein würde, aber wieder wurden seine Erwartungen enttäuscht. Selbst im trüben, täuschenden Licht der Tiffanylampe konnte er die Faustfeuerwaffe dunkel glänzen sehen.

»Ich brauche mein Leben.«

Die Stimme erschreckte Marty, aber das war nichts verglichen mit dem lähmenden Schock, den er verspürte, als er in die Höhe sah und erkannte, um wen es sich bei dem Eindringling handelte. Der Mann stand gerade unter der Tür. Er hätte eine von Martys Jeans und Flanellhemden tragen können, die ihm wie angegossen gepaßt hätten, denn er war in jeder Beziehung Martys Ebenbild. Abgesehen von der Kleidung hätte der Eindringling ein Spiegelbild sein können.

»Ich brauche mein Leben«, wiederholte der Mann leise.

Marty hatte keinen Bruder, weder einen Zwillingsbruder noch sonst einen. Und doch konnte nur ein eineiiger Zwilling ihm in allen Einzelheiten – Gesicht, Größe, Gewicht, Statur – derart ähnlich sein.

»Warum hast du mein Leben gestohlen?« fragte der Eindringling, anscheinend von aufrichtiger Neugier erfüllt. Seine Stimme klang gelassen und beherrscht, als wäre die Frage nicht durch und durch verrückt, als wäre es tatsächlich möglich, zumindest seiner Erfahrung nach, ein Leben zu stehlen.

Als er feststellte, daß sich der Eindringling auch wie er *anhörte*, machte Marty die Augen zu und versuchte zu verdrängen, was vor ihm stand. Er ging davon aus, daß er halluzinierte und selbst unbewußt wie ein Bauchredner für das Phantom sprach. Amnesie-Episoden, ein ungewöhnlich intensiver Alptraum, ein Panikanfall, jetzt Halluzinationen. Aber als er die Augen wieder aufmachte, stand der Eindringling immer noch da, eine störrische Illusion.

»Wer bist du?« fragte der Doppelgänger.

Marty konnte nicht sprechen, weil ihm das Herz bis zum Hals schlug und jeder heftige Schlag ihn fast erstickte. Und er *wagte* nicht zu sprechen, denn wenn er sich auf ein Gespräch mit einer Halluzination einließ, würde das mit Sicherheit bedeuten, daß der letzte dünne Faden zur Wirklichkeit riß und er völlig dem Wahnsinn verfiel.

Das Phantom wiederholte die Frage und sprach immer noch in einem erstaunten und faszinierten, aber trotz der gedämpften Stimme gefährlichen Tonfall.

Ohne die unheimlich geschmeidigen Bewegungen oder das geisterhafte Schimmern einer halluzinierten oder übernatürlichen Erscheinung, weder durchscheinend noch leuchtend, kam der Doppelgänger einen weiteren Schritt in das Zimmer. Wenn er sich bewegte, glitten Schatten und Licht über ihn hinweg wie über jeden anderen dreidimensionalen Gegenstand auch. Er wirkte so solide wie ein richtiger Mensch.

Marty bemerkte die Pistole in der rechten Hand des Eindringlings. Am Schenkel. Mündung auf den Boden gerichtet.

Der Doppelgänger kam noch einen Schritt näher und blieb nicht weiter als drei Meter entfernt auf der anderen Seite des Schreibtischs stehen. Mit seinem halben Lächeln, das nervtötender war, als es der finsterste Blick sein könnte, sagte der Bewaffnete: »Wie geschieht es? Was jetzt? Werden wir irgendwie zu einer Person, verschmelzen wir miteinander wie in einem verrückten Science-fiction-Film ...«

Entsetzen schärfte Martys Sinne. Er konnte jede Kontur, jede Linie, jede Pore des Gesichts sehen, als erblickte er seinen Doppelgänger durch ein Vergrößerungsglas. Trotz des düsteren Lichts zeichneten sich die Möbel und Bücher in den schattigen Bereichen so deutlich ab wie diejenigen im Licht der Lampe. Doch bei aller gesteigerten Wahrnehmung konnte er die Marke der Pistole des anderen nicht erkennen.

»... oder muß ich dich einfach töten und deine Stelle einnehmen?« fuhr der Fremde fort. »Und wenn ich dich töte ...«

Es schien logisch, daß eine Halluzination, die er heraufbeschworen hatte, eine Waffe tragen sollte, mit deren Marke er vertraut war.

»... werden die Erinnerungen, die du mir gestohlen hast, wieder meine, wenn du stirbst? Wenn ich dich töte ...«

Schließlich, wenn es sich bei dieser Gestalt lediglich um eine symbolische Bedrohung handelte, die eine kranke Psyche erzeugte, dann mußte alles – das Phantom, die Kleidung, die Waffe – Martys Erfahrung und Phantasie entspringen.

»... werde ich dann wieder heil? Wenn du tot bist, werde ich dann wieder mit meiner Familie vereint sein? Und werde ich wieder wissen, wie man schreibt?«

Umkehrschluß: Wenn die Waffe echt war, dann war auch der Doppelgänger echt.

Der Eindringling legte den Kopf schief, beugte sich nach vorne und tat so, als interessiere ihn Martys Antwort wirklich, als er sagte: »Wenn ich sein will, was mir vorherbestimmt ist, muß ich schreiben können, aber die Worte fallen mir nicht ein.«

Die einseitige Unterhaltung überraschte Marty immer wieder mit ihren Wendungen und Umschwüngen, was nicht dafür sprach, daß seine kranke Psyche diesen Eindringling erzeugt hatte.

Zum ersten Mal klang Zorn aus der Stimme des Doppelgängers, mehr Verbitterung als Wut, aber zunehmend erboster: »Das hast du auch gestohlen, die Worte, das Talent, und ich brauche es zurück, so sehr, daß es mir weh tut. Einen Sinn, eine Bedeutung. Weißt du das? Hast du verstanden? Was immer du bist, *kannst* du es verstehen? Die schreckliche Leere, die Unausgefülltheit, Herrgott, diese tiefe und dunkle Leere.« Jetzt spie er die Worte aus, und seine Augen funkelten wütend. »Ich will, was mir gehört, mir, verdammt, mein Leben, meins, ich will mein Leben, mein Schicksal, meine Paige, sie gehört mir, meine Charlotte und meine Emily ...«

Die Breite des Schreibtischs und dann zweieinhalb Meter, alles in allem keine vier Meter: todsichere Schußentfernung.

Marty holte die 9mm Pistole aus der Schreibtischschublade, hielt sie mit beiden Händen, löste mit dem Daumen die

Sicherung und drückte ab, noch während er die Waffe emporriß. Es war ihm einerlei, ob das Ziel echt war oder seiner Phantasie entsprang. Er wollte es nur auslöschen, bevor es ihn vernichten konnte.

Der erste Schuß riß ein Holzbruchstück aus der gegenüberliegenden Ecke des Schreibtischs, Splitter flogen in alle Richtungen wie ein Schwarm wütender Wespen. Der zweite und dritte Schuß trafen den anderen Marty in die Brust. Sie gingen weder durch ihn hindurch, als bestünde er aus Ektoplasma, noch zerschmetterten sie ihn wie ein Spiegelbild, sondern katapultierten ihn statt dessen rückwärts, von den Füßen, und überraschten ihn, bevor er selbst die Waffe heben konnte, die ihm aus der Hand fiel und mit lautem Poltern auf dem Boden landete. Er stieß gegen ein Bücherregal, krallte sich mit einer Hand daran fest und zog ein Dutzend Bände zu Boden; ein Blutfleck breitete sich auf seiner Brust aus – gütiger Himmel, soviel Blut –, seine Augen waren im Schock weit aufgerissen, aber er stieß keinen Schrei aus, lediglich ein hartes, leises »Uh«, das mehr Überraschung als Schmerzen ausdrückte.

Der Mistkerl hätte umfallen müssen wie ein Stein, aber er blieb auf den Füßen. In dem Augenblick, als er gegen das Regal prallte, stieß er sich davon ab, warf sich taumelnd zur offenen Tür hinaus und verschwand im Flur.

Marty, den die Tatsache, daß er tatsächlich auf jemanden geschossen hatte, mehr verblüffte als die, daß es sich bei diesem »Jemand« um sein genaues Ebenbild handelte, sank gegen den Schreibtisch und rang so verzweifelt nach Luft, als hätte er nicht mehr geatmet, seit der Doppelgänger das Zimmer betreten hatte. Vielleicht hatte er es auch nicht. In Wirklichkeit auf einen Menschen zu schießen war vollkommen anders, als eine Figur in einem Roman zu erschießen: es schien fast, als würde wie durch einen Zauber ein Teil der Wirkung des, Schusses auf den zurückfallen, der abgedrückt hatte. Seine Brust schmerzte, ihm war schwindlig, und sein Blickfeld war kurzzeitig von einer schleichenden peripheren Schwärze bedroht, die er nur mit äußerster Willenskraft zurückdrängen konnte.

Er wagte nicht, ohnmächtig zu werden. Er glaubte, der andere Marty mußte schwer verwundet sein, möglicherweise im Sterben liegen, vielleicht war er auch schon tot. *Großer Gott, der wachsende Blutfleck auf seinem Hemd, scharlachrote Blüten, plötzliche Rosen.* Aber er wußte es nicht mit Sicherheit. Vielleicht sahen die Verletzungen nur tödlich aus, vielleicht hatte ihn der kurze Blick darauf getäuscht, und vielleicht war der Doppelgänger nicht nur noch am Leben, sondern obendrein kräftig genug, daß er das Haus verlassen und entkommen konnte. Wenn der Kerl entkam und überlebte, würde er früher oder später wiederkommen, genau so unheimlich und verrückt, aber noch wütender und besser vorbereitet. Marty mußte zu Ende bringen, was er angefangen hatte, bevor sein Doppelgänger die Möglichkeit hatte, dasselbe zu tun.

Er sah zum Telefon. Wähle 911. Ruf die Polizei, dann sieh nach dem verwundeten Mann.

Aber die Schreibtischuhr stand neben dem Telefon, und er sah die Zeit – 16:26. Paige und die Mädchen. Auf dem Nachhauseweg von der Schule, später als gewöhnlich, wegen des Klavierunterrichts. O Gott. Wenn sie ins Haus kamen und den anderen Marty sahen, oder ihn in der Garage fanden, dann würden sie denken, er wäre *ihr* Marty, und sie würden zu ihm gehen, ängstlich seine Verletzungen betrachten, ihm helfen wollen, und vielleicht war er noch kräftig genug, ihnen weh zu tun. War die Pistole, die er verloren hatte, seine einzige Waffe? Davon durfte er nicht ausgehen. Außerdem konnte der Dreckskerl ein Messer aus der Küche holen, das Schlachtermesser, konnte es an der Seite verstecken, hinter dem Rücken, konnte Emily nahe herankommen lassen und es ihr in den Hals stoßen, oder tief in Charlottes Bauch.

Jede Sekunde zählte. Vergiß 911. Zeitverschwendung. Die Cops würden nicht vor Paige hier sein.

Als Marty um den Schreibtisch herum ging, waren seine Beine wackelig, aber als er durch das Zimmer zum Flur ging schon nicht mehr so sehr. Er sah Blutflecke an der Wand, an den Rücken seiner eigenen Bücher hinunterlaufen, seinen Namen besudeln. Eine wachsende Flut der Dunkelheit zehrte wieder an den Rändern seines Gesichtsfelds. Er biß die Zähne zusammen und ging weiter.

Als er die Pistole des Doppelgängers erreichte, kickte er sie tiefer in das Zimmer, weg von der Tür. Diese einfache Tat verlieh ihm zusätzliches Selbstvertrauen, weil es etwas zu sein schien, das auch ein geistesgegenwärtiger Polizist getan hätte – es dem Täter schwerer machen, wieder an seine Waffe zu kommen.

Vielleicht wurde er mit der Situation fertig, überstand sie, so seltsam und furchteinflößend sie war, mit dem Blut und allem. Vielleicht schaffte er es.

Also mach den Kerl fertig. Sorge dafür, daß er unten ist, ganz unten, und liegen bleibt.

Um seine Kriminalromane schreiben zu können, hatte er das Vorgehen der Polizei gründlich recherchiert, nicht nur Lehrbücher und Ausbildungsfilme studiert, sondern uniformierte Streifenbeamte auf nächtlichen Runden begleitet und sich im Dienst und in der Freizeit mit Detectives in Zivil herumgetrieben. Er wußte sehr gut, wie man unter diesen Umständen am besten durch eine Tür ging.

Sei nicht zu selbstsicher. Geh davon aus, daß der Kerl außer der Waffe, die er fallen gelassen hat, noch eine besitzt, Pistole oder Messer. Halt dich geduckt, geh schnell durch die Tür. In einem Türrahmen stirbt man leichter als anderswo, weil sich jede Tür ins Unbekannte öffnet. Nimm beim Gehen die Waffe in beide Hände, Arme nach vorne, starr ausgestreckt, dreh dich nach rechts und links, wenn du die Schwelle überquerst, damit du beide Flanken abdecken kannst. Dann geh auf eine Seite oder die andere, Rücken zur Wand, damit du immer weißt, dein Rücken ist gedeckt, du mußt dich nur um drei Seiten kümmern.

All diese Weisheiten gingen ihm durch den Kopf wie durch den eines der hartgesottenen Polizisten in seinen Romanen

– und doch verhielt er sich wie jeder vor Schreck gelähmte Normalbürger, stolperte kopflos in den Flur, hielt die Pistole nur in der rechten Hand, ließ die Arme locker, atmete keuchend und stellte eher eine Zielscheibe als eine Bedrohung für jemanden dar, denn wenn man es genau überlegte, war er *kein* Cop, nur ein Arschloch, das manchmal über Cops schrieb. Wie lange man sich auch einer Fiktion hingeben mochte, man konnte die Fiktion nicht *leben*, man konnte unter Druck nicht wie ein Cop handeln, wenn man nicht die Ausbildung eines Cops genossen hatte. Er hatte sich wie alle anderen auch des Vergehens schuldig gemacht, Fiktion und Realität zu verwechseln, hatte gedacht, er wäre so unverwundbar wie der Held auf einer gedruckten Seite, und er hatte verdammt großes Glück gehabt, daß der *andere* Marty nicht auf ihn gewartet hatte. Der Flur im ersten Stock war verlassen.

Er hat genau wie ich ausgesehen.

Darüber konnte er jetzt nicht nachdenken, keine Zeit. Mußte sich darauf konzentrieren, am Leben zu bleiben, den Dreckskerl zu erledigen, bevor er Paige oder den Mädchen etwas tun konnte. Wenn du überlebst, wirst du ausreichend Zeit haben, über diese erstaunliche Ähnlichkeit nachzudenken, das Rätsel zu lösen, aber jetzt nicht.

Horch. Bewegung?

Vielleicht.

Nein. Nichts.

Halt die Waffe hoch, Mündung nach vorn gerichtet.

Unmittelbar neben der Tür des Arbeitszimmers hatte ein verschmierter Handabdruck in nassem Blut die Wand besudelt. Dort befand sich auch eine gräßliche Menge Blut als Pfütze auf dem beigen Teppichboden. Während Marty fassungslos und vorübergehend gelähmt hinter seinem Schreibtisch gestanden hatte, hatte der verwundete Mann zumindest kurzzeitig hier an der Wand des Flurs gelehnt und möglicherweise vergeblich versucht, die Blutung seiner Wunden zu stillen.

Marty schwitzte, ihm war übel, und er hatte Angst. Schweiß

rann ihm in den linken Augenwinkel, brannte, seine Sicht verschwamm. Er strich sich mit dem Hemdsärmel über die nasse Stirn und blinzelte heftig, um das Salz aus dem Auge zu bekommen.

Als sich der Eindringling von der Wand abgestoßen und wieder in Bewegung gesetzt hatte – möglicherweise während Marty noch reglos hinter dem Schreibtisch verharrte –, war er durch eine Pfütze seines eigenen Bluts gelaufen. Sein Weg wurde von fragmentarischen roten Abdrücken im Zickzackmuster der Sohlen von Turnschuhen, und von einer Reihe scharlachroter Tropfen markiert.

Stille im Haus. Mit etwas Glück handelte es sich vielleicht um die Stille des Todes.

Zitternd folgte Marty vorsichtig der ekelhaften Spur am Bad vorbei, um die Ecke, an der Doppeltür des dunklen Elternschlafzimmers vorbei, an der Treppe vorbei. An der Stelle, wo der Flur im ersten Stock zu einer Galerie über dem Wohnzimmer wurde, blieb er stehen.

Rechts befand sich ein ausgebleichtes Eichengeländer, jenseits davon hing der Messingleuchter, den er eingeschaltet hatte, als er vorhin durch die Diele gekommen war. Unter diesem Leuchter lagen die Treppe nach unten und die zweistöckige Diele mit ihrem Fliesenboden, die unmittelbar ans zweistöckige Wohnzimmer angrenzte.

Links von ihm, einige Schritte weiter an der Galerie, lag das Zimmer, das Paige als ihr Arbeitszimmer nutzte. Eines Tages würde es ein Zimmer für Charlotte oder Emily werden, wenn sie beschlossen, daß sie alt genug wären, in getrennten Zimmern zu schlafen. Die Tür stand halb offen. Nachtschwarze Schatten lauerten dahinter, lediglich vom grauen Gewitterlicht des schwindenden Tages erhellt, das kaum zu den Fenstern hereindrang.

Die Blutspur führte an diesem Arbeitszimmer vorbei zum Ende der Galerie, direkt zum Zimmer der Mädchen, dessen Tür geschlossen war. Der Eindringling hielt sich dort versteckt, und der Gedanke, daß er sich an den Habseligkeiten der Mädchen zu schaffen machte, ihre Sachen anfaßte, ihr Zimmer mit seinem Blut und seinem Wahnsinn besudelte, war grauenerregend.

Er erinnerte sich an die wütende, vom Wahnsinn gezeichnete Stimme, die so große Ähnlichkeit mit seiner eigenen hatte: *Meine Paige, sie gehört mir, meine Charlotte und meine Emily ...*

»Von wegen, sie gehören dir«, sagte Marty und richtete die Smith & Wesson auf die geschlossene Tür.

Er sah auf die Armbanduhr.

16.28.

Was jetzt?

Er konnte hier auf der Galerie bleiben und darauf warten, daß er den Mistkerl in die Hölle schicken konnte, wenn die Tür aufging. Er konnte auf Paige und die Kinder warten, ihnen zurufen, wenn sie hereinkamen, Paige bitten, 911 zu wählen. Dann konnte sie die Kinder ins Haus von Vic und Kathy Delorio auf der anderen Straßenseite bringen, wo sie in Sicherheit wären, während er die Tür im Auge behalten konnte, bis die Polizei eintraf.

Der Plan hörte sich gut, verantwortungsbewußt, ruhig und durchdacht an. Vorübergehend wurde sein Herzschlag in der Brust weniger beharrlich, weniger quälend.

Dann überfiel ihn der Fluch der schriftstellerischen Phantasie, ein schwarzer Strudel, der ihn in finstere Möglichkeiten hinabsog, der Fluch des »Was wäre wenn, *was wäre wenn*«. Was wäre, wenn der andere Marty immer noch kräftig genug war, das Fenster im Zimmer der Mädchen zu öffnen, auf die Pergola hinter dem Haus zu klettern und von dort auf den Rasen zu springen? Was wäre, wenn er um das Haus herum zur Straße fliehen würde, wenn Paige und die Mädchen gerade in der Einfahrt hielten?

Das könnte passieren. *Würde* passieren. Oder etwas genauso Schlimmes würde passieren, etwas Schlimmeres. Der Strudel der Realität brachte schrecklichere Möglichkeiten hervor als die dunkelsten Gedanken jedes Schriftstellers. In diesem Zeitalter gesellschaftlicher Auflösung konnte es selbst auf den friedlichsten Straßen in den ruhigsten Gegenden zu unerwartetem Aufflackern grotesker Gewalt kommen, worauf die Leute schockiert und entsetzt reagieren würden, aber *nicht* überrascht.

Vielleicht bewachte er die Tür eines leeren Zimmers.

16:29.

Paige bog möglicherweise gerade am Ende des Blocks um die Kurve in ihre Straße ein.

Vielleicht hatten die Nachbarn die Schüsse gehört und bereits die Polizei verständigt. Bitte, lieber Gott, laß es so sein.

Er hatte keine andere Wahl, als die Tür zum Zimmer der Mädchen zu öffnen, hineinzugehen und festzustellen, ob der Andere immer noch da war.

Der Andere. Als die Konfrontation in seinem Büro angefangen hatte, hatte er den Gedanken rasch abgetan, er könnte es mit etwas Übernatürlichem zu tun haben. Ein Geist konnte nicht so solide und dreidimensional sein wie dieser Mann. Wenn sie überhaupt existierten, wären Wesen von der anderen Seite der Grenze zwischen Leben und Tod nicht durch Kugeln verwundbar. Doch ein Gefühl blieb, daß etwas nicht geheuer war, und das wurde mit jedem Augenblick stärker. Er vermutete zwar, daß die Herkunft seines Gegners weitaus seltsamer sein müßte als Gespenster oder gestaltverändernde Dämonen, erschreckender und irdischer zugleich, daß er von dieser Welt stammen müßte und keiner anderen, aber er konnte ihn dennoch nur mit Namen belegen, die normalerweise Spukgeschichten vorbehalten blieben: Gespenst, Phantom, Geist, Erscheinung, Spukgestalt, der ungebetene Gast, der Unsterbliche, die Wesenheit.

Der Andere.

Die Tür wartete.

Die Stille im Haus war allumfassender als der Tod.

Martys Aufmerksamkeit, die ohnehin schon nur darauf konzentriert war, den Anderen zu verfolgen, wurde weiter gebündelt, bis er seinen eigenen Herzschlag nicht mehr wahrnahm und nur noch die Tür sah, nichts mehr hörte außer möglichen Geräuschen aus dem Zimmer der Mädchen, nichts mehr spürte außer dem Finger am Abzug der Pistole.

Die Blutspur.

Rote Fragmente von Fußabdrücken.

Die Tür.

Wartend.

Er wurde von Unentschlossenheit gelähmt.

Die Tür.

Plötzlich prasselte etwas über ihm. Er riß den Kopf zurück und sah zur Decke. Er stand direkt unter dem ein Meter zwanzig breiten, zwei Meter hohen Schacht, der zu einem kuppelförmigen Oberlicht aus Plexiglas führte. Regen trommelte auf das Plexiglas. Nur Regen, das Prasseln von Regen.

Als hätte die Spanne der Unentschlossenheit ihn plötzlich ruckartig wieder in die Wirklichkeit zurückgeholt, wurden ihm mit einem Mal alle Stimmen des Sturms bewußt, die er bei der Verfolgung des Anderen überhaupt nicht wahrgenommen hatte. Er hatte dauernd *durch* den Lärm im Hintergrund nach den verstohleneren Lauten seines Widersachers gelauscht. Nun stürmten das Winseln-Heulen-Pfeifen des Windes, das Tam-tam-tam des Regens, Donnergrollen, das knochenartige Kratzen eines Zweiges an der Hauswand, das blecherne Klappern eines lockeren Abschnitts der Regenrinne und andere, nicht so leicht zu identifizierende Geräusche auf ihn ein.

Die Nachbarn konnten die Schüsse über das Wüten des Sturms hinweg nicht gehört haben. Soviel zu dieser Hoffnung.

Marty schien von dem Tumult vorwärts getrieben zu werden, der Blutspur nach, einen zögernden Schritt, dann noch einen, unerbittlich auf die wartende Tür zu.

8.

Der Sturm brachte eine ungewöhnlich frühe Dämmerung mit sich, daher hatte Paige den ganzen Weg von der Schule der Mädchen nach Hause die Scheinwerfer eingeschaltet. Obwohl die Scheibenwischer auf höchster Stufe liefen, wurden sie kaum mit den Wasserfällen fertig, die sich vom auslaufenden Himmel ergossen. Entweder wurde die jüngste Dürreperiode durch diesen Regenguß beendet, oder aber die Natur erlaubte sich einen grausamen Streich, indem sie Erwartungen weckte, die sie nicht einzulösen gedachte. Kreuzungen standen unter Wasser. Abwasserkanäle liefen über. Der BMW wirbelte gewaltige weiße Wasserschwingen hoch, wenn er durch eine tiefe Pfütze nach der anderen fuhr. Und aus dem dunstigen Grau schwammen die Scheinwerfer entgegenkommender Fahrzeuge empor wie die Suchstrahler von Tauchkapseln, die tiefe Meeresgräben erforschten.

»Wir sind ein Unterseeboot«, sagte Charlotte aufgeregt vom Beifahrersitz neben Paige, während sie durch die Gischtschleier der Reifen zum Fenster hinaussah, »und schwimmen mit den Walen, mit Kapitän Nemo und der Nautilus, zwanzigtausend Meilen unter dem Meer, von Riesentintenfischen verfolgt. Erinnerst du dich noch an den Riesentintenfisch aus dem Film, Mom?«

»Ich erinnere mich«, sagte Paige ohne den Blick von der Straße abzuwenden.

»Periskop ausfahren«, sagte Charlotte, nahm die Griffe des imaginären Instruments und sah mit zusammengekniffenen Augen durch das Objektiv. »Wir plündern die Seewege, rammen Schiffe mit unserem superstarken Stahlbug – *rumms!* –, und der verrückte Kapitän spielt seine riesige Orgel! Erinnerst du dich an die Orgel, Mom?«

»Ich erinnere mich.«

»Wir tauchen tiefer, tiefer, die Druckhülle fängt an zu knistern, aber der verrückte Kapitän Nemo sagt *tiefer*, spielt seine Orgel und sagt *tiefer*, und derweil kommt der Tintenfisch immer näher.« Sie summte die Titelmusik des Films *Der weiße Hai: »Dum-dum, dum-dum, dum-dum, dum-dum, da-da-dum!«*

»Das ist albern«, sagte Emily vom Rücksitz.

Charlotte drehte sich im Sicherheitsgurt und sah zwischen den Vordersitzen hindurch. »Was ist albern?«

»Riesentintenfische.«

»Ach ja? Vielleicht würdest du nicht denken, daß sie albern sind, wenn du schwimmen würdest und einer kommt unter dir hoch, beißt dich durch, verschlingt dich mit zwei Bissen und spuckt die Knochen aus wie Traubenkerne.«

»Tintenfische essen keine Menschen«, sagte Emily.

»Klar doch.«

»Umgekehrt.«

»Hm?«

»Menschen essen Tintenfische«, sagte Emily.

»Unmöglich.«

»Möglich.«

»Wie kommst du auf so eine dumme Idee?«

»Ich hab' welche auf der Speisekarte im Restaurant gesehen.«

»Welches Restaurant?« fragte Charlotte.

»Verschiedene Restaurants. Du warst auch dabei. Stimmt das nicht, Mom – essen Menschen nicht Tintenfische?«

»Doch, die essen sie«, stimmte Paige zu.

»Du gibst ihr nur recht, damit sie nicht wie eine dumme Siebenjährige da steht«, sagte Charlotte skeptisch.

»Nein, es stimmt«, versicherte Paige ihr. »Menschen essen Tintenfische.«

»Wie?« fragte Charlotte, als würde der bloße Gedanke ihre Phantasie übersteigen.

»Nun«, sagte Paige und bremste vor einer roten Ampel, »Weißt du, nicht an einem Stück.«

»Logisch!« sagte Charlotte. »Jedenfalls keinen *Riesen*tintenfisch.«

»Man kann beispielsweise die Tentakel abschneiden und in

Knoblauchbutter dünsten«, sagte Paige und sah ihre Tochter an, um festzustellen, welchen Eindruck diese kulinarische Neuigkeit auf sie machen würde.

Charlotte verzog das Gesicht und sah wieder nach vorne. »Du willst nur, daß mir schlecht wird.«

»Schmeckt gut«, beharrte Paige.

»Lieber würde ich Dreck essen.«

»Schmeckt besser als Dreck, glaub mir.«

Emily flötete vom Rücksitz: »Man kann auch ihre Tentakel durchschneiden und frittieren.«

»Stimmt«, sagte Paige.

Charlottes Urteil war kurz und prägnant: »Bäh!«

»Sie sind wie kleine Zwiebelringe, nur Tintenfisch«, sagte Emily.

»Das ist krank.«

»Kleine frittierte Gummitintenfische, aus denen glibberige Tintenfischtinte tropft«, sagte Emily und kicherte.

Charlotte drehte sich auf dem Sitz um, sah ihre Schwester an und sagte: »Du bist ein widerlicher Kobold.«

»Ist doch egal«, sagte Emily, »wir sind sowieso nicht in einem U-Boot.«

»Selbstverständlich nicht«, sagte Charlotte. »Wir sind in einem Auto.«

»Nein, wir sind in einem Uferkraft.«

»Einem *was*?«

Emily sagte: »Wie wir es damals im Fernsehen gesehen haben, das Boot, das zwischen England und sonstwo fährt, und das schwebt auf dem Wasser und geht echt ab.«

»Liebes, du meinst ein ›Hovercraft‹ – ein Luftkissenboot«, sagte Paige, nahm den Fuß von der Bremse, als die Ampel umschaltete, und beschleunigte vorsichtig über die überschwemmte Kreuzung.

»Ja«, sagte Emily. »Hovercraft. Wir sitzen in einem Luftkissenboot und fahren nach England zu einer Audienz bei der Königin. Ich werde mit der Königin Tee trinken, Tee trinken und Tintenfisch essen und über die Kronjuwelen reden.«

Darüber mußte Paige fast laut lachen.

»Die Königin serviert keinen Tintenfisch«, sagte Charlotte gereizt.

»Jede Wette«, sagte Emily.

»Nein, sie serviert Sauerteigbrot und Hörnchen und Flittchen und sowas«, sagte Charlotte.

Dieses Mal *mußte* Paige lauthals lachen. Sie sah die Szene deutlich vor Augen: Die äußerst zurückhaltende und huldvolle Königin von England fragt einen Gentleman, der zu Gast weilt, ob er ein Flittchen zum Tee haben will, während sie auf eine aufgetakelte Strichbiene deutet, die in der Nähe in der Konditorei Frederick's of Hollywood wartet.

»Was ist daran so komisch?« fragte Charlotte.

Paige unterdrückte das Lachen und log: »Nichts, mir ist nur gerade etwas eingefallen, etwas anderes, das schon vor langer Zeit passiert ist, für euch wäre das überhaupt nicht komisch, nur eine alte Mommy-Erinnerung.«

Sie wollte die Unterhaltung auf gar keinen Fall beeinflussen. Wenn sie mit den beiden im Auto fuhr, schaltete sie selten das Radio ein. Keine Sendung konnte auch nur halb so unterhaltend wie die Charlotte-und-Emily-Show sein.

Als der Regen heftiger denn je zu fallen begann, stellte sich heraus, daß Emily sich in einer redseligen Laune befand. »Es macht viel mehr Spaß, mit dem Luftkissenboot zur Königin zu fahren als in einem Unterseeboot zu sitzen, an dem ein Riesentintenfisch rumkaut.«

»Die Königin ist langweilig«, sagte Charlotte.

»Ist sie nicht.«

»Ist sie wohl.«

»Sie hat eine Folterkammer unter dem Palast.«

Charlotte drehte sich wieder auf dem Sitz um; sie konnte ihr Interesse nicht verbergen. »Echt?«

»Klar«, sagte Emily. »Und sie hält einen Mann mit einer eisernen Maske da unten gefangen.«

»Einer eisernen Maske?«

»Einer eisernen Maske«, wiederholte Emily feierlich.

»Warum?«

»Er ist *echt* häßlich«, sagte Emily.

Paige kam zum Ergebnis, daß sie beide Schriftstellerinnen werden würden. Sie hatten Martys lebhafte und rastlose Phantasie geerbt. Wahrscheinlich würden sie genau so versessen darauf sein, diese zu schulen, wie er, aber was sie schrieben, würde ganz anders sein als die Romane ihres Vaters, und ihre Werke würden sich auch *untereinander* vollkommen unterscheiden.

Sie konnte es kaum erwarten, Marty von Unterseebooten, Luftkissenfahrzeugen, Riesentintenfischen, frittierten Tentakeln und Flittchen bei der Königin zu erzählen.

Sie hatte beschlossen, sich Paul Guthridges vorläufige Diagnose zu Herzen zu nehmen, Martys beunruhigende Symptome nur auf Streß zurückzuführen und aufzuhören, sich Sorgen zu machen – jedenfalls bis er Ergebnisse erhielt, die möglicherweise auf etwas Ernsteres hindeuteten. Marty würde nichts passieren. Er war eine Naturgewalt, ein unerschöpflicher Quell von Energie und Gelächter, unverwüstlich und zäh. Er würde sich wieder aufrappeln, so wie Charlotte sich vor fünf Jahren wieder vom Totenbett aufgerappelt hatte. *Keinem* von ihnen würde etwas zustoßen, weil sie leben mußten und noch viele schöne Jahre vor sich hatten.

Ein heftiger Blitz – die Gewitter in Südkalifornien selten begleiteten, dieses Mal aber dennoch im Überfluß aufleuchteten – zuckte so weißglühend wie ein Streitwagen über den Himmel, der Gott am Tag des Jüngsten Gerichts vom Himmel bringen mochte, und zog einen Donnerschlag hinter sich her.

9.

Marty war nur noch zwei Meter vom Zimmer der Mädchen entfernt. Er näherte sich der Tür von der Seite der Scharniere, damit er nach dem Knauf greifen, die Tür nach innen aufstoßen und vermeiden konnte, daß er sich deutlich als Silhouette im Rahmen abzeichnete.

Er versuchte, nicht in das Blut zu treten, daher sah er nur einen Augenblick auf den Teppich hinunter, wo die Spritzer kleiner und vereinzelter waren als an anderen Stellen des Flurs. Er erblickte eine Anomalie, die er zuerst nur unterbewußt wahrnahm, und er war schon einen Schritt weiter gegangen, die Tür fest im Blick, bevor ihm völlig bewußt wurde, was er gesehen hatte: einen Abdruck der vorderen Hälfte einer Schuhsohle, der sich schwach rot abzeichnete, wie zwanzig oder dreißig andere, die er bereits passiert hatte, nur zeigte die schmale Stelle des Abdrucks, die Spitze, hier anderswo hin als alle anderen, in die entgegengesetzte Richtung, zurück dorthin, von wo er gekommen war.

Marty erstarrte, als ihm die Bedeutung dieses Fußabdrucks bewußt wurde.

Der Andere war bis zum Zimmer der Mädchen gegangen, aber nicht hinein. Er hatte kehrtgemacht und dabei den Blutverlust irgendwie so drastisch unterbunden, daß er seine Spur nicht mehr deutlich markierte – abgesehen von einem verräterischen Fußabdruck und möglicherweise einigen anderen, die Marty nicht aufgefallen waren.

Marty nahm die Waffe in beide Hände, wirbelte herum und schrie auf, als er den Anderen aus Paiges Arbeitszimmer kommen sah; für einen Mann, der zwei Schüsse in der Brust und schätzungsweise einen Liter Blut verloren hatte, bewegte er sich viel zu schnell. Er traf Marty fest, schlug unter der Pistole durch, schleuderte ihn gegen das Geländer der Galerie und zwang ihn, die Arme hochzureißen.

Marty drückte ab, als er zurückgeschleudert wurde – ein Reflex –, aber die Kugel durchbohrte die Decke des Flurs. Das stabile Geländer kollidierte mit dem unteren Teil seines Rückens, ein halb erstickter Schrei entrang sich ihm, als weißglühende Schmerzen horizontal durch seine Nieren schossen und mit Spikes einen Stepptanz auf der Knöcheltreppe seiner Wirbelsäule trampelten.

Noch beim Schreien verlor er die Pistole. Sie glitt ihm aus den Händen und flog über seinen Kopf in die überdachte Leere hinter ihm.

Das Eichengeländer erbebte unter seiner Last, ein lautes, trockenes Knacken kündete den bevorstehenden Zusammenbruch an, und Marty war sicher, daß er ins Treppenhaus abstürzen würde. Aber die Balustrade gab nicht nach, und der Handlauf blieb fest mit dem Eckpfosten verbunden.

Der Andere drängte unerbittlich nach vorne, drückte Marty rückwärts über die Balustrade und versuchte ihn zu erwürgen. Hände aus Eisen. Finger wie Hydraulikgreifer, die von einem starken Motor angetrieben wurden. Drückten die Halsschlagadern zu.

Marty rammte dem Angreifer das Knie zwischen die Beine, doch der Tritt wurde abgeblockt. Durch den Versuch verlor er das Gleichgewicht und hatte nur noch einen Fuß auf dem Boden, und er wurde weiter über die Balustrade geschoben, bis er ganz auf den Handlauf gedrückt wurde und nur noch darauf lag.

Marty, der würgte, keine Luft mehr bekam und wußte, die größte Gefahr bestand darin, daß die Blutzufuhr zum Gehirn unterbrochen wurde, bildete mit den Armen einen Keil und trieb diesen zwischen die Arme des Anderen nach oben, womit er versuchen wollte, sie auseinanderzudrücken und den Würgegriff zu lösen. Der Angreifer verdoppelte seine Anstrengungen, entschlossen, nicht lockerzulassen. Marty strengte sich ebenfalls noch mehr an, und sein überlastetes Herz klopfte schmerzhaft gegen sein Brustbein.

Sie hätten einander ebenbürtig sein müssen, verdammt nochmal, schließlich hatten sie dieselbe Größe, dasselbe Gewicht und denselben Körperbau, sie waren in derselben körperlichen Verfassung und allem äußeren Anschein nach ein und derselbe *Mann*.

Und doch war der Andere, der zwei potentiell tödliche Schüsse abbekommen hatte, der stärkere, und zwar nicht nur, weil er sich in der überlegenen Position befand und die bessere Hebelwirkung auf seiner Seite hatte. Er schien übermenschliche Kräfte zu besitzen.

Es war, als würde Marty, von Angesicht zu Angesicht mit seinem Doppelgänger und von heißen, keuchenden Atemzügen umspült, in einen Spiegel sehen, aber das wilde Spiegelbild vor ihm war zu einer Miene verzerrt, wie sie Marty bei sich selbst noch nie gesehen hatte. Bestialische Wut. Haß, so vergiftend wie Blausäure. Zuckungen manischer Freude huschten über das vertraute Antlitz, als würde die Aussicht, jemanden zu töten, den Fremden erregen.

Der Andere fletschte die Zähne und drückte, obwohl es unmöglich schien, noch fester zu, um seinen Worten Nachdruck zu verleihen, als er sagte, während ihm Speichel aus dem Mund tropfte: »Brauche mein Leben jetzt, mein Leben, meins, meins, *jetzt*. Brauche meine Familie, jetzt, meine, jetzt, jetzt, jetzt, brauche, *sie, BRAUCHE SIE*!«

Negative Glühwürmchen tanzten und sausten vor Martys Augen, negativ, weil sie wie Negativabzüge der leuchtenden Glühwürmchen an Sommerabenden aussahen, keine Lichtfünkchen in der Dunkelheit, sondern Dunkelheitsfünkchen im Licht. Fünf, zehn, zwanzig, hundert, ein wuselnder Schwarm. Das verzerrte Gesicht des Anderen verschwand stückweise unter diesem blinkenden schwarzen Schwarm.

Marty wollte den Griff mit aller Verzweiflung brechen und krallte nach dem haßerfüllten Gesicht. Aber er konnte es nicht erreichen. Seine Anstrengungen schienen allesamt kläglich, hoffnungslos zu sein.

So viele negative Glühwürmchen.

Und bruchstückhaft dazwischen zu sehen: das bösartige und rachsüchtige Gesicht des begehrlichen neuen Mannes seiner Frau, das herrschsüchtige Gesicht des strengen neuen Vaters seiner Töchter.

Glühwürmchen. Überall, überall. Breiteten ihre Schwingen des Vergessens aus.

Bumm. Laut wie ein Gewehrschuß. Eine zweite, dritte, vierte Explosion – eine nach der anderen. Die Balustrade brach.

Der Handlauf bekam einen Sprung. Kippte nach hinten. Er wurde nicht mehr von der Balustrade gestützt, die darunter zersplittert war.

Marty hörte auf, sich gegen den Angreifer zu wehren, und versuchte verzweifelt, Arme und Beine um das Geländer zu schlingen, weil er hoffte, er könnte sich an den Überresten festklammern, statt in die Tiefe zu stürzen. Aber das Mittelstück der Balustrade löste sich so schnell und gründlich auf, daß er keinen Halt an den zerbrechenden Bestandteilen finden konnte, und das Gewicht des ihn umklammernden Angreifers unterstützte die Schwerkraft noch mehr, als erforderlich gewesen wäre. Doch während sie über dem Abgrund taumelten, veränderten Martys Bewegungen die Dynamik ihres Kampfes gerade so sehr, daß der Andere über ihm abrollte und zuerst abstürzte. Der Angreifer ließ Martys Hals los, zog ihn aber mit sich. Sie stürzten auf die Treppe, durchbrachen das Geländer, das sie dabei zu Kleinholz verarbeiteten, und landeten auf den mexikanischen Fliesen des Dielenbodens.

Der Sturz ging über knapp fünf Meter, nicht besonders hoch, wahrscheinlich nicht einmal eine tödliche Strecke, und ihr Schwung wurde vom Treppengeländer gebremst. Doch der Aufprall schlug das bißchen Luft aus Marty heraus, das er auf dem Weg nach unten in die Lungen gesogen hatte, obwohl der Andere ihm als Prellbock diente, da dieser als erster mit dem hallenden *Tschuck* eines Vorschlaghammers auf die Fliesen prallte.

Keuchend und hustend stieß sich Marty von seinem Doppelgänger weg und versuchte, aus dessen Reichweite zu kriechen. Er war außer Atem, schwindlig und nicht sicher, ob er irgendwelche Knochen gebrochen hatte. Wenn er einatmete, tat die Luft in seinem rauhen Hals weh, und wenn er hustete, hätten die Schmerzen nicht schlimmer sein können, als hätte er versucht, verfilzten Stacheldraht gespickt mit Nägeln zu verschlingen. Katzenhaft schnell davonzukriechen, was ihm vorschwebte, erwies sich als unmöglich; er konnte sich nur über den Dielenboden schleppen und dabei zappeln und zucken wie ein Käfer, der mit Insektenvertilgungsmittel besprüht worden war.

Als er die Tränen wegblinzelte, die ihm das schmerzhafte Husten in die Augen getrieben hatte, erblickte er die Smith & Wesson. Diese lag etwa fünf Meter entfernt etwas jenseits der Stelle, wo der Wechsel von Fliesen zu Holzboden den Übergang von Diele zum Wohnzimmer markierte. Betrachtete man die Verbissenheit, mit der er sich darauf konzentrierte, und die Entschlossenheit, mit der er seinen halb betäubten und schmerzenden Körper darauf zu schleppte, hätte die Pistole gut und gerne der Heilige Gral sein können.

Er bemerkte ein Rumpeln, das nichts mit dem Sturm zu tun hatte, gefolgt von einem Plumpsen, das er dunkel mit dem Anderen in Verbindung brachte, hielt aber nicht inne, um zurückzusehen. Vielleicht hatte er eine Todeszuckung gehört, das Trommeln von Absätzen auf dem Boden, ein letztes Aufbäumen. Der Dreckskerl mußte ja *mindestens* schwer verletzt sein. Verkrüppelt und sterbend. Aber Marty wollte die Waffe in den zitternden Händen halten, bevor er sein eigenes Überleben feierte.

Er griff nach der Pistole, umklammerte sie und stieß ein erschöpftes, triumphierendes Grunzen aus. Er drehte sich auf die Seite, robbte herum und zielte in die Diele zurück; er rechnete schon damit, seinen hartnäckigen Verfolger über sich aufragen zu sehen.

Aber der Andere lag immer noch flach auf dem Rücken. Beine ausgestreckt. Arme an den Seiten. Reglos. Vielleicht sogar tot. Aber den Gefallen tat er ihm nicht. Er drehte den Kopf zu Marty. Sein Gesicht war blaß, schweißgebadet, weiß und glänzend wie eine Porzellanmaske.

»Gebrochen«, winselte er.

Er schien nur den Kopf und die Finger der rechten Hand bewegen zu können, aber nicht die Hand selbst. Eine Grimasse der Anstrengung, nicht der Schmerzen, verzerrte sein Gesicht. Er hob den Kopf vom Boden, und die agilen Finger verkrampften und entspannten sich wie die Beine einer sterbenden Tarantel, aber er schien sich nicht aufrichten oder die Beine an den Knien anwinkeln zu können.

»Gebrochen«, wiederholte er.

Bei dem Wort und der Art, wie es ausgesprochen wurde, mußte Marty an einen Spielzeugsoldaten denken, verbogene Federn, kaputte Zahnräder.

Marty stützte sich mit einer Hand an der Wand ab und stand auf.

»Wirst du mich töten?« fragte der Andere.

Die Vorstellung, einem verletzten und hilflosen Mann eine Kugel in den Kopf zu jagen, war über die Maßen abstoßend, aber Marty war versucht, die Tat zu begehen und sich hinterher um die psychischen und rechtlichen Folgen zu kümmern. Neugier ebensosehr wie moralische Bedenken hielten ihn davon ab.

»Dich töten? Mit Vergnügen.« Seine Stimme klang heiser, was zweifellos einen oder zwei Tage so bleiben würde, bis er sich von dem Würgen erholt hatte. »Wer, zum Teufel, bist du?« Jedes krächzende Wort erinnerte ihn daran, wie glücklich er sich schätzen konnte, daß er überlebt hatte und diese Frage stellen konnte.

Das leise Rumpeln ertönte wieder, dasselbe Geräusch, das er gehört hatte, als er auf die Pistole zu gekrochen war. Dieses Mal konnte er es identifizieren: nicht die Zuckungen und trommelnden Absätze eines sterbenden Mannes, sondern schlicht und einfach die Vibration des automatischen Garagentors, das beim ersten Mal hochgezogen worden war und jetzt wieder herunterkam.

Stimmen ertönten in der Küche, als Paige und die Mädchen das Haus durch die Garage betraten.

Marty, der sich mit jedem Augenblick weniger wackelig auf den Beinen fühlte und wieder zu Atem gekommen war, eilte durch das Wohnzimmer und zum Eßzimmer, da er die Kinder aufhalten wollte, bevor sie sehen konnten, was sich hier abgespielt hatte. Sie würden auch so schon lange Zeit Schwierigkeiten haben, sich in ihrem eigenen Heim wieder wohl zu fühlen, wenn sie erfuhren, daß ein Einbrecher hereingekommen war und versucht hatte, ihren Vater zu töten. Aber das Trauma würde schlimmer werden, wenn sie die Zerstörungen und den blutüberströmten Mann zu sehen bekamen, der gelähmt auf dem Dielenboden lag. Zog man weiterhin die makabre Tatsache in Betracht, daß der Eindringling auch noch das exakte Spiegelbild ihres Vaters war, würden sie wahrscheinlich in diesem Haus nie mehr gut schlafen.

Als Marty vom Eßzimmer in die Küche platzte und die Schwingtür hinter sich vor- und zurückschlagen ließ, drehte sich Paige überrascht von der Garderobe um, wo sie den Regenmantel aufhängte. Die Mädchen, die noch gelbe Gummijacken und Vinylmützen trugen, grinsten und neigten erwartungsvoll die Köpfe und schienen zu glauben, das stürmische Auftreten ihres Vaters wäre der Auftakt zu einem Scherz oder einer von Daddys albernen Stegreifdarbietungen.

»Bring sie hier weg«, krächzte er Paige zu und versuchte, ruhig zu klingen, wurde aber von seiner heiseren Stimme und der allzu deutlichen Nervosität verraten.

»Was ist denn mit dir passiert?«

»Jetzt«, beharrte er, »sofort, bring sie über die Straße zu Vic und Kathy.«

Die Mädchen sahen die Waffe in seiner Hand. Das Grinsen verschwand, ihre Augen wurden groß.

Paige sagte: »Du blutest. Was ...«

»Nicht ich«, unterbrach er sie und merkte erst jetzt, daß er sein ganzes Hemd mit dem Blut des Anderen besudelt hatte, als er auf ihn gefallen war. »Mir geht es gut.«

»Was ist passiert?« wollte Paige wissen.

Als er die Tür zur Garage aufriß, sagte er: »Wir hatten etwas hier.« Sein Hals schmerzte beim Sprechen, und doch plapperte er ununterbrochen in seinem verzweifelten Bemühen, sie wohlbehalten aus dem Haus zu bekommen, aber wahrscheinlich zum ersten Mal zusammenhanglos in seinem von Worten bestimmten Leben. »Ein Problem, etwas, Herrgott, du weißt schon, wie so was eben manchmal passiert, Ärger ...«

»Marty …«

»Geht rüber zu den Delorios, alle.« Er trat über die Schwelle in die dunkle Garage, drückte auf den Knopf der Automatik, und das große Tor rumpelte in die Höhe. Er sah Paige in die Augen. »Bei den Delorios sind sie in Sicherheit.«

Paige machte sich gar nicht erst die Mühe, den Mantel wieder von der Garderobe zu nehmen; sie schob die Mädchen an ihm vorbei in die Garage, der aufgehenden Tür entgegen.

»Ruf die Polizei an«, rief er ihr nach und zuckte angesichts der Schmerzen zusammen, die ihm der Ruf bereitete.

Sie drehte sich mit gramzerfurchtem Gesicht zu ihm um.

Er sagte: »Mir geht es gut, aber wir haben einen Einbrecher hier. Schlimm angeschossen.«

»Komm mit uns«, flehte sie.

»Kann nicht. Ruf die Polizei.«

»Marty …«

»Geh, Paige, geh endlich!«

Sie trat zwischen Charlotte und Emily, nahm jede an einer Hand, führte sie aus der Garage in den Wolkenbruch hinaus und drehte sich nur noch einmal zu ihm um.

Er sah ihnen nach, bis sie das Ende der Einfahrt erreichten, nach rechts und links sahen, ob Autos kamen, und dann die Straße überquerten. Als sie durch die silbernen Schleier des Regens gingen, sahen sie mit jedem Schritt weniger wie Menschen und mehr wie entschwindende Geister aus. Er wurde von dem beunruhigenden Gefühl überkommen, daß er sie nicht mehr lebend wiedersehen würde; er wußte, das war nichts weiter als eine irrationale, von Adrenalin erzeugte Reaktion auf das, was er durchgemacht hatte, aber die Angst schlug dennoch Wurzeln in ihm und fing an zu wachsen.

Ein kalter, nasser Wind wehte in die hintersten Winkel der Garage, der Schweiß auf Martys Gesicht fühlte sich an, als wäre er sofort in Eis verwandelt worden.

Er ging in die Küche zurück und schloß die Tür.

Obwohl er schlotterte und halb erfroren wirkte, sehnte er

sich nach einem kalten Drink, denn seine Kehle brannte, als würde dort ein Kerosinfeuer lodern.

Vielleicht starb der Mann in der Diele gerade, hatte in diesem Augenblick Krämpfe oder einen Herzanfall. Sein Zustand war verdammt schlecht. Es wäre sicher nicht schlecht, wenn er gleich zu ihm hinein gehen und auf ihn aufpassen würde, sollten Erste-Hilfe-Maßnahmen erforderlich sein, bevor die Behörden eintrafen. Marty wäre es gleichgültig gewesen, wenn der Kerl gestorben wäre – er *wollte*, daß er starb –, aber erst wenn eine ganze Menge Fragen beantwortet und zumindest ein bißchen Licht ins Dunkel der jüngsten Ereignisse gebracht waren.

Aber bevor er etwas anderes tat, mußte er etwas zu trinken holen, um die Schmerzen im Hals zu lindern. Im Augenblick war jedes Schlucken eine Tortur. Wenn die Polizei eintraf, mußte er darauf vorbereitet sein, eine ganze Menge zu reden.

Wasser aus dem Hahn schien nicht kalt genug zu sein, daher machte er den Kühlschrank auf – er hätte schwören können, daß längst nicht mehr soviel darin war wie am Vormittag – und ergriff einen Karton Milch. Nein, beim bloßen Gedanken an Milch mußte er würgen. Milch erinnerte ihn an Blut, weil es eine Körperflüssigkeit war; das war natürlich lächerlich, aber die Ereignisse der vergangenen Stunde waren irrational, mußten auch seine Reaktionen teilweise irrational sein. Er stellte den Karton ins Fach zurück, griff nach dem Orangensaft, dann sah er die Flaschen Corona und 0,33er Dosen Coors. Nichts hatte je köstlicher ausgesehen als dieses gekühlte Bier. Er nahm eine der Dosen, weil darin etwas mehr Bier war als in den Flaschen Corona.

Der erste große Schluck entfachte das Feuer in seinem Hals, statt es zu löschen. Der zweite tat nicht mehr ganz so weh wie der erste, und der dritte nicht mehr so sehr wie der zweite, und danach war jeder Schluck so heilsam wie Honigmedizin.

Mit der Pistole in einer Hand und der halbleeren Dose Coors in der anderen ging er durch das Haus zurück zur Diele, wobei er mehr wegen der Erinnerung an das zitterte, was geschehen war, und der Aussicht, was vor ihm lag, als wegen des eiskalten Biers.

Der Andere war fort.

Marty war so verblüfft, daß er das Coors fallen ließ. Die Dose rollte hinter ihn; schaumiges Bier ergoß sich auf den Boden des Wohnzimmers. Obwohl ihm die Dose mir nichts dir nichts aus der Hand flutschte, hätte ihn nur ein Hydraulikgreifer dazu zwingen können, die Waffe loszulassen.

Trümmer der Balustrade, ein Teil des Geländers und Splitter bedeckten den Boden der Diele. Mehrere mexikanische Fliesen waren beim Aufprall des harten Eichenholzes oder des Stahls der Smith & Wesson gesprungen oder gesplittert. Keine Leiche.

Von dem Augenblick an, als der Doppelgänger Martys Arbeitszimmer betreten hatte, war der Tag ohne das übliche vorherige Einschlafen zu einem Alptraum geworden. Die Ereignisse waren den Fesseln der Realität entschlüpft, sein eigenes Haus war zu einer dunklen Traumlandschaft geworden. So surrealistisch die Konfrontation gewesen war, er hatte, solange sie stattfand, nicht ernsthaft daran gezweifelt, daß sie tatsächlich passierte. Und auch jetzt zweifelte er nicht daran. Er hatte weder auf eine Ausgeburt der Phantasie geschossen, noch war er von einer Illusion gewürgt worden oder allein durch das Geländer gestürzt. Der Andere, der reglos auf dem Fliesenboden gelegen hatte, war so real gewesen wie die Trümmer der Balustrade, die noch dort verstreut waren.

Marty dachte erschrocken an die Möglichkeit, daß Paige und die Mädchen von dem Anderen auf der Straße angegriffen worden sein könnten, ehe sie das Haus der Delorios erreichen konnten, daher hastete er zur Eingangstür. Diese war verschlossen. Von Innen. Die Sicherungskette vorgelegt. Auf diesem Weg hatte der Irre das Haus nicht verlassen.

Er hatte es überhaupt nicht verlassen. Wie hätte er das gekonnt, in seinem Zustand? Keine Panik. Bleib ruhig. Denk nach.

Marty hätte ein Jahr seines Lebens gewettet, daß die Verletzungen des Anderen echt gewesen waren, nicht vorgetäuscht. Der Rücken des Mistkerls war gebrochen. Sein Unvermögen, mehr als den Kopf und die Finger einer Hand zu bewegen, deutete darauf hin, daß wahrscheinlich auch die Wirbelsäule durchtrennt worden war, als die Schwerkraft zum Tanz mit dem Boden aufgefordert hatte.

Also wo steckte er?

Nicht oben. Selbst wenn seine Wirbelsäule nicht verletzt gewesen wäre, selbst wenn er keine Querschnittslähmung davongetragen hätte, hätte er seinen zerschundenen Körper in der kurzen Zeit, die Marty in der Küche verbracht hatte, unmöglich in den ersten Stock hinaufschleppen können.

Gegenüber dem Eingang zum Wohnzimmer lag eine kleine Kammer neben dem Arbeitszimmer. Das spülwassergraue Licht der sturmgepeitschten Dämmerung fiel zwischen den schrägen Streben der Fensterläden herein, beleuchtete aber nichts. Marty trat durch die Tür und schaltete das Licht ein. Die Kammer war verlassen. Am Schrank schob er die Spiegeltür auf, aber auch dort versteckte sich der Andere nicht.

Schrank in der Diele. Nichts. Bügelzimmer. Nichts. Der tiefe Schrank unter der Treppe. Waschküche. Salon. Nichts, nichts, nichts.

Marty suchte panisch, unablässig, ohne an seine Sicherheit zu denken. Er ging davon aus, daß er seinen potentiellen Mörder in der Nähe und weitgehend hilflos finden würde, möglicherweise sogar tot, da der klägliche Fluchtversuch seine letzten Kraftreserven verbraucht hatte.

Statt dessen mußte er in der Küche feststellen, daß die Tür zur Pergola offen stand. Eine kalte Windbö wehte von draußen herein und klapperte mit den Schranktüren. An der Garderobe neben der Garagentür bauschte sich Paiges Regenmantel von falschem Leben erfüllt.

Während Marty durch Eßzimmer und Wohnzimmer in die Diele zurückgegangen war, hatte sich der Andere auf einem anderen Weg in die Küche begeben. Er mußte durch den kurzen Flur gegangen sein, der von der Diele am Bügelzimmer und der Waschküche vorbei führte, und dann durch ein Ende des Salons. Er konnte nicht so schnell so weit gekrochen sein. Er war auf den Füßen gewesen, möglicherweise unsicher, aber trotzdem auf den Füßen.

Nein. Das war unmöglich. Okay. Vielleicht war die Wirbelsäule des Kerls doch nicht gebrochen. Vielleicht nicht einmal angebrochen. Aber sein Rücken *mußte* gebrochen sein. Er konnte nicht einfach auf die Füße gesprungen und geflohen sein.

Der Alptraum im Wachsein hatte die Wirklichkeit wieder verdrängt. Es wurde Zeit, wieder nach etwas zu jagen – und von etwas gejagt zu werden –, das die regenerativen Fähigkeiten eines Monsters aus einem Traum besaß; etwas, das behauptete, es sei gekommen, um nach einem Leben zu suchen, und das beängstigend gut ausgestattet schien, es auch zu nehmen.

Marty ging durch die offene Tür auf die Veranda hinaus.

Wieder auflebende Angst beförderte ihn in einen Zustand gesteigerter Wahrnehmung, in dem Farben leuchtender, Gerüche stechender und Geräusche klarer und deutlicher als jemals vorher waren. Der Eindruck hatte Ähnlichkeit mit den unerklärlich lebhaften Empfindungen gewisser Träume der Kindheit und Pubertät – besonders mit solchen, in denen der Träumende mühelos wie ein Vogel am Himmel dahinzieht oder die sexuelle Vereinigung mit einer so wunderbaren Frau erlebt, daß er sich später weder an ihr Gesicht noch an ihren Körper erinnern kann, nur an die essentielle Ausstrahlung perfekter Schönheit. Diese besonderen Träume schienen überhaupt keine Phantasiegebilde zu sein, sondern Blicke in eine größere und detailliertere Realität jenseits der Realität der Welt des Wachseins. Als Marty zur Küchentür hinausging, vom warmen Haus in das kalte Reich der Natur, fühlte er sich seltsam an die Lebhaftigkeit dieser längst vergessenen Visionen erinnert, denn jetzt verspürte er ähnlich akute Empfindungen und nahm die Nuancen von allem wahr, das er sah-hörte-roch-berührte.

Aus dem dichten Gestrüpp der Bougainvillea über ihm fielen Dutzende Tropfen und Spritzer in Pfützen, die in dem Dämmerlicht so schwarz wie Öl wirkten. Auf dieser flüssigen Schwärze trieben scharlachrote Blüten in Mustern, die zwar wahllos waren, aber dennoch bewußt geheimnisvoll wirkten, so ominös und voller Bedeutung wie die alten Schriftzeichen eines längst gestorbenen chinesischen Mystikers.

Entlang der Grenze des Gartens – klein und von einer Mauer umgeben, wie in den meisten Vierteln in Südkalifornien – zitterten indische Lorbeersträucher und Eugenien kläglich im kalten Wind. In der nordwestlichen Ecke peitschten die langen und zierlichen Zweige eines roten Eukalyptus durch die Luft und warfen längliche Blätter so rauchsilbern wie die Schwingen einer Libelle ab. In den Schatten, welche die Bäume warfen – und hinter einigen kleineren Sträuchern – gab es Stellen, wo ein Mann sich verstecken konnte.

Marty hatte nicht die Absicht, dort zu suchen. Wenn sich sein Widersacher aus dem Haus geschleppt hatte, um sich – wahrscheinlich vom Blutverlust geschwächt – in einem kalten, nassen Nest aus Jasmin und Schmucklilien zu verstecken, dann war es nicht dringend erforderlich, ihn zu finden. Wichtiger war, dafür zu sorgen, daß er im Augenblick nicht unverfolgt floh.

Ganze Chöre von Kröten, die sich längst der Trockenheit angepaßt und an das Wasser der Rasensprenger als einzige Quelle von Feuchtigkeit gewöhnt hatten, sangen in ihren verborgenen Nischen, Dutzende schrille Stimmen, die normalerweise bezaubernd waren, jetzt aber unheimlich und bedrohlich wirkten. Über ihre Arie hinweg konnte man das Heulen ferner, aber näherkommender Sirenen vernehmen.

Falls der Eindringling versuchte zu fliehen, bevor die Polizei eintraf, standen ihm nur wenige Fluchtwege zur Verfügung. Er hätte über eine der Mauern des Grundstücks klettern können, aber das schien unwahrscheinlich, denn so wundersam seine Genesung auch vonstatten gehen mochte, er hätte nicht genügend Zeit gehabt, über den Rasen zu laufen, sich durch das Gebüsch zu zwängen und in einen der angrenzenden Gärten zu springen.

Marty wandte sich nach rechts und lief unter der tropfenden Pergola heraus. Nach kaum sechs Schritten war er naß bis auf die Haut, folgte dem Weg um das Haus herum und eilte dann an der Rückseite der angebauten Garage entlang.

Der Wolkenbruch hatte Schnecken aus ihren feuchten und schattigen Verstecken gelockt, wo sie normalerweise bis nach Einbruch der Nacht blieben. Ihre blassen, gallertigen Leiber streckten sich so weit es ging aus den Häusern, die Fühler hatten sie suchend ausgefahren. Es blieb unvermeidlich, daß er auf einige trat und sie zu Brei zerquetschte, und da fuhr ihm der abergläubische Gedanke durch den Kopf, daß ihn jeden Moment eine kosmische Wesenheit gleichermaßen achtlos unter ihrem Fuß zertreten würde.

Als er um die Ecke auf den Gehweg bog, der von der Garagenmauer und einer Eugenienhecke begrenzt wurde, rechnete er damit, daß er seinen Doppelgänger zur vorderen Grenze des Grundstücks hinken sehen würde. Der Weg lag einsam und verlassen da. Die vordere Tür stand halb offen.

Die Sirenen waren viel lauter geworden, als Marty die Einfahrt vor dem Haus erreichte. Er trat platschend durch einen Rinnstein, in dem zehn bis fünfzehn Zentimeter hoch Wasser so kalt wie der Styx stand, sprang auf die Straße und sah nach rechts und links, aber es war noch kein Polizeiauto in Sicht.

Auch den Anderen konnte er nirgendwo finden. Marty stand allein auf der Straße.

Im nächsten Block südlich raste ein Auto davon, aber so weit entfernt, daß er Marke und Modell nicht erkennen konnte. Obwohl es für die Wetterverhältnisse viel zu schnell fuhr, bezweifelte er, daß der andere darin saß. Er konnte immer noch kaum glauben, daß der schwerverletzte Mann hatte gehen können, geschweige denn, sein Auto erreichen und so schnell wegfahren. Ganz bestimmt fanden sie den Mistkerl in der Nähe, bewußtlos oder tot im Gestrüpp. Das Auto bog viel zu schnell um die Ecke; das dünne Quietschen der protestierenden Reifen war über das Plitschplatsch und Murmeln des Regens zu hören. Dann war es fort.

Von Norden schwoll der Bansheegesang der Sirenen plötzlich viel lauter an; Marty drehte sich um und sah eine schwarzweiße Limousine der Polizei fast ebenso schnell um die Ecke kommen wie das andere Auto im Süden verschwunden war. Rot-blaue Blinklichter warfen bunte Frisbees aus Licht durch den grauen Regen und über den Asphalt. Die Sirene verstummte, als der Wagen sechs Meter von Marty entfernt mitten auf der Straße mit einem dramatischen Schwung, der selbst unter den gegebenen Umständen übertrieben wirkte, schlitternd zum Stillstand kam.

Die Sirene eines zweiten Streifenwagens wimmerte in der Ferne, als die Fahrertür des ersten aufgerissen wurde. Zwei uniformierte Beamte sprangen aus dem Auto, duckten sich, blieben hinter den Türen, und riefen: »Fallenlassen! Sofort! Laß die Waffe fallen oder du stirbst, Arschloch! *Sofort!*«

Marty stellte fest, daß er immer noch die 9mm Pistole in der Hand hielt. Die Polizisten wußten nur das, was Paige ihnen sagen konnte, als sie 911 angerufen hatte, daß ein Mann erschossen worden war, daher vermuteten sie natürlich, daß er der Übeltäter war. Wenn er nicht tat, was sie verlangten, und zwar schnellstens, würden sie ihn erschießen, und niemand könnte ihnen einen Vorwurf machen.

Er ließ die Waffe aus der Hand fallen.

Sie fiel scheppernd auf den Asphalt.

Sie befahlen ihm, sie von sich weg zu kicken. Er gehorchte.

Als sie sich hinter den offenen Autotüren erhoben, rief einer der Polizisten: »Auf den Boden, Gesicht nach unten, Hände auf den Rücken!«

Er besaß Verstand genug, sie nicht überzeugen zu wollen, daß er das Opfer und nicht der Täter war. Sie wollten zuerst Gehorsam und später Erklärungen, und wären die Rollen umgekehrt verteilt gewesen, hätte er dasselbe von ihnen verlangt.

Er ließ sich auf Hände und Knie sinken, dann streckte er

sich der Länge nach auf der Straße aus. Selbst durch das Hemd war der nasse Asphalt so kalt, daß ihm die Luft weg blieb.

Vic und Kathy Delorios Haus stand direkt auf der anderen Straßenseite, gegenüber der Stelle, wo er lag, und Marty hoffte, daß Charlotte und Emily sich nicht an den Fenstern nach vorne aufhalten durften. Sie sollten ihren Vater nicht unter den Pistolen von Polizisten flach auf dem Boden liegen sehen. Sie hatten auch so schon Angst genug. Er erinnerte sich an ihre aufgerissenen Augen, als er mit der Waffe in der Hand in die Küche gestürmt war, und er wollte sie nicht noch mehr ängstigen.

Die Kälte drang ihm bis in die Knochen.

Die zweite Sirene wurde plötzlich von einem Augenblick zum nächsten viel lauter. Er vermutete, daß der andere Wagen im Süden um eine Ecke gebogen war und sich vom Ende des Blocks näherte. Das durchdringende Heulen war so kalt wie ein spitzer Eiszapfen im Ohr.

Er drückte eine Seite des Gesichts auf den Asphalt und blinzelte Regen aus den Augen, während er den beiden Polizisten entgegen sah, die auf ihn zu kamen. Sie hielten die Waffen schußbereit. Als sie in eine seichte Pfütze traten, wirkten die Spritzer aus Martys Perspektive riesig.

Als sie bei ihm waren, sagte er: »Schon gut. Ich wohne hier. Dies ist mein Haus.« Seine ohnehin krächzende Stimme wurde durch das Zittern, das ihn schüttelte noch mehr verzerrt. Er machte sich Sorgen, er könnte sich betrunken oder schwachsinnig anhören. »Das ist mein Haus.«

»Einfach unten bleiben«, sagte einer schneidend. »Lassen Sie die Hände hinter dem Rücken und bleiben Sie unten.«

Der andere fragte: »Können Sie sich ausweisen?«

Er schlotterte so heftig, daß seine Zähne klapperten, als er sagte: »Ja, sicher, in meiner Brieftasche.«

Sie gingen kein Risiko ein und legten ihm Handschellen an, bevor sie die Brieftasche aus seiner Innentasche fischten. Die Stahlringe waren noch warm von der geheizten Luft in dem Streifenwagen.

Er kam sich genau wie eine Figur in einem seiner Romane vor. Es war ganz eindeutig *kein* gutes Gefühl.

Die zweite Sirene verstummte. Autotüren wurden zugeschlagen, Er hörte das knisternde Rauschen und die blechernen Stimmen des Polizeifunks.

»Haben Sie einen Ausweis mit Foto da drinnen?« fragte der Polizist, der seine Brieftasche genommen hatte.

Marty verdrehte das linke Auge und versuchte, etwas von dem Mann oberhalb des Knies zu erkennen. »Ja, sicher, in einem der Plastikfächer steckt ein Führerschein.«

In seinen Romanen hatten unschuldige Figuren, wenn sie eines Verbrechens verdächtigt wurden, das sie nicht begangen hatten, häufig Sorgen und Angst. Aber Marty hatte nie darüber geschrieben, wie *demütigend* so ein Erlebnis sein konnte. Wie er so vor den Polizisten auf dem Bauch auf dem nassen Asphalt lag, verspürte er Todesangst wie noch nie in seinem Leben, obwohl er nichts Unrechtes getan hatte. Die Situation selbst – in einer völligen Unterwerfungshaltung, während er von Repräsentanten der Autorität mit großem Argwohn betrachtet wurde – schien unterschwellige Schuldgefühle an den Tag zu bringen, eine angeborene Anwandlung von Schuld wegen einer monströsen Missetat, die nicht eindeutig identifiziert werden konnte, Schamgefühle, weil man ihm auf die Schliche kommen würde, obwohl er *wußte*, daß ihn keine Schuld traf.

»Wie alt ist das Bild in Ihrem Führerschein?« fragte der Polizist mit seiner Brieftasche.

»Äh, ich weiß nicht, zwei Jahre, drei.«

»Sieht Ihnen nicht besonders ähnlich.«

»Sie wissen ja, wie Automatenpaßbilder aussehen«, sagte Marty und stellte verdrossen fest, daß er mehr Flehen als Zorn aus seiner Stimme heraus hörte.

»Lassen Sie ihn aufstehen, es ist alles in Ordnung, er ist mein Mann, Marty Stillwater«, rief Paige, die offenbar vom Haus der Delorios zu ihnen gelaufen kam.

Marty konnte sie nicht sehen, aber ihre Stimme machte ihn

glücklich und stellte wieder ein gewisses Maß an Realität in diesem alptraumhaften Augenblick her.

Er sagte sich, daß alles gut werden würde. Die Polizisten würden ihren Fehler einsehen, ihn aufstehen lassen, das Gestrüpp um das Haus herum und die Nachbargärten durchsuchen, den Doppelgänger rasch entdecken und eine Erklärung für die unheimlichen Ereignisse der vergangenen Stunde finden.

»Er ist mein Mann«, wiederholte Paige jetzt viel näher, und Marty konnte spüren, wie die Polizisten sie anstarrten, als sie näher kam.

Er war mit einer attraktiven Frau gesegnet, die anzuschauen sich auch dann lohnte, wenn sie tropfnaß und ängstlich war; sie war nicht nur attraktiv, sondern klug, charmant, liebevoll, einmalig. Seine Töchter waren prachtvolle Kinder. Er hatte eine erfolgreiche Laufbahn als Romanautor vor sich, und seine Arbeit machte ihm großen Spaß. Nichts würde daran etwas ändern. Nichts.

Doch während die Polizisten seine Handschellen lösten und ihm auf die Füße halfen, während Paige ihn drückte und er sie dankbar umarmte, war sich Marty akut und nervös bewußt, daß die Dämmerung in die Nacht überging. Er sah über ihre Schulter, suchte an zahllosen dunklen Stellen der Straße und fragte sich, aus welchem Nest der Dunkelheit der nächste Angriff erfolgen würde. Der Regen schien so kalt zu sein, daß es sich um Graupelschauer handeln konnte, die Blinklichter taten ihm in den Augen weh, sein Hals brannte, als hätte er mit Säure gegurgelt, sein Körper schmerzte nach dem Kampf an unzähligen Stellen, und sein Instinkt verriet ihm, daß das Schlimmste erst noch bevorstand.

Nein.

Nein, das war nicht sein Instinkt. Nur seine überaktive Phantasie. Der Fluch der schriftstellerischen Phantasie. Immer auf der Suche nach der nächsten unerwarteten Wendung der Handlung.

Das Leben war keine fiktive Geschichte. Echte Geschichten

hatten keinen zweiten oder dritten Akt, keinen sorgfältigen Aufbau, kein Erzähltempo, keine eskalierenden Verwicklungen. Verrückte Dinge passierten eben manchmal, ohne die Logik von Dichtung, und dann ging das Leben weiter wie gewohnt.

Die Polizisten sahen alle zu, wie er Paige umarmte.

Er glaubte, Feindseligkeit in ihren Gesichtern zu lesen.

Eine weitere Sirene ertönte in der Ferne.

Ihm war so kalt.

DREI

1.

Die Nacht von Oklahoma erfüllte Drew Oslett mit Unbehagen. Meile für Meile war die Dunkelheit auf beiden Seiten des Interstate Highway, mit seltenen Ausnahmen, so undurchdringlich und unerbittlich, daß ihm schien, als würde er eine Brücke über einen breiten und bodenlosen Abgrund überqueren. Tausende Sterne sprenkelten den Himmel und deuteten eine immense Weite an, über die er lieber nicht nachdenken wollte.

Er war ein Stadtmensch, seine Seele im Einklang mit dem Großstadttrubel. Breite Straßen zwischen hohen Gebäuden waren die größten freien Flächen, auf denen er sich noch wohl fühlte. Er hatte viele Jahre in New York gelebt, aber nie den Central Park besucht; diese Felder und Täler waren von der Stadt umgeben, und doch fand Oslett sie so weiträumig und offen, daß sie ihn mit Nervosität erfüllten. Nur in den schützenden Wäldern von Wolkenkratzern war er in seinem Element, wo es auf den Bürgersteigen von Menschen wimmelte und sich lärmender Verkehr auf den Straßen staute. In seinem Apartment im Zentrum von Manhattan schlief er bei offenen Fenstern, damit das Licht der Metropole in sein Zimmer dringen konnte. Wenn er in der Nacht aufwachte, wurde er vom ewigen Heulen der Sirenen, plärrenden Hupen, vom Grölen der Betrunkenen, dem Klappern der Kanalisationsdeckel unter Autoreifen und anderen, exotischeren Geräuschen getröstet, die selbst in den tiefsten Nachtstunden von den Straßen herauf hallten, wenn auch gedämpfter als das grandiose Toben und Rattern morgens, mittags und abends. Die unaufhörliche Kakophonie und unendlichen Ablenkungen der Stadt bildeten die Seide seines Kokons, beschützten ihn und gewährleisteten, daß er nie in ruhige Augenblicke geraten konnte, die Nachdenklichkeit und Introspektion förderten.

Dunkelheit und Stille boten keinerlei Ablenkung und waren daher Feinde der Zufriedenheit. Und das ländliche Oklahoma besaß verdammt nochmal zuviel von beidem.

Drew Oslett, der leicht zusammengekauert auf dem Beifahrersitz saß, richtete die Aufmerksamkeit von der nervtötenden Landschaft auf die allerneueste elektronische Karte, die er auf dem Schoß liegen hatte.

Das Gerät war so groß wie ein Aktenkoffer, aber quadratisch statt rechteckig, und wurde über den Stecker des Zigarettenanzünders von der Autobatterie gespeist. Der flache Deckel erinnerte an die Vorderseite eines Fernsehgeräts: hauptsächlich Bildschirm, mit einem schmalen Rahmen aus Edelstahl und einer Reihe Bedienungsknöpfe. Vor einem schwach leuchtenden limonengrünen Hintergrund wurden Interstate Highways smaragdgrün, Bundesstraßen in gelb und Landstraßen blau dargestellt; unterbrochene schwarze Linien repräsentierten nicht asphaltierte Feld- und Schotterwege. Bevölkerungszentren – herzlich wenig in diesem Teil der Welt – waren rosa.

Ihr Fahrzeug wurde als roter Punkt ziemlich in der Mitte des Bildschirms dargestellt. Der Punkt bewegte sich konstant auf der smaragdgrünen Linie der Interstate 40.

»Noch etwa vier Meilen«, sagte Oslett.

Karl Clocker, der Fahrer, antwortete nicht. Clocker verhielt sich selbst unter günstigsten Umständen wortkarg. Ein durchschnittlicher Stein war redseliger.

Die Skala der quadratischen elektronischen Karte war auf mittlere Reichweite eingestellt und zeigte hundert Quadratmeilen des Geländes mit einer Seitenlänge von zehn Meilen. Oslett drückte auf einen der Knöpfe, worauf die Karte erlosch, aber fast augenblicklich von einem Quadrat mit fünfundzwanzig Quadratmeilen ersetzt wurde, fünf Meilen Seitenlänge, bei dem es sich um die Ausschnittvergrößerung eines Quadranten des ersten Bildes handelte.

Der rote Punkt, der ihr Auto symbolisierte, war jetzt viermal größer als vorher. Und er befand sich nicht mehr in der Mitte des Bilds, sondern am rechten Rand.

Beim linken Ende des Display, keine vier Meilen entfernt, verweilte ein blinkendes weißes X an einer Stelle, nur den Bruchteil eines Zentimeters rechts von der Interstate 40. X war die Beute.

Oslett arbeitete gerne mit der Karte, weil der Bildschirm so bunt war wie die Oberfläche eines gekonnt entworfenen Videospiels. Er liebte Videospiele über alles. Obwohl er zweiunddreißig war, gehörten Spielhallen, wo ganze Scharen toller Maschinen das Auge mit bunten Stroboskoplichtern betörten und den Ohren mit unablässigem Piepsen, Summen, Heulen, Pfeifen, Klirren und Scheppern, Musikbruchstücken und an- und abschwellenden elektronischen Tönen schmeichelten, zu seinen bevorzugten Aufenthaltsorten.

Unglücklicherweise bot die Karte nicht dieselbe Dynamik wie ein Spiel. Und sie verfügte über gar keine Geräuscheffekte.

Trotzdem fand er sie aufregend, weil nicht jeder das Gerät – das SATU genannt wurde, für Satellite Assisted Tracking Unit (Satelliten-unterstütztes Suchgerät) – in die Finger bekommen konnte. Es wurde nicht frei verkauft, was teilweise an den exorbitanten Herstellungskosten lag, die so wenig potentielle Käufer erwarten ließen, daß eine großangelegte Vermarktung sinnlos erschien. Darüber hinaus wurde die Technologie teilweise durch strenge Vorschriften der nationalen Sicherheit geschützt. Und da es sich primär um einen Mechanismus für heimliche Überwachung und Verfolgung handelte, wurde der Großteil der vergleichsweise geringen Zahl in Umlauf befindlicher Geräte von Bundesbehörden auf dem Gebiet der Strafverfolgung und Informationsbeschaffung benützt, oder von vergleichbaren Organisationen in alliierten Ländern der Vereinigten Staaten.

»Drei Meilen«, informierte er Clocker.

Der Koloß von einem Fahrer grunzte nicht einmal als Antwort.

Kabel verliefen von dem SATU zu einer Saugglocke mit einem Durchmesser von zehn Zentimetern, die Oslett an der höchsten Stelle der gekrümmten Windschutzscheibe angebracht hatte. Ein Locus von Mikroelektronik im Ansatz der Saugglocke diente als Sender und Empfänger eines Satellitenrelais. Durch kodierte Mikrowellensignale konnte das SATU schnellstens mit Dutzenden geosynchroner Kommunikations- und Aufklärungssatelliten im Besitz von Privatindustrie und verschiedenen militärischen Streitkräften Verbindung herstellen, deren Zugangsbeschränkungen überwinden, sein Programm in deren Recheneinheiten installieren und sich ihre Funktionen zunutze machen, ohne ihre primären Funktionen zu stören oder ihre Bodenmonitore auf den Eindringling aufmerksam zu machen.

Indem es zwei Satelliten bei der Suche – und Überwachung – des einmaligen Signals eines bestimmten Senders benützte, konnte das SATU den präzisen Aufenthaltsort des Trägers dieses Senders bestimmten. Normalerweise bestand der Sender aus einem unauffälligen Gerät, das an der Karosserie des Autos des Beobachteten befestigt wurde – manchmal auch an seinem Flugzeug oder Boot –, damit er in einer größeren Distanz verfolgt werden konnte und nicht merkte, daß er verfolgt wurde.

In diesem Fall war der Sender im Gummiabsatz einer Schuhsohle versteckt.

Oslett benutzte die Bedienungsknöpfe des SATU, um das auf dem Bildschirm dargestellte Gelände zu halbieren, und vergrößerte die Einzelheiten der Karte damit dramatisch. Als er das neue, aber gleichermaßen farbenfrohe Display studiert hatte, sagte er: »Er bewegt sich immer noch nicht. Sieht so aus, als wäre er von der Straße runter auf einen Rastplatz gefahren.«

Die Mikrochips des SATU enthielten detaillierte Karten jeder Quadratmeile der Vereinigten Staaten, Kanadas und

Mexikos. Hätte Oslett in Europa, dem Mittleren Osten oder anderswo gearbeitet, hätte er die entsprechende Kartenbibliothek des jeweiligen Territoriums installieren können.

»Zweieinhalb Meilen«, sagte Oslett.

Clocker hielt das Lenkrad mit einer Hand, griff mit der anderen unter den Sportmantel und zog den Revolver heraus, den er in einem Schulterhalfter trug. Es handelte sich um einen Colt .357 Magnum, eine exzentrische – und etwas veraltete – Waffe in Karl Clockers Metier. Außerdem bevorzugte er Tweedjacken mit Lederknöpfen, Lederflicken an den Ellbogen und ab und zu auch – so wie jetzt – ledernen Revers. Er besaß eine abenteuerliche Kollektion von Pullundern mit auffälligen Harlekinmustern, von denen er auch im Augenblick einen trug. Seine bunten Socken wählte er für gewöhnlich so aus, daß sie zu nichts anderem paßten, und er trug immer nur braune Hush Puppies. Bei seiner Größe und seinem Auftreten hätte wahrscheinlich niemand eine abfällige Bemerkung über seinen Geschmack in Sachen Kleidung gewagt, geschweige denn unaufgeforderte Kommentare zur Wahl seiner Waffen.

»Wir brauchen keine Waffen«, sagte Oslett.

Ohne ein Wort zu Oslett zu sagen, legte Clocker die .357er Magnum neben sich auf den Sitz, direkt neben den Hut, wo er gut an sie drankam.

»Ich habe die Betäubungspistole«, sagte Oslett. »Die müßte reichen.«

Clocker sah ihn nicht einmal an.

2.

Bevor Marty damit einverstanden war, die regengepeitschte Straße zu verlassen und den Beamten zu erzählen, was vorgefallen war, bestand er darauf, daß ein uniformierter Beamter auf Charlotte und Emily im Haus der Delorios aufpaßte. Er glaubte, daß Vic und Kathy alles in ihrer Macht Stehende tun würden, um die Sicherheit der Kinder zu gewährleisten. Aber sie hätten keine Chance gegen die tückische Unbarmherzigkeit des Anderen.

Er war nicht sicher, ob ein bewaffneter Wachtposten genügend Schutz bieten würde.

Auf der vorderen Veranda der Delorios tropfte Regen vom Vordach. Im Licht der Sturmlampe aus Messing sahen die Tropfen wie Lametta aus. Marty stellte sich dort unter und versuchte Vic zu erklären, daß die Mädchen immer noch in Gefahr waren. »Laß niemanden rein, außer den Polizisten und Paige.«

»Klar, Marty.« Vic war Sportlehrer, Coach der hiesigen Schwimmermannschaft der High School, Truppenführer der Pfadfinder, Drahtzieher hinter dem Nachbarschaftsschutzprogramm der Straße und Organisator zahlreicher jährlicher Wohltätigkeitsveranstaltungen, ein aufrichtiger und vitaler Mann, der seinen Mitmenschen gerne half und Turnschuhe selbst zu Anlässen trug, wenn er Anzug und Krawatte anziehen mußte, als würde gewöhnliche Fußbekleidung ihn daran hindern, sich so schnell zu bewegen und soviel zu erreichen, wie er wollte. »Niemand außer der Polizei oder Paige. Laß sie bei mir, bei mir und Kathy wird den Kindern nichts geschehen. Herrgott, Marty, was ist denn da drüben passiert?«

»Und gib die Mädchen um Gottes willen keinem, auch keinem Polizisten, wenn Paige nicht dabei ist. Gib sie nicht einmal *mir*, wenn Paige nicht dabei ist.«

Vic Delorio wandte seinen Blick von dem hektischen Treiben der Polizisten ab und blinzelte überrascht.

In seiner Erinnerung konnte Marty die wütende Stimme des Doppelgängers hören, den Speichel von dessen Mund fliegen sehen, als er sagte: *Ich will mein Leben, meine Paige ... meine Charlotte, meine Emily ...*

»Hast du verstanden, Vic?«

»Nicht einmal dir?«

»Nur wenn Paige bei mir ist. *Nur* dann.«

»Was ...«

»Ich werde es dir später erklären«, unterbrach ihn Marty.

»Alle warten auf mich.« Er drehte sich um und eilte die Einfahrt hinunter zur Straße, drehte sich aber noch einmal um und sagte: »Nur Paige.«

... meine Paige ... meine Charlotte, meine Emily ...

Zu Hause, in der Küche, wo er dem Beamten, der den Anruf entgegengenommen hatte und als erster am Tatort erschienen war, den Überfall schilderte, ließ sich Marty von einem Polizisten die Fingerabdrücke nehmen. Sie mußten seine Abdrücke von denen des Eindringlings unterscheiden können. Er fragte sich, ob er und der Andere diesbezüglich so identisch sein würden, wie sie es in jeder anderen Hinsicht zu sein schienen.

Paige unterzog sich dem Prozeß ebenfalls. Es war das erste Mal in ihrem Leben, daß man ihnen die Fingerabdrücke nahm. Marty sah ein, daß es notwendig war, aber der ganze Vorgang kam ihm wie eine Verletzung ihrer Intimsphäre vor.

Nachdem er bekommen hatte, was er wollte, befeuchtete der Techniker ein Papierhandtuch mit Glykolreiniger und sagte, dieser würde die ganze Tinte entfernen. Er entfernte sie nicht. So sehr Marty auch rubbelte, es blieben dunkle Flecken in den Hautrillen zurück.

Bevor er sich hinsetzte, um dem Beamten, der die Untersuchung leitete, eine detaillierte Schilderung zu geben, ging Marty nach oben und zog trockene Sachen an. Außerdem nahm er vier Anacin.

Er drehte den Thermostat hoch, worauf es im Haus rasch zu warm wurde. Trotzdem bekam er ab und zu noch Anfälle von Schüttelfrost – hauptsächlich wegen der nervenzehrenden Anwesenheit so vieler Polizisten.

Sie waren im ganzen Haus verstreut. Manche trugen Uniformen, andere nicht, aber alle waren Fremde, in deren Anwesenheit sich Marty noch bedrängter fühlte.

Er hatte keine Ahnung gehabt, wie gründlich die Privatsphäre eines Opfers in Mitleidenschaft gezogen wurde, angefangen von dem Augenblick, wenn ein Schwerverbrechen gemeldet wurde. Polizisten und Techniker machten sich in Martys Arbeitszimmer zu schaffen und fotografierten den Raum, wo die gewalttätige Auseinandersetzung ihren Anfang genommen hatte, bohrten einige Kugeln aus der Wand, staubten Fingerabdrücke ab und nahmen Blutproben vom Teppich. Außerdem fotografierten sie den oberen Flur, die Treppe und die Diele. Sie glaubten, weil sie nach Spuren suchten, die der Eindringling möglicherweise zurückgelassen hatte, hätten sie das Recht, in jedem Raum oder Schrank herumzuschnüffeln.

Selbstverständlich waren sie in seinem Haus, um ihm zu helfen, und Marty war dankbar für ihre Bemühungen. Und doch war es peinlich, daß Fremde die zugegeben penible Art und Weise zu Gesicht bekamen, wie er seine Kleidungsstücke im Schrank nach Farben aufgehängt hatte – wie Emily –; die Tatsache, daß er Pennies und Fünfcentstücke in einem Marmeladenglas sammelte wie ein kleiner Junge, der auf sein erstes Fahrrad spart; und andere unbedeutende, jedoch höchst persönliche Einzelheiten seines Lebens.

Und der Detective in Zivil brachte ihn mehr aus der Fassung als alle anderen zusammen. Der Mann hieß Cyrus Lowbock und löste eine komplexe Reaktion aus, die weit über Verlegenheit hinaus ging.

Der Detective hätte ein ausgezeichnetes männliches Model auf ganzseitigen Anzeigen für Rolls Royce, Fräcke, Kaviar und Maklerbüros abgegeben. Er war um die Fünfzig, schlank, hatte meliertes Haar, selbst im November eine sommerliche Bräune, eine schmale Nase, zierliche Wangenknochen und außergewöhnliche graue Augen. Mit seinen schwarzen Schuhen, grauen Kordhosen, dem dunkelblauen Strickpullover und dem weißen Hemd – eine Windjacke hatte er abgelegt – gelang es Lowbock, distinguiert und gleichzeitig athletisch auszusehen, aber die Sportarten, an die man bei seinem Anblick dachte, waren nicht Football und Baseball, sondern Tennis, Segeln, Motorbootrennen und andere Vergnügungen der Oberschicht. Er sah nicht wie das gängige Klischeebild eines Polizisten aus, sondern wie jemand, der mit Reichtum geboren worden war und wußte, wie man ihn verwaltete und erhielt.

Lowbock saß Marty am Eßtisch gegenüber, hörte sich die Schilderung des Überfalls genauestens an, stellte Fragen nur, um Einzelheiten abzuklären und machte sich mit einem teuren schwarzgoldenen Montblanc-Füller Notizen in einem spiralgebundenen Notizbuch. Paige saß neben Marty zu seiner moralischen Unterstützung. Nur diese drei hielten sich in dem Zimmer auf, aber uniformierte Beamte unterbrachen sie ab und zu, um mit Lowbock zu sprechen, und zweimal entschuldigte sich der Detective selbst, um Spuren zu untersuchen, die man als relevant für den Fall einstufte.

Während Marty Pepsi-Cola aus einem Keramikbecher trank, die Schmerzen in seinem Hals linderte und seinen Kampf auf Leben und Tod mit dem Eindringling schilderte, verspürte er auch wieder eine Woge der unerklärlichen Schuldgefühle, die ihn zum ersten Mal quälten, als er mit gefesselten Händen auf der nassen Straße gelegen hatte. Das Gefühl war hier nicht weniger irrational als dort, wenn man bedachte, daß das schwerste Verbrechen, dessen er sich je schuldig gemacht hatte, in Geschwindigkeitsüberschreitungen auf bestimmten Straßen bestand. Aber dieses Mal wußte er, sein Unbehagen rührte teilweise von der Tatsache her, daß Lieutenant Cyrus Lowbock ihn mit stummem Argwohn betrachtete.

Lowbock war höflich, sagte aber nicht viel. Sein Schweigen hatte etwas vage Vorwurfsvolles. Wenn er keine Notizen machte, richtete er den Blick seiner zinkgrauen Augen unerbittlich und herausfordernd auf Marty.

Weshalb der Detective ihn verdächtigte, er könnte etwas anderes als die reine Wahrheit sagen, wurde nicht klar. Marty vermutete jedoch, daß es nach jahrelangem Polizeidienst, wo man tagaus tagein mit den schlimmsten Elementen der Gesellschaft konfrontiert wurde, verständlich war, einen gewissen Zynismus zu pflegen. Ungeachtet dessen, was die Verfassung der Vereinigten Staaten verkündete, war ein langjähriger Polizist wahrscheinlich der Überzeugung, daß alle Männer – und Frauen – schuldig waren, bis ihre Unschuld bewiesen wurde.

Marty erzählte seine Geschichte zu Ende und trank noch einen großen Schluck Cola. Kalte Getränke hatten für seine wunde Kehle getan, was sie konnten; größeres Unbehagen bereitete ihm jetzt die Haut am Hals, wo die würgenden Hände Abdrücke hinterlassen hatten, die bis zum Morgen mit Sicherheit zu scheußlichen Blutergüssen werden würden. Obwohl die vier Anacin langsam zu wirken anfingen, zuckte er jedesmal, wenn er den Kopf mehr als ein paar Grad drehte, unter Schmerzen wie beim Peitschenschlagsyndrom zusammen, daher hielt er den Hals steif, wenn er sich bewegte.

Lowbock blätterte scheinbar endlos durch seine Notizen, studierte sie stumm und klopfte leise mit dem Montblanc-Füller auf die Seiten.

Das Trommeln und Plätschern des Regens erfüllte nach wie vor die Nacht, aber der Sturm hatte etwas nachgelassen.

Ab und zu quietschten die Bodendielen oben unter dem Gewicht der Polizisten, die immer noch ihren verschiedenen Aufgaben nachgingen.

Unter dem Tisch nahm Paige Martys rechte Hand in ihre linke und drückte sie, als wollte sie sagen, daß jetzt alles in Ordnung sei.

Aber es war nicht alles in Ordnung. Nichts war erklärt oder aufgeklärt worden. Möglicherweise fingen ihre Probleme jetzt erst an.

... meine Paige ... meine Charlotte, meine Emily.

Schließlich sah Lowbock Marty an. Mit einer tonlosen Stimme, die sich allein durch das völlige *Fehlen* von Anteilnahme verurteilend anhörte, sagte der Detective: »Was für eine Geschichte.«

»Ich weiß, es hört sich verrückt an.« Marty unterdrückte den Drang, Lowbock zu versichern, daß er weder das Ausmaß der Ähnlichkeit zwischen sich und dem Doppelgänger noch einen anderen Aspekt seiner Schilderung übertrieben hatte. Er hatte die Wahrheit gesagt. Für die Tatsache, daß sich die Wahrheit in diesem Fall so unfaßbar wie eine phantastische Geschichte anhörte, mußte er sich nicht entschuldigen.

»Und Sie sagen, Sie haben keinen Zwillingsbruder?« fragte Lowbock.

»Nein, Sir.«

»Überhaupt keinen Bruder?«

»Ich bin ein Einzelkind.«

»Halbbruder?«

»Meine Eltern haben mit achtzehn geheiratet. Keiner der beiden war je mit einem anderen verheiratet. Ich versichere Ihnen, Lieutenant, es gibt keine einfache Erklärung für diesen Kerl.«

»Nun, selbstverständlich wäre keine weitere Ehe erforderlich gewesen, damit Sie einen Halbbruder haben ... oder einen richtigen Bruder, was das betrifft«, sagte Lowbock und sah Marty so direkt in die Augen, daß es einem Eingeständnis von etwas gleichgekommen wäre, den Blick abzuwenden.

Während Marty die Bemerkung des Detective verdaute, drückte ihm Paige unter dem Tisch wieder die Hand, eine Aufforderung, sich durch Lowbock nicht provozieren zu lassen. Er versuchte sich einzureden, daß der Detective lediglich eine Tatsache verkündete, was ja auch stimmte, aber es wäre immerhin anständig gewesen, wenn er bei derartigen Andeutungen wenigstens in sein Notizbuch oder zum Fenster hinaus gesehen hätte.

Marty, der fast so steif antwortete, wie er den Kopf hielt, sagte: »Lassen Sie mich mal sehen ... sieht so aus, als hätte ich drei Möglichkeiten. Entweder mein Vater hat meine Mutter geschwängert, bevor sie verheiratet waren, und sie haben diesen Bruder – diesen *illegitimen* Bruder – zur Adoption freigegeben. Oder als meine Eltern verheiratet waren, hat Dad mit einer anderen Frau herumgevögelt, die meinen Halbbruder zur Welt gebracht hat. Oder meine Mutter wurde schwanger, entweder bevor sie meinen Vater geheiratet hat, oder danach, und diese ganze Schwangerschaft ist ein dunkles Familiengeheimnis.«

Lowbock, der den Blickkontakt aufrechterhielt, sagte: »Tut

mir leid, wenn ich Sie vor den Kopf gestoßen habe, Mr. Stillwater.«

»Das tut mir auch leid.«

»Sind Sie diesbezüglich nicht ein bißchen empfindlich?«

»Bin ich das?« fragte Marty schneidend, obwohl er sich fragte, ob er nicht *tatsächlich* übertrieben reagierte.

»Manche Paare *haben* ein Kind bevor sie bereit sind, den Bund zu schließen«, sagte der Detective, »und die werden häufig zur Adoption freigegeben.«

»Meine Eltern nicht.«

»Wissen Sie das mit Sicherheit?«

»Ich kenne *sie*.«

»Vielleicht sollten Sie sie fragen.«

»Vielleicht tue ich das.«

»Wann?«

»Ich überlege es mir.«

Ein Lächeln, schwach und geschwind wie der Schatten eines Vogels im Flug, huschte über Lowbocks Gesicht.

Marty war sicher, daß er Sarkasmus in diesem Lächeln sah. Aber selbst wenn es um sein Leben gegangen wäre, hätte er sich nicht erklären können, weshalb der Detective ihn nicht als unschuldiges Opfer betrachten wollte.

Lowbock sah in seine Notizen und ließ das Schweigen eine Weile wirken.

Dann sagte er: »Wenn dieser Doppelgänger nicht mit Ihnen verwandt ist, Bruder oder Halbbruder, können Sie sich dann diese bemerkenswerte Ähnlichkeit erklären?«

Marty wollte den Kopf schütteln, zuckte aber zusammen, als er die Schmerzen im Hals spürte. »Nein. Überhaupt nicht.«

Paige sagte: »Möchtest du ein Aspirin?«

»Ich habe Anacin genommen«, sagte Marty. »Es geht schon.«

Lowbock, der Marty wieder in die Augen sah, sagte: »Ich dachte mir nur, vielleicht haben Sie eine Theorie.«

»Nein. Tut mir leid.«

»Wo Sie doch Schriftsteller sind.«

Marty begriff nicht, worauf der Detective hinaus wollte. »Bitte?«

»Sie strengen Ihre Phantasie jeden Tag an. Sie verdienen Ihren Lebensunterhalt damit.«

»Und?«

»Ich dachte mir eben, Sie könnten dieses kleine Geheimnis selbst lösen, wenn Sie sich den Kopf zerbrechen würden.«

»Ich bin kein Detective. Ich bin schlau genug, daß ich mir Kriminalfälle ausdenken kann, aber ich kläre sie nicht auf.«

»Im Fernsehen«, sagte Lowbock, »ist der Kriminalschriftsteller – und was das angeht, jeder Amateurdetektiv – immer schlauer als die Polizei.«

»Im wirklichen Leben ist es aber nicht so«, sagte Marty.

Lowbock ließ einige Sekunden schweigend verstreichen und kritzelte derweil auf seinem Notizblock, bevor er antwortete: »Nein, da ist es nicht so.«

»Ich verwechsle Wirklichkeit und Phantasie nicht«, sagte Marty etwas zu schroff.

»Das wollte ich Ihnen auch nicht unterstellen«, versicherte Cyrus Lowbock ihm und konzentrierte sich wieder auf seine Kritzelei.

Marty drehte vorsichtig den Kopf und sah Paige an, ob sie erkennen ließ, daß sie Feindseligkeit in Ton und Verhalten des Detective spürte. Sie betrachtete Lowbock mit nachdenklich gerunzelter Stirn, worauf es Marty gleich besser ging: Vielleicht reagierte er doch nicht übertrieben und mußte nicht auch noch Paranoia auf die Liste der Symptome setzen, die er Paul Guthridge geschildert hatte.

Von Paiges Stirnrunzeln ermutigt, wandte sich Marty wieder an Lowbock und sagte: »Stimmt etwas nicht, Lieutenant?«

Lowbock, der die Brauen hochzog, als hätte ihn die Frage überrascht, sagte gespielt verblüfft: »Ich habe durchaus den Eindruck, daß hier etwas nicht stimmt, andernfalls hätten Sie uns ja nicht gerufen.«

Marty hielt sich zurück, verkniff sich die gallige Antwort,

die Lowbock verdient gehabt hätte, und sagte statt dessen: »Ich meine, ich spüre eine gewisse Feindseligkeit, und ich verstehe den Grund dafür nicht. Was *ist* der Grund?«

»Feindseligkeit? Tatsächlich?« Lowbock runzelte die Stirn, ohne von seiner Kritzelei aufzusehen. »Nun, ich möchte nicht, daß das Opfer eines Verbrechens von uns so in Angst und Schrecken versetzt wird wie von dem Kerl, der es begangen hat. Das würde in der Öffentlichkeit keinen guten Eindruck machen, oder?« Damit hatte er eine direkte Antwort auf Martys Frage sauber vermieden.

Die Kritzelei war vollendet. Es handelte sich um die Zeichnung einer Pistole.

»Mr. Stillwater, die Waffe, mit der Sie auf diesen Eindringling geschossen haben – war das dieselbe, die Ihnen auf der Straße abgenommen wurde?«

»Sie wurde mir nicht abgenommen. Ich habe sie freiwillig fallen lassen, als ich dazu aufgefordert wurde. Ja, es war dieselbe Waffe.«

»Eine 9mm Smith and Wesson Pistole?«

»Ja.«

»Haben Sie diese Waffe von einem zugelassenen Waffenhändler gekauft?«

»Ja, selbstverständlich.« Marty nannte ihm den Namen des Geschäfts.

»Haben Sie eine Quittung von dem Händler und einen Beweis dafür, daß die zuständigen Behörden vor dem Kauf informiert wurden?«

»Was hat das damit zu tun, was sich heute hier abgespielt hat?«

»Routine«, sagte Lowbock. »Ich muß später die kleinen Zeilen im Protokoll ausfüllen. Reine Routine.«

Marty gefiel ganz und gar nicht, daß das Gespräch zunehmend zu einem Verhör zu werden schien, wußte aber nicht, was er dagegen unternehmen sollte. Frustriert sah er zu Paige, damit sie Lowbocks Frage beantwortete, da sie die Finanzunterlagen für den Steuerberater aufbewahrte.

Sie sagte: »Der ganze Papierkram von dem Waffenhändler ist mit den bezahlten Rechnungen des entsprechenden Jahres abgelegt.«

»Wir haben sie vor etwa drei Jahren gekauft«, sagte Marty.

»Die Unterlagen sind auf dem Dachboden der Garage verstaut«, fügte Paige hinzu.

»Aber Sie könnten sie für mich holen?« fragte Lowbock.

»Nun ... ja, mit etwas Suchen«, sagte Paige und wollte von ihrem Stuhl aufstehen.«

»Oh, machen Sie sich im Augenblick nicht die Mühe«, sagte Lowbock. »So dringend ist es nicht.« Er drehte sich wieder zu Marty um. »Was ist mit dem .38er Korth im Handschuhfach des Taurus? Haben Sie die beim selben Waffenhändler gekauft?«

Marty sagte überrascht: »Was hatten Sie in dem Taurus zu suchen?«

Lowbock heuchelte Überraschung angesichts von Martys Überraschung, aber es schien, als sollte sie gespielt wirken, als sollte sie Marty treffen, indem sie ihn nachahmte. »Im Taurus? Ermittlungen in dem Fall angestellt. Wurden wir nicht deshalb gerufen? Ich meine, gibt es Orte oder Gegenstände, wo wir lieber nicht nachsehen sollen? Diesbezüglich würden wir Ihre Wünsche selbstverständlich respektieren.«

Der Spott des Detective war so subtil, die Anzüglichkeiten so vage, daß jede heftige Reaktion Martys wie die eines Mannes gewirkt haben würde, der etwas zu verbergen hatte. Lowbock schien eindeutig der Meinung zu sein, *daß* er etwas zu verbergen hatte, daher spielte er mit ihm und versuchte, ihn zu zermürben und zu einem ungewollten Geständnis zu verleiten.

Mary wünschte sich fast, er *hätte* etwas zu gestehen. So, wie sie dieses Spiel im Augenblick spielten, war es überaus frustrierend.

»Haben Sie den Achtunddreißiger beim selben Waffenhändler wie die Smith and Wesson gekauft?« beharrte Lowbock.

»Ja«, sagte Marty und trank von seiner Pepsi.

»Besitzen Sie die Unterlagen dazu auch noch?«

»Ja, ich bin ganz sicher.«

»Befindet sich diese Waffe immer in Ihrem Auto?«

»Nein.«

»Aber heute war sie dort.«

Marty stellte fest, daß ihn Paige mit einer gewissen Überraschung betrachtete. Er konnte ihr jetzt nichts von seinem Panikanfall oder dem seltsamen Eindruck eines auf ihn zurasenden Schnellzugs erzählen, der dem Anfall vorausgegangen war und ihn zu dieser ungewöhnlichen Vorsichtsmaßnahme verleitet hatte. Angesichts der unerwarteten und alles andere als positiven Wendung, die diese Befragung genommen hatte, wollte er nicht, daß der Detective davon erfuhr, da er fürchtete, er könnte sich unausgeglichen anhören und unfreiwillig zu einer psychiatrischen Untersuchung beordert werden.

Marty nahm noch einen Schluck von seiner Pepsi, aber dieses Mal nicht, um die Halsschmerzen zu lindern, sondern um etwas Zeit zum Nachdenken zu gewinnen, bevor er Lowbock antwortete. »Ich wußte nicht, daß sie dort war«, sagte er schließlich.

Lowbock sagte: »Sie wußten nicht, daß sich die Waffe in Ihrem Handschuhfach befand?«

»Nein.«

»Ist Ihnen bewußt, daß es gegen das Gesetz verstößt, eine geladene Waffe im Auto aufzubewahren?«

Und was zum Teufel hatten Ihre Leute in meinem Auto zu suchen?

»Wie schon gesagt, ich wußte nicht, daß sie dort war, daher wußte ich selbstverständlich auch nicht, daß sie geladen war.«

»Sie haben sie nicht selbst geladen?«

»Wahrscheinlich schon.«

»Sie meinen, Sie können sich nicht erinnern, ob Sie sie geladen haben und wie sie in den Taurus gekommen ist?«

»Wahrscheinlich war es so ... als ich das letzte Mal auf dem

Schießstand war, habe ich sie wahrscheinlich geladen, weil ich noch eine Runde Schießen wollte, und es dann vergessen.«

»Und haben Sie im Handschuhfach vom Schießstand nach Hause transportiert?«

»Ganz recht.«

»Wann waren Sie zum letzten Mal auf dem Schießstand?«

»Ich weiß nicht ... vor drei, vier Wochen.«

»Dann haben Sie einen Monat eine geladene Waffe in Ihrem Auto spazieren gefahren?«

»Aber ich hatte ja vergessen, daß sie dort war.«

Eine Lüge, um ein unbedeutendes Delikt zu vertuschen, hatte zu einer ganzen Kette von Lügen geführt. Es handelte sich ausnahmslos um kleinere Ausflüchte, aber Marty verspürte Cyrus Lowbock gegenüber einen gewissen widerwilligen Respekt, daß dieser sie durchschaut hatte. Da der Detective bereits unlogischerweise davon überzeugt zu sein schien, daß das scheinbare Opfer als Verdächtiger betrachtet werden sollte, würde er jede Ausflucht als weiteren Beweis dafür ansehen, daß dunkle Geheimnisse vor ihm verborgen gehalten wurden.

Lowbock legte den Kopf etwas zurück, sah Marty kalt und vorwurfsvoll an, hielt die Stimme aber gesenkt, und sagte: »Mr. Stillwater, sind Sie immer so sorglos mit Schußwaffen?«

»Ich glaube nicht, daß ich sorglos gewesen bin.«

Wieder die hochgezogenen Brauen. »Nicht?«

»Nein.«

Der Detective griff zum Füller und schrieb eine geheimnisvolle Anmerkung in sein Notizbuch. Dann fing er wieder an zu kritzeln. »Sagen Sie, Mr. Stillwater, haben Sie die Erlaubnis, eine verborgene Waffe zu tragen?«

»Nein, selbstverständlich nicht.«

»Ich verstehe.«

Marty nahm einen Schluck von seiner Pepsi.

Unter dem Tisch hielt Paige wieder seine Hand. Er war dankbar für die Berührung.

Die neue Kritzelei nahm Formen an. Handschellen.

Lowbock sagte: »Sind Sie Waffenliebhaber, Sammler?«

»Nein, eigentlich nicht.«

»Aber Sie besitzen eine Menge Waffen.«

»So viele auch wieder nicht.«

Lowbock zählte sie an den Fingern einer Hand ab. »Nun, die Smith and Wesson, den Korth, die Colt M16 Flinte im Dielenschrank.«

O gütiger Heiland.

Lowbock sah von seiner Hand auf, maß Marty mit seinem kalten, stechenden Blick und sagte: »Wußten Sie, daß die M16 ebenfalls geladen war?«

»Ich habe alle Waffen hauptsächlich zum Recherchieren gekauft, zum Recherchieren für Bücher. Ich schreibe nicht gerne über eine Waffe, wenn ich sie nicht selbst benutzt habe.« Das entsprach der Wahrheit, hörte sich aber selbst für Marty wie dummes Zeug an.

»Und die bewahren sie geladen in Schubladen und Schränken überall im Haus auf?«

Marty fiel darauf keine sichere Antwort ein. Wenn er sagte, er habe gewußt, daß die Flinte geladen war, würde Lowbock wissen wollen, warum jemand in einer friedlichen, ruhigen Gegend eine militärische Waffe geladen und schußbereit aufbewahrte. Eine M16 war mit Sicherheit nicht die geeignete Waffe, um sein Heim zu verteidigen, es sei denn, man wohnte in Beirut oder Kuwait City oder in South Central Los Angeles. Andererseits, wenn er sagte, er hätte nicht gewußt, daß das Gewehr geladen gewesen sei, würde er sich weitere spöttische Fragen nach seiner Sorglosigkeit im Umgang mit Waffen und unverhohlenere Vorwürfe, daß er log, anhören müssen.

Außerdem, was er auch sagte, konnte sich albern oder irreführend anhören, wenn sie auch die Mossberg Schrotflinte unter dem Bett im Schlafzimmer oder die Beretta gefunden hatten, die er im Küchenschrank versteckt hatte.

Er versuchte, nicht die Beherrschung zu verlieren, als er sagte: »Was haben meine Waffen damit zu tun, was heute hier geschehen ist? Mir scheint, wir sind weit vom Thema abgekommen, Lieutenant.«

»Scheint das so?« fragte Lowbock, als würde ihn Martys Verhalten aufrichtig in Erstaunen versetzen.

»Ja, den Eindruck macht es«, sagte Paige scharf, der offensichtlich klar wurde, daß sie es sich eher als Marty erlauben konnte, schroff mit dem Detective umzugehen. »Sie erwecken ganz den Eindruck, als wäre Marty in das Haus von jemandem eingebrochen und hätte versucht, den Besitzer zu erwürgen.«

Marty sagte: »Durchsuchen Ihre Männer das Viertel, haben Sie eine Suchmeldung durchgegeben?«

»Eine Suchmeldung?«

Die absichtliche Verständnislosigkeit des Detective erboste Marty. »Eine Suchmeldung nach dem Anderen.«

Lowbock sagte stirnrunzelnd: »Nach wem?«

»Dem Doppelgänger, dem anderen *ich*.«

»Ach ja, der.« Das war keine Antwort, aber Lowbock fuhr mit seiner Befragung fort bevor Marty oder Paige eine eindeutigere Antwort verlangen konnten. »Ist die Heckler und Koch auch eine Waffe, die Sie für Ihre Recherchen gekauft haben?«

»Heckler und Koch?«

»Die P7. Feuert neun Millimeter Munition.«

»Ich besitze keine P7.«

»Nicht? Nun, Sie lag oben in Ihrem Arbeitszimmer auf dem Boden.«

»Das war *seine* Waffe«, sagte Marty. »Ich sagte Ihnen doch, daß er bewaffnet war.«

»Wußten Sie, daß der Lauf dieser P7 für einen Schalldämpfer eingerichtet ist?«

»Er hatte eine Waffe, mehr weiß ich nicht. Ich hatte keine Zeit, darauf zu achten, ob ein Schalldämpfer daran festgeschraubt war. Soviel Muße hatte ich nicht, einen Katalog sämtlichen Zubehörs zu erstellen.«

»Es war kein Schalldämpfer dran festgeschraubt, aber sie

war für einen eingerichtet. Mr. Stillwater, wußten Sie, daß es illegal ist, eine Feuerwaffe mit einem Schalldämpfer auszurüsten?«

»Es ist nicht meine Waffe, Lieutenant.«

Marty fragte sich, ob er sich weigern sollte, weitere Fragen ohne Anwesenheit eines Anwalts zu beantworten. Aber das war verrückt. Er hatte nichts getan. Er war unschuldig. Er war das Opfer, um Gottes willen. Die Polizei wäre nicht einmal hier, wenn er Paige nicht gebeten hätte, sie zu rufen.

»Eine Heckler und Koch P7 für Schalldämpfer eingerichtet – das ist eine Waffe für einen Profi, Mr. Stillwater. Einen Killer, einen Attentäter, wie man auch immer sagen will. Wie würden *Sie* ihn denn nennen?«

»Was meinen Sie damit?« fragte Marty.

»Nun, ich habe mich gefragt, ob Sie über so einen Mann schreiben würden, einen Profi, welche Bezeichnungen würden Sie verwenden?«

Marty spürte eine unausgesprochene Anspielung in der Frage, etwas, das zum Kern zur Lowbockschen Theorie vorstieß, aber er war nicht ganz sicher, was das sein sollte.

Offenbar spürte Paige es auch, denn sie sagte: »Was genau wollen Sie damit sagen, Lieutenant?«

Frustrierenderweise wich Cyrus Lowbock einer Konfrontation erneut aus. Er sah auf seine Notizen und tat so, als wäre seine Frage von nichts weiter als beiläufiger Neugier bestimmt gewesen, welche Synonyme ein Schriftsteller verwenden würde. »Wie auch immer, Sie hatten großes Glück, daß so ein Profi, ein Mann, der eine für Schalldämpfer ausgerüstete P7 bei sich hatte, Sie nicht ausschalten konnte.«

»Ich habe ihn überrascht.«

»Offensichtlich.«

»Weil ich meine Pistole in der Schreibtischschublade hatte.«

»Es zahlt sich immer aus, vorbereitet zu sein«, sagte Lowbock. Dann fügte er schnell hinzu: »Aber Sie hatten noch mehr Glück, daß Sie ihn bei einem Kampf Mann gegen Mann überwinden konnten. Ein Profikiller wie er müßte auch ein guter

Ringkämpfer sein, vielleicht sogar Taekwon Do oder so etwas kennen, wie in Büchern und Filmen immer.«

»Er war ein wenig behindert. Zwei Schüsse in die Brust.«

Der Detective sagte nickend: »Ja, stimmt. Ich erinnere mich. Das hätte einen gewöhnlichen Menschen erledigen müssen.«

»Er war noch lebendig genug.« Marty griff sich vorsichtig an den Hals.

Lowbock, der das Thema so unvermittelt wechselte, daß es Marty aus der Fassung bringen sollte, sagte: »Mr. Stillwater, haben Sie heute nachmittag getrunken?«

Marty sagte zornig: »So einfach kann man es nicht wegerklären, Lieutenant.«

»Sie haben heute nachmittag nicht getrunken?«

»Nein.«

»Überhaupt nicht?«

»Nein.«

»Ich will nicht rechthaberisch sein, Mr. Stillwater, ganz und gar nicht, aber als ich herein kam, habe ich Alkohol in Ihrem Atem gerochen. Bier, glaube ich. Und im Wohnzimmer liegt eine Dose Coors, das Bier ist auf den Holzboden geflossen.«

»Ich habe danach etwas Bier getrunken.«

»Wonach?«

»Nachdem es vorbei war. Er lag mit einem gebrochenen Rücken auf dem Boden. Jedenfalls dachte ich, er wäre gebrochen.«

»Also haben Sie sich gedacht, nach der Schießerei und dem Kampf wäre ein kaltes Bier genau das Richtige?«

Paige sah den Detective an. »Sie geben sich größte Mühe, die ganze Sache ins Lächerliche zu ziehen ...«

»... und ich wünschte, Sie würden einfach frei heraus sagen, *warum* Sie mir nicht glauben«, fügte Marty hinzu.

»Es ist nicht so, daß ich Ihnen *nicht* glaube, Mr. Stillwater. Ich weiß, das ist alles sehr frustrierend, Sie fühlen sich brüskiert, Sie sind immer noch durcheinander und müde. Aber ich absorbiere immer noch, ich höre zu und absorbiere. Das mache ich gerade. Es ist mein Job. Und ich habe mir bis jetzt wirklich noch keine Theorie oder Meinung gebildet.«

Marty war sicher, daß das nicht der Wahrheit entsprach. Lowbocks Meinung hatte schon felsenfest gestanden, als er am Eßzimmertisch Platz genommen hatte.

Nachdem er den letzten Rest Pepsi aus dem Becher getrunken hatte, sagte Marty: »Ich hätte fast Milch oder Orangensaft getrunken, aber mein Hals war wund und tat verflixt weh, als stünde er in Flammen. Ich konnte nicht ohne Schmerzen schlucken. Als ich den Kühlschrank aufmachte, sah das Bier einfach besser als alles andere aus, erfrischender.«

Lowbock kritzelte wieder mit seinem Montblanc Füller in einer Ecke des Notizblocks. »Also haben Sie nur die eine Dose Coors getrunken.«

»Nicht ganz. Ich habe die Hälfte getrunken, vielleicht zwei Drittel. Als es meinem Hals etwas besser ging, wollte ich nachsehen, wie es um den Anderen ... den Doppelgänger ... stand. Ich nahm das Bier mit mir. Ich war so überrascht, daß der Dreckskerl fort war, schließlich hatte ich ihn für halb tot gehalten, daß mir die Dose Coors einfach aus der Hand gerutscht ist.«

Obwohl der Notizblick verkehrt herum lag, konnte Marty sehen, was der Detective malte. Eine Flasche. Eine Bierflasche mit langem Hals.

»Also eine halbe Dose Coors«, sagte Lowbock.

»Vielleicht zwei Drittel.«

»Ja.«

»Aber sonst nichts.«

»Nein.«

Lowbock beendete seine Kritzelei, sah vom Notizbuch auf und sagte: »Was ist mit den drei leeren Dosen Corona im Abfalleimer unter der Spüle?«

3.

»Rastplatz, diese Ausfahrt«, las Drew Oslett. Dann sagte er zu Clocker: »Hast du das Schild gesehen?«

Clocker antwortete nicht.

Oslett konzentrierte seine Aufmerksamkeit wieder auf den Bildschirm des SATU auf seinem Schoß und sagte: »Da ist er, vielleicht pinkelt er auf der Herrentoilette, vielleicht hat er sich auch auf dem Rücksitz des Autos ausgestreckt, das er fährt, und macht ein Nickerchen.«

Sie standen im Begriff, gegen einen unberechenbaren und überlegenen Gegner ins Feld zu ziehen, aber Clocker wirkte völlig unbekümmert. Obwohl er fuhr, schien er fast zu meditieren. Sein hünenhafter Körper wirkte so entspannt wie der eines tibetanischen Mönchs in einer transzendentalen Versunkenheit. Die gewaltigen Hände lagen auf dem Lenkrad, die dicken Finger waren nur locker gekrümmt und wahrten einen minimalen Halt. Oslett wäre nicht überrascht gewesen, hätte er erfahren, daß der Riese den Wagen lediglich mit einer geheimnisvollen Geisteskraft steuerte. Nichts an Clockers breitem, derbem Gesicht deutete darauf hin, daß er die Bedeutung des Wortes »nervös« kannte: Die blasse Stirn war glatt wie polierter Marmor; die Wangen faltenlos, die saphirblauen Augen leuchteten leicht im gespiegelten Licht des Armaturenbretts, aber sie sahen in die Ferne, nicht nur auf die Straße vor ihnen, sondern über diese Welt hinaus. Der breite Mund war gerade soweit geöffnet, daß er eine Hostie hätte aufnehmen können. Die Lippen hatte er zur Andeutung eines Lächelns verzogen, aber man konnte unmöglich sagen, ob ihn etwas freute, das er in seiner spirituellen Trance sah, oder die Aussicht auf bevorstehende Gewalttätigkeiten.

Karl Clocker besaß eine Begabung für Gewalttätigkeiten.

Aus diesem Grund war er trotz seines abwegigen Geschmacks in Modefragen ein Mann seiner Zeit.

»Da ist der Rastplatz«, sagte Oslett, als sie sich dem Ende der Zufahrt näherten.

»Wo sollte er sonst sein?« antwortete Clocker.

»Hnh?«

»Er ist, wo er ist.«

Der große Mann war nicht besonders gesprächig, und *wenn* er etwas sagte, sprach er meistens in Rätseln. Oslett vermutete, daß Clocker entweder ein Westentaschenexistentialist war, oder – am anderen Ende des Spektrums – ein New-Age-Mystiker. Die Wahrheit konnte allerdings auch so aussehen, daß er völlig in sich gekehrt war und überhaupt keinen menschlichen Kontakt oder Umgang brauchte; seine eigenen Gedanken und Beobachtungen beschäftigten und unterhielten ihn ausreichend. Eines jedenfalls stand fest: Clocker war längst nicht so dumm, wie er aussah; tatsächlich lag sein IQ weit über dem Durchschnitt.

Das Parkgelände des Rastplatzes wurde von acht hohen Natriumdampflampen erhellt. Nach so vielen grimmigen Meilen unerbittlicher Dunkelheit, die ihm schon wie die kahle Einöde einer Landschaft nach dem Atomschlag vorgekommen waren, besserte sich Osletts Stimmung sichtlich im Schein der hohen Lampen, obwohl diese ein ekliges uringelbes Leuchten verbreiteten, das an das fahle Licht in einem Alptraum erinnerte. Niemand hätte diesen Ort je für einen Teil von Manhattan gehalten, aber er war immerhin Zeugnis dafür, daß die Zivilisation noch existierte.

Ein großes Wohnmobil war das einzige sichtbare Fahrzeug. Es parkte in der Nähe des Betonschuppens, in dem sich die öffentlichen Toiletten befanden.

»Jetzt haben wir ihn.« Oslett schaltete den Bildschirm des SATU aus und stellte das Gerät zwischen den Beinen auf den Boden. Er zog die Saugglocke von der Windschutzscheibe, legte ihn auf den elektronischen Mechanismus und sagte: »Kein Zweifel – unser Alfie hat es sich in diesem Wohnwagen gemütlich gemacht. Wahrscheinlich hat er ihn einem armen Trottel abgeluchst, und jetzt ist er mit allem Komfort wie zu Hause auf der Flucht.«

Sie fuhren an einer Rasenfläche vorbei, wo drei Picknicktische standen, und parkten etwa sechs Meter von dem Road King entfernt auf der Fahrerseite.

In dem Wohnmobil brannte kein Licht.

»So sehr Alfie auch ausgerastet sein mag«, sagte Oslett, »ich nehme an, daß er trotzdem positiv auf uns reagiert. Schließlich hat er nur uns, richtig? Ohne uns ist er allein auf der Welt. Verdammt, wir sind seine Familie.«

Clocker machte die Scheinwerfer und den Motor aus.

Oslett sagte: »In welcher Verfassung er sich auch befinden mag, ich glaube nicht, daß er uns angreifen würde. Nicht der alte Alfie. Möglicherweise würde er alle wegpusten, die sich ihm in den Weg stellen, aber nicht uns. Was meinst du?«

Clocker stieg aus dem Chevy aus und nahm seinen Hut und den Colt .357 Magnum vom Vordersitz.

Oslett ergriff eine Taschenlampe und die Betäubungspistole. Die klobige Waffe verfügte über zwei Läufe, oben und unten, und in beide waren große hypodermische Spritzen geladen. Sie war für den Gebrauch in Zoos gedacht und auf mehr als fünfzehn Meter nicht mehr treffsicher, aber das reichte für Osletts Zwecke vollkommen aus, da er nicht vorhatte, Löwen im Buschland zu jagen.

Oslett freute sich, daß der Rastplatz nicht von Reisenden frequentiert wurde. Er hoffte, daß er und Clocker ihren Auftrag erledigen und wieder verschwinden konnten, bevor Autos oder Lastwagen vom Highway abfuhren.

Andererseits, als er aus dem Chevy ausstieg und die Tür hinter sich zuschlug, beunruhigte ihn die Einsamkeit der Nacht. Abgesehen vom Singen der Reifen und dem *Wusch* verdrängter Luft des vorbeirauschenden Verkehrs auf der Interstate war die Stille so niederdrückend, wie sie im Vakuum des Weltraums sein mußte. Ein Hain hoher Kiefern bildete die Begrenzung des gesamten Rastplatzes, und in der windstillen Dunkelheit hingen deren schwere Zweige herab wie Blumenschmuck bei einer Beerdigung.

Er sehnte sich nach dem Summen und der Geschäftigkeit von Großstadtstraßen, wo unablässige Betriebsamkeit ständig Ablenkung bot. Betriebsamkeit verhinderte das Nachdenken. In der Stadt ermöglichte der hektische Trubel des täglichen Lebens ihm, daß er seine Aufmerksamkeit ununterbrochen nach außen richtete, wodurch ihm die Gefahren erspart blieben, die eine Selbstbetrachtung mit sich brachte.

Als er sich zu Clocker an der Fahrertür des Road King gesellte, überlegte er, ob sie so verstohlen wie möglich eindringen sollten. Aber wenn Alfie sich im Inneren aufhielt, wie die SATU-Karte behauptete, hatte er ihre Ankunft wahrscheinlich schon wahrgenommen.

Außerdem war Alfie auf der tiefsten kognitiven Ebene auf bedingungslosen Gehorsam gegenüber Drew Oslett konditioniert. Es war fast unvorstellbar, daß er versuchen würde, ihm etwas zuleide zu tun.

Fast.

Aber sie waren auch überzeugt gewesen, die Chancen, daß Alfie desertieren würde, wären so minimal, daß sie praktisch nicht existierten. Was das anging, hatten sie sich geirrt. Möglicherweise stellte sich heraus, daß sie sich auch in anderer Hinsicht geirrt hatten.

Darum hatte Oslett das Betäubungsgewehr in der Hand.

Und darum versuchte er nicht, Clocker daran zu hindern, die .357er Magnum mitzunehmen.

Oslett wappnete sich gegen das Unvorhersehbare und klopfte an die Metalltür. Es schien lächerlich, sich unter diesen Umständen durch Klopfen anzukündigen, aber er klopfte trotzdem, wartete ein paar Sekunden und klopfte dann noch einmal, lauter.

Niemand antwortete.

Die Tür war nicht abgeschlossen. Er öffnete sie.

Ausreichend gelbes Licht der Parkplatzbeleuchtung fiel durch die Windschutzscheibe, so daß das Innere des Wohnmobils schwach beleuchtet war. Oslett konnte keine unmittelbare Bedrohung erkennen.

Er stieg auf das Trittbrett, beugte sich ins Innere und sah in den Road King, der wie ein Tunnel in zunehmende Dunkelheit führte, welche so undurchdringlich schien wie die Kammern uralter Katakomben.

»Sei friedlich, Alfie«, sagte er leise.

Dieses Kommando hätte sofort zu einer rituellen Antwort führen müssen, wie eine Litanei: *Ich bin friedlich, Vater*.

»Sei friedlich, Alfie«, wiederholte Oslett schon nicht mehr so hoffnungsvoll.

Stille.

Oslett war weder Alfies Vater noch ein Mann im Priesterrock und konnte von daher keinen legitimen Anspruch auf die ehrenvolle Anrede geltend machen, aber sein Herz wäre dennoch von Freude erfüllt gewesen, hätte er die geflüsterte und gehorsame Antwort vernommen: *Ich bin friedlich, Vater.* Diese fünf schlichten Worte, als Antwort gemurmelt, hätten bedeutet, daß alles gut war, daß Alfies Abweichung von seinen Anweisungen keine Rebellion, sondern vielmehr eine vorübergehende Verwirrung bedeutete, und man seinen tödlichen Ausflug verzeihen und ad acta legen konnte.

Obwohl er wußte, daß es vergebens war, versuchte Oslett es ein drittes Mal, lauter als vorher: »Sei friedlich, Alfie.«

Als er aus der Dunkelheit keine Antwort erhielt, schaltete er die Taschenlampe ein und kletterte in den Road King.

Er konnte nicht anders, er mußte daran denken, was für eine Verschwendung und Demütigung es wäre, sollte er im zarten Alter von zweiunddreißig Jahren in einem fremden Wohnmobil in der Weite von Oklahoma an der Interstate erschossen werden. So ein kluger, vielversprechender junger Mann (würden die trauernden Hinterbliebenen sagen), mit zwei Titeln – einen von Princeton, den anderen von Harvard – und einem beneidenswerten Stammbaum.

Oslett trat aus der Fahrerkabine, als Clocker hinter ihm einstieg, und schwenkte den Strahl der Taschenlampe nach links und rechts. Schatten waberten und flatterten wie schwarze Mäntel, ebenholzfarbene Schwingen, verlorene Seelen.

Nur wenige Mitglieder seiner Familie – und noch weniger aus dem Kreis von Künstlern, Schriftstellern und Kritikern in

Manhattan, die seine Freunde waren – würden wissen, in Ausübung welcher Pflicht er gestorben war. Der Rest würde die Umstände seines Todes unerklärlich, bizarr, möglicherweise anrüchig finden, und sie würden sich so hektisch das Maul darüber zerreißen wie Vögel an Aas rissen.

Die Taschenlampe offenbarte resopalbeschichtet Schränke. Einen Herd. Eine Edelstahlspüle.

Das Geheimnis um seinen eigentümlichen Tod würde gewährleisten, daß sich Legenden bildeten wie Korallenriffe, die jede Schattierung von Skandalen und bösartigen Mutmaßungen einschlossen, aber seinem Andenken auch das letzte Fünkchen Respekt nehmen würden. Respekt gehörte zu den wenigen Dingen, die Drew Oslett etwas bedeuteten. Er hatte schon Respekt verlangt, als er noch ein kleiner Junge gewesen war. Das war sein Geburtsrecht, nicht nur eine angenehme Begleiterscheinung des Familiennamens, sondern ein Tribut, der der Geschichte der Familie und allem Erreichten entgegengebracht werden mußte, das durch ihn verkörpert wurde.

»Sei friedlich, Alfie«, sagte er nervös.

Eine Hand, weiß wie Marmor und von gleichermaßen solidem Aussehen, hatte nur darauf gewartet, daß der Lichtstrahl der Taschenlampe sie fand. Die Alabasterfinger berührten den Boden neben der gepolsterten Eßnische. Weiter oben: der weißhaarige Leichnam eines Mannes über einem blutüberströmten Tisch.

4.

Paige stand vom Eßzimmertisch auf, ging zum nächsten Fenster, kippte die Lamellen der Fensterläden, damit sie einen besseren Ausblick hatte, und sah in den allmählich abflauenden Sturm hinaus. Sie sah in den Garten, wo keine Lichter brannten. Sie konnte nichts deutlich erkennen, abgesehen von den Regenschlieren auf der anderen Seite des Glases, die wie Speichelfäden aussahen, was vielleicht daran lag, daß sie Lowbock am liebsten ins Gesicht gespuckt hätte.

Sie hatte mehr Feindseligkeit in sich als Marty, nicht nur gegen den Detective, sondern gegen die ganze Welt. Seit sie erwachsen war bemühte sie sich, die Konflikte ihrer Kindheit zu überwinden, die die Ursache ihrer Wut waren. Sie hatte beachtliche Fortschritte erzielt. Aber angesichts einer derartigen Provokation spürte sie, wie die Ressentiments und die Verbitterung ihrer Kindheit erneut zur Oberfläche stiegen, und ihre orientierungslose Wut fand einen Brennpunkt in Lowbock, wodurch es ihr schwer fiel, ihr Temperament zu zügeln.

Bewußtes Vermeiden – daß sie sich zum Fenster drehte und den Detective nicht ansah – war eine erprobte Technik, die Selbstbeherrschung zu wahren. *Arzt, heile dich selbst.* Das Ausmaß an Interaktion zu verringern, sollte angeblich auch die Wut verringern.

Sie hoffte, daß das bei ihren Klienten besser funktionierte als bei ihr, denn sie *schäumte* immer noch vor Wut.

Marty, der bei dem Detective am Tisch saß, schien fest entschlossen, vernünftig und kooperativ zu sein. Er konnte nicht aus seiner Haut und würde bis zuletzt hoffen, daß sich Lowbocks unerklärliche Feindseligkeit aus der Welt schaffen ließ. So wütend er selbst sein mochte – und er war wütender, als sie ihn je gesehen hatte –, seine felsenfeste Überzeugung, daß die Macht von guten Absichten und Worten, besonders von Worten, Harmonie unter jeden Umständen erhalten oder wiederherstellenkonnte, war immer noch unerschütterlich.

Zu Lowbock sagte Marty: »Er muß das Bier getrunken haben.«

»Er?« fragte Lowbock.

»Der Doppelgänger. Er muß sich ein paar Stunden im Haus aufgehalten haben, während ich weg war.«

»Also hat der Eindringling die drei Corona getrunken?«

»Ich habe den Mülleimer gestern abend geleert, Sonntagabend, daher weiß ich, daß die leeren Flaschen nicht vom Wochenende sein können.«

»Dieser Mann bricht in Ihr Haus ein, weil er ... wie hat er sich genau ausgedrückt?«

»Er sagte, er brauche sein Leben.«

»Brauche sein Leben?«

»Ja. Er fragte mich, warum ich sein Leben gestohlen hätte, wer ich sei.«

»Er bricht also hier ein«, sagte Lowbock, »erregt, redet irre, ist bewaffnet ..., aber während er darauf wartet, daß Sie nach Hause kommen, beschließt er, einen draufzumachen und drei Flaschen Corona zu kippen.«

Ohne sich vom Fenster abzuwenden, sagte Paige: »Mein Mann hat diese Biere nicht getrunken, Lieutenant. Er ist kein Trinker.«

Marty sagte: »Ich bin auf jeden Fall bereit, mich einem Alkoholtest zu unterziehen, wenn Sie möchten. Wenn ich soviel Bier getrunken hätte, eines nach dem anderen, müßte es mein Alkoholpegel im Blut beweisen.«

»Nun«, sagte Lowbock, »wenn wir das wollten, hätten wir es gleich als erstes machen müssen. Aber es ist nicht notwendig, Mr. Stillwater. Ich will bestimmt nicht behaupten, daß Sie betrunken waren, daß Sie sich alles nur unter Alkoholeinfluß eingebildet haben.«

»Und was genau wollen Sie dann sagen?« verlangte Paige zu wissen.

»Manchmal«, stellte Lowbock fest, »trinken Menschen, um sich Mut für eine schwierige Aufgabe zu machen.«

Marty seufzte. »Vielleicht bin ich beschränkt, Lieutenant. Ich weiß, Sie wollen mit Ihren Worten etwas Unangenehmes andeuten, aber ich kann mir um nichts auf der Welt erklären, was ich daraus schließen soll.«

»Habe ich gesagt, daß Sie etwas daraus schließen sollen?«

»Würden Sie bitte aufhören, in Rätseln zu sprechen, und uns sagen, warum Sie mich so behandeln, wie einen Verdächtigen statt wie ein Opfer?«

Lowbock schwieg.

Marty ließ nicht locker: »Ich *weiß*, die Situation ist unglaublich, diese Sache mit dem Doppelgänger, aber wenn Sie mir frei heraus die Gründe nennen würden, warum Sie so skeptisch sind, dann können wir Ihre Zweifel aus der Welt schaffen, da bin ich ganz sicher. Ich könnte es zumindest versuchen.«

Lowbock sagte so lange nichts, daß sich Paige fast vom Fenster umgedreht hätte, um ihn anzusehen und festzustellen, ob seine Miene die Bedeutung seines Schweigens offenbaren könnte.

Schließlich sagte er: »Wir leben in einer streitsüchtigen Welt, Mr. Stillwater. Wenn ein Polizist den kleinsten Fehler in einer delikaten Situation macht, wird das Revier verklagt und die Karriere des Beamten ist manchmal im Eimer. Das passiert guten Männern.«

»Was haben Gerichtsverfahren damit zu tun? Ich werde niemanden verklagen, Lieutenant.«

»Nehmen wir einmal an, ein Polizist empfängt einen Notruf wegen bewaffneten Einbruchs, er tut seine Pflicht, gerät in Lebensgefahr, es wird auf ihn geschossen, er schießt den Täter in Notwehr über den Haufen. Was passiert dann?«

»Ich nehme an, Sie werden es mir sagen.«

»Als nächstes machen die Familie des Täters und die ACLU dem Revier die Hölle heiß wegen exzessiver Gewalt und bestehen auf einer finanziellen Entschädigung. Sie möchten, daß der Beamte suspendiert, womöglich sogar angeklagt wird, und werfen ihm vor, er sei ein Faschist.«

Marty sagte: »Ich stimme Ihnen zu, das stinkt zum Himmel. Heutzutage gewinnt man den Eindruck, als stünde die Welt auf dem Kopf, aber ...«

»Reagiert derselbe Polizist *nicht* mit der erforderlichen Härte und es wird jemand verletzt, weil der Täter nicht bei der ersten sich bietenden Gelegenheit über den Haufen geschossen wurde, dann wird das Revier von der Familie des Opfers wegen Unterlassung verklagt, und dieselben Aktivisten kommen über einen wie der Zorn Gottes, aber aus anderen Gründen. Die Leute sagen, der Polizist hat nicht schnell genug abgedrückt, weil er nichts für die jeweilige Minderheit übrig hat, der das Opfer angehörte, er hätte schneller geschossen, wäre das Opfer weiß gewesen, oder sie sagen, daß er inkompetent ist oder ein Feigling.«

»Ich möchte Ihren Job nicht haben. Ich weiß, wie schwierig er ist«, gestand Marty ein. »Aber hier hat kein Polizist jemanden erschossen oder nicht erschossen, und ich verstehe nicht, was das mit unserer Situation zu tun hat.«

»Ein Polizist kann nicht nur in Schwierigkeiten kommen, wenn er einen Täter erschießt, sondern auch, wenn er Vorwürfe erhebt«, sagte Lowbock.

»Sie wollen also damit sagen, sie glauben meine Geschichte nicht, wollen aber nicht sagen *warum*, bis Sie einen eindeutigen Beweis dafür haben, daß sie Quatsch ist.«

»Er wird nicht einmal zugeben, daß er skeptisch ist«, sagte Paige verdrossen. »Er wird weder so noch so eindeutig Stellung beziehen, weil es ein Risiko bedeutet, Stellung zu beziehen.«

Marty sagte: »Aber Lieutenant, wie sollen wir diese Sache erledigen, wie soll ich Sie davon überzeugen, daß sich alles so abgespielt hat, wie ich Ihnen gesagt habe, wenn Sie mir nicht verraten, *warum* Sie Zweifel haben?«

»Mr. Stillwater, ich habe nicht gesagt, daß ich Zweifel habe.«

»Mein Gott«, sagte Paige.

»Ich verlange nur«, sagte Lowbock, »daß Sie sich bemühen, meine Fragen zu beantworten.«

»Und *wir* verlangen nur«, sagte Paige, die dem Mann nach wie vor den Rücken zudrehte, »daß Sie diesen Irren finden, der versucht hat, Marty umzubringen.«

»Diesen Doppelgänger.« Lowbock sprach das Wort sachlich aus, ohne jede Betonung, wodurch es sich irgendwie sarkastischer anhörte, als hätte er es höhnisch hervorgestoßen.

»Ja«, zischte Paige, »diesen Doppelgänger.«

Sie zweifelte nicht an Martys Schilderung, so abenteuerlich sich diese auch anhören mochte, da sie wußte, die Existenz dieses Doppelgängers hatte irgend etwas mit der Fugue ihres Mannes, seinem bizarren Alptraum und den anderen kürzlich aufgetretenen Problemen zu tun und würde letztendlich die Erklärung für das alles präsentieren.

Jetzt ließ die Wut auf den Detective allmählich nach, und sie akzeptierte, daß die Polizei, aus welchen Gründen auch immer, ihnen nicht helfen würde. Ihre Wut wich Angst, da ihr klar wurde, sie hatten es mit etwas außerordentlich Seltsamem zu tun und würden ganz allein damit fertigwerden müssen.

5.

Clocker kam vom vorderen Teil des Road King zurück und meldete, daß der Schlüssel im Zündschloß steckte, der Tank aber offensichtlich leer und die Batterie verbraucht waren. Die Kabinenlichter ließen sich nicht einschalten.

Drew Oslett machte sich Sorgen, daß der Lichtstrahl der Taschenlampe von außen verdächtig wirken würde, sollte jemand auf den Rastplatz fahren, daher untersuchte er die beiden Leichen in der engen Eßnische möglichst schnell. Das vergossene Blut war getrocknet und verkrustet, daher wußte er, daß der Mann und die Frau schon mehr als ein paar Stunden tot sein mußten. Die Leichenstarre war bei beiden noch spürbar, aber sie waren nicht mehr vollkommen starr; die Starre hatte ihren Höhepunkt offensichtlich bereits überschritten und klang wieder ab, was für gewöhnlich zwischen der achtzehnten und sechsunddreißigsten Stunde nach dem Tod begann.

Die Leichen waren noch nicht nennenswert in Verwesung übergegangen. Der einzige üble Geruch kam aus ihren offenen Mündern – saure Gase des faulenden Essens in ihren Mägen.

»Die sind schätzungsweise seit gestern nachmittag tot«, sagte er zu Clocker.

Der Road King parkte seit über vierundzwanzig Stunden

auf dem Rastplatz, daher mußten die Beamten der Oklahoma Highway Patrol ihn während zwei verschiedener Schichten gesehen haben. Es war gesetzlich streng verboten, Rastplätze als Campingplätze zu benutzen. Keine Stromanschlüsse, kein Wasser und keine Abwasserpumpen standen zu Verfügung, was möglicherweise zu hygienischen Problemen führen konnte. Manchmal hatten die Cops Nachsicht mit Rentnern, die Angst davor hatten, bei schlechtem Wetter wie dem Unwetter zu fahren, das gestern nachmittag über Oklahoma hinweggefegt war; der Aufkleber der Amerikanischen Rentnervereinigung auf der Stoßstange des Wohnmobils hatte diesen Leuten hier möglicherweise einen kleinen Aufschub gebracht. Aber nicht einmal ein mitleidiger Polizist würde sie *zwei* Nächte hier parken lassen. Jeden Moment konnte ein Streifenwagen auf den Rastplatz fahren, konnte es an der Tür klopfen.

Da er ihre ohnehin schon gravierenden Probleme nicht noch weiter komplizieren wollte, indem er einen Polizisten der Highway Patrol tötete, wandte sich Oslett von dem toten Paar ab und setzte die Durchsuchung des Wohnmobils fort. Er mußte nicht länger befürchten, der funktionsgestörte und ungehorsame Alfie könnte ihm eine Kugel in den Kopf jagen. Alfie war längst nicht mehr hier.

Er fand die abgelegten Schuhe auf dem Küchentresen. Alfie hatte einen Absatz mit einem langen Küchenmesser bearbeitet, bis er die elektronischen Stromkreise und die winzigen Batterien freigelegt hatte.

Oslett betrachtete die Rockports und die Gummischnipsel und verspürte die dumpfe Vorahnung einer bevorstehenden Katastrophe. »Er wußte nichts von den Schuhen. Warum ist er auf die Idee gekommen, sie zu zerschneiden?«

»Nun, er weiß eben, was er weiß«, sagte Clocker.

Oslett verstand Clockers Bemerkung so, daß ein Teil von Alfies Ausbildung auch elektronischen Überwachungseinrichtungen und Techniken auf dem letzten Stand gewidmet war. Infolgedessen wußte er, auch ohne daß es ihm jemand gesagt hatte, daß man winzige Mikrosender herstellen konnte, die in einem Absatz Platz fanden und nach Empfang eines ferngesteuerten, aktivierenden Mikrowellensignals ausreichend Energie aus Uhrenbatterien beziehen konnten, damit sie mindestens zweiundsiebzig Stunden ein aufspürbares Signal sendeten. Er konnte sich zwar nicht erinnern, wer er war oder wer ihn kontrollierte, aber Alfie war intelligent genug, dieses Wissen um Überwachungstechniken auf seine eigene Situation anzuwenden und zu der logischen Schlußfolgerung zu gelangen, daß seine Meister Vorkehrungen getroffen hatten, ihn zu finden und aufzuspüren, falls er desertierte, selbst wenn sie der festen Überzeugung waren, daß eine Fahnenflucht außer Frage stand.

Oslett graute davor, die schlechten Nachrichten der Zentrale in New York zu übermitteln. Die Organisation tötete den Boten, der unliebsame Botschaften überbrachte, nicht, schon gar nicht wenn er mit Nachnamen Oslett hieß. Aber als Alfies unmittelbare Bezugsperson wußte er, daß ein Teil der Schuld an ihm hängenbleiben würde, obwohl die Rebellion des Objekts nicht im geringsten auf ein Fehlverhalten seinerseits zurückzuführen war. Der Fehler mußte in Alfies fundamentaler Konditionierung liegen, verdammt, nicht in seiner Betreuung.

Oslett ließ Clocker in der Küche, wo er nach ungebetenen Besuchern Ausschau halten mußte, und inspizierte rasch den Rest des Wohnmobils.

Er fand nichts Interessantes mehr, abgesehen von einem Stapel abgelegter Kleidungsstücke im Schlafzimmer am Ende des Fahrzeugs. Im Licht der Taschenlampe brauchte er die Sachen nur leicht mit der Schuhspitze anzustoßen, um zu sehen, daß es diejenigen waren, die Alfie trug, als er am Samstag morgen in das Flugzeug nach Kansas City gestiegen war.

Oslett kehrte in die Küche zurück, wo Clocker im Dunkeln wartete. Er richtete den Lichtstrahl der Taschenlampe zum letzten Mal auf die beiden Toten. »Was für eine Schweinerei. Verdammt, das hätte nicht passieren müssen.«

Clocker sah abfällig zu dem toten Paar, als er sagte: »Wen interessiert das, um Himmels willen? Sie waren sowieso nur ein paar verdammte Klingonen.«

Oslett hatte nicht die Opfer gemeint, sondern die Tatsache, daß Alfie jetzt nicht nur ein Deserteur war, sondern ein *unaufspürbarer* Deserteur, womit er die Organisation und sämtliche Mitglieder in Gefahr brachte. Er verspürte ebensowenig Mitleid für die beiden Toten wie Clocker, fühlte sich nicht dafür verantwortlich, was mit ihnen geschehen war, und war sogar der Meinung, daß die Welt besser dran war ohne diese beiden weiteren unproduktiven Parasiten, die an der Substanz der Gesellschaft zehrten und mit ihrem schwerfälligen Wohnmobil den Verkehr behinderten. Er liebte die Massen nicht. Seiner Meinung nach bestand das Problem mit den Durchschnittsmenschen eben genau darin, *daß* sie so durchschnittlich waren und es so viele davon gab, daß sie weitaus mehr nahmen, als sie der Welt gaben, daß sie außerstande waren, selbst ein vernünftiges Leben zu führen, von der Gesellschaft, der Regierung, der Wirtschaft und der Umwelt ganz zu schweigen.

Dennoch erschreckte ihn der Ausdruck, mit dem Clocker seiner Verachtung für die Opfer Ausdruck verliehen hatte. Das Wort »Klingonen« erfüllte ihn mit Unbehagen, denn es handelte sich um den Namen einer außerirdischen Rasse, die so viele Folgen und Filme der Serie *Raumschiff Enterprise* Krieg gegen die Menschheit führte, bevor die Ereignisse der fiktiven fernen Zukunft der Serie allmählich die verbesserten Beziehungen zwischen den Vereinigten Staaten und der Sowjetunion in der Wirklichkeit widerspiegelten. Oslett fand *Raumschiff Enterprise* abgeschmackt und entsetzlich langweilig. Er hatte nie verstanden, warum so viele Menschen sich dafür begeistern konnten. Aber Clocker war ein treuer Fan der Serie und bezeichnete sich selbst ungeniert als »Trekkie«, er konnte die Handlungen jedes Films und jeder Folge herbeten und kannte die Lebensläufe der Figuren so gut, als wären sie seine engsten Freunde. *Raumschiff Enterprise* war das einzige

Thema, zu dem er sich je auf ein Gespräch einließ; und so wortkarg er die meiste Zeit war, so redselig konnte er werden, wenn das Thema seiner Lieblingsserie angesprochen wurde.

Oslett versuchte sicherzustellen, daß es *nie* angesprochen wurde.

Jetzt hallte das verabscheute Wort »Klingonen« wie eine Feuerwehrglocke in seinem Kopf.

Da die ganze Organisation in Gefahr geraten war, weil sie Alfies Spur verloren hatten, da sich etwas Neues und rücksichtslos Brutales in der Welt herumtrieb, würde die Rückfahrt nach Oklahoma City durch so viele Meilen dunkles und unbewohntes Land trostlos und deprimierend werden. Auf gar keinen Fall wollte Oslett dabei auch noch mit einem von Clockers niederschmetternd begeisterten Monologen über Captain Kirk, Mr. Spock, Scotty und den Rest der Besatzung sowie deren Abenteuer in einer entlegenen Ecke des Universums belästigt werden, die im Film mit weitaus mehr Logik und Aha-Erlebnissen ausgestattet waren als das wirkliche Universum mit seinen harten Entscheidungen, häßlichen Wahrheiten und seiner sinnlosen Grausamkeit.

»Hauen wir ab«, sagte Oslett, drängte sich an Clocker vorbei und ging in den vorderen Teil des Road King. Er glaubte nicht an Gott, trotzdem betete er inbrünstig, daß Karl Clocker wieder in sein gewöhnliches, selbstvergessenes Schweigen verfallen würde.

6.

Cyrus Lowbock entschuldigte sich vorübergehend und unterhielt sich mit Kollegen, die andernorts im Haus mit ihm reden wollten.

Marty nahm sein Verschwinden erleichtert zur Kenntnis.

Als der Detective aus dem Eßzimmer ging, verließ Paige ihren Platz am Fenster und setzte sich wieder auf den Stuhl neben Marty.

Pepsi war keins mehr da, aber die Eiswürfel in dem Becher waren teilweise geschmolzen, und er trank das kalte Wasser. »Ich möchte nur noch eines, daß das hier vorbei ist. Wir sollten nicht hier sein, so lange dieser Kerl sich noch irgendwo da draußen rumtreibt.«

»Glaubst du, wir sollten uns wegen der Kinder Sorgen machen?«

... brauche ... meine Charlotte, meine Emily ...

Marty sagte: »Ja. Ich mache mir Sorgen wie verrückt.«

»Aber du hast den Kerl zweimal in die Brust geschossen.«

»Ich habe auch gedacht, ich hätte ihn mit gebrochenem Rücken in der Diele liegen lassen, aber er ist aufgestanden und weggelaufen. Oder weggehinkt. Oder hat sich möglicherweise auch in Luft aufgelöst. Ich habe keine Ahnung, was hier los ist, Paige, aber es ist abenteuerlicher als alles, was ich je in meinen Romanen verarbeitet habe. Und es ist noch nicht vorbei, noch lange nicht.«

»Wenn es nur Vic und Kathy wären, aber es ist auch noch ein Polizist drüben, der auf sie aufpaßt.«

»Wenn dieser Dreckskerl wüßte, wo die Mädchen sind, würde er den Cop, Vic und Kathy innerhalb einer Minute kaltmachen.«

»Du bist mit ihm fertig geworden.«

»Ich hatte Glück, Paige. Nur verdammtes Glück. Er hatte keine Ahnung, daß ich die Waffe in der Schreibtischschublade hatte und sie auch benutzen würde. Ich habe ihn überrascht. Das wird er nicht noch einmal zulassen. Nächstes Mal wird der Überraschungseffekt auf *seiner* Seite sein.«

Er hielt den Becher an die Lippen und ließ einen schmelzenden Eiswürfel in den Mund rutschen.

»Marty, wann hast du die Waffen aus dem Schrank in der Garage geholt und geladen?«

Marty sagte mit dem Eiswürfel im Mund: »Ich hab' gesehen, wie dich das geschockt hat. Heute morgen. Bevor ich zu Paul Guthridge gegangen bin.«

»Warum?«

Marty beschrieb so gut er konnte das seltsame Gefühl, das ihn überkommen hatte, als würde etwas auf ihn zugerast kommen, um ihn zu vernichten, bevor er auch nur ansatzweise die Möglichkeit hatte zu erkennen, worum es sich handelte. Er versuchte ihr klarzumachen, wie sich dieses Gefühl zu einem Panikanfall verdichtet hatte, bis er überzeugt war, er würde Waffen zu seiner Verteidigung brauchen, und die Angst ihn fast lähmte.

Es wäre ihm peinlich gewesen, ihr das alles zu erzählen, er hätte sich angehört, als wäre er nicht mehr ganz bei Trost – hätten die Ereignisse nicht die Richtigkeit seiner Vorahnungen und Befürchtungen bewiesen.

»Und es ist tatsächlich etwas gekommen«, sagte sie. »Dieser Doppelgänger. Du hast gespürt, daß er kommt.«

»Ja, ich glaube auch. Irgendwie.«

»Übersinnlich.«

Er schüttelte den Kopf. »Nein, so würde ich es nicht nennen. Nicht, wenn du sowas wie eine Vision meinst. Ich habe nicht gesehen, was da kam, hatte keine klare Vorahnung. Nur dieses ... schreckliche Gefühl von Druck, Schwerkraft ... wie bei einer Karussellfahrt auf dem Jahrmarkt, wenn man richtig schnell herumgewirbelt und in den Sitz gepreßt wird, bis man eine Last auf der Brust spürt. Du weißt schon, du hast solche Fahrten auch schon gemacht, Charlotte war immer verrückt danach.«

»Ja, ich verstehe ... glaube ich.«

»So fing es an ... und wurde hundertmal schlimmer, bis ich kaum noch atmen konnte. Dann hörte es plötzlich auf, als ich die Praxis des Arztes verließ. Und später, als ich nach Hause kam, war der Dreckskerl hier, aber ich hab' nichts gespürt, als ich das Haus betrat.«

Sie schwiegen einen Augenblick.

Der Wind wehte Regenschauer gegen das Fenster.

Paige sagte: »Wie konnte er genau wie du aussehen?«

»Ich weiß es nicht.«

»Warum sollte er sagen, du hättest ihm sein Leben gestohlen?«

»Ich weiß es nicht, ich weiß es einfach nicht.«

»Ich habe Angst, Marty. Ich meine, alles ist so unheimlich. Was sollen wir nur tun?«

»Von morgen früh an, habe ich keine Ahnung. Aber heute nacht werden wir auf keinen Fall hier bleiben. Wir gehen in ein Hotel.«

»Aber wenn die Polizei nicht irgendwo seine Leiche findet, dann bleibt morgen ... und übermorgen.«

»Ich bin kaputt und müde und kann nicht mehr klar denken. Im Augenblick kann ich mich nur auf heute nacht konzentrieren, Paige. Und was morgen früh angeht, darüber werde ich mir Gedanken machen, wenn es soweit ist.«

Tiefe Sorgenfalten durchzogen ihr hübsches Gesicht. Seit Charlottes Krankheit vor fünf Jahren hatte er sie nicht einmal auch nur halb so besorgt gesehen.

»Ich liebe dich«, sagte er und legte ihr sanft die Hand auf den Kopf.

Sie drückte ihre Hand auf seine und sagte: »O Gott, ich liebe dich auch, Marty, dich und die Mädchen, mehr als alles andere auf der Welt, mehr als das Leben selbst. Wir dürfen nicht zulassen, daß uns etwas geschieht, oder unserem gemeinsamen Leben. Das *dürfen* wir einfach nicht.«

»Nein«, sagte er, aber das Wort klang so hohl und falsch wie die Prahlerei eines kleinen Jungen.

Er stellte fest, keiner von ihnen hatte der geringsten Hoffnung Ausdruck verliehen, daß die Polizei ihnen helfen würde. Er konnte seinen Ärger angesichts der Tatsache nicht unterdrücken, daß sie nichts von der Hilfsbereitschaft, Höflichkeit und Umsicht an den Tag legten, die den Figuren in seinen Romanen stets von den Behörden zuteil wurde.

Im Grunde genommen handelten Kriminalromane immer von Gut und Böse, vom Triumph des ersteren über das letztere, und von der Zuverlässigkeit des Justizsystems in einer modernen Demokratie. Sie waren so populär, weil sie dem Leser versicherten, daß das System in der Mehrzahl aller Fälle funktionierte, selbst wenn das tägliche Leben manchmal einen beunruhigenderen Schluß nahelegte. Marty hatte mit Überzeugung und großem Vergnügen in diesem Genre gearbeitet, weil er der festen Überzeugung war, daß die Gesetzeshüter und Gerichte in den meisten Fällen Gerechtigkeit walten ließen und nur versehentlich einen Schnitzer begingen. Aber jetzt, da er sich zum ersten Mal in seinem Leben um Hilfe an das System wandte, schien ihn dieses im Stich zu lassen. Dieses Unvermögen brachte nicht nur sein Leben in Gefahr – und das seiner Frau und der Kinder –, sondern schien auch die Gültigkeit all dessen in Zweifel zu ziehen, das er geschrieben hatte, ebenso die Ziele, mit denen vor Augen er so viele Jahre am Schreibtisch verbracht hatte.

Lieutenant Lowbock kam durch das Wohnzimmer zurück; er sah aus und bewegte sich, als wäre er mitten in einer Modenschau, die für die Zeitschrift *Esquire* fotografiert wurde. Er trug eine durchsichtige Plastiktüte bei sich, die einen schwarzen Behälter mit Reißverschluß enthielt, etwa halb so groß wie ein Rasierbeutel. Diese Tüte stellte er auf den Eßzimmertisch, als er sich setzte.

»Mr. Stillwater, war das Haus abgeschlossen, als Sie heute morgen weggegangen sind?«

»Abgeschlossen?« fragte Marty und überlegte, worauf das jetzt wieder hinauslaufen mochte, bemühte sich aber, seinen Ärger nicht zu zeigen. »Ja, fest abgeschlossen. Darauf achte ich besonders gründlich.«

»Haben Sie sich einmal Gedanken gemacht, wie dieser Eindringling herein gekommen sein könnte?«

»Indem er ein Fenster eingeschlagen hat, nehme ich an. Oder ein Schloß aufgebrochen.«

»Wissen Sie, was sich hier drinnen befindet?« fragte er und klopfte auf den schwarzen Lederbehälter in der Plastiktüte.

»Ich besitze leider keinen Röntgenblick«, sagte Marty.

»Ich dachte, Sie erkennen es vielleicht wieder.«

»Nein.«

»Wir fanden es in Ihrem Schlafzimmer.«

»Ich habe es noch nie gesehen.«

»Auf dem Frisiertisch.«

Paige sagte: »Kommen Sie zur Sache, Lieutenant.«

Die zaghafte Andeutung eines Lächelns huschte wieder über Lowbocks Gesicht, wie ein Geist, der kurz über dem Tisch erscheint, wo eine Séance stattfindet. »Es handelt sich um einen vollständigen Satz Dietriche.«

»So ist er eingedrungen?« fragte Marty.

Lowbock zuckte die Achseln. »Ich nehme an, das soll ich daraus schließen.«

»Allmählich wird es langweilig, Lieutenant. Wir machen uns Sorgen um unsere Kinder. Ich stimme mit meiner Frau überein – kommen Sie endlich zur Sache.«

Lowbock beugte sich über den Tisch, betrachtete Marty wieder mit seinem patentierten stechenden Blick und sagte: »Ich bin seit dreiundzwanzig Jahren Polizist, Mr. Stillwater, und erlebe zum ersten Mal einen Einbruch in ein Privathaus, bei dem der Täter einen Satz professioneller Einbruchswerkzeuge benützt.«

»Und?«

»Sie schlagen eine Scheibe ein oder brechen ein Schloß auf, wie Sie sagten. Manchmal stemmen sie eine Schiebetür aus der Führungsschiene. Der durchschnittliche Einbrecher kennt hundert Möglichkeiten, sich Einlaß zu verschaffen – die alle viel schneller sind, als ein Schloß zu knacken.«

»Es war kein durchschnittlicher Einbrecher.«

»Oh, das sehe ich selbst«, sagte Lowbock. Er sank zurück und ließ sich wieder auf dem Stuhl nieder. »Dieser Bursche ist weitaus theatralischer als ein normaler Gauner. Er bemüht sich, genau wie Sie auszusehen, gibt eine Menge seltsamer Bemerkungen von sich, daß er sein Leben zurück haben will, kommt mit einer für Schalldämpfer eingerichteten Waffe daher, wie sie Profikiller benützen, benützt Einbruchswerkzeuge wie ein Hollywoodeinbrecher in einem Kriminalfilm, bekommt zwei Schüsse in die Brust ab, die ihn nicht weiter beeinträchtigen, verliert soviel Blut, daß ein gewöhnlicher Mensch daran sterben würde, macht sich aber aus dem Staub. Er ist regelrecht brillant, dieser Kerl, aber gleichzeitig auch *muy mysterioso*, ein Typ, wie ihn Andy Garcia im Kino spielen könnte, oder, noch viel besser, dieser Ray Liotta, der in *Goodfellas* mitgespielt hat.«

Marty begriff plötzlich, worauf der Detective hinauswollte und warum. Das unvermeidliche Ziel des Verhörs hätte ihm schon viel früher aufgehen müssen, aber Marty war einfach nicht darauf gekommen, weil es *zu* offensichtlich war. Als Schriftsteller hatte er nach einem exotischeren, komplexeren Grund für Lowbocks kaum verhohlene Feindseligkeit und Skepsis gesucht, während Cyrus Lowbock die ganze Zeit auf das Klischee abgezielt hatte.

Dennoch konnte der Detective eine weitere unangenehme Überraschung präsentieren. Er beugte sich wieder nach vorne und stellte Blickkontakt her, was allerdings längst keine wirksame Verhörmethode mehr war, sondern statt dessen ein persönlicher Tick wurde, so nervtötend und durchschaubar wie Peter Falks entwaffnende Unterwürfigkeit und gnadenlose Selbsterniedrigung, wenn er Columbo spielte, Nero Wolfes nachdenkliches Lippenschürzen in Augenblicken der Inspiration, James Bonds wissendes Grinsen oder die zahlreichen farbigen Schrullen, mit denen Sherlock Holmes charakterisiert wurde. »Besitzen Ihre Töchter Haustiere, Mr. Stillwater?«

»Charlotte. Mehrere.«

»Eine seltsame Schar Haustiere.«

Paige sagte kalt: »Charlotte findet sie nicht seltsam.«

»Und Sie?«

»Nein. Was spielt es für eine Rolle, ob sie seltsam sind oder nicht?«

»Wie lange hat sie sie schon?« wollte Lowbock wissen.

»Manche länger als andere«, sagte Marty, den diese neue Wendung des Verhörs verblüffte, obwohl sie nichts an seiner Überzeugung änderte, daß er zu wissen glaubte, worauf Lowbocks Theorie abzielte.

»Liebt sie ihre Haustiere?«

»Ja. Sehr. Wie alle Kinder. So seltsam Sie sie auch finden mögen, sie liebt sie.«

Lowbock nickte, lehnte sich wieder vom Tisch zurück, trommelte mit dem Füller auf dem Notizbuch und sagte: »Ein weiterer brillanter Zug, aber zugleich überzeugend. Ich meine, wenn selbst man ein Detective wäre, der nicht an das ganze Szenario glaubt, würden einem Zweifel kommen, wenn der Eindringling sämtliche Haustiere der Tochter tötet.

Martys Herz wurde schwer wie ein Stein, der auf den Grund eines Sees sinkt.

»O nein«, sagte Paige kläglich. »Nicht der arme Whiskers, Loretta, Fred ... doch nicht alle?«

»Die Rennmaus wurde zerquetscht«, sagte Lowbock, der Marty nicht aus den Augen ließ. »Der Maus wurde das Genick gebrochen, die Schildkröte wurde zertreten, ebenso der Käfer. Die anderen habe ich nicht so gründlich untersucht.«

Martys Zorn loderte zu kaum beherrschter Wut empor; er ballte die Hände unter dem Tisch zu Fäusten, weil er wußte, Lowbock beschuldigte ihn, die Tiere getötet zu haben, um einer ausgeklügelten Lüge zusätzliche Glaubwürdigkeit zu verschaffen. Niemand konnte glauben, ein liebender Vater würde die Schildkröte seiner Tochter zertreten oder ihre niedliche kleine Maus aus den schäbigen Beweggründen zerquetschen, die nach Lowbocks Meinung Marty motivierten; eben darum ging der Detective perverserweise davon aus, *daß* Marty es getan hatte, weil es so ungeheuerlich war, daß er, Lowbock, es glauben mußte, die perfekte Abrundung.

»Charlotte wird das Herz brechen«, sagte Paige.

Marty wußte, er war rot vor Wut. Er konnte die Hitze im Gesicht spüren, als hätte er die vergangene Stunde unter einer Höhensonne verbracht, und seine Ohren fühlten sich fast an, als stünden sie in Flammen. Er wußte auch, der Cop würde seine Wut als beschämtes Erröten und damit als Beweis seiner Schuld interpretieren.

Als Lowbock wieder dieses vage Lächeln sehen ließ, hätte Marty ihm am liebsten ins Gesicht geschlagen.

»Mr. Stillwater, korrigieren Sie mich bitte, wenn ich mich irre, aber hatten Sie nicht jüngst ein Buch auf der Taschenbuchbestsellerliste, den Nachdruck einer gebundenen Ausgabe, die letztes Jahr erschienen war?«

Marty antwortete nicht.

Lowbock brauchte keine Antwort. Er war jetzt richtig in Fahrt. »Und in etwa einem Monat soll ein neues Buch erscheinen, das nach Meinung einiger Leute Ihr erster Hardcoverbestseller wird? Und wahrscheinlich arbeiten Sie schon wieder an einem neuen Buch. Auf dem Schreibtisch in Ihrem Arbeitszimmer liegt jedenfalls ein Stapel Manuskript. Und ich glaube, wenn man ein paar gute Karriereschübe hat, muß man sozusagen mit dem Fuß auf dem Gas bleiben und den Schwung voll ausnutzen.«

Paige, deren ganzer Körper sich wieder verkrampfte, runzelte die Stirn und schien im Begriff, die lächerliche Deutung zu begreifen, die der Detective Martys Bericht gab, den Grund für seine Feindseligkeit. Sie war der Hitzkopf in der Familie, und Marty, der selbst kurz davor war, den Polizisten zu schlagen, fragte sich, wie Paige regieren würde, wenn Lowbock seinen idiotischen Verdacht aussprach.

»Es muß einer Karriere sehr dienlich sein, wenn in *People* über einen berichtet wird«, fuhr der Detective fort. »Und ich nehme an, wenn Mr. Murder selbst zum Opfer eines *Muy-mysterioso*-Killers wird, bekommt man ein Menge kostenlosen Werberummels in den Medien, und das genau an einem entscheidenden Punkt Ihrer Karriere.«

Paige fuhr mit dem Kopf herum, als wäre sie geschlagen worden.

Ihre Reaktion zog Lowbocks Aufmerksamkeit auf sich. »Ja, Mrs. Stillwater?«

»Sie glauben doch nicht allen Ernstes …«

»Was, Mrs. Stillwater?«

»Marty ist kein Lügner.«

»Habe ich das behauptet?«

»Er verabscheut Werberummel.«

»Dann müssen die Leute von *People* ziemlich hartnäckig gewesen sein.«

»Sehen Sie sich doch seinen Hals an, um Himmels willen! Rote Stellen, Schwellungen, in ein paar Stunden wird er voller Blutergüsse sein. Sie werden doch nicht glauben, daß er sich das selbst angetan hat.«

Lowbock, dessen vorgebliche Objektivität einen zum Wahnsinn treiben konnte, sagte: »Glauben Sie das, Mrs. Stillwater?«

Sie stieß zwischen zusammengebissenen Zähnen hervor, was Marty glaubte nicht sagen zu dürfen: »Sie dummes Arschloch.«

Lowbock zog die Brauen hoch, sah betroffen drein, als wüßte er gar nicht, womit er diese Beschimpfung verdient hatte, und sagte: »Ihnen muß doch klar sein, Mrs. Stillwater, daß es Leute da draußen gibt, eine ganze Welt voller Zyniker, die behaupten, daß versuchtes Erwürgen die sicherste Methode ist, einen Anschlag vorzutäuschen. Ich meine, sich in den Arm oder ein Bein zu stechen, wäre schon überzeugend, aber dabei läuft man immer Gefahr, daß man sich etwas verschätzt, aus Versehen eine Arterie trifft, und plötzlich blutet man schlimmer, als man wollte. Und was selbst zugefügte Schußwunden anbelangt – nun, das Risiko ist höher, denn es besteht die Gefahr, daß die Kugel vom Knochen abprallt und tiefer ins Fleisch eindringt, und natürlich die Möglichkeit eines Schocks.«

Paige schnellte so unvermittelt auf die Füße, daß sie den Stuhl umwarf. »Raus mit Ihnen.«

Lowbock sah sie blinzelnd an und heuchelte länger als erforderlich Unschuld. »Wie bitte?«

»Verlassen Sie mein Haus«, verlangte sie. »Sofort.«

Marty war sich darüber im klaren, daß sie die letzte geringe Chance verspielten, den Polizisten doch noch zu überzeugen und Polizeischutz zu bekommen, aber er stand ebenfalls von seinem Stuhl auf; er war so wütend, daß er zitterte. »Meine Frau hat recht. Ich denke, Sie und Ihre Männer gehen besser, Lieutenant.«

Cyrus Lowbock blieb sitzen, weil er sie damit brüskieren konnte, als er sagte: »Sie meinen bevor wir unsere Ermittlungen abgeschlossen haben?«

»Ja«, sagte Marty. »Abgeschlossen oder nicht.«

»Mr. Stillwater Mrs. Stillwater ... Ihnen ist bewußt, daß es gegen das Gesetz verstößt, ein Verbrechen zu melden, das gar nicht stattgefunden hat?«

»Wir haben keine falsche Meldung erstattet«, sagte Marty.

Paige sagte: »Das einzige, was in diesem Zimmer falsch ist, sind Sie, Lieutenant. Ihnen ist doch klar, daß es gegen das Gesetz verstößt, sich als Polizisten auszugeben?«

Es wäre befriedigend gewesen zu sehen, wie Lowbocks Gesicht rot vor Wut wurde, wie er die Augen zusammenkniff und die Lippen angesichts des Vorwurfs zusammenpreßte, aber seine Gelassenheit blieb nervtötend unerschütterlich.

Als er langsam aufstand, sagte der Detective: »Wenn es sich bei den Blutproben vom Teppich oben nur um Schweine- oder Rinderblut oder etwas Ähnliches handelt, wird das Labor selbstverständlich die Herkunft bestimmen können.«

»Mir sind die analytischen Fähigkeiten der Gerichtsmedizin durchaus bewußt«, versicherte Marty ihm.

»O ja, stimmt, Sie sind Kriminalschriftsteller. Laut *People* recherchieren Sie eine Menge für Ihre Bücher.«

Lowbock klappte das Notizbuch zu und steckte den Füller hinein.

Marty wartete.

»Haben Sie bei Ihren unterschiedlichen Recherchen auch gelernt, wieviel Blut ein Mensch, sagen wir etwas von Ihrer Größe, in seinem Körper hat, Mr. Stillwater?«

»Fünf Liter.«

»Ah. Das ist richtig.« Lowbock legte das Notizbuch auf die Plastiktüte, in der sich der Lederbehälter mit den Einbruchswerkzeugen befand. »Meiner Schätzung, meiner fachmännischen Schätzung zufolge, sind etwa ein bis zwei Liter auf den Teppichboden oben geflossen. Zwischen zwanzig und vierzig Prozent der gesamten Blutreserven dieses Doppelgängers, aber näher bei vierzig, wenn meine Schätzung richtig ist. Wissen Sie, was ich eigentlich zusammen mit soviel Blut finden müßte, Mr. Stillwater? Ich müßt eigentlich den Leichnam finden, von dem es stammt, weil es die Phantasie wirklich überfordert, wenn man sich vorzustellen versucht, daß so ein schwer verwundeter Mann noch vom Schauplatz des Verbrechens fliehen kann.«

»Ich sagte Ihnen schon, daß ich es auch nicht verstehe.«

»*Muy mysterioso*«, sagte Paige und betonte die beiden Worte mit einem Ausmaß an Abscheu, das dem Spott gleichkam, mit dem der Detective zuvor sie beide behandelt hatte.

Marty überlegte sich, daß der ganze Schlamassel zumindest etwas Gutes hatte: Paige hatte nicht eine Sekunde an ihm gezweifelt, obwohl Vernunft und Logik dazu allen Anlaß gegeben hätten; und nun stand sie wütend und entschlossen an seiner Seite. In all den Jahren, seit sie zusammen waren, hatte er sie nie mehr geliebt als in diesem Augenblick.

Lowbock nahm das Notizbuch und die Plastiktüte und sagte: »Wenn es sich bei dem Blut oben um Menschenblut handelt, wirft das alle möglichen anderen Fragen auf, die uns zwingen würden, die Untersuchung zu Ende zu führen, ob Sie wollen oder nicht. Wie auch immer die Laborergebnisse ausfallen werden, Sie hören wieder von mir.«

»Wir können es kaum erwarten, Sie wiederzusehen«, sagte Paige, aus deren Stimme die Schärfe verschwunden war, als würde sie Lowbock nicht mehr als eine Bedrohung ansehen, sondern nur noch als eine Witzblattfigur.

Marty fand ihr Verhalten ansteckend, und ihm wurde ebenso wie ihr klar, daß dieser heitere Sarkasmus lediglich eine Reaktion auf die unerträglichen Belastungen der vergangenen Stunde war. Er sagte: »Schauen Sie unbedingt wieder rein.«

»Wir machen eine hübsche Kanne Tee«, sagte Paige.

»Und Brötchen.«

»Kekse.«

»Teegebäck.«

»Und vergessen Sie um Himmels willen nicht, Ihre Frau mitzubringen«, sagte Paige. »Wir würden sie zu gerne kennenlernen, auch wenn sie einer anderen Gattung angehört.«

Marty merkte, daß Paige kurz davor war, laut herauszuplatzen, weil es ihm ganz genauso erging, und er wußte, ihr Verhalten war kindisch, dennoch mußte er alle Anstrengung aufbieten, um sich nicht bis zur Eingangstür über Lowbock lustig zu machen und diesen mit Witzen zurückzutreiben wie Professor Van Helsing den Grafen Dracula, indem er ihm ein Kruzifix vor ihm schwenkte.

Seltsamerweise brachte ihre Frivolität den Detective weit mehr aus der Fassung als ihr Zorn oder ihre aufrichtigen Beteuerungen, daß der Eindringling echt gewesen war. Sichtliche Selbstzweifel schienen ihn zu plagen, und er sah aus, als wollte er vorschlagen, daß sie sich setzten und noch einmal von vorne anfingen. Aber Selbstzweifel waren eine Schwäche, mit der er nicht vertraut war und die er nicht lange aufrechterhalten konnte.

Daher wich die Unsicherheit rasch wieder seinem gewohnten überheblichen Gesichtsausdruck, und er sagte: »Wir nehmen die Heckler und Koch des Doppelgängers und Ihre eigenen Waffen mit, bis Sie die Papiere vorlegen können, um die ich Sie gebeten habe.«

Einen schrecklichen Augenblick war Marty überzeugt, daß sie die Beretta im Küchenschrank und die Mossberg Schrotflinte unter dem Bett im ersten Stock gefunden hatten und ihn schutzlos hier zurücklassen würden.

Aber Lowbock zählte die Waffen auf und kam nur auf drei: »Die Smith and Wesson, die .38er Korth und die M16.«

Marty versuchte sich seine Erleichterung nicht anmerken zu lassen.

Paige lenkte Lowbock ab, indem sie sagte: »Lieutenant, werden Sie Ihren Arsch jetzt endlich hier raus schaffen?«

Jetzt endlich konnte der Detective nicht mehr verhindern,

daß er wütend das Gesicht zusammenkniff. »Sie können mich gerne zur Eile antreiben, Mrs. Stillwater, wenn Sie Ihre Bitte in Anwesenheit zweier Beamter wiederholen würden.«

»Ständig diese Sorgen wegen Gerichtsverfahren«, sagte Marty.

Paige sagte: »Das werde ich mit Vergnügen tun, Lieutenant. Möchten Sie, daß ich die Bitte in genau demselben Wortlaut wie eben wiederhole?«

Marty hatte noch nie gehört, daß sie Kraftausdrücke gebraucht hätte – was bedeutete, daß trotz ihres unbekümmerten Tonfalls ihre Wut längst nicht verraucht war. Das war gut. Wenn die Polizei fort war, würde sie diese Wut brauchen, um durch die Nacht zu kommen, die vor ihnen lag. Wut half mit, die Angst zu verdrängen.

7.

Als er die Augen schließt und versucht, sich die Schmerzen bildlich vorzustellen, sieht er sie als aus Feuer geklöppelte Spitzen. Ein wunderbar leuchtendes Netz, weißglühend, mit roten und gelben Schattierungen, erstreckt sich vom Ansatz seines pochenden Halses über den Rücken, um die Seiten herum und ist kunstvoll über Brust und Unterleib geknüpft.

Wenn er sich die Schmerzen bildlich vorstellt, kann er sich einen besseren Eindruck verschaffen, ob sich sein Zustand verbessert oder verschlechtert. Eigentlich gilt seine Sorge nur dem Gedanken, wie *schnell* sich sein Zustand verbessert. Er ist früher schon verwundet worden, wenn auch nie so schwer, und er weiß, womit er rechnen kann: eine kontinuierliche Verschlechterung wäre eine völlig neue und beunruhigende Erfahrung für ihn.

Die Schmerzen waren eine oder zwei Minuten nach den Schüssen schrecklich gewesen. Es hatte sich angefühlt, als wäre ein monströser Fötus in seinem Inneren erwacht und hätte sich einen Weg nach draußen gegraben.

Glücklicherweise besitzt er eine einmalig hohe Toleranzgrenze für Schmerzen. Außerdem tröstet ihn die Gewißheit, daß die Qualen schnell erträglicher werden.

Als er zur Hintertür des Hauses hinausstolpert und sich Richtung Honda schleppt, hört das Bluten völlig auf, und sein Hunger wird qualvoller als die Schmerzen seiner Verletzungen. Sein Magen verkrampft sich, entspannt sich ruckartig, verkrampft sich aber sofort wieder und zieht und dehnt sich mehrmals heftig, als wäre er eine zupackende Faust, die die Nahrung ergreifen kann, welche er so dringend benötigt.

Als er auf dem Höhepunkt des Sturms durch den grauen Wolkenbruch davonfährt, nimmt sein Heißhunger solche Formen an, daß er vor Unterernährung zu zittern anfängt. Es handelt sich nicht nur um ein Zittern des Appetits, sondern um ein krampfartiges Schlottern, bei dem seine Zähne aufeinanderschlagen. Seine zuckenden Hände trommeln ein Stakkato auf dem Lenkrad, das er kaum fest genug halten kann, um das Fahrzeug zu lenken. Anfälle trockenen Hechelns überkommen ihn, Schüttelfrost jagt Hitzewallungen, und der Schweiß, der an ihm herabrinnt, ist kälter als der Regen, von dem Haar und Kleidung noch durchnäßt sind.

Sein außergewöhnlicher Stoffwechsel verleiht ihm große Kraft, hält seine Energievorräte hoch, befreit ihn von der Notwendigkeit, jede Nacht zu schlafen, ermöglicht ihm Heilungsprozesse mit außergewöhnlicher Geschwindigkeit und ist ganz allgemein ein Füllhorn körperlichen Segens, aber er stellt auch Anforderungen. Selbst an ruhigen Tagen entspricht sein Appetit dem von zwei Holzfällern. Wenn er sich keinen Schlaf gönnt, wenn er verletzt ist oder andere außergewöhnliche Anforderungen an sein System gestellt werden, wird bloßer Hunger bald zu einem verzehrenden Verlangen, und dieses Verlangen eskaliert fast augenblicklich zu einer gräßlichen *Gier* nach Nahrungsaufnahme, die alle anderen Überlegungen aus seinem Denken verdrängt und ihn zwingt, gefräßig alles zu verzehren, dessen er habhaft werden kann.

Das Innere des Honda ist übersät mit leeren Lebensmittelverpackungen – Einpackpapier und Kartons und Tüten aller Art –, aber es findet sich kein verborgener Krümel mehr in dem Müll. Im Verlauf der Abfahrt von den San Bernadino Mountains in die Tiefebene von Orange County hat er jedes verbliebene Restchen verzehrt. Jetzt sind nur noch verschmierte Schokolade- und Senfreste, dünne, glänzende Ölfilme, Fett und Salzkörnchen übrig, die keinesfalls die erforderliche Energie liefern können, die er allein aufwenden müßte, um im Dunkeln danach zu suchen und sie aufzulecken.

Als er endlich einen Schnellimbiß mit Autoschalter findet, hat sich in seinem Zentrum eine eiskalte Leere gebildet, in der er sich aufzulösen scheint und die hohler und hohler, kälter und kälter wird, als würde sein Körper sich selbst verzehren, um sich zu regenerieren, und dabei zwei Zellen für jede verbrauchen, die er neu erschafft. Im hektischen und verzweifelten Bemühen, die grausamen Krämpfe des Verhungerns zu lindern, beißt er sich fast selbst in die Hand. Er stellt sich vor, wie er mit den Zähnen Fetzen seines eigenen Fleisches herausreißt und gierig schluckt, wie er sein eigenes Blut hinuntersaugt und alles tut, um sein Leiden zu lindern – *alles*, so ekelhaft es auch sein mag. Aber er beherrscht sich, denn im Wahn seines unmenschlichen Hungers ist er halb davon überzeugt, daß er kein Fleisch mehr auf den Knochen hat. Er fühlt sich vollkommen ausgehöhlt, zerbrechlicher als der feinste gläserne Christbaumschmuck, und er glaubt, er wird sich in dem Augenblick, wenn die Zähne seine spröde Haut durchbohren und damit die Illusion von Substanz zunichte machen, in Tausende lebloser Bruchstücke auflösen.

Bei dem Restaurant handelt es sich um ein McDonald's. Der Blechlautsprecher der Sprechanlage am Bestellschalter ist so viele Jahre Sommersonne und Winterkälte ausgesetzt gewesen, daß die Begrüßung der unsichtbaren Verkäuferin vibrierend und von Rauschen überlagert klingt. Der Killer verläßt sich darauf, daß seine eigene überlastete und zitternde Stimme nicht ungewöhnlich klingt und bestellt genügend Essen, daß das Personal eines kleinen Büros davon satt werden könnte:

sechs Cheeseburger, Big Macs, Fritten, einige Fischsandwiches, zwei Schokomilchshakes – und große Becher Cola, da sein rasender Stoffwechsel, bekommt er nicht ausreichend Treibstoff, ebenso schnell Austrocknung und Verhungern zur Folge hat.

Er steht in einer langen Reihe von Autos, die sich nur langsam auf das Ausgabefenster zu bewegen. Eine andere Wahl als zu warten bleibt ihm freilich nicht, denn mit seiner blutdurchtränkten Kleidung und dem von Kugeln zerfetzten Hemd kann er nicht in ein Restaurant oder einen Supermarkt spazieren und sich holen, was er braucht, ohne eine Menge Aufmerksamkeit auf sich zu lenken.

Zwar sind die Blutgefäße geschlossen, aber die beiden Einschußlöcher in der Brust sind infolge des Mangels an Treibstoff für die Stoffwechselvorgänge noch weitgehend unverheilt. Die klaffenden Löcher, in die er seinen dicksten Finger beunruhigend tief stecken kann, würden sicher zu mehr Gerede führen als sein blutiges Hemd.

Eine der Kugeln ist vollständig durch den Körper gegangen und links neben der Wirbelsäule wieder ausgetreten. Er weiß, die Austrittswunde ist größer als die Löcher in der Brust. Er spürt, wie sich die gezackten Ränder dehnen, wenn er sich in den Sitz zurücklehnt.

Er kann sich glücklich schätzen, daß keine der Kugeln sein Herz durchbohrt hat. Das hätte ihn möglicherweise endgültig aufgehalten. Das und ein Schuß in den Kopf, der das Gehirn zerfetzt, sind die einzigen Verletzungen, die er fürchtet.

Als er den Schalter der Kassiererin erreicht, bezahlt er mit dem Geld, das er vor nicht einmal vierundzwanzig Stunden Jack und Frannie in Oklahoma abgenommen hat. Die junge Frau an der Registrierkasse kann seinen Arm sehen, als er ihr das Geld gibt, daher versucht er, das Zittern zu unterdrücken, das ihre Aufmerksamkeit erregen könnte. Er hält das Gesicht abgewandt; in Nacht und Regen kann sie weder seine verwüstete Brust noch die Qualen sehen, die seine blassen Gesichtszüge verzerren.

Am Ausgabefenster bekommt er seine Bestellung in mehreren weißen Tüten, die er auf den übersäten Sitz neben sich stapelt, wobei es ihm wieder gelingt, das Gesicht abzuwenden. Er muß seine sämtliche Willenskraft aufbringen, damit er die Tüten nicht gleich an Ort und Stelle aufreißt und das Essen hinunterschlingt. Aber er besitzt noch soviel klaren Verstand, zu wissen, daß er keine Szene machen darf, indem er den Ausgabeschalter blockiert.

Er parkt in der dunkelsten Ecke des Restaurantparkplatzes, wo er Scheinwerfer und Scheibenwischer ausschaltet. Als er in den Rückspiegel schaut, sieht sein Gesicht so hager aus, daß er weiß, er hat in der vergangenen Stunde mehrere Pfund abgenommen; seine Augen liegen tief in den Höhlen und scheinen von Rußringen umgeben zu sein. Er dämpft die Lichter des Armaturenbretts so weit wie möglich, läßt aber den Motor laufen, denn in seinem derzeitigen entkräfteten Zustand braucht er die warme Luft aus dem Heizungsgebläse. Schatten hüllen ihn ein. Im Regen, der an der Scheibe herunterläuft, spiegelt sich das Licht der Neontafeln; die Schlieren verwandeln die Nacht in wallende Formen und schirmen ihn gleichzeitig vor neugierigen Blicken ab.

In dieser mechanischen Höhle ergibt er sich der Wildheit und ist eine Zeitlang weniger als ein Mensch, schlingt das Essen mit animalischer Ungeduld hinunter, stopft es sich schneller als er schlucken kann in den Mund. Burger und Brötchen und Fritten krümeln auf seinen Lippen, seinen Zähnen, und hinterlassen einen wachsenden Berg organischen Abfalls auf seiner Brust; Cola und Milchshake tropfen an seinem Hemd hinab. Er würgt mehrmals und spuckt Essen auf Lenkrad und Armaturenbrett, schlingt aber deshalb nicht weniger wölfisch, nicht weniger hektisch, während er wortlose, gierige Laute und leises Stöhnen der Befriedigung ausstößt.

Dieser Anfall geradezu tobsüchtigen Fressens wird von einer Periode betäubter und stummer Erschöpfung abgelöst, wie eine Art Trance, aus der er schließlich mit drei Namen auf den Lippen erwacht, die er wie ein Gebet flüstert: *»Paige ... Charlotte ... Emily ...«*

Aus Erfahrung weiß er, daß er in den Stunden vor der Dämmerung von neuerlichen Anfällen von Hungergefühlen heimgesucht werden wird, allerdings nicht so verzehrend und zwanghaft wie der, den er gerade befriedigt hat. Ein paar Schokoriegel oder Dosen Wiener Würstchen oder Packungen Hot Dogs – je nachdem, ob ihn nach Kohlehydraten oder Eiweiß gelüstet – werden dieses Gefühl stillen können.

Dann wird er seine Aufmerksamkeit auf andere wichtige Dinge konzentrieren können, ohne sich um größere Ablenkungen physiologischer Natur kümmern zu müssen. Das wichtigste von allen ist die anhaltende Versklavung seiner Frau und seiner Kinder durch den Mann, der sein Leben gestohlen hat.

»Paige ... Charlotte ... Emily ...«

Tränen beeinträchtigen sein Sehvermögen, wenn er daran denkt, daß sich seine Familie in den Händen dieses verhaßten Betrügers befindet. Sie bedeuten ihm so viel. Sie sind sein einziges Glück, der Grund für seine Existenz, seine Zukunft.

Er erinnert sich an das Staunen und die Freude, als er das Haus erforscht hat, im Zimmer seiner Töchter stand und später das Bett berührte, in dem er und seine Frau sich lieben. In dem Augenblick, als er ihre Gesichter auf dem Foto gesehen hat, hatte er gewußt, daß sie sein Schicksal sind und er in ihrer liebevollen Umarmung Erlösung von Verwirrung, Einsamkeit und der stummen Verzweiflung finden würde, die ihn gequält haben.

Er erinnert sich auch an die erste Konfrontation mit dem Betrüger, den Schock und die Fassungslosigkeit angesichts ihrer unerklärlichen Ähnlichkeit, die perfekte Übereinstimmung ihrer Stimmen. Er hatte sofort begriffen, wie dieser Mann seine Stelle hatte übernehmen können, ohne daß es jemand bemerkt hat.

Sein Gang durch das Haus hat keinen Hinweis auf die Herkunft des Betrügers geliefert, aber er mußte an verschiedene

Filme denken, die möglicherweise eine Antwort enthielten, wenn er die Möglichkeit bekam, sie noch einmal zu sehen. Beide Versionen von *Die Körperfresser kommen*, die erste mit Kevin McCarthy, die zweite mit Donald Sutherland. John Carpenters Remake von *Das Ding aus einer anderen Welt*, allerdings nicht die erste Version. Möglicherweise sogar *Invasion vom Mars*. Bette Middler und Lily Tomlin in einem Film, an dessen Titel er sich nicht erinnern kann. *Prinz und Bettelmann. Mond über Parador.* Es muß noch weitere geben.

Filme bieten alle Lösungen für die Probleme des Lebens. Aus Filmen hat er alles über Romantik und Liebe und die Freuden des Familienlebens gelernt. In dunklen Kinos, wo er die Zeit zwischen Morden verbrachte und sich nach einem Sinn in seinem Leben sehnte, hat er gelernt zu begehren, was er nicht besaß. Und mit Hilfe der großen Lektionen der Filme kann er schließlich auch das Geheimnis seines gestohlenen Lebens entschlüsseln.

Aber zuerst muß er handeln.

Auch das ist eine Lektion, die er im Kino gelernt hat. Handeln muß stets vor Denken kommen. In Filmen sitzen die Leute selten herum und denken über die Lage nach, in der sie sich befinden. Bei Gott, sie *tun* etwas, um ihre schlimmsten Probleme zu lösen; sie bleiben in Bewegung, in rastloser Bewegung, suchen entschlossen die Konfrontation mit ihren Gegenspielern und lassen sich mit ihren Feinden auf Kämpfe um Tod oder Leben ein, die sie stets gewinnen, wenn sie ausreichend entschlossen und rechtschaffen sind.

Er ist entschlossen.

Er ist rechtschaffen.

Sein Leben wurde gestohlen.

Er ist ein Opfer. Er hat gelitten.

Er weiß, was Verzweiflung ist.

Er hat Mißbrauch und Demütigung und Verrat und Verlust erleiden müssen, wie Omar Sharif in *Doktor Schiwago*, wie William Hurt in *Die Reisen des Mr. Leary*, Robin Williams in *Garp und wie er die Welt sah*, Michael Keaton in *Batman*, Sidney Poitier in *In der Hitze der Nacht*, Tyrone Power in *Auf Messers Schneide*, Johnny Depp in *Edward mit den Scherenhänden*. Er ist eins mit allen unterdrückten, verachteten, verabscheuten, mißverstandenen, betrogenen, ausgestoßenen manipulierten Menschen, die auf der Leinwand leben und selbst im Angesicht vernichtender Rückschläge heldenhaft bleiben. Sein Leiden ist genau so bedeutsam wie ihres, sein Schicksal in jeder Hinsicht ebenso ruhmreich, seine Hoffnung auf einen Triumph genauso groß.

Diese Erkenntnis bewegt ihn zutiefst. Er wird von Weinkrämpfen geschüttelt, schluchzt aber nicht vor Traurigkeit, sondern vor Freude, da ihn ein Gefühl der Zusammengehörigkeit, der Brüderlichkeit, mitmenschlicher Gemeinschaft erfüllt. Er fühlt sich denen, an deren Leben er im Kino teilhaben darf, zutiefst verbunden, und diese glorreiche Epiphanie motiviert ihn aufzustehen, zu handeln, herauszufordern, zu kämpfen und zu siegen.

»Paige, ich komme dich holen«, sagt er unter Tränen.

Er reißt die Fahrertür auf und geht in den Regen hinaus.

»Emily, Charlotte, ich werde euch nicht im Stich lassen. Verlaßt euch auf mich. Vertraut mir. Ich sterbe für euch, wenn es sein muß.«

Er schüttelt die Spuren seiner Freßorgie ab, geht zum Heck des Honda und macht den Kofferraum auf. Er findet ein Abzieheisen, das an einem Ende eine Brechstange ist, mit der man die Radkappen aufhebeln kann, und am anderen ein Schraubenschlüssel. Liegt gut und zufriedenstellend in der Hand.

Er geht zum Fahrersitz zurück, gleitet hinter das Lenkrad und legt das Abzieheisen auf den stinkenden Abfall, der den Sitz neben ihm bedeckt.

Als er im Gedächtnis das Foto seiner Familie sieht, murmelt er: »Ich sterbe für euch.«

Seine Genesung schreitet voran. Als er die Einschußlöcher an seiner Brust untersucht, kann er den Finger nicht mehr halb so weit hineinstecken wie zuvor.

In der zweiten Wunde stößt sein Finger auf einen harten

Klumpen, bei dem es sich um einen verschobenen Knorpel handeln könnte. Ihm wird allerdings rasch klar, daß es in Wirklichkeit die Bleikugel ist, die nicht durch ihn hindurch und zum Rücken wieder hinaus ist. Sein Körper stößt sie ab. Er bohrt und klaubt bis das verformte Geschoß sich mit einem feuchten Schmatzlaut löst, dann wirft er es auf den Boden.

Er ist sich zwar bewußt, daß sein Stoffwechsel und seine Regenerationsfähigkeit außergewöhnlich sind, denkt aber nicht, daß er sich besonders von anderen Menschen unterscheidet. Die Filme haben ihn gelehrt, daß alle Menschen mehr oder weniger außergewöhnlich sind; manche üben eine starke Faszination auf Frauen aus, die ihnen nicht widerstehen können; andere sind unvorstellbar mutig; wieder andere, zum Beispiel die, deren Leben Arnold Schwarzenegger oder Sylvester Stallone portraitiert haben, können unbeschadet durch einen Kugelhagel laufen oder im Faustkampf mit einem Dutzend Männern gleichzeitig bestehen. Im Vergleich dazu wirkt seine rasche Rekonvaleszenz nicht außergewöhnlicher als die Fähigkeit von Leinwandhelden, unverletzt durch die Hölle selbst zu gehen.

Er holt ein kaltes Fischsandwich von dem verbliebenen Essensstapel, würgt es mit sechs Bissen hinunter und verläßt das McDonald's. Er sucht nach einem Einkaufszentrum.

Da er sich in Südkalifornien befindet, findet er nach kurzer Zeit, wonach er gesucht hat: einen weitläufigen Komplex mit Kaufhäusern und Spezialgeschäften, dessen Dach mehr Metallplatten aufweisen kann als ein Schlachtschiff und dessen Betonmauern so unüberwindlich scheinen wie die einer mittelalterlichen Festung, umgeben von mehreren Hektar beleuchteten Asphalts. Die gnadenlos kommerzielle Natur des Geländes wird von parkähnlichen Reihen und Gruppen von Amiaceensträuchern, Lorbeer, weidenähnlichen Melaleucas und Palmen kaschiert.

Er fährt die endlosen Reihen geparkter Autos entlang, bis er einen Mann im Regenmantel erspäht, der mit zwei vollen Plastiktüten vom Einkaufszentrum wegläuft. Der Mann bleibt hinter einem weißen Buick stehen, stellt die Tüten ab und sucht nach dem Kofferraumschlüssel.

Drei Autos von dem Buick entfernt ist ein Parkplatz frei. Der Honda, der ihn von Oklahoma bis hierher begleitet hat, hat seine Nützlichkeit erschöpft. Er muß ihn hier zurück lassen.

Er steigt mit dem Abzieheisen in der rechten Hand aus dem Auto aus. Er hält es am verjüngten Ende dicht an die Seite gedrückt, um keine Aufmerksamkeit zu erregen.

Das Gewitter läßt allmählich etwas nach. Der Wind flaut ab. Keine Blitze zerreißen den Himmel.

Der Regen ist zwar nicht weniger kalt als vorher, aber jetzt findet er ihn nicht mehr frostig, sondern erfrischend.

Während er auf das Einkaufszentrum – und den weißen Buick – zu geht, läßt er den Blick über den riesigen Parkplatz schweifen. Soweit er sehen kann, beobachtet ihn niemand. Keines der parkenden Fahrzeuge in der Reihe ist gerade im Wegfahren begriffen: keine Scheinwerfer, keine verräterischen Auspuffabgase. Das nächste fahrende Auto ist drei Reihen entfernt.

Der Mann hat die Schlüssel gefunden, den Kofferraum des Buick geöffnet und verstaut gerade die erste der beiden Plastiktüten. Als er sich bückt, um die zweite aufzuheben, scheint der Fremde zu spüren, daß er nicht mehr allein ist; er dreht den Kopf, schaut zurück aus seiner gebückten Haltung nach oben und sieht gerade noch, wie das Abzieheisen auf sein Gesicht zu schwingt, auf dem sich kaum mehr ein erschrockener Ausdruck bilden kann.

Der zweite Hieb ist wahrscheinlich unnötig. Der erste dürfte Trümmer des Schädelknochens ins Gehirn getrieben haben. Er schlägt trotzdem noch einmal auf den reglosen und stummen Mann ein.

Er wirft das Abzieheisen in den offenen Kofferraum. Es schlägt mit einem dumpfen Klirren auf.

Bewegen, bewegen, herausfordern, kämpfen und siegen.

Er vergeudet keine Zeit damit sich umzusehen, ob er noch

unbeobachtet ist, sondern hebt den Mann vom Asphalt wie ein Bodybuilder, der im Begriff ist, eine Hantel zu stemmen. Er wirft den Leichnam in den Kofferraum, und das Auto erbebt unter dem Aufprall der toten Last.

Nacht und Regen bieten das bißchen Schutz, das er braucht, um dem Leichnam, der im offenen Kofferraum liegt, den Regenmantel auszuziehen. Eines der toten Augen sieht starr geradeaus, das andere dreht sich in der Höhle, und der Mund ist mit abgebrochenen Zähnen zu einem Schreckensschrei erstarrt, der nie zustande kam.

Als der Killer den Mantel über seine nasse Kleidung zieht, stellt er fest, daß dieser etwas zu groß und zwei Zentimeter zu lang in den Ärmeln ist, vorerst aber genügt. Er verdeckt seine zerrissene, blutbefleckte, mit Essensresten verschmierte Kleidung und verleiht ihm ein einigermaßen vorzeigbares Aussehen; mehr braucht er nicht. Der Mantel ist noch warm von der Körperwärme seines Vorbesitzers.

Später wird er den Leichnam wegschaffen, und morgen wird er sich neue Kleidung kaufen. Aber vorerst hat er viel zu tun und schrecklich wenig Zeit.

Er nimmt die Brieftasche des Toten, in der sich ein erfreulich dickes Bündel Banknoten befindet.

Er wirft die zweite Einkaufstüte auf die Leiche und schlägt den Kofferraumdeckel zu. Die Schlüssel baumeln am Schloß.

Im Buick macht er sich am Schalter der Heizung zu schaffen, während er den Parkplatz verläßt.

Bewegen, bewegen, herausfordern, kämpfen und siegen.

Er hält nach einer Tankstelle Ausschau, nicht, weil er den Buick auftanken müßte, sondern weil er einen Münzfernsprecher sucht.

Er erinnert sich an die Stimmen in der Küche, als er vor Schmerzen zuckend zwischen den Trümmern des Geländers lag. Der Eindringling hatte Paige und die Kinder aus dem Haus geschickt, bevor sie in die Diele kommen und ihren wirklichen Vater sehen konnten, der sich mühsam aufzurappeln versucht.

»... bring sie über die Straße zu Vic und Kathy ...«

Und Sekunden später ein noch nützlicherer Name: »... *rüber zu den Delorios ...«*

Sie sind zwar seine Nachbarn, aber er kann sich nicht an Vic und Kathy Delorio erinnern, oder welches Haus ihres ist. Dieses Wissen wurde ihm zusammen mit dem Rest seines Lebens gestohlen. Aber wenn sie einen eingetragenen Telefonanschluß besitzen, wird er sie finden können.

Eine Tankstelle. Ein blaues Pacific-Bell-Schild.

Noch während er vor der Telefonzelle mit ihren Plexiglaswänden vorfährt, kann er das dicke, mit einer Kette gesicherte Telefonbuch erkennen.

Er läßt den Motor des Buick laufen und stapft durch eine Pfütze in die Zelle. Er schließt die Tür, damit das Deckenlicht sich einschaltet, und blättert hektisch die Seiten durch.

Er hat Glück. Victor W. Delorio. Der einzige Eintrag unter diesem Namen. Mission Viejo. Die Straße, wo er selbst wohnt. Treffer. Er prägt sich die Adresse ein.

Dann läuft er in die Tankstelle und kauft Schokoriegel. Zwanzig. Herscheys mit Mandeln, 3 Musketeers, Mounds, weiße Schokocrisp von Nestlé. Sein Appetit ist vorübergehend gestillt; er will die Süßigkeiten jetzt nicht – aber er weiß, er wird sie bald brauchen.

Er bezahlt mit Bargeld, das dem toten Mann im Kofferraum des Buick gehört.

»Sie sind aber ein Süßschnabel«, sagt der Tankwart.

Als er wieder im Buick sitzt und sich von der Tankstelle in den Verkehr einfädelt, hat er Angst um seine Familie, die sich ahnungslos unter dem Einfluß des Betrügers befindet. Möglicherweise werden sie an einen fernen Ort gebracht, wo er sie nicht finden kann. Vielleicht wird ihnen ein Leid angetan. Oder sie werden gar getötet. Alles ist möglich. Er hat nur ihr Foto gesehen und macht sich erst allmählich wieder mit ihnen vertraut, aber es könnte sein, daß er sie wieder verliert, bevor er die Möglichkeit hat, sie zu küssen und ihnen zu sagen, wie sehr er sie liebt. So ungerecht. Grausam. Sein Herz schlägt heftig und bringt einige der Schmerzen wieder zum Aufflackern, die erst vor kurzem von dem stetigen Heilungsprozeß seiner Verletzungen gelöscht wurden.

O Gott, er *braucht* seine Familie. Er muß sie in den Armen halten und von ihnen gehalten werden. Er muß sie trösten und sich trösten lassen und hören, wie sie seinen Namen aussprechen. Wenn er hört, wie sie seinen Namen aussprechen, wird er ein für allemal jemand *sein*.

Er passiert eine Verkehrsampel, die gerade von Gelb auf Rot umschaltet und spricht mit vor Rührung bebender Stimme zu seinen Kindern: »Charlotte, Emily, ich komme. Seid tapfer. Daddy kommt. Daddy kommt. Daddy. Ist. Unterwegs.«

8.

Lieutenant Lowbock war der letzte Polizist, der das Haus verließ.

Auf der Stufe vor der Eingangstür drehte er sich zu Paige und Marty um und schenkte ihnen ein letztes knappes und kaum wahrnehmbares Lächeln, während hinter ihm auf der Straße die Türen der Polizeiautos zugeworfen und Motoren angelassen wurden. Offenbar mißfiel es ihm, daß sie ihn wegen des kaum beherrschten Zorns in Erinnerung behalten würden, der letztlich doch zum Ausbruch gekommen war. »Wir sehen uns wieder, sobald mir die Laborergebnisse vorliegen.«

»Wir können es kaum erwarten«, sagte Paige. »Es war so ein *reizender* Besuch, wir freuen uns schon auf das nächste Mal.«

Lowbock sagte: »Guten Abend, Mrs. Stillwater.« Er drehte sich zu Marty um. »Guten Abend, Mr. Murder.«

Marty wußte, es war kindisch, dem Detective die Tür vor der Nase zuzuschlagen, aber auch ungeheuer befriedigend.

Während Marty das Sicherheitsschloß verriegelte, legte Paige die Sicherungskette vor und sagte: »Mr. Murder?«

»So nennen sie mich in dem Artikel in *People*.«

»Den habe ich noch gar nicht gesehen.«

»Gleich in der Schlagzeile. Oh, warte nur, bis du ihn liest. Ich sehe lächerlich darin aus, der alte gruselige Marty Stillwater, Bücherschmierfink par excellence. Herrgott, wenn er diesen Artikel heute gelesen hat, kann ich Lowbock nicht verdenken, daß er dies alles für eine Art Werbegag hält.«

Sie sagte: »Er ist ein Idiot.«

»Es *ist* eine verdammt unwahrscheinliche Geschichte.«

»Ich habe sie geglaubt.«

»Ich weiß. Und dafür liebe ich dich.«

Er küßte sie. Sie schmiegte sich an ihn, aber nur kurz.

»Wie geht es deinem Hals?« fragte sie.

»Ich werde es überleben.«

»Dieser Idiot denkt, du hättest dich *selbst* gewürgt.«

»Hab' ich nicht. Aber ich denke, es wäre möglich.«

»Hör auf, seinen Standpunkt zu verteidigen. Du machst mich wütend. Was jetzt? Sollten wir nicht hier weg?«

»So schnell wie möglich«, stimmte er zu. »Und wir kommen erst zurück, wenn wir herausgefunden haben, was das alles zu bedeuten hat. Kannst du ein paar Koffer für uns packen, das Nötigste für ein paar Tage, für uns alle?«

»Klar«, sagte sie und ging schon in Richtung Treppe.

»Ich rufe bei Vic und Kathy an und vergewissere mich, daß da drüben alles in Ordnung ist, dann komme ich dir helfen. Und, Paige – die Mossberg liegt im Schlafzimmer unter dem Bett.«

Als sie über die gesplitterten Trümmer die Treppe hinaufging, sagte sie: »Okay.«

»Hol sie raus und leg sie beim Packen auf das Bett.«

»Mach' ich«, sagte sie, als sie schon ein Drittel der Treppe zurückgelegt hatte.

Er glaubte nicht, daß er ihr hinreichend klargemacht hatte, welche ungewöhnlichen Vorsichtsmaßnahmen angezeigt waren. »Nimm sie mit ins Zimmer der Mädchen.«

»Okay.«

Er sprach so schneidend, daß sie stehenblieb, und sein Hals

tat weh, als er den Kopf zurückwarf, um zu ihr aufzusehen. »Verdammt, es ist mein Ernst, Paige.«

Sie sah überrascht nach unten, weil er diesen Tonfall sonst nie gebrauchte. »Okay. Ich behalte sie in der Nähe.«

»Gut.«

Er ging zum Telefon in der Küche, schaffte es aber nur bis ins Eßzimmer, als er Paige im ersten Stock aufschreien hörte. Sein Herz schlug so heftig, daß er nur kurz und abgehackt Luft holen konnte, während er in die Diele zurücklief. Er nahm an, er würde sie im Würgegriff des Anderen finden.

Sie stand am oberen Ende der Treppe und betrachtete entsetzt die gräßlichen Flecken auf dem Teppichboden, die sie zum ersten Mal sah. »Ich habe es gehört, aber ich hätte nicht geglaubt ...« Sie sah zu Marty hinunter. »*Soviel* Blut. Wie konnte er einfach ... einfach weggehen?«

»Er hätte es nicht gekonnt, wenn er ... nur ein Mensch wäre. Darum bin ich so verdammt sicher, daß er zurückkommen wird. Vielleicht nicht heute nacht, vielleicht nicht morgen, vielleicht in einem Monat nicht, aber er wird wiederkommen.«

»Marty, das ist Wahnsinn.«

»Ich weiß.«

»Großer Gott«, sagte sie, weniger im profanen Sinne denn als Gebet, und lief ins Schlafzimmer.

Marty ging in die Küche und holte die Beretta aus dem Schrank. Obwohl er die Pistole persönlich geladen hatte, zog er das Magazin heraus, überprüfte es, ließ es wieder einrasten und lud durch.

Er bemerkte ein Durcheinander von Fußabdrücken auf dem ganzen Fliesenboden. Viele waren noch naß. In den vergangenen zwei Stunden waren die Polizisten in den Regen hinaus und wieder herein gestapft, und offenbar waren nicht alle so umsichtig gewesen, sich die Füße an der Tür abzutreten.

Er wußte, die Polizisten waren beschäftigt gewesen und hatten andere Sorgen gehabt, als auf Sauberkeit zu achten, aber dennoch kamen ihm die Fußspuren – und die Achtlosigkeit, die sie repräsentierten – wie eine fast ebenso gravierende Verletzung seiner Privatsphäre als der Angriff des Anderen vor. Ein überraschend heftiges Mißfallen machte sich in Marty breit.

Während Psychopathen durch die Welt streiften, ging das Rechtssystem von der Prämisse aus, daß das Böse überwiegend durch gesellschaftliche Ungerechtigkeiten hervorgebracht wurde. Man betrachtete Täter als Opfer der Gesellschaft, so wie die Leute, die sie ausraubten oder töteten *deren* Opfer waren. Jüngst war ein Mann aus einem Gefängnis in Kalifornien entlassen worden, wo er sechs Jahre wegen Vergewaltigung und Ermordung eines elfjährigen Mädchens abgesessen hatte. Sechs Jahre. Das Mädchen war selbstverständlich so tot wie ehedem. Derartige Ungeheuerlichkeiten waren heute so verbreitet, daß die Presse kaum noch darüber berichtete. Wenn die Gerichte unschuldige Elfjährige nicht beschützen konnten, und wenn Senat und Kongreß keine Gesetze erlassen konnten, die die Gerichte dazu zwangen, dann durfte man sich nicht darauf verlassen, daß Richter und Politiker irgend jemanden irgendwo, irgendwann beschützten.

Aber, verdammt, man durfte doch wenigstens damit rechnen, daß einen die *Polizei* beschützte, denn Polizisten gingen jeden Tag auf die Straße und wußten, wie es wirklich auf der Welt aussah. Die großen Zampanos in Washington und die anmaßenden Eminenzen in den Gerichtssälen hatten sich mit übertrieben hohen Gehältern, endlosen Vergünstigungen und üppigen Renten von der Wirklichkeit abgeschottet; sie lebten in bewachten Vierteln mit privatem Wachpersonal, schickten ihre Kinder auf Privatschulen – und verloren den Kontakt zu dem Schaden, den sie anrichteten. Aber nicht die Polizei. Polizisten gehörten zur arbeitenden Bevölkerung. In Ausübung ihrer Pflicht sahen sie das Böse jeden Tag; sie wußten, es war unter den Privilegierten so weit verbreitet wie in der Mittelschicht oder unter den Armen; die Gesellschaft trug daran weniger Schuld als die fehlerhafte Natur der menschlichen Rasse.

Die Polizei sollte die letzte Verteidigungslinie gegen Barbarei sein. Aber wenn sie dem System, das sie aufrechterhalten sollten, mit unverhohlenem Zynismus gegenüberstanden, wenn sie sich in dem Glauben wogen, sie wären die einzigen, denen noch etwas an Gerechtigkeit lag, dann würde ihnen nichts mehr an ihrer Arbeit liegen. Wenn man sie zu Hilfe rief, würden sie ihre Spurensicherung durchführen, einen Berg Papierkram ausfüllen, um die Verwaltung zufriedenzustellen, einem die sauberen Fußböden beschmutzen und einen ohne eine Spur von Mitleid stehenlassen.

Als Marty in der Küche stand und die Beretta in der Hand hielt, wurde ihm klar, daß er selbst und Paige jetzt die letzte Verteidigungslinie bildeten. Niemand sonst. Keine übergeordnete Autorität. Keine Wächter des öffentlichen Wohlbefindens.

Er brauchte Mut, aber ebenso die ausschweifende Phantasie, die er zu Hilfe nahm, wenn er seine Bücher schrieb. Plötzlich schien er in einem *roman noir* zu leben, in jener amoralischen Welt, wo die Geschichten von James M. Cain oder Elmore Leonard spielten. In so einer finsteren Welt hing das Überleben von schnellem Denken, schnellem Handeln und völliger Skrupellosigkeit ab. Am meisten aber von der Fähigkeit, mit dem Schlimmsten zu rechnen, was das Leben bereithalten mochte, und, indem man damit rechnete, darauf vorbereitet statt überrascht zu sein.

Sein Verstand war leer.

Er hatte keine Ahnung, wohin er gehen, was er tun sollte. Packen und das Haus verlassen, ja. Aber was dann?

Er starrte die Waffe in seiner Hand an.

Ihm gefielen zwar die Bücher von Cain und Leonard, aber seine eigenen Bücher waren längst nicht so schwarz. In ihnen triumphierten Vernunft, Logik, Tugend und die Überlegenheit der gesellschaftlichen Ordnung. Seine Phantasie führte ihn nicht zu verbrecherischen Lösungen, fragwürdiger Moral oder Anarchie.

Nichts.

Marty machte sich Gedanken, ob er mit einer Situation fertigwerden würde, die so hohe Anforderungen an ihn stellte, und griff zum Hörer, um die Delorios anzurufen. Als Kathy nach dem ersten Läuten abnahm, sagte er: »Ich bin es, Marty.«

»Marty, alles in Ordnung? Wir haben gesehen, wie die Polizei abgezogen ist, und dann ist auch der Beamte hier gegangen, aber niemand hat uns die Situation erklärt. Ich meine, ist alles in Ordnung? Was, um alles in der Welt, ist da los?«

Kathy war eine gute Nachbarin und aufrichtig besorgt, aber Marty hatte nicht die Absicht, ihr einen lückenlosen Bericht zu geben, was er mit dem potentiellen Killer und der Polizei durchgemacht hatte. »Wo sind Charlotte und Emily?«

»Sehen fern.«

»Wo?«

»Nun, im Wohnzimmer.«

»Sind eure Türen abgeschlossen?«

»Ja, natürlich. Ich glaube es.«

»Vergewissere dich. Geh nachsehen. Habt ihr eine Waffe?«

»Eine Waffe? Marty, was soll das?«

»Habt ihr eine Waffe?« beharrte er.

»Ich halte nichts von Waffen. Aber Vic besitzt eine.«

»Trägt er sie momentan bei sich?«

»Nein. Er ...«

»Sag ihm, er soll sie laden und bei sich tragen, bis Paige und ich kommen und die Mädchen abholen.«

»Marty, das gefällt mir nicht. Ich glaube nicht ...«

»Zehn Minuten, Kathy. Ich hole die Mädchen in zehn Minuten ab, oder früher, so schnell ich kann.«

Er legte auf, bevor sie antworten konnte.

Er eilte nach oben ins Gästezimmer, das zugleich als Paiges Arbeitszimmer diente. Sie erledigte die Buchführung der Familie, verwaltete das Scheckbuch und kümmerte sich auch sonst um alle finanziellen Angelegenheiten.

In der rechten unteren Schublade des Schreibtischs befanden sich Stapel von Quittungen, Rechnungen und ungültigen Schecks. In der Schublade wurden darüber hinaus das Scheckbuch und das Sparbuch aufbewahrt, die Marty mit einem

Gummiband zusammengeheftet hatte. Beide steckte er in die Tasche seiner Hose.

Sein Verstand war nicht mehr leer. Ihm waren einige Vorsichtsmaßnahmen eingefallen, die er treffen mußte, allerdings waren diese zu kümmerlich, als daß man sie einen Schlachtplan hätte nennen können.

In seinem Arbeitszimmer betrat er den begehbaren Schrank und wählte hastig vier Pappkartonschachteln aus Stapeln von dreißig oder vierzig Kartons gleicher Form und Größe aus. In jedem befanden sich zwanzig gebundene Bücher. Er konnte nur zwei gleichzeitig in die Garage tragen. Er verstaute sie im Kofferraum des BMW und verzog jedesmal das Gesicht wegen der Schmerzen, die ihm die Anstrengung im Hals bereitete.

Als er nach seinem zweiten hastigen Ausflug in die Garage das Schlafzimmer betrat, blieb er wie angewurzelt auf der Schwelle stehen, als er sah, wie Paige nach der Schrotflinte griff und herumwirbelte, um damit auf ihn anzulegen.

»Entschuldige«, sagte sie, als sie ihn erkannte.

»Das hast du ganz richtig gemacht«, sagte er. »Hast du die Sachen der Mädchen schon gepackt?«

»Nein, ich bin gerade hier fertig geworden.«

»Dann fange ich damit an«, sagte er.

Als er der Blutspur in Charlottes und Emilys Zimmer folgte und an der zertrümmerten Stelle des Geländers vorbei kam, sah Marty zum Boden unten. Er rechnete immer noch damit, einen Toten auf den gesprungenen Fliesen liegen zu sehen.

9.

Charlotte und Emily lungerten auf dem Sofa im Wohnzimmer der Delorios und steckten die Köpfe zusammen. Sie taten so, als wären sie total begeistert von einer dummen Fernsehkomödie, in der dumme Kinder und dumme Eltern dumme Sachen anstellten, um ein dummes Problem zu lösen. So lange sie so taten, als wären sie völlig fasziniert von der Sendung, blieb Mrs. Delorio in der Küche und bereitete das Essen zu. Mr. Delorio ging entweder durch das Haus oder stand am vorderen Fenster und beobachtete die Polizisten draußen. Wenn sie nicht beachtet wurden, hatten die Mädchen die Möglichkeit, miteinander zu tuscheln und vielleicht herauszubekommen, was da draußen passierte.

»Vielleicht ist Daddy angeschossen worden«, sorgte sich Charlotte.

»Ich hab' dir schon millionenmal gesagt, daß er das nicht ist.«

»Was weißt du schon? Du bist erst sieben.«

Emily seufzte. »Er hat uns gesagt, daß es ihm gut geht, in der Küche, als Mom glaubte, er wäre verletzt.«

»Er war voller Blut«, jammerte Charlotte.

»Er hat gesagt, es ist nicht seins.«

»Daran kann ich mich nicht erinnern.«

»Ich aber«, sagte Emily nachdrücklich.

»Wenn Daddy nicht angeschossen worden ist, wer dann?«

»Vielleicht ein Einbrecher«, sagte Emily.

»Wir sind nicht reich, Em. Was sollte ein Einbrecher bei uns wollen? He, vielleicht hat Daddy Mrs. Sanchez erschossen.«

»Weshalb sollte er Mrs. Sanchez erschießen? Sie ist nur die Putzfrau.«

»Vielleicht ist sie Amok gelaufen«, sagte Charlotte, und diese Möglichkeit sprach ihren Sinn für Dramatik ungeheuer an.

Emily schüttelte den Kopf. »Nicht Mrs. Sanchez. Sie ist nett.«

»Auch nette Menschen laufen Amok.«

»Quatsch.«

»Doch.«

Emily verschränkte die Arme vor der Brust. »Sag mir einen.«

»Mrs. Sanchez«, sagte Charlotte.

»*Außer* Mrs. Sanchez.«

»Jack Nicholson.«

»Wer ist das?«

»Du weißt schon, der Schauspieler. In *Batman* war er der Joker, und da ist er aber echt total Amok gelaufen.«

»Vielleicht läuft er immer total Amok.«

»Nein, manchmal ist er nett, wie in dem Film mit Shirley MacLaine, da war er ein Astronaut, und Shirleys Tochter wurde schlimm krank, und sie fanden heraus, daß sie Krebs hat, und sie ist gestorben, und Jack war so lieb und nett.«

»Außerdem ist Mrs. Sanchez heute gar nicht dran«, sagte Emily.

»Was?«

»Sie kommt nur donnerstags.«

»Also wirklich, Emily, wenn sie Amok gelaufen ist, dann weiß sie doch nicht, was für einen *Tag* wir heute haben«, entgegnete Charlotte und war zufrieden mit ihrer Antwort, die so ungeheuer logisch zu sein schien. »Vielleicht ist sie aus einer Irrenanstalt ausgebrochen und nimmt Jobs als Haushälterin an, und wenn sie manchmal Amok läuft, bringt sie eine Familie um, brät sie und verspeist sie zum Dinner.«

»Du bist echt daneben«, sagte Emily.

»Nein, hör doch zu«, beharrte Charlotte hektisch flüsternd, »wie Hannibal Lecter.«

»Hannibal der Kannibale!« keuchte Emily.

Sie hatten den Film – den Emily hartnäckig *Das Schwein der Lämmer* nannte –, beide nicht ansehen dürfen, weil Mom und Dad der Meinung waren, sie wären noch nicht alt genug dafür, aber sie hatten von anderen Kindern, die ihn schon milliardenmal auf Video gesehen hatten, in der Schule davon gehört.

Charlotte konnte sehen, daß Emily nicht mehr so überzeugt war, was Mrs. Sanchez betraf. Immerhin war Hannibal der Kannibale ein *Arzt* gewesen, der rettungslos Amok lief und den Leuten die Nasen und all so was abbiß, daher schien die Vorstellung von einer amoklaufenden Putzfrau auf einmal gar nicht mehr so weit hergeholt.

Mr. Delorio kam ins Wohnzimmer, zog die Vorhänge an der Schiebetür zurück und sah in den Garten hinaus, der vom Verandalicht ziemlich gut beleuchtet wurde. In der rechten Hand hielt er eine Waffe. Vorhin hatte er noch keine Waffe gehabt.

Er ließ den Vorhang zurückfallen, wandte sich von der Glastür ab und lächelte Charlotte und Emily zu. »Alles in Ordnung, Kinder?«

»Ja, Sir«, sagte Charlotte. »Tolle Sendung.«

»Braucht ihr etwas?«

»Nein, danke, Sir«, sagte Emily. »Wir möchten nur die Sendung ansehen.«

»Tolle Sendung«, wiederholte Charlotte.

Als Mr. Delorio aus dem Zimmer ging, sahen Charlotte und Emily ihm nach, bis er fort war.

»Warum hat er eine Waffe?« fragte Emily.

»Um uns zu beschützen. Und weißt du, was das bedeutet? Mrs. Sanchez muß immer noch am Leben und auf freiem Fuß sein und jemanden suchen, den sie verspeisen kann.«

»Und was ist, wenn Mr. Delorio als nächster Amok läuft? Er hat eine Waffe, wir könnten ihm nie entkommen.«

»Sei nicht albern«, sagte Charlotte, aber dann wurde ihr klar, daß ein Sportlehrer ebenso Amok laufen konnte wie eine Putzfrau. »Hör zu, Em, willst du wissen, was wir tun, wenn er Amok läuft?«

»Neun-eins-eins anrufen.«

»Dazu wirst du keine Zeit haben, Dummerchen. Was du tun mußt ist, du mußt ihn in die Eier treten.«

Emily runzelte die Stirn. »Hä?«

»Erinnerst du dich nicht mehr an den Film am Samstag?« fragte Charlotte.

Mom war wegen des Films so außer sich gewesen, daß sie sich beim Geschäftsführer des Kinos beschwert hatte. Sie hatte wissen wollen, wie der Film bei den Kraftausdrücken und der Brutalität eine Freigabe für Kinder hatte bekommen können, worauf der Geschäftsführer erwiderte, er sei freigegeben für

Kinder in Begleitung Erwachsener, was etwas vollkommen anderes wäre.

Was Mom besonders in Rage brachte, war eine Szene, wo der Held dem Schurken entkommen konnte, indem er ihm einen kräftigen Tritt zwischen die Beine verpaßte. Als später jemand den Held fragte, was der Schurke gewollt hatte, antwortete der Held: »Ich weiß nicht, was er gewollt hat, aber *gebraucht* hat er einen ordentlichen Tritt in die Eier.«

Charlotte hatte sofort gespürt, daß ihre Mutter sich über diesen Satz ärgerte. Später hätte sie um eine Erklärung bitten können, und ihre Mutter hätte ihr eine gegeben. Mom und Daddy waren der Meinung, daß man alle Fragen der Kinder ehrlich beantworten sollte. Aber manchmal war es aufregender, wenn man selbst versuchte, die Antwort herauszufinden, weil man dann etwas wußte, von dem *sie* nicht wußten, daß man es wußte.

Zu Hause schlug sie im Wörterbuch nach, um herauszufinden, ob es eine Definition von »Eier« gab, die erklären konnte, was der Held mit dem Schurken gemacht hatte und weshalb ihre Mutter so unglücklich darüber war. Als sie sah, daß eine Bedeutung des Wortes ein obszöner Ausdruck für »Hoden« war, schlug sie dieses geheimnisvolle Wort im selben Wörterbuch nach, prägte sich ein, was es zu lernen gab, und schlich anschließend in Daddys Arbeitszimmer und nahm dessen medizinisches Lexikon zur Hand, um mehr zu erfahren. Ziemlich bizarres Zeug. Aber sie begriff es. Halbwegs. Vielleicht mehr, als sie begreifen wollte. Sie hatte es Em so gut sie konnte erklärt. Aber Em glaubte ihr kein Wort und vergaß es offenbar gleich wieder.

»Genau wie in dem Film am Samstag«, half Charlotte ihrem Gedächtnis auf die Sprünge. »Wenn es echt schlimm wird und er Amok läuft, gib ihm einen Tritt zwischen die Beine.«

»Ach ja«, sagte Emily zweifelnd, »einen Tritt in die Noten.«

»Hoden.«

»Es heißt Noten.«

»Es heißt Hoden«, beharrte Charlotte nachdrücklich.

Emily zuckte die Achseln. »Meinetwegen.«

Mrs. Delorio kam ins Wohnzimmer und trocknete sich die Hände an einem gelben Küchenhandtuch ab. Sie trug eine Schürze über Rock und Bluse. Sie roch nach Zwiebeln, die sie kleingeschnitten hatte; als sie herübergekommen waren, hatte sie gerade damit angefangen, das Essen zuzubereiten. »Wollt ihr Mädchen noch eine Pepsi?«

»Nein, Ma'am«, sagte Charlotte, »uns geht es prima, danke. Wir sehen uns die Sendung an.«

»Tolle Sendung«, sagte Emily.

»Eine unserer Lieblingssendungen«, sagte Charlotte.

Emily sagte: »Es geht um einen Jungen mit Noten, und jeder gibt ihm einen Tritt dahin.«

Charlotte hätte der kleinen Dumpfbacke fast einen Schlag auf den Kopf gegeben.

Mrs. Delorio runzelte verwirrt die Stirn und sah vom Fernseher zu Emily und zurück. »Noten?«

»Pfoten«, sagte Charlotte in einem kläglichen Vertuschungsversuch.

Es läutete, bevor Em noch mehr Schaden anrichten konnte.

Mrs. Delorio sagte: »Ich wette, das sind eure Eltern«, und verließ hastig das Zimmer.

»Spatzenhirn«, sagte Charlotte zu ihrer Schwester.

Emily sah sie verschmitzt an. »Du bist nur wütend, weil ich gezeigt habe, daß alles gelogen war. Sie hat noch nie davon gehört, daß Jungs Noten haben.«

»Pssst!«

»Na also«, sagte Emily.

»Dumpfbacke.«

»Mumpfbacke.«

»Das ist überhaupt kein Wort.«

»Doch, wenn ich es will.«

Die Türglocke läutete und läutete, als würde jemand darauf stehen.

Vic betrachtete durch den Spion den Mann, der draußen stand. Es war Marty Stillwater.

Er machte die Tür auf, damit sein Nachbar eintreten konnte. »Mein Gott, Marty, das hat ja ausgesehen, als hielte die Polizei da drüben eine Versammlung ab. Was war denn los?«

Marty sah ihn einen Augenblick durchdringend an, besonders die Waffe in seiner rechten Hand, dann schien er eine Entscheidung zu treffen und blinzelte. Seine Haut, naß vom Regen, sah glänzend und unnatürlich weiß aus, wie die Haut einer Porzellanfigur. Er machte einen eingefallenen, geschwächten Eindruck, wie ein Mann, der sich von einer schweren Krankheit erholt.

»Geht es dir gut, geht es Paige gut?« fragte Kathy, die hinter Vic die Diele betrat.

Marty kam zögernd über die Schwelle, blieb aber unmittelbar in der Diele stehen, ohne so weit einzutreten, daß Vic die Tür schließen konnte.

»Was ist denn?« fragte Vic. »Machst du dir Sorgen, du könntest auf den Teppich tropfen? Du *weißt* doch, daß mich Kathy für ein hoffnungsloses Ferkel hält. Sie hat alles im Haus imprägniert. Komm rein, komm rein.«

Marty ging keinen Schritt weiter, sondern sah an Vic vorbei ins Wohnzimmer, dann die Treppe hinauf. Er trug einen schwarzen, bis zum Hals zugeknöpften Regenmantel, der ihm zu groß war – das mochte teilweise der Grund dafür sein, daß er so verschrumpelt aussah.

Als Vic schon dachte, der Mann hätte die Sprache verloren, sagte Marty: »Wo sind die Kinder?«

»Denen geht es gut«, versicherte Vic ihm, »sie sind in Sicherheit.«

»Ich brauche sie«, sagte Marty. Seine Stimme klang nicht mehr krächzend, wie vorhin, sondern hölzern. »Ich brauche sie.«

»Nun, um Gottes willen, alter Kumpel, kannst du nicht wenigstens lange genug herein kommen, uns zu erzählen …«

»Ich brauche sie jetzt«, sagte Marty. »Sie gehören mir.«

Keine hölzerne Stimme, wurde Vic Delorio plötzlich klar, sondern eisern beherrscht, als würde Marty Wut oder Angst oder ein anderes übermächtiges Gefühl unterdrücken und fürchten, er könnte die Kontrolle über sich verlieren. Er zitterte ein wenig. Der Regen auf seinem Gesicht konnte teilweise Schweiß sein.

Kathy kam den Flur entlang und sagte: »Marty, was ist denn los mit dir?«

Vic hatte gerade dieselbe Frage stellen wollen. Marty Stillwater war normalerweise so ein umgänglicher Typ, entspannt, immer heiter, aber jetzt wirkte er steif, linkisch. Was immer er heute nacht durchgemacht hatte, es hatte tiefe Spuren in ihm hinterlassen.

Bevor Marty antworten konnte, tauchten Charlotte und Emily am Ende des Flurs auf, wo dieser zum Wohnzimmer führte. Sie mußten in dem Moment, als sie die Stimme ihres Vaters hörten, ihre Regenmäntel angezogen haben. Während sie näher kamen, knöpften sie sie zu.

Charlottes Stimme bebte, als sie sagte: »Daddy?«

Beim Anblick seiner Töchter traten Marty Tränen in die Augen. Als Charlotte ihn ansprach, machte er noch einen Schritt ins Haus, so daß Vic die Tür schließen konnte.

Die Kinder liefen an Kathy vorbei, Marty sank auf dem Dielenboden auf die Knie, und die Kinder warfen sich ihm so heftig in die Arme, daß er um ein Haar gestürzt wäre. Noch während die drei einander umarmten, fingen die Kinder an zu plappern: »Daddy, ist alles in Ordnung? Wir hatten solche Angst. Alles in Ordnung? Ich liebe dich, Daddy. Du warst überall igitt blutig. Ich hab' ihr gesagt, daß es nicht dein Blut war. War es ein Einbrecher, war es Mrs. Sanchez, ist sie Amok gelaufen, ist der Postbote Amok gelaufen, wer ist Amok gelaufen, geht es dir gut, geht es Mommy gut, ist es jetzt vorbei, warum laufen nette Menschen überhaupt plötzlich Amok?« Alle drei redeten unablässig durcheinander, denn Marty sagte über all ihre Fragen hinweg: »Meine Charlotte, meine Emily, meine Kinder, ich habe euch lieb, ich habe euch so sehr lieb, ich werde nicht zulassen, daß sie euch wieder stehlen, nie mehr.« Er küßte sie auf die Wangen, auf die Stirn, umarmte sie fest, strich ihnen mit zitternden Händen das Haar glatt und machte ganz allgemein ein Theater, als hätte er sie seit Jahren nicht mehr gesehen.

Kathy lächelte und weinte gleichzeitig leise, während sie sich die Augen mit dem gelben Küchenhandtuch abtupfte.

Vic vermutete, daß das Wiedersehen herzzerreißend war, aber er war längst nicht so gerührt wie seine Frau, was teilweise daran lag, daß Marty sich seltsam anhörte und verhielt, nicht seltsam, wie man es von einem Mann erwarten durfte, nachdem er einen Einbrecher in sein Haus abgewehrt hatte – wenn es tatsächlich so gewesen war –, sondern nur ... nun, merkwürdig. Komisch. Was Marty sagte, klang ziemlich seltsam: »Meine Emily, meine Charlotte, mein, so niedlich wie auf dem Bild, mein, wir gehören zusammen, es ist mein Schicksal.« Sein Tonfall war ebenfalls ungewöhnlich, zu zitternd und drängend, wenn drüben wieder alles in Ordnung war, wofür der Abzug der Polizei sprach, aber auch zu gezwungen. Dramatisch. Übertrieben dramatisch. Er sprach nicht spontan, sondern schien eine Rolle zu spielen, während er krampfhaft versuchte, sich an seinen Text zu erinnern.

Alle behaupteten, daß kreative Menschen seltsam seien, besonders Schriftsteller, und als Vic Martin Stillwater das erste Mal traf, hatte er damit gerechnet, einen Exzentriker kennenzulernen. Aber was das anging, hatte Marty ihn enttäuscht; er war der normalste, durchschnittlichste Nachbar gewesen, den man sich nur wünschen konnte. Bis jetzt.

Marty stand auf, hielt seine Töchter fest und sagte: »Ich muß jetzt gehen.« Er drehte sich zur Tür um.

Vic sagte: »Augenblick, Marty, alter Freund, du kannst hier nicht so einfach raus, wo wir vor Neugier fast platzen.«

Marty hatte Charlotte gerade lange genug losgelassen, um die Tür zu öffnen. Er ergriff wieder ihre Hand, als der Wind in die Diele wehte und die gerahmte Stickerei mit Blaumeisen und Frühlingsblumen an der Wand zum Klirren brachte.

Als der Schriftsteller das Haus verließ, ohne auch nur im geringsten auf Vics Bemerkung einzugehen, sah Vic zu Kathy und stellte fest, daß ihr Gesichtsausdruck sich verändert hatte. Auf ihren Wangen glänzten immer noch Tränen, aber sie sah verwirrt drein.

Also liegt es nicht nur an mir, dachte er.

Er trat vor die Tür und sah, daß der Schriftsteller bereits die Stufen hinter sich gelassen hatte, im windgepeitschten Regen den Weg hinunterging und dabei die Mädchen an den Händen hielt. Es war kalt. Frösche quakten, aber ihr Lied klang unnatürlich, blechern und dünn, wie das Ratschen und Knirschen festgefressener Zahnräder in einer Maschine. Als Vic das Geräusch hörte, wäre er am liebsten wieder nach drinnen gegangen, hätte sich vor den offenen Kamin gesetzt und eine Menge heißen Kaffee mit Brandy getrunken.

»Verdammt, Marty, so warte doch!«

Der Schriftsteller drehte sich um; die Mädchen drängten sich dicht an seine Seite.

Vic sagte: »Wir sind deine Freunde, wir wollen dir helfen. Was auch passiert ist, wir wollen dir helfen.«

»Du kannst nichts tun, Victor.«

»Victor? Mann, du weißt, ich kann ›Victor‹ nicht ausstehen. Niemand nennt mich so, nicht einmal meine liebte alte grauhaarige Mutter, wenn sie weiß, was gut für sie ist.«

»Entschuldige ... Vic. Ich bin nur ... Mir geht so vieles durch den Kopf.« Mit den Mädchen im Schlepptau ging er weiter den Weg entlang.

Direkt am Ende der Einfahrt parkte ein Auto. Ein neuer Buick. Im Regen sah er wie mit Juwelen besetzt aus. Der Motor lief. Scheinwerfer waren eingeschaltet. Niemand saß im Inneren.

Vic lief in den Sturm hinaus, der nicht mehr so schlimm wie vorher war, aber immer noch ein Wolkenbruch, bis er sie eingeholt hatte. »Ist das dein Auto?«

»Ja«, sagte Marty.

»Seit wann?«

»Heute gekauft.«

»Wo ist Paige?«

»Wir fahren sie abholen.« Martys Gesicht war so weiß wie der Schädel darunter. Er zitterte sichtlich, und im Licht der Straßenlaterne sahen seine Augen seltsam aus. »Hör zu, Vic, die Kinder werden naß bis auf die Haut.«

»Ich bin derjenige, der naß wird«, sagte Vic. »Sie haben Regenmäntel an. Ist Paige nicht drüben im Haus?«

»Sie ist schon weggegangen.« Marty sah besorgt zu seinem Haus auf der anderen Straßenseite, wo in den Fenstern im Erdgeschoß und im ersten Stock noch Licht brannte. »Wir fahren zu ihr.«

»Weißt du noch, was du mir gesagt hast?«

»Vic, bitte ...«

»Ich hätte es selbst fast vergessen, was du mir gesagt hast, aber als du den Weg hier runtergegangen bist, ist es mir wieder eingefallen.«

»Wir müssen gehen, Vic.«

»Du hast mir gesagt, ich darf die Kinder keinem geben, wenn Paige nicht dabei ist. Keinem. Weißt du nicht mehr, was du gesagt hast?«

Marty trug zwei große Koffer nach unten in die Küche.

Die Beretta 9mm Parabellum hatte er in den Hosenbund gesteckt. Sie drückte unangenehm gegen seinen Bauch. Er trug einen Pullover mit Rentiermuster, der die Waffe verbarg. Den Reißverschluß der rot-schwarzen Skijacke hatte er nicht geschlossen, damit er leicht an die Pistole heran kam, wenn er einfach die Taschen fallen ließ.

Paige betrat hinter ihm die Küche. Sie trug einen Koffer und die Schrotflinte.

»Mach die Außentür nicht auf«, sagte Marty zu ihr, als er durch die schmale Verbindungstür zwischen der Küche und der dunklen Garage ging.

Er wollte nicht, daß die Doppeltür offenstand, während sie das Auto beluden, weil sie gute Zielscheiben abgeben würden. Schließlich war es möglich, daß der Andere nach Abzug der Polizisten zurückgekommen war und in diesem Moment draußen lauerte.

Paige folgte ihm in die Garage und schaltete das Deckenlicht ein. Die langen Röhren flackerten, leuchteten aber nicht gleich auf. Schatten hüpften und tanzten an den Wänden, zwischen den Autos, in den offenen Regalen.

Marty quälte seinen schmerzenden Hals, indem er unwillkürlich den Kopf zu jedem zuckenden Phantom drehte. Keines hatte ein Gesicht, geschweige denn ein Gesicht wie seines.

Die Neonröhren leuchteten auf. Das grelle weiße Licht, kalt und nüchtern wie die Sonne an einem Wintermorgen, unterband das Treiben der Schattentänzer ruckartig.

Er ist fünf Schritte von dem Buick entfernt und hält die Hände seiner Kinder fest; so dicht davor, mit ihnen zu entkommen. Seine Charlotte. Seine Emily. Seine Zukunft, sein Schicksal, so nahe, so nervtötend nahe.

Aber Vic läßt nicht locker. Der Kerl ist ein Blutegel. Folgt ihnen den ganzen Weg vom Haus, als würde er den Regen gar nicht bemerken, brabbelt ununterbrochen, stellt Fragen, ein neugieriger Mistkerl.

So nahe am Auto. Der Motor läuft, die Scheinwerfer sind eingeschaltet. Emily an einer Hand. Charlotte an der anderen, und sie lieben ihn, sie lieben ihn wirklich. Sie kennen ihren Daddy, ihren *wahren* Daddy. Wenn es ihm nur gelingt, zum Auto zu kommen, einzusteigen, die Türen zu schließen und wegzufahren, dann gehören sie für immer und ewig ihm.

Vielleicht kann er Vic töten, den neugierigen Mistkerl. Dann wäre es leicht zu entkommen. Aber er ist nicht sicher, ob er es durchziehen kann.

»Du hast mir gesagt, ich darf die Kinder keinem geben, wenn Paige nicht dabei ist«, sagt Vic. »Keinem. Weißt du nicht mehr, was du gesagt hast?«

Er sieht Vic an und denkt nicht an eine Antwort, sondern

daran, ob er den Dreckskerl kaltmachen soll. Aber er ist wieder hungrig, zittrig und weich in den Knien, und er lechzt nach den Schokoriegeln auf dem Vordersitz, nach Zucker, Kohlehydraten, mehr Energie für die Heilungsprozesse, die immer noch ablaufen.

»Marty? Weißt du nicht mehr, was du gesagt hast?«

Er hat auch keine Waffe, was normalerweise kein Problem wäre. Er ist darauf trainiert worden, mit den Händen zu töten. Möglicherweise kann er es sogar jetzt noch schaffen, trotz seines Zustands und der Tatsache, daß Vic kräftig genug für einen handfesten Kampf aussieht.

»Ich fand es seltsam«, sagt Vic, »aber du hast es mir gesagt, du hast gesagt, ich soll die Kinder nicht einmal *dir* geben, wenn Paige nicht dabei ist.«

Das Problem ist, der Mistkerl *trägt* eine Waffe. Und er ist argwöhnisch.

Augenblick um Augenblick schwindet die Hoffnung auf eine Flucht, wird vom Regen fortgespült. Die Mädchen halten immer noch seine Hände. Er hat sie fest im Griff, ja, aber sie sind dabei, sich zu befreien, und er weiß nicht, was er tun soll. Er sieht Vic an, während seine Gedanken rasen und so hilflos feststecken wie vorhin, als er in seinem Arbeitszimmer saß und versuchte, ein neues Buch anzufangen.

Bewegen, bewegen, herausfordern, kämpfen und siegen.

Plötzlich wird ihm klar, wenn er mit diesem Problem kämpfen und siegen will, muß er wie ein Freund handeln, so wie Freunde miteinander in Filmen umgehen und miteinander reden. Das wird jeglichen Argwohn vertreiben.

Ein ganzer Strom Erinnerungen an Filme fließt durch seinen Verstand, und er schwimmt mit ihm. »Vic, liebe Zeit, Vic, habe ich ... habe ich das gesagt?« Er stellt sich vor, er wäre Jimmy Stewart, weil alle Jimmy Stewart lieben und ihm vertrauen. »Ich habe keine Ahnung, was ich damit gemeint habe, muß vor Sorge den Verstand verloren gehabt haben. Herrje, es ist nur so, daß ... daß ich so verdammt besorgt war wegen allem, was passiert ist, dieser ganzen verrückten Sache.«

»Was *ist* denn passiert, Marty?«

Ängstlich, aber freundlich, stockend, aber aufrichtig: Jimmy Stewart in einem Hitchcock-Film. »Es ist kompliziert, Vic, es ist alles ... ein Durcheinander, unglaublich, ich kann es selbst kaum glauben. Ich bräuchte eine Stunde, um es dir zu erzählen, und ich habe keine Stunde Zeit, nein, Sir, jetzt nicht, auf keinen Fall. Meine Kinder, diese Kinder, sind in Gefahr, Vic, und Gott steh mir bei, wenn ihnen etwas zustößt. Dann wollte ich nicht weiter leben.«

Er kann sehen, daß sein neues Verhalten die gewünschte Wirkung zeigt. Er scheucht die Kinder die letzten paar Schritte bis zum Auto und verläßt sich darauf, daß sein Nachbar ihn nicht aufhalten wird.

Aber Vic folgt ihm und stapft in eine Pfütze. »Kannst du mir *gar nichts* sagen?«

Er öffnet die hintere Tür des Buick, schiebt die Mädchen hinein und dreht sich wieder zu Vic um. »Ich schäme mich, es zu sagen, aber ich selbst habe sie in Gefahr gebracht, ihr eigener Vater, und zwar mit meinem Beruf.«

Vic sieht ihn fassungslos an. »Du schreibst Bücher.«

»Vic, weißt du, was ein fanatischer Fan ist?«

Vic reißt die Augen auf, dann kneift er sie wieder zusammen als ihm ein Windstoß Regen ins Gesicht bläst. »Wie diese Frau und Michael J. Fox vor ein paar Jahren.«

»So ist es, ganz genau, wie Michael J. Fox.« Beide Mädchen sitzen im Auto. Er schlägt die Tür zu. »Nur belästigt uns ein Mann, keine verrückte Frau, und heute nacht ist er zu weit gegangen und in unser Haus eingebrochen, er ist gewalttätig, ich mußte ihm weh tun. Ich. Kannst du dir vorstellen, daß *ich* jemandem weh tun muß, Vic? Und jetzt habe ich Angst, daß er zurückkommt, darum muß ich die Mädchen hier wegschaffen.«

»Mein Gott«, sagt Vic, der völlig auf die Geschichte hereinfällt.

»Ich habe keine Zeit, dir mehr zu erzählen, Vic, ich habe schon *zuviel* Zeit vergeudet, also geh bitte ... geh einfach ...

einfach wieder ins Haus, bevor du dir eine Lungenentzündung holst. Ich rufe dich in ein paar Tagen an und erzähle dir den Rest.«

Vic zögert. »Wenn wir irgendwas tun können, um dir zu helfen ...«

»Geh jetzt, geh, ich bin euch dankbar dafür, was ihr schon getan habt, aber jetzt kannst du nur noch eins tun, nämlich ins Haus gehen. Schau dich doch an, du bist tropfnaß, um Himmels willen. Verschwinde aus dem Regen, damit ich mir keine Sorgen machen muß, daß du meinetwegen eine Lungenentzündung bekommst.«

Paige ging zu Marty am Heck des BMW, wo er die Koffer abgestellt hatte, und stellte den dritten Koffer und die Mossberg ab. Als er den Kofferraum aufgeschlossen und den Deckel hochgeklappt hatte, sah sie die drei Kisten darin. »Was ist das?«

Er sagte: »Etwas, das wir brauchen könnten.«

»Und das wäre?«

»Erklär' ich dir später.« Er hievte die Koffer in den Kofferraum.

Als nur zwei der drei hineinpaßten, sagte sie: »Was ich eingepackt habe, ist gerade das Notwendigste. Mindestens eine Kiste muß hier bleiben.«

»Nein. Ich stelle den kleinsten Koffer auf den Boden vor den Rücksitz, unter Emilys Füße. Sie kommt damit sowieso nicht bis auf den Boden.«

Auf halbem Weg zum Haus dreht sich Vic noch einmal zu dem Buick um.

Immer noch als Jimmy Stewart: »Los, Vic, geh weiter. Kathy steht vor der Tür und wird sich auch den Tod holen, wenn ihr beiden nicht schleunigst wieder reingeht.«

Er wendet sich ab, geht um den Buick herum und schaut erst wieder zum Haus, als er die Fahrertür erreicht.

Vic ist bei Kathy auf der Treppe, zu weit entfernt, ihn an der Flucht zu hindern, mit oder ohne Waffe.

Er winkt den Delorios zu, und diese winken zurück. Er steigt in den Buick ein, setzt sich ans Steuer, der zu große Regenmantel bauscht sich um ihn. Er schlägt die Tür zu.

Auf der anderen Seite, in seinem Haus, sind im Erdgeschoß und im ersten Stock die Lichter eingeschaltet. Der Betrüger ist da drinnen mit Paige. Seiner wunderschönen Paige. Dagegen kann er nichts tun, noch nicht, nicht ohne Waffe.

Als er sich umdreht und auf den Rücksitz schaut, kann er sehen, daß Charlotte und Emily schon die Sicherheitsgurte angelegt haben. Sie sind liebe Kinder. Und so niedlich mit ihren gelben Regenmänteln und den dazugehörigen Vinylhauben. Nicht einmal auf dem Bild sind sie so niedlich.

Beide fangen an zu sprechen, Charlotte zuerst: »Wohin fahren wir, Daddy, woher haben wir dieses Auto?«

Emily sagt: »Wo ist Mommy?«

Bevor er antworten kann, erfolgt eine unbarmherzige Salve von Fragen:

»Was ist mit dir passiert, auf wen hast du geschossen, hast du jemand getötet?«

»War es Mrs. Sanchez?«

»Ist sie Amok gelaufen wie Hannibal der Kannibale, Daddy, war sie echt plemplem?« fragte Charlotte.

Er schaut durch das Fenster der Beifahrertür und sieht, wie die Delorios gemeinsam ins Haus gehen und die Tür schließen.

Emily sagt: »Daddy, ist es wahr?«

»Ja, Daddy, ist es wahr, was du Mr. Delorio erzählt hast, das mit Michael J. Fox, stimmt das? Er ist so niedlich.«

»Seid jetzt still«, sagt er ungeduldig zu ihnen. Er legt den Gang des Buick ein, tritt das Gaspedal durch. Das Auto bäumt sich auf, weil er vergessen hat, die Handbremse zu lösen, was er jetzt nachholt, aber dann macht das Auto einen Sprung nach vorne und wird abgewürgt.

»Warum ist Mommy nicht bei dir?« fragt Emily.

Charlottes Aufregung nimmt zu, und der Klang ihrer Stimme macht ihn schwindelig. »Mann, dein ganzes Hemd war voller Blut, also irgend jemand *mußt* du erschossen haben, es war echt ekelhaft, total fies.«

Sein Verlangen nach Essen ist gigantisch. Seine Hände zittern so sehr, daß die Schlüssel laut klirren, als er versucht, den Motor wieder anzulassen. Dieses Mal wird der Hunger längst nicht so schlimm sein wie vorher, aber er wird nur wenige Blocks weit kommen, bis ihn die Gier nach diesen Schokoriegeln übermannt.

»Wo ist Mommy?«

»Er muß versucht haben, dich zuerst zu erschießen, hat er versucht, dich zuerst zu erschießen, hatte er ein Messer, das wäre schrecklich gewesen, ein Messer, was hatte er denn, Daddy?«

Der Anlasser knirscht, das Auto hustet, aber der Motor springt nicht an, er ist abgesoffen.

»Wo ist Mommy?«

»Hast du mit bloßen Händen gegen ihn gekämpft, ihm ein Messer oder so was abgenommen, Daddy, wie konntest du das machen, kannst du Karate, ja?«

»Wo ist Mommy, ich will wissen, wo Mommy ist.«

Regen prasselt auf das Dach des Autos. Trommelt auf der Haube. Der abgesoffene Motor ist nervtötend bockig: *ruuurrrrr-ruuurrrrr-ruuurrrrr.* Die Scheibenwischer pochen, pochen. Hin und her. Hin und her. Pochen unaufhörlich. Kinderstimmen auf dem Rücksitz, immer schriller. Wie das wütende Summen von Bienen. *Summ-summ-summ.* Muß sich konzentrieren, damit seine zitternde Hand nicht vom Schlüssel abrutscht. Schweißfeuchte, zuckende Finger gleiten immer wieder daran ab. Angst, zu heftig zu reagieren, möglicherweise den Schlüssel im Schloß abzubrechen. *Ruuurrrrr-ruuurrrrr.* Ausgehungert. Muß essen. Muß hier weg. Poch. Pong. Unablässiges Pochen. Neuerliche Schmerzen in seinen kaum verheilten Wunden. Atmen tut weh. Verdammter Motor. *Rurrrrrr.* Springt nicht an. *Ruuurrrrr-ruuurrrrr.* Daddy-Daddy-Daddy-Daddy-Daddy, *summmmmmmmmmm.*

Frustration wird zu Wut; Wut schlägt in Haß um; Haß erzeugt Gewalt. Gewalt kann manchmal besänftigend wirken.

Es juckt ihn, etwas zu schlagen, irgend etwas, er drehte sich auf dem Sitz um, schaut nach hinten zu den Mädchen, schreit sie an: »*Haltet endlich die Klappen!*«

Sie sind fassungslos. Als hätte er vorher noch nie so zu ihnen gesprochen.

Die Kleine beißt sich auf die Lippe, kann ihn nicht mehr ansehen, wendet das Gesicht dem Seitenfenster zu.

»Still, um Himmels willen, seid still!«

Als er sich wieder nach vorne dreht und versucht, das Auto zu starten, fängt das ältere Mädchen an zu weinen wie ein Baby. Scheibenwischer pochen, Anlasser knirscht, Motor keucht, konstantes Prasseln des Regens, und jetzt das winselnde Weinen, so schrill und durchdringend, so nervtötend, einfach unerträglich. Er brüllt sie unartikuliert an, und zwar so laut, daß er einen Moment ihr Weinen und alles andere übertönt. Er überlegt, ob er auf den Rücksitz zu dem verdammten wimmernden Ding klettern und es zum Schweigen bringen soll, es schlagen, schütteln, eine Hand auf Mund und Nase drücken, bis es überhaupt keinen Laut mehr von sich geben kann, bis es endlich aufhört zu weinen, aufhört sich zu wehren, einfach nur aufhört, aufhört …

… und dann spuckt der Motor unerwartet, springt an und läuft wie geschmiert.

»Bin gleich wieder da«, sagte Paige, während Marty den Koffer hinter dem Fahrersitz des BMW auf den Boden stellte.

Er sah auf und stellte gerade noch fest, daß sie ins Haus zurück wollte. »Halt, was hast du vor?«

»Alle Lichter ausschalten.«

»Vergiß es. Geh da nicht noch mal rein.«

Es war ein Stück Fiktion, direkt aus einem spannenden Roman oder Film, und Marty erkannte es als solches. Nachdem sie gepackt und es bis zum Auto geschafft hatten, *so nahe daran*, unbeschadet zu entkommen, würden sie sich auf ihre Sicherheit verlassen und ins Haus zurückgehen, um eine unwichtige Aufgabe zu erledigen, und irgendwie würde der Psychopath da drinnen sein, entweder weil er zurückgekehrt war, während sie sich in der Garage aufhielten, oder weil er sich während der Durchsuchung durch die Polizei erfolgreich in einer geschickt verborgenen Nische versteckt hatte. Sie würden von Zimmer zu Zimmer gehen, die Lichter ausschalten, Dunkelheit im Haus verbreiten – worauf der Doppelgänger erscheinen würde, ein Schatten aus den Schatten, ein Fleischermesser schwingend, das er vom Regal in der Küche geholt hatte, um sich schlagend, zustechend, und einen von ihnen oder beide töten würde.

Marty wußte, das wirkliche Leben war weder so farbenprächtig wie ein Actionfilm noch so halb so fad wie der durchschnittliche literarische Roman – und weniger vorhersehbar als beide. Seine Angst davor, ins Haus zurückzukehren und die Lichter auszuschalten, war irrational, die Folge einer allzu fruchtbaren Phantasie und der Neigung des Schriftstellers, Dramatik, Gewalttaten und Tragödien in jeder Wendung der Dinge, jedem Wetterumschwung, jedem Plan, jeder Hoffnung und jedem Rollen der Würfel vorauszuahnen.

Trotzdem würden sie nicht in das Haus zurückgehen. Um nichts auf der Welt.

»Laß die Lichter an«, sagte er. »Schließ ab, mach das Garagentor auf, dann holen wir die Kinder und ziehen Leine.«

Vielleicht lebte Paige schon so lange mit einem Schriftsteller zusammen, daß ihre eigene Phantasie verdorben worden war, möglicherweise fiel ihr auch das viele Blut oben auf dem Flur wieder ein. Auf jeden Fall erhob sie nicht den Einwand, es wäre Energieverschwendung so viele Lichter brennen zu lassen. Sie drückte auf den Knopf, der den Hebemechanismus des Garagentors aktivierte, und machte mit der anderen Hand die Tür zur Küche zu.

Als Marty den Kofferraumdeckel des BMW zuklappte und abschloß, hatte sich das Tor ganz geöffnet und rastete mit einem letzten Scheppern ein.

Er sah in die verregnete Nacht hinaus und griff dabei mit

der rechten Hand nach dem Kolben der Beretta im Hosenbund. Seine Phantasie lief immer noch auf Hochtouren, und er rechnete damit, den unüberwindlichen Doppelgänger die Einfahrt heraufkommen zu sehen.

Was er statt dessen sah, war schlimmer als alle Bilder, die seine Phantasie heraufbeschwören konnte. Auf der anderen Straßenseite parkte ein Auto vor dem Haus der Delorios. Es war nicht das Auto der Delorios. Marty hatte es noch nie gesehen. Die Scheinwerfer waren eingeschaltet, aber der Fahrer hatte Schwierigkeiten, den Motor anzulassen; der Anlasser knirschte unaufhörlich. Der Fahrer war zwar nur ein dunkler Umriß, aber am Rückfenster konnte man das kleine Oval eines Kindergesichts erkennen. Selbst auf diese Entfernung war Marty überzeugt, daß es sich bei dem kleinen Mädchen in dem Buick um Emily handelte.

An der Verbindungstür zur Küche suchte Paige in der Tasche ihrer Kordjacke nach den Hausschlüsseln.

Marty war vor Entsetzen gelähmt. Er konnte Paige nichts zurufen, konnte sich nicht bewegen.

Auf der anderen Straßenseite packte der Motor des Buick, hustete schwindsüchtig und erwachte röhrend zum Leben. Wolken kristallisierter Abgase quollen aus dem Auspuff.

Marty merkte erst, daß er die Lähmung abgeschüttelt und sich in Bewegung gesetzt hatte, als er aus der Garage draußen mitten auf der Einfahrt angelangt war und durch den kalten Regen zur Straße lief. Ihm war, als wäre er binnen eines Sekundenbruchteils zehn Meter teleportiert worden, dabei war es nur so, daß sein Körper, der von Instinkt und animalischem Grauen getrieben funktionierte, seinem Verstand vorauseilte.

Die Beretta hielt er in der Hand. Er konnte sich nicht erinnern, daß er sie aus dem Hosenbund gezogen hatte.

Der Buick fuhr vom Bordstein los, und Marty wandte sich nach links und folgte ihm. Das Auto rollte langsam, da der Fahrer noch nicht bemerkt hatte, daß er verfolgt wurde.

Emily konnte man immer noch sehen. Sie preßte das ängstliche Gesicht jetzt fest gegen das Glas. Sie sah ihren Vater direkt an.

Marty holte auf, näherte sich dem Auto, war noch drei Meter von der Heckstoßstange entfernt. Dann beschleunigte der Wagen schneller, als er laufen konnte. Die Reifen teilten die Pfützen mit einem blubbernden Plätschern und Aufspritzen.

Wie ein Passagier in Charons Nachen wurde Emily nicht nur eine Straße entlanggefahren, sondern über den Fluß Styx ins Reich der Toten übergesetzt.

Eine schwarze Woge der Verzweiflung spülte über Marty hinweg, aber sein Herz schlug noch schneller als vorher, und er konnte Kraftreserven mobilisieren, von denen er bisher nichts geahnt hatte. Er lief schneller denn je, platschte durch Pfützen, rammte die Füße mit der Wucht eines Preßlufthammers auf den Asphalt, ruderte mit den Armen, hielt den Kopf gesenkt und ließ das Ziel nie aus den Augen.

Am Ende des Blocks bremste der Buick ab. An der Kreuzung hielt er gänzlich an.

Keuchend holte Marty ihn ein. Heckstoßstange. Hinterer Kotflügel. Hintere Tür.

Emilys Gesicht war am Fenster.

Jetzt schaute sie zu ihm auf.

Seine Sinne wurden von der Angst geschärft, als hätte er bewußtseinsverändernde Drogen genommen. Er bemerkte halluzinativ jede Einzelheit der unzähligen Regentropfen auf der Scheibe zwischen sich und seiner Tochter – ihre gekrümmten, pendelähnlichen Formen, die nüchternen Schnörkel und Schlieren des Lichts der Straßenlaterne, die sich in ihren gekrümmten Oberflächen spiegelten –, als wäre jeder einzelne dieser Tropfen so wichtig wie alles andere auf der Welt. Gleichermaßen sah er das Innere des Autos nicht nur als dunkle Schemen, sondern als komplexen dreidimensionalen Gobelin von Schatten in zahllosen Grau-, Blau- und Schwarztönen. Hinter Emily befand sich eine weitere Gestalt in diesem komplexen Gittergeflecht aus Dunkel und Düsternis, ein zweites Kind: Charlotte.

Als er gerade auf Höhe der Fahrertür angelangt war und die Hand nach dem Türgriff ausstreckte, setzte sich das Auto wieder in Bewegung. Es bog nach rechts auf die Kreuzung ein.

Marty rutschte aus und wäre um ein Haar auf den nassen Asphalt gefallen. Er erlangte das Gleichgewicht wieder, hielt die Waffe fest und hastete dem Buick hinterher, der in die Querstraße bog.

Der Fahrer sah nach rechts und bemerkte Marty links von sich nicht. Er trug einen schwarzen Mantel. Nur seinen Hinterkopf konnte man durch das regennasse Seitenfenster erkennen. Sein Haar war dunkler als das von Vic Delorio.

Da das Auto in der Kurve immer noch langsam fuhr, konnte Marty es wieder einholen; er atmete angestrengt, und sein Herzschlag hämmerte ihm in den Ohren. Dieses Mal griff er nicht nach der Tür, da diese möglicherweise abgesperrt sein würde. Wenn er das tat, würde er den Vorteil der Überraschung zunichte machen. Er hob die Beretta und zielte auf den Hinterkopf des Mannes.

Die Kinder konnten von einem Querschläger oder Glassplittern getroffen werden. Er mußte das Risiko eingehen. Andernfalls waren sie für immer verloren.

Zwar bestand nur eine verschwindend geringe Möglichkeit, daß es sich bei dem Fahrer um Vic Delorio oder eine andere unschuldige Person handelte, aber Marty konnte nicht abdrücken ohne mit Sicherheit zu wissen, auf wen er zielte. Ohne stehenzubleiben, nach wie vor parallel zu dem Auto, rief er: »*He, he, he!*«

Der Fahrer drehte ruckartig den Kopf herum und sah zum Seitenfenster hinaus.

Marty sah den Lauf der Pistole entlang in sein eigenes Gesicht. Der Andere. Das Glas vor ihm schien ein verfluchter Spiegel zu sein, in dem sein Spiegelbild nicht zu perfekter Nachahmung gezwungen wurde, sondern tückischere Empfindungen ausdrücken konnte als man die Welt je sehen lassen wollte; als es seiner ansichtig wurde, verzerrte sich das Spiegelgesicht vor Haß und Wut.

Der erschrockene Fahrer rutschte mit den Fuß vom Gaspedal ab. Einen Sekundenbruchteil wurde der Buick langsamer.

Marty, der keine vier Schritte von der Scheibe entfernt stand, feuerte zwei Schuß ab. In dem Augenblick bevor das hallende Donnern des ersten Schusses über die endlose Ausdehnung nassen Asphalts in die verregnete Nacht rollte, glaubte er zu sehen, wie der Fahrer nach unten und zur Seite auswich; er hielt das Lenkrad immer noch mit einer Hand fest, versuchte aber, den Kopf aus der Schußlinie zu bekommen. Mündungsfeuer blitzte auf, und das berstende Glas verbarg das Schicksal des Dreckskerls.

Noch während der zweite Schuß unmittelbar nach dem ersten hallte, quietschten die Autoreifen. Der Buick schnellte vorwärts wie ein heimtückisches Pferd aus einem Rodeopferch.

Er lief dem Auto hinterher, aber es brauste ihm davon und ließ ihn in einem Kielwasser aus aufgewirbelter Luft und Abgasen zurück. Der Doppelgänger lebte noch; er war möglicherweise verletzt, aber immer noch am Leben und entschlossen zu fliehen.

Der Buick schoß Richtung Osten auf die falsche Seite der zweispurigen Straße. Auf dieser Bahn würde er den Bordstein hoch und in einen Vorgarten fahren.

Vor seinem verräterischen inneren Auge sah Marty, wie das Auto mit hoher Geschwindigkeit gegen den Bordstein fuhr, kippte, sich überschlug, gegen einen der Bäume oder eine Hauswand prallte, in Flammen aufging und seine Töchter in einem Sarg aus brennendem Stahl festsaßen. Im dunkelsten Winkel seines Vorstellungsvermögens konnte er sie sogar schreien hören, während das Feuer das Fleisch von ihren Knochen sengte.

Noch während er ihm hinterhersetzte, schwang der Buick über den Mittelstreifen auf seine Fahrspur zurück. Das Auto fuhr immer noch schnell, zu schnell, und Marty hatte keine Chance, es einzuholen.

Aber er lief, als würde er um sein eigenes Leben laufen, und sein Hals fing wieder an zu brennen, da er durch den offenen Mund atmete; seine Brust schmerzte, stechende Nadeln bohrten sich in seine Beine. Die rechte Hand hatte er so fest um den Griff der Beretta verkrampft, daß die Muskeln seines Arms vom Handgelenk bis zu den Schultern pochten. Und mit jedem verzweifelten Schritt hallten die Namen seiner Töchter wie ein lautloser Schrei von Kummer und Verlust durch seinen Kopf.

Als ihr Vater sie anschrie, daß sie die Klappe halten sollten, war Charlotte so verletzt, als hätte er ihr ins Gesicht geschlagen, denn in all ihren neun Jahren hatte ihn nichts, was sie sagte, und keiner ihrer Streiche je so wütend gemacht. Und doch begriff sie nicht, was ihn so wütend machte, denn schließlich hatte sie ja nur ein paar Fragen gestellt. Es war so ungerecht, daß er sie beschimpfte, und die Tatsache, daß er, soweit sie sich erinnern konnte, noch nie ungerecht gewesen war, machte seine Zurechtweisung um so schlimmer. Er schien nur aus dem Grund wütend auf sie zu sein, daß sie sie selbst war, als würde ihn plötzlich etwas an ihrer ureigenen Natur abstoßen und ekeln, was ein unerträglicher Gedanke war, denn sie konnte nichts daran ändern, wer sie war, was sie war, und möglicherweise würde ihr eigener Vater sie nie mehr *mögen* können. Er würde den Ausdruck von Wut und Haß in seinem Gesicht nicht zurücknehmen können, und sie würde ihn nie vergessen, so lange sie lebte. Alles zwischen ihnen hatte sich für immer verändert. Dies alles dachte und begriff sie binnen eines Augenblicks, noch bevor er aufhörte, sie anzuschreien, und sie brach in Tränen aus.

Charlotte bekam nur am Rande mit, daß das Auto anfuhr, sich vom Bordstein entfernte und das Ende des Blocks erreichte, und sie erwachte erst aus ihrem Elend, als sich Em vom Fenster abwandte, ihren Arm packte und sie schüttelte. Em flüsterte aufgeregt: »*Daddy*!«

Zuerst dachte Charlotte, Em wäre zu Unrecht sauer auf sie, weil sie Daddy wütend gemacht hatte, und würde sie ermahnen, bloß still zu sein. Aber bevor sie ein Streitgespräch unter Geschwistern vom Zaun brechen konnte, wurde ihr klar, daß freudige Erregung aus Emilys Stimme zu hören war.

Etwas Wichtiges war geschehen.

Sie blinzelte die Tränen weg und sah, daß sich Em schon wieder an die Fensterscheibe drückte. Als das Auto auf die Kreuzung fuhr und nach rechts bog, folgte Charlotte der Richtung des Blicks ihrer Schwester.

Kaum hatte sie Daddy gesehen, der neben dem Auto her lief, da wußte sie, daß er ihr *richtiger* Vater war. Der Daddy am Steuer – der Daddy mit dem haßerfüllten Gesichtsausdruck, der Kinder ohne Grund anschrie – war eine Fälschung. Jemand anderes. Oder möglicherweise *etwas* anderes, wie im Kino, das aus einer Samenkapsel aus einer anderen Galaxis gewachsen war, heute noch häßlicher Glibber, und morgen schon Daddys Doppelgänger. Sie war nicht verwirrt durch den Anblick von zwei identischen Vätern, konnte den richtigen mühelos erkennen, was einem Erwachsenen vielleicht nicht gelungen wäre, weil sie ein Kind war, und Kinder wußten so etwas.

Daddy hielt mit dem Auto Schritt, als es in die nächste Straße bog, richtete eine Waffe auf das Fenster der Fahrertür und rief: »*He, he, he!*«

Als der falsche Daddy feststellte, wer ihn rief, streckte sich Charlotte soweit es der Sicherheitsgurt zuließ, packte Ems Mantel und zog ihre Schwester vom Fenster weg. »Runter, Gesicht schützen, schnell!«

Sie beugten sich zueinander, schmiegten sich aneinander, schirmten ihre Köpfe gegenseitig mit den Armen ab.

BUMM!

Der Knall des Schusses war das lauteste Geräusch, das Charlotte je gehört hatte. Ihre Ohren klingelten.

Sie fing fast wieder an zu weinen, dieses Mal aus Angst, aber sie mußte stark sein für Em. In solchen Augenblicken mußte sich eine große Schwester ihrer Verantwortung bewußt sein.

BUMM!

Noch während der zweite Schuß einen Herzschlag nach dem ersten erschallte, wußte Charlotte, daß der falsche Daddy getroffen worden sein mußte, denn er quietschte vor Schmerzen, fluchte und stieß immer wieder das S-Wort hervor. Aber er war noch fit genug zu fahren, und das Auto schnellte vorwärts.

Es schien außer Kontrolle zu sein, schlingerte nach links, beschleunigte und schwenkte unvermittelt wieder nach rechts.

Charlotte ahnte, daß sie mit etwas zusammenstoßen würden. Wenn sie in dem Wrack nicht in Stücke gerissen wurden, mußten sie und Em bereit sein, rasch zu handeln, wenn das Auto zum Stillstand kam, sie mußten aussteigen und aus dem Weg gehen, damit Daddy sich um den Falschen kümmern konnte.

Sie zweifelte nicht daran, daß Daddy mit dem anderen Mann fertig werden würde. Sie war noch nicht alt genug, daß sie einen seiner Romane gelesen hatte, aber sie wußte, er schrieb über Killer und Autoverfolgungsjagden und so etwas, daher wußte er bestimmt *genau*, was er tun mußte. Dem Falschen würde es echt leid tun, daß er sich mit Daddy eingelassen hatte; er würde lange, lange Zeit im Gefängnis landen.

Das Auto schwenkte wieder nach links, und der Falsche auf dem Vordersitz gab kurze, winselnde Schmerzlaute von sich, die sie an die Schreie von Wayne der Rennmaus erinnerten, wenn diese manchmal einen kleinen Fuß im Mechanismus des Laufrads eingeklemmt hatte. Aber Wayne fluchte selbstverständlich nie, während dieser Mann wütender denn je fluchte und nicht nur das S-Wort immer wieder benutzte, sondern auch Gottes Namen unnütz im Mund führte, dazu alle möglichen Wörter, die sie noch nie gehört hatte, obschon sie wußte, daß es sich um schlimme Wörter der übelsten Sorte handeln mußte.

Charlotte hielt Em weiter fest, während sie mit der freien Hand an ihrem Sicherheitsgurt entlang tastete, den Öffnungsknopf suchte, ihn fand und den Daumen darauf hielt.

Das Auto holperte über etwas, und der Fahrer trat auf die

Bremse. Sie schlitterten auf der nassen Straße seitwärts. Das Hinterteil des Autos rutschte nach links weg, wobei sich ihr der Magen umdrehte wie auf einer Achterbahn.

Die Fahrerseite des Autos stieß heftig mit etwas zusammen, aber nicht so fest, daß sie getötet worden wären. Sie drückte den Daumen auf den Öffnungsknopf, worauf sich der Gurt löste. Sie tastete an Ems Taille – »Dein Gurt, mach den Gurt auf« – und fand den Knopf am Gurt ihrer Schwester nach einer oder zwei Sekunden.

Ems Tür klemmte an dem, wogegen sie gestoßen waren. Sie mußten auf Charlottes Seite aussteigen.

Sie zog Em über sich. Stieß die Tür auf. Schubste Em hinaus.

Gleichzeitig zog Em *sie*, als wäre Em diejenige, die mit der Rettung beschäftigt war, und Charlotte wollte sagen: *He, wer ist denn hier die große Schwester?*

Der falsche Daddy sah oder hörte, wie sie ausstiegen. Er schnellte über die Lehne des Vordersitzes auf sie zu – »Kleines Biest!« – und packte Charlottes schlappe Regenhaube.

Sie glitt unter der Haube hervor, zur Tür hinaus, in Nacht und Regen und stolperte auf dem Asphalt auf Hände und Knie. Sie sah in die Höhe und stellte fest, daß Emily bereits über die Straße zum gegenüberliegenden Bürgersteig stapfte, tapsig wie ein Baby, das gerade laufen gelernt hatte. Charlotte rappelte sich auf und lief hinter ihrer Schwester her.

Jemand rief ihre Namen.

Daddy.

Ihr *richtiger* Daddy.

Drei Viertel eines Blocks weiter fuhr der beschleunigende Buick über einen abgebrochenen Ast in einer gewaltigen Pfütze und geriet in einer schäumenden Gischt ins Schleudern.

Marty schöpfte neuen Mut angesichts der Möglichkeit, das Auto einzuholen, war aber entsetzt beim Gedanken, was seinen Töchtern zustoßen mochte. Der geistige Videoclip eines Autounfalls lief nicht noch einmal vor seinem inneren Auge ab, er hatte *nie aufgehört* zu spielen. Jetzt schien er direkt aus seiner Phantasie übertragen zu werden, so wie imaginierte Bilder in Worte auf der Seite übertragen wurden, nur ging es dieses Mal einen großen Schritt weiter, übersprang die Niederschrift und wurde direkt aus der Phantasie in die Wirklichkeit übertragen. Er kam auf die irre Idee, der Buick hätte keinen Unfall gehabt, wenn er ihn sich nicht ausgemalt hätte, und seine Töchter würden in dem Auto verbrennen, weil er sich vorgestellt hatte, daß es so kam.

Der Buick kam plötzlich und mit lautem Krachen an der Seite eines geparkten Ford Explorer zum Stillstand. Der Knall der Kollision zerriß die Nacht, aber das Auto überschlug sich nicht und fing auch nicht Feuer.

Zu Martys Erstaunen wurde die rechte hintere Tür aufgerissen, und seine Kinder schnellten heraus wie Scherzartikelschlangen aus einer Dose.

Soweit er sehen konnte, waren sie nicht ernsthaft verletzt, und er rief ihnen zu, sie sollten von dem Buick weglaufen. Diesen Rat freilich hätten sie gar nicht gebraucht. Sie folgten ihrem eigenen Plan, liefen sofort über die Straße und suchten Deckung.

Er rannte weiter. Jetzt, wo die Mädchen aus dem Auto heraus waren, war seine Wut größer als seine Angst. Er wollte dem Fahrer weh tun, ihn töten. Es war keine heißblütige Wut, sondern eine kalte, hirnlose, reptilienhafte Brutalität, die ihm Angst machte, noch während er sich ihr ergab.

Er war kein Drittel eines Blocks mehr von dem Auto entfernt, als der Motor aufheulte und die Reifen zu rauchen anfingen. Der Andere versuchte zu entkommen, aber die Fahrzeuge hingen aneinander fest. Plötzlich kreischte überlastetes Metall, riß, und der Buick befreite sich von dem Explorer.

Marty wäre lieber näher dort gewesen, wenn er das Feuer eröffnete, damit seine Chancen größer wären, den Anderen zu treffen, aber er spürte, daß er nicht näher herankommen würde. Er kam schlitternd zum Stehen, hob die Beretta, hielt sie mit beiden Händen fest, zitterte so sehr, daß er das Ziel nicht anvisieren konnte, verfluchte sich wegen seiner Schwäche und bemühte sich, zum Stein zu werden.

Der Rückstoß des ersten Schusses riß den Lauf in die Höhe, und Marty senkte ihn wieder, bevor er erneut schoß.

Der Buick löste sich von dem Explorer und schnellte ein paar Meter vorwärts. Einen Augenblick drehten die Reifen auf dem nassen Asphalt durch und kreisten auf der Stelle, wobei sie einen silbernen Schwall Gischt hinter sich aufwirbelten.

Er drückte ab und grunzte befriedigt, als die Heckscheibe des Buick explodierte, und gab unmittelbar darauf einen weiteren Schuß auf den Fahrer ab, während er sich vorstellte, wie dessen Schädel explodierte, so wie die Heckscheibe eben, und hoffte, seine Phantasie würde wieder in die Wirklichkeit umgesetzt werden. Als die Reifen endlich auf dem Asphalt griffen, schnellte der Buick von ihm weg. Marty feuerte noch einen Schuß ab, und noch einen, obwohl das Auto längst außer Schußweite war. Seine Töchter standen nicht in der Schußlinie, und auch sonst schien sich niemand auf der nassen Straße aufzuhalten, aber es war unverantwortlich, weiter zu schießen, da kaum eine Chance bestand, den Anderen zu treffen. Eher würde er einen Unschuldigen über den Haufen schießen, der zufällig weiter vorn die Straße überquerte, oder das Fenster eines benachbarten Hauses zerballern und jemanden treffen, der vor dem Fernseher saß. Aber das alles war ihm einerlei, er konnte nicht aufhören, er wollte Blut sehen, Rache nehmen, feuerte das Magazin leer und drückte selbst dann noch mehrmals ab, als die letzte Kugel verschossen war, während er primitive, unartikulierte Laute der Wut von sich gab und vollkommen die Beherrschung verloren hatte.

Im BMW raste Paige achtlos an einem Stopschild vorbei. Das Auto schlitterte um eine Ecke, kippte fast auf zwei Reifen, bevor es sich wieder fing und auf der Querstraße Richtung Osten fuhr.

Als erstes, nachdem sie die um die Ecke war, sah sie Marty

mitten auf der Straße. Er stand mit weit gespreizten Beinen da, hatte ihr den Rücken zugewandt und feuerte mit der Pistole auf den davonfahrenden Buick.

Ihr Atem stockte, ihr Herzschlag setzte aus. Die Mädchen mußten sich in dem fliehenden Auto befinden.

Sie trat das Gaspedal bis zum Anschlag durch, wollte um Marty herumfahren, den Buick einholen, ihn am Heck rammen, von der Straße abdrängen, mit bloßen Händen gegen den Entführer kämpfen, dem Mistkerl die Augen auskratzen, was immer nötig sein sollte, alles. Dann sah sie die Mädchen in ihren hellgelben Regenmänteln auf dem rechten Bürgersteig unter einer Straßenlampe stehen. Sie hielten einander in den Armen. Im Nieselregen und dem bitteren gelblichen Licht sahen beide so klein und zerbrechlich aus.

Als sie an Marty vorbei war, fuhr Paige an den Bordstein. Sie riß die Tür auf, ließ die Scheinwerfer an und den Motor laufen und stieg aus dem BMW aus.

Als sie zu den Kindern lief, hörte sie sich selbst sagen: »Gott sei Dank, Gott sei Dank, Gott sei Dank, Gott sei Dank.« Sie konnte auch dann nicht damit aufhören, als sie sich gebückt und beide Mädchen gleichzeitig in die Arme genommen hatte, als würde sie auf einer Ebene glauben, daß die drei Worte Zauberkraft besaßen und ihre Kinder plötzlich aus ihren Armen verschwinden konnten, wenn sie aufhörte, das Mantra aufzusagen.

Die Mädchen erwiderten die Umarmung inbrünstig. Charlotte drückte das Gesicht an Paiges Hals. Emilys Augen waren riesengroß.

Marty ließ sich neben ihnen auf die Knie sinken. Er berührte die Kinder immer wieder, besonders ihre Gesichter, als hätte er Schwierigkeiten zu glauben, daß ihre Haut warm und ihre Augen voller Leben waren, daß sie immer noch warmen Atem ausstießen. Er wiederholte immerzu: »Alles in Ordnung, seid ihr verletzt, alles in Ordnung?« Die einzige Verletzung, die er finden konnte, war eine geringfügige Aufschürfung an Charlottes linker Handfläche, die sie sich zugefügt hatte, als sie aus dem Buick herausgesprungen und auf Händen und Knien gelandet war.

Der einzige größere und beunruhigende Unterschied an den Mädchen war ihre ungewöhnliche Zurückhaltung. Sie waren so zaghaft, daß sie wie eingeschüchtert wirkten, als wären sie gerade streng zurechtgewiesen worden. Die kurze Episode mit dem Entführer hatte sie ängstlich und verschlossen gemacht. Ihre sonstige Selbstsicherheit stellte sich vielleicht eine ganze Weile nicht mehr ein, würde eventuell nie mehr so wie früher sein. Allein aus diesem Grund wollte Paige, daß der Mann im Buick leiden mußte.

Den ganzen Block entlang waren Leute auf die Veranden gekommen, um nachzusehen, was der Aufruhr zu bedeuten hatte – nachdem die Schießerei vorbei war. Andere standen an den Fenstern.

In der Ferne heulten Sirenen.

Marty erhob sich und sagte: »Machen wir, daß wir hier wegkommen.«

»Die Polizei kommt«, sagte Paige.

»Eben darum.«

»Aber sie ...«

»Sie werden so schlimm wie vorhin sein. Schlimmer.«

Er hob Charlotte hoch und lief mit ihr zum BMW, während die Sirenen lauter wurden.

Glassplitter stecken in seinem linken Auge. Das zerschossene Fenster hat sich größtenteils in eine brüchige Masse aufgelöst. Es hat ihm nicht das Gesicht zerschnitten. Aber winzige Splitter haben sich tief in das zarte Augengewebe eingegraben, und die Schmerzen sind grauenhaft. Jede Bewegung des Auges treibt das Glas tiefer hinein, richtet mehr Schaden an.

Da das Auge zuckt, wenn die schlimmsten stechenden Schmerzen sich hineinbohren, daher blinzelt er unwillkürlich, obwohl es eine Qual ist. Um das Blinzeln zu unterbinden, preßt er die Finger der linken Hand auf das geschlossene Lid und übt sanftesten Druck aus. Soweit es geht, fährt er nur mit der rechten Hand.

Manchmal muß er das linke Auge ungeschützt lassen, weil er mit der linken Hand fahren muß. Mit der rechten reißt er einen der Schokoriegel auf und steckt ihn sich so schnell er kauen kann in den Mund. Sein Stoffwechselofen schreit nach Brennstoff.

Über demselben Auge hat eine Kugel eine Furche über die Stirn gezogen. Diese Furche ist so breit wie sein Zeigefinger und knapp drei Zentimeter lang. Bis auf den Knochen. Zuerst blutete sie stark. Jetzt quillt das gerinnende Blut zäh über die Braue und läuft zwischen den Fingern hervor, die er auf das Lid drückt.

Wäre die Kugel nur zwei Zentimeter weiter rechts gewesen, hätte sie die Schläfe getroffen, sich in sein Gehirn gebohrt und Knochensplitter vor sich hergetrieben.

Er hat Angst vor Kopfverletzungen. Er ist nicht sicher, ob er sich von Verletzungen am Gehirn so rückhaltlos und schnell erholen kann wie von anderen Wunden. Vielleicht kann er sich gar nicht davon erholen.

Er ist halb blind, daher fährt er vorsichtig. Mit nur noch einem Auge kann er nicht mehr dreidimensional sehen. Die regennassen Straßen sind tückisch.

Jetzt hat die Polizei eine Beschreibung des Buick, möglicherweise sogar das Kennzeichen. Sie werden danach suchen, wenn nicht aktiv, so doch routinemäßig, und durch die Schäden an der Fahrerseite wird er noch leichter zu erkennen sein.

Dieses Mal ist er nicht in der Verfassung, wieder ein Auto zu stehlen. Er ist nicht nur halb blind, sondern immer noch benommen von den Schußwunden, die er vor drei Stunden hinnehmen mußte. Falls er dabei ertappt wird, wie er ein unbeaufsichtigtes Auto stiehlt, falls er auf Widerstand stößt, wenn er einen anderen Fahrer zu töten versucht, so wie den, dessen Regenmantel er trägt und der vorübergehend im Kofferraum des Buick begraben ist, wird er höchstwahrscheinlich überwältigt oder noch schwerer verletzt werden.

Er fährt nach Norden und Westen weg von Mission Viejo und überquert bald die Stadtgrenze von El Toro. Zwar befindet er sich jetzt in einer anderen Gemeinde, fühlt sich aber längst nicht sicher. Wenn ein Suchbefehl nach dem Buick ausgegeben wird, dann wahrscheinlich im ganzen County.

Die größte Gefahr besteht darin, weiterzufahren, was das Risiko erhöht, daß die Polizei ihn aufspürt. Wenn er ein abgeschiedenes Plätzchen finden kann, um den Buick zumindest bis morgen dort zu verstecken, kann er sich auf dem Rücksitz hinlegen und ausruhen.

Er muß schlafen und seinem Körper eine Chance zur Heilung geben. Seit er Kansas City verlassen hat, hat er zwei Nächte nicht geschlafen. Normalerweise würde er auch eine dritte Nacht wach und aktiv bleiben können, möglicherweise eine vierte, ohne seine Fähigkeiten zu beeinträchtigen. Aber das Ausmaß seiner Verletzungen in Verbindung mit Schlafmangel und außergewöhnlichen körperlichen Anstrengungen erfordert Zeit zur Rekonvaleszenz.

Morgen wird er seine Familie zurückholen und sein Recht fordern. Er wandert schon so lange allein in der Dunkelheit. Auf einen Tag mehr oder weniger kommt es nicht an.

Dabei war er dem Erfolg *so nahe*. Kurze Zeit gehörten seine Töchter wieder ihm. Seine Charlotte. Seine Emily.

Er erinnert sich an die Freude, die er in der Diele der Delorios verspürte, als er die kleinen Leiber an sich drücken konnte. Sie waren so süß. Hauchzarte Küsse auf seine Wangen. Ihre musikalischen Stimmen – »Daddy, Daddy« –, so voller Liebe zu ihm.

Als er daran denkt, wie dicht er daran war, sie auf Dauer wieder in seinen Besitz zu bringen, ist er den Tränen nahe. Er darf nicht weinen. Die Muskelkontraktionen in seinem verletzten Auge werden die Schmerzen unerträglich machen, und mit Tränen im rechten Auge wäre er so gut wie blind.

Statt dessen fährt er durch die Wohngegend von El Toro und weiter nach Laguna Hills, wo die Lichter von Häusern warm im Regen leuchten und ihn mit Trugbildern häuslicher Wonnen verspotten, und er muß daran denken, wie dieselben Kinder ihn zum Schluß doch verraten und im Stich gelassen haben, denn dieser Gedanke führt ihn weg von Tränen und hin zu Wut. Er kann nicht verstehen, warum diese süßen Mädchen sich statt für ihren richtigen Vater für den Scharlatan entschieden haben, wo sie ihn doch Minuten vorher mit Küssen und Bewunderung überhäuften. Ihr Verrat beunruhigt ihn. Frißt innerlich an ihm.

Marty fuhr, Paige saß mit Charlotte und Emily auf dem Rücksitz und hielt ihre Hände. Im Augenblick war sie außerstande, die Mädchen loszulassen.

Marty fuhr auf einem Umweg quer durch Mission Viejo, hielt sich so weit es ging von Hauptstraßen fern und konnte so der Polizei ausweichen. Block für Block behielt Paige den Verkehr ringsum im Auge und rechnete damit, den verbeulten Buick zu sehen, der versuchen würde, sie von der Straße abzudrängen. Zweimal sah sie zur Heckscheibe hinaus und war überzeugt, der Buick würde ihnen folgen, aber ihre Befürchtungen erwiesen sich jedesmal als unbegründet.

Als Marty auf den Marguerite Parkway einbog und Richtung Süden fuhr, fragte Paige: »Wohin fahren wir?«

Er betrachtete sie im Rückspiegel. »Ich weiß nicht. Nur weg von hier. Ich denke immer noch darüber nach.«

»Vielleicht hätten sie dir dieses Mal geglaubt.«

»Unmöglich.«

»Die Leute da hinten müssen den Buick gesehen haben.«

»Vielleicht. Aber sie haben den Mann nicht gesehen, der ihn gefahren hat. Keiner kann meine Geschichte bestätigen.«

»Vic und Kathy müssen ihn gesehen haben.«

»Und dachten, er wäre ich.«

»Aber jetzt muß ihnen klar sein, daß du es nicht warst.«

»Sie haben uns nicht *zusammen* gesehen, Paige. Darauf kommt es an, verdammt. Daß uns jemand zusammen sieht, ein unabhängiger Zeuge.«

Sie sagte: »Charlotte und Emily. Sie haben ihn und dich gleichzeitig gesehen.«

Marty schüttelte den Kopf. »Zählt nicht. Ich wünschte, es wäre anders. Aber Lowbock wird nichts auf die Aussage kleiner Kinder geben.«

»So klein auch wieder nicht«, flötete Emily an Paiges Seite, und sie hörte sich noch jünger und winziger an, als sie in Wirklichkeit war.

Charlotte blieb ungewöhnlich still. Beide Mädchen zitterten noch, aber Charlotte hatte es schlimmer erwischt als Emily. Sie schmiegte sich an ihre Mutter, um sich zu wärmen, und hatte den Kopf wie eine Schildkröte in den Rollkragen ihres Pullovers gezogen.

Marty hatte die Heizung bis zum Anschlag aufgedreht. Das Innere des BMW hätte erstickend heiß sein müssen. War es aber nicht.

Selbst Paige fror. Sie sagte: »Vielleicht sollten wir trotzdem umkehren und versuchen, ihnen Vernunft beizubringen.«

Marty blieb unerbittlich. »Liebling, das können wir nicht. Denk doch einmal nach. Sie werden uns mit tödlicher Sicherheit die Beretta wegnehmen. Ich habe damit auf einen Menschen geschossen. Aus ihrer Warte ist so oder so ein Verbrechen begangen worden, und die Waffe wurde dazu benützt. Entweder hat wirklich jemand versucht, die Mädchen zu entführen, und ich habe versucht, ihn zu töten. Oder sie betrachten es nach wie vor als Schwindel, damit ich höher in die Bestsellerlisten komme. Vielleicht habe ich einen Freund beauftragt, den Buick zu fahren, mit Platzpatronen auf ihn geschossen, meine eigenen Kinder zum Lügen angestiftet, und jetzt mache ich *wieder* eine Falschmeldung bei der Polizei.«

»Nach alledem kann Lowbock nicht mehr an seiner lächerlichen Theorie festhalten.«

»Nicht? Den Teufel kann er nicht.«

»Marty, er kann nicht.«

Er seufzte. »Okay, schon gut, vielleicht nicht, wahrscheinlich nicht.«

Paige sagte: »Er wird einsehen, daß etwas weitaus Ernsteres vor sich geht ...«

»Aber er wird *meine* Geschichte auch nicht glauben, die sich zugegebenermaßen verrückter anhört als eine Riesendose Planters' Finest. Und wenn du den Artikel in *People* gelesen hättest ... Wie auch immer, er wird sich die Beretta schnappen. Und was ist, wenn er die Schrotflinte im Kofferraum findet?«

»Er hat keinen Grund, uns die wegzunehmen.«

»Wahrscheinlich findet er einen. Hör zu, Paige, Lowbock wird seine Meinung über mich so leicht nicht ändern, nicht weil die Kinder ihm bestätigen, daß alles wahr ist. Er wird mich trotzdem mehr verdächtigen als einen Kerl in einem Buick, den er nie gesehen hat. Wenn er beide Waffen nimmt, sind wir schutzlos. Angenommen, die Polizisten gehen, und dieser Mistkerl, dieser Doppelgänger, kommt zwei Minuten später ins Haus marschiert, wenn wir nichts mehr haben, um uns zu schützen.«

»Wenn die Polizei dir immer noch nicht glaubt, wenn die uns keinen Schutz geben, dann bleiben wir nicht im Haus.«

»Nein, Paige, ich meine, was passiert, wenn der Mistkerl buchstäblich *zwei Minuten* nachdem die Polizisten gegangen sind das Haus betritt und uns nicht einmal eine Chance läßt zu verschwinden?«

»Wahrscheinlich riskiert er nicht ...«

»O doch, das wird er! Das wird er. Er kam fast *sofort* zurück, nachdem die Polizisten das erste Mal gegangen waren – oder nicht? –, ging dreist zur Eingangstür der Delorios und läutete. Er scheint durch das Risiko *aufzublühen*. Ich würde mich nicht darauf verlassen, daß der Mistkerl nicht bei uns einbricht, während die Polizisten noch *im Haus* sind, und alle Anwesenden erschießt. Er ist verrückt, diese ganze Situation ist verrückt, und ich werde mein Leben und deins und das der Kinder nicht mit Rätselraten aufs Spiel setzen, was er als nächstes tun könnte.«

Paige mußte zugeben, daß er recht hatte.

Aber es war schwierig, sogar schmerzlich, sich einzugestehen, daß ihre Situation so trostlos geworden war, daß sie nicht einmal mit der Hilfe des Gesetzes rechnen konnten. Wenn sie keine offizielle Unterstützung und keinen Schutz bekommen konnten, dann hatte die Regierung ihre allererste Pflicht vernachlässigt: Ordnung durch gerechte, aber strenge Ausübung des Strafrechts zu gewährleisten. Trotz der komplexen Maschine, in der sie saßen, trotz des modernen Highway, auf dem sie fuhren, und trotz der Straßenlaternen, die fast jeden Hügel und jedes Tal von Südkalifornien ausleuchteten, bedeutete dieses Versagen, daß sie nicht in einer zivilisierten Welt lebten. Die Einkaufszentren, Transitwege, die Glitzerpaläste der darstellenden Künste, die eindrucksvollen Regierungsgebäude, die Sportstadien, die Kinokomplexe, die Bürohochhäuser, die raffinierten französischen Restaurants, Kirchen, Museen, Parks, Universitäten und Kernkraftwerke liefen auf nichts anderes als eine dünne Fassade der Zivilisation hinaus, dünn wie Seidenpapier, obwohl sie so solide wirkte, und in Wahrheit lebten sie in einer High-Tech-Anarchie, die von Hoffnung und Selbsttäuschung aufrechterhalten wurde.

Das konstante Summen der Autoreifen rief ein zunehmendes Grauen in ihr wach, eine Stimmung bevorstehenden Unheils. So ein gewöhnliches Geräusch, Hartgummi, das mit hoher Geschwindigkeit über Asphalt rollte, lediglich eine Stimme in der konstanten Musik des täglichen Lebens, aber plötzlich wirkte es so bedrohlich wie das Dröhnen von Jagdbombern im Anflug.

Als Marty auf dem Crown Valley Parkway Richtung Südwesten bog, nach Laguna Niguel, unterbrach Charlotte schließlich ihr Schweigen. »Daddy?«

Paige sah, wie er in den Rückspiegel schaute, und konnte seinem besorgten Blick entnehmen, daß ihn die ungewöhnliche Verschlossenheit des Mädchens ebenfalls mit Sorge erfüllte.

Er sagte: »Ja, Liebling?«

»Was war das für ein Ding?« fragte Charlotte.

»Welches Ding, Liebes?«

»Das Ding, das wie du ausgesehen hat.«

»Das ist die Millionen-Dollar-Frage. Aber wer immer er ist, er ist nur ein Mensch, kein Ding. Er ist nur ein Mann, der mir schrecklich ähnlich sieht.«

Paige dachte an das viele Blut im oberen Flur, wie schnell der Doppelgänger sich von zwei Schüssen in die Brust erholt hatte und fliehen und zurückkehren konnte, und daß er kurze Zeit später schon wieder kräftig genug für einen neuen Angriff gewesen war. Das hatte nichts Menschliches an sich. Und Martys gegenteilige Behauptungen waren, das wußte sie, nichts weiter als die obligatorischen Tröstungen eines Vaters, der wußte, daß Kinder manchmal an die Überlegenheit und unerschütterliche Gelassenheit von Erwachsenen glauben mußten.

Nach längerem Schweigen sagte Charlotte: »Nein, das war kein Mensch. Es war ein Ding. Gemein. Häßlich im Inneren. Ein kaltes Ding.« Ein Schauern durchlief sie und bewirkte, daß die nächsten Worte mit zitternder Stimme herauskamen: »Ich habe es geküßt und ›Ich hab dich lieb‹ zu ihm gesagt, aber es war nur ein *Ding*.«

Der luxuriöse Garten-Apartment-Komplex umfaßt zwanzig oder mehr große Gebäude mit jeweils zehn bis zwölf Apartments. Er erstreckt sich über ein parkähnliches Gelände im Schatten eines kleinen Waldes.

Die Straßen innerhalb des Komplexes verlaufen serpentinenförmig. Anwohnern stehen Gemeinschaftsgaragen zur Verfügung, Rotholzschuppen mit Rückwand und Dach, acht oder zehn Parknischen in jedem. Bougainvilleen klettern an den Säulen hinauf, welche die Dachkonstruktionen tragen, und verleihen ihnen eine anmutige Note, obwohl das fahlblaue Licht der Quecksilberdampflampen die Blüten nachts jeglicher Farbe beraubt.

Im ganzen Komplex sind darüber hinaus Freigelände zum Parken angelegt, wo die weißen Bordsteine mit schwarzen Buchstaben versehen sind: BESUCHERPARKPLÄTZE.

In einer tiefen Sackgasse findet er einen Besucherparkplatz, der ihm einen perfekten Unterschlupf für die Nacht bietet. Keine der sechs Parkbuchten ist belegt, und die letzte wird auf beiden Seiten von einer fast zwei Meter hohen Oleanderhecke geschützt. Als er mit dem Auto rückwärts in die Bucht stößt, dicht an der Hecke, verbirgt der Oleander die Schäden an der Fahrerseite.

Dicht bei der nächstgelegenen Straßenlampe durfte ein Akazienbaum ungehindert sprießen. Seine belaubten Zweige schirmen das Licht fast völlig ab. Der Buick steht weitgehend im Dunkeln.

Zwischen jetzt und der Dämmerung wird die Polizei wahrscheinlich nicht mehr als ein- oder zweimal durch die Anlage fahren. Und wenn, werden sie keine Nummernschilder überprüfen, sondern das Gelände nach Spuren von Einbrüchen oder anderen Verbrechen absuchen.

Er schaltet Scheinwerfer und Motor aus, sammelt seine verbliebenen Schokoriegel ein, steigt aus dem Auto aus und schüttelt die Trümmer gummiartigen Glases ab, die noch an ihm kleben.

Es regnet nicht mehr.

Die Luft ist frisch und klar.

Die Nacht behält ihre Meinung für sich und bleibt stumm, vom Plätschern und Knacken der noch tropfnassen Bäume abgesehen.

Er klettert auf den Rücksitz und macht leise die Tür zu. Kein gemütliches Bett. Aber er hat schon schlimmere gesehen. Er rollt sich in Embryonalhaltung zusammen, statt um eine Nabelschnur um die Schokoriegel gekrümmt, lediglich mit seinem geräumigen Regenmantel als Decke.

Während er darauf wartet, daß der Schlaf ihn übermannt, muß er wieder an seine Töchter und deren Verrat denken.

Unweigerlich fragt er sich, ob sie ihren anderen Vater ihm vorziehen, den falschen dem echten. Dies ist eine schreckliche Möglichkeit, über die er eingehend nachdenken muß. Wenn es stimmt, dann bedeutet das, daß diejenigen, die er am meisten liebt, nicht Opfer sind, so wie er, sondern aktive Teilhaber an der byzantinischen Verschwörung gegen ihn.

Ihr falscher Vater ist wahrscheinlich nachsichtig mit ihnen. Erlaubt ihnen zu essen, was sie wollen. Läßt sie so spät zu Bett gehen, wie es ihnen paßt.

Alle Kinder sind von Natur aus Anarchisten. Sie brauchen Vorschriften und Verhaltensmaßregeln, andernfalls werden sie wild und asozial.

Wenn er den verhaßten Vater getötet und wieder die Herrschaft über seine Familie übernommen hat, wird er für alles Regeln aufstellen und diese streng durchsetzen. Fehlverhalten wird unverzüglich bestraft werden. Schmerz ist einer der größten Lehrmeister, und er ist ein Experte im Zufügen von Schmerz. Ordnung wird wieder einkehren im Stillwater-Haushalt, und seine Kinder werden nichts tun, ohne zuvor ernst über die Regeln nachzudenken, die für sie gelten.

Anfangs werden sie ihn selbstverständlich dafür hassen, daß er so streng und kompromißlos ist. Sie werden nicht verstehen, daß er nur ihr Bestes will.

Aber jede Träne, die seine Strafen ihnen abringen, wird süß für ihn sein. Jeder Schmerzensschrei glückselige Musik. Er wird unerbittlich mit ihnen sein, denn mit der Zeit werden sie einsehen, daß er nur solche Strenge walten läßt, weil ihm so überaus viel an ihnen liegt. Sie werden ihn wegen seiner strengen väterlichen Fürsorge lieben. Sie werden ihn bewundern, weil er die Disziplin durchsetzt, die sie brauchen – und nach der sie sich insgeheim sehnen –, der sie sich aber widersetzen wollen, weil es in ihrer Natur liegt.

Auch Paige braucht eine strengere Hand. Er weiß, was Frauen begehren. Er erinnert sich an einen Film mit Kim Basinger, in dem Sex und das Verlangen nach Disziplin untrennbar miteinander verflochten waren. Paiges Erziehung sieht er mit besonderer Freude entgegen.

Seit dem Tag, als ihm sein Beruf, seine Familie, seine Erinnerungen gestohlen wurden – was ein Jahr oder zehn Jahre zurückliegen könnte, er weiß es nicht –, hat er hauptsächlich durch Filme gelebt. Die Abenteuer, die er erlebt, und die Lektionen, die er in zahllosen dunklen Kinos gelernt hat, sind für ihn so real wie der Sitz, auf dem er liegt, und der Geschmack von Schokolade auf seiner Zunge. Er erinnert sich an Sex mit Sharon Stone, mit Glenn Close, von denen er das Potential für sexuelle Besessenheit und Verrat gelernt hat, welches allen Frauen innewohnt. Er erinnert sich an den ausgelassenen Spaß beim Sex mit Goldie Hawn, die Verzückung von Michelle Pfeiffer, die erregende, verschwitzte Triebhaftigkeit von Ellen Barkin, die er zu Unrecht verdächtigte, eine Mörderin zu sein, was ihn aber nicht daran hinderte, sie an die Wand seines Apartments zu drücken und in sie einzudringen. John Wayne, Clint Eastwood, Gregory Peck und so viele andere Männer haben ihn unter ihre Fittiche genommen und ihm Mut und Entschlossenheit beigebracht. Er weiß, der Tod ist ein Geheimnis, welches grenzenloses Nachdenken verdient, weil er so viele widersprüchliche Lektionen darüber gelernt hat: Tim Robbins hat ihm gezeigt, daß das Leben nach dem Tod nur eine Illusion ist; Patrick Swayze dagegen hat ihm vorgeführt, daß das Jenseits ein durchaus realer Ort der Freude ist, wo man allen, die einen lieben (zum Beispiel Demi Moore), wieder begegnet, wenn sie irgendwann von dieser Welt scheiden; Freddy Kruger wiederum hat ihm gezeigt, daß das Leben nach dem Tod ein grausamer Alptraum ist, aus dem man zurückkehren kann, um lustvoll Rache zu nehmen. Als Debra Winger an Krebs starb und Shirley MacLaine trauernd zurückließ, war er untröstlich gewesen, aber nur wenige Tage später hatte er sie wiedergesehen, am Leben, jünger und schöner denn je, als Reinkarnation in einem neuen Leben, wo sie sich mit Richard Gere eines neuen Schicksals erfreute. Paul Newman hat ihm oft Weisheiten über den Tod, das Leben, Pool Billard, Poker, Liebe und Ehre anvertraut; daher betrachtet er diesen Mann als einen seiner wichtigsten Mentoren. Ebenso Wilford Brimley, Gene Hackman, den vierschrötigen alten Edward Asner, Robert Redford, Jessica Tandy. Häufig bekommt er widersprüchliche Lektionen von diesen Freunden, aber er hat manche sagen hören, daß alle Überzeugungen gleichwertig sind und es keine absolute Wahrheit gibt, daher ist er ganz zufrieden mit den Widersprüchen, mit denen er lebt.

Die geheimste aller Wahrheiten hat er nicht in einem Kino oder durch den Filmservice in einem Hotel gelernt. Statt dessen kam der Augenblick verblüffender Einsicht im privaten Medienraum eines der Männer, den zu töten seine Pflicht war.

Sein Opfer war ein Senator der Vereinigten Staaten gewesen. Eine Anforderung, die an die Exekution gestellt wurde, war die, daß sie wie Selbstmord aussehen sollte.

Er mußte in einer Nacht, als der Mann erwiesenermaßen allein war, in das Haus des Senators eindringen. Er hatte einen Schlüssel bekommen, damit keine Spuren eines gewaltsamen Eindringens feststellbar sein würden.

Nachdem er sich Zutritt in das Haus verschafft hatte, fand er den Senator in dessen Medienraum mit acht Sitzen, der mit THX Sound und einem Projektionssystem nach Kinostandards ausgerüstet war, das Fernsehen, Video oder Laserdiscs auf eine ein Meter fünfzig mal ein Meter achtzig große Leinwand projizieren konnte. Es war ein Raum ohne Fenster, mit Plüschsesseln. Sogar ein uralter Colaautomat stand darin, der, wie er später herausfand, das Getränk in klassischen Zehn-Unzen-Flaschen ausgab, und ein Automat mit Süßigkeiten, der Milk Duds, Jujubes, Raisinettes und andere beliebte Kinosnacks enthielt.

Wegen der lauten Filmmusik fiel es ihm leicht, sich hinter dem Senator anzuschleichen und diesen mit einem chloroformgetränkten Wattebausch zu überwältigen, den er eine Sekunde bevor er ihn brauchte aus einer Plastiktüte holte. Er trug den Politiker nach oben in das luxuriöse Bad, zog ihn aus, ließ ihn behutsam in die mit heißem Wasser gefüllte römische Wanne gleiten und machte regelmäßig von dem Chloroform Gebrauch, um die Fortdauer der Bewußtlosigkeit zu gewährleisten. Mit einer Rasierklinge führte er einen tiefen, sauberen Schnitt über das rechte Handgelenk des Senators aus (da der Politiker Linkshänder war und wahrscheinlich selbst mit der linken Hand den ersten Schnitt ausgeführt hätte) und ließ den Arm anschließend in das Wasser sinken, das sich durch den Blutstrom aus der Ader rasch verfärbte. Bevor er das Rasiermesser ins Wasser fallen ließ, unternahm er einige klägliche Versuche, das linke Handgelenk aufzuschlitzen, ohne besonders tief zu schneiden, da es dem Senator unmöglich gewesen wäre, das Messer fest in die rechte Hand zu nehmen, nachdem er die Sehnen und Knorpel zusammen mit der Schlagader in diesem Handgelenk durchtrennt hatte.

Er saß auf dem Rand der Wanne, verabreichte jedesmal, wenn der Politiker stöhnte und aufzuwachen schien, Chloroform, und nahm dankbar an der heiligen Zeremonie des Todes teil. Als er das einzige lebende Wesen in dem Raum war, dankte er dem Verblichenen für die kostbare Gelegenheit, dieses intimste Erlebnis mit ihm zu teilen.

Normalerweise hätte er das Haus dann verlassen, aber was er auf der Leinwand gesehen hatte, zog ihn ins Filmzimmer im Erdgeschoß zurück. Er hatte schon früher in vielen Erwachsenenkinos in zahlreichen Städten pornographische Filme gesehen, und bei diesen Gelegenheiten hatte er alle möglichen Sexstellungen und Techniken gelernt. Aber die Pornographie hier im Heimkino war anders als alles, was er zuvor erlebt hatte, denn hier waren Ketten, Handschellen, Ledergurte, Gürtel mit Metallnieten und eine breitgefächerte Palette von Instrumenten zur Bestrafung und Fesselung im Spiel. Unvorstellbarerweise schienen die wunderschönen Frauen auf der Leinwand von der Brutalität erregt zu werden. Je grausamer sie behandelt wurden, desto bereitwilliger ergaben sie sich den Freuden des Orgasmus; tatsächlich flehten sie manchmal sogar, noch brutaler behandelt, noch sadistischer mißhandelt zu werden.

Er nahm auf dem Sessel Platz, von dem er den Senator geholt hatte. Er sah fasziniert auf die Leinwand, absorbierte, lernte.

Als das Videoband zu Ende war, fand er nach kurzer Suche ein Geheimgewölbe – normalerweise geschickt hinter einer

Wandtäfelung verborgen –, welches eine Sammlung ähnlichen Materials enthielt. Hier fand sich eine noch erstaunlichere Sammlung von Material mit Kindern bei fleischlichen Akten mit Erwachsenen. Töchter mit Vätern. Mütter mit Söhnen. Schwestern mit Brüdern, Schwestern mit Schwestern. Er saß vier Stunden dort, fast bis zur Dämmerung, und war gebannt.

Absorbierte.

Lernte, lernte.

Um Senator der Vereinigten Staaten zu werden, ein hoch angesehener Staatsmann, mußte der tote Mann in der Badewanne außerordentlich weise gewesen sein. Demzufolge mußte seine persönliche Filmsammlung selbstverständlich unterschiedliches Material einer höchst vortrefflichen Natur enthalten, welches seine einzigartigen moralischen und intellektuellen Einsichten widerspiegelte und Philosophien verkörperte, die bei weitem zu komplex waren, als daß sie in Reichweite des durchschnittlichen Kinobesuchers in einem öffentlichen Kino liegen konnten. Welch ein Glück, daß er den Politiker in dessen Medienzimmer gefunden hatte, und nicht dabei, wie er in der Küche einen Imbiß zubereitete oder im Bett ein Buch las. In diesem Falle hätte er nie die Möglichkeit bekommen, an der Weisheit im geheimen Gewölbe des großen Mannes teilzuhaben.

Jetzt liegt er zusammengerollt auf dem Rücksitz des Buick, vorübergehend blind auf einem Auge, von Kugeln gestreift, von Kugeln durchbohrt, schwach und erschöpft, im Augenblick besiegt, aber er verzweifelt nicht. Abgesehen von seinem wundersam widerstandsfähigen Körper, seiner unvergleichlichen Vitalität und seinem unerschöpflichen Wissen, was die Kunst des Tötens anbelangt, verfügt er über einen weiteren Vorteil. Ebenso wichtig ist, er besitzt, wie er es sieht, große Weisheit aus Filmen, die er öffentlich und privat gesehen hat, und dieses Wissen wird am Ende seinen Triumph garantieren. Er kennt die seiner Meinung nach größten Geheimnisse, die die klügsten Menschen in verborgenen Räumen aufbewahren: was Frauen wirklich brauchen, auch wenn sie möglicherweise nicht wissen, daß sie sich unbewußt danach sehnen; was Kinder wollen, wovon sie aber nicht zu sprechen wagen. Ihm ist bewußt, daß seine Frau und die Kinder völlige Unterwerfung, strenge Disziplin, körperliche Mißhandlung, sexuelle Unterdrückung und sogar Demütigung willkommen heißen und davon profitieren werden. Bei erster Gelegenheit wird er ihre tiefsten und primitivsten Sehnsüchte erfüllen, wie es der nachsichtige falsche Vater niemals fertigbringen kann, und dann endlich werden sie eine Familie sein, in Harmonie und Liebe miteinander leben, ein Schicksal teilen und für immer von seiner einzigartigen Weisheit, seiner Stärke und seiner anspruchsvollen Liebe zusammengehalten werden.

Er versinkt in einen heilsamen Schlaf und ist überzeugt, daß er in mehreren Stunden gesund und voller Lebenskraft erwachen wird.

Wenige Zentimeter von ihm entfernt liegt der tote Mann, dem der Buick einst gehört hat, im Kofferraum des Autos – kalt, steif, ohne irgendwelche attraktiven Zukunftsaussichten.

Es ist gut, etwas Besonderes zu sein, gebraucht zu werden, ein Schicksal zu haben.

ZWEITER TEIL

Märchenstunde im Irrenhaus

Wo Hoffnung und Vernunft getrennte Wege gehn,
das ist der Ort, wo Wahnsinn kann entstehn.
Hoffnung auf eine Welt voll Frieden, voll Freiheit –
doch Hoffnungsblumen wurzeln in der Wirklichkeit.

Das Buch gezählten Leids

Wir spüren, daß das Leben eine schwarze Komödie ist, und damit können wir vielleicht leben. Da aber das Ganze zur Unterhaltung der Götter geschrieben wurde, sind die meisten Witze einfach zu hoch für uns.

Martin Stillwater
Zwei verschwundene Opfer

Vier

1.

Unmittelbar nachdem sie den Rastplatz verlassen hatten, wo die toten Rentner sich für immer in der heimeligen Eßnische ihres Wohnmobils entspannten, als sie auf der I-40 Richtung Oklahoma City zurückfuhren, der zugeknöpfte Karl Clocker am Steuer, nahm Drew Oslett sein mit allen Schikanen der Fernmeldetechnik ausgestattetes Funktelefon zur Hand und rief das Büro in New York City an. Er erstattete Bericht über die Ereignisse und bat um Anweisungen.

Das Telefon, das er benützte, wurde noch nicht in der Öffentlichkeit zum Verkauf angeboten. Für den Normalbürger würde es mit sämtlichen Zusatzeinrichtungen von Osletts Modell *nie* angeboten werden.

Er konnte es in den Zigarettenanzünder stecken wie andere Autotelefone auch; aber im Gegensatz zu anderen Modellen war es praktisch überall auf der Welt einsatzfähig, nicht ausschließlich in dem Staat oder Bereich, in dem es ausgegeben wurde. Wie die elektronische SATU-Karte, gehörte eine direkte Satellitenverbindung zu dem Telefon. Es konnte sich direkt in neunzig Prozent aller Kommunikationssatelliten einklinken, die sich momentan in einer Erdumlaufbahn befanden, indem es die landgestützten Kontrollstationen umging, Sicherheitssperren überwand und eine Verbindung zu jedem Telefonanschluß herstellte, die der Besitzer wünschte, wobei nicht die geringste Aufzeichnung über die Kontaktaufnahme geführt wurde. Die betreffende Telefongesellschaft würde nie eine Rechnung für Osletts Anruf in New York stellen, weil sie nie erfuhr, daß der Anruf über ihr System erfolgt war.

Er unterhielt sich offen mit seiner Kontaktperson in New York darüber, was er auf dem Rastplatz gefunden hatte, ohne Angst, jemand könnte mithören, denn zu dem Telefon gehörte auch ein Zerhacker, den er durch einfachen Knopfdruck aktivieren konnte. Ein entsprechender Zerhacker im Telefon der Zentrale machte seinen Anruf bei Empfang wieder verständlich, aber wenn jemand versuchen würde, das Signal zwischen Oklahoma und New York anzuzapfen, würde er Osletts Worte nur als sinnloses Gestammel hören.

New York machte sich um die ermordeten Rentner nur aus dem Grund Sorgen, daß es den Behörden in Oklahoma eventuell möglich sein würde, ihre Ermordung mit Alfie oder dem Network in Verbindung zu bringen – das war der Name, den sie selbst gebrauchten, um ihre Organisation zu bezeichnen. »Sie haben die Schuhe doch nicht dort gelassen?« fragte New York.

»Selbstverständlich nicht«, sagte Oslett beleidigt angesichts des unterschwelligen Vorwurfs der Inkompetenz.

»Die ganze Elektronik in dem Absatz ...«

»Ich habe die Schuhe hier.«

»Ist Material direkt aus dem Labor. Jeder Experte würde ausrasten, wenn er es zu sehen bekäme, und möglicherweise ...«

»Ich habe die Schuhe«, sagte Oslett gepreßt.

»Gut. Okay, dann sollen sie die Leichen finden und sich bei der Aufklärung die Köpfe zerbrechen. Geht uns nichts an. Soll jemand anders den Abfall wegräumen.«

»Genau.«

»Ich melde mich in Kürze wieder.«

»Ich verlasse mich darauf«, sagte Oslett.

Nachdem er die Verbindung unterbrochen hatte und auf den Rückruf der Zentrale wartete, erfüllte ihn Unbehagen angesichts der Tatsache, daß er mehr als hundert schwarze und einsame Meilen lediglich in Gesellschaft von Karl Clocker zurücklegen mußte. Glücklicherweise hatte er eine geräuschvolle und fesselnde Ablenkung dabei. Vom Boden hinter dem

Sitz holte er einen Gameboy und zog den Kopfhörer über die Ohren. Wenig später lenkte ihn die Herausforderung eines blitzschnellen Computerspiels von der nervtötenden ländlichen Umgebung ab.

Als Oslett wieder aufsah, weil Clocker ihm auf die Schulter klopfte, sprenkelten die Lichter einer Vorstadt die Dunkelheit der Nacht. Das Autotelefon zwischen seinen Füßen läutete.

Die Kontaktperson in New York hörte sich so ernst an, als wäre sie gerade von der Beerdigung ihrer Mutter zurückgekommen. »Wie schnell können Sie in Oklahoma City am Flughafen sein?«

Oslett leitete die Frage an Clocker weiter.

Clockers gleichgültiges Gesicht veränderte sich nicht, als er sagte: »Eine halbe Stunde, vierzig Minuten – vorausgesetzt, das Raumzeitkontinuum verändert sich nicht zwischen hier und dort.«

Oslett gab die geschätzte Zeit an New York weiter und verschwieg die Science-fiction.

»Fahren Sie so schnell Sie können dorthin«, sagte New York. »Sie fliegen nach Kalifornien.«

»Wohin in Kalifornien?«

»John Wayne Airport in Orange County.«

»Haben Sie eine Spur von Alfie?«

»Wir haben keine Ahnung, was für einen Scheiß wir haben.«

»Bitte antworten Sie nicht so verflixt technisch«, sagte Oslett, »sonst kann ich Ihnen nicht folgen.«

»Wenn Sie in Oklahoma City am Flughafen ankommen, suchen Sie einen Zeitungskiosk. Kaufen Sie die neueste Ausgabe von *People*. Lesen Sie die Seiten sechsundsechzig, siebenundsechzig und achtundsechzig. Dann wissen Sie soviel wie wir.«

»Ist das ein Witz?«

»Wir haben es gerade herausgefunden.«

»Was denn?« fragte Oslett. »Hören Sie, mich interessieren

weder die jüngsten Skandale im britischen Königshaus, noch, welche Diät Julia Roberts macht, damit sie ihre Figur behält.«

»Seite sechsundsechzig, siebenundsechzig und achtundsechzig. Wenn Sie sie gesehen haben, rufen Sie mich an. Sieht so aus, als stünden wir bis zu den Hüften in Benzin, und jemand hat gerade ein Streichholz angezündet.«

New York unterbrach die Verbindung, bevor Oslett antworten konnte.

»Wir gehen nach Kalifornien«, sagte er zu Clocker.

»Warum?«

»Die Zeitschrift *People* glaubt, daß es uns dort gefallen wird«, sagte er und beschloß, dem großen Mann einen Geschmack seiner eigenen rätselhaften Bemerkungen zu geben.

»Wahrscheinlich stimmt das«, antwortete Clocker, als hätte er voll und ganz begriffen, was Oslett zu ihm gesagt hatte.

Als sie durch die Randbezirke von Oklahoma City fuhren, nahm Oslett erleichtert die umliegenden Spuren der Zivilisation zur Kenntnis – auch wenn er sich lieber einen Kopfschuß verpaßt hätte, als hier zu leben. Selbst zur Hauptverkehrszeit bombardierte Oklahoma City nicht alle Sinne so wie Manhattan. Er labte sich nicht nur an dieser konstanten Überlastung aller Sinne; für ihn war sie fast so lebenswichtig wie Essen und Wasser, und wichtiger als Sex.

Seattle war besser als Oklahoma City gewesen, aber einem Vergleich mit Manhattan hatte es auch nicht standgehalten. Tatsächlich konnte man viel zuviel Himmel für eine Großstadt sehen, und zu wenig Menschen. Die Straßen waren vergleichsweise ruhig, und die Menschen wirkten so unerklärlich ... *entspannt.* Man sollte meinen, sie wüßten nicht, daß sie, wie alle anderen, früher oder später sterben mußten.

Er und Clocker hatten gestern nachmittag um vierzehn Uhr auf dem Seattle International Airport gewartet; da sollte Alfie mit einem Flug von Kansas City, Missouri, eintreffen. Die 747 landete mit achtzehn Minuten Verspätung, und Alfie befand sich nicht an Bord.

In den fast vierzehn Monaten seit Oslett mit Alfie arbeitete, die ganze Zeit, die Alfie im Dienst stand, war so etwas noch nie vorgekommen. Alfie erschien stets treu und brav, wo er erscheinen sollte, reiste dorthin, wohin er geschickt wurde, erledigte die ihm übertragene Aufgabe und war so pünktlich wie ein japanischer Lokführer. Bis gestern.

Sie waren nicht gleich in Panik geraten. Möglicherweise hatte etwas Unvorhergesehenes – zum Beispiel ein Verkehrsunfall – Alfie auf dem Weg zum Flughafen aufgehalten, wodurch er seinen Flug verpaßt hatte.

In dem Augenblick, als er von seinem Plan abwich, hätte selbstverständlich ein tief in seinem Unterbewußtsein begrabener »Kellerbefehl« aktiviert werden und ihn veranlassen müssen, eine Nummer in Philadelphia zu wählen, wo er über seine geänderten Pläne Meldung machen sollte. Aber das war das Problem mit einem Kellerbefehl: Manchmal war er so tief im Unterbewußtsein vergraben, daß er auch vergraben *blieb*.

Oslett und Clocker warteten auf dem Flughafen von Seattle, ob ihr Junge mit einem späteren Flug eintreffen würde, ein Kontaktmann des Network in Kansas City fuhr zu dem Motel, wo Alfie gewohnt hatte, um dort nachzusehen. Sie waren besorgt, ihr Junge könnte seine ganze Konditionierung und Ausbildung abgeschüttelt haben, so wie alle Informationen verlorengingen, wenn die Festplatte eines Computers abstürzte; in diesem Fall hätte das arme Schwein in einem Zustand der Katatonie in seinem Zimmer sitzen müssen.

Aber er war nicht im Motel gewesen.

Und er war nicht mit dem nächsten Flug Kansas City/Seattle eingetroffen.

Oslett und Clocker verließen Seattle an Bord eines privaten Learjet, der einem Unternehmen des Network gehörte. Als sie Sonntag abend in Kansas City eintrafen, war Alfies abgestellter Mietwagen in einer Wohngegend in Topeka gefunden worden, etwa eine Stunde westlich. Sie konnten es sich nicht mehr leisten, die Wahrheit zu leugnen. Sie hatten es mit einem bösen Buben zu tun. Alfie war desertiert.

Selbstverständlich war es unmöglich, daß Alfie ein Deserteur wurde. Katatonie, ja, Fahnenflucht, nein. Jeder, der mit dem Programm zu tun hatte, war davon überzeugt. Sie waren so zuversichtlich wie die Besatzung der Titanic unmittelbar vor dem Kuß des Eisbergs.

Da das Network den Polizeifunk in Kansas City und andernorts überwachte, wußten sie, daß Alfie seine beiden Zielpersonen irgendwann zwischen Samstag mitternachts und Sonntag früh ein Uhr im Schlaf getötet hatte. Bis zu diesem Zeitpunkt hatte er sich streng an seine Vorgaben gehalten.

Für die Zeit danach hatten sie keine Hinweise auf seinen Aufenthaltsort. Sie mußten annehmen, daß er seit Sonntag früh ein Uhr Central Standard Time auf eigene Rechnung unterwegs war, was bedeutete, in drei Stunden würde er volle zwei Tage ein Deserteur sein.

Konnte er in achtundvierzig Stunden bis Kalifornien gefahren sein? fragte sich Oslett, während Clocker auf die Zufahrt zum Flughafen von Oklahoma City ausscherte.

Sie glaubten, daß Alfie mit dem Auto unterwegs war, weil ein Honda in einer Straße nicht weit von der Fundstelle des Mietwagens entfernt gestohlen worden war.

Von Kansas City bis Los Angeles waren es achtzehnhundert Meilen. Er hätte die Strecke in weniger als achtundvierzig Stunden zurücklegen können, wenn er entschlossen genug gewesen wäre und nicht geschlafen hatte. Alfie konnte tagelang ohne Schlaf auskommen. Und er konnte so entschlossen wie ein Politiker auf der Jagd nach Schmiergeld sein.

Noch in der Sonntagnacht waren Oslett und Clocker nach Topeka gefahren und hatten den verlassenen Mietwagen inspiziert. Sie hatten gehofft, sie würden einen Hinweis auf den Verbleib ihres eigensinnigen Attentäters finden.

Da Alfie schlau genug war, nicht die gefälschten Kreditkarten zu benützen, mit denen sie ihn ausgerüstet hatten – und mit deren Hilfe sie ihn aufspüren könnten –, und da er über ausreichend Geschick verfügte, einen bewaffneten Raubüberfall durchzuziehen, hatten sie über Kontakte des Network die

Computerarchive des Polizeireviers von Topeka durchforscht. Sie fanden heraus, daß ein Lebensmittelladen am Sonntag morgen gegen vier Uhr von Unbekannten überfallen worden war; der Verkäufer war mit einem Kopfschuß getötet worden, und anhand der am Tatort gefundenen ausgeworfenen Hülse konnte man feststellen, daß die Mordwaffe 9mm-Munition verschoß. Bei der Waffe, mit der Alfie für den Auftrag in Kansas City ausgerüstet worden war, handelte es sich um eine Pistole von Heckler & Koch P7 9mm Parabellum.

Entscheidender Hinweis war der letzte Verkauf des Angestellten Minuten vor seinem Tod, den die Polizei durch eine Untersuchung der computerisierten Registrierkasse bestimmen konnte. Es handelte sich um eine ungewöhnlich große Menge für den kleinen Laden: verschiedene Packungen Slim Jims, Käsecracker, Erdnüsse, Minikrapfen, Schokoriegel und andere Lebensmittel mit hohem Kaloriengehalt. Mit seinem rasanten Stoffwechsel hätte Alfie mit Sicherheit solche Sachen gehortet, wäre er auf der Flucht und entschlossen gewesen, eine Zeitlang nicht zu schlafen.

Und von diesem Punkt an hatten sie ihn zu lange aus den Augen verloren.

Von Topeka hätte er auf der Interstate 70 bis Colorado fahren können. Auf dem Federal Highway 75 nach Norden. Über verschiedene Strecken Richtung Süden, Chanute, Freedonia, Coffeyville. Südwestlich nach Wichita. Überallhin.

Theoretisch hätte es Minuten, nachdem er zum Abtrünnigen erklärt worden war, möglich sein müssen, mittels eines kodierten Mikrowellensignals, das via Satellit in die gesamten Vereinigten Staaten gestrahlt werden konnte, den Sender in seinem Schuh zu aktivieren. Dann hätten sie mit einer Reihe geosynchroner Satelliten imstande sein müssen, seinen Aufenthaltsort festzustellen, ihn aufzuspüren und innerhalb weniger Stunden nach Hause zu bringen.

Aber es hatte Probleme gegeben. Es gab immer Probleme. Der Kuß des Eisbergs.

Erst am Montag nachmittag hatten sie das Signal des Senders in Oklahoma aufgespürt, östlich der texanischen Grenze. Oslett und Clocker, die in Topeka auf Abruf bereitstanden, waren nach Oklahoma City geflogen und hatten einen Mietwagen genommen, mit dem sie auf der Interstate 40 nach Westen fuhren, ausgerüstet mit der elektronischen Karte, die sie zu den toten Rentnern und dem Paar Rockport-Schuhen mit dem aufgebrochenen Absatz geführt hatte.

Jetzt befanden sie sich wieder am Flughafen von Oklahoma City; sie rollten hin und her wie zwei Kugeln im langsamsten Flipperautomaten des bekannten Universums. Als sie auf den Parkplatz der Leihwagenfirma fuhren, um das Auto abzustellen, hätte Oslett schreien können. Er schrie nur aus einem einzigen Grund *nicht*, nämlich weil ihn außer Karl Clocker sowieso niemand gehört hätte. Und ebensogut hätte er den Mond anschreien können.

In der Schalterhalle fand er einen Kiosk und kaufte die neueste Ausgabe der Zeitschrift *People.*

Clocker brachte eine Packung Fruchtkaugummi, einen Anstecker mit der Aufschrift ICH WAR IN OKLAHOMA – JETZT KANN ICH STERBEN, sowie eine Taschenbuchausgabe des zillionsten *Raumschiff-Enterprise*-Romans mit.

Draußen auf der Promenade, wo der Fußgängervekehr weder so dicht noch so interessant und bizarr wie auf dem JFK oder La Guardia in New York war, setzte sich Oslett auf eine Bank zwischen kümmerlichen Grünpflanzen in viel zu großen Töpfen. Er blätterte durch die Zeitschrift und schlug die Seiten sechsundsechzig und siebenundsechzig auf.

MR. MURDER
IN SÜDKALIFORNIEN SIEHT KRIMIAUTOR
MARTIN STILLWATER FINSTERNIS UND UNHEIL,
WO ANDERE NUR SONNENSCHEIN SEHEN.

Die Doppelseite, die den dreiseitigen Artikel eröffnete, wurde überwiegend von einem Foto des Schriftstellers eingenommen. Dämmerung. Geheimnisvolle Wolken. Unheimliche Bäume im Hintergrund. Ungewöhnlicher Winkel. Stillwater sprang förmlich in die Kamera, seine Züge waren verzerrt, gespiegeltes Licht leuchtete in seinen Augen, so daß er wie ein Zombie oder ein irrer Killer aussah.

Der Mann war eindeutig ein Esel, ein schamloser Trommler für sich selbst, der sich mit größtem Vergnügen Agatha Christies alte Kleider anziehen würde, wenn es half, seine Bücher zu verkaufen, oder seinen Namen für Frühstücksflocken hergeben würde: Martin Stillwater Krimi-Flakes, hergestellt aus Weizen und geheimnisvollen Zusatzstoffen; gratis eine Actionfigur in jeder Packung, eines von elf Mordopfern, jedes auf eine andere Art und Weise um die Ecke gebracht, alle Verletzungen in roter Leuchtfarbe; fangt noch heute an zu sammeln und tut gleichzeitig mit den geheimnisvollen Zusätzen eurer Verdauung etwas Gutes.

Oslett las den Text der ersten Seite, begriff aber immer noch nicht, weshalb der Artikel den Blutdruck seiner New Yorker Kontaktpersonen in die Infarkt-Zone katapultiert hatte. Als er über Stillwater las, dachte er sich, die Überschrift müßte eigentlich »Mr. Langweiler« lauten. Wenn der Kerl je seinen Namen für Frühstücksflocken hergab, würden diese gar keine Ballaststoffe brauchen, weil sie garantiert die Scheiße aus einem heraus *langweilen* würden.

Drew Oslett verabscheute Bücher so sehr wie andere Menschen den Zahnarzt, und er war der Meinung, daß die Leute, die sie schrieben – besonders Romanciers – in der falschen Hälfte des Jahrhunderts geboren worden waren und sich *richtige* Jobs in Computerdesign, kybernetischem Management, dem Raumfahrtprogramm oder der Glasfaserherstellung suchen sollten, Industriezweigen, die am Ende des Jahrtausends etwas zur Verbesserung der Lebensqualität beisteuern konnten. Als Unterhaltung waren Bücher viel zu *langsam*. Schriftsteller bestanden darauf, einem das Innenleben ihrer Figuren vorzuführen, sie zeigten einem, was diese dachten. Filme führten einen nie ins Denken der Protagonisten hinein. Und selbst wenn die Filme zeigen *könnten*, was die Personen darin dachten, wer wollte schon im Kopf von Sylvester Stallone oder Eddie Murphy oder Susan Sarandon sein, um Gottes willen? Bücher waren einfach zu *intim*. Es spielte keine Rolle, was Leute dachten, nur was sie taten. Action und Geschwindigkeit. An der Schwelle eines neuen High Tech-Jahrhunderts waren das die beiden einzigen Parolen: Action und Geschwindigkeit.

Er blätterte zur dritten Seite des Artikels um und sah noch ein Bild von Martin Stillwater.

»Ach du Scheiße.«

Dieses zweite Foto zeigte den Schriftsteller, wie er an seinem Schreibtisch saß und in die Kamera sah. Das Licht war seltsam, da es hauptsächlich von einer Tiffanylampe seitlich hinter ihm zu kommen schien, aber er sah völlig anders aus als der Zombie mit den Leuchtaugen auf den vorherigen Seiten.

Clocker saß am anderen Ende der Bank wie ein riesiger, in menschliche Kleidung gesteckter dressierter Bär, der geduldig darauf wartete, daß das Zirkusorchester seine Tanzmusik spielte. Er war ganz ins erste Kapitel des *Raumschiff-Enterprise*-Romans vertieft, *Spock bekommt den Tripper* oder wie der Mist auch immer heißen mochte.

Oslett hielt die Zeitschrift hoch, damit Clocker das Foto sehen konnte, und sagte: »Sieh dir das an.«

Nachdem er den Abschnitt zu Ende gelesen hatte, warf Clocker einen Blick in das *People*. »Das ist Alfie.«

»Nein, ist er nicht.«

Clocker, der auf einem Riegel Fruchtkaugummi kaute, sagte: »Sieht ihm aber verflucht ähnlich.«

»Hier ist etwas vollkommen schiefgelaufen.«

»Sieht genau aus wie er.«

»Der Kuß des Eisbergs«, sagte Oslett geheimnisvoll.

Stirnrunzelnd sagte Clocker: »Hä?«

In der komfortablen Kabine des zwölfsitzigen Privatjets, die ansprechend und gemütlich mit weichem kamelhaarfarbenen Stoff und Wildleder in kontrastierenden Grüntönen geschmückt war, saß Clocker nach vorne gebeugt und las *Invasion der außerirdischen Proktologen* oder wie das verdammte Taschenbuch auch immer heißen mochte. Oslett saß mehr in der Mitte des Flugzeugs.

Noch während des Starts von Oklahoma City rief er seinen Kontaktmann in New York an. »Okay, ich habe *People* gesehen.«

»Wie ein Tritt ins Gesicht, was?« sagte New York.

»Was geht hier vor?«

»Wir wissen es noch nicht.«

»Glauben Sie, die Ähnlichkeit ist nur ein Zufall?«

»Nein. Mein Gott, sie sind wie eineiige Zwillinge.«

»Warum muß ich nach Kalifornien – um mir diesen blöden Schriftsteller anzusehen?«

»Und möglicherweise, um Alfie zu finden.«

»Sie glauben, daß Alfie in Kalifornien steckt?«

New York sagte: »Nun, *irgendwo* muß er ja sein. Außerdem haben wir in dem Augenblick, als uns der Artikel in *People* aufgefallen ist, sofort versucht, alles über Martin Stillwater herauszufinden, und als erstes erfuhren wir, daß es heute am Spätnachmittag oder frühen Abend Ärger in seinem Haus in Mission Viejo gegeben hat.«

»Was für Ärger?«

»Der Polizeibericht ist schon geschrieben, aber noch nicht im Computer gespeichert, daher haben wir keinen Zugang. Wir müssen den Ausdruck in die Finger bekommen. Daran arbeiten wir. Bis jetzt wissen wir nur, daß ein Einbrecher im Haus war. Stillwater hat offenbar auf jemanden geschossen, aber der konnte entkommen.«

»Sie glauben, das hat was mit Alfie zu tun?«

»Niemand hier glaubt groß an Zufälle.«

Die Tonlage der Düsen des Learjets veränderte sich. Der Jet hatte den Steigflug beendet und ging auf Reisegeschwindigkeit.

Oslett sagte: »Aber woher sollte Alfie von Stillwater wissen?«

»Vielleicht liest er *People*«, sagte New York und lachte nervös.

»Wenn Sie denken, daß Alfie der Einbrecher war – warum sollte er hinter dem Mann her sein?«

»Wir haben noch keine Theorie.«

Oslett seufzte. »Ich komme mir vor, als stünde ich in einer kosmischen Toilette und Gott hat gerade abgezogen.«

»Vielleicht hätten Sie sorgfältiger mit ihm umgehen sollen.«

»Das lag nicht an der Handhabung, was da schiefgelaufen ist«, fauchte Oslett.

»He, ich mache keine Vorwürfe. Ich gebe nur weiter, was man hier teilweise so von sich gibt.«

»Ich glaube, am meisten hat die Satellitenüberwachung versaut.«

»Man kann nicht erwarten, daß sie ihn finden konnten, nachdem er die Schuhe ausgezogen hatte.«

»Und wieso haben sie anderthalb Tage gebraucht, um die verfluchten Schuhe zu finden? Schlechtwetterzone über dem Mittelwesten, Sonnenfleckenaktivität, magnetische Störungen. Zu viele hunderte Quadratmeilen für die erste Suchzone. Ausreden, Ausreden, Ausreden.«

»Wenigstens *haben* sie welche«, sagte New York bissig.

Oslett schäumte schweigend. Es stank ihm, von Manhattan fort zu sein. Kaum hatte der Schatten seines Flugzeugs die Stadtgrenze passiert, wurden die Messer gewetzt und die karrieregeilen Pygmäen versuchten, seinen Ruf auf ihre Größe zurechtzustutzen.

»Sie werden in Kalifornien von einem Vorauskundschafter empfangen«, sagte New York. »Der wird Sie auf den neuesten Stand bringen.«

»Riesig.«

Oslett betrachtete stirnrunzelnd das Telefon, drückt ENDE und brach das Gespräch damit ab.

Er brauchte einen Drink.

Neben Pilot und Kopilot gehörte auch eine Stewardeß zur

Besatzung. Mit einem Knopf an der Armlehne des Sitzes konnte er sie aus der kleinen Küche am Ende des Flugzeugs rufen. Sie tauchte Sekunden später auf, und er bestellte einen Scotch mit Eis.

Es handelte sich um eine attraktive Blondine in burgunderfarbener Bluse, grauem Rock und passender grauer Jacke. Er drehte den Sitz und sah ihr nach, wie sie in die Küche zurückging.

Er fragte sich, wie leicht sie zu haben sein würde. Wenn er sie becircte, ging sie vielleicht mit ihm aufs Klo und ließ es sich im Stehen von ihm besorgen.

Dieser Phantasie ging er eine ganze Minute nach, dann stellte er sich wieder der Realität und verdrängte sie aus seinen Gedanken. Selbst wenn sie leicht zu haben war, würde es unangenehme Konsequenzen geben. Hinterher würde sie neben ihm sitzen wollen, wahrscheinlich bis Kalifornien, um sich über alles mit ihm zu unterhalten, von Liebe und Schicksal bis zu Tod und der Bedeutung von Cheez-Whiz-Käse aus der Tube. Ihm war egal, was sie dachte und fühlte, er interessierte sich nur für das, was sie tun konnte, und er war nicht in der Stimmung, so zu tun, als wäre er der feinfühlige Typ der neunziger Jahre.

Als sie den Scotch brachte, fragte er sie, welche Videobänder zur Auswahl standen. Sie gab ihm eine Liste mit vierzig Titeln. Der beste Film aller Zeiten befand sich ebenfalls in der Bordvideothek: *Lethal Weapon 3*. Er konnte nicht mehr sagen, wie oft er den schon gesehen hatte, aber der Spaß, den er dabei empfand, wurde durch die vielen Wiederholungen nicht beeinträchtigt. Es war der ideale Film, weil er keine Handlung hatte, die so sinnvoll war, daß man ihr folgen mußte, es wurde vom Zuschauer nicht erwartet, daß er die Entwicklung der Figuren verfolgte, er bestand lediglich aus einer Reihe brutaler Actionszenen und war lauter als ein Stockcarrennen und ein Konzert von Megadeath zusammen.

Vier separat angebrachte Monitore machten es möglich, daß gleichzeitig vier Filme verschiedenen Passagieren gezeigt werden konnten. Die Stewardeß ließ *Lethal Weapon 3* über den Monitor bei Oslett laufen und gab ihm Kopfhörer.

Er setzte die Kopfhörer auf, drehte die Lautstärke hoch und ließ sich mit einem Grinsen zurücksinken.

Später, als er den Scotch ausgetrunken hatte, döste er ein, während Danny Glover und Mel Gibson einander unverständliche Dialoge zuriefen, Feuersbrünste wüteten, Maschinengewehre ratterten, Sprengstoff detonierte und Musik donnerte.

2.

Montag nacht verbrachten sie in zwei angrenzenden Wohneinheiten in einem Motel in Laguna Beach. Die Unterkunft konnte sich nicht für fünf oder auch nur vier Sterne qualifizieren, aber die Zimmer waren sauber, und in den Badezimmern gab es ausreichend flauschige Handtücher. Das Ferienwochenende war vorbei, und die Sommermonate mit der Touristensaison lagen noch in ferner Zukunft, daher stand mindestens das halbe Motel leer, und es herrschte Stille, obwohl sie sich direkt am Pacific Coast Highway befanden.

Die Ereignisse des Tages hatten ihren Tribut gefordert. Paige fühlte sich, als hätte sie seit einer Woche nicht mehr geschlafen. Selbst die zu weiche und leicht durchgelegene Motelmatratze wirkte so verlockend wie ein Bett aus Wolken, in dem Götter und Göttinnen liegen mochten.

Zum Abendessen aßen sie Pizza im Motel. Marty ging sie – dazu Salate und Cannelloni mit einer köstlich sämigen Ricottasauce – in einem Restaurant einige Blocks entfernt holen.

Als er mit dem Essen zurückkam, klopfte er beharrlich an die Tür und sah blaß und hohläugig aus, als er mit den Armen voll Mitnahmekartons herein stürzte. Zuerst glaubte Paige, er hätte den Doppelgänger durch die Gegend fahren gesehen, aber dann wurde ihr klar, er hatte damit gerechnet, daß sie bei seiner Rückkehr fort wären – oder tot.

Die Türen beider Zimmer waren mit stabilen Bolzenschlössern und Sicherheitsketten versehen. Sie sperrten mit beidem ab und schoben zusätzlich Stühle unter die Türknäufe.

Weder Paige noch Marty konnten sich vorstellen, wie der Andere sie finden sollte. Sie verkanteten die Stühle trotzdem unter den Türknäufen. Fest.

Unglaublicherweise ließen sich die Kinder trotz der überstandenen Schrecken von Marty überzeugen, daß die Nacht außer Hause eine besondere Überraschung war. Sie waren nicht daran gewöhnt, in Motels zu übernachten, daher fanden sie alles von der münzbetriebenen vibrierenden Matratze über das kostenlose Schreibpapier bis zu den winzigen, duftenden Seifenstücken gleichermaßen exotisch und faszinierend, wenn Marty ihre Aufmerksamkeit darauf lenkte.

Besonders aufregend fanden sie die Tatsache, daß die Toilettensitze beider Zimmer mit steifen weißen Papierstreifen bedeckt waren, auf denen in drei Sprachen zu lesen war, daß die Toiletten desinfiziert worden seien. Daraus folgerte Emily, daß manche Motelgäste »echte Schweine« sein mußten, die nicht Verstand genug besaßen, hinter sich sauber zu machen, wogegen Charlotte Mutmaßungen anstellte, ob diese spezielle Nachricht bedeutete, daß mehr als Seife oder Lysol verwendet worden war, um die Oberflächen zu sterilisieren, möglicherweise Flammenwerfer oder nukleare Strahlung.

Marty war klug genug zu wissen, daß die exotischen Geschmacksrichtungen der Limonaden in den Getränkeautomaten des Motels, die die Mädchen zu Hause nicht bekamen, sie ebenfalls in Entzücken versetzen und ihre Laune verbessern würden. Er kaufte Yoo-Hoo-Schokolade, Mountain Dew, Sparkling Grape, Cherry Crush, Tangerine Treat und Pineapple Fizz. Dann saßen sie alle vier auf dem großen Doppelbett in einem der Zimmer, hatten die Kartons mit dem Essen um sich herum auf der Matratze stehen und Flaschen voll bunten Limonaden auf den Nachttischen. Charlotte und Emily mußten im Verlauf des Essens jedes Getränk kosten, was Paige unbehaglich stimmte.

Durch ihre Tätigkeit als Familienberaterin hatte Paige schon vor langer Zeit gelernt, daß Kinder potentiell widerstandsfähiger waren als Erwachsene, wenn es darum ging, mit traumatischen Erlebnissen fertig zu werden. Dieses Potential wurde am wirksamsten umgesetzt, wenn sie sich stabiler Familienverhältnisse erfreuen konnten, viel Zuwendung erhielten und glaubten, daß sie respektiert und geliebt wurden. Sie verspürte einen Anflug von Stolz, daß ihre eigenen Kinder sich als emotional so elastisch und stark erwiesen – dann klopfte sie leise und heimlich mit einem Knöchel gegen das hölzerne Kopfteil und flehte Gott stumm an, weder sie noch ihre Kinder für ihre Hybris zu bestrafen.

Am meisten überraschte sie, daß Charlotte und Emily, nachdem sie gebadet und Pyjamas angezogen hatten und im benachbarten Zimmer ins Bett gesteckt worden waren, darauf bestanden, daß Marty die Gutenachtgeschichte von Sankt Nikolaus und seinem bösen Zwillingsbruder fortsetzen sollte. Paige bemerkte eine unbehagliche – sogar unheimliche – Ähnlichkeit zwischen dem erfundenen Gedicht und den tatsächlichen jüngsten Ereignissen in ihrem Leben. Sie war überzeugt, daß Marty und den Mädchen der Zusammenhang ebenfalls aufgefallen war. Und dennoch schien Marty erfreut zu sein, daß er die Möglichkeit hatte, weitere Verse zum Besten zu geben, weil die Mädchen sie hören wollten.

Er stellte einen Stuhl ans Fußende der beiden Betten – genau dazwischen. So eilig sie es gehabt hatten, das Haus zu verlassen, hatte er doch Zeit gefunden, das Notizbuch mit der Aufschrift *Gutenachtgeschichten für Charlotte und Emily* und die batteriebetriebene Leselampe mitzunehmen, die man daran festklammern konnte. Er setzte sich und hielt das Notizbuch in Leseentfernung.

Die Schrotflinte lag neben ihm auf dem Boden.

Die Beretta hatten sie auf die Kommode gelegt, wo Paige sie binnen zwei Sekunden erreichen konnte.

Marty wartete, bis ihr Schweigen den angemessenen Unterton von Vorfreude angenommen hatte.

Die Szene hatte bemerkenswerte Ähnlichkeit mit der, die Paige so oft zu Hause im Zimmer der Mädchen gesehen hatte, mit zwei Unterschieden. In den riesigen Betten wirkten Charlotte und Emily zwergenhaft wie Kinder in einem Märchen, heimatlose Waisen, die sich ins Schloß eines Riesen geschlichen hatten, um etwas von seinem Haferbrei zu stehlen und es sich in seinen Gästezimmern gemütlich zu machen. Und die winzige, am Notizbuch festgeklammerte Leselampe bildete nicht die einzige Lichtquelle; eines der Nachttischlämpchen hatten sie ebenfalls eingeschaltet gelassen, was die ganze Nacht so bleiben würde – das einzige deutliche Eingeständnis der Mädchen, daß sie Angst hatten.

Paige stellte sehr zu ihrer eigenen Überraschung fest, daß sie sich ebenfalls darauf freute, die Fortsetzung des Gedichts zu hören, und nahm am Fußende von Emilys Bett Platz.

Sie fragte sich, was das Geschichtenerzählen an sich hatte, daß die Leute es fast so sehr wollten wie Essen und Wasser, in schlechten Zeiten noch mehr als in guten. Das Kino hatte nie mehr Besucher angelockt als in der großen Wirtschaftskrise. In einer Rezession schnellten die Verkaufszahlen von Büchern häufig in die Höhe. Das Bedürfnis ging weit über den bloßen Wunsch nach Unterhaltung und Ablenkung von den eigenen Sorgen hinaus. Es war bei weitem grundlegender und geheimnisvoller als das.

Als sich Stille über das Zimmer gesenkt hatte und der rechte Augenblick gekommen zu sein schien, fing Marty an zu lesen. Da Charlotte und Emily darauf bestanden hatten, daß er noch einmal von vorne beginnen sollte, wiederholte er die Verse, die sie schon am Samstag und Sonntag abend gehört hatten, bis zu dem Augenblick, als der böse Zwillingsbruder des Weihnachtsmanns an der Küchentür des Stillwater-Hauses stand und einbrechen wollte.

»Mit Brechstangen, Zangen, Dietrich und Knauf
bricht er lautlos die beiden Schlösser auf.
Betritt die Küche schön leise und stumm,

mit Bösem im Sinn schaut er sich rundum.
Aus dem Kühlschrank den Kuchen ißt er sodann,
und fragt sich, was er alles anstellen kann.
Er schüttet die Milch auf den Boden und lacht,
auch vor Pudding und Bier wird nicht halt gemacht.
Er wirft das Brot weg und fängt an zu fluchen,
Und zuletzt spuckt er laut und wüst auf den Kuchen.«

»Oh, eklig!« sagte Charlotte.

Emily grinste. »Hat einen Gelben abgedrückt.«

»Was war es für ein Kuchen?« überlegte Charlotte.

Paige sagte: »Hackfleisch.«

»Bäh. Dann nehm' ich ihm übel, daß er drauf gespuckt hat.«

»An der Pinnwand, beim Telefon, draußen im Flur,
da hängen zwei Bilder der Kinder nur.
Emily malte ein Grinsegesicht,
Charlotte dagegen, sie schämte sich nicht,
Elefanten im Weltraum, schön dick und schön fett,
dorthin geht der Schurke, das ist gar nicht nett.
Nimmt einen roten Filzstift zur Hand,
betrachtet die Bilder und kichert gebannt,
und kritzelt mit böse verzerrtem Gesicht
das Wort »Bäh!« auf beide, der Bösewicht.«

»Er ist ein Kritiker!« stöhnte Charlotte, ballte die kleinen Hände zu Fäusten und schlug wild um sich.

»Kritiker«, sagte Emily verzweifelt und verdrehte die Augen, wie sie es bei ihrem Vater ein paarmal gesehen hatte.

»Mein Gott«, sagte Charlotte und bedeckte das Gesicht mit den Händen, »wir haben einen Kritiker im Haus.«

»Du hast doch *gewußt*, daß es eine gruselige Geschichte wird«, sagte Marty.

»Er kichert wie irre und läßt's nicht mehr sein,
dabei fällt ihm weiterer Unfug ein.
Er ist zwar ganz böse, doch nicht sehr helle,
darum füllt er nun die Mikrowelle

mit zehn Pfund Mais für Popcorn auf,
und nun nimmt das Schicksal seinen Lauf.
Er läuft aus dem Zimmer, er hat keinen Mumm,
denn gleich macht der Ofen ganz schrecklich laut BUMM!

»Zehn Pfund!« Charlotte wurde von ihrer Phantasie mitgerissen. Sie stützte sich auf die Ellbogen, hob den Kopf vom Kissen und plapperte aufgeregt: »Mann, man bräuchte einen Gabelstapler und einen Lastwagen, um das alles wegzuschaffen, wenn es gepoppt ist; das wäre wie eine Schneeverwehung, nur Popcorn, *Berge* von Popcorn. Wir bräuchten ein Faß voll Karamel und wahrscheinlich eine Zillion Pfund Pecannüsse, um daraus Popcornbällchen zu machen. Wir würden bis zu den Ärschen drinstehen.«

»Was hast du gesagt?« fragte Paige.

»Ich habe gesagt, wir bräuchten einen Gabelstapler …«

»Nein, das Wort, das du gebraucht hast.«

»Welches Wort?«

»Ärsche«, sagte Paige geduldig.

Charlotte konterte: »Das ist kein schlimmes Wort.«

»Ach?«

»Im Fernsehen sagen sie es ständig.«

»Nicht alles im Fernsehen ist intelligent oder geschmackvoll«, sagte Paige.

Marty ließ das Notizbuch sinken. »Eigentlich kaum etwas.«

Zu Charlotte sagte Paige: »Im Fernsehen fahren Leute mit Autos von Felsklippen, vergiften ihre Väter, um das Familienvermögen zu bekommen, kämpfen mit Schwertern, rauben Banken aus – das sind alles Sachen, bei denen ich *euch beide* nicht erwischen möchte.«

»Besonders nicht beim Vätervergiften«, sagte Marty.

Charlotte sagte: »Okay, ich sage nicht mehr ›Arsch‹.«

»Gut.«

»Was soll ich statt dessen sagen? Ist ›Hintern‹ in Ordnung?«

»Wie gefällt dir ›Po‹?« fragte Paige.

»Ich schätze, damit kann ich leben.«

Paige versuchte, nicht vor Lachen zu prusten und wagte nicht, Marty anzusehen, als sie sagte: »Du sagst eine Weile ›Po‹, und wenn du älter wirst, kannst du dich langsam bis zu ›Hintern‹ vorarbeiten, und wenn du richtig erwachsen bist, kannst du auch ›Arsch‹ sagen.«

»Einverstanden«, stimmte Charlotte zu und ließ sich wieder auf das Kissen sinken.

Emily, die die ganze Zeit über schweigsam und nachdenklich gewesen war, wechselte nun das Thema. »Zehn Pfund ungepoppter Mais passen gar nicht in die Mikrowelle.«

»Aber gewiß doch«, versicherte Marty ihr.

»Das glaube ich nicht.«

»Ich habe vor dem Schreiben recherchiert«, sagte er nachdrücklich.

Emilys Gesicht war von Skepsis gezeichnet.

»Du *weißt*, wie gründlich ich alles recherchiere«, beharrte er.

»Dieses Mal vielleicht nicht«, sagte sie zweifelnd.

Marty sagte: »Zehn Pfund.«

»Das ist 'ne Menge Mais.«

Marty drehte sich zu Charlotte um und sagte: »Jetzt haben wir *noch einen* Kritiker im Haus.«

»Okay«, sagte Emily, »mach weiter, lies noch ein bißchen.«

Marty zog eine Braue hoch. »Was denn, du willst noch mehr von diesem schlecht recherchierten, unglaubwürdigen Schund hören?«

»Jedenfalls noch ein bißchen«, lenkte Emily ein.

Mit einem übertriebenen, leidenden Seufzen sah Marty Paige verschlagen an, hob das Notizbuch und las weiter:

»Er schleicht nach unten, böse und stumm,
und schaut sich nach neuem Schabernack um.
Er sieht im Wohnzimmer den Baum und tritt ein,
und sagt: »Jetzt sind die Geschenke mein!
Die schönen Sachen, die schnappe ich mir,
toten Fisch und Katzendreck verpack ich dafür.

Und wachen die Stillwaters morgen dann auf,
finden sie Müll nur, und Abfall zuhauf.
Statt Spielzeug und Schmuck, die funkeln und blinken,
bekommen sie glitschige Sachen, die stinken.«

»Damit kommt er nicht ungestraft davon«, sagte Charlotte.

Emily sagte: »Vielleicht doch.«

»Nein.«

»Wer soll ihn aufhalten?«

»Charlotte und Emmy schlafen zu zweit,
und träumen von Schnee und der Weihnachtszeit.
Ein plötzlicher Lärm die beiden erschreckt,
und schon sind sie ganz und gar aufgeweckt.
Nichts dürfte sich regen, keine Maus,
doch die Mädchen spüren den Schurken im Haus.
Vielleicht war es Hellsehen, ein Gefühl in den Knochen,
vielleicht auch sein Mundgeruch, den sie gerochen.
Sie springen aus dem Bett, so tapfer wie immer,
die mutigen kleinen Frauenzimmer.
›Da ist was‹, sagt Emmy, sie ist nicht von gestern,
aber Angst haben sie keine, denn sie sind Schwestern!«

Diese Entwicklung – Charlotte und Emily als Heldinnen der Geschichte – versetzte die Mädchen in Entzücken. Sie drehten die Köpfe, sahen einander über die Kluft zwischen den Betten hinweg an und grinsten.

Charlotte wiederholte Emilys Frage: »Wer soll ihn aufhalten?«

»Wir!« sagte Emily.

Marty sagte: »Nun ... vielleicht.«

»Oh-oh«, sagte Charlotte.

Emily gab sich weltklug. »Keine Bange. Daddy will nur, daß die Geschichte spannend bleibt. Wir werden den alten Troll schon aufhalten.«

»Am Weihnachtsbaum unten lauert der Troll,
und kichert böse und freut sich ganz doll.

Er hat Ersatzgeschenke gesammelt,
Zeug, das auf Halden und in Kellern vergammelt.
Ein Geschenk für ein Mädchen, das sich böse benimmt,
Und tauscht die schöne Uhr, die für Lottie bestimmt,
gegen ein fieses Geschenk für ein böses Kind.
Doch böse ist Lottie gewiß nie gewesen,
nur manchmal hat sie ihre Vitamine vergessen.
Anstelle der Uhr packt der garstige Klotz
einen feuchten Klumpen Krötenrotz.
Eine Puppe von Emily stiehlt er für sich,
gibt statt dessen ihr etwas, das widerlich;
es stinkt und es glibbert, der schreckliche Mist,
nicht einmal der Bösewicht weiß, was es ist.«

»Was meinst du, was es ist, Mom?« fragte Charlotte.

»Wahrscheinlich die schmutzigen Kniestrümpfe, die du vor Monaten verlegt hast.«

Emily kicherte, und Charlotte sagte: »Ich *finde* diese Socken früher oder später.«

»Ich tu's nicht aufmachen, wenn sie in dem Päckchen sind«, sagte Emily.

»Ich werde ich es nicht aufmachen«, verbesserte sie Paige.

»Niemand wird's aufmachen«, stimmte Emily zu, die nicht begriffen hatte, worum es ging. »Puh!«

»Zwar ohne Hausschuhe, doch voller Mut,
sehen die Mädchen nach, was sich tut.
Zum Ende der Treppe gehn sie ganz sacht,
so lautlos und heimlich wie ein Dieb in der Nacht.
Sie sind so zierlich, zerbrechlich und fein
und ihre rosigen Füßchen so klein;
wie wollen die kleinen Mädchen denn bloß
den Zwilling bekämpfen, der böse und groß?
Haben sie heimlich Karate trainiert?
Ich fürchte, nein, das ist nicht passiert.
Können sie Waffen mit sich bringen,
Kanonen, Laser, ihn zu bezwingen?

Nein, nein, das alles geht ihnen ab,
doch sie schreiten die dunkle Treppe hinab.
Sie wissen nicht, welche Gefahr ihnen droht,
dieser Nikolaus hier ist völlig verroht,
schlimmer als Zahnweh und Grippe, kann ich euch flüstern.
Doch die beiden haben Mumm, denn sie sind Schwestern!«

Charlotte streckte trotzig eine Faust in die Luft und sagte: »Schwestern!«

»Schwestern!« sagte Emily und hob ebenfalls die Faust.

Als sie feststellten, daß der Teil des heutigen Abends vorüber war, bestanden sie darauf, daß Marty die Verse noch einmal vorlas, und Paige stellte fest, daß sie die Zeilen auch noch einmal hören wollte.

Marty tat zwar so, als wäre er müde, und ließ sich eine Weile bitten, aber er wäre enttäuscht gewesen, hätten sie nicht darauf bestanden, daß er es ein zweites Mal vorlas.

Als er beim letzten Verses ankam, konnte Emily nur noch schläfrig »Schwestern« murmeln. Charlotte schnarchte schon leise.

Marty stellte den Stuhl leise in die Ecke zurück, aus der er ihn geholt hatte. Er überprüfte die Schlösser an Türen und Fenstern und vergewisserte sich, daß keine Lücken in den Vorhängen blieben, durch die jemand von draußen hereinsehen konnte.

Als Paige die Decke um Emilys und dann um Charlottes Schultern feststeckte, gab sie jeder einen Gutenachtkuß. Sie verspürte eine so überwältigende Liebe zu ihnen, wie eine schwere Last auf der Brust, daß sie kaum atmen konnte.

Als sie und Marty sich ins Nachbarzimmer zurückzogen, wohin sie die Waffen mitnahmen, machten sie die Nachttischlampe nicht aus und ließen die Verbindungstür weit offen. Trotzdem kam es ihr vor, als wären ihre Töchter gefährlich weit von ihr entfernt.

In stillschweigender Übereinstimmung streckten sie und Marty sich nebeneinander auf einem Bett aus. Der Gedanke, auch nur wenige Meter getrennt zu sein, kam ihnen unerträglich vor.

Neben ihrem Bett brannte eine Lampe, aber er schaltete sie aus. Durch die Tür des Nachbarzimmers drang so viel Licht herein, daß die Umrisse ihres Raums weitgehend erkennbar blieben. Schatten lauerten in jeder Ecke, aber die Dunkelheit war keineswegs undurchdringlich.

Sie hielten einander bei den Händen und sahen zur Decke, als könnten sie ihr Schicksal in dem eigentümlichen Spiel von Licht und Schatten auf dem Verputz lesen. Und es war nicht nur die Decke; im Verlauf der vergangenen Stunden schien buchstäblich alles, was Paige angesehen hatte, von geheimnisvollen, bedrohlichen Vorzeichen erfüllt gewesen zu sein.

Weder sie noch Marty zogen sich zum Schlafen aus. Es war zwar schwer vorstellbar, daß sie unbemerkt verfolgt worden sein könnten, aber trotzdem wollten sie schnell handeln können.

Ein paar Stunden zuvor hatte es aufgehört zu regnen, aber sie wurden nach wie vor von Plätschergeräuschen eingelullt. Das Motel lag auf einer Klippe über dem Pazifik, und die tosende Brandung bildete mit ihrer metronomähnlichen Regelmäßigkeit eine besänftigende, friedliche Geräuschkulisse.

»Verrat mir eines«, sagte sie so leise, daß man ihre Stimme im Nebenzimmer nicht hören konnte.

Er hörte sich müde an. »Wie auch immer die Frage lauten mag, ich weiß die Antwort wahrscheinlich nicht.«

»Was ist da drüben passiert?«

»Gerade eben? Im Nebenzimmer?«

»Ja.«

»Magie.«

»Es ist mein Ernst.«

»Meiner auch«, sagte Marty. »Man kann nicht analysieren, welche Auswirkungen das Geschichtenerzählen auf uns hat, man kann das Wie und Warum nicht erklären, ebenso wenig wie König Artus begreifen konnte, wie Merlin seine Wunder vollbringen konnte.«

»Wir kamen am Boden zerstört und ängstlich hierher. Die Kinder waren so schweigsam, halb gelähmt vor Angst. Du und ich, wir haben uns angeschrien ...«

»Nicht angeschrien.«

»Doch, haben wir.«

»Okay«, gab er zu, »aber nur ein bißchen.«

»Was für uns eine ganze Menge ist. Wir waren alle ... unbehaglich miteinander. Verkrampft.«

»Ich glaube nicht, daß es so schlimm war.«

Sie sagte: »Hör auf eine Familienberaterin mit Erfahrung – es war so schlimm. Dann erzählst du eine Geschichte, ein hübsches Nonsensgedicht, aber dennoch Nonsens ... und alle sind entspannter. Es hilft uns irgendwie, uns zu erholen. Wir haben unseren Spaß, wir lachen. Die Mädchen beruhigen sich, und ehe man sich's versieht, können sie schlafen.«

Eine Zeitlang sagte keiner etwas.

Das metrische Murmeln der Brandung glich dem langsamen, konstanten Schlagen eines großen Herzens.

Als Paige die Augen zumachte, stellte sie sich vor, sie wäre wieder ein kleines Mädchen auf dem Schoß ihrer Mutter, was ihr so selten gestattet worden war: den Kopf an der Brust ihrer Mutter, ein Ohr auf das Herz der Frau eingestellt, so lauschte sie aufmerksam nach einem winzigen Geräusch, das nicht biologischer Natur war, nach einem speziellen Flüstern, das sie als kostbaren Beweis von Liebe interpretieren konnte. Sie hatte nie etwas anderes gehört als das *Da-dum* von Herzmuskel und Klappe, hohl und mechanisch.

Und doch war sie stets besänftigt worden. Möglicherweise hatte sie sich, wenn sie dem Herzschlag ihrer Mutter lauschte, an die neun Monate in der Gebärmutter erinnert, wo dasselbe gleichmäßige Geräusch sie rund um die Uhr begleitet hatte. In der Gebärmutter herrscht ein perfekter Friede, wie man ihn nie mehr findet, wir wissen nichts von Liebe und kennen das Elend nicht, wenn sie einem entzogen wird.

Sie war dankbar, daß sie Marty, Charlotte und Emily hatte. Aber solange sie lebte, würde es solche Augenblicke geben, wenn etwas so Simples wie die Brandung sie an den tiefen Brunnen der Traurigkeit und Isolation erinnerte, in dem sie ihre gesamte Kindheit verbracht hatte.

Sie bemühte sich stets, ihre Töchter nicht einen Augenblick vergessen zu lassen, daß sie geliebt wurden. Nun war sie gleichermaßen entschlossen, daß dieser Wahnsinn und die Brutalität, die in ihr Leben eingedrungen waren, keinen Bruchteil von Charlottes oder Emilys Kindheit stehlen dürften, so wie ihre in ihrer Gesamtheit gestohlen worden war. Da die Entfremdung ihrer Eltern voneinander nur noch durch die Entfremdung von ihrem eigenen Kind übertroffen worden war, hatte Paige schnell erwachsen werden müssen, um ihr eigenes emotionales Überleben zu gewährleisten: Schon als Grundschülerin war ihr die kalte Gleichgültigkeit der Welt bewußt gewesen, und sie wußte, sie mußte sich jederzeit auf sich selbst verlassen können, wenn sie mit den Grausamkeiten fertig werden wollte, die einem das Leben zufügen konnte. Aber, verdammt, ihre eigenen Töchter sollten diese harten Lektionen nicht über Nacht lernen müssen. Nicht im zarten Alter von sieben und neun. Auf keinen Fall. Sie wollte sie mit aller Verzweiflung noch ein paar Jahre von der grimmigen Realität der menschlichen Existenz abschirmen und ihnen ermöglichen, langsam, glücklich und ohne Verbitterung erwachsen zu werden.

Marty war der erste, der das behagliche Schweigen zwischen ihnen unterbrach. »Als Vera Conner den Schlaganfall hatte und wir in der Woche so viel Zeit im Vorzimmer der Intensivstation verbrachten, da kamen und gingen eine Menge Leute, die warteten und wissen wollten, ob ihre Freunde und Verwandten am Leben bleiben oder sterben würden.«

»Kaum zu glauben, daß Vera schon fast zwei Jahre tot ist.«

Vera Conner war Professorin der Psychologie an der UCLA – der University of California in Los Angeles – gewesen, Paiges Mentorin während des Studiums, und in den Jahren danach eine vorbildliche Freundin. Sie vermißte Vera immer noch. Daran würde sich nie etwas ändern.

Marty sagte: »Manche der Leute, die im Vorzimmer gewartet haben, saßen nur da und starrten vor sich hin. Manche gingen auf und ab, sahen zu den Fenstern hinaus, zappelten herum. Hörten Musik mit Walkman und Kopfhörern. Spielten Gameboy. Sie vertrieben sich auf unterschiedlichste Weise die Zeit. Aber – ist es dir auch aufgefallen? – diejenigen, die am besten mit Ihren Ängsten und Sorgen fertig wurden, sind die gewesen, die Romane lasen.«

Abgesehen von Marty war Vera trotz des Altersunterschieds von fast vierzig Jahren Paiges bester Freund und die erste Person gewesen, der sie wirklich am Herzen gelegen hatte. Die Woche, die Vera im Krankenhaus verbrachte – zuerst desorientiert und dann im Koma –, war die schlimmste in Paiges Leben gewesen; fast zwei Jahre später traten ihr immer noch Tränen in die Augen, wenn sie an den letzten Tag, die letzte Stunde dachte, als sie neben Veras Bett stand und die warme, aber reglose Hand ihrer Freundin hielt. Da sie spürte, daß das Ende bevorstand, hatte sie alles mögliche gesagt, von dem sie hoffte, daß Gott die sterbende Frau es hören lassen würde: *Ich liebe dich, du wirst mir immer fehlen, du bist die Mutter für mich gewesen, die meine eigene Mutter nie für mich sein konnte.*

Die langen Stunden dieser Woche waren tief in Paiges Gedächtnis eingebrannt, und zwar detaillierter, als ihr lieb war, denn Schmerz war das schlimmste aller Brenneisen. Nicht nur konnte sie sich in allen nüchternen Einzelheiten an Grundriß und Mobiliar der Intensivstation erinnern, sondern auch an die Gesichter vieler Fremder, die eine Zeitlang mit ihr und Marty in dem Zimmer gewesen waren.

Er sagte: »Du und ich, wir haben uns die Zeit mit Romanen vertrieben, wie viele andere, und nicht nur, um auszubrechen, sondern weil ... weil Literatur im besten Falle Medizin ist.«

»Medizin?«

»Das Leben ist so verdammt unordentlich, alles passiert einfach, und es scheint keinen Sinn für alles zu geben, was wir durchmachen müssen. Manchmal hat es den Anschein, als wäre die Welt ein Irrenhaus. Geschichtenerzählen komprimiert das Leben und gibt ihm Ordnung. Geschichten haben einen Anfang, einen Hauptteil, ein Ende. Und wenn eine Geschichte zu Ende ist, hat sie einen *Sinn* gehabt, bei Gott, vielleicht nichts Komplexes, vielleicht war ihre Aussage simpel, sogar naiv, aber sie hatte einen Sinn. Und das gibt uns Hoffnung, es ist Medizin.«

»Die Medizin der Hoffnung«, sagte sie nachdenklich.

»Vielleicht erzähle ich auch nur dummes Zeug.«

»Nein.«

»Nun, *manchmal* schon, wahrscheinlich die halbe Zeit, aber was das betrifft nicht.«

Sie lächelte und drückte zärtlich seine Hand.

»Ich weiß nicht«, sagte er, »aber ich glaube, wenn eine Universität einmal eine langfristige Untersuchung durchführen würde, würden sie feststellen, daß Leute, die Literatur lesen, nicht so häufig an Depressionen leiden, nicht so häufig Selbstmord begehen, einfach glücklicher mit ihrem Leben sind. Selbstverständlich nicht jede Literatur. Nicht die »Menschen-sind-Dreck-das-Leben-ist-Scheiße-es-gibt-keinen-Gott«-Romane voll modischer Verzweiflung.«

»Dr. Marty Stillwater, der die Medizin der Hoffnung verteilt.«

»Du glaubst *doch*, daß ich dummes Zeug rede.«

»Nein, Baby, nein«, sagte sie. »Ich finde, du bist wunderbar.«

»Das bin ich nicht. *Du* bist wunderbar. Ich bin nur ein neurotischer Schriftsteller. Schriftsteller sind von Natur aus zu überheblich, egoistisch und unsicher, gleichzeitig aber zu sehr von sich überzeugt, um wirklich wunderbar zu sein.«

»Du bist nicht neurotisch, überheblich, egoistisch, unsicher oder eingebildet.«

»Das beweist nur, daß du mir all die Jahre nicht zugehört hast.«

»Okay, neurotisch will ich dir zugestehen.«

»Danke, meine Liebste«, sagte er. »Es ist schön, daß du mir wenigstens *teilweise* zugehört hast.«

»Aber du bist auch wunderbar. Ein wunderbarer neurotischer Schriftsteller. Ich wünschte, ich wäre auch ein wunderbarer neurotischer Schriftsteller, der Medizin verteilt.«

»Ach, hör auf.«

»Im Ernst.«

»*Du* kannst vielleicht mit einem Schriftsteller leben, aber ich glaube nicht, daß ich die Nerven dazu hätte.«

Sie drehte sich auf die rechte Seite, er sich auf die linke, damit sie sich küssen konnten. Zärtliche Küsse. Sanft. Eine Zeitlang hielten sie einander nur in den Armen und lauschten der Brandung.

Ohne es auszusprechen, waren sie übereingekommen, daß sie sich nicht mehr über ihre Sorgen oder das, was morgen getan werden mußte, unterhalten wollten. Manchmal sagte eine Berührung, ein Kuß oder eine Umarmung mehr als alle Worte, die sich ein Schriftsteller ausdenken konnte, mehr als jeder sorgfältig überlegte Ratschlag und jede Therapie durch eine Beraterin.

Im Körper der Nacht schlug das große Herz des Meeres langsam und zuverlässig. Aus menschlicher Sicht waren die Gezeiten eine ewige Kraft, aus göttlicher Sicht dagegen vergänglich.

Paige stellte, noch während sie eindöste, überrascht fest, daß der Schlaf sie übermannte. Wie der plötzliche Flügelschlag einer Amsel durchzuckte Schrecken sie beim Gedanken, ohne Bewußtsein – und damit verwundbar – an einem fremden Ort zu liegen. Aber ihre Müdigkeit war größer als ihre Angst, und das tröstliche Rauschen des Meeres hüllte sie ein und trug sie auf den Gezeiten des Traums in die Kindheit zurück, wo sie den Kopf an die Brust ihrer Mutter drückte und mit einem Ohr nach dem heimlichen, speziellen Flüstern der Liebe irgendwo zwischen den hallenden Herzschlägen lauschte.

3.

Drew Oslett, der nach wie vor Kopfhörer trug, erwachte durch Gewehrfeuer, Explosionen, Schreie und eine Musik, die laut und schneidend genug war, daß sie Gottes Soundtrack für das Jüngste Gericht hätte sein können. Auf dem Bildschirm rannten, sprangen, schlugen, duckten sich, wirbelten und hüpften Gibson und Glover in einem aufregenden Ballett der Gewalt durch brennende Gebäude.

Lächelnd und gähnend sah Oslett auf die Uhr und stellte fest, daß er über zweieinhalb Stunden geschlafen hatte. Offenbar hatte die Stewardeß gesehen, daß der Film wie ein Schlummerlied auf ihn wirkte, daher hatte sie ihn zurückgespult und noch einmal laufen lassen.

Sie mußten ihrem Ziel schon ziemlich nahe sein, bestimmt trennte sie keine Stunde mehr vom John Wayne Airport in Orange County. Er zog den Kopfhörer ab, erhob sich und ging in der Kabine nach vorne, um Clocker zu sagen, was er bei seinem Telefongespräch mit New York erfahren hatte.

Clocker lag schlafend auf seinem Sessel. Er hatte die Tweedjacke mit den Lederflicken ausgezogen, trug aber immer noch den braunen Hut mit der kleinen braunschwarzen Entenfeder im Band. Er schnarchte nicht, hatte aber den Mund offen, und ein Speichelfaden troff ihm aus einem Mundwinkel; sein halbes Kinn glänzte abstoßend feucht.

Manchmal war Oslett überzeugt davon, daß sich das Network einen gigantischen Witz mit ihm erlaubt hatte, als sie ihm Karl Clocker als Partner gaben.

Sein eigener Vater gehörte zu den Männern, die in der Organisation das Sagen hatten, und Oslett fragte sich, ob der Alte ihn damit demütigen wollte, daß er ihm einen Hanswurst wie Clocker anhängte. Er verabscheute seinen Vater und wußte, daß das auf Gegenseitigkeit beruhte. Letztlich konnte er aber doch nicht glauben, daß der Alte trotz seines tiefgreifenden und verzehrenden Hasses derlei Spielchen spielen würde – größtenteils deshalb, weil er damit einen Oslett der Lächerlichkeit preisgeben würde. Ehre und Integrität des Familiennamens zu schützen, besaß bei ihm aber stets Vorrang vor persönlichen Empfindungen und Streitigkeiten innerhalb der Familie.

In der Familie Oslett wurden bestimmte Lektionen in so zartem Alter gelernt, daß es Drew fast so vorkam, als wäre er mit diesem Wissen geboren worden, und das profunde Wissen um die Bedeutung des Namens Oslett schien sogar in seinen Genen verwurzelt zu sein. Nichts – abgesehen von einem riesigen Vermögen – war so kostbar wie ein guter Name, der über Generationen hinweg erhalten wurde; ein guter Name besaß ebenso große Macht wie großer Reichtum, weil es Politikern und Richtern leichter fiel, Aktentaschen voll Bargeld anzunehmen, wenn die Gabe von Leuten kam, deren Stammbaum Senatoren, Staatssekretäre, Industriebosse, angesehene Naturschützer oder vielgepriesene Kunstmäzene hervorgebracht hatte.

Daß er Clocker als Partner bekommen hatte, war schlicht und einfach ein Fehler. Früher oder später würde die Situation bereinigt werden. Wenn die Bürokratie des Network zuviel Zeit brauchte, neue Arrangements zu treffen, und wenn sie ihren Deserteur in einem Zustand zurückbrachten, in dem sie weiterhin wie zuvor mit ihm verfahren konnten, dann würde Oslett Alfie beiseitenehmen und *ihm* Anweisung geben, Clocker zu erledigen.

Das *Raumschiff-Enterprise*-Taschenbuch lag, Seiten nach unten, mit gebrochenem Rücken auf Clockers Schoß. Oslett achtete darauf, daß er den großen Mann nicht weckte, als er es nahm.

Er schlug die erste Seite auf, machte sich aber nicht die Mühe, Clockers Seite zu kennzeichnen, und fing an zu lesen, weil er hoffte, ihm würde vielleicht aufgehen, warum so viele Leute vom Raumschiff *Enterprise* und dessen Besatzung fasziniert waren. Nach wenigen Abschnitten führte ihn der verfluchte Autor schon ins Denken von Captain Kirk hinein, ein geistiges Territorium, das Oslett nur erforschen wollte, wenn seine Alternativen sich auf die hirnlosen Köpfe aller Präsidentschaftskandidaten der letzten Wahl beschränken würden. Er blätterte ein paar Kapitel weiter, las, fand sich in Spocks streng rationalem Verstand wieder, überblätterte noch mehr Seiten und stellte fest, daß er sich im Denken von »Pille« McCoy wiederfand.

Verärgert schlug er *Reise zum Rektum des Universums* oder wie zum Teufel das Buch heißen mochte, wieder zu, und dann schlug er damit auf Clockers Brust, um ihn zu wecken.

Der große Mann fuhr so schnell in die Höhe, daß ihm der Hut vom Kopf fiel und auf seinem Schoß landete. Verschlafen sagte er: »Was? Was?«

»Wir landen bald.«

»Logisch«, sagte Clocker.

»Ein Kontaktmann erwartet uns.«

»Das Leben besteht aus Kontakt.«

Oslett befand sich in übler Laune. Er verfolgte einen desertierten Attentäter, hatte an seinen Vater gedacht, sah sich der potentiellen Katastrophe ausgesetzt, die von Martin Stillwater ausging, hatte mehrere Seiten eines *Raumschiff-Enterprise*-Romans gelesen, und daß er jetzt auch noch mit Clockers rätselhaften Aussagen genervt wurde, war zuviel; seine Laune war endgültig im Eimer. Er sagte: »Entweder du hast im Schlaf gesabbert, oder dir ist gerade ein Schneckenrudel übers Kinn in den Mund gekrochen.«

Clocker hob einen plumpen Arm und wischte sich die untere Gesichtshälfte mit dem Hemdsärmel ab.

»Dieser Kontaktmann«, sagte Oslett, »könnte mittlerweile einen Hinweis haben, wo Alfie steckt. Wir müssen auf Draht und einsatzbereit sein. Bist du völlig wach?«

Clockers Augen blickten verschlafen. »Keiner von uns ist je völlig wach.«

»Oh, würdest du bitte diesen unausgegorenen mystischen Mist sein lassen? Ich habe im Augenblick wirklich keine Geduld dafür.«

Clocker sah ihn eine ganze Weile an, dann sagte er: »Du hast ein turbulentes Herz, Drew.«

»Falsch. Mein Magen ist turbulent, weil ich mir immerzu diese Scheiße anhören muß.«

»Ein innerer Sturm blinder Feindseligkeit.«

»Leck mich«, sagte Oslett.

Die Tonlage der Jetdüsen veränderte sich leicht. Einen Augenblick später kam die Stewardeß, gab bekannt, daß das Flugzeug zum Landeanflug auf dem Orange County Airport ansetzte, und bat sie, die Sicherheitsgurte anzulegen.

Laut Osletts Rolex war es 1:52 Uhr morgens, aber das war die Zeit in Oklahoma City. Während der Learjet tiefer ging, stellte er die Uhr neu, bis sie acht Minuten vor Mitternacht zeigte.

Als sie landeten, war der Montag in den Dienstag weggetickt wie der Zeitzünder einer Bombe, der der Detonation entgegen zählt.

Der Kontaktmann – der Ende zwanzig zu sein schien, nicht viel jünger als Drew Oslett selbst – wartete im Aufenthaltsraum der Schalterhalle für Privatflugzeuge. Er sagte ihnen, sein Name wäre Jim Lomax, was wahrscheinlich nicht stimmte.

Oslett stellte sie als Charlie Brown und Dankwart Bumskopp vor.

Der Kontaktmann schien den Witz nicht zu verstehen. Er half ihnen, ihr Gepäck auf den Parkplatz zu tragen, wo er es in den Kofferraum eines grünen Oldsmobile lud.

Lomax gehörte zu den Kaliforniern, die aus ihrem Körper einen Tempel machten und sich anschließend einer komplexeren Architektur zuwandten. Die Ethik von Training und makrobiotischem Essen war längst in die entlegensten Ecken des Landes vorgedrungen, und seit Jahren bemühten sich Amerikaner bis hinauf in die entlegensten Außenposten des verschneiten Maine um straffe Hintern und kerngesunde Herzen. Aber hier im Golden State war der erste Karrottensaftcocktail gemixt worden, hier hatte man den ersten Vollkornriegel hergestellt, hier gab es immer noch genügend Leute mit dem festen Glauben, daß rohe Jicamaschnitze ein befriedigender Ersatz für Pommes frites waren, so daß nur gewisse extrem fanatische Bewohner des Staates über genügend Entschlossenheit verfügten, daß sie das Stadium des Tempels hinter sich ließen. Jim Lomax hatte einen Hals wie eine Granitsäule, Schultern wie ein Kalksteinsturz, eine Brust, die das Mittelschiff einer Kirche stützen konnte, und einen Bauch so flach wie ein Altarstein; kurz gesagt, er hatte eine gewaltige *Kathedrale* aus seinem Körper gemacht.

Obwohl in der Nacht eine Sturmfront vorübergezogen und die Luft noch feucht und kalt war, trug Lomax nur Jeans und ein T-Shirt, auf dem Madonna mit entblößten Brüsten abgebildet war (die Popsängerin, nicht die Mutter Gottes), als könnten ihm die Elemente so wenig anhaben wie den Steinmauern einer mächtigen Festung. Er tänzelte buchstäblich statt zu gehen, und er führte jede Aufgabe mit Anmut und offensichtlicher Selbstsicherheit aus, wobei ihn zu freuen schien, daß die Leute ihn beobachteten und beneideten.

Oslett vermutete, daß Lomax nicht nur ein stolzer Mann war, sondern durch und durch eitel, sogar narzißtisch. Der einzige Gott, der in der Kathedrale seines Körpers angebetet wurde, war das Ego, das ihn bewohnte.

Trotzdem mochte Oslett den Burschen. Das Beste an Lomax war, daß Karl Clocker in seiner Gesellschaft der kleinere der beiden zu sein schien. Tatsächlich war das das *einzig Gute* an ihm, aber es genügte. Im Grunde genommen war Lomax nur wenig – wenn überhaupt – größer als Clocker, aber er war straffer und in besserer Verfassung. Im Vergleich dazu wirkte Clocker langsam, schlurfend, alt und weich. Da ihn Clockers Größe manchmal einschüchterte, gefiel Oslett der Gedanke, daß Clocker von Lomax eingeschüchtert werden könnte – aber frustrierenderweise ließ der Trekkie nicht erkennen, ob er beeindruckt war oder nicht.

Lomax fuhr. Oslett saß vorne, Clocker fläzte sich auf dem Rücksitz.

Sie verließen den Flughafen und fuhren nach rechts auf den

MacArthur Boulevard. Sie befanden sich in einem Viertel mit teuren Bürohochhäusern und -komplexen, bei denen es sich in vielen Fällen um regionale oder nationale Hauptquartiere bedeutender Firmen zu handeln schien, die hinter großen und penibel gepflegten Rasenflächen, Blumenbeeten, Hecken und jeder Menge Bäumen, die alle von künstlerisch angebrachten Landschaftsleuchten erhellt wurden, an der Straße standen.

»Unter Ihrem Sitz«, sagte Lomax zu Oslett, »finden Sie eine Fotokopie des Polizeiberichts von Mission Viejo über den Vorfall im Stillwater-Haus. War nicht leicht, da ranzukommen. Lesen Sie ihn gleich, weil ich ihn wieder mitnehmen und vernichten muß.«

Eine Taschenlampe zum Lesen war an dem Bericht festgeklammert. Während sie nach Süden und Westen auf dem MacArthur Boulevard nach Newport Beach fuhren, las Oslett das Dokument mit wachsendem Staunen und Unbehagen. Sie kamen zum Pacific Coast Highway, bogen nach Süden und hatten bereits die ganze Strecke nach Corona del Mar zurück gelegt, bis er fertig war.

»Dieser Cop, dieser Lowbock«, sagte Oslett und sah von dem Bericht auf, »der hält alles für Werberummel und glaubt, daß es nicht einmal einen Eindringling gibt.«

»Das ist eine Chance für uns«, sagte Lomax. Er grinste, und das war ein Fehler, denn er sah aus wie das Plakat einer Wohlfahrtsorganisation für die willentlich Verblödeten.

Oslett sagte: »Wenn man bedenkt, daß wahrscheinlich das ganze verfluchte Network hier den Bach runtergeht, brauchen wir, glaube ich, mehr als eine Chance. Wir brauchen ein Wunder.«

»Laß mal sehen«, sagte Clocker.

Oslett gab ihm den Bericht samt Taschenlampe auf den Rücksitz, dann sagte er zu Lomax: »Woher hat unser böser Bube denn gewußt, daß Stillwater hier draußen ist, wie hat er ihn gefunden?«

Lomax zuckte mit seinem Kalkstein-Türsturz. »Keine Ahnung.«

Oslett gab einen wortlosen Laut des Abscheus von sich.

Sie passierten einen teuren Golfclub mit Torwächter rechts vom Highway, hinter dem sich der unbeleuchtete Pazifik so unendlich und schwarz nach Westen erstreckte, daß es schien, als würden sie am Rande der Ewigkeit dahinfahren.

Lomax sagte: »Wir glauben, wenn wir Stillwater im Auge behalten, wird unser Mann früher oder später dort auftauchen und wir können ihn wieder dingfest machen.«

»Wo ist Stillwater jetzt?«

»Das wissen wir nicht.«

»Na prima.«

»Nun, sehen Sie, eine knappe halbe Stunde nachdem die Cops gegangen waren, passierte noch etwas bei den Stillwaters, bevor wir bei ihnen waren, und danach sind sie wohl ... untergetaucht, würden Sie es wahrscheinlich nennen.«

»Was passierte noch?«

Lomax runzelte die Stirn. »Das weiß niemand mit Sicherheit. Es geschah gleich um die Ecke von ihrem Haus. Verschiedene Nachbarn haben verschiedene Phasen gesehen, aber ein Mann, auf den Stillwaters Beschreibung paßt, hat eine Menge Schüsse auf einen anderen Mann in einem Buick abgefeuert. Der Buick prallt gegen einen geparkten Explorer, bleibt einen Augenblick daran hängen. Zwei Kinder, auf die die Beschreibung von Stillwaters Töchtern paßt, fallen vom Rücksitz aus dem Buick und laufen weg, der Buick braust davon, Stillwater schießt seine Waffe darauf leer, und dann kommt ein BMW – auf den die Beschreibung eines Autos der Stillwaters paßt – um die Ecke geschossen wie ein geölter Blitz, Stillwaters Frau sitzt am Steuer, und alle steigen ein und fahren davon.«

»Hinter dem Buick her?«

»Nein. Der war längst weg. Es war, als wollten sie wegsein, bevor die Polizei eintraf.«

»Haben die Nachbarn den Mann im Buick gesehen?«

»Nein. Zu dunkel.«

»Es war unser böser Bube.«

Lomax sagte: »Glauben Sie wirklich?«

»Nun, wenn er es nicht war, muß es der Papst gewesen sein.«

Lomax warf ihm einen seltsamen Blick zu, dann betrachtete er die Straße vor sich.

Bevor der Schwachkopf fragen konnte, wieso der Papst in das alles verwickelt war, sagte Oslett: »Warum haben wir keinen Polizeibericht über den zweiten Vorfall?«

»Es gab keinen. Keine Beschwerde. Kein Opfer. Nur ein Bericht über den Schaden an dem Explorer und die Unfallflucht.«

»Nach allem, was Stillwater den Cops erzählt hat, glaubt unser Alfie, daß *er* Stillwater ist oder sein sollte. Er glaubt, sein Leben wurde ihm gestohlen. Der arme Junge ist total daneben, plemplem, daher wäre es für ihn logisch, daß er zurückkehrt und die Kinder der Stillwaters entführt, weil er irgendwie denkt, daß es *seine* Kinder sind. Herrgott, was für ein Schlamassel.«

Ein Straßenschild besagte, daß sie in Kürze die Stadtgrenze von Laguna Beach erreichen würden.

Oslett sagte: »Wohin fahren wir?«

»Ritz-Carlton Hotel in Dana Point«, antwortete Lomax. »Sie haben dort eine Suite. Ich habe einen Umweg gemacht, damit Sie beide den Polizeibericht lesen konnten.«

»Wir haben im Flugzeug ein Nickerchen gemacht. Ich dachte mir, daß wir gleich loslegen, sobald wir gelandet sind.«

Lomax sah ihn überrascht an. »Und was sollen wir tun?«

»Zum Beispiel dem Haus der Stillwaters einen Besuch abstatten, uns umschauen, ob es was zu sehen gibt.«

»Es gibt nichts zu sehen. Ich soll Sie jedenfalls im Ritz abliefern. Sie können sich ausschlafen und werden morgen früh um acht zum Aufbruch bereit sein.«

»Aufbruch wohin?«

»Sie gehen davon aus, daß sie bis zum Morgen einen Hinweis darauf haben, wo sich Stillwater oder Ihr Junge oder beide aufhalten. Jemand wird um acht ins Hotel kommen und Sie auf den neuesten Stand bringen; bis dahin müssen Sie ausgeruht und einsatzbereit sein. Sollten Sie auch, immerhin handelt es sich um das Ritz. Ich meine, das ist ein tolles Hotel. Und tolles Essen. Selbst das vom Zimmerservice. Man bekommt ein gutes, gesundes Frühstück, nicht den üblichen fettigen Hotelfraß. Eiweißomeletts, Siebenkornbrot, alle möglichen frischen Früchte, fettarmen Joghurt ...«

Oslett sagte: »Ich hoffe, ich bekomme ein Frühstück wie ich es jeden Morgen in Manhattan zu mir nehme. Alligatorembryos und fritierte Aalköpfe auf in Knoblauchbutter blanchiertem Seetang, dazu eine doppelte Portion Kalbshirn. Ahhh, Mann, Sie fühlen sich in Ihrem ganzen Leben niemals *halb* so pappsatt wie nach diesem Frühstück.«

Lomax war so verblüfft, daß er den Fuß vom Gas nahm und Oslett anstarrte. »Nun, sie haben tolles Essen im Ritz, aber möglicherweise nicht so exotisch, wie man es in New York bekommt.« Er sah wieder auf die Straße, und das Auto beschleunigte. »Wie auch immer, sind Sie sicher, daß das eine gesunde Ernährung ist? Für mich hört sich das an, als wäre es das reine Cholesterin.«

Keine Andeutung von Ironie, keine Spur von Humor klang aus Lomax' Stimme heraus. Er glaubte tatsächlich, daß Oslett Aalköpfe, Alligatorembryos und Kalbshirn zum Frühstück verspeiste.

Widerwillig mußte sich Oslett eingestehen, daß es schlimmere potentielle Partner gab als denjenigen, den er bereits hatte. Karl Clocker sah nur dumm *aus*.

Für Laguna Beach war der November Nachsaison, die Straßen waren am Donnerstag morgen um Viertel vor eins fast menschenleer. An einer Kreuzung von drei Straßen in der Stadtmitte, wo der öffentliche Strand zur Rechten lag, hielten sie an einer roten Ampel an, obwohl weit und breit kein anderes Fahrzeug in Sicht war.

Oslett fand, daß die Stadt so enervierend tot war wie ganz Oklahoma, und er sehnte sich nach dem Trubel von Manhattan: Die nächtlichen Einsätze von Polizei und Krankenwagen, die *musique noir* der Sirenen, das endlose Hupen. Gelächter, betrunkene Stimmen, Streit und das irre Gestammel von drogenumnebeltem, schizophrenem Straßenvolk, die selbst in finsterster Nacht zum Fenster seines Apartments hinaufdrangen, fehlten völlig in diesem verschlafenen Dorf am Ufer des winterlichen Meeres.

Als sie aus Laguna hinausfuhren, reichte Clocker den Polizeibericht von Mission Viejo vom Rücksitz nach vorne.

Oslett wartete auf einen Kommentar des Trekkie. Als keiner erfolgte und er das Schweigen nicht mehr ertragen konnte, welches das Auto erfüllte und die Welt draußen zu ersticken schien, drehte er sich halb zu Clocker um und sagte: »Nun?«

»Was nun?«

»Was meinst du?«

»Nicht gut«, verkündete Clocker aus dem Schatten des Rücksitzes.

»Nicht gut? Mehr fällt dir dazu nicht ein? Ich finde, das sieht mir nach einem schrecklichen Schlamassel aus.«

»Nun«, sagte Clocker philosophisch, »in jeder kryptofaschistischen Organisation muß auch mal ein bißchen Regen fallen.«

Oslett lachte. Er drehte sich nach vorne, sah den ernsten Lomax an und lachte noch mehr. »Karl, manchmal glaube ich wirklich, daß du kein schlechter Mensch bist.«

»Gut oder schlecht«, sagte Clocker, »alles schwingt in derselben Bewegung subatomarer Teilchen.«

»Mach jetzt bloß einen wunderbaren Augenblick nicht kaputt«, warnte Oslett ihn.

4.

Im tiefsten Dunkel der Nacht erwacht er aus lebhaften Träumen von durchschnittenen Kehlen, von Kugeln zerfetzten Köpfen, von Rasierklingen aufgeschnittenen Handgelenken und erwürgten Prostituierten, aber er richtet sich nicht auf oder stöhnt oder schreit auf wie ein Mann, der aus einem Alptraum erwacht, denn seine Träume besänftigen ihn immer. Er liegt in Embryonalhaltung auf dem Rücksitz des Autos und erwacht manchmal halb aus seinem Genesungsschlaf.

Auf einer Seite seines Gesichts spürt er eine nasse, dickflüssige Substanz. Er führt eine Hand zur Wange und berührt das viskose Material vorsichtig und verschlafen mit den Fingern, um herauszufinden, was es ist. Als er spitze Glassplitter in dem zähen Schleim findet, wird ihm klar, daß sein heilendes Auge die Splitter zusammen mit der verletzten Augenmasse abgestoßen und durch gesundes Gewebe ersetzt hat.

Er öffnet das Auge blinzelnd und kann mit dem linken wieder genauso gut sehen wie mit dem rechten. Selbst in dem halbdunklen Buick erkennt er deutlich Umrisse, Oberflächenbeschaffenheit und die nachlassende Dunkelheit der Nacht, die sich an die Fenster drückt.

In ein paar Stunden, wenn die Palmen die langen Schatten der Dämmerung nach Westen werfen und die Eichhörnchen in dem üppigen Laub Zuflucht gesucht haben, um den Tag zu verschlafen, wird er vollständig geheilt sein. Dann wird er wieder bereit sein, sein Schicksal zu fordern.

Er flüstert: »*Charlotte ...*«

Draußen breitet sich langsam fahles Licht aus. Die Wolken im Kielwasser des Sturms sind dünn und zerrissen. Zwischen den flauschigen Fetzen schaut das kalte Gesicht des Mondes herab.

»*... Emily ...*«

Vor den Fensterscheiben schimmert die Nacht verhalten wie angelaufenes Silber im Schein einer einzigen Kerzenflamme.

»*... Daddy kommt wieder auf die Beine ... alles wird gut ... keine Bange ... Daddy kommt wieder auf die Beine ...*«

Jetzt weiß er, er wurde von einer magnetischen Kraft zu dem Doppelgänger gezogen, der durch ihre Identität entstanden war und den er mittels eines sechsten Sinns wahrnehmen konnte. Er hatte nicht gewußt, daß ein anderes Selbst existierte, war aber zu ihm hingezogen worden, als wäre die Anziehung eine automatische Funktion seines Körpers gewesen, so wie sein Herzschlag, die Produktion und Erhaltung der Blutmenge in seinem Körper und die Wirkungsweise der inneren Organe automatische Funktionen waren, die völlig ohne bewußte Anstrengung abliefen.

Noch im Halbschlaf fragt er sich, ob er diesen sechsten Sinn zielstrebig und bewußt anwenden kann, um den falschen Vater jederzeit aufzuspüren.

Verträumt betrachtet er sich selbst als eine magnetische Statue aus Eisen. Das andere Selbst, das sich irgendwo da draußen in der Nacht versteckt, ist eine vergleichbare Statue. Jeder Magnet besitzt einen positiven und einen negativen Pol. Er stellt sich vor, daß sein positiver auf den negativen des falschen Vaters eingestellt ist. Gegensätze ziehen sich an.

Er sucht nach der Kraft und findet sie fast auf der Stelle. Unsichtbare Kraftlinien ziehen leicht an ihm, dann noch leichter.

Westen. Westen und Süden.

Wie schon bei seiner hektischen und besessenen Fahrt quer durch mehr als das halbe Land, spürt er die Anziehungskraft wachsen, bis diese wie die träge Schwerkraft eines Planeten ist, der einen kleinen Asteroiden mit dem feurigen Versprechen seiner Atmosphäre lockt.

Westen und Süden. Nicht weit. Ein paar Meilen.

Der Sog ist kritisch und anfangs seltsam angenehm, aber dann fast schmerzhaft. Ihm ist zumute, als würde er, stiege er jetzt aus dem Auto aus, sofort vom Boden emporschweben und mit Höchstgeschwindigkeit durch die Luft direkt in den Orbit dieses verhaßten falschen Vaters gezogen werden, der ihm sein Leben weggenommen hat.

Plötzlich spürt er, wie der Gegner bemerkt, daß er gesucht wird, und die Kraftlinien bemerkt, die sie miteinander verbinden.

Er hört auf, an die Anziehungskraft zu denken. Gleich drauf zieht er sich in sich selbst zurück und schottet sich ab. Er ist noch nicht bereit, sich dem Gegner im Kampf zu stellen und will ihn nicht darauf aufmerksam machen, daß eine weitere Konfrontation nur noch Stunden entfernt ist.

Er schließt die Augen.
Und schläft lächelnd ein.
Heilsamer Schlaf.
Seine ersten Träume handeln von der Vergangenheit und sind von all denen bevölkert, die er getötet hat, und von den Frauen, mit denen er Sex hatte und über die er postkoitalen Tod brachte. Dann versetzen ihn Bilder in Verzückung, die sicherlich prophetisch sein müssen, und darin kommen alle vor, die er liebt – seine süße Frau, seine wunderschönen Töchter, in Augenblicken überwältigender Zärtlichkeit und befriedigender Unterwerfung, in goldenes Licht getaucht, so lieblich, alles in lieblichem goldenem Licht, Funkeln von Silber, Rubin, Amethyst, Jade und Indigo.

Marty erwachte mit dem Gefühl, als würde er zerquetscht werden, aus einem Alptraum. Noch während der Traum zerstob und verweht wurde, konnte er nicht atmen oder einen Finger rühren, obwohl er wußte, daß er wach war und sich in dem Motelzimmer befand. Er kam sich winzig und unbedeutend vor und war von der seltsamen Gewißheit erfüllt, daß er von einer kosmischen Kraft, die sich seinem Verständnis entzog, in Milliarden einzelne Atome zertrümmert werden würde.

Plötzlich und explosionsartig bekam er wieder Luft. Die Lähmung löste sich mit einem Krampf, der ihn von Kopf bis Fuß schüttelte.

Er sah Paige neben sich auf dem Bett an und fürchtete, er könnte ihren Schlaf gestört haben. Sie murmelte vor sich hin, wachte aber nicht auf.

Er erhob sich so leise wie möglich, ging zum Fenster, zog vorsichtig die Vorhänge auseinander und sah über den Parkplatz des Motels zum Pacific Coast Highway dahinter. Niemand bewegte sich zwischen den geparkten Autos. Soweit er sich erinnern konnte, waren sämtliche Schatten da draußen vorhin schon da gewesen. Er sah niemanden in Ecken lauern. Der Sturm hatte den ganzen Wind mit nach Osten genommen, Laguna wirkte so still, als wären die Bäume auf eine Bühnenkulisse aufgemalt. Ein Lastwagen fuhr Richtung Norden auf dem Highway entlang, aber das war die einzige Bewegung in der Nacht.

An der Wand gegenüber dem Fenster verbargen Vorhänge eine Schiebetür zum Balkon mit Blick aufs Meer. Jenseits der Tür, jenseits des Geländers, am Fuß der Felsklippe, lag ein heller Strandabschnitt, an dem sich die Wellen mit silberner Gischt brachen. Niemand konnte so ohne weiteres auf den Balkon klettern, und der Strand lag einsam und verlassen da.

Vielleicht war es nur ein Alptraum gewesen.

Er wandte sich von der Scheibe ab, ließ die Vorhänge wieder zurückfallen und sah auf das Leuchtzifferblatt seiner Uhr. Drei Uhr morgens.

Er hatte fünf Stunden geschlafen. Nicht lange genug, aber es mußte genügen.

Sein Hals tat unerträglich weh, und das Schlucken bereitete ihm leidliche Schmerzen.

Er ging ins Bad, schloß die Tür und schaltete das Licht ein. Dann holte er eine Packung Excedrin Extra Stark aus der Reiseapotheke. Das Etikett empfahl, nicht mehr als zwei Tabletten auf einmal zu nehmen, und nicht mehr als acht innerhalb von vierundzwanzig Stunden. Aber die Zeit schien reif, Risiken einzugehen, daher schluckte er vier mit einem Glas Wasser aus dem Hahn, steckte ein Bonbon gegen Halsschmerzen in den Mund und lutschte daran.

Nachdem er ins Schlafzimmer zurückgekehrt war und die Schrotflinte mit dem kurzen Lauf neben dem Bett aufgehoben hatte, ging er durch die Verbindungstür ins Zimmer der Mädchen. Sie schliefen und hatten sich in die Laken gewühlt wie Schildkröten in ihre Panzer, damit sie das störende Nachttischlämpchen nicht sehen mußten.

Er sah zu ihren Fenstern hinaus. Nichts.

Vorhin hatte er den Stuhl nach dem Vorlesen in die Ecke zurückgestellt, aber jetzt schob er ihn wieder weiter ins Zimmer, so daß Licht darauffiel. Er wollte Charlotte und Emily nicht erschrecken, wenn sie vor Anbruch der Dämmerung aufwachten und einen unkenntlichen Mann in dem Schatten sahen.

Er setzte sich mit gespreizten Knien und legte die Schrotflinte auf den Schoß.

Obwohl er fünf Waffen besaß – von denen sich jetzt drei in den Händen der Polizei befanden –, obwohl er ein guter Schütze war, obwohl er viele Romane geschrieben hatte, in denen Polizisten und andere Personen mühelos mit Waffen umgingen, war Marty doch überrascht darüber, wie bereitwillig er auf Waffen zurückgegriffen hatte, als es Ärger gab. Schließlich war er weder ein Mann der Tat, noch hatte er Erfahrung im Töten.

Sein eigenes Leben und das seiner Familie war in Gefahr, aber er hätte gedacht, bevor er eines Besseren belehrt wurde, daß er mehr Skrupel haben würde, den Finger um den Abzug zu krümmen. Er hätte damit gerechnet, daß er zumindest einen Anflug von Bedauern verspüren würde, nachdem er einem Menschen in die Brust geschossen hatte, auch wenn der Dreckskerl es nicht anders verdiente.

Er erinnerte sich noch deutlich an die düstere Freude, mit der er die Beretta auf den fliehenden Buick leergeschossen hatte. Der Wilde, der im genetischen Erbe eines jeden Menschen lauerte, war auch in ihm gegenwärtig, so gebildet, belesen und zivilisiert er auch sein mochte.

Was er über sich herausgefunden hatte, mißfiel ihm längst nicht so sehr, wie es sollte. Verdammt, es mißfiel ihm überhaupt nicht.

Er wußte, daß er imstande war, eine beliebige Anzahl Menschen zu töten, um sein Leben, das von Paige oder das der Kinder zu retten. Und obwohl er in einer Gesellschaft lebte, in der es politisch korrekt war, Pazifismus als einzige Hoffnung für ein Überleben der Zivilisation zu betrachten, stufte er sich selbst nicht als hoffnungslosen Reaktionär oder evolutionäre Rückentwicklung oder als Degenerierten ein, sondern lediglich als einen Mann, der genau so handelte, wie es die Natur vorgesehen hatte.

Die Zivilisation begann mit der Familie, mit Kindern, die von Müttern und Vätern beschützt wurden, welche bereit waren, Opfer für sie zu bringen und sogar zu sterben.

Wenn die Familie nicht mehr sicher war, wenn die Regierung die Familie nicht vor den Greueltaten von Vergewaltigern und Kinderschändern und Killern beschützen konnte, wenn mörderische Psychopathen aus dem Gefängnis entlassen wurden, wo sie keine längeren Strafen absaßen als betrügerische Evangelisten, die Geld ihrer Kirche unterschlugen, oder habgierige, millionenschwere Hotelbesitzerinnen, die Steuern hinterzogen, dann hatte die Zivilisation aufgehört zu existieren. Wenn Kinder Freiwild waren – und jede beliebige Ausgabe einer Tageszeitung bestätigte, daß sie es waren –, dann versank die Welt in Barbarei. Die Zivilisation existierte nur in kleinen Einheiten, innerhalb der vier Wände von Häusern, wo die Mitglieder einer Familie in einer Liebe zueinander zusammenhielten, die stark genug war, daß sie ihr Leben für die anderen geben würden.

Was für einen Tag hatten sie hinter sich! Einen schrecklichen Tag. Das einzig Gute daran war – er hatte festgestellt, daß seine Amnesie-Episode, seine Alpträume und die anderen Symptome nicht von einer körperlichen oder seelischen Krankheit herrührten. Die Probleme lagen *doch* nicht in seinem Inneren. Der Schwarze Mann existierte wirklich.

Aber diese Diagnose brachte ihm keine große Genugtuung. Er hatte zwar sein Selbstbewußtsein wiedergewonnen, aber soviel anderes verloren.

Alles hatte sich verändert.

Für immer.

Er wußte, er begriff nicht einmal ansatzweise, wie schrecklich sich ihr Leben verändert hatte. In den Stunden bis zur Morgendämmerung, als er überlegte, welche Schritte sie unternehmen konnten, um sich selbst zu schützen, und sich Gedanken darüber machte, welche logischen Gründe die Existenz des Anderen haben konnte, würde ihre Situation zunehmend schwieriger und ihre Alternativen mehr eingeschränkt werden, als er sich das im Augenblick noch vorstellen oder eingestehen wollte.

Zunächst einmal vermutete er, daß sie nie wieder nach Hause zurückkehren konnten.

Er erwacht eine halbe Stunde vor der Dämmerung geheilt und ausgeruht.

Er setzt sich wieder auf den Vordersitz, schaltet die Innenbeleuchtung ein und begutachtet seine Stirn und das linke Auge im Rückspiegel. Die Furche der Kugel an der Schläfe ist verheilt ohne eine Narbe zu hinterlassen, die er erkennen könnte. Sein Auge ist nicht mehr verletzt – nicht einmal mehr blutunterlaufen.

Aber sein halbes Gesicht ist mit getrocknetem Blut und den glibberigen biologischen Abfallprodukten des beschleunigten Heilungsprozesses verkrustet. Diese Hälfte könnte zu einer Figur aus *Das Schreckenskabinett des Dr. Phibes* oder *Darkman* gehören.

Er kramt im Handschuhfach und findet eine kleine Packung Kleenex. Unter den Zellstofftüchern befindet sich eine Familienbox Handi Wipes, feuchte Erfrischungstücher in Folie eingeschweißt. Mit Zitronenduft. Sehr hübsch. Er schrubbt mit Kleenex und Papiertüchern die Gallertmasse vom Gesicht und streicht sich mit den Händen das schlafzerzauste Haar zurecht.

Jetzt wird er keinen mehr erschrecken, ist aber immer noch nicht vorzeigbar genug, um keinen Verdacht mehr zu erregen, und genau das will er vermeiden. Der weite Regenmantel, den er bis zum Hals zugeknöpft hat, verbirgt das von Einschußlöchern zerfetzte Hemd, das allerdings nach Blut und den verschiedenen Nahrungsmitteln riecht, die er gestern abend bei seiner Freßorgie auf dem verregneten Parkplatz des McDonalds in dem inzwischen abgestellten Honda darauf verschüttet hat, bevor er auf den unglücklichen Besitzer des Buick stieß. Seine Hose ist auch nicht gerade sauber.

Auf die geringe Chance hin, etwas Nützliches zu finden,

zieht er den Schlüssel aus dem Zündschloß, steigt aus dem Auto aus, geht nach hinten und öffnet den Kofferraum. Aus dem dunklen Inneren, das lediglich vom verirrten Lichtschein der nächsten, von Bäumen halb verdeckten Notbeleuchtung erhellt wird, starrt ihn der Tote mit aufgerissenen Augen an, als wäre er erstaunt, ihn wiederzusehen.

Die beiden Einkaufstaschen aus Plastik liegen auf der Leiche. Er schüttelt den Inhalt beider auf den Toten. Der Besitzer des Buick hatte eine Menge Sachen eingekauft. Am nützlichsten ist im Augenblick ein weiter Rollkragenpullover.

Er nimmt den Pullover in die linke Hand und klappt mit der rechten so leise wie möglich den Kofferraumdeckel zu. Die Leute werden bald aufstehen, aber noch schlafen die meisten, wenn nicht alle Bewohner. Er schließt den Kofferraum ab und steckt die Schlüssel ein.

Der Himmel ist dunkel, aber die Sterne sind verblaßt. Die Morgendämmerung ist keine fünfzehn Minuten mehr entfernt.

In so einem großen Park und Apartmentkomplex muß es mindestens zwei oder drei Gemeinschaftswaschküchen geben, und er macht sich auf die Suche nach einer. Eine Minute später hat er ein Schild entdeckt, das ihn zur Freizeithalle, dem Pool, der Hausverwaltung und der nächsten Waschküche führt.

Der Fußweg, der die Gebäude verbindet, windet sich durch große und ansprechend angelegte Gärten unter sich ausbreitenden Lorbeerbäumen und altmodischen schmiedeeisernen Laternen mit einer Patina aus Grünspan. Die Siedlung ist ordentlich geplant und anheimelnd. Er könnte sich vorstellen, hier zu leben. Selbstverständlich ist sein eigenes Haus in Mission Viejo noch schöner, und er ist sicher, Paige und die Mädchen hängen so sehr daran, daß sie es nie aufgeben werden.

Die Tür der Waschküche ist abgeschlossen, stellt aber kein nennenswertes Hindernis dar. Die Verwaltung hat am Schloß gespart, es handelt sich nicht um ein Sicherheitsschloß. Da er damit gerechnet hat, daß er sie brauchen könnte, hat er eine Kreditkarte aus der Brieftasche des Toten mitgenommen, die er jetzt zwischen Türrahmen und Tür steckt. Er schiebt sie nach oben, spürt den Widerstand des Bolzens, übt Druck aus und knackt das Schloß.

Im Inneren findet er sechs Münzwaschmaschinen, vier Trockner, einen Automaten mit kleinen Packungen Waschmittel und Weichspüler, einen großen Tisch, auf dem man die saubere Wäsche zusammenlegen kann, und zwei tiefe Waschbecken. Im Licht der Neonröhren macht alles einen sauberen und erfreulichen Eindruck.

Er zieht den Regenmantel und das völlig verdreckte Flanellhemd aus. Sowohl das Hemd wie auch den Mantel steckt er in den großen Abfalleimer in der Ecke.

Auf seiner Brust sind keine Einschüsse zu sehen. Seinen Rücken muß er nicht inspizieren; er weiß auch so, daß die große Austrittwunde der Kugel verheilt ist.

Er wäscht sich die Achselhöhlen an einem der Waschbecken und trocknet sich mit Papierhandtüchern aus einem Spender an der Wand ab.

Er freut sich auf eine ausgiebige heiße Dusche, bevor der Tag zu Ende ist, und zwar in seinem eigenen Bad, in seinem eigenen Haus. Wenn er den falschen Vater erst aufgespürt und getötet hat, wenn seine Familie wieder bei ihm ist, wird er Zeit für die kleinen Freuden des Lebens haben. Paige wird mit ihm duschen. Das wird ihr gefallen.

Falls nötig, könnte er die Jeans ausziehen und in einer der Waschmaschinen waschen, schließlich besitzt er Münzen vom Besitzer des Buick. Aber als er die verkrusteten Essensreste mit den Fingernägeln abkratzt und die wenigen Flecken mit feuchten Papierhandtüchern bearbeitet, findet er das Ergebnis zufriedenstellend.

Der Pullover erweist sich als angenehme Überraschung. Er ist davon ausgegangen, daß er ihm zu groß sein würde, wie der Regenmantel, aber der Tote hat ihn offensichtlich nicht für sich selbst gekauft. Er sitzt wie angegossen. Die Farbe –

Preiselbeerrot– paßt gut zu den Bluejeans und ist auch eine gute Farbe für ihn. Gäbe es einen Spiegel in dem Raum, könnte er sicher feststellen, daß er nicht nur unauffällig aussieht, sondern ansehnlich, sogar attraktiv.

Draußen ist die Dämmerung ein erstes geisterhaftes Licht am Himmel.

Vögel zwitschern auf den Bäumen.

Die Luft riecht erfrischend.

Er wirft die Schlüssel des Buick ins Gebüsch, läßt das Auto mitsamt dem toten Mann stehen, geht mit raschen Schritten zum nächsten Parkhaus und probiert die Türen der dort abgestellten Fahrzeuge unter dem mit Bougainvilleen umrankten Dach systematisch durch. Als er gerade denkt, daß sie alle abgeschlossen sind, findet er einen offenen Toyota Camry.

Er setzt sich ans Lenkrad. Sucht hinter der Sonnenblende nach Schlüsseln. Unter dem Sitz. Kein Glück.

Es spielt keine Rolle. Einfälle hat er genug. Bevor der Himmel nennenswert heller geworden ist, hat er das Auto kurzgeschlossen und sich auf den Weg gemacht.

Wahrscheinlich wird der Besitzer des Camry ihn in wenigen Stunden vermissen, wenn er damit zur Arbeit fahren will, und ihn gleich als gestohlen melden. Kein Problem. Bis dahin werden die Nummernschilder an einem anderen Auto festgeschraubt sein, und der Camry wird eine andere Nummer haben, die ihn so gut wie unsichtbar für die Polizei machen wird.

Er fühlt sich wie neugeboren, als er im ersten rosigen Licht der Dämmerung durch die Hügel von Laguna Niguel fährt. Der frühmorgendliche Himmel ist noch blaßblau, aber die hohen Wolkenformationen sind rosa getönt.

Es ist der erste Dezember. Tag eins. Er beginnt wieder von vorn. Von jetzt an wird alles so laufen, wie er es will, weil er seinen Gegner nicht mehr unterschätzen wird.

Bevor er den falschen Vater tötet, wird er dem Mistkerl die Augen ausdrücken, eine Vergeltung für die Wunden, die er selbst hinnehmen mußte. Und seine Töchter wird er zusehen lassen, denn es wird eine wichtige Lektion für sie sein, ein Beweis dafür, daß falsche Väter auf lange Sicht nicht triumphieren können und man von ihrem richtigen Vater strenge Strafen zu erwarten hat, wenn man ungehorsam ist.

Fünf

1.

Marty weckte Charlotte und Emily kurz nach der Dämmerung. »Wir müssen duschen und uns auf den Weg machen, Ladies. Viel zu tun heute morgen.«

Emily war sofort hellwach. Sie strampelte sich unter der Decke hervor und stand in ihrem schmetterlingsgelben Pyjama auf dem Bett, fast auf Augenhöhe mit ihm. Sie verlangte eine Umarmung und einen Gutenmorgenkuß. »Ich hatte gestern nacht einen Supertraum.«

»Laß mich raten. Du hast geträumt, du wärst alt genug, daß du mit Tom Cruise ausgehen, Sportwagen fahren, Zigarren rauchen, dich sinnlos betrinken und dir die Eingeweide rauskübeln kannst.«

»Quatsch«, sagte sie. »Ich hab' geträumt, daß du zum Automaten gegangen bist und es zum Frühstück Mountain Dew und Schokoriegel gegeben hat.«

»Tut mir leid, aber das war nicht prophetisch.«

»Daddy, sei kein Schriftsteller, der unverständliche Worte gebraucht.«

»Ich habe gemeint, daß dein Traum nicht in Erfüllung geht.«

»Klar, *das* hab' ich gewußt«, sagte sie. »Du und Mommy, ihr würdet im Quadrant springen, wenn wir Süßigkeiten zum Frühstück essen würden.«

»Quadrat. Nicht Quadrant.«

Sie verzog das Gesicht. »Ist das so wichtig?«

»Nein, wahrscheinlich nicht, Quadrat, Quadrant, wie du willst.«

Emily wand sich aus seiner Umarmung und sprang vom Bett. »Ich muß aufs Töpfchen«, verkündete sie.

»Immerhin ein Anfang. Dann geh duschen, putz dir die Zähne und zieh dich an.«

Charlotte wurde, wie üblich, nicht so schnell wach. Als Emily die Badezimmertür zumachte, hatte Charlotte es nur geschafft, die Decke zurückzuschlagen und sich auf die Bettkante zu setzen. Sie betrachtete verdrossen ihre bloßen Füße.

Marty setzte sich neben sie. »Das nennt man Zehen.«

»Mmmm«, sagte sie.

»Die brauchst du, damit du die Enden deiner Socken ausfüllen kannst.«

Sie gähnte.

Marty sagte: »Wenn du Ballettänzerin werden möchtest, brauchst du sie dringend. Aber für die meisten anderen Berufe sind sie nicht so wichtig. Wenn du also *keine* Ballerina werden möchtest, könntest du sie wegoperieren lassen, entweder nur die großen oder alle zehn, das kommt ganz auf dich an.«

Sie legte den Kopf schief und schenkte ihm eine »Daddy-ist-witzig-also-tun-wir-ihm-den-Gefallen-und-lächeln«-Miene. »Ich glaube, ich behalte sie.«

»Wie du meinst«, sagte er und gab ihr einen Kuß auf die Stirn.

»Meine Zähne fühlen sich pelzig an«, beschwerte sie sich. »Meine Zunge auch.«

»Vielleicht hast du in der Nacht eine Katze gegessen.«

Sie war immerhin so wach, daß sie kicherte.

Im Bad ertönte die Toilettenspülung, einen Augenblick später ging die Tür auf. Emily sagte: »Charlotte, möchtest du allein sein, wenn du aufs Töpfchen gehst, oder kann ich jetzt duschen?«

»Geh bloß duschen«, sagte Charlotte, »du riechst.«

»Ach ja? Und du miefst.«

»Du stinkst.«

»Weil ich es *will*«, sagte Emily, der wahrscheinlich keine Steigerung für »stinken« mehr einfiel.

»Meine höflichen Töchter, so feine Damen.«

Als Emily wieder ins Bad ging und sich an den Duscharmaturen zu schaffen machte, sagte Charlotte: »Ich muß diesen Pelz von den Zähnen bekommen.« Sie stand auf und ging zu der offenen Tür. An der Schwelle drehte sie sich zu Marty um. »Daddy, müssen wir heute in die Schule?«

»Heute nicht.«

»Hab' ich mir gedacht.« Sie zögerte. »Morgen?«

»Ich weiß nicht, Liebling. Wahrscheinlich nicht.«

Wieder ein Zögern. »Werden wir je wieder zur Schule gehen?«

»Aber selbstverständlich.«

Sie sah ihn viel zu lange an, dann nickte sie und ging ins Bad.

Ihre Frage erschütterte Marty. Er war nicht sicher, ob sie lediglich Tagträumen von einem Leben ohne Schule nachhing, wie es die meisten Kinder ab und zu einmal tun, oder ob sie sich tiefschürfendere Sorgen über die Situation machte, in die sie hineingeraten waren.

Er hatte gehört, wie der Fernseher im Nebenzimmer eingeschaltet worden war, während er neben Charlotte auf dem Bett saß, daher wußte er, daß Paige wach war. Er stand auf, um ihr guten Morgen zu sagen.

Als er sich der Verbindungstür näherte, rief Paige ihm zu: »Marty, schnell, sieh dir das an!«

Als er ins andere Zimmer stürzte, sah er sie vor dem Fernseher stehen. Sie sah sich die Frühnachrichten an.

»Es geht um uns«, sagte sie.

Er erkannte ihr eigenes Haus auf dem Bildschirm. Eine Reporterin stand auf der Straße, mit dem Rücken zum Haus, und sah in die Kamera.

Marty hockte sich vor den Fernseher und drehte den Ton lauter.

»... konnte das Geheimnis nicht aufgeklärt werden, und die Polizei möchte heute morgen sehr gern mit Martin Stillwater reden ...«

»Oh, heute *morgen* wollen sie reden«, sagte er angewidert.

Paige brachte ihn zum Schweigen.

»... ein verantwortungsloser Schwindel von einem Schriftsteller, der zu versessen darauf ist, seine Karriere zu fördern, oder etwas Gefährlicheres? Nachdem das Polizeilabor festgestellt hat, daß die gewaltige Menge Blut in Stillwaters Haus tatsächlich menschlichen Ursprungs ist, ist es für die Behörden inzwischen von höchster Dringlichkeit, diese Frage zu beantworten.«

Das war das Ende des Berichts. Während die Reporterin ihren Namen und Standort nannte, bemerkte Marty das Wort »LIVE« in der oberen linken Ende des Bildschirms. Die vier Buchstaben standen zwar schon die ganze Zeit dort, aber ihre Bedeutung war ihm nicht gleich aufgegangen.

»Live?« sagte Marty. »Sie schicken keine Reporter live vor Ort, wenn die Sache nicht noch am Laufen ist.«

»Sie ist noch am Laufen«, sagte Paige. Sie stand mit vor der Brust verschränkten Armen da und betrachtete stirnrunzelnd den Fernseher. »Der Irre ist immer noch irgendwo da draußen.«

»Ich meine so was wie ein andauernder Überfall oder eine Geiselnahme, bei der eine Spezialeinheit bereit steht, um das Haus zu stürmen. Nach Fernsehstandards ist das hier langweilig, keine *Action*, niemand vor Ort, dem man ein Mikrophon vor die Nase halten könnte, nur ein unbewohntes Haus als Hintergrund. Solche Sachen kommen normalerweise nicht für Liveberichterstattung in Frage, zu teuer und kein bißchen Nervenkitzel.«

Die Sendeleitung hatte zurück ins Studio gegeben. Zu seiner Überraschung handelte es sich bei dem Sprecher nicht um einen zweitklassigen Moderator eines Senders aus Los Angeles, der normalerweise durch eine Frühsendung geführt haben würde, sondern um ein bekanntes Gesicht des Kabelfernsehens.

Marty sagte fassungslos: »Das ist *bundesweit*. Seit wann wird ein Bericht über einen Einbruch bundesweit ausgestrahlt?«

»Du bist auch angegriffen worden«, sagte Paige.

»Na und? Heutzutage findet alle zehn Sekunden irgendwo im Land ein schlimmeres Verbrechen als das hier statt.«

»Aber du bist eine Berühmtheit.«

»Von wegen.«

»Es gefällt dir vielleicht nicht, ist aber so.«

»*So* berühmt bin ich nun auch wieder nicht, nach nur zwei Taschenbuchbestsellern. Weißt du, wie schwer es ist, als Gast in eine Talkshow von denen zu kommen?« Er klopfte mit dem Knöchel gegen das Gesicht des Sprechers auf dem Bildschirm. »Schwerer als eine Einladung zu einem Staatsbankett ins Weiße Haus! Selbst wenn ich einen Presseagenten einstellen würde, der dem Teufel seine Seele verkauft, würde er mich nicht in die Sendung bringen, Paige. Ich bin einfach nicht groß genug. Für die bin ich ein Niemand.«

»Also ... was willst du damit sagen?«

Er ging zum Fenster mit Ausblick auf den Parkplatz und zog die Vorhänge auseinander. Blasses Sonnenlicht. Konstanter Verkehr auf dem Pacific Coast Highway. Die Bäume rauschten träge in einer milden Meeresbrise.

Nichts an der Szenerie wirkte bedrohlich oder ungewöhnlich, und doch kam sie ihm geheimnisvoll vor. Ihm war, als würde er in eine Welt hinaus sehen, die nicht mehr vertraut war, eine Welt, die sich zum Schlechteren gewandelt hatte. Die Unterschiede ließen sich nicht festmachen, waren mehr subjektiv als objektiv und sprachen eher die Seele als die Sinne an, aber nichtsdestotrotz waren sie real. Und das Tempo dieser finsteren Veränderungen wurde immer schneller. Bald würde ihm der Blick aus diesem Zimmer, oder einem anderen, wie etwas vorkommen, das er durch das Bullauge eines Raumfahrzeugs auf einem fernen Planeten sah, der oberflächlich seiner eigenen Welt glich, aber unter der trügerischen Oberfläche unendlich fremder war und menschliches Leben nicht zuließ.

»Ich glaube nicht«, sagte er, »daß die Polizei unter normalen Umständen die Blutuntersuchungen so schnell abgeschlossen hätte, und ich *weiß*, daß es absolut unüblich ist, den

Medien derart bereitwillig Laborergebnisse zukommen zu lassen.« Er ließ die Vorhänge wieder zurückfallen und drehte sich zu Paige um, die besorgt die Stirn runzelte. »Bundesweites Interesse? Live vor Ort? Ich habe keine Ahnung, was hier los ist, Paige, aber es ist noch seltsamer als ich gestern nacht gedacht habe.«

Während Paige duschte, zog Marty einen Stuhl vor den Fernseher, schaltete durch die Kanäle und suchte nach anderen Nachrichtensendungen. Er erwischte noch das Ende eines anderen Berichts über sich in einem regionalen Sender – und dann einen dritten, vollständig, in einer bundesweiten Nachrichtensendung.

Er hoffte, nicht paranoid zu sein, wenn er den deutlichen Eindruck hatte, daß beide Berichte, ohne offene Anschuldigungen vorzubringen, den Schluß nahelegten, die Geschichte, die er der Polizei von Mission Viejo erzählt hatte, wäre frei erfunden und sein wahres Motiv entweder, mehr Bücher zu verkaufen, oder etwas Dunkleres und Unheimlicheres als bloßer Werberummel. Beide Sendungen machten Gebrauch von der Fotografie in der aktuellen Ausgabe von *People*, auf der er wie ein Filmzombie mit glühenden Augen aussah, der gewalttätig und primitiv aus den Schatten geschlurft kommt. Und in beiden wurden die vier Schußwaffen erwähnt, die ihm die Polizei abgenommen hatte, als wäre er ein großstädtischer Survivalist, der auf einem mit Waffen und Munition vollgestopften Bunker lebte. Gegen Ende des dritten Berichts glaubte er eine Andeutung herauszuhören, er könnte sogar gefährlich sein, aber diese wurde so aalglatt und subtil eingeflochten, daß es mehr eine Frage von Tonfall und Mimik des Reporters war als des Textes, den er ablas.

Erschüttert schaltete er den Fernseher aus.

Eine Zeitlang betrachtete er nur den blanken Bildschirm. Das Grau des erloschenen Monitors entsprach seiner Stimmung.

Als alle geduscht und sich angezogen hatten, setzten sich die Mädchen auf den Rücksitz des BMW, wo sie pflichtschuldig die Sicherheitsgurte anlegten, während ihre Eltern das Gepäck im Kofferraum verstauten.

Als Marty die Klappe zuschlug und abschloß, wandte sich Paige so leise an ihn, daß Charlotte und Emily es nicht hören konnten. »Glaubst du wirklich, wir müssen so weit gehen, das alles tun, ist es wirklich so schlimm?«

»Ich weiß nicht. Wie ich dir gesagt habe, ich denke seit dem Aufwachen darüber nach, seit drei Uhr morgens, und ich weiß immer noch nicht, ob ich übertrieben reagiere.«

»Es liegen ernste Dinge vor uns, womöglich sogar gefährliche.«

»Es ist nur ... so seltsam alles schon ist, mit dem Anderen und was er alles zu mir gesagt hat, aber die Hintergründe scheinen mir noch seltsamer zu sein. Gefährlicher als ein bewaffneter Irrer. Tödlicher und viel größer. Etwas so Großes, daß es uns zerquetscht, wenn wir versuchen, uns ihm in den Weg zu stellen. So habe ich mich mitten in der Nacht gefühlt, und ich hatte mehr Angst als gestern, als er die Kinder bei sich im Auto hatte. Und nach allem, was ich heute morgen im Fernsehen gesehen habe, bin ich mehr – nicht weniger – geneigt, mich auf meine Gefühle zu verlassen.«

Ihm war bewußt, daß seine Angst extrem und mit dem unmißverständlichen Geschmack der Paranoia gewürzt war. Aber er war kein Angsthase und ging davon aus, daß er sich auf seine Instinkte verlassen konnte. Die Ereignisse hatten sämtliche Zweifel an seiner geistigen Gesundheit ausgeräumt.

Er wünschte sich, er könnte einen anderen Gegner als den unwahrscheinlichen Doppelgänger entlarven, denn er war überzeugt, *daß* es einen anderen Gegner gab, und es wäre beruhigend gewesen, ihn identifizieren zu können. Die Mafia, der Ku-Klux-Klan, Neonazis, ein Konsortium gewissenloser Bankiers, der Aufsichtsrat eines unvorstellbar habgierigen multinationalen Firmenkonglomerats, rechtsextreme Generäle, die eine Militärdiktatur errichten wollten, eine Schar wahnsinniger Fanatiker aus dem Mittelwesten, verrückte Wissenschaftler, die die Welt aus reinem Jux und Dollerei in die Luft jagen wollten, oder auch Satan selbst in all seiner gehörnten Pracht – jeder Standardbösewicht aus Fernsehserien und zahllosen Romanen, wie unwahrscheinlich und klischeebefrachtet auch immer, wäre einem Widersacher ohne Gesicht oder Gestalt oder Namen vorzuziehen.

Paige biß sich nachdenklich auf die Unterlippe und ließ den Blick über die rauschenden Bäume, die anderen parkenden Autos und die Fassade des Motels schweifen, bevor sie den Kopf in den Nacken legte und zu den kreischenden Möwen aufsah, die am überwiegend blauen und gleichgültigen Himmel ihre Bahnen zogen.

»Du spürst es auch«, sagte er.

»Ja.«

»Erdrückend. Wir werden nicht beobachtet, aber das Gefühl ist fast dasselbe.«

»Schlimmer«, sagte sie. »Anders. Die Welt hat sich verändert – oder wie ich sie betrachte.«

»Ich auch.«

»Wir haben etwas … verloren.«

Und das werden wir nie mehr wiederfinden, dachte er.

2.

Das Ritz-Carlton war ein bemerkenswertes Hotel, außerordentlich geschmackvoll, mit großzügigen Verzierungen aus Marmor, Sandstein, Granit, mit erstklassiger Kunst und Antiquitäten in sämtlichen öffentlichen Räumen. Die gewaltigen Blumenarrangements, die man vor sich sah, wohin man sich auch drehte und wendete, gehörten zu den besten, die Oslett je gesehen hatte. Das Personal, in dezente Uniformen gekleidet, höflich, allgegenwärtig, schien die Gäste an Zahl zu übertreffen. Alles in allem fühlte sich Oslett an sein Zuhause erinnert, an das Gut in Connecticut, wo er aufgewachsen war, obwohl die Villa der Familie größer als das Ritz war, mit Antiquitäten höchster Museumsansprüche möbliert, das Verhältnis von Personal zu Familie sechs zu eins betrug und ein Landeplatz zu dem Grundstück gehörte, der Platz für die militärischen Helikopter bot, in denen der Präsident der Vereinigten Staaten und sein Gefolge manchmal reisten.

Die Suite mit zwei Schlafzimmern und einem geräumigen Wohnzimmer, in der Drew Oslett und Clocker untergebracht waren, bot jede Annehmlichkeit von einer voll bestückten Bar bis hin zu so geräumigen Duschkabinen aus Marmor, daß jeder gastierende Ballettänzer während des morgendlichen Duschens darin Entrechats hätte üben können. Die Handtücher stammten nicht von Pratesi, wie er sie sein ganzes Leben lang benutzt hatte, aber sie waren aus guter ägyptischer Baumwolle, weich und saugfähig.

Donnerstag morgen um 7:50 Uhr hatte Oslett ein weißes Baumwollhemd mit Knöpfen aus Walknochen der Hemdenfabrik Theophilus in London angezogen, einen marineblauen Kaschmirblazer, den sein Schneider in Rom mit einem feinen Auge für Details maßgeschneidert hatte, graue Wollhosen, schwarze, von einem in Paris lebenden italienischen Schuhmacher handgefertigte Oxfords (eine exzentrische Note), sowie eine marineblau, kastanienrot und golden gestreifte Krawatte. Die Farbe des seidenen Einstecktuchs paßte genau zum Gold der Krawatte.

Solchermaßen angetan und mit durch seine elegante Perfektion gehobener Stimmung, machte er sich auf die Suche nach Clocker. Selbstverständlich sehnte er sich nicht nach der Gesellschaft von Clocker; er wußte nur jederzeit gern, zu seiner eigenen Beruhigung, was Clocker anstellte. Und er hegte die Hoffnung, daß er eines gesegneten Tages Karl Clocker tot auffinden würde, von einem massiven Herzinfarkt, einer Gehirnblutung oder einem der außerirdischen Todesstrahlen niedergestreckt, über die der große Mann ständig las.

Clocker saß in einem Verandasessel auf dem Balkon des Wohnzimmers und schenkte der atemberaubenden Aussicht auf den Pazifik keine Beachtung, sondern steckte die Nase statt dessen ins letzte Kapitel von *Gestaltverändernde Gynäkologen der Dunklen Galaxis*, oder wie zum Teufel der Titel lauten mochte. Er trug denselben Hut mit der Entenfeder, den Sportmantel aus Tweed und die Hush Puppies, aber heute hatte er frische purpurne Socken, eine andere Hose und ein sauberes weißes Hemd an. Einen anderen Pullunder mit Harlekinmuster hatte er ebenfalls angezogen, dieses Mal in Blau, Rosa, Gelb und Grau. Er trug keine Krawatte, aber aus dem offenen Hals des Hemds ragte so viel schwarzes Haar, daß es aussah, als würde er ein Halstuch tragen.

Nachdem er auf Osletts erstes »Guten Morgen« nicht reagiert hatte, beantwortete Clocker die Wiederholung der Worte mit dem unmöglichen Gruß der abgespreizten Finger, mit dem sich die Figuren in *Raumschiff Enterprise* stets begrüßten, wandte aber den Blick nicht von dem Taschenbuch ab. Hätte Oslett eine Kettensäge oder ein Fleischerbeil besessen, hätte er Clockers Hand am Gelenk abgeschlagen und ins Meer geworfen. Er fragte sich, ob der Zimmerservice ein hinreichend scharfes Instrument aus den Beständen der Küche heraufschicken würde.

Der Tag war warm, schon jetzt um die einundzwanzig Grad. Blauer Himmel und eine milde Brise boten eine willkommene Abwechslung von der Kälte der vergangenen Nacht.

Pünktlich um acht Uhr – gerade rechtzeitig, um Oslett davor zu bewahren, daß er wegen der schrillen Schreie einer Möwe, des einlullenden Rauschens der Brandung und des leisen Gelächters früher Surfer, die mit ihren Brettern aufs Meer hinaus paddelten, den Verstand verlor – traf der Abgesandte des Network ein, um sie auf den neuesten Stand zu bringen. Er war das krasse Gegenteil des kräftigen Mannes, der sie vor einigen Stunden vom Flughafen abgeholt und zum Ritz-Carlton gefahren hatte. Savile-Row-Anzug. Club-Krawatte. Teure Gamaschenschuhe von Bally. Ein Blick genügte Oslett, um zu wissen, daß dieser Mann kein Kleidungsstück mit einem aufgedruckten Foto von Madonna mit entblößten Brüsten besaß.

Er erklärte, sein Name sei Peter Waxhill, womit er wahrscheinlich die Wahrheit sagte. Er stand in der Organisation hoch genug, daß er Osletts und Clockers richtige Namen kannte – auch wenn er die Suite auf die Namen John Galbraith und John Maynard Keynes gebucht hatte –, daher gab es keinen Grund, seinen eigenen zu verheimlichen.

Waxhill schien Anfang Vierzig zu sein, zehn Jahre älter als Oslett, aber der Messerschnitt an seinen Schläfen zeigte bereits graue Spuren. Mit einem Meter achtzig war er groß, aber nicht übertrieben; er war schlank, aber durchtrainiert, gutaussehend, aber nicht herausgeputzt, charmant, aber nicht aufdringlich. Er benahm sich nicht nur, als wäre er seit Jahrzehnten Diplomat, sondern als wäre er durch Genmanipulation für diese Rolle gezüchtet worden.

Nachdem er sich vorgestellt und eine Bemerkung über das Wetter gemacht hatte, sagte Waxhill: »Ich habe mir die Freiheit genommen, beim Zimmerservice nachzufragen, ob Sie das Frühstück schon zu sich genommen haben, und nachdem man das verneinte, habe ich mir die weitere Freiheit genommen und für uns drei bestellt, damit wir frühstücken und uns gleichzeitig unterhalten können. Ich hoffe, das macht Ihnen nichts aus.«

»Überhaupt nicht«, sagte Oslett, den die Höflichkeit und Leistungsfähigkeit des Mannes beeindruckten.

Er hatte kaum geantwortet, da läutete es schon an der Tür, und Waxhill ließ zwei Kellner mit einem Servierwagen eintreten, der mit einem weißen Tischtuch zugedeckt und mit Geschirr vollgestellt war. In der Mitte des Wohnzimmers zogen die Kellner versteckte Klappen hoch und verwandelten den Servierwagen damit in einen runden Tisch, danach verteilten sie Krüge, Teller, Servietten, Tassen, Untertassen, Gläser und Vorlegplatten mit der Anmut und Schnelligkeit von Magiern, die Kartentricks vorführen. Gemeinsam ließen sie eine Vielzahl Schüsseln aus bodenlosen Fächern unter dem Servierwagen wie aus der Luft erscheinen: Rührei mit roter Paprika, Speck, Würstchen, Räucherhering, Toast, Croissants, Gewächshaus-Erdbeeren mit braunem Zucker und kleinen Krügen voll dicker Sahne, frisch gepreßten Orangensaft und eine versilberte Thermoskanne Kaffee.

Waxhill sprach den Kellnern ein Lob aus, dankte ihnen, gab ihnen ein Trinkgeld und unterschrieb die Rechnung, während er die ganze Zeit in Bewegung blieb, so daß er ihnen die Quittung und den Hotelkugelschreiber zurückgab, als sie schon die Schwelle zum Flur überquerten.

Als Waxhill die Tür geschlossen hatte und zum Tisch zurückgekehrt war, fragte Oslett: »Harvard oder Yale?«

»Yale. Und Sie?«

»Princeton. Dann Harvard.«

»In meinem Fall Yale und dann Oxford.«

»Der Präsident war in Oxford«, sagte Oslett nickend.

»Ach, tatsächlich«, sagte Waxhill, zog die Brauen hoch und tat so, als wäre das etwas Neues für ihn. »Nun, Oxford hat Bestand, wissen Sie.«

Karl Clocker, der offenbar das letzte Kapitel von *Planet der Darmparasiten* zu Ende gelesen hatte, kam vom Balkon herein – eine wandelnde Peinlichkeit, soweit es Oslett betraf. Waxhill ließ sich dem Trekkie vorstellen, schüttelte ihm die Hand und tat so, als würde er nicht vor Ekel oder Heiterkeit ersticken.

Sie zogen die drei Lehnstühle heran und setzten sich an den Frühstückstisch. Clocker nahm den Hut nicht ab.

Nachdem sie Essen von den Vorlegeplatten auf die Teller befördert hatten, sagte Waxhill: »Heute nacht haben wir ein paar interessante Hintergrundinformationen über Martin Stillwater bekommen, von denen die wichtigste mit einem Krankenhausaufenthalt seiner ältesten Tochter vor fünf Jahren zusammenhängt.«

»Was fehlte ihr denn?« fragte Oslett.

»Zuerst hatten sie keine Ahnung. Aufgrund der Symptome vermuteten sie Krebs. Charlotte – das ist die Tochter, sie war zu dem Zeitpunkt vier Jahre alt – war eine Zeitlang in einer ziemlich schlechten Verfassung, aber letztendlich entpuppte sich die Krankheit als ungewöhnliches Ungleichgewicht der Blutchemie, das heilbar war.«

»Schön für sie«, sagte Oslett, obwohl ihm egal war, ob Stillwaters Tochter überlebt hatte oder gestorben war.

»Ja, das war es«, sagte Waxhill, »aber auf dem Tiefpunkt, als die Ärzte zu einer niederschmetternden Diagnose neigten, unterzogen sich Vater und Mutter einer Knochenmarksabsaugung. Extraktion von Knochenmark mit einer speziellen Saugnadel.«

»Hört sich schmerzhaft an.«

»Zweifellos. Die Ärzte wollten die Proben, um festzustellen, welcher Elternteil den besseren Spender abgeben würde, falls eine Knochenmarkstransplantation notwendig werden sollte. Charlottes Mark produzierte wenig neues Blut, und es gab Anzeichen, daß ein bösartiger Tumor die Bildung von Blutzellen behinderte.«

Oslett kaute einen Bissen Ei. Es war mit Basilikum gewürzt und schmeckte köstlich. »Ich verstehe nicht, was Charlottes Krankheit mit unserem momentanen Problem zu tun haben könnte.«

Nach einer rhetorischen Pause sagte Waxhill: »Sie wurde im Cedars-Sinai in Los Angeles behandelt.«

Oslett, der eine Gabel Ei halb zum Mund geführt hatte, erstarrte.

»Vor fünf Jahren«, betonte Waxhill.

»In welchem Monat?«

»Dezember.«

»An welchem Tag wurde Stillwaters Knochenmarksprobe genommen?«

»Am sechzehnten. Dem sechzehnten Dezember.«

»Verdammt. Aber wir hatten auch eine Blutprobe, eine Sicherheit ...«

»Stillwater wurden auch Blutproben abgenommen. Eine wurde mit jeder Knochenmarksprobe ins Labor geschickt.«

Oslett führte die Gabel Ei zum Mund. Er kaute, schluckte und sagte: »Wie konnten unsere Leute solchen Mist bauen?«

»Das werden wir wahrscheinlich nie erfahren. Wie auch immer, das ›Wie‹ spielt keine Rolle, nur die Tatsache, *daß* sie Mist gebaut haben, und wir müssen damit leben.«

»Also haben wir nie da angefangen, wo wir dachten.«

»Oder mit wem wir anzufangen glaubten«, formulierte Waxhill um.

Clocker fraß wie ein Pferd ohne Futtersack. Oslett wollte dem großen Mann ein Handtuch über den Kopf werfen, um Waxhill den unangenehmen Anblick dieser gefräßigen Mästung zu ersparen. Wenigstens hatte der Trekkie noch keine seiner undeutbaren Bemerkungen zu der Unterhaltung beigesteuert.

»Bemerkenswerte Heringe«, sagte Waxhill.

Oslett sagte: »Dann muß ich einen kosten.«

Nachdem er Orangensaft getrunken und sich den Mund mit einer Serviette abgetupft hatte, fuhr Waxhill fort: »Was nun das Problem betrifft, wie Ihr Alfie erfahren konnte, daß Stillwater existierte, und ihn finden konnte, da gibt es zur Stunde zwei Theorien.«

Oslett entging das »Ihr Alfie« statt »unser Alfie« nicht, was möglicherweise nichts zu bedeuten hatte – aber auch darauf hindeuten konnte, daß bereits Anstrengungen unternommen wurden, ihm die Schuld in die Schuhe zu schieben, obwohl alle unwiderlegbaren Fakten bewiesen, daß die Katastrophe eine direkte Folge schlampigen wissenschaftlichen Vorgehens war und nicht das geringste damit zu tun hatte, wie der Junge in den vierzehn Monaten seiner Dienstzeit behandelt worden war.

»Zum ersten«, sagte Waxhill, »gibt es eine Fraktion, die glaubt, daß Alfie auf ein Buch mit Stillwaters Foto auf dem Umschlag gestoßen sein muß.«

»So einfach kann es nicht sein.«

»Dem stimme ich zu. Obwohl natürlich in den Klappentexten seiner beiden letzten Bücher steht, daß er in Mission Viejo lebt, was Alfie einen guten Hinweis geliefert hätte.«

Oslett sagte: »Jeder, der das Bild eines identischen Zwillings sieht, von dem er nichts weiß, wäre neugierig genug, der Sache nachzugehen – außer Alfie. Einem normalen Menschen stünde es frei, so zu handeln, aber Alfie nicht. Seine Handlungsmöglichkeiten sind sehr begrenzt.«

»Als folgte er einem Leitstrahl.«

»Genau. Er hat hier mit seiner Erziehung gebrochen, was ein enormes Trauma bedeutet. Verdammt, es ist mehr als Erziehung. Das ist ein Euphemismus. Es handelt sich um Indoktrination, Gehirnwäsche ...«

»Er ist programmiert ...«

»Ja. Programmiert. Er ist fast so etwas wie eine Maschine, und selbst wenn er ein Foto von Stillwater gesehen hätte, wäre er deshalb ebenso wenig außer Kontrolle geraten wie dem PC in Ihrem Büro Schamhaare wachsen und er anfangen würde, Sperma zu produzieren, nur weil Sie ein Foto von Marilyn Monroe auf seine Festplatte scannen.«

Waxhill lachte leise. »Der Vergleich gefällt mir. Ich glaube, ich werde ihn benützen, um ein paar Leute umzustimmen, aber ich werde selbstverständlich erwähnen, daß er von Ihnen stammt.«

Oslett freute sich über Waxhills Zustimmung.

»Ausgezeichneter Speck«, sagte Waxhill.

»Ja, durchaus.«

Clocker aß einfach weiter.

»Die zweite und kleinere Gruppe«, fuhr Waxhill fort, »geht von einer exotischeren – aber für mich plausibleren – Hypothese aus, nämlich der, daß Alfie über eine heimliche Fähigkeit verfügt, von der wir nichts wissen und die er selbst vielleicht nicht völlig verstehen oder kontrollieren kann.«

»Heimliche Fähigkeit?«

»Möglicherweise rudimentäre hellseherische Begabung. Sehr primitiv ... aber stark genug, daß die Verbindung zwischen ihm und Stillwater hergestellt werden konnte, daß sie zueinander hingezogen wurden wegen ... nun, wegen allem, das sie gemeinsam haben.«

»Ist das nicht ein bißchen weit hergeholt?«

Waxhill lächelte und nickte. »Ich gebe zu, es hört sich wie etwas aus einem *Raumschiff-Enterprise*-Film an ...«

Oslett zuckte zusammen und sah zu Clocker, aber der große Mann wandte den Blick nicht von dem Essen ab, das er sich auf den Teller geschaufelt hatte.

»... aber schließlich riecht das ganze Projekt nach Science Fiction, oder nicht?« beschloß Waxhill den Satz.

»Wahrscheinlich«, gab Oslett zu.

»Tatsache ist, daß genetische Veränderungen Alfie ein paar wirklich außergewöhnliche Fähigkeiten verliehen haben. Könnte es nicht möglich sein, daß ihm versehentlich auch noch andere übermenschliche Eigenschaften gegeben wurden?«

»Vielleicht sogar *un*menschliche Eigenschaften«, sagte Clocker.

»Nun haben Sie mir gerade einen weniger angenehmen Aspekt der Sache gezeigt«, sagte Waxhill und sah Karl Clocker ernst an, »und allzu wahrscheinlich einen zutreffenderen.« Zu Oslett gewandt: »Eine übersinnliche Verbindung, ein seltsamer geistiger Kontakt könnte Alfies Konditionierung zerschmettert und seine Programmierung gelöscht oder ihn veranlaßt haben, sich darüber hinwegzusetzen.«

»Unser Junge befand sich in Kansas City und Stillwater in Südkalifornien, um Gottes willen.«

Waxhill zuckte die Achseln. »Eine Fernsehsendung wandert ewig weiter, bis zum Ende des Universums. Richten Sie einen Laserstrahl von Chicago zum anderen Ende der Milchstraße, und dieses Licht wird eines Tages dort ankommen, in Jahrtausenden, wenn Chicago längst zu Staub zerfallen ist – und es wird weiter reisen. Vielleicht ist Entfernung auch bedeutungslos, wenn man es mit Gedankenwellen zu tun hat, oder was auch immer Alfie mit diesem Schriftsteller verbunden hat.«

Oslett war der Appetit vergangen.

Der von Clocker dagegen schien sogar noch angeregt worden zu sein.

Waxhill deutete auf den Korb mit Croissants und sagte:

»Die sind exzellent – und falls Sie es nicht bemerkt haben, es gibt zwei Sorten, normale und mit Mandelcreme gefüllte.«

»Mandelcroissants sind meine Lieblingsspeise«, sagte Oslett, nahm sich aber keins.

Waxhill sagte: »Die besten Croissants der Welt ...«

»... bekommt man in Paris«, warf Oslett ein, »in einem kleinen Café keinen Block von den ...«

»... Champs-Elysées entfernt«, beendete Waxhill und überraschte Oslett damit.

»Der Inhaber, Alfonse ...«

»... und Mireille, seine Frau ...«

»... sind kulinarische Genies und beispiellose Gastgeber.«

»Charmante Leute«, stimmte Waxhill zu.

Sie lächelten einander zu.

Clocker schaufelte sich mehr Würstchen auf den Teller, und Oslett hätte ihm am liebsten den albernen Hut vom Kopf gestoßen.

»Wenn die Möglichkeit besteht, daß unser Junge über ungewöhnliche Begabungen verfügt, wie schwach auch immer, die wir ihm nie geben wollten«, sagte Waxhill, »dann müssen wir die Möglichkeit ins Auge fassen, daß manche Fähigkeiten, *die* wir ihm gegeben haben, nicht ganz so geworden sind, wie wir es geplant hatten.«

»Ich fürchte, ich kann nicht folgen«, sagte Oslett.

»Im wesentlichen spreche ich von Sex.«

Oslett war überrascht. »Dafür interessiert er sich nicht.«

»Da sind wir ganz sicher, oder?«

»Er ist selbstverständlich ein Mann, aber er ist impotent.«

Waxhill sagte nichts.

»Er wurde *programmiert*, impotent zu sein«, betonte Oslett.

»Ein Mann kann impotent sein und trotzdem lebhaftes Interesse an Sex haben. Man könnte sogar behaupten, daß gerade sein Unvermögen, eine Erektion zu bekommen, ihn frustriert, und daß diese Frustration zu einer *Besessenheit* von Sex führt, den er nicht haben kann.«

Oslett hatte die ganze Zeit, während Waxhill sprach, den Kopf geschüttelt. »Nein. Wiederum: so einfach ist es nicht. Er ist nicht nur impotent. Er hat Hunderte Stunden intensive psychologische Konditionierung hinter sich, um jegliches sexuelle Interesse zu eliminieren, die teilweise in Tiefenhypnose, teilweise unter dem Einfluß von Drogen erfolgte, die das Unterbewußtsein für *jede* Suggestion empfänglich machen, und teilweise durch unterbewußte Anwendung virtueller Realität in durch Sedativa herbeigeführtem Schlaf. Für unseren Jungen besteht der Hauptunterschied zwischen Männern und Frauen darin, wie sie sich anziehen.«

Waxhill, der Orangenmarmelade auf eine Scheibe Toast strich, zeigte sich von Osletts Ausführungen wenig beeindruckt, und sagte: »Selbst die ausgeklügeltste Gehirnwäsche kann versagen. Würden Sie dem nicht zustimmen?«

»Ja, aber bei einem gewöhnlichen Opfer muß man mit Problemen rechnen, weil man gegen die Erfahrungen eines ganzen Lebens ankämpfen und ein neues Verhaltensmuster oder falsche Erinnerungen aufzwingen muß. Bei Alfie war das anders. Er war eine Schiefertafel, eine leere Schiefertafel, daher gab es keinen Widerstand für die Verhaltensmuster, Erinnerungen oder Gefühle, die wir in seinen hübschen leeren Kopf einpflanzen wollten. Es gab *nichts* in seinem Gehirn, das man zuerst hätte auswaschen müssen.«

»Vielleicht schlug die Gedankenkontrolle bei Alfie gerade deshalb fehl, weil wir so überzeugt davon waren, daß wir es mit einem leichten Opfer zu tun hatten.«

»Der Verstand ist seine eigene Kontrolle«, sagte Clocker.

Waxhill warf ihm einen seltsamen Blick zu.

»Ich glaube nicht, daß sie fehlgeschlagen ist«, beharrte Oslett. »Wie auch immer, da wäre immer noch das kleine Hindernis seiner eingebauten Impotenz zu überwinden.«

Waxhill ließ sich Zeit bis er einen Bissen Toast geschluckt hatte, dann spülte er ihn mit Kaffee hinunter. »Vielleicht hat es sein Körper für ihn überwunden.«

»Wie bitte?«

»Sein unglaublicher Körper mit den übermenschlichen Regenerationsfähigkeiten.«

Oslett zuckte zusammen, als hätte dieser Gedanke ihn wie eine Nadel gestochen. »Augenblick mal. Seine Verletzungen heilen außergewöhnlich schnell, stimmt. Stiche, Schnitte, gebrochene Knochen. Wenn er verletzt wird, kann sein Körper sich in erstaunlich kurzer Zeit wieder in den ursprünglichen genetisch erzeugten Zustand bringen. Aber genau das ist das Entscheidende. *In den ursprünglichen genetisch erzeugten Zustand.* Er kann sich nicht auf einer fundamentalen Ebene *neu gestalten*, kann nicht mutieren, um Gottes willen.«

»Da sind wir ganz sicher, ja?«

»Ja!«

»Warum?«

»Nun ... weil ... etwas anderes ... unvorstellbar wäre.«

»Stellen Sie sich vor«, sagte Waxhill. »Wenn Alfie potent ist. Und sich für Sex interessiert. Der Junge ist so konstruiert, daß er ein gewaltiges Potential für Gewalt hat, eine biologische Killermaschine ohne Mitleid oder Barmherzigkeit und zu jeder Bluttat fähig. Stellen Sie sich dieses bestialische Verhalten in Verbindung mit einem Geschlechtstrieb vor und bedenken Sie, wie sexuelle Zwänge und gewalttätige Neigungen einander aufputschen und verstärken können, wenn sie nicht von einem zivilisierten und moralischen Geist gebändigt werden.«

Oslett schob den Teller beiseite. Der Anblick des Essens erfüllte ihn allmählich mit Übelkeit. »Daran *wurde* gedacht. Und eben darum wurden so verdammt viele Vorsichtsmaßnahmen getroffen.«

»Wie bei der *Hindenburg*.«

Wie bei der Titanic, dachte Oslett grimmig.

Waxhill schob ebenfalls den Teller beiseite und legte die Hände um die Kaffeetasse. »Alfie hat Stillwater jetzt auf jeden Fall gefunden und will die Familie des Schriftstellers haben. Er ist jetzt ein vollständiger Mann, zumindest körperlich, und Gedanken an Sex führen letztendlich zu Gedanken an

Fortpflanzung. Eine Frau. Kinder. Gott weiß, was für verzerrte und seltsame Vorstellungen er von Sinn und Zweck einer Familie hat. Aber da hat er eine fertige Familie vor sich. Er will sie haben. Will sie mit aller Macht. Offenbar denkt er, sie gehört zu ihm.«

3.

Zum Service der Bank im harten Konkurrenzkampf gehörten zusätzliche Schalterstunden. Marty und Paige hatten vor, mit Charlotte und Emily Punkt acht Uhr am Donnerstag morgen auf der Matte zu stehen, wenn der Filialleiter die Tür aufmachte.

Es gefiel ihm nicht, nach Mission Viejo zurückzukehren, aber er dachte sich, sie würden ihre Transaktionen am problemlosesten in der Zweigstelle erledigen können, wo auch ihre Konten geführt wurden. Diese lag allerdings nur acht oder neun Blocks von ihrem Haus entfernt. Viele Angestellte würden ihn und Paige kennen.

Die Bank war in einem freistehenden Backsteingebäude an der nordwestlichen Ecke des Parkplatzes beim Einkaufszentrum untergebracht, sie lag landschaftlich hübsch angelegt im Schatten von Kiefern und war auf zwei Seiten von Straßen und auf zwei Seiten von hektargroßen Asphaltflächen umgeben. Am gegenüberliegenden Ende des Parkplatzes, im Süden und Osten, lag ein L-förmiger Komplex miteinander verbundener Gebäude, in denen dreißig oder vierzig Geschäfte untergebracht waren, darunter auch ein Supermarkt.

Marty parkte an der Südseite. Der kurze Fußmarsch vom BMW zum Eingang der Bank, bei dem er und Paige die Kinder zwischen sich nahmen, war nervenaufreibend, weil sie die Waffen im Auto lassen mußten. Er kam sich verwundbar vor.

Er konnte sich nicht vorstellen, wie sie heimlich eine Schrotflinte mit in das Gebäude schmuggeln sollten, nicht einmal ein kompaktes Modell mit Pistolengriff wie die Mossberg. Er wollte das Risiko nicht eingehen und die Beretta unter der Skijacke verstecken, weil er nicht sicher war, ob ein Sicherheitssystem der Bank nicht möglicherweise eine versteckte Faustfeuerwaffe an jedem entdecken konnte, der durch die Tür ging. Wenn ein Bankangestellter ihn für einen Bankräuber hielt und über einen stummen Alarm die Polizei informierte, würden die Cops nicht einmal Zweifel an seiner Schuld hegen – nicht angesichts des Rufs, den er seit gestern nacht bei ihnen genoß.

Marty ging direkt zu einem der Schalter, während Paige sich mit Charlotte und Emily zu einer Polstergruppe mit zwei kurzen Sofas und zwei Sesseln am Ende des langen Raums begab, wo Kunden warteten, die einen Termin beim Kreditberater hatten. Die Bank war kein höhlenartiges, marmorgetäfeltes Denkmal für den Mammon mit gewaltigen dorischen Säulen und einer Gewölbedecke, sondern ein vergleichsweise kleines Bauwerk mit schalldämpfenden Platten an der Decke und einem schmutzabweisenden grünen Teppichboden. Paige und die Kinder hielten sich nur knapp zwanzig Meter von ihm entfernt auf und waren die ganze Zeit über deutlich sichtbar, trotzdem gefiel es ihm nicht, daß er auch nur die kurze Strecke von ihnen getrennt war.

Die Kassiererin war eine junge Frau – Lorraine Arakadian, wie das Namensschild an ihrem Fenster verriet –, deren runde Hornbrille ihr das Aussehen einer Eule verlieh. Als Marty ihr sagte, daß er siebzigtausend Dollar von ihrem Sparbuch abheben wollte – auf dem sich über vierundsiebzigtausend befanden –, verstand sie ihn zuerst falsch und dachte, er wollte die Summe auf das Girokonto übertragen. Als sie das Formular für den Übertrag vor ihn legte, stellte er die Angelegenheit richtig und bat darum, daß sie ihm den ganzen Betrag wenn möglich in Hundertdollarscheinen geben sollte.

Sie sagte: »Oh. Ich verstehe. Nun ... so eine große Transaktion übersteigt meine Befugnis, Sir. Ich muß die Genehmigung des Chefkassierers oder der stellvertretenden Geschäftsführerin einholen.«

»Na klar«, sagte er unbekümmert, als würde er jede Woche derartige Summen abheben. »Ich verstehe.«

Sie ging zum gegenüberliegenden Ende des langen Kassenabteils und unterhielt sich mit einer älteren Frau, die Dokumente in einer Schublade einer langen Reihe von Aktenschränken studierte. Marty kannte sie – Elaine Higgens, die stellvertretende Geschäftsführerin. Mrs. Higgens und Lorraine Arakadian sahen Marty an, dann steckten sie die Köpfe zusammen und unterhielten sich wieder.

Während er auf sie wartete, behielt Marty die nördlichen und südlichen Eingänge des Bankgebäudes im Auge, wobei er sich bemühte, gelassen auszusehen, obwohl er befürchtete, der Andere könnte jeden Augenblick durch die eine oder andere Tür hereinkommen, dieses Mal allerdings mit einer Uzi bewaffnet.

Die Phantasie des Schriftstellers. Vielleicht war sie doch kein Fluch. Wenigstens nicht ausschließlich. Vielleicht konnte sie sich manchmal als Werkzeug zum Überleben erweisen. Eines stand fest: Selbst die ausschweifendste Phantasie eines Schriftstellers hatte heutzutage Schwierigkeiten, mit der Wirklichkeit Schritt zu halten.

Er braucht mehr Zeit als er eingeplant hat, um Nummernschilder zu finden, die er gegen die des gestohlenen Toyota Camry eintauschen kann. Er hat zu lange geschlafen und viel zuviel Zeit damit vergeudet, sich vorzeigbar zu machen. Jetzt erwacht die Welt ringsum, und der Vorteil nächtlicher Abgeschiedenheit, der den Austausch leicht gemacht hätte, ist dahin. Große, parkähnlich angelegte Apartmentkomplexe mit schattigen Parkplätzen und einer Vielzahl von Fahrzeugen würden die ideale Gelegenheit für ihn bieten, aber als er sie nacheinander abklappert, sieht er zu viele Bewohner, die schon auf den Beinen und zur Arbeit unterwegs sind.

Schließlich wird seine fleißige Suche auf dem Parkplatz hinter einer Kirche belohnt. Es findet ein Frühgottesdienst statt. Er kann Orgelmusik hören. Kirchgänger haben vierzehn Autos abgestellt, unter denen er wählen kann, kein großes Gefolge für den Herrn, aber für seine Zwecke ausreichend. Er läßt den Motor des Camry laufen, während er nach einem Auto sucht, in dem der Besitzer die Schlüssel stecken gelassen hat. Im dritten, einem grünen Pontiac, baumelt ein ganzer Schlüsselbund am Zündschloß.

Er schließt den Kofferraum des Pontiac auf und hofft, daß er zumindest einen Werkzeugkasten mit einem Schraubenzieher findet. Da er den Camry kurzgeschlossen hat, besitzt er auch keine Schlüssel für den Kofferraum. Wieder hat er Glück: ein vollständiger Kasten für Notfälle liegt vor ihm: Warnleuchten, Erste Hilfe-Zubehör und ein Bündel Werkzeuge, in dem auch vier verschiedene Schraubenzieher enthalten sind.

Gott ist mit ihm.

Binnen weniger Minuten tauscht er die Nummernschilder des Camry gegen die des Pontiac ein. Er verstaut das Werkzeug wieder im Kofferraum des Pontiac und den Schlüsselbund am Zündschloß.

Als er zum Camry geht, schwillt die Kirchenorgel zu einem Psalm an, mit dem er nicht vertraut ist. Daß er den Titel des Lieds nicht kennt, ist nicht überraschend, da er sich nur an insgesamt drei Besuche in Kirchen erinnern kann. In zwei Fällen war er in der Kirche, um die Zeit totzuschlagen, bis die Kinos öffneten. Im dritten Fall war er einer Frau gefolgt, die er auf der Straße gesehen hatte und mit der er gerne Sex gehabt und die spezielle Intimität des Todes erlebt hätte.

Die Musik rührt ihn. Er bleibt in der frischen Morgenbrise stehen, schwankt verträumt und schließt die Augen. Der Psalm wühlt ihn auf. Möglicherweise besitzt er eine musikalische Begabung. Möglicherweise würde es ihm leichter fallen, ein Instrument zu spielen und Stücke zu komponieren als Romane zu schreiben.

Als das Lied zu Ende ist, steigt er in den Camry und fährt weg.

Marty plauderte über belanglose Dinge mit Mrs. Higgens, als sie mit der Kassiererin zurückkam. Offenbar hatte niemand in der Bank die Nachrichten über ihn gesehen, da keine der beiden Frauen den Überfall erwähnte. Sein Pullover und das Hemd verbargen die Blutergüsse am Hals. Seine Stimme klang etwas heiser, aber nicht so auffällig, daß jemand eine Bemerkung dazu gemacht hätte.

Mrs. Higgens formulierte die Bemerkung, daß die Abhebung, die er vorhatte, ungewöhnlich hoch sei, auf eine Weise, die ihn zu einer Erklärung veranlassen sollte, warum er das Risiko einginge, soviel Bargeld mit sich herumzutragen. Er stimmte lediglich zu, daß es sich in der Tat um eine ungewöhnlich große Summe handelte, und er drückte die Hoffnung aus, daß er ihnen nicht allzu viele Unannehmlichkeiten bereitete. Unerschütterliche Freundlichkeit war wahrscheinlich von entscheidender Bedeutung, wenn er die Transaktion so schnell wie möglich über die Bühne bringen wollte.

»Ich bin nicht sicher, ob wir alles in Hundertern auszahlen können«, sagte Mrs. Higgens. Sie sprach leise und diskret, obwohl sich nur zwei weitere Kunden in der Bank aufhielten, keiner davon in der Nähe. »Ich muß unseren Vorrat an Banknoten dieser Größe überprüfen.«

»Ein paar Zwanziger und Fünfziger sind nicht weiter tragisch«, versicherte Marty ihr. »Ich möchte nur nicht, daß es zu unhandlich wird.«

Die stellvertretende Geschäftsführerin und die Kassiererin waren beide höflich und lächelten, aber Marty konnte ihre Neugier und Sorge spüren. Schließlich arbeiteten sie in der Geldbranche, daher wußten sie, es gab nicht viele rechtmäßige – und noch weniger sinnvolle – Gründe dafür, daß jemand siebzigtausend in bar herumtrug.

Selbst wenn es ihm nichts ausgemacht hätte, Paige und die Kinder im Auto warten zu lassen, hätte Marty es nicht getan. Einem Bankangestellten wäre sicher als erstes der Verdacht durch den Kopf gegangen, daß das Geld für eine Lösegeldzahlung gebraucht wurde, dann hätte die Vernunft geboten, die Polizei zu verständigen. Da die ganze Familie anwesend war, konnte man eine Entführung ausschließen.

Martys Kassiererin sprach sich mit den anderen Kassierern ab, ermittelte die Anzahl der Hunderter in ihren Schubladen, während Mrs. Higgens durch die offene Tresortür am gegenüberliegenden Ende der Kassenkabine verschwand.

Er sah zu Paige und den Mädchen. Osteingang. Süden. Seine Uhr. Und dabei lächelte er, lächelte, lächelte die ganze Zeit wie ein Idiot.

In fünfzehn Minuten sind wir hier raus, sagte er zu sich. Vielleicht schon in zehn. Hier raus und auf dem Weg in die Sicherheit.

Da schlug die dunkle Woge über ihm zusammen.

Im Denny's stattet er der Herrentoilette einen Besuch ab, dann setzt er sich in eine Nische am Fenster und bestellt ein riesiges Frühstück.

Seine Kellnerin ist eine niedliche Brünette namens Gayle. Sie macht Witze über seinen Appetit. Sie macht ihn an. Er überlegt, ob er versuchen soll, sich mit ihr zu verabreden. Sie hat einen wunderbaren Körper und schlanke Beine.

Wenn er Sex mit Gayle macht, wäre das Ehebruch, weil er mit Paige verheiratet ist. Er fragt sich, ob es auch dann Ehebruch wäre, wenn er Gayle nach dem Sex töten würde.

Er gibt ihr ein gutes Trinkgeld und beschließt, in einer oder zwei Wochen noch einmal herzukommen und sie um eine Verabredung zu bitten. Sie hat eine Stupsnase und sinnliche Lippen.

Als er wieder im Camry sitzt, macht er die Augen zu, bevor er den Motor anläßt, leert seinen Verstand und stellt sich vor, daß er magnetisch ist, wie der falsche Vater, entgegengesetzte Pole für einander. Er sucht die Anziehungskraft.

Dieses Mal wird er schneller in den Orbit des anderen Mannes gezogen als bei dem Kontaktversuch mitten in der Nacht, und die Anziehungskraft ist viel stärker als vorher. Tatsächlich ist der Sog so heftig, daß er überrascht grunzt und die Hände um das Lenkrad klammert, als bestünde wirklich die Gefahr, daß er durch die Windschutzscheibe aus dem Toyota gezogen wird und wie eine Kugel mitten durch das Herz des falschen Vaters schießt.

Sein Gegner bemerkt den Kontakt sofort. Der Mann ist ängstlich, bedroht.

Osten.

Und Süden.

Das führt ihn in die ungefähre Richtung von Mission Viejo zurück, obwohl er bezweifelt, daß sich der Eindringling schon wieder so sicher fühlt, nach Hause zurückzukehren.

Die Druckwelle einer gewaltigen Explosion bohrte sich in Martys Schädel und riß ihn fast von den Füßen. Mit beiden Händen umklammerte er den Tresen vor dem Kassenschalter, damit er nicht das Gleichgewicht verlor. Er lehnte sich an den Tresen und stützte sich daran ab.

Das Gefühl war durch und durch subjektiv. Die Luft schien so sehr zusammengedrückt zu werden, daß sie sich verflüssigte, aber nichts löste sich auf, zersprang oder kippte um. Er schien der einzige zu sein, der davon betroffen war.

Nach dem ersten Schock der Woge, kam sich Marty vor, als wäre er unter einem Erdrutsch begraben worden. Von unzähligen Megatonnen Schnee erdrückt. Atemlos. Gelähmt. Kalt.

Er vermutete, daß sein Gesicht blaß und wächsern geworden war. Mit Sicherheit wußte er, es würde ihm unmöglich sein zu antworten, wenn er angesprochen wurde. Sollte jemand ans Fenster der Kassiererin zurückkehren, solange er sich im Griff des Anfalls befand, würde die Angst unter seiner beiläufigen Haltung bemerkt werden. Man würde ihn als Mann in einer verzweifelten Lage entlarven, und sie würden zögern, einem Mann so viel Bargeld zu geben, der eindeutig entweder krank oder verstört war.

Ihm wurde noch drastisch kälter zumute, als er eine geistige Liebkosung von derselben bösartigen, geisterhaften Präsenz erlebte, die er gestern in der Garage gespürt hatte, als er zur Praxis des Arztes aufgebrochen war. Die eisige »Hand« des Geistes drückte auf die ungeschützte Oberfläche seines Gehirns, als könnte sie seinen Aufenthaltsort erfahren, indem sie die Daten abtastete, die in Braille in die verschnörkelte Hirnrinde gestanzt waren. Jetzt wurde ihm klar, daß es sich bei dem Geist in Wirklichkeit um den Doppelgänger handelte, dessen unheimliche Fähigkeiten sich augenscheinlich nicht nur auf die wundersame Genesung von tödlichen Schußwunden in der Brust beschränkten.

Er unterbricht die magnetische Verbindung.

Er fährt vom Parkplatz des Restaurants.

Er schaltet das Radio ein. Michael Bolton singt von Liebe.

Das Lied ist bewegend. Er ist zutiefst gerührt, fast zu Tränen. Jetzt, wo er endlich jemand ist, wo eine Frau auf ihn wartet und zwei kleine Kinder, die seine strenge Hand brauchen, kennt er erst die Bedeutung und den Wert von Liebe. Er fragt sich, wie er so lange ohne sie leben konnte.

Er fährt nach Süden. Und Osten.

Das Schicksal ruft.

Unvermittelt gab die Geisterhand Marty frei.

Der zermalmende Druck ließ nach, und die Welt wurde ruckartig wieder normal – wenn es so etwas wie normal überhaupt noch gab.

Er verspürte Erleichterung darüber, daß der Anfall nur fünf oder zehn Sekunden gedauert hatte. Keiner der Bankangestellten hatte gemerkt, daß etwas mit ihm nicht stimmte.

Aber es war von entscheidender Bedeutung, das Geld zu bekommen und hier zu verschwinden. Er sah zu Paige und den Kindern in der offenen Sitzecke am Ende des Zimmers. Dann sah er besorgt zum Osteingang, zum Südeingang, wieder nach Osten.

Der andere wußte, wo sie sich befanden. In wenigen Minuten würde ihr geheimnisvoller und unerbittlicher Gegner bei ihnen sein.

4.

Die Rühreier auf Osletts Teller nahmen einen leichten Grauton an, als sie abkühlten und geranneren. Das salzige Aroma des Specks, das zuvor so lecker gewirkt hatte, erweckte jetzt eine leichte Übelkeit in ihm.

Der Gedanke, daß Alfie sich zu einem Wesen mit sexuellen Trieben und der Fähigkeit, sie zu befriedigen, entwickelt haben könnte, hatte Oslett aus der Fassung gebracht, trotzdem war er fest entschlossen, keinen besorgten Eindruck zu machen, zumindest nicht vor Peter Waxhill. »Nun, das alles läuft nur auf Spekulationen hinaus.«

»Ja«, sagte Waxhill, »aber wir überprüfen die Vergangenheit, um herauszufinden, ob an der Theorie etwas dran sein könnte.«

»Welche Vergangenheit?«

»Polizeiakten in jeder Stadt, in der Alfie in den vergangenen vierzehn Monaten im Einsatz war. Vergewaltigungen und Sexualmorde in den Stunden, wenn er nicht gearbeitet hat.«

Osletts Mund wurde trocken. Sein Herz klopfte.

Ihm war vollkommen gleichgültig, was aus der Familie Stillwater wurde. Verdammt, schließlich waren sie nur Klingonen.

Es war ihm auch einerlei, ob das Network zusammenbrach und seine sämtlichen erhabenen Ambitionen unerfüllt blieben. Mit der Zeit würde eine neue vergleichbare Organisation geformt und der Traum erneuert werden.

Aber sollte sich herausstellen, daß ihr böser Bube sich nicht wieder einfangen oder aufhalten ließ, wäre es möglich, daß der Name der Familie Oslett mit einem häßlichen Makel behaftet blieb, der ihren Reichtum gefährdete und ihren politischen Einfluß für kommende Jahrzehnte schmälerte. Drew Oslett verlangte vor allem anderen Respekt. Der absolute Garant für Respekt waren bisher stets Familie und Abstammung gewesen. Die Aussicht, daß der Name Oslett Gegenstand von Hohn und Spott, Ziel öffentlicher Entrüstung, Objekt infantiler Witze eines jeden Fernsehkomikers und peinlicher Artikel in Zeitungen von der *New York Times* bis zum *National Enquirer* werden könnte, war erschütternd.

»Haben Sie sich je gefragt«, erkundigte sich Waxhill, »was Ihr Junge in seiner Freizeit gemacht hat, zwischen seinen Aufträgen?«

»In den ersten sechs Wochen haben wir ihn selbstverständlich genauestens überwacht. Er ging in Kinos, Restaurants, Parks, sah fern, tat genau das, was alle Leute tun, um die Zeit totzuschlagen – er verhielt sich genauso, wie wir es außerhalb einer kontrollierten Umgebung auch wollten. Nichts Außergewöhnliches. Überhaupt nichts Außergewöhnliches. Und mit Sicherheit nichts mit Frauen.«

»Er hätte selbstverständlich sein bestes Verhalten an den Tag gelegt, wenn er gewußt hätte, daß er beobachtet wird.«

»Das hat er aber nicht gewußt. Unmöglich. Er hat unser Überwachungsteam nie gesehen. Auf keinen Fall. Es waren unsere besten Männer.« Oslett bemerkte selbst, daß er zu heftig protestierte. Trotzdem konnte er nicht umhin, noch hinzuzufügen: »Unmöglich.«

»Vielleicht hat er sie genau so bemerkt wie diesen Martin Stillwater. Eine unterschwellige übersinnliche Wahrnehmung.«

Allmählich ging Waxhill Oslett auf den Wecker. Der Mann war ein hoffnungsloser Pessimist.

Waxhill nahm die Thermoskanne, schenkte ihnen allen Kaffee nach und sagte: »Und selbst wenn er nur ins Kino ging und fernsah – hat Sie das nicht beunruhigt?«

»Hören Sie, er soll der perfekte Attentäter sein. Programmiert. Kein Mitleid, kein langes Nachdenken. Schwer zu fangen, noch schwerer zu töten. Und wenn *doch* etwas schiefgehen sollte, nicht zu seinen Auftraggebern zurückzuverfolgen. Er weiß nicht, wer wir sind oder warum wir bestimmte Menschen erledigt haben wollen, daher kann ihn der Staat nicht zum Kronzeugen machen. Er ist nichts, eine Hülle, ein vollkommen hohler Mann. *Aber* er muß innerhalb der Gesellschaft funktionieren, muß unauffällig sein, sich wie ein ganz normaler Joe benehmen, *alles tun, was andere Menschen auch in ihrer Freizeit tun*. Hätten wir ihn in Hotelzimmern herumsitzen und die Wände angaffen lassen, dann hätten die Zimmermädchen darüber geredet, ihn für verschroben gehalten, sich an ihn erinnert. Außerdem, was kann ein Film oder Fernsehen schon schaden?«

»Kulturelle Einflüsse. Sie könnten ihn irgendwie verändern.«

»Auf die Natur kommt es an, auf seine genetische Programmierung, nicht darauf, was er mit seinen Samstagnachmittagen angestellt hat.« Oslett lehnte sich auf seinem Stuhl zurück und fühlte sich besser, da er zumindest sich selbst zu einem gewissen Maß überzeugt hatte, wenn schon nicht Waxhill. »Überprüfen Sie seine Vergangenheit. Aber Sie werden nichts finden.«

»Vielleicht haben wir das schon. Eine Prostituierte in Kansas. Wurde in einem billigen Motel gegenüber einer Bar namens Blue Life Lounge ermordet. Zwei verschiedene Barkeeper der Lounge haben der Polizei eine Beschreibung des Mannes gegeben, mit dem sie weggegangen ist. Hört sich nach Alfie an.«

Oslett hatte das Band gemeinsamer Klassenzugehörigkeit und Erfahrungen zwischen sich und Peter Waxhill gespürt. Er hatte sogar an Freundschaft gedacht. Jetzt beschlich ihn das unbehagliche Gefühl, daß es Waxhill Vergnügen bereitete, ihm diese ganzen schlechten Nachrichten zu überbringen.

Waxhill sagte: »Einem unserer Kontaktmänner ist es gelungen, uns eine Probe des Spermas zu besorgen, das die Spurensicherung der Polizei von Kansas City in der Vagina der Prostituierten gefunden hat. Sie wird gerade nach New York geflogen. Wenn es sich um Alfies Sperma handelt, werden wir es erfahren.«

»Er kann kein Sperma produzieren. Er wurde geschaffen ...«

»Nun, wenn es seins ist, wissen wir es. Wir haben seine genetische Struktur aufgezeichnet, wir kennen sie besser als

Rand McNally mit ihren Landkarten die Welt kennt. Und die ist einmalig. Individueller als Fingerabdrücke.«

Yale-Absolventen. Sie waren alle gleich. Überhebliche, selbstgefällige Arschlöcher.

Clocker hielt eine dicke Treibhauserdbeere zwischen Daumen und Zeigefinger. Er betrachtete sie eingehend, als hätte er sich außergewöhnlich hohe Maßstäben für Lebensmittel gesetzt und würde nichts essen, das seiner gründlichen Inspektion nicht standhielt, und sagte: »Wenn Alfie zu Martin Stillwater hingezogen wird, dann müssen wir erfahren, wo sich Stillwater jetzt aufhält.« Er legte sich die ganze Erdbeere, halb so groß wie eine Zitrone, auf die Zunge und ließ sie dann in den Mund gleiten wie eine Kröte eine Fliege fangen würde.

»Gestern nacht haben wir einen Mann in sein Haus geschickt, der sich umsehen sollte«, sagte Waxhill. »Alles deutet darauf hin, daß sie hastig gepackt haben. Schubladen stehen offen, Kleidungsstücke liegen verstreut herum, ein paar leere Koffer sind noch da, die sie offenbar doch nicht benutzen wollten. Sieht so aus, als hätten sie nicht die Absicht, in den nächsten paar Tagen nach Hause zurückzukehren, aber wir lassen das Haus trotzdem beobachten.«

»Und Sie haben nicht den blassesten Schimmer, wo Sie ihn finden sollen«, sagte Oslett, dem es ein perverses Vergnügen bereitete, Waxhill in die Defensive zu drängen.

Waxhill sagte ungerührt: »Wir können nicht sagen, wo sie sich im Augenblick aufhalten, nein ...«

»Aha.«

»... aber wir kennen einen Ort, wo wir vielleicht einen Hinweis auf ihren Aufenthaltsort bekommen können. Stillwaters Eltern leben in Mammoth Lakes. Er hat keine anderen Verwandten an der Westküste, und wenn es keinen engen Freund gibt, von dem wir nichts wissen, wird er mit ziemlicher Sicherheit seinen Vater und seine Mutter anrufen, wenn nicht persönlich dort aufkreuzen.«

»Was ist mit den Eltern seiner Frau?«

»Als sie sechzehn war, hat ihr Vater ihre Mutter in den Kopf geschossen und dann sich selbst umgebracht.«

»Interessant.« Oslett wollte damit sagen, daß die Abgedroschenheit des Lebens von Durchschnittsmenschen ihn immer wieder in Erstaunen versetzte.

»Das ist es in der Tat«, sagte Waxhill, der wahrscheinlich etwas anderes meinte als Oslett. »Paige kam nach Hause und fand ihre Leichen. Ein paar Monate kam sie in die Obhut einer Tante. Aber sie konnte die Frau nicht ausstehen und stellte daher bei Gericht den Antrag, für volljährig erklärt zu werden.«

»Mit sechzehn?«

»Der Richter zeigte sich so beeindruckt von ihr, daß er ihrem Antrag zustimmte. Es geschieht selten, aber es kommt vor.«

»Sie muß ja einen tollen Anwalt gehabt haben.«

»Kann man wohl sagen. Sie hat die Anerkennungsstatuten und Präzedenzfälle studiert und sich dann selbst vertreten.«

Die Situation wurde immer trostloser. Selbst wenn Glück mit im Spiel war, Martin Stillwater hatte Alfie überwinden können, was bedeutete, er war alles andere als der Trottel in *People*. Jetzt sah es so aus, als würde auch seine Frau über mehr als das übliche Maß Courage verfügen und einen beachtlichen Kontrahenten abgeben.

Oslett sagte: »Um Stillwater dazu zu bringen, sich mit seinen Eltern in Verbindung zu setzen, sollten wir die Medienkontakte des Network dazu benutzen, die Geschehnisse in seinem Haus gestern nacht in die Schlagzeilen zu bringen.«

»Das ist bereits geschehen«, sagte Waxhill nervtötend. Er rahmte mit den Händen imaginäre Schlagzeilen ein. »›Bestsellerautor schießt auf Eindringling. Schwindel oder echte Bedrohung? Autor und Familie untergetaucht. Auf der Flucht vor dem Killer oder vor den Ermittlungen der Polizei?‹ Etwas in der Art. Wenn Stillwater eine Zeitung oder die Fernsehnachrichten sieht, wird er sofort seine Eltern anrufen, weil er weiß, sie sehen die Nachrichten auch und werden sich Sorgen machen.«

»Haben wir ihr Telefon angezapft?«

»Ja. Wir haben eine Fangschaltung eingerichtet. In dem Augenblick, wo die Verbindung hergestellt wird, haben wir die Nummer, von wo Stillwater anruft.«

»Und was machen wir in der Zwischenzeit?« fragte Oslett. »Einfach hier herumsitzen, uns maniküren lassen und Erdbeeren essen?«

Bei dem Tempo, mit dem Clocker die Erdbeeren verschlang, würden die Vorräte des Hotels bald aufgebraucht sein, und wenig später sämtliche Treibhäuser in ganz Kalifornien geleert.

Waxhill sah auf seine goldene Rolex.

Drew Oslett versuchte, eine Spur von Prahlerei in der Art zu sehen, wie Waxhill den teuren Zeitmesser betrachtete. Es hätte ihn gefreut, eine verräterische Tat zu entdecken, die einen ungehobelten Angeber unter dem äußeren Anstrich von Liebenswürdigkeit und Bildung entlarven würde.

Aber Waxhill schien die Armbanduhr genau wie Oslett seine eigene goldene Rolex zu betrachten: als unterschiede sie sich nicht von einer Timex aus dem Supermarkt. »Tatsächlich werden Sie heute vormittag nach Mammoth Lakes fliegen.«

»Aber wir wissen nicht, ob sich Stillwater dort sehen läßt.«

»Aber es wäre eine logische Schlußfolgerung«, sagte Waxhill. »Wenn er kommt, stehen die Chancen nicht schlecht, daß Alfie ihm folgt. Sie werden in der Lage sein, Ihren Jungen zurückzubekommen. Und wenn Stillwater nicht dort auftaucht, sondern seine geliebten Eltern nur anruft, können Sie sofort dorthin fliegen oder fahren, von wo er angerufen hat.«

Oslett wollte keinen Augenblick mehr sitzen bleiben, weil er fürchtete, Waxhill würde die Zeit nutzen, um weitere schlechte Nachrichten zu überbringen, daher warf er die Serviette auf den Tisch und schob den Stuhl zurück. »Dann machen wir uns auf den Weg. Je länger unser Junge auf freiem Fuß ist, desto größer die Chancen, daß jemand ihn und Stillwater zusammen sieht. Wenn das passiert, wird die Polizei seine Geschichte glauben.«

Waxhill blieb sitzen, hob die Kaffeetasse hoch und sagte: »Eines noch.«

Oslett war aufgestanden. Er wollte sich nicht wieder setzen, weil das aussehen würde, als wäre Waxhill Herr der Lage. Waxhill *war* Herr der Lage, aber nur, weil er benötigte Informationen besaß, nicht etwa, weil er Osletts Vorgesetzter gewesen wäre, weder rangmäßig noch sonstwie. Schlimmstenfalls besaß er gleich große Macht innerhalb der Organisation; aber wahrscheinlich war Oslett der Schwergewichtigere der beiden. Er blieb neben dem Tisch stehen und sah auf den Yale-Absolventen hinab.

Obwohl Clocker endlich aufgehört hatte zu essen, blieb er sitzen. Oslett wußte nicht, ob das Verhalten seines Partners als kleinerer Verrat einzustufen war oder nur bedeutete, daß sich der Trekkie in Gedanken mit Spock und seinen Leuten in einem entlegenen Winkel des Universums befand.

Nachdem er einen Schluck Kaffee getrunken hatte, sagte Waxhill: »Wenn Sie unseren Jungen ausschalten müssen, wäre das bedauerlich, aber akzeptabel. Wenn Sie seiner habhaft werden und ihn in eine Anlage bringen, wo wir ihn unter Verschluß halten können, noch besser. Was auch immer passieren mag ... Stillwater, seine Frau und die Kinder müssen eliminiert werden.«

»Kein Problem.«

5.

Die Zweigstellenleiterin, Mrs. Takuda, kam, kurz nachdem die schwarze Woge über ihm zusammengeschlagen und wieder verschwunden war, zu Marty an den Schalter der Kassiererin. Wenn man ihm einen Spiegel vorgehalten hätte, dann hätte er erwartet, ein blasses Gesicht mit verkniffen Lippen und einer animalischen Wildheit in den Augen zu sehen, aber Mrs. Takuda war zu höflich, etwas zu sagen, falls sie etwas Ungewöhnliches bemerkte. Ihre Hauptsorge war, er könnte den Löwenanteil seiner Ersparnisse abheben, weil er mit der Bank nicht zufrieden war.

Es überraschte ihn selbst, daß er ein überzeugendes Lächeln und genügend Charme mobilisieren konnte, um sie davon zu überzeugen, daß er keinen Groll gegen die Bank hegte, und sie zu beruhigen. Er fror und schlotterte im Innersten, aber dieses Schlottern drang nicht bis zur Oberfläche oder beeinflußte seine Stimme.

Als Mrs. Takuda Elaine Higgens im Tresor helfen ging, sah Marty zu Paige und den Kindern, zur Osttür, zur Südtür und auf seine Timex. Als er den roten Zeiger sah, der die Sekunden vom Ziffernblatt wischte, brach ihm der Schweiß auf der Stirn aus. Der Andere war unterwegs. Wie lange? Zehn Minuten, zwei Minuten, fünf Sekunden?

Eine neuerliche Woge schlug über ihm zusammen.

Er fährt auf einem breiten Boulevard. Die Morgensonne spiegelt sich im Chrom vorbeifahrender Autos. Im Radio singt Phil Collins von Untreue.

Er versteht Collins und denkt erneut an Magnetismus. Klick. Kontakt. Er verspürt einen unwiderstehlichen Sog weiter nach Osten und Süden, also fährt er nach wie vor in die richtige Richtung.

Er unterbricht den Kontakt Sekunden, nachdem er ihn zustande gebracht hat, und hofft, daß er noch einen Hinweis auf den falschen Vater bekommen könnte, ohne sich zu erkennen zu geben. Aber selbst während dieser kurzen Verbindung spürt der Gegner sein Eindringen.

Obwohl die zweite Woge nicht so lange andauerte wie die erste, war sie nicht weniger stark. Marty fühlte sich, als hätte man ihm mit einem Hammer auf die Brust geschlagen.

Mit Mrs. Higgens kam auch die Kassiererin an den Schalter zurück. Sie trug offenes Bargeld und gebündelte Scheine zu hundert und zwanzig Dollar bei sich. Alles in allem zwei Stapel von ungefähr neun Zentimeter Höhe.

Die Kassiererin fing an, die siebzigtausend zu zählen.

»Schon gut«, sagte Marty. »Stecken Sie es einfach in ein paar Umschläge.«

Mrs. Higgens sagte überrascht: »Oh, aber Mr. Stillwater. Sie haben das Auszahlungsformular unterschrieben, wir müssen es vor Ihren Augen zählen.«

»Nein, ich bin sicher, Sie haben schon richtig gezählt.«

»Aber die Bankvorschriften ...«

»Ich vertraue Ihnen, Mrs. Higgens.«

»Nun, vielen Dank, aber ich finde wirklich ...«

»*Bitte.*«

6.

Waxhill gelang es, einfach dadurch die Situation im Griff zu behalten, daß er am Tisch des Zimmerservice sitzen blieb, während Drew Oslett ungeduldig daneben stand. Oslett verabscheute ihn und bewunderte ihn gleichzeitig widerwillig.

»Es steht mit ziemlicher Sicherheit fest«, sagte Waxhill, »daß die Frau und die Kinder Alfie bei dem zweiten Vorfall gestern nacht gesehen haben. Sie wissen natürlich kaum, was los ist, aber wenn sie wissen, daß Stillwater hinsichtlich des Doppelgängers die Wahrheit sagt, dann wissen sie zuviel.«

»Ich sagte, kein Problem«, erinnerte Oslett ihn ungeduldig.

Waxhill nickte. »Ja, gut, aber die Zentrale möchte, daß es auf eine bestimmte Weise erledigt wird.«

Seufzend gab Oslett auf und setzte sich. »Und die wäre?«

»Es soll aussehen, als hätte Stillwater durchgedreht.«

»Mord-Selbstmord?«

»Ja, aber nicht irgendeinen Mord-Selbstmord. Die Zentrale wäre zufrieden, wenn es so aussehen würde, als hätte Stillwater eine ganz bestimmte psychopathische Anwandlung ausgelebt.«

»Meinetwegen.«

»Die Frau muß in jede Brust und in den Mund geschossen werden.«

»Und die Töchter?«

»Sollen sich zuerst ausziehen. Dann binden Sie ihnen die Handgelenke zusammen. Und die Knöchel. Schön fest. Wir möchten gerne, daß eine besondere Sorte Draht dazu benutzt wird. Den wird man Ihnen zur Verfügung stellen. Dann schießen Sie zweimal auf jedes Mädchen. Einmal in die ... Geschlechtsteile, dann zwischen die Augen. Es muß dann so aussehen, als hätte sich Stillwater durch den Gaumen geschossen. Können Sie sich das alles merken?«

»Selbstverständlich.«

»Es ist wichtig, daß Sie alles präzise so erledigen, keine Abweichungen vom Drehbuch.«

»Und was für eine Geschichte wollen wir damit erzählen?« fragte Oslett.

»Haben Sie den Artikel in *People* nicht gelesen?«

»Nicht ganz«, gab Oslett zu. »Stillwater schien ein Trottel zu sein – und ein langweiliger Trottel obendrein.«

Waxhill sagte: »Vor einigen Jahren hat ein Mann in Maryland seine Frau und seine beiden Töchter genau auf dieselbe Weise umgebracht. Eine Stütze der Gesellschaft, daher waren alle schockiert. Tragische Geschichte. Alle fragten sich warum. Es schien sinnlos zu sein und überhaupt nicht zu seinem Charakter zu passen. Stillwater war von dem Verbrechen fasziniert und beschloß, einen Roman darüber zu schreiben, um die mögliche Motivation dahinter zu erforschen. Aber nachdem er eine Menge recherchiert hatte, gab er das Projekt auf. In *People* sagt er, daß es ihn einfach zu sehr deprimiert hat. Er sagt, daß Literatur, jedenfalls seine Art Literatur, einen Sinn ins Leben bringen muß, Ordnung ins Chaos, aber er konnte einfach keinen Sinn in dem erkennen, was da in Maryland passiert war.«

Oslett saß eine Zeitlang schweigend da und versuchte, Waxhill zu hassen, mußte aber feststellen, daß seine Antipathie gegen den Mann rasch verschwand. »Ich muß sagen ... das ist ausgesprochen hübsch.«

Waxhill lächelte fast schüchtern und zuckte die Achseln.

»War es Ihr Einfall?« fragte Oslett.

»Es war meiner, ja. Ich habe es der Zentrale vorgeschlagen, und sie sind sofort darauf eingegangen.«

»Es ist genial«, sagte Oslett voll aufrichtiger Bewunderung.

»Danke.«

»Sehr schön. Martin Stillwater tötet seine Familie so wie der Typ in Maryland, und es wird so aussehen, als wäre der *wahre* Grund, warum er keinen Roman über den tatsächlichen Fall schreiben konnte, weil es den Kern zu genau traf, weil er es insgeheim auch mit *seiner* Familie so machen wollte.«

»Genau.«

»Und seither geht es ihm nicht mehr aus dem Kopf.«

»Er träumte davon.«

»Ein psychotischer Drang, seine Töchter symbolisch zu vergewaltigen ...«

»... und buchstäblich zu töten ...«

»... und auch seine Ehefrau, die Frau, die ...«

»... sie genährt hat«, führte Oslett zu Ende.

Sie lächelten einander wieder zu, wie zuvor, als sie sich über das hübsche Café abseits der Champs-Elysées unterhalten hatten.

Waxhill sagte: »Niemand wird je dahinterkommen, was die Ermordung seiner Familie mit verrückten Berichten über einen Doppelgänger zu tun hatte, aber sie werden sich zusammenreimen, daß der Doppelgänger irgendwie auch zu der Wahnvorstellung gehörte.«

»Mir ist gerade klar geworden, daß Proben von Alfies Blut aus dem Haus Stillwaters wie dessen Blut sein müßten.«

»Ja. Hat er sich regelmäßig selbst zur Ader gelassen und Blut für den Schwindel aufgehoben? Und warum? Mit Sicherheit werden eine ganze Menge Theorien zusammengebastelt werden, aber letztendlich wird dieses Rätsel daneben verblassen, was er seiner Familie angetan hat. Niemand wird je auf die Wahrheit kommen.«

Oslett gestattete sich allmählich die Hoffnung, daß sie

Alfie wiederfinden, das Network retten und ihren guten Ruf bewahren könnten.

Waxhill drehte sich zu Clocker um und sagte: »Was ist mit Ihnen, Karl? Haben Sie irgendwelche Probleme damit?«

Clocker saß zwar am Tisch, schien aber geistig in weiter Ferne zu sein. Er richtete die Aufmerksamkeit auf sie, als wäre er mit der Besatzung der *Enterprise* auf einem feindlichen Planeten im Krebsnebel gewesen. »Es leben fünf Milliarden Menschen auf der Welt«, sagte er, »daher halten wir sie für übervölkert, aber für jeden von uns enthält das Universum zahllose Tausende Sterne, eine *Unendlichkeit* von Sternen für jeden von uns.«

Waxhill sah Clocker an und wartete auf eine Erklärung. Als ihm klar wurde, daß Clocker nichts mehr zu sagen hatte, drehte er sich zu Oslett um.

»Ich glaube, Karl meinte damit«, sagte Oslett, »daß ... nun, daß es im kosmischen Plan des Lebens keine Rolle spielt, ob ein paar Leute etwas früher sterben als beim natürlichen Verlauf der Ereignisse.«

7.

Die Sonne steht hoch über den fernen Bergen, wo die höchsten Gipfel schneebedeckt sind. Es ist seltsam, an diesem frühlingsähnlichen Dezembermorgen mit Palmen und Blumen einen Blick auf den Winter werfen zu können.

Er fährt Richtung Süden und Osten nach Mission Viejo. Er ist der motorisierte Racheengel. Gerechtigkeit auf Rädern. Auf dem Weg, auf dem Weg.

Er überlegt sich, ob er ein Waffengeschäft suchen und eine Schrotflinte oder ein Jagdgewehr kaufen soll, eine Waffe, bei der es keine Wartezeit vor der Kauferlaubnis gibt. Sein Widersacher ist bewaffnet, er aber nicht.

Doch er will die Verfolgung des Kidnappers, der seine Familie gestohlen hat, nicht unterbrechen. Wenn der Feind aufgeschreckt und auf der Flucht ist, nimmt die Wahrscheinlichkeit zu, daß er Fehler macht. Unerbittlicher Druck ist eine bessere Waffe als jedes Gewehr.

Außerdem ist er Rache, Gerechtigkeit und Tugend. Er ist der Held dieses Films, und Helden sterben nicht. Sie können angeschossen, niedergeschlagen, bei Autoverfolgungsjagden von der Straße abgedrängt, mit Messern verletzt, von Klippen gestürzt, in Verliesen voll giftiger Schlangen eingesperrt werden, und sie können eine endlose, phantasievolle Folge von Mißhandlungen über sich ergehen lassen, ohne zu sterben. Er besitzt, wie Harrison Ford, Sylvester Stallone, Steven Seagal, Bruce Willis, Wesley Snipes und so viele andere, die Unbesiegbarkeit der Tugend und edler Ziele.

Jetzt weiß er auch, warum sein erster Angriff gegen den falschen Vater gestern in seinem Haus zum Scheitern verurteilt war, obwohl er der Held ist. Die starke Anziehung zwischen ihm und seinem Doppelgänger hatte ihn nach Westen gezogen; aber im gleichen Maß hatte der Doppelgänger am Sonntag und Montag gespürt, daß sich ihm etwas näherte. Als sie einander im Arbeitszimmer im ersten Stock gegenüberstanden, war der falsche Vater vorgewarnt und auf einen Kampf vorbereitet gewesen.

Jetzt ist ihm bekannt, daß er den Kontakt aus freien Stücken herstellen und beenden kann. Er kann ihn mit einem EIN/AUS-Schalter kontrollieren wie den elektrischen Strom in einem Haushalt. Statt den Schalter die ganze Zeit in der Position EIN zu lassen, kann er die Verbindung kurze Zeit öffnen, gerade so lange, daß er den Sog des falschen Vaters spüren und ihn anpeilen kann.

Die Logik spricht dafür, daß er die Kraft, die durch die übersinnliche Leitung fließt, auch verändern kann. Wenn er sich vorstellt, daß es sich bei der übersinnlichen Begabung um einen Schalter mit Dimmer handelt – einen Rheostat –, müßte es ihm gelingen, die Spannung des Stroms in der Leitung zu senken, so daß der Kontakt subtiler als bisher wird. Schließlich kann man mit einem Dimmer auch das Licht einer Lampe stufenlos regulieren, bis das Leuchten kaum noch zu erkennen ist. Wenn er sich die übersinnliche Fähigkeit als Dimmer vorstellt, kann er die Verbindung vielleicht auch mit einer so geringen Spannung herstellen, daß er den falschen Vater suchen kann ohne den Widersacher wissen zu lassen, daß er gesucht wird.

Er hält an einer roten Ampel im Zentrum von Mission Viejo und stellt sich einen Dimmerknopf mit einer Dreihundertsechzig-Grad-Regulierung vor. Er schaltet nur auf neunzig Grad und verspürt sofort den Sog des falschen Vaters etwas weiter östlich und jetzt auch ein Stück weiter nördlich.

Vor der Bank, auf halbem Weg zum BMW, verspürte Marty plötzlich eine erneute Druckwelle – und dahinter den alles niederwalzenden Schnellzug aus seinen Träumen. Das Gefühl war nicht so stark wie bei den Vorfällen im Bankgebäude, aber es überkam ihn mitten im Schritt und brachte ihn aus dem Gleichgewicht. Er taumelte, stolperte und fiel. Die beiden Umschläge mit dem Bargeld flogen ihm aus den Händen und rutschten über den Asphalt.

Charlotte und Emily liefen den Umschlägen nach, während Paige Marty auf die Füße half.

Als die Woge vorüber ging und Marty zitternd wieder stehen konnte, sagte er: »Hier, nimm den Schlüssel, es ist besser, wenn du fährst. Er jagt mich. Er kommt.«

Sie sah sich panisch auf dem Parkplatz der Bank um.

Marty sagte: »Nein, es ist noch nicht hier. Es ist wie vorher. Das Gefühl, auf den Schienen eines rasenden Schnellzugs zu liegen.«

Zwei Blocks. Vielleicht nicht einmal so weit.

Er fährt langsam. Sucht die Straße rechts und links ab. Sucht nach ihnen.

Hinter ihm ertönt eine Hupe. Der Fahrer ist ungeduldig.

Langsam, langsam, er sieht mit zusammengekniffenen Augen nach links und rechts, betrachtet die Passanten auf den Bürgersteigen ebenso wie die vorbeifahrenden Autos.

Wieder die Hupe hinter ihm. Er macht eine obszöne Geste, was den Kerl da hinten einzuschüchtern scheint.

Langsam, langsam.

Sie sind nicht zu sehen.

Versuch es wieder mit dem geistigen Dimmer. Dieses Mal nur sechzig Grad. Immer noch ein starker Kontakt, ein drängender und unwiderstehlicher *Sog*.

Voraus. Links. Einkaufszentrum.

Als Marty sich auf den Beifahrersitz des BMW setzte und die Tür zuschlug, während er die beiden Umschläge mit dem Geld hielt, die ihm die Kinder gegeben hatten, wurde er wieder von einem Kontakt mit dem Anderen geschüttelt. Die Wucht des Kontakts war schwächer als jemals zuvor, aber diese Schwäche tröstete ihn nicht im geringsten.

»Bring uns so schnell wie möglich hier weg«, drängte er Paige, während er die geladene Beretta unter dem Sitz hervor holte.

Paige ließ den Motor an, und Marty drehte sich zu den Kindern um. Sie legten gerade die Sicherheitsgurte an.

Als Paige den Rückwärtsgang des BMW einlegte und rückwärts aus der Parklücke stieß, sahen die Mädchen Marty in die Augen. Sie hatten Angst.

Er empfand zuviel Respekt vor ihrer Feinfühligkeit, um sie anzulügen. Statt so zu tun, als wäre alles gut, sagte er: »Haltet euch fest. Eure Mom versucht zu fahren wie ich sonst.«

Paige, die aus dem Rückwärtsgang schaltete, fragte: »Aus welcher Richtung kommt er?«

»Ich habe keine Ahnung. Fahr einfach nicht den Weg zurück, den wir gekommen sind. Da habe ich ein schlechtes Gefühl. Nimm die andere Straße.«

Er fühlt sich mehr zu der Bank als zu dem Einkaufszentrum hingezogen und parkt in der Nähe des östlichen Eingangs.

Als er den Motor abschaltet, hört er kurz Reifen quietschen. Aus dem Augenwinkel bemerkt er ein Auto, das schnell vom südlichen Ende des Gebäudes wegfährt. Er dreht sich um und sieht einen weißen BMW fünfundzwanzig bis dreißig Meter entfernt. Dieser saust wie ein Blitz an ihm vorbei Richtung Einkaufszentrum.

Er kann das Gesicht der Fahrerin nur teilweise erkennen – ein Wangenknochen, Kiefer, die Krümmung des Kinns. Und einen Schimmer von goldenem Haar.

Manchmal kann man ein Lieblingslied erkennen, auch wenn man nur drei Töne hört, weil die Melodie einen unauslöschlichen Eindruck hinterlassen hat. So erkennt er nun in diesem teilweise sichtbaren Profil, das er in einem Huschen von Schatten und Licht erblickt hat, in einer verschwommenen Bewegung, seine geliebte Frau. Unbekannte haben seine Erinnerungen an sie gelöscht, aber die Fotografie, die er gestern gesehen hat, ist in sein Herz eingeprägt.

Er flüstert: »Paige.«

Er läßt den Camry an, fährt aus der Parklücke und biegt Richtung Einkaufszentrum ab.

Die hektargroße Asphaltfläche ist zu dieser frühen Morgenstunde menschenleer, da nur der Supermarkt, ein Imbiß und ein Geschäft für Bürobedarf geöffnet haben. Der BMW rast über den Parkplatz, weicht einer Gruppe geparkter Autos in großem Bogen aus und hält auf die Zufahrtsstraße vor den Geschäften zu. Da biegt er links ab und fährt zum nördlichen Ende des Zentrums.

Er folgt ihm, aber nicht aggressiv. Wenn er sie verliert, kann er sie aufgrund der geheimnisvollen, aber zuverlässigen Verbindung zwischen sich und dem verhaßten Mann, der sein Leben übernommen hat, leicht wiederfinden.

Der BMW erreicht die nördliche Ausfahrt und biegt nach rechts auf die Straße ab. Als er an derselben Kreuzung eintrifft, ist der BMW bereits zwei Querstraßen entfernt und steht kaum sichtbar vor einer roten Ampel.

Über eine Stunde lang folgt er ihnen diskret auf verschiedenen Straßen, nach Norden auf den Santa Ana und Costa Mesa Freeways, dann nach Osten auf dem Riverside Freeway, wobei er sich weit hinter ihnen hält. Inmitten des dichten morgendlichen Pendlerverkehrs ist sein kleiner Camry so gut wie unsichtbar.

Auf dem Riverside Freeway, westlich von Corona, stellt er sich vor, daß er den übersinnlichen Strom zwischen sich und dem falschen Vater fließen läßt. Er stellt sich den Dimmer vor und dreht ihn auf fünf Grad von dreihundertsechzig möglichen. Das reicht aus, um die Präsenz des falschen Vaters vor sich im Verkehr zu spüren, aber eine präzise Ortung ist nicht möglich. Sechs Grad, sieben, acht. Acht ist zuviel. Sieben. Sieben ist ideal. Wenn er den Dimmer auf sieben Grad eingestellt läßt, ist der Sog so stark, daß er als Leuchtsignal für ihn dient, ohne den Gegner darauf aufmerksam zu machen, daß die Verbindung wiederhergestellt wurde. Im BMW fährt der Betrüger nervös und aufmerksam Richtung Osten, merkt aber nicht, daß er überwacht wird.

Doch im Kopf des Jägers wird das Signal der Beute empfangen wie ein blinkendes rotes Licht auf einer elektronischen Karte.

Nachdem es ihm nun gelungen ist, diese seltsame Anziehungskraft zu meistern, kann er vielleicht mit einem gewissen Überraschungseffekt gegen den falschen Vater vorgehen.

Der Mann im BMW rechnet mit einem Angriff und befindet sich auf der Flucht, um ihm zu entgehen, aber er ist auch gewöhnt, daß er vorgewarnt wird. Wenn genügend Zeit ohne eine Störung im Äther verstreicht, wenn er keine beängstigenden Sondierungen mehr spürt, wird er sein Selbstbewußtsein wiedererlangen. Mit wiedererlangtem Selbstbewußtsein wird seine Wachsamkeit nachlassen, und er wird verwundbar werden.

Der Jäger muß nur auf der Fährte bleiben, der Spur folgen, sich die Zeit vertreiben und auf den geeigneten Augenblick für einen Angriff warten.

Als sie Riverside passieren, wird der morgendliche Verkehr um sie herum dünner. Er fällt weiter zurück, bis der BMW nur ein fernes, farbloses Pünktchen ist, das manchmal wie ein Trugbild im Flimmern von Sonnenlicht oder Staub verschwindet.

Weiter nach Norden. Durch San Bernadino. Auf die Interstate 15. In die nördlichen Ausläufer der San Bernadino Mountains. In einer Höhe von vierzehnhundert Metern über den El-Cajon-Paß.

Wenig später, südlich der Stadt Hesperia, verläßt der BMW die Interstate und folgt dem U. S. Highway 395 in die westlichsten Ausläufer der lebensfeindlichen Mojavewüste. Er folgt ihm, bleibt dabei aber in einer Entfernung, daß sie in dem dunklen Fleck im Rückspiegel unmöglich dasselbe Auto erkennen können, das ihnen nun schon durch drei Countys folgt.

Nach wenigen Meilen passiert er ein Hinweisschild mit Entfernungsangaben bis Ridgecrest, Lone Pine, Bishop und Mammoth Lakes. Mammoth ist am weitesten entfernt – zweihundertzweiundachtzig Meilen.

Der Name der Stadt weckt sofort Assoziationen bei ihm. Er verfügt über ein fotografisches Gedächtnis. Er kann die Worte auf der Widmungsseite eines der Kriminalromane sehen, die er geschrieben und in seinem Haus in Mission Viejo im Regal stehen hat:

Dieses Buch ist meiner Mutter und meinem Vater gewidmet, Jim und Alice Stillwater, die mich gelehrt haben, ein ehrlicher Mann zu sein – und die keine Schuld trifft, daß ich denken *kann wie ein Krimineller.*

Er erinnert sich auch an die Rolodexkarte mit ihren Namen und der Adresse darauf. Sie leben in Mammoth Lakes.

Wieder wird ihm deutlich bewußt, was er alles verloren hat. Selbst wenn er sein Leben von dem Betrüger zurückbekommt, der seinen Namen trägt, wird er möglicherweise nie wieder die Erinnerungen bekommen, die ihm gestohlen wurden. Seine Kindheit. Jugend. Seine erste Verabredung. Seine Erlebnisse an der High School. Er besitzt keine Erinnerungen an die Liebe seines Vaters und seiner Mutter, und es ist unerhört, *monströs*, daß man ihm diese wichtigsten und auf Dauer hilfreichsten Erinnerungen gestohlen hat.

Mehr als sechzig Meilen lang schwankt er zwischen Verzweiflung angesichts der Entfremdung, die das Hauptmerkmal seines Lebens geworden ist, und Freude darüber, daß er sein Schicksal bald wiedererlangen wird.

Er sehnt sich verzweifelt danach, bei seinem Vater und seiner Mutter zu sein, ihre teuren Gesichter zu sehen (die aus den Speichern seiner Erinnerung gelöscht wurden), sie zu umarmen und das tiefe Band zwischen sich und den beiden Menschen zu erneuern, denen er seine Existenz verdankt. Aus Filmen, die er gesehen hat, weiß er, daß Eltern ein Fluch sein können – die besessene Mutter, die schon vor der ersten Szene von *Psycho* tot war, die egoistischen Eltern, die Nick Nolte in *Herr der Gezeiten* verdorben haben –, aber er glaubt, daß seine Eltern besser sind, verständig und aufrichtig, so wie Jimmy Stewart und Donna Reed in *Ist das Leben nicht wundervoll?*

Der Highway wird von trockenen Seen so weiß wie Salz, unvermittelten Zinnen aus roten Felsen, vom Wind modellierten Meeren aus Sand, Gestrüpp und fernen Böschungen dunklen Gesteins flankiert. Überall findet man Spuren von geologischen Verwerfungen und Lavaströmen vergangener Jahrtausende.

In dem Ort Red Mountain verläßt der BMW den Highway. Er hält an einer Tankstelle, um aufzutanken.

Er folgt ihnen bis er sicher ist, was sie vorhaben, fährt aber ohne anzuhalten an der Tankstelle vorbei. Sie haben Waffen. Er nicht. Er wird einen geeigneteren Augenblick finden, um den Mann, der seinen Platz eingenommen hat, zu töten.

Er fährt wieder auf den Highway 395 und dort eine kurze Strecke nach Norden bis Johannesburg, das westlich der Lava Mountains liegt. Dort fährt er wieder ab und tankt den Camry an einer anderen Tankstelle voll. Er kauft Cracker, Schokoriegel und Erdnüsse aus einem Automaten, die ihm während der langen Fahrt, die vor ihm liegt, Kraft spenden sollen.

Möglicherweise mußten Charlotte und Emily noch auf die Toilette der Red-Mountain-Tankstelle, auf jeden Fall ist er nun vor ihnen auf dem Highway, aber das macht nichts, weil er ihnen nicht mehr folgen muß. Er weiß, wohin sie fahren.

Mammoth Lakes, Kalifornien.

Jim und Alice Stillwater. Die ihn gelehrt haben, ein ehrlicher Mann zu sein. Die keine Schuld trifft, wenn er wie ein Krimineller denken kann. Denen er seinen Roman gewidmet hat. Geliebt. Bewundert. Ihm gestohlen, aber in Kürze zurückgewonnen.

Er brennt darauf, sie in seinen Kreuzzug zur Rückeroberung seiner Familie und seines Schicksals mit einzubeziehen. Der falsche Vater kann vielleicht seine Kinder täuschen, und vielleicht konnte er sogar Paige übertölpeln und dazu bringen, den Betrüger als den echten Martin Stillwater zu akzeptieren. Aber seine Eltern werden ihren wahren Sohn erkennen, Blut von ihrem Blut, und sie werden nicht auf die abgefeimte Mimikry des Betrügers hereinfallen, der seine Familie gestohlen hat.

Seit der BMW auf den Highway 395 gefahren ist, wo wenig Verkehr herrscht, hat er konstant sechzig bis fünfundsechzig Meilen pro Stunde beibehalten, obwohl die Straße an vielen Stellen eine größere Geschwindigkeit zugelassen hätte. Jetzt rast er mit fünfundsiebzig bis achtzig in dem Camry Richtung Norden. Er müßte Mammoth Lakes zwischen vierzehn Uhr und vierzehn Uhr fünfzehn erreichen, eine halbe bis eine dreiviertel Stunde vor dem Eindringling, was ihm Zeit geben wird, seine Mutter und seinen Vater vor den bösen Absichten der Kreatur zu warnen, die sich als ihr Sohn verkleidet hat.

Der Highway verläuft nach Nordwesten durch das Indian Wells Valley, mit den El Paso Mountains im Süden. Meile für Meile schwillt sein Herz an vor Rührung bei dem Gedanken, wieder mit seiner Mom und seinem Dad vereint zu sein, von denen er so grausam getrennt wurde. Er verzehrt sich vor Verlangen, sie zu umarmen und ihre Liebe zu empfangen, ihre rückhaltlose Liebe, ihre unvergängliche und vollkommene Liebe.

8.

Der Bell JetRanger Firmenhelikopter, der Oslett und Clocker nach Mammoth Lakes gebracht hatte, gehörte einem Filmstudio, das eine Tochtergesellschaft des Network war. Mit seinen Sitzen aus schwarzem Kalbswildleder, Messingarmaturen und den mit smaragdgrüner Schlangenhaut verkleideten Wänden war das Ambiente noch luxuriöser als die Passagierkabine des Lear. Außerdem lag in dem Hubschrauber eine anregendere Auswahl an Lektüre bereit als in dem Jet, einschließlich der aktuellen Ausgaben von *The Hollywood Reporter* und *Daily Variety*, dazu die neuesten Hefte von *Premier, Rolling Stone, Mother Jones, Forbes, Fortune, GQ, Spy, The Ecological Watch Society Journal* und *Bon Appetit*.

Um sich die Zeit während des Fluges zu vertreiben, nahm Clocker einen neuen *Raumschiff-Enterprise*-Roman zur Hand, den er im Andenkenladen des Ritz-Carlton-Hotels gekauft hatte, bevor sie aufgebrochen waren. Oslett war überzeugt, daß die Verbreitung solcher phantastischen Literatur in den geschmackvoll eingerichteten und elegant geführten Geschäften eines Fünf-Sterne-Etablissements – früher ein Treffpunkt der Kultivierten und Mächtigen, nicht nur der Reichen – ein ebenso erschreckender Beweis für den bevorstehenden Zusammenbruch der Gesellschaft war wie die Tatsache, daß schwerbewaffnete Heroin- und Kokaindealer ihre Waren auf Schulhöfen verkauften.

Während der JetRanger durch den Sequoia National Park, den King's Canyon National Park, an den westlichen Ausläufern der Sierra Nevada entlang und schließlich direkt in dieses prachtvolle Gebirgsmassiv hineinflog, wechselte Oslett ständig von einer Seite auf die andere, da er fest entschlossen war, sich nichts von dem atemberaubenden Ausblick entgehen zu lassen. Die Weite unter ihm war so wenig bevölkert, daß sie eigentlich seine fast agoraphobe Abneigung gegen freie Flächen und ländliche Gegenden hätte auslösen müssen. Aber das Gelände wechselte von einem Augenblick zum nächsten und präsentierte neue Wunder und noch eindrucksvollere Panoramen mit solcher Geschwindigkeit, daß er sich nicht langweilte.

Außerdem flog der JetRanger wesentlich tiefer als der Lear, wodurch Oslett ein Gefühl für die Vorwärtsbewegung bekam. Und das Innere des Helikopters war lauter und wurde von heftigeren Vibrationen erschüttert als die Passagierkabine des Jet, und auch das gefiel ihm.

Zweimal lenkte er Clockers Aufmerksamkeit auf die Wunder der Natur vor den Fenstern. Beide Male warf der große Mann nur einen flüchtigen Blick auf die Landschaft und steckte die Nase dann ohne einen Kommentar wieder in *Sechsbrüstige Amazonen des Schleimplaneten*.

»Was ist denn so verdammt interessant an dem Buch?« wollte Oslett schließlich wissen und ließ sich auf den Sitz gegenüber von Clocker fallen.

Clocker las den Abschnitt zu Ende, in den er gerade vertieft war, ehe er aufsah und sagte: »Das kann ich dir nicht sagen.«

»Warum nicht?«

»Selbst wenn ich dir sagen würde, was ich daran interessant finde, würde es dich nicht interessieren.«

»Was soll das nun wieder heißen?«

Clocker zuckte die Achseln. »Ich glaube nicht, daß es dir gefallen würde.«

»Ich hasse Romane, schon immer, aber besonders Science Fiction und so einen Mist.«

»Da haben wir's.«

»Und was soll *das* heißen?«

»Du hast gerade eben bestätigt, was ich gesagt habe – dir gefällt so was nicht.«

»Natürlich nicht.«

Clocker zuckte wieder die Achseln. »Da haben wir's.«

Oslett sah ihn finster an. Er deutete auf das Buch und sagte: »Wie kann einem so ein Dreck gefallen?«

»Wir leben in Paralleluniversen«, sagte Clocker.

»Was?«

»In deinem hat Johannes Gutenberg den Flipperautomaten erfunden.«

»Wer?«

»In deinem war der berühmteste Mann namens Faulkner wahrscheinlich ein Banjovirtuose.«

Oslett sagte stirnrunzelnd: »Ich verstehe diesen ganzen Quatsch nicht.«

»Da haben wir's«, sagte Clocker und las weiter in *Kirk und Spock sind verliebt*, oder wie das Epos auch immer heißen mochte.

Oslett hätte ihn am liebsten umgebracht. Dieses Mal hatte er aus Karl Clockers rätselhaftem Geschwafel eine subtil ausgedrückte aber tiefempfundene Verachtung herausgehört. Er wollte dem großen Mann seinen albernen Hut vom Kopf reißen und anzünden, samt Entenfeder und allem, wollte ihm das Taschenbuch aus der Hand reißen und in Stücke reißen und rund tausend Schuß 9mm Hohlspitzgeschosse aus nächster Nähe in ihn hinein ballern.

Statt dessen drehte er sich wieder zum Fenster um und ließ sich von den majestätischen Berggipfeln und Wäldern besänftigen, die er mit hundertfünfzig Meilen pro Stunde vorbeirauschen sah.

Über ihnen zogen Wolken von Nordwesten auf. Sie näherten sich den Berggipfeln, aufgebläht und grau wie eine Flotte lenkbarer Luftschiffe.

Um 13:10 Uhr am Dienstag nachmittag wurden sie auf einem Flugplatz außerhalb von Mammoth Lakes von einem Repräsentanten des Network namens Alec Spicer empfangen. Er wartete auf dem Asphalt neben einem Hangar aus Beton und Wellblech, wo sie landen sollten.

Er kannte ihre richtigen Namen und war Peter Waxhill damit vom Rang mindestens ebenbürtig, aber bei weitem nicht so vornehm gekleidet, zuvorkommend oder höflich wie der Gentleman, der sie beim Frühstück mit dem letzten Stand der Dinge vertraut gemacht hatte. Und im Gegensatz zu dem muskulösen Jim Lomax gestern abend auf dem John Wayne Airport in Orange County, ließ er sie ihr Gepäck selbst zu einem grünen Ford Explorer tragen, der auf dem Parkplatz hinter dem Hangar für sie bereitstand.

Spicer war etwa fünfzig Jahre alt, einsfünfundsiebzig groß, achtzig Kilo schwer und hatte kurzgeschnittenes graues Haar. Sein Gesicht bestand nur aus harten Flächen, die Augen versteckte er hinter einer Sonnenbrille, obwohl der Himmel verhangen war. Er trug Springerstiefel, Khakihosen, ein Khakihemd und eine abgewetzte lederne Fliegerjacke mit zahllosen Reißverschlußtaschen. Seine aufrechte Haltung, das disziplinierte Benehmen und die abgehackte Sprechweise wiesen ihn als pensionierten – möglicherweise entlassenen – Armeeoffizier aus, der nicht bereit war, die Verhaltensmuster, Gewohnheiten und die Kleidung eines Berufssoldaten abzulegen.

»Sie sind für Mammoth nicht richtig angezogen«, sagte Spicer schneidend, während sie zu dem Explorer gingen; sein Atem bildete weiße Kondenswölkchen vor seinem Mund.

»Ich habe nicht gewußt, daß es hier so kalt sein würde«, sagte Oslett, der unkontrolliert zitterte.

»Sierra Nevada«, sagte Spicer. »Wo wir uns befinden, fast zweieinhalbtausend Meter über dem Meeresspiegel. Dezember. Hier können Sie nicht mit Palmen, Baströckchen und Piña Colada rechnen.«

»Ich habe gewußt, daß es kalt sein wird, aber nicht so kalt.«

»Sie werden sich den Arsch abfrieren«, sagte Spicer barsch.

»Die Jacke ist warm«, verteidigte sich Oslett, »aus Kaschmir.«

»Gut für Sie«, sagte Spicer.

Er öffnete die Klappe des Explorer und trat beiseite, damit sie die Koffer im Stauraum unterbringen konnten.

Spicer setzte sich ans Steuer. Oslett nahm vorne Platz. Auf dem Rücksitz las Clocker weiter in *Die Durchfallepidemie von Ganymed.*

Während Spicer vom Flugplatz Richtung Stadt fuhr,

schwieg er eine Zeitlang. Dann: »Wir rechnen heute mit dem ersten Schnee der Saison.«

»Der Winter ist meine Lieblingsjahreszeit«, sagte Oslett.

»Gefällt Ihnen vielleicht nicht mehr so sehr, wenn Ihnen der Schnee bis zum Arsch reicht und ihre hübschen Oxfords so hart wie holländische Holzschuhe sind.«

»Wissen Sie eigentlich, wer ich bin?« fragte Oslett ungeduldig.

»Ja, Sir«, sagte Spicer, der die Worte noch abgehackter als sonst aussprach, den Kopf aber fast unmerklich neigte und damit seine rangniedere Position zum Ausdruck brachte.

»Gut«, sagte Oslett.

An manchen Stellen standen hohe Nadelbäume dicht auf beiden Seiten der Straße. Viele Motels, Restaurants und Bars bestachen durch alpenländische Architektur und Namen, welche in manchen Fällen Worte enthielten, die an Bilder aus so unterschiedlichen Filmen wie *The Sound of Music* oder Clint Eastwood-Streifen erinnerten: Bavarian dies, Swiss das, Eiger, Matterhorn, Geneva, Hofbrau.

Oslett sagte: »Wo liegt das Haus der Stillwaters?«

»Wir fahren in Ihr Motel.«

»Man hat mir gesagt, daß das Stillwater-Haus von einem Überwachungsteam beobachtet wird«, beharrte Oslett.

»Ja, Sir. Auf der anderen Straßenseite in einem Kleinbus mit getönten Scheiben.«

»Ich möchte dorthin.«

»Das wäre nicht gut. Dies ist eine Kleinstadt. Nicht einmal fünftausend Einwohner, wenn man die Touristen nicht mitzählt. Wenn sich Fremde in einem parkenden Bus in einer Wohngegend die Klinke in die Hand geben – das würde unerwünschte Aufmerksamkeit erregen.«

»Was schlagen Sie dann vor?«

»Rufen Sie das Überwachungsteam an, lassen Sie die Leute wissen, wo sie Sie erreichen können. Dann warten Sie im Motel. In dem Augenblick, wenn Martin Stillwater seine Eltern anruft oder bei ihnen vor der Tür steht, werden Sie benachrichtigt.«

»Er hat sie noch nicht angerufen?«

»Ihr Telefon hat in den vergangenen Stunden mehrmals geläutet, aber sie sind nicht zu Hause und können nicht abnehmen, daher können wir nicht sagen, ob es ihr Sohn war oder nicht.«

Oslett war fassungslos. »Haben sie keinen Anrufbeantworter?«

»Bei dem ruhigen Leben hier oben braucht man nicht unbedingt einen.«

»Erstaunlich. Nun, wenn sie nicht zu Hause sind, wo dann?«

»Sie sind heute morgen Einkaufen gefahren und haben vor kurzem in einem Restaurant an der Route 203 zum Mittagessen gehalten. In einer Stunde oder so müßten sie wieder hier sein.«

»Werden Sie verfolgt?«

»Selbstverständlich.«

In Erwartung des vorhergesagten Sturms trafen bereits Skifahrer mit Skiern auf den Dachgepäckträgern im Ort ein. Oslett sah einen Stoßstangenaufkleber mit der Aufschrift: MEIN LEBEN GEHT NUR BERGAB – UND ES GEFÄLLT MIR!

Als sie an einer roten Ampel hinter einem Kombi hielten, der mit ausreichend jungen blonden Frauen in Skipullovern für ein halbes Dutzend Bier- oder Lippencremewerbespots vollgestopft zu sein schien, sagte Spicer: »Schon von der Nutte aus Kansas City gehört?«

»Erwürgt«, sagte Oslett. »Aber es gibt keine Beweise, daß es unser Junge gewesen ist, auch wenn jemand, der ihm ähnlich sah, mit ihr die Bar verlassen hat.«

»Dann wissen Sie das neueste noch nicht. Die Spermaprobe ist in New York eingetroffen. Untersucht worden. Es ist unser Junge.«

»Sind sie sicher?«

»Eindeutig.«

Die Berggipfel verschwanden im wolkenverhangenen Himmel. Die Farbe der Wolken hatte sich von der Schattierung abgeschliffenen Stahls zu fleckigem Aschgrau und Kohlschwarz verändert.

Osletts Stimmung wurde ebenfalls finster.

Die Ampel wechselte auf grün.

Alec Spicer fuhr hinter dem Kombi voller Blondinen über die Kreuzung und sagte: »Demnach ist er durchaus zum Geschlechtsverkehr in der Lage.«

»Aber er ist eigentlich so geplant worden, daß er ...« Oslett konnte den Satz nicht einmal beenden. Er hatte kein Vertrauen mehr in die Arbeit der Genetiker.

»Bisher konnte die Zentrale über Kontakte zur Polizei eine Liste von fünfzehn Morden mit sexuellem Tathergang zusammenstellen, die unser Junge begangen haben könnte. Unaufgeklärte Fälle. Junge und attraktive Frauen. In Städten, die er besucht hat, und zu den Zeiten, als er da war. Gleiche Vorgehensweise in jedem Fall, einschließlich brutalster Gewaltanwendung *nachdem* das Opfer bewußtlos geschlagen worden war, manchmal durch einen Hieb auf den Kopf, aber meistens mit einem Schlag ins Gesicht ... offenbar, damit sie keinen Laut von sich geben konnten, wenn er sie umbrachte.«

»Fünfzehn«, sagte Oslett benommen.

»Möglicherweise mehr. Viel mehr.« Spicer wandte den Blick von der Straße ab und sah Oslett an. Seine Augen waren nicht nur unauslotbar, sondern vollkommen hinter den stark getönten Gläsern seiner Sonnenbrille verborgen. »Und wir können bei Gott nur hoffen, daß er jede Frau umbrachte, mit der er gevögelt hat.«

»Was meinen Sie damit?«

Spicer sah wieder auf die Straße und sagte: »Er hat eine hohe Spermienzahl. Und die Spermien sind aktiv. Er ist fruchtbar.«

Obwohl er es sich selbst nicht eingestanden hatte, bis Spicer es aussprach, hatte Oslett gewußt, daß diese schlechte Nachricht auch noch kommen würde.

»Wissen Sie, was das bedeutet?« fragte Spicer.

Vom Rücksitz sagte Clocker: »Der erste funktionierende menschliche Klon der Alpha-Generation ist desertiert, mutiert in einer Weise, die wir uns nicht vorstellen könnten, und wäre imstande das genetische Reservoir der Menschheit mit genetischem Material zu verunreinigen, aus dem eine neue und durch und durch feindselige Gattung so gut wie unverwundbarer Übermenschen hervorgehen könnte.«

Einen Augenblick dachte Oslett, Clocker hätte einen Satz aus seinem neuen *Raumschiff-Enterprise*-Roman vorgelesen, aber dann wurde ihm klar, daß er die Natur der Krise treffend zusammengefaßt hatte.

Spicer sagte: »Wenn unser Junge nicht jede Schlampe kalt gemacht hat, mit der er im Clinch war, wenn er neue Babys gemacht hat und diese aus irgendwelchen Gründen nicht abgetrieben wurden – und sei es nur *ein einziges Baby* –, dann sitzen wir ganz tief in der Scheiße. Nicht nur wir drei, nicht nur das Network, sondern die ganze Menschheit.«

9.

Marty, der durch das Owens Valley fuhr, die Inyo Mountains im Osten, die Sierra Nevadas im Westen, stellte fest, daß das Funktelefon nicht immer einwandfrei funktionierte, da die atemberaubende Topographie Mikrowellenübertragung behinderte. Und wenn er doch zum Haus seiner Eltern in Mammoth Lakes durchkam, läutete das Telefon und läutete, ohne daß jemand abgenommen hätte.

Nach dem sechzehnten Läuten beendete er den Anruf und sagte: »Immer noch nicht zu Hause.«

Sein Dad war sechsundsechzig, seine Mom dreiundsechzig. Beide waren Lehrer gewesen und erst letztes Jahr in den Ruhestand gegangen. Nach modernen Maßstäben waren sie noch jung, gesund, vital und liebten das Leben, daher kam es nicht überraschend, daß sie weggegangen waren, um etwas zu unternehmen, statt den Tag zu Hause in Ohrensesseln zu verbringen und sich Quizsendungen und Seifenopern anzuschauen.

»Wie lange bleiben wir bei Opa und Oma?« fragte Charlotte vom Rücksitz. »So lange, daß sie mir beibringen kann, so gut Gitarre zu spielen wie sie? Auf dem Klavier bin ich ziemlich gut, aber ich glaube, Gitarre würde mir auch gefallen, und wenn ich eine berühmte Musikerin werden möchte, was, glaube ich, ganz interessant sein könnte – ich lasse mir noch alle Möglichkeiten offen –, wäre es bestimmt viel einfacher, wenn ich mein Instrument überallhin mitnehmen könnte, weil man ein Klavier ja nun nicht gerade auf dem Rücken herumtragen kann.«

»Wir bleiben nicht bei Opa und Oma«, sagte Marty. »Wir fahren überhaupt nicht zu ihnen.«

Charlotte und Emily seufzten vor Enttäuschung.

Paige sagte: »Wir besuchen sie vielleicht später, in ein paar Tagen. Mal sehen. Heute fahren wir jedenfalls zur Blockhütte.«

»Ja!« sagte Emily, und »Na gut!« sagte Charlotte.

Marty konnte hören, wie sie die Handflächen gegeneinander schlugen.

Die Blockhütte, die seiner Mom und seinem Dad gehörte, seit Marty ein kleiner Junge war, lag in den Bergen ein paar Meilen außerhalb von Mammoth Lakes zwischen dem Ort und den Seen selbst, nicht weit von der noch kleineren Ortschaft Lake Mary entfernt. Es war ein reizendes Plätzchen im Schatten dreißig Meter hoher Kiefern und Fichten, an dem sein Vater im Lauf der Jahre hart gearbeitet hatte. Für die Mädchen, die im Vorortlabyrinth von Orange County aufgewachsen waren, war die Blockhütte so etwas Besonderes wie ein Märchenschloß.

Marty brauchte ein paar Tage Zeit zum Nachdenken, bevor er eine Entscheidung treffen konnte, was sie als nächstes tun sollten. Er wollte die Nachrichten verfolgen und abwarten, wie die Berichte über ihn weitergingen; durch den Umgang der Medien mit der Story konnte er vielleicht etwas über die Macht, wenn nicht sogar über die Identität seiner wahren Gegenspieler herausfinden, deren Mittel sich sicher nicht auf den unheimlichen und verstörten Doppelgänger beschränkten, der in ihr Haus eingedrungen war.

Im Haus seiner Eltern konnten sie nicht bleiben. Wenn die Sache weitere Kreise zog, wäre es für Reporter zu leicht zugänglich gewesen. Und es war für die anonymen Verschwörer hinter dem Doppelgänger zugänglich, die dafür gesorgt hatten, daß ein unbedeutender Einbruch bundesweite Beachtung durch die Medien gefunden hatte und er wie ein Mann von fragwürdiger Stabilität hingestellt wurde.

Außerdem wollte er seine Mom und seinen Dad nicht in Gefahr bringen, indem er bei ihnen Schutz suchte. Wenn er sie telefonisch erreichte, würde er sogar darauf bestehen, daß sie sofort das Wohnmobil vollpackten und ein paar Wochen aus Mammoth Lakes verschwanden, vielleicht sogar einen Monat oder länger. Wenn sie herumfuhren und jede Nacht oder alle zwei Nächte den Campingplatz wechselten, konnte niemand versuchen, über sie an ihn ranzukommen.

Seit dem Kontaktversuch in der Bank in Mission Viejo hatte Marty keine Sondierung durch den Anderen mehr gespürt. Er hoffte, daß die Hast und Entschiedenheit, mit der sie die Flucht nach Norden angetreten hatten, ihnen die Sicherheit erkauft hatte. Selbst Hellsehen oder Telepathie – oder worum es sich auch immer handeln mochte – mußte ihre Grenzen haben. Sonst hätten sie es nicht nur mit einer phantastischen geistigen Kraft zu tun, sondern mit regelrechter Magie; Marty konnte aus Erfahrung die Möglichkeit übersinnlicher Fähigkeiten einsehen, aber an Magie konnte er einfach nicht glauben. Sie mußten Hunderte Meilen zwischen sich und den Anderen gebracht und damit die Reichweite seines suchenden sechsten Sinns überwunden haben. Die Berge, die vorübergehend die Funktionsweise des Funktelefons beeinträchtigten, isolierten sie vielleicht noch weiter gegen telepathische Nachspürungen.

Vielleicht wäre es sicherer gewesen, sich von Mammoth

Lakes fernzuhalten und in einer Stadt zu verstecken, mit der ihn nichts verband. Aber er hatte sich für die Berge entschieden, weil jemand, der an das Haus seiner Eltern als mögliche Zufluchtsstätte dachte, nichts von der Blockhütte wissen und auch nichts durch Zufall darüber erfahren konnte. Außerdem waren zwei seiner ehemaligen Freunde von der High School seit zehn Jahren Deputy Sheriffs von Mammoth County, und die Hütte lag in der Nähe seines Geburtsorts, wo er immer noch einigermaßen bekannt war. Als Kleinstadtjunge, der in seiner Jugend nie ein Tunichtgut gewesen war, konnte er davon ausgehen, daß die Behörden ihn ernst nehmen und ihm besseren Schutz gewähren würden, sollte der Andere *doch* wieder versuchen, mit ihm in Kontakt zu treten. An einem fremden Ort dagegen wäre er ein Außenseiter und mit noch mehr Mißtrauen betrachtet worden als Detective Cyrus Lowbock ihm entgegengebracht hatte. Sollte es zum Schlimmsten kommen, würde er sich in Mammoth Lakes nicht so isoliert und fremd fühlen wie überall sonstwo mit Sicherheit.

»Möglicherweise fahren wir direkt in ein Unwetter«, sagte Paige.

Der Himmel im Osten war weitgehend blau, aber dunkle Wolkenmassen trieben über die Gipfel und durch die Pässe der Sierra Nevada im Westen.

»Wir sollten kurz an einer Tankstelle in Bishop halten«, sagte Marty, »und herausfinden, ob die Highway Patrol Schneeketten für Mammoth empfiehlt.«

Vielleicht hätte ihm heftiger Schneefall gerade recht kommen sollen. Der würde die Kabine noch mehr isolieren und unzugänglicher für die Gegner machen, die ihnen möglicherweise auf den Fersen waren. Aber er verspürte nur Unbehagen beim Gedanken an einen Sturm. Wenn das Glück sie im Stich ließ, mußten sie Mammoth Lakes vielleicht in großer Hast verlassen. Durch Schneeverwehungen gesperrte Straßen konnten sie lange genug aufhalten, daß es tödlich für sie enden konnte.

Charlotte und Emily wollten »Paß auf, wer der Affe ist«

spielen, ein Spiel mit Worten, das Marty vor zwei Jahren erfunden hatte, um sie bei längeren Autofahrten zu beschäftigen. Sie hatten es schon zweimal gespielt, seit sie Mission Viejo verlassen hatten. Paige lehnte ab und sagte, sie müsse sich auf das Fahren konzentrieren, und Marty wurde häufiger als sonst der Affe, weil er sich Sorgen machte und sich deshalb nicht konzentrieren konnte.

Die höchsten Gipfel der Sierra verschwanden im Nebel. Die Wolken wurden kontinuierlich schwärzer, als würde das Feuer der Sonne erlöschen und nur verkohlte Ruinen am Himmel zurück lassen.

10.

Die Motelbesitzer bezeichneten ihr Etablissement als *Lodge*. Die Gebäude wurden von den Ästen dreißig Meter hoher Douglasfichten, kleinerer Kiefern und Lärchen umschlossen. Die Ausstattung war gekünstelt rustikal.

Die Zimmer hielten selbstverständlich keinem Vergleich mit dem Ritz-Carlton stand, und die Absicht des Innenarchitekten, mit Kiefernpaneelen voller Astlöcher und klobigen Holzmöbeln eine bayerische Atmosphäre zu beschwören, konnte man nur als abgedroschen bezeichnen, aber Drew Oslett fand die Unterkunft trotzdem angenehm. Ein großer gemauerter Kamin, in dem bereits Holzscheite und Brennholz aufgeschichtet worden waren, übte einen besonderen Reiz aus; wenige Minuten nach ihrer Ankunft loderte schon das Feuer.

Alec Spicer rief das Überwachungsteam an, das sich in dem Kleinbus gegenüber dem Haus der Stillwaters befand. In einer Sprache, die in jeder Hinsicht so rätselhaft war wie manche von Clockers Bemerkungen, informierte er sie, daß Alfies Aufseher sich jetzt in der Stadt aufhielten und im Motel erreicht werden konnten.

»Nichts Neues«, sagte Spicer, als er den Hörer auflegte. »Jim und Alice Stillwater sind noch nicht zu Hause. Der Sohn und seine Familie haben sich auch noch nicht sehen lassen, und von unserem Jungen selbstverständlich auch keine Spur.«

Spicer schaltete jedes Licht in dem Zimmer an und öffnete die Vorhänge, weil er immer noch die Sonnenbrille trug. Aber die Fliegerjacke hatte er ausgezogen. Oslett vermutete, daß Alec Spicer die Sonnenbrille auch beim Sex nicht abnahm – und möglicherweise nicht einmal, wenn er nachts zu Bett ging.

Die drei setzten sich auf Drehsessel um einen Eßtisch aus Kiefernholz unmittelbar bei der kompakten Kochnische. Vom zweigeteilten Fenster in der Nähe hatte man einen Ausblick auf den bewaldeten Hang hinter dem Motel.

Spicer brachte aus einem ledernen Aktenkoffer mehrere Gegenstände zum Vorschein, die Oslett und Clocker brauchen würden, um die Ermordung der Familie Stillwater so zu inszenieren, wie es die Zentrale wollte.

»Zwei Spulen geflochtener Draht«, sagte er und legte ein Paar in Plastik verpackte Rollen auf den Tisch. »Fesseln Sie Hand- und Fußgelenke der Töchter damit. Nicht locker. So fest, daß es weh tut. So war es bei dem Fall in Maryland.«

»Gut«, sagte Oslett.

»Schneiden Sie den Draht nicht ab«, wies Spicer sie an. »Wenn Sie die Handgelenke gefesselt haben, ziehen Sie denselben Strang zu den Knöcheln. So war es ebenfalls in Maryland.«

Der nächste Gegenstand, den er aus dem Koffer holte, war eine Pistole.

»Es ist eine SIG neun Millimeter«, sagte Spicer. »Von der Schweizer Firma entworfen, aber tatsächlich von Sauer in Deutschland hergestellt. Eine ausgezeichnete Waffe.«

Oslett nahm die SIG entgegen und sagte: »Damit sollen wir die Frau und die Kinder erledigen?«

Spicer nickte. »Und dann Stillwater selbst.«

Oslett machte sich mit der Waffe vertraut, während Spicer eine Schachtel 9mm-Munition aus dem Aktenkoffer holte. »Ist das dieselbe Waffe, die der Vater in Maryland benutzt hat?«

»Exakt«, sagte Spicer. »Nachforschungen werden ergeben, daß Martin Stillwater die Waffe vor drei Wochen in dem Geschäft gekauft hat, wo seine anderen Waffen herstammen. Ein Angestellter wurde dafür bezahlt, daß er sich daran erinnert, wie er sie ihm verkauft hat.«

»Ausgezeichnet.«

»Der Karton, in dem die Waffe geliefert wird, und der Kassenzettel wurden bereits in einer Schreibtischschublade von Stillwaters Arbeitszimmer in seinem Haus in Mission Viejo plaziert.«

Oslett, der lächelte, aufrichtige Bewunderung empfand und langsam zur Überzeugung kam, daß sie das Network doch noch retten konnten, sagte: »Man hat an alles gedacht.«

»Immer«, sagte Spicer.

Das Machiavellische Ausmaß des Plans versetzte Oslett so sehr in Entzücken wie ihn die bombastischen Pläne des Kojoten Karl in den Roadrunner-Zeichentrickfilmen als Kind entzückt hatten – nur waren in *diesem* Fall die Kojoten die unzweifelhaften Gewinner. Er sah Karl Clocker an und rechnete damit, daß dieser genauso begeistert sein würde.

Der Trekkie machte sich mit der Klinge eines Taschenmessers die Fingernägel sauber. Seine Miene war ernst. Es sah so aus, als wäre sein Verstand mindestens vier Parsek und zwei Dimensionen von Mammoth Lakes, Kalifornien, entfernt.

Spicer holte eine Ziploc-Plastiktüte aus dem Aktenkoffer, in der sich ein zusammengelegtes Blatt Papier befand. »Dies ist ein Abschiedsbrief. Gefälscht. Aber so gut gemacht, jeder Graphologe wäre überzeugt davon, daß Stillwater ihn eigenhändig geschrieben hat.«

»Was steht darin?« fragte Oslett.

Spicer zitierte aus dem Gedächtnis: »›Es gibt einen Wurm. Gräbt im Inneren. Wir sind alle verseucht. Versklavt. Parasiten in uns. Ich kann so nicht leben. Kann nicht.‹«

»Stammt das auch von dem Fall in Maryland?«

»Wort für Wort.«

»Der Typ war echt unheimlich.«

»Dem will ich nicht widersprechen.«

»Lassen wir ihn bei der Leiche?«

»Ja. Fassen Sie ihn nur mit Handschuhen an. Und drücken Sie Stillwaters Finger darauf, nachdem Sie ihn getötet haben. Das Papier hat eine harte, glatte Oberfläche. Müßte die Abdrücke gut annehmen.«

Spicer griff noch einmal in den Aktenkoffer und holte eine Ziploc-Tüte mit einem schwarzen Füller heraus.

»Pentel Rolling Writer«, sagte Spicer. »Aus einer ganzen Schachtel davon in Stillwaters Schreibtisch.«

»Wurde der Abschiedsbrief damit geschrieben?«

»Ja. Lassen Sie ihn offen irgendwo im Umkreis der Leiche liegen.«

Lächelnd betrachtete Oslett die Gegenstände auf dem Tisch. »Das wird echt ein Spaß.«

Während sie auf eine Nachricht des Überwachungsteams warteten, das vor dem Haus von Stillwater Senior Stellung bezogen hatte, riskierte Oslett einen Spaziergang zu einem Skigeschäft in einem ganzen Komplex mit Geschäften und Restaurants auf der anderen Straßenseite des Motels. Die Luft schien in der kurzen Zeit, die er im Zimmer verbracht hatte, bitterer geworden zu sein, und die Farbe des Himmels erinnerte an einen Bluterguß.

Die Ware in dem Geschäft war erstklassig. Er konnte sich im Handumdrehen mit solide verarbeiteter, aus Schweden importierter Thermounterwäsche und einem schwarzen gefütterten Skianzug aus Gore-Tex und Thermolit von Hard Corps ausstatten. Der Anzug hatte eine reflektierende Silbernaht, eine ausklappbare Kapuze, anatomisch geformte Knieschützer, ballistische Knöchelstützen aus Nylon, gefütterte Schneemanschetten mit gummiertem Überzug und sovielen Taschen, daß jeder Bühnenzauberer damit zufrieden gewesen wäre. Darüber trug er eine Jacke mit der Aufschrift »U. S. Freestyle Team« mit Thermofütterung, reflektierenden Nähten, Elastikzwickeln und Schulterpolstern. Handschuhe kaufte er auch – aus italienischem Leder und Nylon, fast so flexibel wie eine zweite Haut. Er spielte mit dem Gedanken, ob er eine erstklassige Skibrille kaufen sollte, begnügte sich dann aber mit einer guten Sonnenbrille, da er eigentlich nicht vorhatte, die Pisten unsicher zu machen. Seine ehrfurchtgebietenden Skistiefel sahen aus, als könnte ein Roboterterminator sie tragen, um damit Betonwände einzutreten.

Er kam sich unglaublich hart vor.

Da er ohnehin alles anprobieren mußte, nutzte er die Gelegenheit, gleich die Sachen auszuziehen, mit denen er das Geschäft betreten hatte. Der Verkäufer legte die Kleidungsstücke zusammen und verstaute sie in einer Tüte, die Oslett mitnahm, als er sich in seinem neuen Outfit auf den Weg zum Hotel zurück machte.

Mit jeder Minute schätzte er ihre Erfolgsaussichten optimistischer ein. Nichts war besser geeignet, einen wieder aufzubauen, als ein Einkaufsbummel.

Als er in das Zimmer zurückkam, lagen noch keine Neuigkeiten vor, obwohl er eine halbe Stunde weggewesen war.

Spicer saß in einem Ohrensessel, hatte die Sonnenbrille noch auf und sah sich eine Talkshow an. Eine stämmige Frau mit hochtoupierter Haartracht interviewte vier Transvestiten, die versucht hatten, sich als Frauen beim US Marine Corps zu bewerben, und abgelehnt worden waren, aber glaubten, daß der Präsident sich für sie einsetzen würde.

Clocker saß selbstverständlich an einem Tisch beim Fenster und las im silbernen Licht vor dem Sturm *Huckleberry Kirk und die glibbernden Huren von Alpha Centauri* oder wie das Scheißbuch auch immer heißen mochte. Sein einziges Zugeständnis an das Wetter der Sierra bestand darin, daß er den Pullunder mit dem Harlekinmuster gegen einen langärmligen Kaschmirpullover in einem ekelerregenden Orangeton eingetauscht hatte.

Oslett trug den schwarzen Aktenkoffer in eines der beiden Schlafzimmer, die an das Wohnzimmer grenzten. Er leerte den Inhalt auf eines der Betten, setzte sich mit überkreuzten Beinen auf die Matratze, nahm die neue Sonnenbrille ab und begutachtete die genialen Requisiten, die gewährleisten würden, daß man Martin Stillwater posthum mehrfachen Mord und Selbstmord anhängen würde.

Er mußte eine Menge Probleme lösen, darunter das, wie man so viele Leute so lautlos wie möglich tötete. Schüsse, die man irgendwie dämpfen konnte, bereiteten ihm kein Kopfzerbrechen. Er machte sich Sorgen wegen der Schreie. Ja nachdem, wo die Hinrichtung stattfand, könnte es Nachbarn geben. Wenn diese Nachbarn aufgeschreckt wurden, riefen sie möglicherweise die Polizei.

Nach ein paar Minuten setzte er die Sonnenbrille auf und ging ins Wohnzimmer. Er unterbrach Spicers Fernsehsendung: »Welche Polizeidienststelle wird sich um die Sache kümmern, wenn wir sie kaltgemacht haben?«

»Wenn es hier passiert«, sagte Spicer, »wahrscheinlich das Büro des Sheriffs von Mammoth County.«

»Haben wir einen Freund dort?«

»Noch nicht, aber ich bin sicher, wir könnten einen haben.«

»Leichenbeschauer?«

»Hier draußen am Arsch der Welt – wahrscheinlich nur der hiesige Bestattungsunternehmer.«

»Keine spezielle gerichtsmedizinische Ausbildung?«

Spicer sagte: »Er wird ein Einschußloch von einem Arschloch unterscheiden können, mehr aber auch nicht.«

»Wenn wir Stillwater und seine Frau zuerst erledigen, wird keiner hier die Reihenfolge feststellen können, in der die Morde stattgefunden haben?«

»Gerichtsmedizinische Labors in Großstädten hätten da Schwierigkeiten, wenn nicht mehr als – sagen wir – eine Stunde dazwischenliegt.«

Oslett sagte: »Ich will damit sagen ... wenn wir uns zuerst die Kinder vorknöpfen, bekommen wir vielleicht Probleme mit Stillwater und seiner Frau.«

»Wie das?«

»Entweder Clocker oder ich können die Eltern in Schach

halten, während der andere die Kinder in ein anderes Zimmer bringt. Aber die Mädchen ausziehen, ihnen Hände und Füße mit Draht fesseln – es wird zehn, fünfzehn Minuten erfordern, das richtig zu machen, genauso wie in Maryland. Aber selbst wenn einer von uns die Stillwaters mit der Waffe in Schach hält, werden sie nicht tatenlos zusehen. Sie werden sich beide auf mich oder Clocker stürzen, wer immer sie eben bewacht, und gemeinsam haben sie vielleicht Erfolg.«

»Das bezweifle ich«, sagte Spicer.

»Was macht Sie so sicher?«

»Die Leute haben heutzutage keinen Mumm mehr.«

»Stillwater hat Alfie besiegt.«

»Stimmt«, gab Spicer zu.

»Als sie sechzehn war, hat seine Frau ihre Eltern tot aufgefunden. Der Alte hatte die Mutter und dann sich selbst umgebracht ...«

Spicer lächelte. »Paßt hübsch zu unserem Szenario.«

Daran hatte Oslett noch gar nicht gedacht. »Das ist richtig. Könnte auch erklären, warum Stillwater den Roman über den Fall in Maryland nicht schreiben konnte. Jedenfalls hat sie drei Monate später bei Gericht beantragt, sie von ihrem Vormund zu befreien und gesetzlich für volljährig erklären zu lassen.«

»Zähe Braut.«

»Das Gericht stimmte zu. Ihrem Antrag wurde stattgegeben.«

»Dann schießen Sie die Eltern zuerst über den Haufen«, riet Spicer und rutschte auf dem Sessel hin und her, als wäre sein Hintern eingeschlafen.

»Das werden wir tun«, stimmte Oslett zu.

Spicer sagte: »Ein Wahnsinn ist das.«

Einen Augenblick dachte Oslett, Spicer würde von ihren Plänen mit den Stillwaters sprechen. Aber er sprach von der Fernsehsendung, der er wieder seine ungeteilte Aufmerksamkeit widmete.

In der Talkshow hatte die Gastgeberin mit der toupierten Frisur sich von dem Transvestiten verabschiedet und stellte eine neue Gruppe von Gästen vor. Vier Damen mit wütendem Aussehen saßen auf der Bühne. Alle trugen merkwürdige Hüte.

Als Oslett das Zimmer verließ, sah er Clocker aus dem Augenwinkel. Der Trekkie saß immer noch am Fenster und war in sein Buch versunken, aber Oslett wollte sich die gute Laune von ihm nicht verderben lassen.

Im Schlafzimmer setzte er sich wieder auf das Bett zu seinen Spielsachen, nahm die Brille ab und spielte die Morde in Gedanken immer wieder durch, um auf alle Eventualitäten vorbereitet zu sein.

Draußen schwoll der Wind an. Es hörte sich an wie Wölfe.

11.

Er hält an einer Tankstelle und fragt nach der Adresse, an die er sich noch von der Karte des Rolodex erinnern kann. Der junge Tankwart kann ihm helfen.

Um 14:10 fährt er durch das Viertel, in dem er offensichtlich aufgewachsen ist. Auf den großen Grundstücken stehen winterkahle Birken und eine Vielzahl von Nadelbäumen.

Da Haus seiner Mom und seines Dad liegt mitten im Block. Es ist ein bescheidenes, einstöckiges weißes Holzhaus mit grünen Fensterläden. Die vordere Veranda ist von einem schweren weißen Geländer mit grünem Handlauf und dekorativen gebogenen Querstreben an den Erkern umgeben

Es sieht freundlich und anheimelnd aus. Wie ein Haus in einem alten Film. Jimmy Stewart könnte hier wohnen. Man sieht auf den ersten Blick, hier lebt eine nette Familie, anständige Menschen, die viel zu teilen, viel zu geben haben.

Er kann sich an überhaupt nichts in dem Block erinnern, am allerwenigsten an das Haus selbst, in dem er offenbar Kindheit und Jugend verbracht hat. Es könnte das Haus von vollkommen Fremden in einer fremden Stadt sein, das er bis zum heutigen Tag noch nie gesehen hat.

Wut erfüllt ihn, wenn er daran denkt, bis zu welchem Ausmaß er einer Gehirnwäsche unterzogen und um kostbare Erinnerungen gebracht worden ist. Die verlorenen Jahre quälen ihn. Die völlige Trennung von allen, die er liebt, ist so grausam und niederschmetternd, daß er den Tränen nahe ist.

Aber er unterdrückt seine Wut und seine Traurigkeit. Er kann es sich keine Gefühle leisten, solange die Situation noch so prekär ist.

Was er dagegen in dem Viertel erkennt, ist ein Kleinbus auf der Straße gegenüber dem Haus seiner Eltern. Er hat diesen speziellen Bus noch nie gesehen, aber er kennt den Typ. Der Anblick versetzt ihn in Angst und Schrecken.

Es handelt sich um ein Freizeitfahrzeug. So rot wie ein kandierter Apfel. Ein verbreitertes Fahrgestell sorgt für mehr Platz im Inneren. Eine ovale Campingkuppel auf dem Dach. Große Schmutzklappen mit Chrombuchstaben: FUN TRUCK. Die Heckstoßstange ist mit rechteckigen, runden und dreieckigen Aufklebern geschmückt: Andenken an Besuche im Yosemite National Park, Yellowstone, beim jährlichen Calgary Rodeo, Las Vegas, Boulder Dam und anderen Touristenattraktionen. Parallele grüne und schwarze Zierstreifen verlaufen an der Seite entlang, unterbrochen von zwei verspiegelten Fenstern.

Vielleicht ist der Kleinbus nur das, was er zu sein scheint, aber er ist auf den ersten Blick davon überzeugt, daß es sich um einen Beobachtungsposten handelt. Zunächst einmal ist der Bus *überdeutlich* auf Freizeit getrimmt, zu grell. Aufgrund seiner Ausbildung in Beobachtungstechniken weiß er, daß die Harmlosigkeit solcher Fahrzeuge manchmal gerade dadurch deutlich gemacht werden soll, daß man die Aufmerksamkeit darauf lenkt, da die potentiellen Opfer einer Überwachung davon ausgehen, ein Überwachungsfahrzeug wäre diskret; sie können sich nicht vorstellen, daß sie beispielsweise aus einem Zirkuswagen beobachtet werden könnten. Dann sind da die verspiegelten Fenster auf der Seite, durch die die Leute im Inneren sehen können, ohne selbst gesehen zu werden, eine Abgeschiedenheit, die ein Urlauber vielleicht vorzieht, die aber auch für verdeckte Operationen ideal wäre.

Er bremst nicht, als er sich dem Haus seiner Eltern nähert, und er bemüht sich, weder dem Viertel noch dem apfelfarbenen Kleinbus besondere Aufmerksamkeit zu schenken. Er kratzt sich mit der rechten Hand an der Stirn und schafft es so, auch sein Gesicht zu verbergen, als er an den verspiegelten Fenstern vorbeifährt.

Die Insassen des Kleinbusses, wenn es welche gibt, müssen Angestellte der unbekannten Leute sein, die ihn bis Kansas City so schamlos manipuliert haben. Sie sind eine Verbindung zu seinem geheimnisvollen Vorgesetzten. Für sie interessiert er sich ebensosehr wie dafür, wieder Kontakt mit seinen geliebten Eltern herzustellen.

Zwei Blocks weiter biegt er an einer Ecke nach rechts ab und fährt zurück zu einem Einkaufszentrum in der Nähe des Ortskerns, wo er zuvor an einem Sportartikelgeschäft vorbeigefahren ist. Da er keine Schußwaffe besitzt und ohnehin keine mit einem Schalldämpfer kaufen kann, braucht er ein paar einfache Waffen.

Um 14:20 Uhr läutete das Telefon im Motelzimmer.

Oslett zog die Sonnenbrille auf, sprang vom Bett und ging zur Tür des Wohnzimmers.

Spicer nahm den Hörer ab, murmelte ein Wort, das »gut« gewesen sein könnte, und legte auf. Er drehte sich zu Oslett um und sagte: »Jim und Alice Stillwater sind gerade vom Essen nach Hause gekommen.«

»Hoffen wir, daß Marty sie jetzt anruft.«

»Das wird er«, sagte Spicer zuversichtlich.

Clocker, der endlich von seinem Buch aufschaute, sagte: »Da wir gerade vom Essen sprechen, wir sind überfällig.«

»Der Kühlschrank in der Küche ist vollgestopft mit Sachen aus dem Imbiß«, sagte Spicer. »Kalte Platten, Kartoffelsalat, Nudelsalat, Käsekuchen. Wir werden schon nicht verhungern.«

»Für mich nichts«, sagte Oslett. Er war zu aufgeregt, um zu essen.

Als er wieder in das Viertel zurückkehrt, in dem seine Eltern leben, ist es 14:45 Uhr, eine halbe Stunde nach seinem Aufbruch. Er ist sich deutlich bewußt, wie die Zeit verrinnt. Der falsche Vater, Paige und die Kinder könnten jeden Augenblick eintreffen. Selbst wenn sie nach Red Mountain noch einmal eine Pause gemacht haben, um auf die Toilette zu gehen, oder nicht mehr so schnell gefahren sind wie auf dem Streckenabschnitt, als er ihnen gefolgt ist, müßten sie in den nächsten fünfzehn bis zwanzig Minuten eintreffen.

Er möchte unbedingt seine Eltern sehen, bevor der Betrüger an sie herankommt. Er muß sie in das einweihen, was geschehen ist, und sich ihrer Hilfe bei dem Kampf versichern, seine Frau und seine Töchter zurückzubekommen. Es stimmt ihn unbehaglich, daß der falsche Vater zuerst bei ihnen sein könnte. Wenn die Kreatur Paige, Charlotte und Emily so gründlich täuschen konnte, besteht vielleicht eine winzige Chance, daß er Mom und Dad ebenfalls auf seine Seite ziehen kann.

Als er um die Ecke des Blocks biegt, wo er seine vergessene Kindheit verbracht hat, fährt er nicht mehr den Camry, den er in der Morgendämmerung in Laguna Hills gestohlen hat. Er sitzt im Lieferwagen eines Floristen, eine glückliche Neuerwerbung, die er sich mit Gewalt genommen hat, nachdem er das Sportartikelgeschäft verlassen hatte.

Er hat in einer halben Stunde viel erreicht. Trotzdem wird die Zeit knapp.

Obwohl der Tag immer grauer wird, läßt er die Sonnenblende heruntergeklappt. Er trägt eine Baseballmütze tief in die Stirn gezogen und eine vliesgefütterte Collegejacke, die dem jungen Mann gehören, der sonst für Murchison's Flowers ausliefert. Mit Sonnenblende und Baseballmütze wird ihn kein Beobachter am Steuer identifizieren können.

Er fährt an den Bordstein und parkt direkt hinter dem Kleinbus, in dem er ein Beobachtungsteam vermutet. Er steigt aus seinem Fahrzeug aus und geht hastig zum Heck, damit sie keine Zeit haben, ihn zu beobachten.

Es gibt nur eine Tür am Heck. Die Scharniere müßten geölt werden; sie quietschen.

Der tote Blumenausfahrer liegt auf dem Boden der Ladefläche. Die Hände hat er auf der Brust gefaltet, und er ist von Blumen umgeben, als wäre er schon für die Totenwache zurechtgemacht.

Aus einer Plastiktüte neben dem Leichnam holt er das Eisbeil, das er aus einem Schaufenster mit teurer Bergsteigerausrüstung in dem Sportartikelgeschäft geholt hat. Das aus einem Guß gefertigte Edelstahlwerkzeug besitzt einen Gummigriff um den Stiel. Ein Ende des Kopfs stumpf und wie ein Schusterhammer geformt, das andere spitz und gefährlich. Er schiebt den Griff in den Bund seiner Jeans.

Dann holt er aus derselben Plastiktüte eine Spraydose Enteiser. Sprüht man die Chemikalie auf Eis, schmilzt dieses augenblicklich. Auf Autoscheiben, Schlösser und Wischblätter aufgetragen bevor sie vereisen, kann sie verhindern, daß es überhaupt zu Eisbildung kommt. Wenigstens verspricht das das Etikett. Eigentlich ist ihm gleichgültig, ob das Mittel seinen Zweck erfüllt oder nicht.

Er nimmt den Deckel von dem Druckbehälter und entblößt die Düse. Es gibt zwei Einstellungen: SPRÜHEN und FLIESSEN. Er stellt FLIESSEN ein und steckt den Behälter in eine Tasche seiner Collegejacke.

Zwischen den Beinen der Leiche steht ein riesiger Strauß mit Rosen, Nelken, zierlichem Schleierkraut und Farnblättern in einem blaßgrünen Container. Er zieht ihn aus dem Wagen, hält ihn mit beiden Händen fest und stößt die Tür mit einer Schulter zu.

Er trägt den Strauß vollkommen natürlich, aber doch so, daß er sein Gesicht vor den Beobachtern in dem roten Lieferwagen abschirmt, und geht zur Eingangstür des Hauses, vor dem beide Fahrzeuge geparkt sind. Die Blumen sind nicht für diese Adresse bestimmt. Er hofft, daß niemand zu Hause ist. Wenn jemand die Tür öffnen sollte, wird er so tun, als hätte er sich im Haus geirrt, damit er zur Straße zurückkehren und dabei den Strauß weiter vor das Gesicht halten kann.

Er hat Glück. Niemand reagiert auf das Läuten der Türglocke. Er läutet mehrmals und bringt durch Körpersprache Ungeduld zum Ausdruck.

Er wendet sich von der Tür ab. Er geht den Weg zur Straße hinunter.

Er sieht zwischen den Blumen und dem Grünschmuck hindurch, die er vor sich hält, und stellt fest, daß auch diese Seite des Kleinbusses mit zwei verspiegelten Fenstern im hinteren Teil versehen ist. Da die Straße menschenleer und verlassen ist, beobachten sie ihn mit Sicherheit, weil sie nichts Besseres zu tun haben.

Macht nichts. Er ist nur der frustrierte Auslieferer eines Floristen. Sie werden keinen Grund sehen, ihn zu fürchten. Es ist besser, daß sie ihn beobachten, ignorieren und ihre Aufmerksamkeit wieder auf das weiße Holzhaus richten.

Er geht an der Seite des Beobachtungsfahrzeugs vorbei. Aber statt auf dem rissigen und gesprungenen Bürgersteig zum Heck des Blumenwagens zu gehen, tritt er davor vom Bordstein herunter und hinter den roten »Fun Truck.«

An der Hecktür befindet sich ein kleineres verspiegeltes Bullauge, und für den Fall, daß sie ihn immer noch beobachten, schützt er einen Unfall vor. Er stolpert, läßt den Strauß fallen und tobt wütend, als die Vase auf dem Asphalt zerschellt. »Oh, Scheiße! Verflucht. Das hat mir gerade noch gefehlt!«

Noch im Fluchen bückt er sich unter das Bullauge und holt die Spraydose mit dem Enteiser aus der Jackentasche. Mit der linken Hand umklammert er den Türgriff.

Ist die Tür abgeschlossen, wird sein Versuch, sie aufzureißen, seine wahren Absichten verraten. Schafft er es nicht, hat er ernste Schwierigkeiten, weil sie vermutlich bewaffnet sein werden.

Aber sie haben keinen Grund, mit einem Angriff zu rechnen, daher geht er davon aus, daß die Tür nicht abgeschlossen ist. Er hat recht. Die Klinke läßt sich mühelos bewegen.

Er vergewissert sich nicht, ob jemand auf die Straße gekommen ist und ihn sieht. Wenn er über die Schulter blicken würde, würde er dadurch nur verdächtiger aussehen.

Er reißt die Tür auf. Während er ins vergleichsweise dunkle Innere des Kleinbusses klettert, ohne sich vorher zu vergewissern, ob jemand drinnen ist, drückt er den Zeigefinger auf die Düse der Spraydose und schwenkt sie hin und her.

Jede Menge elektronische Geräte beanspruchen das Innere für sich. Spärlich erleuchtete Armaturen. Zwei am Boden festgeschraubte Drehstühle. Zwei Mann bilden das Beobachtungsteam.

Der erste Mann scheint einen Sekundenbruchteil vorher von seinem Stuhl aufgestanden zu sein und sich zur Hecktür umgedreht zu haben, um durch das Bullauge zu sehen. Er erschrickt, als die Tür aufgerissen wird.

Der kräftige Strahl Enteiser spritzt ihm ins Gesicht und blendet ihn. Er inhaliert und verätzt sich Hals und Lunge. Sein Atem wird abgewürgt, bevor er schreien kann.

Eine fließende Bewegung. Wie eine Maschine. Programmiert. Mit Volldampf.

Eisbeil. Aus dem Hosenbund gezogen. Geschmeidige, halbkreisförmige Bewegung. Mit großer Wucht geschwungen. Auf die rechte Schläfe. Ein Knirschen. Der Mann sackt zusammen. Die Waffe herausziehen.

Zweiter Mann. Zweiter Stuhl. Trägt Kopfhörer. Sitzt an einer Gerätekonsole hinter der Fahrerkabine, Rücken zur Tür. Kopfhörer dämpfen das Röcheln seines Partners. Ahnt Bewegung. Spürt das Beben des Busses, als sein Partner fällt. Wirbelt herum. Überrascht, greift zu spät nach der Waffe im Halfter. Improvisierte chemische Keule sprüht ihm ins Gesicht.

Bewegen, bewegen, herausfordern, kämpfen und siegen.

Erster Mann auf dem Boden zuckt hilflos. Tritt auf ihn, über ihn, in Bewegung bleiben, in Bewegung bleiben, ein Wirbelwind, direkt zum zweiten Mann.

Beil. Wieder. Beil. Beil.

Stille. Stille.

Der Mann am Boden zuckt nicht mehr.

Hat prima geklappt. Keine Schreie, keine Rufe, keine Schüsse.

Er weiß, er ist ein Held, und der Held gewinnt immer. Dennoch ist es eine Erleichterung, den Triumph tatsächlich zu erleben und nicht nur vorauszusetzen.

So entspannt wie jetzt ist er den ganzen Tag nicht gewesen.

Er geht zur Hecktür, beugt sich hinaus und sieht sich auf der Straße um. Niemand zu sehen. Alles ist ruhig.

Er schließt die Tür, läßt die Axt auf den Boden fallen und betrachtet die toten Männer voll Dankbarkeit. Durch das gemeinsame Erlebnis fühlt er sich ihnen derart verbunden. »Danke«, sagt er zärtlich.

Er durchsucht beide Leichen. Sie haben zwar Ausweise in den Taschen, aber er geht davon aus, daß sie gefälscht sind. Er findet nichts Interessantes, abgesehen von sechsundsiebzig Dollar in bar, die er sich nimmt.

Eine rasche Durchsuchung des Busses fördert keine Ordner, Notizbücher, Aktennotizen oder andere Unterlagen zutage, mit denen er die Organisation identifizieren könnte, der das Fahrzeug gehört. Sie führen eine gutorganisierte, einwandfreie Operation durch.

An der Lehne des Stuhls, auf dem der erste Mann gesessen hat, hängt ein Schulterhalfter mit Revolver. Ein Smith & Wesson .38 Chief Special.

Er streift die Collegejacke ab, zieht das Halfter über den preiselbeerfarbenen Pullover, rückt es zurecht, bis es bequem sitzt und legt die Jacke wieder an. Er zieht den Revolver und klappt den Zylinder heraus. Patronen glänzen. Voll geladen. Er klappt den Zylinder zu und steckt die Waffe wieder ins Halfter.

Der Tote auf dem Boden trägt einen Lederbeutel am Gürtel. Zwei Schnellader befinden sich darin.

Er nimmt ihn und befestigt ihn an seinem eigenen Gürtel; nun besitzt er mehr Munition, als er braucht, um mit dem falschen Vater abzurechnen. Aber seine anonymen Vorgesetzten scheinen ihm auf die Spur gekommen zu sein, und er kann unmöglich ahnen, welche Probleme er noch überwinden muß, bis er seinen Namen, seine Familie und das Leben, das ihm gestohlen wurde, wieder zurückbekommen hat.

Der zweite Tote hängt auf dem Stuhl, Kinn auf der Brust und hat es nicht geschafft, die Waffe zu ziehen, nach der er greifen wollte. Sie steckt noch im Halfter.

Er zieht sie heraus. Noch ein Chief Special. Mit seinem kurzen Lauf paßt er in die relativ geräumige Tasche der Collegejacke.

Er spürt immer deutlicher, wie ihm die Zeit wegläuft, daher steigt er aus dem Kleinbus aus und schlägt die Tür hinter sich zu.

Die ersten Schneeflocken des Sturms rieseln in einer kalten Brise vom Himmel im Nordwesten. Zuerst sind es nur wenige, aber groß und filigran.

Als er über die Straße zu dem weißen Haus mit den grünen Fensterläden geht, streckt er die Zunge heraus und fängt einige der Schneeflocken damit auf. Wahrscheinlich hat er das auch als Junge gemacht, als er noch in dieser Straße wohnte und sich über den ersten Schnee des Winters freute.

Er besitzt keine Erinnerungen an Schneemänner, Schneeballschlachten mit anderen Kindern, oder Schlittenfahrten. Obwohl er das alles getan haben muß, ist es mit allem anderen gelöscht worden, und so wurde er um die bittersüße Freude nostalgischer Reminiszenzen gebracht.

Ein Fußweg aus Natursteinplatten führt zwischen winterbraunen Rasenflächen hindurch.

Er geht drei Stufen hoch und überquert die breite Veranda.

An der Tür ist er gelähmt vor Angst. Seine Vergangenheit liegt auf der anderen Seite der Schwelle. Auch seine Zukunft. Seit seiner plötzlichen Bewußtwerdung und dem verzweifelten Versuch, seine Freiheit zu finden, ist er so weit gekommen.

Dies könnte der bedeutendste Augenblick seines Feldzugs für Gerechtigkeit sein. Der Wendepunkt. Eltern können zuverlässige Verbündete in schweren Zeiten sein. Ihr Glaube. Ihr Vertrauen. Ihre unsterbliche Liebe. Er hat Angst, daß er so kurz vor seinem Triumph etwas tun könnte, das ihn ihrer Zuneigung beraubt, und so seine Chancen, sein Leben zurückzubekommen, zunichte macht. Soviel steht auf dem Spiel, wenn er den Mut aufbringt zu läuten.

Eingeschüchtert dreht er sich um, betrachtet die Straße und ist verzaubert von dem Anblick, denn es schneit viel stärker als noch vor wenigen Augenblicken. Die Flocken sind immer noch groß und flauschig, und es sind Millionen, die im milden Wind von Nordwesten tanzen. Sie sind so weiß, daß sie zu leuchten scheinen, jedes filigrane kristalline Gebilde von einem schwachen inneren Glanz erfüllt, und plötzlich ist der Tag nicht mehr grau. Die Welt ist so still und friedlich – zwei Eigenschaften, die er in seinem Leben selten erfahren hat –, daß sie überhaupt nicht mehr real zu sein scheint, als wäre sie durch einen Zauberspruch in eine der Glaskugeln versetzt worden, die eine kitschige Winterszene enthalten, in der es immerzu schneit, wenn sie regelmäßig geschüttelt wird.

Der Gedanke ist verlockend. Ein Teil von ihm sehnt sich nach einer statischen Welt unter Glas, einem barmherzigen Gefängnis, zeitlos und unveränderlich, friedlich, sauber, ohne Angst und Kampf, ohne Verlust, wo einem das Herz nie schwer wird.

Wunderschön, wunderschön, der fallende Schnee, der den Himmel noch vor dem Land darunter weiß färbt, ein Sprudeln in der Luft. Das ist so liebreizend, so rührend, daß ihm Tränen in die Augen treten.

Er ist so überaus zartfühlend. Manchmal können die gewöhnlichsten Erlebnisse so bedeutend sein. Feinfühligkeit kann in einer verrohten Welt ein Fluch sein.

Er nimmt allen Mut zusammen und dreht sich wieder zu dem Haus um. Er läutet, wartet nur ein paar Sekunden und läutet noch einmal.

Seine Mutter macht die Tür auf.

Er kann sich nicht an sie erinnern, weiß aber instinktiv, daß dies die Frau ist, die ihm das Leben geschenkt hat. Ihr Gesicht ist etwas plump, für ihr Alter vergleichsweise faltenlos und der Inbegriff der Güte. Seine Gesichtszüge sind ein Echo von ihren. Sie besitzt dieselben blauen Augen, die er im Spiegel gesehen hat, doch für ihn scheinen diese Augen Fenster in eine reinere Seele als seine eigene zu sein.

»Marty!« sagt sie überrascht, mit einem herzlichen Lächeln, und breitet die Arme für ihn aus.

Er ist gerührt, daß sie ihn gleich akzeptiert, tritt über die Schwelle, läßt sich umarmen und hält sich an ihr fest, als müßte er ertrinken, wenn er sie losläßt.

»Liebling, was ist denn? Was hast du?« fragt sie.

Da erst merkt er, daß er schluchzt. Er ist so gerührt von ihrer Liebe, so *dankbar*, daß er einen Platz gefunden hat, wo er hingehört und willkommen ist, daß er seine Gefühle nicht mehr unter Kontrolle hat.

Er drückt das Gesicht in das weiße Haar, das schwach nach Shampoo riecht. Sie scheint so warm zu sein, wärmer als andere Menschen, und er fragt sich, ob sich eine Mutter immer so anfühlt.

Sie ruft seinen Vater: »Jim, Jim, komm schnell her!«

Er versucht zu sprechen, will ihr sagen, daß er sie liebt, aber seine Stimme versagt, bevor er ein einziges Wort herausbringen kann.

Dann betritt sein Vater die Diele und kommt auf sie zugeeilt.

Die Tränen können nicht verhindern, daß er seinen Dad erkennt. Die Ähnlichkeit zwischen ihnen ist noch größer als die mit seiner Mutter.

»Marty, mein Junge, was ist denn passiert?«

Er wechselt von einer Umarmung in die nächste und ist unendlich dankbar für die ausgebreiteten Arme seines Vaters; jetzt ist er nicht mehr einsam, jetzt lebt er in einer Welt unter Glas, wird geachtet und geliebt, geliebt.

»Wo ist Paige?« fragt seine Mutter und sieht zur offenen Tür in den verschneiten Tag hinaus. »Wo sind die Mädchen?«

»Wir haben im Restaurant zu Mittag gegessen«, sagt sein Vater, »und Janey Torreson hat gesagt, über dich wäre etwas in den Nachrichten gekommen, daß du auf jemand geschossen hättest, es aber möglicherweise ein Schwindel sei. Ergab überhaupt keinen Sinn.«

Er ist immer noch aufgewühlt und kann nicht antworten.

Sein Vater sagt: »Wir haben versucht, bei dir anzurufen, sobald wir hier zur Tür reingekommen sind, aber es war nur der Anrufbeantworter dran, daher habe ich eine Nachricht hinterlassen.«

Wieder fragt seine Mutter nach Paige, Charlotte und Emily.

Er muß sich zusammenreißen, denn der falsche Vater könnte jeden Moment hier eintreffen. »Mom, Dad, wir stecken in schlimmen Schwierigkeiten«, sagt er zu ihnen. »Ihr müßt uns helfen, bitte, mein Gott, ihr müßt uns helfen.«

Seine Mutter schlägt die Tür zu und sperrt den kalten Dezember aus, worauf sie ihn ins Wohnzimmer führen, einer auf jeder Seite, ihn mit ihrer Liebe umgeben, berühren, ihn mit besorgten und liebevollen Gesichtern ansehen. Er ist zu Hause. Endlich zu Hause.

Er kann sich an das Wohnzimmer ebensowenig erinnern wie an seine Mutter, seinen Vater oder den Schnee seiner Jugend. Der Boden aus Eichendielen wird halb von einem Perserteppich in apricot und grün bedeckt. Die Polstersessel sind mit einem dunklen blaugrünen Stoff bespannt, die Möbelstücke aus dunkelbraunem Kirschholz. Auf dem Kaminsims tickt zwischen zwei Vasen mit chinesischen Tempelszenen würdevoll eine Uhr.

Als sie ihn zum Sofa führt, sagt seine Mutter: »Liebling, wessen Jacke hast du da an?«

»Meine«, sagt er.

»Aber das ist eine *neue* Collegejacke.«

»Geht es Paige und den Kindern gut?« fragt Dad.

»Ja, sie sind okay, sie wurden nicht verletzt«, sagt er.

Seine Mutter betastet die Jacke und sagt: »Die hat die Schule erst vor zwei Jahren eingeführt.«

»Es ist meine«, wiederholt er. Er nimmt die Baseballmütze ab, bevor sie bemerkt, daß die ihm ein wenig zu groß ist.

An einer Wand hängen verschiedene Bilder von ihm, Paige, Charlotte und Emily in verschiedenen Altersstufen. Er wendet den Blick von dieser Galerie ab, da sie ihn zu sehr rührt und er Angst hat, wieder in Tränen auszubrechen.

Er muß sich zusammennehmen und Herr seiner Gefühle werden, damit er seinen Eltern das Wesentliche dieser komplexen und rätselhaften Situation vermitteln kann. Ihnen dreien bleibt wenig Zeit, einen Schlachtplan zu schmieden, bevor der Betrüger eintrifft.

Seine Mutter setzt sich neben ihn auf das Sofa. Sie nimmt seine rechte Hand zwischen ihre beiden und drückt sie sanft und ermutigend.

Links hockt sein Vater auf der Armlehne eines Sessels, beugt sich aufmerksam nach vorne und runzelt besorgt die Stirn.

Er muß ihnen so viel erzählen und weiß nicht, wo er anfangen soll. Er zögert. Einen Augenblick fürchtet er, daß ihm das richtige erste Wort nie einfallen, daß er stumm bleiben und eine psychische Blockade entwickeln wird, die schlimmer ist als die vor dem Computer in seinem Haus, als er versucht hat, den ersten Satz eines neuen Romans zu schreiben.

Aber als er plötzlich zu reden anfängt, sprudeln die Worte aus ihm heraus wie Wasser durch eine gebrochene Staumauer. »Ein Mann. Da ist ein Mann, er sieht aus wie ich, *genau* wie ich, nicht einmal ich kann einen Unterschied feststellen, und er hat mir mein Leben gestohlen. Paige und die Kinder halten ihn für mich, aber er ist nicht ich, ich weiß nicht, wer er ist oder wie er Paige täuschen kann. Er hat mir meine Erinnerungen geraubt und mir nichts gelassen, und ich weiß nicht, ich weiß einfach nicht, wie er mir soviel stehlen und mich so leer zurücklassen konnte.«

Sein Vater macht einen erschrockenen Eindruck, und es könnte sein, daß ihn diese schrecklichen Enthüllungen *tatsächlich* erschrecken. Aber mit Dads Betroffenheit stimmt etwas nicht, eine feine Nuance, die sich einer Definition entzieht.

Moms Hände drücken seine rechte mehr unwillkürlich als bewußt. Er wagt nicht, sie anzusehen.

Er spricht hastig weiter, da er merkt, wie verwirrt sie sind, und er darauf brennt, es ihnen begreiflich zu machen. »Er redet wie ich, bewegt sich wie ich, er scheint ich zu *sein*, darum habe ich angestrengt darüber nachgedacht, wer er sein könnte, woher er gekommen sein könnte, und ich komme immer wieder zur selben Schlußfolgerung, auch wenn sie unglaublich wirkt, aber es muß sein wie im Kino, ihr wißt schon, wie bei Kevin McCarthy, oder bei Donald Sutherland in dem Remake *Die Körperfresser kommen*, etwas Nichtmenschliches, nicht von dieser Welt, etwas, das uns perfekt nachahmen und unsere Erinnerungen aussaugen kann, das *werden* kann wie wir, nur hat er es irgendwie nicht geschafft, mich zu töten und meine Leiche wegzuschaffen, nachdem er mir abgenommen hatte, was in meinem Kopf war.«

Er verstummt atemlos.

Einen Augenblick sagen seine Eltern kein Wort.

Dann wechseln sie einen Blick. Dieser Blick gefällt ihm nicht. Ganz und gar nicht.

»Marty«, sagt Dad, »vielleicht solltest du alles von Anfang an erzählen, dich beruhigen, uns genau erzählen, was passiert ist, Schritt für Schritt.«

»Das versuche ich euch ja zu erzählen«, sagt er erbittert. »Ich weiß, es ist unvorstellbar, schwer zu glauben, aber ich bin dabei, es euch zu erzählen, Dad.«

»Ich will dir helfen, Marty. Ich will dir glauben. Also beruhige dich, sag mir alles von Anfang an, gib mir die Möglichkeit, es zu verstehen.«

»Wir haben nicht viel Zeit. Begreifst du denn nicht? Paige und die Mädchen sind auf dem Weg hierher mit dieser … dieser Kreatur, diesem nichtmenschlichen Ding. Ich muß sie von ihm wegholen. Mit eurer Hilfe muß ich ihn irgendwie töten und meine Familie zurückbekommen, bevor es zu spät ist.«

Seine Mutter ist blaß und beißt sich auf die Lippe. Tränen schwimmen in ihren blauen Augen. Sie hält seine Hand so fest umklammert, daß sie ihm fast wehtut. Er wagt zu hoffen, daß wenigstens sie einsieht, welche Eile angesichts dieser unheilvollen Bedrohung geboten ist.

Er sagt: »Alles wird gut, Mom. Irgendwie werden wir damit fertig. Gemeinsam haben wir eine Chance.«

Er sieht zu den Fenstern zur Straße. Er rechnet damit, daß der BMW in der verschneiten Straße auftaucht, in die Einfahrt fährt. Noch nicht. Sie haben noch Zeit, vielleicht nur Minuten, Sekunden, aber sie haben Zeit.

Dad räuspert sich und sagt: »Marty, ich habe keine Ahnung, was hier los ist ...«

»Ich habe dir *gesagt*, was los ist!« brüllt er. »Verdammt, Dad, du hat keine Ahnung, was ich durchgemacht habe.« Wieder steigen ihm Tränen in die Augen und er bemüht sich, sie zu unterdrücken. »Ich hatte solche Schmerzen, solche Angst, soweit ich mich erinnern kann, hatte ich Angst und war allein und habe versucht zu verstehen.«

Sein Vater streckt den Arm aus und legt ihm eine Hand auf das Knie. Dad ist besorgt, aber nicht so, wie er sein sollte. Er ist nicht erkennbar wütend darüber, daß ein fremdes Wesen das Leben seines Sohnes gestohlen hat, regiert nicht ängstlich auf die Neuigkeit, daß eine nichtmenschliche Kreatur auf Erden wandelt und sich als Mensch ausgibt. Statt dessen macht er nur einen besorgten Eindruck ... und einen traurigen. Sein Gesicht und seine Stimme drücken eine unmißverständliche und unangemessene Traurigkeit aus. »Du bist nicht allein, Junge. Wir sind immer für dich da. Das weißt du doch sicherlich.«

»Wir halten zu dir«, sagt Mom. »Wir werden dir jede Hilfe zuteil werden lassen, die du brauchst.«

»Wenn Paige auf dem Weg hierher ist, wie du behauptest«, fügt sein Vater hinzu, »dann setzen wir uns alle gemeinsam zusammen, wenn sie hier ist, und versuchen zu verstehen, was passiert ist.«

Ihre Stimmen klingen ein wenig herablassend, als würden sie sich mit einem Kind unterhalten, einem intelligenten und aufgeschlossenen Kind, aber trotzdem einem Kind.

»Seid still! Seid doch still!« Er zieht die Hand aus dem Griff seiner Mutter, springt auf und zittert vor hilfloser Wut.

Das Fenster. Schneeflocken. Die Straße. Kein BMW. Aber bald.

Er wendet sich vom Fenster ab und dreht sich zu seinen Eltern um.

Seine Mutter sitzt am Rand des Sofas, das Gesicht in den Händen verborgen, die Schultern gekrümmt, eine Pose des Kummers und der Verzweiflung.

Er *muß* sie dazu bringen, daß sie verstehen. Dieses Bedürfnis verzehrt ihn, so wie ihn seine Unfähigkeit frustriert, ihnen die Situation auch nur ansatzweise klarzumachen.

Sein Vater steht von dem Sessel auf. Bleibt unentschlossen stehen. Arme an den Seiten. »Marty, du bist gekommen, damit wir dir helfen, und wir wollen dir helfen, weiß Gott, aber wir können dir nicht helfen, wenn du dir nicht helfen läßt.«

Seine Mutter nimmt die Hände vom Gesicht; Tränen strömen über ihre Wangen, und sie sagt: »Bitte, Marty. *Bitte.*«

»Jeder macht einmal einen Fehler«, sagt sein Vater.

»Wenn es Drogen sind«, sagt seine Mutter unter Tränen und ebenso zu seinem Vater wie zu ihm, »damit können wir leben, das können wir akzeptieren, dagegen finden wir ein Heilmittel.«

Seine Welt unter Glas – die wunderschöne, friedliche, zeitlose Welt –, in der er die letzten kostbaren Minuten gelebt hat, seit seine Mutter ihn auf der Veranda in die Arme nahm, zerplatzt plötzlich. Ein häßlicher, gezackter Riß durchzieht die glatte Oberfläche des Kristalls. Die saubere, liebreizende Atmosphäre dieses flüchtigen Paradieses entweicht mit einem *Wusch* und läßt die giftige Luft der verhaßten Welt herein, in der das Leben ein unablässiger Kampf gegen Hoffnungslosigkeit, Einsamkeit und Ablehnung ist.

»Tut mir das nicht an«, fleht er. »Laßt mich nicht im Stich. Wie könnt ihr mir das antun? Wie könnt ihr euch gegen mich wenden? Ich bin euer Kind.« Frustration wird zu Wut. »Euer einziges Kind.« Wut verwandelt sich in Haß. »Ich muß. Ich *muß*. Könnt ihr das nicht sehen?« Er bebt vor Wut. »Ist es euch vollkommen einerlei? Seid ihr herzlos? Wie könnt ihr so gemein zu mir sein, so grausam? Wie konntet ihr es dazu kommen lassen?«

12.

In Bishop machten sie gerade lange genug an einer Tankstelle Rast, um Schneeketten zu kaufen, die gegen Aufpreis gleich auf die Reifen des BMW montiert wurden. Die Highway Patrol von Kalifornien empfahl, daß alle Fahrzeuge, die in die Sierra Nevada unterwegs waren, mit Ketten ausgerüstet sein sollten, hatte es aber noch nicht angeordnet.

Route 395 wurde westlich von Bishop zu einem zweigeteilten Highway, und trotz der erheblich zunehmenden Steigung schafften sie eine gute Zeit vorbei an Rovanna und Crowley Lake, vorbei an McGee Creek und Convict Lake, und etwas südlich von Casa Diablo Hot Springs verließen sie die 395 und wechselten auf die Route 203.

Casa Diablo. Haus des Teufels.

Bisher hatte sich Marty noch nie Gedanken über die Bedeutung dieses Namens gemacht.

Nicht alles war ein Omen.

Bevor sie Mammoth Lakes erreichten, fing es an zu schneien.

Die großen Flocken waren fast so locker gewoben wie billige Spitze. Und sie fielen so dicht, daß man den Eindruck hatte, als würde mehr als die Hälfte des Luftvolumens zwischen Land und Himmel von Schnee beansprucht werden. Der

Schnee blieb sofort liegen und überzog die Landschaft mit einer hermelinartigen Decke.

Paige fuhr ohne anzuhalten durch Mammoth Lakes und bog nach Süden Richtung Lake Mary ab. Charlotte und Emily auf dem Rücksitz waren so fasziniert vom Schneefall, daß sie zumindest im Augenblick keine Ablenkung brauchten.

Östlich der Berge war der Himmel grauschwarz und aufgewühlt gewesen. Hier, im winterkalten Herzen der Sierra, glich er einem von milchiggrauem Star überzogenen Zyklopenauge.

Die Ausfahrt von der Route 203 wurde von einer Gruppe Kiefern markiert, von denen die höchste noch Spuren eines Jahrzehnte zurückliegenden Blitzschlags trug. Der Blitz hatte die Kiefer nicht nur beschädigt, sondern auch zu einem mutierten Wachstumsmuster geführt, so daß sie nun wie ein knorriger und böser Turm aussah.

Die Schneeflocken waren kleiner als vorher, fielen dichter und wurden vom Nordwestwind verweht. Nach einem spielerischen Auftakt machte der Sturm ernst.

Die aufwärts führende Straße, die durch Hochwiesen und Wälder verlief – immer mehr von letzteren und weniger von ersteren –, passierte schließlich ein eingezäuntes Gelände mit mehr als hundert Morgen zur Rechten. Dieses Land war vor elf Jahren von der Prophetischen Kirche der Verklärung gekauft worden, einer Sekte, die den Lehren des Reverend Jonathan Caine folgte und dem Glauben anhing, daß die wahren Gläubigen bald zum Himmel fahren und nur die Ungetauften und wahrhaft Bösen zurückbleiben würden, die tausend Jahre grausame Kriege und die Hölle auf Erden durchmachen mußten, bis das Jüngste Gericht kam.

Wie sich herausstellte, war Caine ein Kinderschänder gewesen, der alles auf Video aufzeichnen ließ, was er mit den Kindern seiner Anhänger anstellte. Er mußte ins Gefängnis, seine zweitausend Gefolgsleute waren von den Winden der Desillusionierung und des Verrats verweht worden, und um das Grundstück mit sämtlichen Gebäuden wurde seit fast fünf Jahren prozessiert.

Manche Wunschträume konnten zerstörerisch sein.

Der Maschendrahtzaun, der von Stacheldraht gekrönt wurde, war an manchen Stellen niedergetrampelt. In der Ferne konnte man den Kirchturm hoch über den Bäumen aufragen sehen. Darunter lagen die schrägen Dächer eines Gebäudekomplexes, in dem die Gläubigen geschlafen, Mahlzeiten eingenommen und darauf gewartet hatte, daß die rechte Hand des Allmächtigen Gottes sie in den Himmel hob. Der Kirchturm war unberührt geblieben. Aber an den Gebäude darunter fehlten Türen und Fenster, sie boten Ratten und Opossums und Waschbären Unterschlupf, waren ihrer Pracht beraubt und vom Verfall gezeichnet. Manchmal waren die Vandalen Menschen gewesen. Aber Wind und Eis und Schnee hatten den größten Teil der Verwüstungen angerichtet, als hätte Gott durch das Wetter, das seinem Willen gehorchte, ein Gericht über die Kirche der Verklärung gebracht, das Er über den Rest der Menschheit noch nicht bringen wollte.

Die Blockhütte lag ebenfalls rechts der schmalen Landstraße, das nächste Grundstück nach dem riesigen Gelände der zerfallenen Sekte. Sie stand hundert Meter von der Straße entfernt am Ende eines ausgefahrenen Wegs und unterschied sich kaum von vielen ähnlichen Ferienhäusern, die in den umliegenden Bergen standen, die meisten auf einem Morgen Land oder mehr.

Es handelte sich um ein eingeschossiges Gebäude mit verwitterten Zederndielen, einem Schieferdach, einer abgeschirmten Veranda und einem Fundament aus Flußkieseln. Im Lauf der Jahre hatten seine Eltern an das ursprüngliche Haus angebaut, so daß es nun zwei Schlafzimmer, eine Küche, ein Wohnzimmer und zwei Bäder enthielt.

Sie parkten vor der Hütte und stiegen aus dem BMW aus. Die umliegenden Fichten, Riesenkiefern und Goldkiefern waren uralt und riesig, und ihr süßer Duft erfüllte die Luft. Trockene Nadeln und Kiefernzapfen lagen auf dem ganzen Gelände verstreut. Schnee konnte nur zwischen den Bäumen und durch vereinzelte Lücken des verflochtenen Zweigdachs auf den Boden fallen.

Marty ging zum Holzschuppen hinter der Blockhütte. Die Tür war mit einer Öse und einem Bolzen verschlossen. Drinnen, rechts vom Eingang, war ein Ersatzschlüssel in einem Plastikbeutel dicht an der Wand einen halben Zentimeter unter dem Boden versteckt.

Als Marty zur vorderen Veranda zurückkehrte, umkreiste Emily gerade einen der hohen Bäume in geduckter Haltung und untersuchte die Zapfen, die von ihm heruntergefallen waren. Charlotte vollführte einen ausgelassenen Tanz zwischen den Bäumen, wo Schnee wie Scheinwerferlicht auf eine Bühne zwischen den Bäumen hindurch fiel.

»Ich bin die Schneekönigin!« verkündete Charlotte atemlos, während sie hochsprang und sich in der Luft drehte. »Ich habe Macht über den Winter! Ich kann dem Schnee befehlen zu fallen! Ich kann die Welt weiß und glänzend und wunderschön machen!«

Als Emily einen Armvoll Zapfen aufhob, sagte Paige: »Liebling, die bringst du aber nicht mit ins Haus.«

»Ich mache ein Kunstwerk daraus.«

»Sie sind schmutzig.«

»Sie sind wunderschön.«

»Sie sind wunderschön *und* schmutzig«, sagte Paige.

»Dann mache ich das Kunstwerk hier draußen.«

»Schnee, falle! Schnee, wehe! Schnee, wirble und kreise und treibe deinen Schabernack!« befahl die tanzende Schneekönigin, während Marty die Holztreppe hinaufging und die Tür auf der Veranda öffnete.

Heute morgen hatten die Mädchen Jeans und Wollpullover angezogen, damit sie für die Sierra gewappnet waren, und dazu trugen sie gefütterte Nylonjacken und Handschuhe. Sie wollten draußen bleiben und spielen. Aber selbst wenn sie Stiefel dabei gehabt hätten, wäre das Grundstück eine verbotene Zone für sie gewesen. Dieses Mal war die Blockhütte kein Feriendomizil, sondern eine Zuflucht, die sie vielleicht in eine Festung verwandeln mußten, und in den umliegenden Wäldern konnte sich etwas weitaus Gefährlicheres als Wölfe aufhalten.

Im Inneren der Hütte herrschte ein leicht staubiger Geruch. Sie machte sogar einen kälteren Eindruck als der verschneite Tag außerhalb ihrer Wände.

Im Kamin stapelte sich Holz, zusätzliches Brennholz war neben dem breiten, tiefen Herd aufgeschichtet worden. Später würden sie Feuer machen. Damit die Hütte möglichst schnell warm wurde, ging Paige von Zimmer zu Zimmer und schaltete die elektrischen Heizlüfter in den Wänden ein.

Marty, der an einem der Fenster nach vorne stand und durch die überbaute Veranda den Feldweg entlang zur Landstraße sah, nahm das Funktelefon zur Hand, das er vom Auto mit hereingebracht hatte, und versuchte wieder, seine Eltern in Mammoth Lakes anzurufen.

»Daddy«, sagte Charlotte, als er die Nummer wählte, »mir ist gerade eingefallen, wer soll Sheldon und Bob und Fred und die anderen Jungs zu Hause füttern, wenn wir nicht da sind?«

»Ich habe schon mit Mrs. Sanchez vereinbart, daß sie sich darum kümmert«, log er, denn er hatte noch nicht den Mut gefunden, ihr zu sagen, daß ihre sämtlichen Haustiere tot waren.

»Oh, okay. Ein Glück, daß es nicht Mrs. Sanchez war, die total Amok gelaufen ist.«

»Wen rufst du an, Daddy?« fragte Emily, als es am anderen Ende der Leitung zum ersten Mal geläutet hatte.

»Großvater und Großmutter.«

»Sag ihnen, daß ich ihnen eine Skulptur aus Kiefernzapfen mache.«

»Mann«, sagte Charlotte, »da werden sie ja richtig kotzen vor Freude.«

Das Telefon läutete zum dritten Mal.

»Meine Kunstwerke gefallen ihnen«, beharrte Emily.

Charlotte sagte: »Müssen sie ja – schließlich sind sie ja deine Großeltern.«

Viertes Läuten.

»Ja, klar, und du bist auch nicht die Schneekönigin«, sagte Emily.

»Bin ich doch.«

Fünf.

»Nein, du bist der Schneetroll.«

»Du bist die Schneekröte«, konterte Charlotte.

Sechs.

»Schneewurm.«

»Schneemade.«

»Schneerotz.«

»Schneekotze.«

Marty warf ihnen einen warnenden Blick zu, was dem Schimpfwortewettbewerb ein jähes Ende bereitete, obwohl sie einander noch die Zungen herausstreckten.

Nach dem siebten Läuten legte er den Finger auf den ENDE-Knopf. Aber bevor er ihn drücken konnte, wurde die Verbindung hergestellt.

Wer auch immer den Hörer abnahm, er sagte nichts.

»Hallo?« sagte Marty. »Mom? Dad?«

Der Mann am anderen Ende schaffte es, sich traurig und wütend zugleich anzuhören, als er sagte: »Wie hast du sie täuschen können?«

Marty war zumute, als hätte sich Eis in seinen Adern und Knochen gebildet, aber nicht nur wegen der Kälte in der Blockhütte, sondern weil die Stimme am anderen Ende eine perfekte Kopie seiner eigenen war.

»Warum lieben sie dich mehr als mich?« wollte der Andere mit vor Emotionen zitternder Stimme wissen.

Ein Mantel des Grauens senkte sich über Marty, und das Gefühl des Unwirklichen war so desorientierend wie in einem Alptraum. Er schien wach zu träumen.

Er sagte: »Rühr sie nicht an, du Dreckskerl. Wage nicht, ihnen auch nur ein Haar zu krümmen.«

»Sie haben mich verraten.«

»Ich will mit meiner Mutter und meinem Vater sprechen«, verlangte Marty.

»*Meiner* Mutter und *meinem* Vater«, sagte der Andere.

»Hol sie ans Telefon.«

»Damit du ihnen noch mehr Lügen erzählen kannst?«

»Hol sie sofort ans Telefon«, stieß Marty zwischen zusammengebissenen Zähnen hervor.

»Sie können sich deine Lügen nicht mehr anhören.«

»Was hast du getan?«

»Sie werden dir nie mehr zuhören.«

»Was hast du getan?«

»Sie wollten mir nicht geben, was ich brauchte.«

Als er endlich begriff, wurde sein Grauen zu Trauer. Einen Augenblick konnte Marty nicht sprechen.

Der Andere sagte: »Alles, was ich brauchte, war Liebe.«

»Was hast du getan?« brüllte er. »Wer bist du, was bist du, verdammt, was bist du, *was hast du getan*?«

Der Andere schenkte der Frage keine Beachtung, sondern beantwortete sie mit Gegenfragen: »Hast du Paige gegen mich aufgehetzt? Meine Paige, meine Charlotte, meine süße kleine Emily? Besteht noch Hoffnung, daß ich sie zurückbekomme, oder muß ich sie auch töten?« Die Stimme brach vor Gefühlsaufwallungen. »O Gott, fließt überhaupt noch Blut in ihren Adern, sind sie noch Menschen, oder hast du sie in etwas anderes verwandelt?«

Marty wurde klar, daß sie kein Gespräch führen konnten. Es war Wahnsinn, es auch nur zu versuchen. So sehr sie sich auch ähnlich sehen und sich ähnlich anhören mochten, sie besaßen überhaupt keine Gemeinsamkeiten. Sie unterschieden sich in grundlegenden Aspekten so sehr, als wären sie Angehörige unterschiedlicher Rassen.

Marty drückte den ENDE-Knopf.

Seine Hände zitterten so sehr, daß er das Telefon fallen ließ.

Als er sich vom Fenster umdrehte, sah er, daß die Mädchen nebeneinander standen und sich an den Händen hielten. Sie sahen blaß und ängstlich zu ihm auf.

Sein lauter Tonfall am Telefon hatte Paige aufmerksam gemacht, die in einem der Schlafzimmer die elektrische Heizung eingeschaltet hatte.

Bilder der Gesichter seiner Eltern und kostbare Erinnerungen an ein Leben voller Liebe kamen Marty in den Sinn, aber er unterdrückte sie entschlossen. Wenn er sich jetzt seinem Kummer ergab und kostbare Zeit mit Tränen vergeudete, würde er damit Paige und die Mädchen zum sicheren Tod verurteilen.

»Er ist hier«, sagte Marty, »er kommt, und wir haben nicht mehr viel Zeit.«

Dritter Teil

Neue Karten der Hölle

Wer die Sünde der Habgier vertreibt,
sich meist der Sünde des Neids verschreibt.
Und wer dazu noch abschwört dem Neid,
der kartographiert die Hölle erneut.

Alle, die die Welt zu verbessern trachten,
werden sich stets als heilige Männer betrachten,
und mit ihren edlen Taten im Sinn
für immer der Introspektion entfliehn.

Das Buch gezählten Leids

Lacht über Tyrannen und die Tragödien, die sie anrichten. Solche Männer begrüßen unsere Tränen als Beweis für Unterwürfigkeit, aber unser Lachen verdammt sie zu Schmach.

Laura Shane
Endless River

Sechs

1.

Er steht in der Küche seiner Eltern, betrachtet den fallenden Schnee durch das Fenster über der Spüle, schlottert vor Hunger und schlingt Reste von Hackfleisch hinunter.

Dies ist einer der entscheidenden Augenblicke, die wahre Helden von Heuchlern trennen. Wenn alles finster ist, wenn sich Tragödie auf Tragödie türmt, wenn Hoffnung nur etwas für Idioten und Narren zu sein scheint, geben Harrison Ford oder Kevin Costner oder Tom Cruise oder Wesley Snipes oder Kurt Russell dann auf? Nein. Niemals. Unvorstellbar. Sie sind Helden. Sie halten durch. Wachsen über sich selbst hinaus. Sie rechnen nicht nur mit Widersachern ab, sie blühen dabei auf. Da er die schlimmsten Augenblicke im Leben dieser großen Männer miterlebt hat, weiß er, wie man mit Schicksalsschlägen, Depressionen, gewaltigen körperlichen Mißhandlungen und sogar der Bedrohung durch eine außerirdische Macht fertigwerden kann.

Bewegen, bewegen, herausfordern, kämpfen und siegen.

Er darf nicht über die Tragödie des Tods seiner Eltern nachdenken. Die Kreaturen, die er vernichtet hat, waren sowieso nicht mehr seine Mutter und sein Vater, sondern Kopien wie derjenige, der sein eigenes Leben gestohlen hat. Möglicherweise wird er nie erfahren, wann seine richtigen Eltern ermordet und ausgetauscht worden sind, aber auf jeden Fall hat er jetzt keine Zeit, um sie zu trauern.

Wenn er zuviel über seine Eltern nachdenkt – oder überhaupt über etwas –, ist das nicht nur eine Verschwendung kostbarer Zeit, sondern unheldenhaft. Helden denken nicht. Helden *handeln.*

Bewegen, bewegen, herausfordern, kämpfen und siegen.

Als er fertig gegessen hat, geht er durch die Waschküche neben der Küche zur Garage. Er schaltet das Neonlicht ein, als er über die Schwelle geht, und stellt fest, daß ihm zwei Fahrzeuge zur Verfügung stehen – ein alter blauer Dodge und ein anscheinend neuer Jeep Wagoneer. Er wird den Jeep benutzen, wegen des Allradantriebs.

Die Schlüssel des Fahrzeugs hängen an einem Schlüsselbrett in der Waschküche. In einem Schrank findet er auch einen großen Karton Waschpulver. Er liest die Liste der Chemikalien auf dem Karton und ist zufrieden mit dem, was er sieht.

Er geht in die Küche zurück.

Das Ende einer Reihe von Küchenschränken bildet ein Weinregal. Nachdem er in einer Schublade einen Korkenzieher gefunden hat, macht er vier Flaschen auf und schüttet den Inhalt ins Spülbecken.

In einer anderen Schublade findet er zwischen anderen Kochutensilien einen Plastiktrichter. Eine dritte Schublade ist mit sauberen weißen Servietten gefüllt, in der vierten findet er eine Schere und ein Streichholzbriefchen.

Er trägt die Flaschen nebst allen anderen Gegenständen in die Waschküche und stellt sie auf die geflieste Arbeitsfläche neben dem tiefen Becken.

In der Garage holt er einen roten Zwanzig-Liter-Kanister von einem Regal über der Werkbank. Als er den Verschluß aufschraubt, schlagen ihm Benzinschwaden aus der Öffnung entgegen. Von Frühling bis Herbst hat Dad den Kanister wahrscheinlich mit Benzin für den Rasenmäher gefüllt, aber jetzt ist er leer.

Er kramt in sämtlichen Schubladen der Werkbank, bis er eine Rolle flexiblen Plastikschlauch in einer Schachtel mit Ersatzteilen für das Trinkwasserfiltersystem in der Küche findet. Damit saugt er Benzin aus dem Dodge in den Kanister.

An der Spüle in der Waschküche schüttet er mit Hilfe des Trichters etwa zwei Zentimeter hoch Waschpulver in jede der leeren Weinflaschen. Gießt Benzin darüber. Schneidet die Servietten in handliche Streifen.

Er hat zwar zwei Revolver und zwanzig Schuß Munition, will aber sein Waffenarsenal noch durch Molotowcocktails bereichern. Die Erfahrungen der letzten vierundzwanzig Stunden, seit er dem falschen Vater zum ersten Mal gegenüber getreten ist, haben ihn gelehrt, den Gegner nicht zu unterschätzen.

Er hofft immer noch, daß er Paige, Charlotte und die kleine Emily retten kann. Er sehnt sich nach wie vor nach einer Wiedervereinigung und der Fortsetzung ihrer Lebensgemeinschaft.

Aber er muß der Wirklichkeit ins Auge sehen und sich auf die Möglichkeit vorbereiten, daß seine Frau und die Kinder nicht mehr die sind, die sie einmal waren. Vielleicht sind sie schon geistig versklavt worden. Andererseits könnten sie auch von Parasiten aus einer anderen Welt befallen sein, ihre Gehirne ausgehöhlt und mit zuckenden Ungeheuern gefüllt. Oder vielleicht sind sie gar nicht mehr sie selbst, lediglich Duplikate der wahren Paige, Charlotte und Emily, so wie der falsche Vater ein Duplikat von ihm ist, aus einer Samenkapsel von einem fernen Stern gewachsen.

Die Vielfalt außerirdischer Bedrohungen ist grenzenlos und unvorstellbar, aber eine Waffe hat die Welt am häufigsten gerettet: Feuer. Kurt Russell wurde als Mitglied eines Forschungsteams in der Antarktis mit einem außerirdischen Wesen von unendlicher Wandlungsfähigkeit und großer List konfrontiert, möglicherweise das furchteinflößendste außerirdische Ding, das jemals die Erde kolonisieren wollte, und Feuer war bei weitem die wirksamste Waffe gegen diesen überlegenen Gegner gewesen.

Er fragt sich, ob vier Brandsätze ausreichen werden. Wahrscheinlich wird er sowieso keine Zeit haben, mehr anzuzünden. Wenn etwas aus dem falschen Vater, Paige oder den Mädchen herausplatzt, und wenn es so angriffslustig ist wie die Ungeheuer, die in Kurt Russells Forschungsstation aus den

Leuten herausgeplatzt sind, würde er zweifellos überwältigt werden, bevor er mehr als vier Brandbomben werfen kann, zumal er sich die Zeit nehmen muß, jede einzeln anzuzünden. Er wünscht sich, er hätte einen Flammenwerfer.

2.

Marty stand an einem der vorderen Fenster, betrachtete den Schnee, der dicht zwischen den Bäumen hindurch auf den Weg fiel, der zur Landstraße führte, und holte mehrere Handvoll Munition aus den Schachteln, die sie von Mission Viejo mitgebracht hatten. Er verteilte die Patronen in den verschiedenen Reißverschlußtaschen seiner rot-schwarzen Skijacke und in den Taschen seiner Jeans.

Paige lud das Magazin der Mossberg. Sie hatte nicht soviel Zeit wie Marty damit verbracht, auf dem Schießstand zu üben, daher fühlte sie sich mit der großkalibrigen Waffe wohler.

Sie besaßen achtzig Patronen für die Schrotflinte und etwa zweihundert 9mm-Geschosse für die Beretta.

Marty kam sich schutzlos vor.

Er hätte sich auch mit noch so vielen Waffen nicht sicherer gefühlt.

Nachdem er das Gespräch mit dem Anderen beendet hatte, hatte er sich überlegt, ob sie die Blockhütte verlassen und wieder flüchten sollten. Aber wenn er ihnen so leicht bis hierher gefolgt war, würde er ihnen überallhin folgen, wohin sie auch gingen. Es war besser, sich in einem Gebäude zu verbarrikadieren, das verteidigt werden konnte, als auf einem einsamen Highway angegriffen oder an einem Ort überrascht zu werden, der nicht so geschützt wie die Blockhütte war.

Fast hätte er die hiesige Polizei angerufen und zum Haus seiner Eltern geschickt. Aber der Andere wäre mit Sicherheit verschwunden gewesen, bis sie dort eingetroffen wären, und die Spuren, die sie dort fanden – Fingerabdrücke und weiß Gott was sonst noch –, hätten nur den Eindruck erweckt, als hätte er selbst seine Mutter und seinen Vater ermordet. Die Medien hatten ihn schon als labilen Charakter hingestellt. Der Tatort in dem Haus in Mammoth Lakes würde genau zu dem Hirngespinst passen, das sie den Leuten verkaufen wollten. Wenn er heute oder morgen oder nächste Woche festgenommen – oder auch nur ein paar Stunden ohne Verhaftung festgehalten wurde –, wären Paige und die Mädchen auf sich allein gestellt, eine Vorstellung, die er unerträglich fand.

Sie hatten keine andere Wahl als sich einzugraben und zu kämpfen. Was eigentlich keine Wahl, sondern ein Todesurteil war.

Charlotte und Emily, die nebeneinander auf dem Sofa saßen, trugen immer noch Jacken und Handschuhe. Sie hielten einander an den Händen und machten sich Mut. Obwohl sie Angst hatten, weinten sie nicht oder wollten getröstet werden, wie wahrscheinlich viele andere Kinder in derselben Situation. Sie waren schon immer echte Kämpfer gewesen, jede auf ihre Art.

Marty war nicht sicher, was er seinen Töchtern sagen sollte. Normalerweise waren er und Paige nicht um Ratschläge verlegen, die ihnen helfen sollten, die Probleme des Lebens zu meistern. Paige bezeichnete sie stets scherzhaft als die »Wunderbare Stillwater-Elternmaschine«, ein Ausdruck, in dem ebenso viel Spott wie aufrichtiger Stolz mitschwang. Aber dieses Mal fehlten ihm die Worte, weil er sich bemühte, sie nie anzulügen, sie auch jetzt nicht anlügen wollte, aber nicht wagte, ihnen seine hoffnungslose Einschätzung der Lage mitzuteilen.

»Kinder, kommt mal her und tut mir einen Gefallen«, sagte er.

Sie brannten darauf, sich zu beschäftigen, und kamen sofort vom Sofa zu ihm ans Fenster.

»Bleibt hier stehen«, sagte er, »und beobachtet die Asphaltstraße. Wenn ein Auto in die Einfahrt biegt, langsam vorbei fährt oder sonst etwas Verdächtiges tut, schlagt ihr Alarm. Kapiert?«

Sie nickten ernst.

Zu Paige sagte Marty: »Überprüfen wir die anderen Fenster, ob sie geschlossen sind, und ziehen die Vorhänge zu.«

Wenn es dem Anderen gelang, sich unbemerkt an die Blockhütte anzuschleichen, sollte der Mistkerl sie wenigstens nicht durch ein Fenster beobachten oder beschießen können.

Jedes Fenster, das er überprüfte, war verriegelt.

Als er in der Küche das Fenster mit Blick auf den tiefen Wald hinter der Blockhütte zuzog, fiel ihm ein, daß seine Mutter die Vorhänge selbst mit ihrer Nähmaschine im Gästezimmer des Hauses in Mammoth Lakes gemacht hatte. Er sah sie vor seinem geistigen Auge, wie sie an der Singer saß, Fuß auf dem Pedal, und die auf und ab sausende Nadel nicht aus den Augen ließ.

Seine Brust verkrampfte sich vor Schmerz. Er holte tief Luft, stieß sie erschauernd aus und versuchte, nicht nur den Schmerz zu verdrängen, sondern auch die Erinnerung, die ihn ausgelöst hatte.

Wenn sie überlebten, würde er später noch Zeit haben, um seine Mutter zu trauern.

Im Augenblick durfte er nur an Paige und die Kinder denken. Seine Mutter war tot. Sie lebten. Die nüchterne Wahrheit: Trauer war ein Luxus.

Er holte Paige im zweiten Schlafzimmer ein, als sie gerade die Vorhänge zugezogen hatte. Sie hatte eine Nachttischlampe eingeschaltet, damit sie nicht im Dunkeln herumtappen mußte, wenn sie die Vorhänge geschlossen hatte, und die wollte sie gerade löschen.

»Laß sie an«, sagte Marty. »Durch den Sturm werden wir eine lange und frühe Dämmerung bekommen. Er kann wahrscheinlich von außen sehen, in welchen Zimmern Licht brennt und in welchen nicht. Warum sollten wir es ihm leichter machen und zeigen, wo wir sind.«

Sie schwieg. Betrachtete den bernsteinfarbenen Lampenschirm. Als könnte sie ihre Zukunft aus den vagen Mustern des beleuchteten Stoffs deuten.

Schließlich sah sie ihn an. »Wieviel Zeit haben wir?«

»Vielleicht zehn Minuten, vielleicht zwei Stunden. Kommt ganz auf ihn an.«

»Was wird passieren, Marty?«

Nun war es an ihm, zu schweigen. Er wollte auch sie nicht belügen.

Als Marty schließlich sprach, war er von seinen eigenen Worten überrascht, weil sie aus den Tiefen des Unterbewußtseins kamen, ernst gemeint waren und größeren Optimismus erkennen ließen als er bewußt empfand. »Wir werden den Wichser erledigen.« Optimismus oder fatale Selbsttäuschung.

Sie kam um das Fußende des Betts herum zu ihm, und sie umarmten sich. In seinen Armen fühlte sie sich so wohl. Einen Augenblick schien die Welt nicht mehr vollkommen verrückt geworden zu sein.

»Wir wissen immer noch nicht, wer er ist, was er ist oder woher er kommt«, sagte sie.

»Und das werden wir vielleicht nie erfahren. Selbst wenn wir den Dreckskerl töten, werden wir vielleicht nie wissen, was das alles zu bedeuten hatte.«

»Wenn wir es nie herausfinden, können wir die Trümmer nicht aufheben.«

»Nein.«

Sie legte den Kopf an seine Schultern und küßte zärtlich den entblößten Halbschatten seiner Würgemale. »Wir können uns nie wieder sicher fühlen.«

»In unserem alten Leben nicht. Aber solange wir vier zusammen sind«, sagte er, »kann ich alles zurücklassen.«

»Das Haus und alles, was darin ist, meinen Beruf, deinen …«

»Das alles ist nicht so wichtig.«

»Ein neues Leben, neue Namen … was für eine Zukunft werden die Mädchen haben?«

»Die beste, die wir ihnen geben können. Sie hatten nie irgendwelche Garantien. Die gibt es im Leben nicht.«

Sie nahm den Kopf von seiner Schulter und sah ihm in die Augen. »Kann ich wirklich damit fertigwerden, wenn er hier auftaucht?«

»Selbstverständlich kannst du das.«

»Ich bin nur eine Familienberaterin für gestörte Beziehungen zwischen Eltern und Kindern. Ich bin nicht die Heldin eines Abenteuerromans.«

»Und ich bin nur ein Krimiautor. Aber wir können es schaffen.«

»Ich habe Angst.«

»Ich auch.«

»Aber wenn ich jetzt schon Angst habe, woher soll ich den Mut nehmen, zur Schrotflinte zu greifen und meine Kinder vor etwas ... etwas wie ihm zu beschützen?«

»Stell dir vor, du *bist* die Heldin eines Abenteuerromans.«

»Wenn es nur so einfach wäre.«

»In mancher Hinsicht ... ist es das vielleicht«, sagte er. »Du weißt, ich halte nicht viel von freudianischen Erklärungen. Aber ich finde, in den häufigsten Fällen entscheiden wir selbst, was wir sind. Du bist ein lebendes Beispiel dafür, nach allem, was du als Kind durchgemacht hast.«

Sie machte die Augen zu. »Irgendwie fällt es mir leichter, mich als Familienpsychologin zu sehen statt als Kathleen Turner in *Auf der Jagd nach dem grünen Diamanten*.«

»Als wir uns kennenlernten«, sagte er, »hast du dir auch nicht vorstellen können, daß du einmal Frau und Mutter sein würdest. Für dich war eine Familie nichts weiter als ein Gefängnis, ein Gefängnis und eine Folterkammer. Du wolltest nie wieder zu einer Familie gehören.«

Sie schlug die Augen auf. »Du hast mir gezeigt, wie.«

»Ich habe dir gar nichts gezeigt. Ich habe dir nur beigebracht, wie man sich eine gute Familie vorstellt, eine gesunde Familie. Als du imstande warst, dir das vorzustellen, hast du auch lernen können, an die Möglichkeit zu glauben. Von da an warst du dein eigener Lehrer.«

Sie sagte: »Also ist das Leben eine Art Roman, hm?«

»Jedes Leben ist eine Geschichte. Wir erfinden jeden Tag etwas Neues dazu.«

»Okay. Ich versuche, Kathleen Turner zu sein.«

»Noch besser.«

»Wer?«

»Sigourney Weaver.«

Sie lächelte. »Ich wünschte, ich hätte eine dieser riesigen futuristischen Waffen wie sie, als sie Ripley gespielt hat.«

»Komm, sehen wir lieber nach, ob unsere Wachen noch auf Posten sind.«

Im Wohnzimmer entband er die Mädchen von ihrem Dienst am einzigen nicht zugezogenen Fenster und schlug vor, sie sollten Wasser heiß machen, damit sie eine Tasse Schokolade trinken könnten. Die Blockhütte war immer mit Grundnahrungsmitteln in Dosen bestückt, einschließlich einer Schachtel Milchpulver mit Schokogeschmack. Die elektrischen Heizlüfter hatten immer noch nicht nennenswert aufgeheizt, daher konnten sie alle ein wenig Wärme von innen vertragen. Außerdem war die Zubereitung von heißer Schokolade so eine *normale* Tätigkeit, daß sie vielleicht die Nervosität ein wenig vertrieb und sie beruhigte.

Er sah zum Fenster hinaus über die Veranda am Heck des BMW vorbei. So viele Bäume standen zwischen der Blockhütte und der Landstraße, daß die hundert Meter lange Zufahrt weitgehend im Schatten lag, aber er konnte trotzdem sehen, daß niemand mit dem Auto oder zu Fuß näher kam.

Marty vertraute darauf, daß der Andere sich frontal nähern würde, und nicht von der Rückseite der Blockhütte. Zum einen grenzte ihr Grundstück an die hundert Morgen Land der Kirche weiter unten an und bergauf an eine noch größere Parzelle, was eine indirekte Annäherung vergleichsweise anstrengend und zeitraubend gemacht hätte.

Seinem früheren Verhalten nach zu urteilen, machte der Andere stets direkte Vorstöße. Ihm schienen das Geschick oder die Geduld für ein strategisches Vorgehen zu fehlen. Er war mehr ein Mann der Tat als ein Denker, was mit ziemlicher

Sicherheit eher für eine blindwütige Attacke als eine verstohlene Annäherung sprach.

Das konnte sich als fatale Schwäche des Gegners erweisen. Auf jeden Fall bot es Anlaß zur Hoffnung.

Schnee fiel. Die Schatten wurden tiefer.

3.

Im Motelzimmer versuchte Spicer, den Überwachungswagen anzurufen, um sich auf den neuesten Stand bringen zu lassen. Er ließ das Telefon ein dutzendmal läuten, legte auf und versuchte es noch einmal, aber immer noch blieb der Anruf unbeantwortet.

»Da ist was passiert«, sagte er. »Sie hätten den Bus nicht verlassen.«

»Vielleicht ist etwas mit ihrem Telefon nicht in Ordnung«, schlug Oslett vor.

»Es läutet.«

»Vielleicht nicht an ihrem Ende.«

Spicer versuchte es noch einmal, mit demselben Ergebnis. »Kommen Sie«, sagte er, nahm seine Fliegerjacke und ging zur Tür.

»Sie wollen doch nicht dorthin gehen?« sagte Oslett. »Haben Sie jetzt keine Angst mehr, Sie könnten ihre Tarnung auffliegen lassen?«

»Die ist schon aufgeflogen. Da stimmt was nicht.«

Clocker hatte die Tweedjacke über den schreiend orangefarbenen Kaschmirpullover gezogen. Er brauchte sich keinen Hut aufzusetzen, weil er ihn gar nicht erst abgesetzt hatte. Er steckte den *Raumschiff-Enterprise*-Roman in eine Tasche und ging ebenfalls zur Tür.

Oslett folgte ihnen mit dem schwarzen Aktenkoffer und sagte: »Aber was hätte schiefgehen können? Es lief doch alles wieder so reibungslos.«

Draußen lagen bereits anderthalb Zentimeter Schnee. Die

Flocken waren jetzt fein und relativ trocken, die Straßen weiß. Die Zweige der Nadelbäume hatten einen weihnachtlichen Schmuck bekommen.

Spicer fuhr den Explorer, und nach wenigen Minuten trafen sie in der Straße ein, wo Stillwaters Eltern lebten. Er deutete auf das Haus, als sie noch einen halben Block entfernt waren.

Auf der anderen Straßenseite, gegenüber dem Stillwater-Haus, parkten zwei Wagen am Bordstein. Oslett erkannte den roten Kleinbus anhand der verspiegelten Scheiben als den des Überwachungsteams.

»Was hat der Blumenwagen hier zu suchen?« fragte sich Spicer.

»Blumen ausliefern«, vermutete Oslett.

»Kaum.«

Spicer fuhr an dem Kleinbus vorbei und parkte den Explorer davor.

»Ist das wirklich klug?« fragte Oslett.

Spicer nahm das Funktelefon und rief das Überwachungsteam noch einmal an. Sie antworteten nicht.

»Wir haben keine andere Wahl«, sagte Spicer, während er die Tür öffnete und in den Schnee hinaus sprang.

Die drei gingen zur Rückseite des roten Busses.

Auf dem Asphalt zwischen dem Fahrzeug und dem Blumenwagen lag ein großer Blumenstrauß inmitten der Scherben einer Vase. Die Stiele der Blumen steckten noch in dem schwammähnlichen Material, das Floristen für die Arrangements verwenden, daher hatte der Wind sie nicht fortwehen können, aber sie sahen aus, als wäre mehr als einmal auf sie getreten worden. Die Farben mancher Blumen wurden vom Schnee verdeckt, was bedeutete, sie konnten in den vergangenen dreißig bis fünfundvierzig Minuten nicht berührt worden sein.

Die zertretenen Blüten und frostüberzogenen Farnwedel besaßen eine seltsame Schönheit. Hätte man davon ein Foto gemacht, es in einer Galerie ausgestellt und ihm einen Titel wie »Romanze« oder »Verlust« gegeben, wären die Leute wahrscheinlich minutenlang nachdenklich davor stehengeblieben.

Als Spicer an die Hecktür des Busses klopfte, sagte Clocker: »Ich seh im Blumenwagen nach.«

Da niemand auf das Klopfen reagierte, öffnete Spicer forsch die Tür und stieg ein.

Als er ihm folgte, hörte Oslett Spicer leise sagen: »Ach du Scheiße.«

Das Innere des Busses war dunkel. Durch die Spiegel, die als Fenster dienten, drang kaum Licht herein. Nur die Sonden und Monitore der elektronischen Ausrüstung spendeten Licht.

Oslett zog die Sonnenbrille ab, sah die Toten und machte die Hecktür zu.

Spicer hatte die Sonnenbrille ebenfalls abgenommen. Seine Augen hatten eine seltsam haßerfüllte gelbe Farbe. Vielleicht lag es auch nur an den Spiegelungen der Sonden und Monitore.

»Alfie muß zum Haus der Stillwaters gekommen sein, den Bus gesehen und ihn sofort als Beobachtungsposten erkannt haben«, sagte Spicer. »Bevor er da rüberging, hat er hier vorbeigeschaut und reinen Tisch gemacht, damit ihn drüben keiner stören konnte.«

Die elektronische Ausrüstung wurde von Sonnenkollektoren auf dem Dach des Busses gespeist. Fand eine Beobachtung nachts statt, konnten die Batterien, falls erforderlich, auf herkömmliche Weise geladen werden, indem der Motor des Buses kurzzeitig angelassen wurde. Aber selbst an bewölkten Tagen fingen die Kollektoren genügend Sonnenlicht ein, um das System funktionsfähig zu halten.

Auch wenn der Motor nicht lief, war die Innentemperatur des Busses angenehm, wenn auch etwas kühl. Das Fahrzeug war ungewöhnlich gut isoliert, und die Solarzellen betrieben auch eine kleine Heizung.

Oslett stieg über die Leiche am Boden, sah zu einem der Fenster hinaus und sagte: »Wenn Alfie zu diesem Haus gezogen wurde, dann muß Stillwater schon hier gewesen sein.«

»Vermutlich.«

»Aber das Team hat ihn nicht kommen oder gehen sehen.«

»Offenbar nicht«, stimmte Spicer zu.

»Hätten Sie uns nicht informiert, wenn sie Stillwater, seine Frau oder die Kinder gesehen hätten?«

»Auf jeden Fall.«

»Also ... ist er jetzt da drüben? Vielleicht sind sie alle da drüben, die ganze Familie, und Alfie.«

Spicer sah zum Fenster hinaus und fügte hinzu: »Vielleicht auch nicht. Jemand ist vor nicht allzu langer Zeit weggefahren. Sehen Sie die Reifenspuren in der Einfahrt?«

Ein Fahrzeug mit breiten Reifen war rückwärts aus der Garage neben dem weißen Holzhaus gestoßen. Auf der Straße war er rückwärts nach links geschwenkt, dann war der Vorwärtsgang eingelegt worden und der Wagen war nach rechts davongefahren. Der Schnee hatte gerade erst damit begonnen, die Reifenspuren wieder zu füllen.

Clocker machte die Hecktür auf und erschreckte sie. Er kletterte herein, schloß die Tür und sagte kein Wort wegen des blutigen Beils auf dem Boden oder der beiden ermordeten Männern. »Sieht so aus, als hätte Alfie den Blumenwagen als Tarnung gestohlen. Der Botenjunge liegt hinten bei seinen Blumen und ist mausetot.«

Trotz der verbreiterten Karosserie war durch die vielen Überwachungsgeräte nicht genügend Platz vorhanden, daß alle drei bequem stehen konnten. Oslett verspürte eine Anwandlung von Klaustrophobie.

Spicer zog den sitzenden Toten von dem Drehstuhl, auf dem er gestorben war. Die Leiche fiel zu Boden. Spicer suchte den Stuhl nach Blut ab, bevor er sich setzte und sich an den Bedienungsknöpfen und Monitoren zu schaffen machte, mit denen er vertraut zu sein schien.

Oslett spürte Clocker unbehaglich über sich aufragen, als er sagte: »Ist es möglich, daß in dem Haus angerufen wurde und die Jungs es uns nicht mehr mitteilen konnten, bevor Alfie sie kaltgemacht hat?«

Spicer sagte: »Das versuche ich gerade herauszufinden.«

Während Spicers Finger über die Tastatur huschten, leuchteten bunte Diagramme und andere Darstellungen auf einem halben Dutzend Monitoren auf.

Oslett rammte Clocker in dem engen Raum den Ellbogen in den Magen, als er sich wieder dem ersten Seitenfenster zuwandte. Er beobachtete das Haus auf der anderen Straßenseite.

Clocker bückte sich, damit er zu dem anderen Fenster hinausschauen konnte. Oslett nahm an, daß der Trekkie bestimmt so tat, als handelte es sich um das Bullauge eines Raumschiffs, durch dessen dickes Panzerglas er einen fremden Planeten beobachtete.

Mehrere Autos fuhren vorbei. Ein Pickup. Ein schwarzer Hund lief auf dem Bürgersteig vorbei; durch den Schnee an seinen Pfoten sah er aus, als würde er zwei Paar weiße Socken tragen. Das Haus der Stillwaters war still und ruhig.

»Ich hab's«, sagte Spicer und zog die Kopfhörer ab, die er aufgesetzt hatte, während Oslett zum Fenster hinaussah.

Was er hatte, war ein Telefonanruf, den die automatische Ausrüstung vermutlich dreißig Minuten, *nachdem* das Überwachungsteam von Alfie getötet worden war, aufgezeichnet hatte. Alfie hatte sich im Haus der Stillwaters aufgehalten, als der Anruf erfolgte, und nach dem siebten Läuten abgenommen. Spicer ließ das Gespräch noch einmal über Lautsprecher statt über Kopfhörer laufen, damit sie alle drei gleichzeitig zuhören konnten.

»Die erste Stimme, die Sie hören, ist der Anrufer«, sagte Spicer, »weil der Mann, der bei den Stillwaters abnimmt, zuerst gar nichts sagt.«

»Hallo? Mom? Dad?«
»Wie hast du sie täuschen können?«

Spicer stoppte das Band und sagte: »Die zweite Stimme ist die am anderen Apparat – und es ist die von Alfie.«

»Sie hören sich beide wie Alfie an.«

»Der andere ist Stillwater. Alfie spricht als nächster.«

»Warum lieben sie dich mehr als mich?«

»Rühr sie nicht an, du Dreckskerl. Wage nicht, ihnen auch nur ein Haar zu krümmen.«

»Sie haben mich verraten.«

»Ich will mit meiner Mutter und meinem Vater sprechen.«

»Meiner *Mutter und* meinem *Vater.«*

»Hol sie ans Telefon.«

»Damit du ihnen noch mehr Lügen erzählen kannst?«

Sie hörten sich das ganze Gespräch an. Es war mehr als unheimlich, weil man den Eindruck hatte, als würde ein Mann mit sich selbst sprechen, eine radikal gespaltene Persönlichkeit. Schlimmer, ihr böser Bube war offensichtlich nicht nur ein Deserteur, sondern ein regelrechter Psychopath.

Als das Band zu Ende war, sagte Oslett: »Demnach ist Stillwater nie im Haus seiner Eltern gewesen.«

»Offenbar nicht.«

»Wie hat Alfie es dann gefunden? Und warum ist er dorthin gegangen? Warum interessierte er sich für Stillwaters Eltern und nicht nur für Stillwater?«

Spicer zuckte die Achseln. »Vielleicht haben Sie die Möglichkeit, den Jungen zu fragen, wenn Sie ihn wieder einfangen können.«

Es gefiel Oslett nicht, so viele unbeantwortete Fragen zu haben. Das gab ihm das Gefühl, als wäre er nicht Herr der Lage.

Er sah aus dem Fenster auf das Haus und die Reifenspuren in der verschneiten Einfahrt. »Wahrscheinlich ist Alfie nicht mehr da drüben.«

»Ist Stillwater gefolgt«, stimmte Spicer zu.

»Von wo kam dieser Anruf?«

»Funktelefon.«

Oslett sagte: »Können wir auch zurückverfolgen, oder?«

Spicer deutete auf drei Zahlenreihen eines Monitors und sagte: »Wir haben eine Dreieckspeilung über Satellit.«

»Sagt mir nichts, nur Zahlen.«

»Dieser Computer kann den Standort auf der Karte anzeigen. Bis auf dreißig Meter von dem ursprünglichen Signal entfernt.«

»Wie lange dauert das?«

»Höchstens fünf Minuten«, sagte Spicer.

»Gut. Bleiben Sie dran. Wir sehen uns im Haus um.«

Oslett stieg dicht gefolgt von Clocker aus dem roten Kleinbus aus.

Als sie über die verschneite Straße gingen, war es Oslett vollkommen gleichgültig, ob sich ein Dutzend neugierige Nachbarn an den Fenstern drängten. Die Situation war ohnehin schon publik geworden und nicht mehr zu retten. Er, Clocker, und Spicer würden in nicht einmal zehn Minuten mit ihren Toten verschwinden, und dann konnte niemand mehr beweisen, daß sie überhaupt da gewesen waren.

Sie betraten die Veranda der Stillwaters. Oslett läutete. Niemand machte auf. Er läutete noch einmal und versuchte sein Glück an der Tür, die unverschlossen war. Von der anderen Straßenseite würde es aussehen, als hätten Jim oder Alice Stillwater geöffnet und sie herein gebeten.

In der Diele machte Clocker die Tür hinter ihnen zu und zog den Colt .357 Magnum aus dem Schulterhalfter. Sie blieben ein paar Sekunden stehen und lauschten in das stille Haus.

»Sei friedlich, Alfie«, sagte Oslett, obwohl er bezweifelte, daß sich ihr böser Junge noch in der Nähe aufhielt. Als die rituelle Antwort auf diesen Befehl ausblieb, wiederholte er die drei Worte lauter als zuvor.

Immer noch Stille.

Vorsichtig gingen sie weiter durch das Haus – und fanden das tote Paar im ersten Zimmer, das sie überprüften. Stillwaters Eltern. Beide hatten eine gewisse Ähnlichkeit mit dem Schriftsteller – und selbstverständlich mit Alfie.

Bei der hastigen Durchsuchung des Hauses, wobei sie den Befehl vor jeder neuen Tür wiederholten, fanden sie nur noch in der Küche etwas Interessantes. In der kleinen Kammer roch es nach Benzin. Was Alfie im Schilde führte, bestätigten die Stofffetzen, der Trichter und der halbleere Waschmittelkarton, die auf der Arbeitsplatte neben dem Waschbecken verstreut lagen.

»Dieses Mal geht er kein Risiko ein«, sagte er. »Er ist hinter Stillwater her, als ob er einen Krieg führt.«

Sie mußten den Jungen aufhalten – und zwar schnell. Wenn er die Familie Stillwater oder auch nur den Schriftsteller selbst tötete, wäre es unmöglich, das Mord/Selbstmord-Szenario vorzutäuschen, mit dem sich so viele lose Enden problemlos verknüpfen ließen. Und je nachdem, was für ein wahnsinniges Feuerspektakel er vorhatte, würde er möglicherweise soviel Aufmerksamkeit auf sich lenken, daß es unmöglich sein würde, seine Existenz geheimzuhalten und ihn wieder von der Bildfläche verschwinden zu lassen.

»Verdammt«, sagte Oslett und schüttelte den Kopf.

»Psychopathische Klone«, sagte Clocker fast so, als *wollte* er nervtötend sein, »machen nichts als Ärger.«

4.

Paige, die heiße Schokolade trank, übernahm die nächste Wache am Fenster.

Marty saß im Schneidersitz bei Charlotte und Emily auf dem Wohnzimmerboden und spielte Karten mit einem Blatt, das sie aus einer Spielesammlung hatten. Es war die ruhigste Partie »Go Fish«, die Paige je miterlebt hatte, da sie ohne Bemerkungen oder Unstimmigkeiten ablief. Ihre Gesichter waren grimmig, als würden sie gar nicht »Go Fish« spielen, sondern ein Tarotblatt vor sich haben, das nichts als schlechte Zukunftsaussichten für sie bereit hielt.

Während Paige in den verschneiten Tag hinaussah, wurde ihr plötzlich klar, daß sie und Marty nicht in der Blockhütte warten sollten. Sie wandte sich vom Fenster ab und sagte: »Wir machen einen Fehler.«

»Was für einen?« fragte er und sah von den Karten auf.

»Ich gehe raus.«

»Wozu?«

»Diese Felsformation da drüben, unter den Bäumen, auf halbem Weg zur Landstraße. Ich könnte mich dorthin legen und die Einfahrt immer noch sehen.«

Marty legte die Spielkarten weg. »Was für einen Sinn sollte das haben?«

»Ist doch völlig klar. Wenn er von vorne kommt, wie wir beide glauben – wie er *muß* –, wird er einfach an mir vorbei gehen, direkt zur Blockhütte. Ich wäre hinter ihm. Ich könnte ihm zwei Schüsse in den Hinterkopf ballern, ehe er weiß, wie ihm geschieht.«

Marty stand auf und schüttelte den Kopf. »Nein, das ist zu gefährlich.«

»Wenn wir beide hier drinnen bleiben, dann ist es, als würden wir ein Fort verteidigen.«

»Ich finde ein Fort prima.«

»Erinnerst du dich nicht mehr an die alten Filme über die Kavallerie im Wilden Westen, die ein Fort verteidigte? Früher oder später haben die Indianer es überrannt, so gut befestigt es auch sein mochte, und sind eingedrungen.«

»Das sind nur Filme.«

»Ja, aber vielleicht hat er sie auch gesehen. Komm her«, beharrte sie. Als er neben ihr am Fenster stand, deutete sie auf die Felsen, die in den Schatten unter den Kiefern kaum zu sehen waren. »Es wäre perfekt.«

»Gefällt mir nicht.«

»Es wird klappen.«

»Gefällt mir nicht.«

»Du weißt, daß ich recht habe.«

»Okay, vielleicht hast du recht, aber es gefällt mir trotzdem nicht«, sagte er schneidend.

»Ich geh da raus.«

Er sah ihr in die Augen, wo er möglicherweise nach einem Fünkchen Angst suchte, mit dem er sie umstimmen konnte. »Du hältst dich für die Heldin in einem Abenteuerroman, richtig?«

»Du hast meine Phantasie angekurbelt.«

»Ich wünschte, ich hätte den Mund gehalten.« Er sah lange zu den im Schatten liegenden Felsen hinüber, dann seufzte er und sagte: »Also gut, aber ich werde gehen. Du bleibst hier bei den Mädchen.«

Sie schüttelte den Kopf. »So läuft das nicht, Baby.«

»Komm mir jetzt nicht mit der feministischen Masche.«

»Nein. Es ist nur ... du bist derjenige mit dem übersinnlichen Signal.«

»Und?«

»Er kann spüren, wo du bist, und je nachdem, wie ausgeprägt seine Begabung ist, kann er vielleicht spüren, daß du hinter den Steinen liegst. Du mußt in der Hütte bleiben, damit er dich hier drinnen spürt und direkt zu dir geht – an mir vorbei.«

»Vielleicht kann er dich auch spüren.«

»Bisher spricht alles dafür, daß nur du derjenige welcher bist.«

Er litt aus Angst um sie Höllenqualen, die sein Gesicht zerfurchten. »Gefällt mir nicht.«

»Du wiederholst dich. Ich gehe jetzt raus.«

5.

Als Oslett und Clocker das Haus der Stillwaters verließen und die Straße überquerten, setzte sich Spicer gerade ans Lenkrad des roten Kleinbusses.

Der Wind wurde stärker. Schnee wurde in einem steilen

Winkel vom Himmel geweht und die Straße entlang gewirbelt.

Oslett ging zur Fahrertür des Überwachungswagens.

Spicer hatte die Sonnenbrille wieder aufgesetzt, obwohl die letzte Stunde des Tageslichts angebrochen war. Seine Augen, gelb oder sonstwie, waren verborgen.

Er sah auf Oslett herunter und sagte: »Ich werde den Schrotthaufen hier wegbringen, raus aus dem County, bevor ich die Zentrale anrufe und um Hilfe beim Abtransport der Leichen bitte.«

»Was ist mit dem Jungen im Blumenwagen?«

»Die sollen ihren Abfall selbst wegschaffen«, sagte Spicer.

Er gab Oslett ein genormtes Blatt Papier, auf das der Computer eine Karte ausgedruckt und den Punkt gekennzeichnet hatte, von wo aus Martin Stillwater im Haus seiner Eltern angerufen hatte. Nur wenige Straßen waren eingezeichnet. Oslett steckte sie in die Skijacke, bevor der Wind ihm das Blatt Papier aus der Hand reißen oder der Schnee es aufweichen konnte.

»Er ist nur ein paar Meilen entfernt«, sagte Spicer. »Sie nehmen den Explorer.« Er ließ den Motor an, schlug die Tür zu und fuhr in den Sturm hinein.

Clocker saß schon am Lenkrad des Explorer. Abgase drangen aus dem Auspuff.

Oslett lief zur Beifahrerseite, stieg ein, schloß die Tür und fischte die Computerkarte aus der Tasche. »Fahren wir. Die Zeit wird knapp.«

»Nur nach menschlichen Maßstäben«, sagte Clocker. Als er anfuhr und die Scheibenwischer einschaltete, fügte er hinzu: »Von einem kosmischen Standpunkt aus gesehen könnte Zeit das einzige sein, wovon es einen unerschöpflichen Vorrat gibt.«

6.

Paige gab den Mädchen einen Kuß und ließ sie versprechen, daß sie artig sein und tun würden, was ihr Vater ihnen sagte. Sie zurückzulassen und ihrem ungewissen Schicksal entgegenzugehen, war die schwerste Entscheidung, die sie je hatte treffen müssen. So zu tun, als hätte sie keine Angst, damit die anderen den Mut nicht verloren, war noch schwerer.

Als Paige zur Tür hinausging, begleitete Marty sie auf die Veranda. Windböen fuhren durch die Abschirmung und brachten die Verandatür am Ende der Stufen zum Klappern.

»Es gibt einen anderen Weg«, sagte er und beugte sich dicht zu ihr, damit er sich über den Sturm hinweg verständlich machen konnte, ohne zu brüllen. »Wenn er wirklich von mir angezogen wird, sollte ich mich vielleicht beeilen und hier verschwinden, damit ich ihn so weit wie möglich von euch weglocken kann.«

»Vergiß es.«

»Aber wenn ich mir um dich und die Mädchen keine Sorgen machen muß, werde ich vielleicht mit ihm fertig.«

»Und wenn er statt dessen dich tötet?«

»Dann müßten wir wenigstens nicht alle dran glauben.«

»Glaubst du, er würde sich nicht wieder auf die Suche nach uns machen? Vergiß nicht, er will dein Leben. Dein Leben, deine Frau, deine Kinder.«

»Wenn er mich erledigen und euch verfolgen würde, hättest du immer noch deine Chance, ihn über den Haufen zu schießen.«

»Ach ja? Und wenn er auftauchen würde, wie sollte ich in der kurzen Zeit, die mir bleibt, bevor er in meine Nähe kommt, herausfinden können, ob du es bist oder er?«

»Könntest du nicht«, gab er zu.

»Also machen wir es auf meine Weise.«

»Du bist so verdammt stark«, sagte er.

Er konnte nicht wissen, daß ihre Knie weich wie Butter waren, ihr Herz heftig schlug und sie den schwachen metallischen Geschmack nackter Angst im Mund hatte.

Sie umarmten einander nur kurz.

Sie nahm die Mossberg, ging zur Verandatür hinaus, die Stufen hinunter, durch den Hof, am BMW vorbei in den Wald und drehte sich nicht noch einmal um, weil sie fürchtete, er könnte das wahre Ausmaß ihrer Angst erkennen und darauf bestehen, daß sie in die Blockhütte zurückkam.

Unter dem Zeltdach der schützenden Zweige der Nadelbäume hörte sich der Wind hohl und fern an, ausgenommen als sie unter einigen rauchfangähnlichen Öffnungen her ging, die sich bis hinauf zum blinden Himmel erstreckten. Windböen heulten diese Schächte hinab, kalt wie Ektoplasma und schrill wie der Gesang von Klageweibern.

Zwar handelte es sich um ein Hanggrundstück, aber der Boden unter den Bäumen ließ sich mühelos begehen. Da kein direktes Sonnenlicht einfiel, wuchs kaum Unterholz. Viele Bäume waren so alt, daß sich die untersten Äste erst über ihrem Kopf befanden, und zwischen den dicken Stämmen hatte man ungehinderten Ausblick bis zur Landstraße.

Der Boden war steinig. Hier und da brachen Granitformationen durch die Krume, ausnahmslos alt und glatt.

Die Formation, die sie Marty gezeigt hatte, lag auf halbem Weg zwischen der Hütte und der Landstraße, und hangaufwärts nur sechs Meter vom Weg entfernt. Sie erinnerte an einen Halbkreis aus Zähnen, stumpfe Backenzähne, sechzig bis neunzig Zentimeter hoch, wie das versteinerte Gebiß eines sanftmütigen pflanzenfressenden Dinosauriers, der größer war als alles, was man bisher vermutet hatte.

Als sie sich der Granitformation näherte, in der Schatten so schwarz wie eingedickter Kiefernteer hinter den »Backenzähnen« warteten, hatte Paige plötzlich das Gefühl, als wäre der Andere schon da und beobachtete die Blockhütte von diesem Versteck aus. Drei Meter von ihrem Ziel entfernt blieb sie stehen, wobei sie leicht auf dem Teppich abgefallener Kiefernnadeln ins Rutschen kam.

Wenn er wirklich da gewesen wäre, hätte er sie kommen sehen und jederzeit töten können. Die Tatsache, daß sie noch am Leben war, sprach gegen seine Anwesenheit. Dennoch war ihr, als sie weiterzugehen versuchte, als wäre sie in einen tiefen Meeresgraben gefallen, wo sie sich gegen den Widerstand des ganzen Meeres vorwärts bewegen mußte.

Mit klopfendem Herzen ging sie um die Sichelformation herum und schlüpfte von hinten in das schattige Halbrund. Der Doppelgänger wartete nicht auf sie.

Sie legte sich auf den Bauch. Sie wußte, in ihrer dunkelblauen Skijacke und mit über das blonde Haar gezogener Kapuze war sie so gut wie unsichtbar zwischen den Schatten und dunklen Steinen.

Durch Lücken zwischen den Steinen konnte sie die Einfahrt in ihrer gesamten Länge überblicken, ohne den Kopf so hoch heben zu müssen, daß sie selbst gesehen werden konnte.

Jenseits der schützenden Bäume steigerte der Sturm sich rasch zu einem ausgewachsenen Blizzard. Der Schnee fiel zwischen den Bäumen hindurch so dicht auf die Einfahrt, daß sie fast den Eindruck hatte, als würde sie ins schäumende Antlitz eines Wasserfalls schauen.

Die Skijacke hielt ihren Oberkörper warm, aber die Jeans konnten die durchdringende Kälte der Steine, auf denen sie lag, nicht abhalten. Je mehr Körperwärme aufgesogen wurde, desto mehr taten ihr die Hüften und die Kniegelenke weh. Sie wünschte, sie würde auch gefütterte Skihosen tragen, und kam zu der Einsicht, daß sie zumindest eine warme Wolldecke hätte mitbringen sollen, die sie zwischen sich und den Granit legen konnte.

Im zunehmenden Wind quietschten die höchsten Äste der Fichten und Kiefern wie Dutzende Türen mit rostigen Scharnieren. Nicht einmal die dämpfenden Zweige der Nadelbäume konnten die anschwellende Stimme des Windes abschwächen.

Das allmählich schwindende Licht der letzten Stunde des

Tages hatte die stahlgraue Farbe von Eis auf einem zugefrorenen See.

Jeder Anblick, jedes Geräusch war kalt und schien die Kälte noch zu vermehren, die sich von den Granitfelsen auf sie übertrug. Sie fragte sich, wie lange sie es hier aushalten konnte, bis sie zur Blockhütte zurück mußte, um sich aufzuwärmen.

Dann kam ein dunkelblauer Jeep auf der Landstraße bergauf gefahren und bog ruckartig in die Einfahrt ein. Er sah aus wie der Jeep, der Martys Eltern gehört hatte.

Dimmer auf sieben Grad. Von Mammoth Lakes nach Süden, durch dichtes Schneetreiben, durch wirbelnde Windhosen, durch Strömungen und Wasserfälle und Explosionen und luftige Mauern aus Schnee, auf einem Highway, der unter der wachsenden Schneedecke kaum noch zu erkennen ist, mit hoher Geschwindigkeit an langsameren Fahrzeugen vorbei, wobei er Trödler mit der Lichthupe aus dem Weg scheucht, damit sie ihn überholen lassen, und sogar vorbei an einem Schneepflug und einem Streuwagen, dessen gelbe und rote Blinklichter die Millionen weißer Flocken kurzzeitig in glühende Funken verwandeln. Links abbiegen. Eine schmalere Straße. Bergauf. Bewaldete Hänge. Langer Maschendrahtzaun rechts, Stacheldrahtrollen obendrauf, an manchen Stellen niedergerissen. Nicht hier. Etwas weiter. Nahe. Bald.

Die vier Molotowcocktails stehen in einem Pappkarton auf dem Boden vor dem Beifahrersitz, in den Fußraum eingeklemmt. Die Lücken dazwischen hat er mit zusammengelegten Zeitungen ausgestopft, damit die Flaschen nicht gegeneinanderklirren.

Beißende Dämpfe steigen von den getränkten Stoffetzen auf. Das Parfum der Zerstörung.

Von der magnetischen Anziehungskraft des falschen Vaters geleitet, biegt er unvermittelt rechts ab in eine schmale Einfahrt, die vom Schnee schon halb zugedeckt ist. Er bremst so wenig wie möglich, rutscht weg und tritt schon wieder aufs

Gas, während der Jeep noch nach Halt sucht und beide Hinterreifen laut quietschend durchdrehen.

Direkt vor ihm, mindestens hundert Meter im Wald, steht eine Blockhütte. Schwaches Licht in den Fenstern. Schneebedecktes Dach.

Selbst wenn der BMW nicht links von der Hütte parken würde, hätte er gewußt, daß er seinen Widersacher gefunden hat. Die magnetische Kraft des verhaßten Betrügers zieht ihn vorwärts.

Als er die Blockhütte zum ersten Mal sieht, entscheidet er sich für einen vollen Frontalangriff, ohne Rücksicht darauf, ob das klug ist oder welche Folgen es haben könnte. Seine Mutter und sein Vater sind tot, Frau und Kinder wahrscheinlich ebenfalls schon lange tot, Körper und Gesichter höhnisch von der tückischen außerirdischen Rasse nachgeahmt, die seinen eigenen Namen und seine Erinnerungen gestohlen hat. Er schäumt vor Wut, sein Haß bereitet ihm körperliche Schmerzen, so verzehrend ist er, und nur rasche Gerechtigkeit wird die dringend benötigte Erleichterung bringen.

Die durchdrehenden Reifen fressen sich durch den Schnee und finden auf dem Boden Halt.

Er tritt mit dem Fuß aufs Gaspedal.

Der Jeep schnellt vorwärts. Ein wilder Schrei voller Wut und Rachsucht entfährt ihm, und der mentale Dimmer schnellt von sieben Grad auf dreihundertsechzig hoch.

Marty stand am Fenster, als die Scheinwerfer sich durch das Schneetreiben auf der Landstraße bohrten, aber zuerst konnte er ihren Ursprung nicht erkennen. Das Fahrzeug, das bergauf fuhr, wurde von Bäumen und Büschen am Straßenrand verborgen. Dann kam es in Sicht – ein Jeep –, bog mit hoher Geschwindigkeit in die Einfahrt ab, das Heck rutschte weg, und Schneematsch wurde hinter den durchdrehenden Hinterreifen aufgewirbelt.

Einen Augenblick später, während er noch die Ankunft des Jeeps verarbeitete, schlug eine brutale psychische Flutwelle über ihm zusammen, wie er sie in dieser Stärke schon früher erlebt hatte, aber mit anderen Eigenschaften. Dies war nicht nur die drängende, suchende Kraft, die bei früheren Gelegenheiten auf ihn eingehämmert hatte, sondern eine Druckwelle schwarzer und verbitterter Emotionen, die ihn in das Denken seines Feindes versetzten, wie vor ihm noch kein Mensch im Denken eines anderen gewesen war. Er befand sich in einem surrealistischen Gefilde von psychotischer Wut, Verzweiflung, infantiler Selbstbesessenheit, Angst, Verwirrung, Neid, Wollust und so üblen drängenden Begierden, daß eine Kloake voll verwesender Leichen nicht ekelhafter hätte sein können.

Für die Dauer des telepathischen Kontakts war Marty zumute, als wäre er in einen der inneren Kreise der Hölle gestoßen worden. Der Kontakt dauerte nicht mehr als drei oder vier Sekunden, schien aber endlos zu sein. Als er vorbei war, stand Marty mit an die Schläfen gepreßten Händen da und hatte den Mund zu einem stummen Schrei aufgerissen.

Er rang nach Luft und zitterte am ganzen Körper.

Das Aufheulen des Motors riß ihn in die Wirklichkeit zurück und zog seine Aufmerksamkeit wieder auf das, was sich vor dem Fenster abspielte. Der Jeep Kombi raste die Einfahrt entlang auf die Blockhütte zu.

Vielleicht hatte er das Ausmaß von Tollkühnheit und Wahnsinn des Anderen unterschätzt, aber jetzt war er *in* diesem Verstand gewesen und glaubte zu wissen, was geschehen würde. Er wirbelte vom Fenster herum zu den Mädchen.

»Lauft, hinten raus, *los doch*!«

Charlotte und Emily waren bereits vom Wohnzimmerboden und dem Kartenspiel zu zweit aufgesprungen, in das sie vorgeblich vertieft gewesen waren, und liefen zur Küche, bevor Marty die Warnung zu Ende gesprochen hatte.

Er lief ihnen hinterher.

Binnen einer Sekunde schoß ihm eine alternative Vorgehensweise durch den Kopf: Im Wohnzimmer bleiben, hoffen, daß der Jeep in der Verandaumrandung steckenbleibt und es nicht bis zur Mauer der Blockhütte schafft, dann nach dem

Zusammenstoß hinausstürmen und den Mistkerl erschießen, bevor er hinter dem Lenkrad hervorklettern kann.

Und in der nächsten Sekunde die dunklte Kehrseite dieser Strategie: Möglicherweise *würde* der Jeep alles durchbrechen – Zedernpaneele, zertrümmerte Balken, Stromleitungen, Mörtelbrocken und Glasscherben würden zusammen mit ihm ins Wohnzimmer fliegen, die Deckenbalken würden einstürzen, die Decke zusammenbrechen, mörderische Dachziegel aus Schiefer würden auf ihn herabregnen – und er würde von umherfliegenden Bruchstücken getötet werden, oder überleben und mit eingeklemmten Beinen in den Trümmern steckenbleiben.

Dann wären die Kinder auf sich allein gestellt. Das Risiko konnte er nicht eingehen.

Draußen kam das Heulen des Motors immer näher.

Er holte die Mädchen ein, als Charlotte gerade den Knauf der Küchentür umklammerte. Er griff über ihren Kopf hinweg und schob den Riegel zurück, während sie das untere Schloß öffnete.

Das Heulen des Motors füllte die ganze Welt aus; es hörte sich auf seltsame Weise weniger wie eine Maschine, sondern wie der wilde Schrei eines riesigen urzeitlichen Wesens an.

Die Beretta. Im Schock des telepathischen Kontakts und des rasenden Jeeps hatte er die Beretta vergessen. Sie lag auf dem Couchtisch im Wohnzimmer.

Keine Zeit, sie zu holen.

Charlotte drehte den Knauf. Der heulende Wind riß ihr die Tür aus der Hand und schlug sie ihr entgegen.

Dann ein *Rummms* von der Vorderseite des Hauses, wie eine Bombenexplosion.

Der große Geländewagen schoß so schnell an Paiges Versteck vorbei, daß sie wußte, sie hätte keine Chance abzuwarten, bis der Dreckskerl parkte, um sich dann von Baum zu Baum und Schatten zu Schatten an ihn heranschleichen zu können, wie die tapfere Heldin eines Abenteuerromans, als die sie sich sah.

Er spielte nach seinen eigenen Regeln, was bedeutete, ohne alle Regeln, und jede einzelne Tat von ihm würde unvorhersehbar sein.

Als sie sich endlich aufgerappelt hatte, war der Jeep noch zwanzig oder fünfundzwanzig Meter von der Blockhütte entfernt. Beschleunigte nach wie vor.

Sie betete, daß sie keinen Krampf in den eiskalten, ungelenken Beinen bekommen würde, als sie über die Felsformation kletterte. Dann lief sie parallel zur Einfahrt auf die Blockhütte zu, hielt sich aber im Dunkel des Waldes und wich den Baumstämmen aus.

Da der BMW nicht direkt vor der Hütte parkte, sondern links davon, konnte der Jeep direkt auf die Verandastufen zufahren. Knapp zwei Zentimeter Neuschnee reichten nicht aus, ihn abzubremsen. Der Boden unter der Schneedecke war noch nicht festgefroren, wie später im Winter, daher hatten die Reifen genügend Haftung auf der kahlen Erde.

Der Fahrer schien auf dem Gaspedal zu stehen. Er war ein Selbstmörder. Oder von seiner Unverwundbarkeit überzeugt. Der Motor heulte.

Paige war noch dreißig Meter von der Blockhütte entfernt, als der linke Vorderreifen des Jeep auf die Verandatreppe traf und hinaufschoß wie auf eine Rampe. Der rechte Vorderreifen drehte sich einen Sekundenbruchteil in der Luft und riß dann den Verandaboden auf, als die Stoßstange sich durch die Abschirmung bohrte.

Sie rechnete damit, daß die Veranda unter dem Gewicht einstürzen würde. Aber der Jeep schien durch die Luft zu fliegen, als der linke Hinterreifen ihn über das obere Ende der drei Stufen katapultierte.

Er fliegt. Reißt Holzverkleidung und die Balken heraus, an denen sie befestigt sind, als wären sie Spinnweben oder feine Gaze.

Direkt auf die Tür zu. Wie ein Schuß aus einem Mörser. Ein Zwei-Tonnen-Geschoß.

Schließt die Augen. Windschutzscheibe könnte implodieren.

Der Zusammenstoß geht bis auf die Knochen. Er wird nach vorne geschleudert. Sicherheitsgurt reißt ihn zurück, er atmet explosionsartig aus, Stromstöße des Schmerzes zucken kurz durch seine Brust

Eine Schlagzeugsymphonie aus splitternden Brettern, entzweibrechenden Balken, zusammenstürzenden Türrahmen und berstendem Fenstersturz. Dann hört die Vorwärtsbewegung auf, der Jeep landet krachend.

Er schlägt die Augen auf.

Der Jeep steht im Wohnzimmer der Blockhütte vor einem Sofa und einem umgestürzten Sessel. Er ist nach vorne geneigt, weil die Räder durch den Boden gebrochen sind.

Die Türen des Jeep liegen allerdings oberhalb des Bodens frei. Er öffnet den Sicherheitsgurt und steigt mit einer der .38er Pistolen aus dem Jeep aus.

Bewegen, bewegen, herausfordern, kämpfen und siegen.

Er hört ein Knirschen über sich und schaut auf. Die Decke ist gebrochen und hängt durch, wird aber wahrscheinlich halten. Pulverschnee und trockene Kiefernnadeln rieseln durch die Risse herein.

Der Boden ist mit Glasscherben übersät. Die Fenster rechts und links von der Eingangstür sind zerborsten.

Die Zerstörungen versetzen ihn in Erregung. Sie entzünden seine Wut.

Das Wohnzimmer ist verlassen. Durch den Torbogen kann er den größten Teil der Küche sehen, und auch dort ist niemand.

Zwei geschlossene Türen befinden sich in dem breiten Durchgang zwischen Wohnzimmer und Küche, eine links und eine rechts. Er geht zu der rechten.

Wenn der falsche Vater auf der anderen Seite wartet, wird allein das Öffnen der Tür ein Bombardement auslösen.

Er möchte, wenn es geht, vermeiden, angeschossen zu werden, weil er nicht wieder davonkriechen möchte, um sich zu regenerieren. Er möchte es jetzt hinter sich bringen, hier, heute.

Wenn seine Frau und die Kinder nicht schon längst nachgebildet und durch fremde Wesen ersetzt worden sind, werden sie ganz sicher nicht mehr lange Menschen bleiben dürfen. Die Nacht bricht an. Dauert keine Stunde mehr. Aus Filmen weiß er, daß so etwas immer nachts passiert – Überfälle von Außerirdischen, Parasitenbefall, Angriffe von Wesen, die ihre Gestalt verändern, Seelen fressen und Blut trinken, immer nur nachts, entweder bei Vollmond oder bei Neumond, aber auf jeden Fall nachts.

Statt die Tür selbst aus einer sicheren Warte von der Seite aufzustoßen, stellt er sich direkt davor, hebt die .38er hoch und eröffnet das Feuer. Die Tür besteht nicht aus Massivholz, sondern ist ein Modell Marke Masonite mit Schaumfüllung, daher reißen die Geschosse auf kurze Entfernung große Löcher hinein.

Der Rückstoß des Chief Special, der sich in seine Arme fortpflanzt, ist ungeheuer befriedigend, fast ein sexuelles Erlebnis, und bringt eine geringfügige Erleichterung von seiner Frustration und seiner verzehrenden Wut. Er drückt weiter ab, bis der Hahn nur noch auf leere Kammern klickt.

Keine Schreie aus dem Zimmer dahinter. Kein Laut, als der Knall des letzten Schusses verhallt.

Er wirft die Waffe auf den Boden und zieht die zweite .38er aus dem Schulterhalfter unter seiner Collegejacke.

Er kickt die Tür auf und tritt mit ausgestreckter Waffe rasch ein.

Es ist ein Schlafzimmer. Verlassen.

Aufsteigende Frustration entfacht die Flammen der Wut.

Er kehrt in den Durchgang zurück und stellt sich vor die andere Tür.

Einen Augenblick brachte der Anblick des Jeeps, der über die Veranda flog und sich durch die Wand der Blockhütte bohrte, Paige zum Stehen.

Es geschah zwar vor ihren Augen, und sie zweifelte nicht daran, daß es tatsächlich passierte, dennoch wirkte der Zusammenstoß so unwirklich wie in einem Traum. Der Geländewagen schien eine unvorstellbar lange Zeitspanne in der Luft zu hängen, buchstäblich mit durchdrehenden Reifen über der Veranda zu schweben. Er schien fast durch die Wand der Blockhütte zu *schmelzen* und verschwand, als hätte er nie existiert. Die Verwüstung wurde zwar von einem enormen Krachen begleitet, aber irgendwie hielt sich die Kakophonie in Grenzen, es war nicht halb so laut, wie es in einem Film gewesen wäre. Sofort danach war wieder nur das Heulen des Windes zu hören; der Schnee fiel wie eine lautlose Sturzflut.

Die Kinder.

Vor dem geistigen Auge sah sie, wie die Mauer über ihnen einstürzte, dicht gefolgt von dem Jeep.

Sie rannte, ehe sie es selbst richtig registrierte. Direkt auf die Blockhütte zu.

Sie hielt die Schrotflinte in beiden Händen – die linke Hand am vorderen Repetiergriff, die rechte am Kolben, Finger um den Abzug. So mußte sie nur stehenbleiben, den Lauf auf das Ziel richten, den Finger krümmen und feuern. Beim Laden der Mossberg hatte sie eine Patrone gleich in die Kammer gehebelt, damit sie eine weitere im Magazin unterbringen konnte.

Als sie aus dem Wald auf die Einfahrt lief, nicht mehr als zehn Meter von der Hütte entfernt, ertönten Schüsse im Haus. Fünf Schuß rasch nacheinander. Statt sie zu bremsen, feuerten die Schüsse sie an, und sie rannte so schnell sie konnte über die Einfahrt und durch den flachen Garten.

Sie rutschte im Schnee aus und fiel auf ein Knie, als sie gerade die Treppe erreicht hatte. Die Schmerzen lockten einen unterdrückten, unwillkürlichen Fluch aus ihr heraus.

Aber wenn sie nicht gestolpert wäre, wäre sie auf der Veranda oder schon im Wohnzimmer drinnen gewesen, als Charlotte um die Ecke der Hütte gelaufen kam. Marty und Emily folgten Hand in Hand dicht hinter ihr.

Er feuert dreimal in die Tür auf der linken Seite des Durchgangs, kickt sie auf, springt geduckt über die Schwelle und befindet sich in einem weiteren verlassenen Schlafzimmer.

Draußen wird eine Autotür zugeschlagen.

Marty ließ die Fahrertür des BMW offen, als er sich ans Steuer setzte und mit einer Hand unter dem Sitz nach den Schlüsseln tastete, und in seinem Eifer vergaß er Charlotte und Emily zu sagen, sie sollten ihre auch nicht zuschlagen, bis es zu spät war und das Echo zwischen den umliegenden Bäumen hallte.

Paige war noch nicht in den BMW eingestiegen. Sie stand neben der offenen Tür, beobachtete das Haus und hatte die Mossberg schußbereit erhoben.

Wo waren die verdammten Schlüssel?

Er beugte sich nach vorne, bückte sich und versuchte, noch weiter unter den Sitz zu tasten.

Als Marty die Schlüssel zu fassen bekam, ertönte der Knall der Mossberg. Er riß den Kopf hoch, als ein anderer Schuß als Reaktion darauf Paige verfehlte und sich durch die offene Autotür Zentimeter von seinem Gesicht entfernt ins Armaturenbrett bohrte. Ein Anzeiger barst und überschüttete ihn mit Plastiktrümmern.

»Runter!« rief er den Mädchen auf dem Rücksitz zu.

Paige feuerte die Schrotflinte ab und wurde erneut beschossen.

Der Andere stand von geborstenen Ruinen umgeben in dem klaffenden Loch, wo die Eingangstür der Blockhütte gewesen war, und streckte beim Schießen den rechten Arm aus. Dann duckte er sich ins Wohnzimmer zurück, möglicherweise um nachzuladen.

Die Schrotflinte würde zwar verhindern, daß er näherkam, aber er war so weit entfernt, daß er kaum nennenswert verletzt werden konnte, besonders wenn man seine ungewöhnlichen Regenerationsfähigkeiten in Betracht zog. Seine Pistole dagegen konnte auf diese Entfernung noch ernsthafte Wirkung erzielen.

Marty rammte den Schlüssel ins Zündschloß. Der Motor sprang einwandfrei an. Er löste die Handbremse und legte den Gang ein.

Paige stieg in das Auto, zog die Tür zu.

Er sah über die Schulter zur Heckscheibe hinaus, setzte rückwärts an der Blockhütte vorbei zurück und folgte dann den Reifenspuren, die der Jeep bei seiner Kamikazefahrt hinterlassen hatte.

»Da kommt er!« schrie Paige.

Marty blickte durch die Windschutzscheibe und sah den Anderen von der Veranda springen, die Stufen hinunter, durch den Hof, eine Weinflasche in jeder Hand, brennende Stofffetzen in beiden. Großer Gott. Sie brannten lichterloh, konnten jeden Augenblick in seinen Händen explodieren, aber er schien sich nicht um seine eigene Sicherheit zu scheren, sein Gesicht hatte einen wilden und freudigen Ausdruck angenommen, als wäre er für so etwas *geboren* worden, für nichts anderes. Er kam schlitternd zum Stillstand und winkelte den rechten Arm an wie ein Quarterback, der den Ball an seinen Fänger weitergeben will.

»Los!« schrie Paige.

Marty gab schon Gas und mußte sich nicht zweimal sagen lassen, daß er schneller fahren sollte.

Statt sich umzudrehen und zur Heckscheibe hinauszusehen, vergewisserte er sich im Rückspiegel, daß sie auf der Einfahrt blieben und nicht gegen Bäume, aufragende Steine oder in den Graben fuhren, daher konnte er die erste Flasche sehen, die durch den Schnee geflogen kam und an der vorderen Stoßstange des BMW zerschellte. Der größte Teil des Inhalts spritzte harmlos auf die Einfahrt, wo eine verschneite Stelle in Flammen aufzugehen schien.

Die zweite Flasche landete direkt vor Paige, zehn Zentimeter von der Windschutzscheibe entfernt, auf der Motorhaube. Sie zerschellte, der Inhalt explodierte, brennende Flüssigkeit spritzte auf das Glas, und einen Augenblick konnten sie nur lodernde Flammen vor sich sehen.

Auf dem Rücksitz kreischten die Mädchen, die die Sicherheitsgurte angelegt hatten, sich duckten und einander fest umarmten, vor Schrecken auf.

Marty konnte nichts tun, um sie zu beruhigen, nur weiter zurückstoßen so schnell er sich traute und hoffen, daß das Feuer auf der Haube erlöschen und die Windschutzscheibe nicht vor Hitze explodieren würde.

Die halbe Strecke zur Landstraße. Zwei Drittel. Beschleunigen. Hundert Meter zu fahren.

Das Feuer auf der Windschutzscheibe erlosch fast auf der Stelle, als der dünne Benzinfilm auf dem Glas verbrannt war, aber auf der Beifahrerseite, auf der Haube und über der Stoßstange, loderten weiterhin Flammen. Der Lack hatte Feuer gefangen.

Durch Feuer und schwarze Rauchschwaden sah Marty den Anderen hinter ihnen herlaufen, zwar nicht so schnell wie das Auto, aber auch kaum nennenswert langsamer.

Paige fischte zwei Schrotpatronen aus der Tasche ihrer Skijacke und steckte sie ins Magazin, um die verschossenen Hülsen zu ersetzen.

Sechzig Meter zur Landstraße.

Fünfzig

Vierzig.

Wegen der Bäume und Sträucher konnte Marty nicht bergab sehen und hatte Angst, er würde direkt vor ein näherkommendes Fahrzeug fahren. Trotzdem wagte er nicht zu bremsen.

Durch das Dröhnen des BMW hörte er den Schuß nicht. Ein Einschußloch erschien mit peitschendem Knall zwischen ihm und Paige in der Windschutzscheibe, unterhalb des Rückspiegels. Einen Augenblick später durchbohrte ein zweiter Schuß die Scheibe zehn Zentimeter rechts von dem ersten, so nahe an Paige, daß es an ein Wunder grenzte, daß sie nicht getroffen wurde. Nach dem zweiten Schuß setzte eine Kettenreaktion ein: Millionen winziger Risse breiteten sich über die Windschutzscheibe aus und machten sie milchig-trüb.

Der Übergang von der Einfahrt zur Landstraße war nicht eben. Sie rammten die Landstraße rückwärts und wurden von den Sitzen gerissen; das gesplitterte Sicherheitsglas brach als Sturzflut gummiartiger Trümmer nach innen.

Marty riß das Lenkrad nach rechts, setzte auf die Straße zurück und kam zum Stillstand, als sie Richtung bergab auf der Straße standen. Er konnte die Hitze der Flammen spüren, die den Lack der Haube verzehrten, aber sie züngelten nicht ins Auto hinein.

Eine Kugel prallte heulend von Metall ab.

Er schaltete aus dem Rückwärtsgang.

Durch das Seitenfenster konnte er den Anderen mit gespreizten Beinen auf der Einfahrt stehen sehen, die Waffe in beiden Händen.

Als Marty auf das Gaspedal trat, schlug eine weitere Kugel unterhalb des Fensters in seine Tür ein, drang aber nicht ins Innere des Wagens durch.

Der Andere sprintete wieder los, als der BMW bergab beschleunigte und sich von ihm entfernte.

Der Wind wehte den größten Teil des Rauchs nach rechts, aber der war plötzlich viel dichter, schwärzer als zuvor, und es gelangte soviel in die Passagierkabine, daß ihnen schlecht wurde. Paige fing an zu husten, die Mädchen keuchten auf dem Rücksitz, und Marty konnte die Straße vor sich nicht mehr deutlich sehen.

»Der Reifen brennt!« rief Paige über das Heulen des Windes hinweg.

Zweihundert Meter weiter bergab platzte der brennende Reifen, und der BMW schlitterte außer Kontrolle über den verschneiten Asphalt. Marty drehte das Lenkrad in die Bewegung hinein, aber dieses Mal erwies sich die angewandte Physik als unzuverlässig. Das Auto drehte sich um hundertachtzig Grad, rutschte gleichzeitig zur Seite und kam erst zum Stillstand, als sie gegen den Maschendrahtzaun um das Gelände der ehemaligen Prophetischen Kirche der Verklärung stießen.

Marty stieg aus. Er riß die hintere Tür auf, sprang hinein

und half den verängstigten Mädchen, sich aus den Sicherheitsgurten zu befreien.

Er vergewisserte sich nicht einmal, ob der Andere die Verfolgung aufgenommen hatte, weil er *wußte*, daß er sie verfolgte. Der Kerl würde nie aufgeben, niemals, bis sie ihn getötet hatten, und selbst dann vielleicht nicht.

Als Marty Emily von der Rückbank zog, kletterte Paige auf der Fahrerseite heraus, da ihre Seite des Autos gegen den Zaun drückte. Sie hatte die Umschläge mit dem Geld unter dem Sitz hervorgeholt und steckte sie in die Taschen der Skijacke. Als sie die Reißverschlüsse zumachte, sah sie nach oben.

»Scheiße«, sagte sie, und dann ertönte der Knall der Schrotflinte.

Marty half Charlotte aus dem Auto, als die Mossberg wieder donnerte. Er glaubte, auch den trockenen Knall einer Faustfeuerwaffe zu hören, aber die Kugel mußte weit an ihnen vorbei gegangen sein.

Er schirmte die Mädchen ab, drängte sie hinter sich und von dem brennenden Auto weg und sah bergauf.

Der Andere stand etwa hundert Meter entfernt arrogant mitten auf der Straße und schien überzeugt, daß er durch die Distanz, die ablenkende Wirkung des heulenden Windes und seine eigene übernatürliche Fähigkeit, selbst schwerwiegende Verletzungen zu überstehen, vor dem Feuer der Schrotflinte in Sicherheit war. Er war *exakt* so groß wie Marty, und doch schien er sie selbst aus der Ferne zu überragen, eine dunkle und unheilvolle Gestalt. Vielleicht lag es an der Perspektive. Dann klappte er fast nonchalant den Zylinder seines Revolvers auf und ließ die verbrauchten Hülsen in den Schnee fallen.

»Er lädt nach«, sagte Paige und nutzte die Gelegenheit, selbst neue Patronen ins Magazin der Schrotflinte zu laden, »machen wir, daß wir hier wegkommen.«

»Wohin?« fragte Marty und sah panisch über die verschneite Umgebung hinweg.

Er wünschte sich, aus der einen oder anderen Richtung würde ein Auto kommen.

Dann unterdrückte er diesen Wunsch, weil er wußte, der Andere würde jeden, der vorbeikam, töten, wenn er versuchen würde, ihnen zu helfen.

Sie liefen bergab, in den schneidenden Wind hinein, und nutzten die Zeit, etwas Distanz zwischen sich und ihren Verfolger zu bringen, während sie überlegten, was sie als nächstes tun sollten.

Er verwarf den Gedanken, den Versuch zu unternehmen, eine der anderen im ganzen Wald verstreuten Hütten zu erreichen. Bei den meisten handelte es sich um Ferienhäuser. An einem Dienstag im Dezember würde niemand zu Hause sein, es sei denn, der Neuschnee lockte morgen früh jemanden zum Skifahren her. Und selbst wenn sie eine Hütte fanden, wo jemand zu Hause war, wollte Marty, da sie von dem Anderen verfolgt wurden, nicht die Schuld am Tod unschuldiger Fremder auf sein Gewissen laden.

Am Ende der Landstraße lag die Route 203. Trotz des bevorstehenden Schneesturms würde regelmäßiger Verkehr zwischen den Seen und Mammoth Lakes selbst herrschen. Mit genügend Zeugen konnte der andere sie nicht töten; er würde den Rückzug antreten müssen.

Aber das Ende der Landstraße lag zu weit entfernt. Sie würden es nicht schaffen, bevor ihnen die Schrotpatronen ausgingen, mit denen sie ihren Gegner auf Distanz halten konnten – oder bevor die größere Reichweite und Treffsicherheit seines Revolvers ihm ermöglichte, sie einen nach dem anderen über den Haufen zu schießen.

Sie kamen zu einer Lücke in dem verfallenen Maschendrahtzaun.

»Hier, kommt mit«, sagte Marty.

»Ist die Siedlung nicht verlassen?« wandte Paige ein.

»Wir haben keine andere Wahl«, sagte er, nahm Charlotte und Emily an den Händen und führte sie auf das Grundstück der Kirche.

Er hoffte, daß bald jemand vorbeikommen, den halb ausgebrannten BMW sehen und dem Büro des Sheriffs Meldung machen würde. Der Wind hatte das Feuer des brennenden Lacks nicht geschürt, sondern gelöscht, aber der Reifen brannte noch, und das übel zugerichtete Auto war nicht zu übersehen. Wenn sich ein paar bewaffnete Deputies sehen ließen, die das Gelände durchkämmten und in den Kampf hineingezogen wurden, hätten sie zwar auch keine Ahnung, was für ein überlegener Gegner der Andere war, aber sie würden auch nicht so naiv und hilflos wie gewöhnliche Bürger sein.

Nach kurzem Zögern, während sie besorgt zu ihrer Nemesis bergauf sah, folgte Paige ihm und den Mädchen durch das Loch im Zaun.

Der Schnellader rutscht ihm aus den Fingern und fällt in den Schnee, als er ihn aus dem Beutel am Gürtel nimmt. Es ist der letzte der beiden, die er dem toten Mann in dem Kleinbus abgenommen hat.

Er bückt sich, hebt ihn vom schneebedeckten Boden auf und wischt ihn an seinem preiselbeerfarbenen Pullover unter der Collegejacke ab. Er drückt ihn an den aufgeklappten Revolver, läßt ihn einrasten, dreht ihn, läßt ihn fallen und klappt den Zylinder zu.

Mit den letzten Patronen muß er vorsichtig umgehen. Die Replikanten werden nicht leicht zu töten sein.

Er weiß jetzt, daß die Frau ein Replikant ist, genau wie der falsche Vater. Fremdes Fleisch. Nichtmenschlich. Sie kann nicht seine Paige sein, denn sie ist zu aggressiv. Seine Paige wäre unterwürfig, bereit, sich unterzuordnen, wie die Frauen in der Filmsammlung des Senators. Seine Paige ist mit Sicherheit tot. Das muß er akzeptieren, wenn es auch schwerfällt. Dieses Ding gibt sich nur als Paige aus, und das nicht einmal gut. Schlimmer noch, wenn Paige für immer dahin ist, sind es auch seine beiden süßen Töchter. Die Mädchen, so niedlich und überzeugend menschlich, sind ebenfalls Replikanten – dämonisch, außerirdisch und gefährlich.

Sein früheres Leben ist unwiederbringlich verloren.

Seine Familie existiert nicht mehr.

Ein schwarzer Abgrund der Verzeiflung tut sich klaffend unter ihm auf, aber er darf nicht hineinfallen. Er muß Kraft finden, um weiterzukämpfen, bis er im Namen der gesamten Menschheit den Sieg davonträgt – oder vernichtet wird. Er muß so mutig sein wie Kurt Russell und Donald Sutherland es waren, als sie sich in ähnlich aussichtlosen Situationen befanden, denn er ist ein Held, und Helden müssen bestehen.

Weiter unten verschwinden die vier Kreaturen durch ein Loch in dem Maschendrahtzaun. Er will sie jetzt nur noch tot sehen, ihre Gehirne zerquetschen, sie verstümmeln und köpfen und auslöschen, sie verbrennen, jede Vorsichtsmaßnahme gegen ihre Wiederauferstehung ergreifen, denn sie sind nicht nur die Mörder seiner Familie, sondern eine echte Gefahr für die Welt.

Der Gedanke ist ihm gekommen, daß ihm diese schrecklichen Erlebnisse, sollte er sie überleben, Stoff für einen Roman liefern. Ganz bestimmt wird er über den ersten Satz hinauskommen, was er gestern nicht bewerkstelligen konnte. Seine Frau und seine Kinder hat er zwar für immer und ewig verloren, aber möglicherweise kann er seine Karriere aus den Trümmern seines Lebens bergen.

Schlitternd und rutschend läuft er zu dem Loch im Zaun.

Die Scheibenwischer waren mit Schnee verkrustet, der zu Eis gefror. Sie glitten ruckartig und lautstark über das Glas.

Oslett studierte die Karte aus dem Computer, dann deutete er auf eine Abzweigung vor ihnen. »Da rechts.«

Clocker setzte den Blinker.

Die leerstehende Kirche ragte in dem Schneetreiben auf, so wie das Geisterschiff *Mary Celeste* mit zerfetzten gerefften Segeln und ohne Besatzung an Deck aus einem seltsamen Nebel auftauchte.

Zuerst dachte Marty im Sturm und dem düsteren grauen Licht des Nachmittags, das Gebäude befände sich in einem guten Zustand, aber der Eindruck wurde rasch zunichte gemacht. Als sie näherkamen, konnte er jede Menge fehlende

Ziegel auf dem Dach erkennen. Ganze Abschnitte der Regenrinnen aus Kupfer fehlten, andere baumelten lose und schwankten und quietschten im Wind. Fast alle Fenster waren eingeschlagen worden, und Vandalen hatten Obszönitäten auf die einst hübschen Backsteinwände gesprüht.

Baufällige Gebäudekomplexe – Büros, Werkstätten, eine Krankenstation, Schlafsäle, ein Speisesaal – standen direkt hinter der Kirche und auf beiden Seiten davon. Die Prophetische Kirche der Verklärung war eine Sekte gewesen, die von ihren Mitgliedern verlangt hatte, daß sie ihr alle weltlichen Besitztümer bei der Aufnahme überschrieben und in einer streng überwachten Gemeinschaft lebten.

Sie liefen so schnell die Mädchen konnten durch den zentimetertiefen Schnee auf den Eingang der Kirche zu, und nicht zu einem der anderen Gebäude, weil die Kirche am nächsten lag. Sie mußten so schnell wie möglich von der Bildfläche verschwinden. Der Andere konnte sie zwar aufgrund seiner Verbindung mit Marty aufspüren, wohin sie auch gingen, aber wenigstens konnte er nicht auf sie *schießen*, wenn er sie nicht sehen konnte.

Zwölf breite Stufen führten zu einem drei Meter hohen Eichenportal mit fast zwei Meter hohen Buntglasfenstern über jedem Flügel. Bis auf einige rubinrote und gelbe Scherben waren alle Scheiben aus den Fenstern herausgeschlagen worden, zurück blieben dunkle, klaffende Löcher zwischen den Bleifassungen. Das Portal war in einen sieben Meter hohen Fünfpaßbogen eingelassen, über dem sich ein gewaltiges und reich verziertes Rosettenfenster befand, in dem noch rund zwanzig Prozent des Glases enthalten waren – wahrscheinlich weil es ein schwereres Ziel für Steine bot.

Die vier geschnitzten Flügel des Eichenportals waren verwittert, zerkratzt, rissig und ebenfalls mit Obszönitäten besprüht, die im aschefarbenen Licht der frühzeitigen Dämmerung schwach leuchteten. Auf einem hatte ein Vandale unbeholfen den weißen Stundenglasumriß eines Frauenkörpers mit Brüsten und einem Schritt in Form des Buchstabens Y gemalt, und daneben die Darstellung eines Phallus, so groß wie ein Mann. Abgekantete Buchstaben, von einem meisterlichen Steinmetz geschaffen, verkündeten in den Granitstürzen über jeder Tür dieselbe Botschaft mit anderen Worten: ER HEBET UNS IN DEN HIMMEL; aber über diese Worte hatten die Vandalen mit roter Farbe das Wort QUATSCH gekritzelt.

Die Sekte hatte etwas Unheimliches an sich gehabt, und ihr Gründer – Jonathan Caine – war ein Betrüger und Päderast gewesen, aber Mary machten die Vandalen mehr Angst als die irregeleiteten Menschen, die Caine gefolgt waren. Wenigstens hatten die getreuen Sektenangehörigen an etwas *geglaubt*, wie irregeleitet auch immer, hatten sich danach gesehnt, Gottes Gnade würdig zu sein, und hatten für ihren Glauben Opfer gebracht, auch wenn sich diese Opfer letztendlich als dumm herausgestellt hatten; sie hatten gewagt, zu träumen, auch wenn ihre Träume in einer Tragödie geendet hatten. Der hirnlose Haß dagegen, der aus den Parolen der Vandalen sprach, war das Werk sinnentleerter Menschen, die an gar nichts glaubten, nicht träumen konnten und nur durch das Leid anderer aufblühten.

Eine der Türen stand fünfzehn Zentimeter offen. Marty packte ihre Kante und zog. Die Scharniere waren eingerostet, das Eichenholz verzogen, aber die Tür öffnete sich knirschend weitere dreißig Zentimeter.

Paige ging als erste hinein. Charlotte und Emily folgten dicht hinter ihr.

Marty hörte den Schuß nie, der ihn traf.

Als er den Mädchen folgen wollte, wurde er von einer Lanze aus Eis durchbohrt, die in den linken oberen Quadranten seines Rückens eindrang und auf derselben Seite durch die Muskeln und Knorpel unter dem Schlüsselbein wieder austrat. Die Kälte, die ihn durchbohrte, war so eisig, daß der Blizzard, der durch die Kirche wehte, im Vergleich dazu wie ein tropisches Unwetter wirkte, und er zitterte wie wild am ganzen Körper.

Als nächstes wußte er, daß er auf der schneebedeckten Stufe vor der Tür lag und sich fragte, wie er hierhergekommen war.

Er war halb überzeugt, daß er sich gerade zu einem Nickerchen hingelegt hatte, aber die Schmerzen in seinen Knochen sprachen dafür, daß er hart auf dieses ungewöhnliche Bett gefallen war.

Er sah durch den fallenden Schnee und das Winterlicht Buchstaben in Granit, Buchstaben auf Granit.

ER HEBET UNS IN DEN HIMMEL.

QUATSCH.

Ihm wurde erst bewußt, daß er angeschossen worden war, als Paige aus der Kirche rannte, neben ihm niederkniete und rief: »Marty, mein Gott, mein Gott, du bist getroffen, der Dreckskerl hat auf dich geschossen«, und er dachte: *O ja, natürlich, das ist es, ich bin angeschossen und nicht von einer Lanze aus Eis durchbohrt worden.*

Paige stand neben ihm auf und hob die Mossberg. Er hörte zwei Schüsse. Sie waren unvorstellbar laut, anders als die lautlose Kugel, die ihn zu Boden geworfen hatte.

Er drehte neugierig den Kopf, um zu sehen, wie nahe ihr unbesiegbarer Feind ihnen gekommen war. Er rechnete damit, den Doppelgänger zu sehen, der nur wenige Meter entfernt und von den Schrotkügelchen unbehelligt auf sie zustürmte.

Statt dessen war der Andere stehengeblieben, außerhalb der Reichweite der beiden Schüsse, die Paige abgefeuert hatte. Er war eine schwarze Gestalt auf dem weißen Feld, doch das schwindende graue Licht offenbarte keine Einzelheiten seines allzu vertrauten Gesichts. Er lief durch den Schnee hin und her, hin und her, geschmeidig und schnell, wie ein Wolf, der eine Schafherde belauert, wachsam und geduldig, und er wartete ab, bis der Augenblick kam, an dem sie ihm endgültig zum Opfer fallen würden.

Der Dolch aus Eis, der Marty durchbohrt hatte, wurde von einem Augenblick zum nächsten ein Stilett aus Feuer. Mit der Hitze kamen unerträgliche Schmerzen; er stöhnte. Nun endlich wurde die abstrakte Vorstellung von einer Schußwunde in die Sprache der Wirklichkeit übersetzt.

Paige hob wieder die Mossberg.

Marty, der mit den Schmerzen sein klares Denkvermögen zurückbekam, sagte: »Keine Munition vergeuden. Laß ihn vorerst in Ruhe. Hilf mir hoch.«

Mit ihrer Hilfe gelang es ihm aufzustehen.

»Schlimm?« fragte sie besorgt.

»Ich werd' schon nicht sterben. Gehen wir rein, bevor er noch einmal auf uns schießt.«

Er folgte ihr durch die Tür in die Vorhalle, wo die Dunkelheit lediglich von schwachen Lichtstrahlen erhellt wurde, die durch die angelehnte Tür und einige Oberlichter ohne Scheiben hereinfielen.

Die Mädchen weinten, Charlotte lauter als Emily, und Marty versuchte sie zu beruhigen. »Schon gut, mir geht es prima, nur ein kleiner Kratzer. Ich brauche nur ein Pflaster, eines mit einem Bild von Snoopy darauf, dann geht es mir gleich besser.«

In Wahrheit war sein linker Arm halb taub. Er konnte ihn nur teilweise gebrauchen. Wenn er die Muskeln der Hand anspannte, konnte er sie nicht zur Faust ballen.

Paige schlich zum vierzig Zentimeter breiten Spalt zwischen der großen Tür und dem Rahmen, wo der Wind pfiff und heulte. Sie sah hinaus nach dem Anderen.

Marty wollte sich ein besseres Bild machen, welchen Schaden die Kugel angerichtet hatte, daher schob er die Hand in die Skijacke und tastete behutsam die linke Schulter ab. Schon die geringste Berührung löste Schmerzen aus, bei denen er mit den Zähnen knirschte. Sein Wollpullover war mit Blut getränkt.

»Geh mit den Mädchen weiter in die Kirche hinein«, flüsterte Paige beschwörend, obwohl ihr Gegner sie draußen im Sturm unmöglich hören konnte. »Bis zum anderen Ende.«

»Wovon redest du?«

»Ich warte hier auf ihn.«

Die Mädchen erhoben Einwände. »Mommy, nicht.« »Mom, komm mit uns, du mußt.« »Mommy, bitte.«

»Ich komme zurecht«, sagte Paige, »mir wird nichts passieren. Alles wird gut. Verstehst du denn nicht? Marty, wenn der Kerl spürt, daß du dich entfernst, wird er in die Kirche kommen. Er wird erwarten, daß wir zusammen sind.« Während sie sprach, lud sie zwei neue Patronen ins Magazin der Mossberg, um die beiden zu ersetzen, die sie gerade verschossen hatte. »Er wird nicht damit rechnen, daß ich hier auf ihn warte.«

Marty erinnerte sich, daß sie dieselbe Unterhaltung schon einmal geführt hatten, als sie nach draußen gehen und sich hinter den Felsen verstecken wollte. Da hatte ihr Plan nicht funktioniert, aber nicht, weil er nicht gut gewesen wäre. Der Andere war mit dem Jeep an ihr vorbei gefahren und hatte offenbar gar nicht gemerkt, daß sie in ihrem Versteck lag. Hätte er nicht diese unvorhersehbare Wahnsinnstat vollbracht, mit dem Jeep direkt ins Haus zu rasen, hätte sie sich möglicherweise von hinten an ihn anschleichen und ihn über den Haufen schießen können.

Trotzdem wollte Marty sie nicht allein bei der Tür zurücklassen. Aber sie hatten keine Zeit für Diskussionen, da er vermutete, seine Verletzung würde ihm bald das letzte bißchen Kraft rauben, das er noch hatte. Und darüber hinaus hatte er auch keinen besseren Plan.

Im Halbdunkel konnte er Paiges Gesicht kaum erkennen.

Er hoffte, daß er sie nicht zum letzten Mal sah.

Er führte Charlotte und Emily aus der Vorhalle ins Kirchenschiff. Dort roch es nach Staub und Feuchtigkeit und den wilden Tieren, die sich in den Jahren, seit die Sektenmitglieder weggegangen waren, um die Trümmer ihrer Lebensläufe aufzusammeln, statt emporzuschweben und zur Rechten Gottes zu sitzen, hier eingenistet hatten.

Auf der Nordseite wehte der unablässige Wind Schnee zu den zerschmetterten Fenstern herein. Hätte der Winter ein Herz besessen, reglos und aus Eis geschnitzt, es hätte nicht kälter sein können als dieser Ort, nicht einmal der Tod hätte eisiger sein können.

»Ich hab' kalte Füße«, sagte Emily.

Er sagte: »Psssst. Ich weiß.«

»Ich auch«, sagte Charlotte flüsternd.

Daß sie sich über etwas so Gewöhnliches beschweren konnten, machte ihre Situation weniger bizarr, weniger furchteinflößend.

»Echt kalt«, bekräftigte Charlotte.

»Geht weiter. Bis ganz nach vorne.«

Keiner von ihnen hatte Stiefel an, nur Sportschuhe. Schnee hatte den Stoff durchweicht, klebte in jeder Ritze und gefror zu Eis. Marty dachte sich, daß sie sich im Augenblick noch keine Sorgen um Frostbeulen machen müßten. Die brauchten eine Weile, um sich zu entwickeln. Möglicherweise lebten sie gar nicht mehr lange genug, um darunter zu leiden.

Schatten hingen wie Flaggen im ganzen Kirchenschiff, aber in dem großen Raum war es heller als in der Vorhalle. Fenster mit Doppelbögen, die schon lange von der Last der Scheiben befreit worden waren, verliefen an beiden Seitenwänden und reichten zwei Drittel der Entfernung bis zur Gewölbedecke hinauf. Ausreichend Licht drang herein, daß man die Reihen der Bänke, den langen Mittelgang, der zum Altarraum führte, das gewaltige Chorgestühl und sogar einen Teil des Altars ganz vorne erkennen konnte.

Das Hellste in der ganzen Kirche waren die Verunstaltungen durch die Vandalen, die ihre Obszönitäten noch verschwenderischer auf die inneren Wände gesprüht hatten als auf die äußeren. Er hatte vermutet, daß es sich um Leuchtfarbe handelte, und tatsächlich leuchteten die serpentinenartigen Schnörkel in den dunkleren Ecken orange und blau und grün und gelb, überlappten einander, waren ineinander verschlungen und verschmolzen miteinander, bis man fast den Eindruck hatte, als wären sie echte Schlangen, die an den Wänden zuckten.

Marty wartet gespannt auf Schüsse.

Am Altarraum fehlte die Tür.

»Geht weiter«, drängte er die Mädchen.

Alle drei betraten die Altarplattform, von der sämtliche

zeremoniellen Gegenstände entfernt worden waren. An der Wand dahinter hing ein zehn Meter hohes Holzkreuz voller Spinnweben.

Sein linker Arm war abgestorben, fühlte sich aber geschwollen an. Die Schmerzen waren wie die eines vereiterten Zahns, nur in der Schulter. Ihm war übel – aber er wußte nicht, ob wegen des Blutverlustes oder aus Angst um Paige oder wegen des unheimlichen, desorientierenden Inneren der Kirche.

Paige wich vom Eingang in einen Teil der Vorhalle zurück, der dunkel bleiben würde, auch wenn die Tür weiter geöffnet wurde.

Sie starrte auf die Lücke zwischen Tür und Rahmen und sah geisterhafte Bewegungen im trüben grauen Licht und dem tanzenden Schnee. Sie hob das Gewehr mehrmals und ließ es wieder sinken. Jedesmal, wenn die Konfrontation bevorzustehen schien, stockte ihr der Atem im Hals.

Sie mußte nicht lange warten. Er kam nach drei oder vier Minuten und war längst nicht so vorsichtig, wie sie erwartet hatte. Offenbar spürte der Andere, daß sich Marty in den hinteren Teil der Kirche zurückgezogen hatte, und trat zuversichtlich und kühn ein.

Als er über die Schwelle trat und seine Silhouette sich deutlich im schwindenden Tageslicht abzeichnete, zielte sie genau auf seine Brust. Das Gewehr zitterte, noch bevor sie abdrückte, in ihrer Hand, und es wurde vom Rückstoß hochgerissen. Sie lud sofort die zweite Patrone in die Kammer und feuerte noch einmal.

Der erste Schuß traf ihn genau, aber der zweite richtete wahrscheinlich mehr Schaden am Türrahmen an als an ihm, denn er schnellte zurück, zur Tür hinaus, fort.

Sie *wußte*, sie mußte ihn schwer verletzt haben, aber er gab keine Schreie, keine Schmerzenslaute von sich, daher ging sie ebenso vorsichtig wie hoffnungsvoll zur Tür hinaus und rechnete damit, eine Leiche auf den Stufen liegen zu sehen. Er war fort, was irgendwie auch nicht überraschend war, und sein schnelles Verschwinden war so verwirrend, daß sie sich tatsächlich umdrehte und an der Kirchenmauer hinaufsah, als könnte er behende wie eine Spinne daran emporklettern.

Sie konnte nach Spuren im Schnee Ausschau halten und versuchen, ihn aufzuspüren. Sie vermutete, daß er genau das wollte.

Nervös eilte sie im Laufschritt in die Kirche zurück.

Töte sie, töte sie alle, töte sie jetzt.

Postenschrot. Im Hals, wo sich die Kugeln schmerzhaft tief ins Fleisch bohren. An einer Seite des Nackens. Harte Klumpen in der linken Schläfe. Das linke Ohr ist zerfetzt und blutet. Aknepickel aus Blei auf der linken Wange, auf dem Kinn. Unterlippe zerrissen. Zähne zertrümmert und rissig. Er spuckt Schrotkörner. Stechende Schmerzen, aber keine Augenverletzungen, Sehkraft nicht beeinträchtigt.

Er hastet geduckt an der Südseite der Kirche entlang durch eine so graue und fahle Dämmerung, so sehr in Schneetreiben gehüllt, daß er keinen Schatten wirft. Kein Schatten. Keine Frau, keine Kinder, keine Mutter, keinen Vater, fort, kein Leben, gestohlen, verbraucht und weggeworfen, kein Spiegel, in den er schauen kann, kein Spiegelbild, das seine Substanz bestätigt, kein Schatten, nur Fußspuren im Neuschnee, die seine Existenzberechtigung bekräftigen, Fußspuren und sein Haß, wie Claude Rains in *Der Unsichtbare*, nur von Fußspuren und Wut definiert.

Er sucht hektisch nach einem Eingang in die Kirche und untersucht hastig jedes Fenster, an dem er vorbeikommt.

Praktisch das gesamte Glas ist aus den hohen Buntglasfenstern verschwunden, aber die Stahlstreben sind erhalten geblieben. Ein Großteil der Bleifassungen, die das ursprüngliche Muster bildeten, sind ebenfalls noch vorhanden, wenn auch an vielen Stellen verbogen und verdreht, durch Wetter oder Vandalismus verwüstet, so daß die Umrisse der ursprünglichen religiösen Symbole und Gestalten nicht mehr zu erkennen sind; an ihrer Stelle erblickt man verzerrte Gestalten, die so sinnlos sind wie die Formen geschmolzener Kerzen.

Beim vorletzten Fenster des Kirchenschiffs fehlen Stahlstreben, Rahmen und Bleifassungen. Der Granitsims unterhalb des Fensters ist eineinhalb Meter vom Boden entfernt. Er zieht sich behende wie ein Akrobat hinauf und kauert mit den Fersen auf dem tiefen Sims. Er schaut in die zahllosen Schatten, in die seltsame sinusförmige Schnörkel in leuchtendem Orange, Gelb, Grün und Blau eingeflochten sind.

Ein Kind schreit.

Während Paige den Mittelgang der graffitibeschmierten Kirche entlanglief, hatte sie das seltsame Gefühl, als befände sie sich in einem tropischen Klima unter Wasser, unter einer karibischen Bucht, in Höhlen voll fröhlich bunter Korallen, wo sich äquatorialer Seetang auf allen Seiten mit seinen filigranen und leuchtenden Wedeln wellte.

Charlotte schrie.

Paige hatte den Altarraum erreicht, jetzt wirbelte sie zum Kirchenschiff herum. Sie schwenkte die Mossberg von links nach rechts, suchte panisch nach der Gefahr und sah den Anderen, als Emily rief: »Auf dem Fenster, erschieß ihn!«

Tatsächlich kauerte er auf einem Fenster der Südmauer, ein dunkler Schemen, der gegen das düstere Licht und den weißen Schneefall nur halb menschlich aussah. Mit den hängenden Schultern, dem gesenkten Kopf und den baumelnden Armen hatte er etwas Affenartiges.

Ihr Reflexe funktionierten einwandfrei. Sie feuerte ohne zu zögern mit der Mossberg.

Aber selbst wenn sich die Entfernung nicht zu seinen Gunsten ausgewirkt hätte, wäre er unversehrt davongekommen, weil er sich in dem Augenblick in Bewegung setzte, als sie abdrückte. Er schien mit der geschmeidigen Anmut eines Wolfs förmlich von der Mauer auf den Boden zu *fließen*. Die Schrotkörner passierten harmlos die Stelle, wo er sich eben noch befunden hatte, und prallten von dem Fensterrahmen ab.

Er verschwand auf allen vieren zwischen den Bänken, wo die dunkelsten Schatten in der Kirche herrschten. Wenn sie ihn dorthin verfolgte, würde er sich auf sie stürzen und sie töten.

Sie ging durch den Altarraum zu Marty und den Mädchen, wobei sie die Schrotflinte schußbereit hielt.

Die vier zogen sich in einen angrenzenden Raum zurück, bei dem es sich um die Sakristei handeln mochte. Durch zwei Flügelfenster fiel gerade ausreichend Licht herein, daß man drei Türen zusätzlich zu der, durch die sie eingetreten waren, erkennen konnte.

Paige machte die Tür der Sakristei zu und versuchte, sie abzuschließen. Aber die Tür besaß gar kein Schloß. Und es gab auch keine Möbel, die man davorschieben konnte.

Marty öffnete eine der Türen. »Wandschrank.«

Heulender Wind und Schnee wehten zu der Tür herein, die Charlotte öffnete, daher schlug sie sie wieder zu.

Emily überprüfte die dritte Möglichkeit und sagte: »Treppe.«

Zwischen den Bänken. Schleichend. Vorsichtig.

Er hört eine Tür zuschlagen.

Er wartet.

Horcht.

Hunger. Heiße Schmerzen schwellen ab, werden zu geringer Hitze. Die Blutungen werden zu Rinnsalen, einem Tröpfeln. Hunger übermannt ihn, da sein Körper gewaltige Nahrungsmengen verlangt, um die Regenerierung beschädigten Gewebes durchführen zu können.

Er verbrennt bereits Körperfett und Eiweiß, um die dringendsten Reparaturen an durchtrennten und zerfetzten Blutgefäßen vornehmen zu können. Sein Stoffwechsel beschleunigt gnadenlos, eine vollkommen autonome Funktion, über die er keine Kontrolle hat.

Die Gabe, die ihn weitaus weniger verwundbar macht als andere Menschen, wird bald ihren Tribut fordern. Sein Gewicht wird abnehmen. Der Hunger wird wachsen, bis er so unerträglich wie die Qualen tödlicher Verletzungen sein wird. Sein Hunger wird zu einem starken Verlangen werden. Das Verlangen zu einer blinden Gier.

Er denkt an Rückzug, aber er ist so nahe dran. So nahe. Sie sind auf der Flucht. Isoliert. Sie können nicht gegen ihn durchhalten. Wenn er beharrlich bleibt, sind sie in wenigen Minuten alle tot.

Außerdem sind sein Haß und seine Wut so groß wie sein Hunger. Er verlangt nach der süßen Befriedigung, die ihm nur extreme Gewalt verschaffen kann.

Über die Leinwand seines Verstandes flackern nur mörderische Bilder: von Kugeln durchbohrte Schädel, brutal eingeschlagene Gesichter, ausgequetschte Augen, durchschnittene Kehlen, verstümmelte Leiber, blitzende Messer, Äxte, Beile, abgetrennte Gliedmaßen, brennende Frauen, schreiende Kinder, junge Prostituierte mit Würgemalen an den Hälsen, Fleisch, das sich im Säureregen auflöst ...

Er kriecht zwischen den Bänken hervor in den Mittelgang, erhebt sich in eine geduckte Haltung.

Leuchtende außerirdische Hieroglyphen bedecken die Wände.

Er befindet sich im Nest des Feindes.

Fremd und seltsam. Feindselig und nichtmenschlich.

Seine Angst ist groß. Aber sie entfacht nur seine Wut.

Er eilt nach vorne, durch den Altarraum, auf die Tür zu, durch die sie geflohen sind.

Licht so dünn wie Fischwasser fiel von unsichtbaren Fenstern über der Wendeltreppe herein.

Die Gebäude, die an die Kirche angrenzten, waren zweistöckig. Möglicherweise gab es eine Verbindung zwischen dieser Treppe und einem anderen Gebäude, aber Marty hatte keine Ahnung, wohin sie gingen. Aus diesem Grund wünschte er fast, sie hätten sich für die Tür ins Freie entschieden.

Die Taubheit in seinem Arm behinderte ihn schwer, und die Schmerzen in der Schulter, die mit jeder Minute schlimmer wurden, zehrten an seinen Energiereserven. Das Gebäude war ungeheizt und so kalt wie die Welt außerhalb, aber wenigstens bot es Schutz vor dem Wind. Bei seinen Verletzungen und dem Sturm hätte er außerhalb der Kirchenmauern wahrscheinlich nicht lange durchgehalten.

Die Mädchen gingen ihm voraus.

Paige folgte ihnen und sorgte sich lautstark, weil die Tür am unteren Ende der Treppe, wie die der Sakristei, kein Schloß besaß. Sie tastete sich Stufe für Stufe rückwärts hoch und behielt das Terrain hinter ihnen im Auge.

Wenig später kamen sie zu dem tiefliegenden Fenster, das die Quelle des schwachen Lichts am Fuß der Treppe bildete. Die klaren Scheiben waren weitgehend unversehrt. Im oberen Abschnitt der Wendeltreppe herrschte ein ähnlich trübes Licht, das wahrscheinlich durch ein anderes Fenster gleicher Größe und Machart einfallen konnte.

Marty ging immer langsamer und atmete immer keuchender, je höher sie kamen, als würden sie eine Höhe erreichen, wo der Sauerstoffgehalt der Luft drastisch abnahm. Die Schmerzen in seiner linken Schulter nahmen zu, die Übelkeit wurde immer schlimmer.

Die fleckigen Rauhputzwände, die grauen Holzstufen und das spülwassertrübe Licht erinnerten ihn an deprimierende schwedische Filme der fünfziger und sechziger Jahre, Filme über Hoffnungslosigkeit, Verzweiflung und das grausame Schicksal.

Anfangs brauchte er den Handlauf an der Außenwand nicht. Aber bald wurde er zu einer notwendigen Stütze. Innerhalb erschreckend kurzer Zeit stellte er fest, daß er sich nicht mehr auf seine zunehmend wackligeren Beine verlassen konnte, sondern sich zusätzlich mit dem unverletzten rechten Arm nach oben ziehen mußte.

Als sie das zweite Rosettenfenster erreichten und weitere graue Stufen vor ihnen aufwärts führten, wußte er, wo sie sich befanden. Im Glockenturm.

Die Treppe würde nicht zu einem Durchgang zum ersten

Stock eines Nebengebäudes führen, weil sie schon höher als das erste Stockwerk waren. Jede weitere Stufe aufwärts war eine unumkehrbare Entscheidung für diese eine Möglichkeit.

Marty, der das Geländer mit der unverletzten rechten Hand umklammerte, fühlte sich zunehmend schwindlig und hatte Angst, das Gleichgewicht zu verlieren; er blieb stehen, um Paige zu sagen, daß sie besser umkehren sollten. Wahrscheinlich hatte sie die Tatsache, daß sie rückwärts ging, die wahre Natur dieser Falle übersehen lassen.

Bevor er den Mund aufmachen konnte, wurde unten, außer Sicht jenseits der ersten Treppenwindungen, die Tür aufgerissen.

Sein letzter klarer Gedanke ist die plötzliche Erkenntnis, daß er den .38er Chief Special nicht mehr besitzt, er muß ihn verloren haben, als er am Eingang der Kirche angeschossen wurde, muß ihn in den Schnee fallengelassen haben und hat es bis zu diesem Augenblick nicht bemerkt. Selbst wenn er wüßte, wo die Waffe liegt, hätte er keine Zeit, danach zu suchen. Jetzt ist sein Körper seine hauptsächliche Waffe, seine Hände, sein mörderisches Geschick, seine außergewöhnliche Kraft. Auch sein brennender Haß ist eine Waffe, denn der motiviert ihn, jedes Risiko einzugehen, sich extremen Gefahren zu stellen und grausame Qualen zu ertragen, die jeden gewöhnlichen Menschen außer Gefecht setzen würden. Aber er ist nicht gewöhnlich, er ist ein Held, er ist Richter und Rächer, er ist die vergeltende Wut der Gerechtigkeit, der Racheengel seiner ermordeten Familie, die Nemesis aller Kreaturen, die nicht von dieser Welt sind, sondern sie für sich erobern wollen, er ist der Retter der Menschheit. Das ist der Grund für seine Existenz. Endlich hat sein Leben Sinn und Zweck: die Welt von dieser unmenschlichen Geißel zu befreien.

Kurz bevor unten die Tür aufgerissen wurde, erinnerte die schmale Wendeltreppe Paige an Leuchttürme, die sie in Filmen gesehen hatte. Das Bild eines Leuchtturms führte sie zu der Erkenntnis, daß sie sich im Glockenturm der Kirche befinden mußten. Dann wurde unten, hinter der Krümmung der Wendeltreppe, die Tür aufgerissen, und sie hatten keine andere Wahl mehr, als weiter nach oben zurückzuweichen.

Sie überlegte kurz, ob sie nach unten stürmen und das Feuer eröffnen sollte, wenn sie ihn sah. Aber wenn er sie kommen hörte, flüchtete er wahrscheinlich wieder in die Sakristei, wo das dicke Garn der Dämmerung bereits zu Dunkelheit gestrickt wurde, wo er sie im Dunkeln jagen und angreifen konnte, wenn ihre Aufmerksamkeit von einem trügerischen Schatten abgelenkt wurde.

Sie hätte auch warten können, wo sie war, ihn an sich herankommen lassen und ihm den Kopf wegschießen, sobald er sich sehen ließ. Aber wenn er spürte, daß sie ihm auflauerte, wenn er das Feuer eröffnete, sobald er um die Biegung kam, konnte er sie in dem engen Raum praktisch nicht verfehlen. Vielleicht war sie tot, bevor sie abdrücken konnte, oder sie feuerte im Fallen nur einen Schuß in die Decke des Treppenhauses ab, der außer dem Verputz niemanden verletzte.

Sie erinnerte sich an die schwarze Silhouette auf dem Sims des Kirchenfensters, die unheimliche Geschmeidigkeit seiner Bewegungen, und vermutete, daß die Sinne des Anderen schärfer als ihre eigenen waren. Wahrscheinlich wäre es närrisch, hier einen Hinterhalt zu legen und zu hoffen, sie könnte ihn überraschen.

Sie ging weiter nach oben und versuchte sich einzureden, daß sie sich in der günstigsten Lage befanden: Sie verteidigten eine hochgelegene Festung gegen einen Feind, der nur einen schmalen Zugangsweg zur Verfügung hatte. Eigentlich müßte die Plattform des Glockenturms eine uneinnehmbare Zuflucht sein.

Er krümmt sich unter den Qualen des Hungers, sein Schweiß fließt in Strömen vor Verlangen und Wut, Bleikörner fallen aus seinem Fleisch, er regeneriert sich Schritt für Schritt, doch das kostet seinen Preis. Das Körperfett wird verbraucht, selbst

Muskelgewebe und Knochenmasse werden dem zügellosen Heilungsprozeß der Schrotwunden geopfert. Er knirscht im zwanghaften Trieb mit den Zähnen, kauen muß er, kauen und schlucken, beißen und reißen, essen, obwohl es keine Nahrung gibt, um die schrecklichen Krämpfe zu stillen, die ihn schütteln.

Auf der Spitze des Turms war eine Hälfte des Raums durch eine Mauer abgeteilt und bildete einen Treppenabsatz. Durch eine gewöhnliche Tür hatte man Zugang von diesem Vorraum zu einer Plattform, die auf drei Seiten den Elementen preisgegeben war. Charlotte und Emily öffneten die Tür ohne Schwierigkeiten und verschwanden aus dem Treppenhaus.

Marty folgte ihnen. Er fühlte sich erschreckend schwach, doch das Schwindelgefühl war schlimmer als die Entkräftung. Er hielt sich am Türrahmen und dann an der Betonkappe der halbhohen Mauer – der Brüstung – fest, die die drei anderen Seiten der äußeren Plattform des Glockenturms umschloß.

Durch den kalten Wind mußte die Temperatur hier bei fünf bis zehn Grad unter Null liegen. Er zuckte zusammen, als die bitter kalten Böen ihm ins Gesicht fuhren – und wagte gar nicht daran zu denken, um wieviel kälter es in zehn Minuten oder einer halben Stunde sein würde.

Paige hatte vielleicht noch genügend Schrotpatronen, um den Anderen daran zu hindern, zu ihnen heraufzukommen, aber sie würden die Nacht nicht alle überleben.

Wenn die Wettervorhersagen recht behielten und der Sturm bis in die frühen Morgenstunden andauerte, würden sie auch erst nach Anbruch der Dämmerung jemanden mit der Mossberg auf ihre schreckliche Lage aufmerksam machen können. Der heulende Wind würde den Knall eines Schusses verwehen, bevor er jenseits des Kirchengeländes gehört werden konnte.

Die Plattform maß dreieinhalb Meter, der Boden war gefliest und mit Ablauflöchern für das Regenwasser versehen. Zwei etwa ein Meter achtzig hohe Eckpfosten, die auf der Brüstung standen, stützten zusammen mit der durchgehenden Mauer an der Ostseite ein spitzgiebliges Glockenstuhldach.

Glocken gab es keine. Als Marty in die dunklen Winkel des konischen Raums hinaufblinzelte, sah er die schwarzen Umrisse von Lautsprechern, mit denen früher Glockenläuten vom Band gespielt worden sein mußte.

Der Schnee, der mit zunehmender Dunkelheit immer weißer zu werden schien, wurde vom Nordwestwind schräg in den Glockenstuhl geweht. Am Ansatz der Südmauer hatte sich schon eine kleine Schneeverwehung gebildet.

Die Mädchen waren bereits über die Plattform zur Westseite geflohen, so weit weg von der Tür, wie sie konnten, aber Marty fühlte sich zu schwach, selbst diese Strecke ohne Stütze zu gehen. Als er sich um die Plattform herum zu ihnen schleppte, wobei er sich mit der rechten Hand an der Brüstung abstützte, schienen die Fliesen rutschig zu sein, obwohl ihre Oberfläche bei Nässe nicht so tückisch sein sollte.

Er machte den Fehler, über den Rand der Brüstung zu der phosphoreszierenden Schneedecke sechs oder sieben Stockwerke tiefer zu sehen. Dieser Anblick löste ein so starkes Schwindelgefühl in ihm aus, daß er fast bewußtlos geworden wäre, ehe er den Blick von dem tiefen Sturz abwandte.

Als er bei seinen Töchtern ankam, fühlte sich Marty schlechter denn je und zitterte so heftig, daß jeder Versuch zu sprechen verstümmelte Laute hervorgebracht hätte, die nur entfernte Ähnlichkeit mit Worten hätten. Obwohl ihm so kalt war, rann Schweiß an seinem Rücken hinab. Wind heulte, Schnee wirbelte, die Nacht senkte sich herab, und der Glockenturm schien sich wie ein Karussell zu drehen.

Die Schmerzen in der Schulter hatten sich über den ganzen Oberkörper ausgebreitet, bis die brennende Stelle der Schußwunde lediglich das Zentrum größerer Qualen war, die mit jedem Schlag seines rasend pochenden Herzens pulsierten. Er fühlte sich hilflos, handlungsunfähig, und verfluchte sich, weil er in einer Situation, wo seine Familie ihn dringend brauchte, so nutzlos war.

Paige war nicht zu Marty und den Mädchen auf die Plattform gekommen. Sie stand auf der anderen Seite vor der Tür, auf dem geschlossenen Treppenabsatz, und sah die Wendeltreppe hinab.

Flammen züngelten aus der Mündung der Waffe und brachten die Schatten zum Tanzen. Der Knall des Schusses – und seine Echos – hallten über die Plattform des Glockenturms, und von der Treppe ertönte ein Schrei von Schmerz und Wut, der nichts Menschliches mehr hatte, dicht gefolgt von einem zweiten Schuß und einem noch schrilleren Kreischen.

Marty schöpfte schlagartig Hoffnung – doch diese brach einen Augenblick später zusammen, als dem gequälten Heulen des Anderen Paiges Aufschrei folgte.

Die runde Wand entlang, Stufe um Stufe, von Hunger verzehrt, von Feuer erfüllt, der Brennofen des Körpers zur Weißglut aufgeheizt, von Verlangen gequält, nach Geräuschen lauschend, höher, höher, höher in die Dunkelheit, innerlich aufwallend, schäumend, verzweifelt und getrieben, von Gier getrieben, dann das aufragende Ding, das Paige-Ding, über ihm auf dem Absatz, in Schatten gehüllt, aber deutlich zu erkennen, abstoßend und tödlich, eine außerirdische Saat. Er verschränkt die Arme vor dem Gesicht, schützt die Augen, absorbiert den ersten Schuß, tausend schmerzhafte Stachel, tief hineingehämmert, wird beinahe rückwärts die Treppe hinuntergerissen, schwankt auf den Absätzen, seine Arme vorübergehend gelähmt, blutend und zerfetzt, brennend vor Verlangen, Verlangen, die inneren Schmerzen schlimmer als die äußeren, *bewegen-bewegen-herausfordern-kämpfen-und-siegen*, er schnellt vorwärts, nach oben, schreit unwillkürlich, der zweite Schuß ein Vorschlaghammer auf die Brust, sein Herz setzt aus, setzt aus, Schwärze senkt sich über ihn, Herz setzt aus, die linke Lunge platzt wie ein Ballon, kein Atem, Blut im Mund. Fleisch reißt, Blut spritzt, Fleisch wächst zusammen, Blut versiegt. Er atmet ein, atmet ein und springt immer noch aufwärts, hinauf zu der Frau, hat noch nie solche Schmerzen gehabt, eine Welt der Schmerzen, ein Kessel voll Feuer, Lava in den Adern, ein Alptraum alles verschlingenden Hungers, er erprobt die Grenzen der erstaunlichen Belastbarkeit seines Körpers, taumelt am Rand des Todes dahin, stößt mit der Frau zusammen, drängt sie zurück, greift nach der Waffe, entreißt sie ihr, wirft sie beiseite, hat es auf ihr Gesicht abgesehen, ihre Kehle, schnappt nach ihrem Gesicht, beißt nach ihrem Gesicht, sie hält ihn zurück, aber er braucht ihr Gesicht, ihr Gesicht, ihr glattes, sanftes Gesicht, außerirdisches Fleisch, um das Verlangen zu stillen, das Verlangen, das schreckliche brennende endlose Verlangen.

Der Andere riß Paige die Schrotflinte aus der Hand, warf sie beiseite, stürzte sich auf sie und stieß sie rückwärts durch die Tür.

Der Raum unter dem Glockenstuhl schien mehr von der natürlichen Phosphoreszenz des fallenden Schnees als vom rapide schwindenden Tageslicht erhellt zu werden. Marty sah, daß der Andere übel zugerichtet worden war und seltsame Veränderungen mit ihm stattgefunden hatten – noch *stattfanden* –, obwohl das aschfarbene Zwielicht die Einzelheiten der Verwandlung verbarg.

Paige fiel auf die Plattform des Glockenturms. Der Andere stürzte sich auf sie wie ein Raubtier auf seine Beute, zerrte an ihrer Skijacke, gab ein trockenes, aufgeregtes Zischen von sich und knirschte so ungestüm wie ein wildes Tier aus dem Bergwald mit den Zähnen.

Jetzt war er ein Ding. Kein Mensch mehr. Etwas Schreckliches, wenn auch nicht völlig Verständliches geschah mit ihm.

Der von Verzweiflung getriebene Marty fand eine letzte Kraftreserve in sich. Er überwand sein Schwindelgefühl, das an völlige Orientierungslosigkeit grenzte, und trat so fest er konnte nach dem verhaßten Ding, das sein Leben wollte. Er traf es genau am Kopf. Obwohl er Turnschuhe trug, hatte der Tritt eine schreckliche Wucht und zerschmetterte das ganze Eis, das sich an dem Schuh gebildet hatte.

Der Andere heulte, wälzte sich von Paige herunter, rollte gegen die Südwand, kam aber sofort wieder auf die Knie, dann in eine stehende Haltung, katzenhaft und unberechenbar.

Noch während das Ding taumelte, kroch Paige zu den Kindern und drängte sie hinter sich.

Marty sprang zu der Waffe, die auf dem Treppenabsatz lag, Zentimeter hinter der offenen Tür. Er duckte sich und ergriff mit der rechten Hand den Lauf der Mossberg.

Paige und die Mädchen stießen einen Warnschrei aus.

Er hatte keine Zeit mehr, die Waffe umzudrehen und eine Patrone in die Kammer zu pumpen. Er sprang auf, drehte sich in der Bewegung, gab einen wilden Schrei von sich, der sich fast wie die Laute anhörte, die sein Gegner gemacht hatte, und schwang die Schrotflinte am Lauf.

Der Kolben der Mossberg traf die linke Seite des Anderen, aber nicht so fest, daß Rippen brachen. Marty war gezwungen gewesen, sie mit einer Hand zu führen, da er die linke nicht gebrauchen konnte, und nun bekam er die Wucht des Schlags selbst zu spüren, der Schmerzen durch seine Brust jagte und ihm mehr wehtat als dem Anderen.

Der Doppelgänger entwand Marty die Mossberg, benutzte sie aber nicht selbst, als wäre er in ein vormenschliches Stadium zurückgesunken, in dem er in der Waffe nichts anderes mehr als eine Keule sehen konnte. Statt dessen warf er die Mossberg fort, schleuderte sie über die Brüstung in die verschneite Nacht hinaus.

»Doppelgänger« war auch nicht mehr zutreffend. Marty konnte immer noch Aspekte von sich in der verzerrten Fratze erkennen, aber selbst in der trüben Dämmerung hätte sie niemand mehr für Brüder halten können. Dabei machten die Verletzungen durch die Schrotflinte nicht mehr den Hauptunterschied aus. Das blasse Gesicht wirkte seltsam dünn und spitz, die Knochen standen zu sehr vor, die Augen waren tief in dunklen Ringen versunken: wie bei einer Leiche.

Die Mossberg fiel noch kreisend durch den fallenden Schnee, als das Ding auf Marty zustürmte und ihn gegen die nördliche Wand rammte. Der betonierte Sims der Brüstung stieß ihm so fest in die Nieren, daß die letzten Kraftreserven, die er mobilisieren konnte, aus ihm herausgequetscht wurden.

Der Andere hatte ihn am Hals gepackt. Wiederholung der Szene gestern im Arbeitszimmer, Mission Viejo. Drückte ihn nach hinten, so wie er über das Geländer der Galerie gedrückt worden war. Aber dieses Mal stand ein tieferer Sturz bevor, in eine Dunkelheit schwärzer als die Nacht, in eine Kälte durchdringender als Winterstürme.

Die Hände um seinen Hals fühlten sich überhaupt nicht wie Hände an. So hart wie die Metallkiefer einer Bärenfalle. Trotz der bitter kalten Nacht heiß, so heiß, daß sie ihn fast verbrannten.

Das Ding versuchte nicht nur, ihn zu erwürgen, sondern auch zu beißen, wie es versucht hatte, Paige zu beißen, stieß wie eine Schlange nach ihm und zischte dabei. Knurrte tief im Hals. Zähne bissen einen Zentimeter von Martys Gesicht entfernt ins Leere. Saurer, beißender Atem. Der Gestank von Verwesung. Er hatte das Gefühl, als würde es ihn verschlingen, wenn es könnte, ihm die Kehle aufreißen und das Blut aussaugen.

Die Wirklichkeit übertrumpfte die Phantasie.

Jegliche Vernunft kam abhanden.

Alpträume wurden wahr. Ungeheuer existierten.

Mit der unverletzten Hand bekam Marty ein Büschel Haare zu fassen und zog fest, riß den Kopf des Dings zurück und bemühte sich panisch, die schnappenden Zähne von sich fernzuhalten.

Die Augen des Dings rollten und funkelten. Wenn es schrie, flog schäumender weißer Speichel von seinem Mund.

Hitze strahlte von seinem Körper ab, und es fühlte sich so heiß an wie der Vinylsitz eines Autos, das im Sommer in der Sonne gestanden hatte.

Der Andere ließ Martys Hals los, drückte ihn aber immer noch gegen die Brüstung, griff hinter sich und packte die Hand, mit der Marty sein Haar festhielt. Knochenfinger.

Nicht menschlich. Harte Krallen. Das Ding schien kein Fleisch an sich zu haben, ausgetrocknet zu sein, aber unvorstellbar tückisch und kräftig, und es zerquetschte Martys Hand fast, bevor er das Haar losließ. Dann drehte es den Kopf zur Seite und schnappte nach seinem Unterarm, riß den Ärmel aus der Jacke heraus, aber nicht sein Fleisch. Schnappte wieder nach ihm, schlug die Zähne in seine Hand, er schrie. Es packte seine Skijacke, zog ihn von der Brüstung, als er versuchte, ins Leere hinaus vor ihm auszuweichen, biß nach seinem Gesicht, die Zähne schlugen Millimeter von seiner Wange entfernt zusammen, und es stieß krächzend ein einziges gequältes Wort hervor: »*Muß*«, dann schnappte es nach seinen Augen, schnappte, schnappte nach seinen Augen.

»Sei friedlich, Alfie.«

Marty hörte die Worte, war aber zuerst nicht imstande, sie zu verstehen oder zu begreifen, daß er die Stimme noch nie gehört hatte.

Der Andere riß den Kopf zurück, als wollte er endgültig nach Martys Gesicht schnappen. Aber er behielt diese Haltung bei, verdrehte wild die Augen, sein Skelettgesicht leuchtete so weiß wie der Schnee, er hatte die Zähne gefletscht, drehte den Kopf von einer Seite auf die andere und stieß ein schrilles Wimmern aus, als wäre er selbst nicht sicher, warum er zögerte.

Marty wußte, er sollte die Gunst des Augenblicks nutzen und dem Anderen das Knie zwischen die Beine rammen, ihn über die Plattform zur gegenüberliegenden Brüstung zurückdrängen und in die Tiefe stoßen. Er konnte sich vorstellen, was zu tun war, sah es mit der Phantasie des Schriftstellers vor sich, erkannte den Augenblick der Tat in einem Roman oder Film voll und ganz, aber er hatte keine Kraft mehr. Die Schmerzen der Schußwunde, im Hals und in der gebissenen Hand nahmen wieder zu, Schwindel und Benommenheit übermannten ihn, und er wußte, er war im Begriff, ohnmächtig zu werden.

»Sei friedlich, Alfie«, wiederholte die Stimme nachdrücklicher.

Der Andere, der den hilflosen Marty noch in seinem eisernen Klammergriff hielt, drehte den Kopf zu dem Mann um, der die Worte aussprach.

Eine Taschenlampe wurde eingeschaltet und leuchtete dem Ding ins Gesicht.

Marty sah blinzelnd zu der Lichtquelle und erblickte einen Bären von einem Mann, groß und mit breiter Brust, und einen kleineren Mann im schwarzen Skianzug. Sie waren Fremde.

Sie wirkten ein wenig überrascht, aber keineswegs so schockiert oder entsetzt wie Marty erwartet hätte.

»Herrgott«, sagte der kleinere Mann, »was geschieht mit ihm?«

»Stoffwechselzusammenbruch«, sagte der größere Mann.

»Herrgott.«

Marty sah zur westlichen Wand des Glockenstuhls, wo Paige mit den Kindern kauerte, sie beschützte, ihre Köpfe an die Brust drückte, damit sie nicht zuviel von der Kreatur sahen.

»Sei friedlich, Alfie«, wiederholte der kleinere Mann.

Mit einer von Wut, Schmerzen und Verwirrung gequälten Stimme krächzte der Andere: »Vater. Vater. Vater?«

Marty wurde immer noch festgehalten und richtete seine Aufmerksamkeit nun auf das Ding, das einmal wie er ausgesehen hatte.

Im Licht der Taschenlampe sah das Gesicht noch abscheulicher aus als im Halbdunkel. An manchen Stellen stieg *wahrhaftig* Dampf davon empor, was den Eindruck bestätigte, daß es heiß war. Dutzende Verletzungen von Schrotkugeln überzogen eine Seite des Kopfes, aber sie bluteten nicht und schienen sogar schon halb verheilt zu sein. Vor Martys Augen quoll ein schwarzes Schrotkorn aus der Schläfe der Kreatur und lief in einem dünnen Rinnsal gelblicher Flüssigkeit am Kopf hinab.

Doch die Verletzungen boten den erträglichsten Anblick. Trotz seiner gewaltigen Körperkräfte hatte das Ding so wenig Fleisch auf den Knochen wie etwas, das nach einem Jahr unter der Erde aus dem Sarg gekrochen war. Die Haut spannte sich über den Wangenknochen. Die Ohren waren zu harten Knorpelwülsten geschrumpft und lagen flach am Kopf an. Ausgetrocknete Lippen waren über dem Zahnfleisch zusammengeschrumpelt, so daß die Zähne deutlicher vorstanden, was die Illusion hervorrief, mit einer Schnauze und dem gefährlichen Gebiß eines Raubtiers konfrontiert zu sein.

Es war der personifizierte Tod, der Sensenmann ohne wallendes schwarzes Gewand und Sense, auf dem Weg zu einem Maskenball, aber mit einem so dünnen und billigen Kostüm aus Fleisch, daß es nicht einen Augenblick überzeugend wirkte.

»Vater?« sagte es wieder und sah den Mann im schwarzen Skianzug an. »Vater?«

Beharrlich: »Sei friedlich, Alfie.«

Der Name »Alfie« paßte so wenig zu der grotesken Erscheinung, die Marty immer noch festhielt, daß er vermutete, die beiden Männer wären nur eine Halluzination.

Der Andere wandte sich vom Lichtstrahl der Taschenlampe ab und betrachtete Marty wieder. Er schien nicht zu wissen, was er als nächstes tun sollte.

Dann senkte es sein Totengesicht über das von Marty und legte den Kopf neugierig schief. »Mein Leben? Mein Leben?«

Marty wußte nicht, was es ihn fragte, und er war von Blutverlust und Schock, oder beidem, so geschwächt, daß er nur schwach mit der rechten Hand nach ihm stoßen konnte. »Laß mich los.«

»Muß«, sagte das Ding. »Muß es haben, muß, *muß, muß, MUSS, MUSSSSSSSSSSS.*«

Die Stimme schwoll zu einem schrillen Zischen an. Es riß den Mund zu einem humorlosen Grinsen auf und schnappte nach Martys Gesicht.

Ein Schuß ertönte. Der Kopf des Anderen wurde zurückgerissen, Marty sank gegen die Brüstung, als die Kreatur ihn losließ und mit ihrem Kreischen dämonischer Wut die Angstschreie von Emily und Charlotte übertönte.

Der Andere griff sich mit den Knochenhänden an den zertrümmerten Schädel, als wollte er ihn zusammenhalten.

Der Lichtstrahl der Taschenlampe schwankte, fand ihn wieder.

Die Risse im Knochen heilten, das Einschußloch schloß sich und quetschte die Bleikugel aus dem Kopf. Aber der Preis für diese wundersame Heilung wurde deutlich, als der Schädel des Anderen sich noch dramatischer veränderte, kleiner und schmaler und noch raubtierhafter wurde, als würde der Knochen unter der dünnen Hautschicht schmelzen und neu entstehen und sich an einer Stelle Materie ausleihen, um den Schaden an einer anderen zu reparieren.

»Er verschlingt sich selbst, um die Wunde zu schließen«, sagte der große Mann.

Noch mehr geisterhafte Dampfwolken stiegen von der Kreatur auf, die sich die Kleidung vom Leibe zu reißen begann, als könnte sie die Hitze nicht ertragen.

Der kleinere Mann schoß wieder darauf. Ins Gesicht.

Der Andere, der sich immer noch den Kopf hielt, taumelte über die Plattform des Glockenturms und stieß gegen die südliche Brüstung. Fast wäre er gekippt und in den Abgrund gestürzt.

Er fiel auf die Knie und warf die zerfetzte Kleidung ab wie die Überreste eines Kokons, aus dem er als zuckende, zappelnde Gestalt herauskam, die nichts Menschenähnliches mehr hatte.

Das Ding kreischte oder zischte nicht mehr. Es schluchzte. Trotz seines zunehmend monströseren Aussehens machte das Schluchzen es weniger bedrohlich und dafür bemitleidenswerter.

Der Schütze trat unbarmherzig nach vorne und feuerte einen dritten Schuß ab.

Das Schluchzen ging Marty durch Mark und Bein, wahrscheinlich weil es sich menschlich und erbarmenswert anhörte. Er war so schwach, daß er nicht mehr stehen konnte, und glitt mit dem Rücken an der Brüstung hinab auf den Boden, wo er sich von dem zuckenden, um sich schlagenden Ding abwenden mußte.

Eine Ewigkeit verging, bis der Andere endlich reglos und still liegenblieb.

Marty hörte seine Töchter weinen.

Widerwillig richtete er den Blick auf den Leichnam, der ihm auf der Plattform direkt gegenüberlag und ins gnadenlose Licht der Taschenlampe getaucht wurde. Die Leiche war ein Puzzle aus schwarzen Knochen und feucht glänzendem Fleisch, das größtenteils für den hektischen Versuch verbraucht war, sich selbst zu heilen und am Leben zu bleiben. Die verzerrten und deformierten Überreste hatten mehr Ähnlichkeit mit einer außerirdischen Lebensform als mit einem Menschen.

Wind wehte.

Schnee fiel.

Noch beißendere Kälte senkte sich herab.

Nach einer Weile wandte sich der Mann im schwarzen Skianzug von den Überresten ab und sprach zu dem bärenhaften Mann. »Wirklich ein sehr böser Junge.«

Der größere Mann sagte nichts.

Marty wollte sie fragen, wer sie seien. Aber er hielt sich mit größter Anstrengung bei Bewußtsein, und er dachte, die Anstrengung des Sprechens könnte zuviel für ihn sein.

An seinen Partner gewandt, sagte der kleinere Mann: »Was hältst du von der Kirche? Unheimlicher als alles, was Kirk und seine Besatzung bisher erlebt haben, was? Die vielen Obszönitäten in Leuchtfarbe an den Wänden. Das wird unser kleines Szenario um so überzeugender machen, glaubst du nicht auch?«

Ihm war schwindlig, als hätte er zuviel getrunken, und er konnte sich nur mit Mühe konzentrieren, aber Marty sah nun bestätigt, was er schon bei der Ankunft der beiden Männer vermutet hatte: Sie waren keine Retter, lediglich zwei neue Henker und kaum weniger geheimnisvoll als der Andere.

»Machst du es?« fragte der größere der beiden.

»Zuviel Arbeit, sie zu der Blockhütte zurückzubringen. Glaubst du nicht, daß sich diese unheimliche Kirche als Tatort noch besser geeignet?«

»Drew«, sagte der große Mann, »manches an dir mag ich wirklich.«

Der kleinere Mann schien verwirrt zu sein. Er wischte den Schnee ab, den der Wind an seine Augenbrauen wehte. »Was hast du gesagt?«

»Du bist verdammt klug, obwohl du in Princeton und Harvard warst. Und du hast Sinn für Humor, wirklich, du bringst mich zum Lachen, auch wenn es auf meine Kosten geht. Verdammt, besonders wenn es auf meine Kosten geht.«

»Wovon redest du?«

»Aber du bist ein verrückter Drecksack«, sagte der große Mann, hob seine eigene Waffe und erschoß seinen Partner.

Drew, wenn das wirklich sein Name war, fiel so schwer auf den Fliesenboden, als wäre er aus Stein. Er landete auf der Seite, das Gesicht Marty zugewandt. Sein Mund war offen, ebenso die Augen, aber er hatte den Blick eines Blinden und schien nichts sagen zu wollen.

Ein häßliches Loch klaffte mitten auf Drews Stirn. Marty starrte die Wunde an, solange er bei Bewußtsein bleiben konnte, aber sie schien nicht wieder zu heilen.

Wind wehte.

Schnee fiel.

Noch beißendere Kälte senkte sich herab – zusammen mit einer undurchdringlicheren Dunkelheit.

7.

Als Marty erwachte, war seine Stirn an kaltes Glas gedrückt. Auf der anderen Seite der Glasscheibe tobte dichter Schneefall. Sie parkten vor den Zapfsäulen einer Tankstelle. Zwischen den Zapfsäulen und durch den Schnee hindurch konnte er ein hell erleuchtetes Lebensmittelgeschäft sehen.

Er drehte den Kopf vom Glas weg und setzte sich aufrechter hin. Er saß auf dem Rücksitz eines großen Jeeps, eines Explorer oder Cherokee.

Am Lenkrad saß der große Mann vom Glockenturm. Er hatte sich auf dem Sitz umgedreht und sah nach hinten. »Wie geht es Ihnen?«

Marty versuchte zu antworten. Sein Mund war trocken, die Zunge klebte am Gaumen, sein Hals tat weh. Das Krächzen, das herauskam, formte sich zu keinem Wort.

»Ich glaube, Sie kommen durch«, sagte der Fremde.

Martys Skijacke war offen, und er griff sich mit einer zitternden Hand an die linke Schulter. Unter dem blutgetränkten Pullover spürte er eine seltsam wulstige Masse.

»Notverband«, sagte de Mann. »Besser hab ich's in der Eile nicht hingekriegt. Wenn wir aus den Bergen raus und jenseits der Countygrenze sind, mache ich die Wunde sauber und verbinde sie neu.«

»Tut weh.«

»Zweifellos.«

Marty fühlte sich nicht nur schwach, sondern gebrechlich. Er lebte von Worten und hatte stets die richtigen parat, wenn er sie brauchte, daher fand er es frustrierend, daß er kaum genügend Energie hatte, um zu sprechen. »Paige?« fragte er.

»Da drinnen mit den Kindern«, sagte der Fremde und deutete auf die Tankstelle mit Lebensmittelladen. »Die Mädchen mußten auf's Klo. Mrs. Stillwater steht an der Kasse und besorgt uns heißen Kaffee. Ich habe gerade vollgetankt.«

»Sie sind ...?«

»Clocker. Karl Clocker.«

»Haben ihn erschossen.«

»Klar.«

»Wer ... wer ... war er?«

»Drew Oslett. Die wichtigere Frage ist – *was* war er?«

»Hm?«

Clocker lächelte. »Ein Menschensohn, aber nicht menschlicher als der arme Alfie. Wenn es da draußen irgendwo eine böse außerirdische Rasse geben sollte, die plündernd durch die Milchstraße zieht, wird sie sich nie mit uns anlegen, wenn sie weiß, daß wir Prachtexemplare wie Drew hervorbringen können.«

Clocker fuhr, und Charlotte saß neben ihm auf dem Beifahrersitz. Er nannte sie »Erster Offizier Stillwater« und übertrug ihr die Aufgabe, »dem Captain Kaffee zu geben, wenn er trinken will, und ansonsten katastrophales Verschütten zu verhindern, das das Schiff irreparabel kontaminieren könnte«.

Charlotte war ungewöhnlich zurückhaltend und wollte nicht spielen.

Marty machte sich Gedanken, welche psychischen Narben ihre Prüfung bei ihr hinterlassen haben könnte – und welche weiteren Sorgen und Traumata noch vor ihnen liegen mochten.

Auf der Rückbank saßen Emily hinter Karl Clocker, Marty hinter Charlotte und Paige zwischen ihnen. Emily war nicht nur ruhig, sondern völlig stumm, und Marty machte sich auch ihretwegen Sorgen.

Auf der Route 203 von Mammoth Lakes und anschließend in südlicher Richtung auf der 395 kamen sie nur langsam voran. Auf dem Boden lagen fünf bis sechs Zentimeter Schnee, und der Blizzard hatte seinen Höhepunkt erreicht.

Clocker und Paige tranken Kaffee, die Mädchen heiße Schokolade. Der Duft hätte köstlich sein müssen, verstärkte Martys Übelkeit aber nur.

Er durfte Apfelsaft trinken. Paige hatte in dem Geschäft eine Sechserpackung Saft in Dosen gekauft.

»Das dürften Sie als einziges im Magen behalten können«, sagte Clocker. »Und selbst wenn Sie würgen müssen, müssen Sie trinken, soviel Sie können, weil Sie mit dieser Verletzung ganz bestimmt gefährlich dehydrieren.«

Marty zitterte so sehr, daß er den Saft nicht einmal mit der rechten Hand halten konnte, ohne etwas zu verschütten. Paige steckte ihm einen Strohhalm in die Dose, hielt sie für ihn und tupfte ihm das Kinn ab, wenn er sabberte.

Er fühlte sich hilflos. Und er fragte sich, ob er schwerer verletzt war, als sie sagten oder wußten.

Er spürte intuitiv, daß er im Sterben lag – aber er wußte nicht, ob das eine zutreffende Einschätzung oder der Fluch der schriftstellerischen Phantasie war.

Die Nacht war von weißen Flocken erfüllt, als wäre der Tag nicht nur zu Ende gegangen, sondern in eine unendliche Vielzahl von Trümmern zerschellt, die für alle Zeiten durch eine endlose Dunkelheit herabregnen würden.

Als sie in einer Fahrzeugschlange hinter einem Schneepflug und einem Streuwagen von den Sierras herabfuhren, erzählte Clocker ihnen über das Dröhnen des Motors und das Klirren der Schneeketten hinweg vom Network.

Es handelte sich um einen Bund mächtiger Männer in Regierung, Wirtschaft, Rechtsprechung und Medien, die die gemeinsame Überzeugung verband, daß die traditionelle westliche Demokratie ein unwirksames und letztendlich katastrophales System war, eine Gesellschaft zu organisieren. Sie waren überzeugt, daß die Mehrzahl der Bürger egoistisch, sensationslüstern, habgierig, träg, neidisch und rassistisch seien, keinerlei moralische Werte mehr besäßen und bemitleidenswert unwissend in allen wichtigen Fragen zu sein schienen.

»Sie glauben«, sagte Clocker, »die Geschichte beweise, daß die Massen schon immer verantwortungslos waren und die Gesellschaft nur durch Glück und die gewissenhaften Anstrengungen einiger weniger Visionäre vorangekommen ist.«

»Halten sie das für neu?« fragte Paige verächtlich. »Haben sie schon mal von Hitler, Stalin, Mao Tse-tung gehört?«

»Neu ist ihrer Meinung nach«, sagte Clocker, »daß wir ein Zeitalter erreicht haben, in dem die technologischen Grundlagen der Gesellschaft zu komplex und wegen dieser Komplexität so störanfällig geworden sind, daß die Zivilisation – sogar der ganze Planet – nicht überleben kann, wenn Regierungen Entscheidungen aufgrund der Launen und egoistischen Motive der Masse treffen, die in den Wahlkabinen an den Schalthebeln sitzt.«

»Quatsch«, sagte Paige.

Marty hätte ihre Meinung unterstützt, wenn er sich kräftig genug gefühlt hätte, an der Unterhaltung teilzunehmen. Aber seine Energie reichte gerade aus, mit dem Strohhalm Apfelsaft zu saugen und zu schlucken.

»In Wirklichkeit«, sagte Clocker, »geht es ihnen um nichts anderes als Macht. Das einzig Neue an ihnen ist, was sie selbst auch immer denken mögen, daß sie von verschiedenen Extremen des politischen Spektrums aus zusammenarbeiten. Die Leute, die *Huckleberry Finn* aus den öffentlichen Bibliotheken verbannen wollen, und die Leute, die Bücher von Anne Rice verbieten möchten, mögen von verschiedenen Beweggründen motiviert werden, aber im Geiste sind sie Brüder und Schwestern.«

»Klar«, sagte Paige. »Sie besitzen dieselbe Motivation – den Wunsch, nicht nur zu kontrollieren, was andere Menschen tun, sondern auch, was sie *denken*.«

»Die radikalsten Umweltschützer, die die Weltbevölkerung innerhalb eines Jahrzehnts mit extremen Mitteln verringern wollen, weil sie das ökologische System des Planeten für gefährdet halten, haben gewisse Gemeinsamkeiten mit Leuten, die die Weltbevölkerung verringern wollen, weil sie denken, daß zu viele schwarze und braune Menschen darunter sind.«

Paige sagte: »Eine Organisation mit solchen Extremen kann nicht lange halten.«

»Richtig«, sagte Clocker. »Aber wenn sie die Macht unbedingt wollen, die totale Macht, dann arbeiten sie vielleicht lange genug zusammen, bis sie sie haben. Und wenn sie die Macht dann haben, werden sie mit Waffen in der Hand über einander herfallen und den Rest von uns mit ihrem Kreuzfeuer erwischen.«

»Wie groß ist diese Organisation, von der wir sprechen?« fragte sie.

Nach einigem Zögern sagte Clocker: »Groß.«

Marty sog an dem Strohhalm und verspürte wachsende Dankbarkeit für die Stufe der Zivilisation, die das Zusammenspiel von Ackerbau, Lebensmittelverarbeitung, Verpackung, Marketing und den Vertrieb für ein so befriedigendes Getränk wie kalten, süßen Apfelsaft ermöglichte.

»Die Direktoren des Network sind der Meinung, daß die moderne Technologie eine Bedrohung für die Menschheit darstellt«, erklärte Clocker und schaltete die peitschenden Scheibenwischer eine Stufe herunter, »aber sie haben nichts dagegen, sich diese modernste Technologie bei ihrem Streben nach Macht zunutze zu machen.«

Die Entwicklung einer rückhaltlos kontrollierbaren Streitmacht von Klonen als gehorsame Polizisten und Soldaten des kommenden Jahrtausends war nur eines von vielen Forschungsprogrammen, die dazu beitragen sollten, die neue Welt zu schaffen, allerdings eines der ersten, das Früchte trug. Alfie. Das erste Individuum der ersten oder Alpha-Generation funktionstüchtiger Klone.

Da es in der Gesellschaft von unerwünschten Denkern in einflußreichen Positionen wimmelte, sollten die ersten Klone dazu dienen, Machthaber in Wirtschaft, Politik, bei den Medien und in der Bildung zu ermorden, deren Ansichten zu altmodisch waren, als daß sie sich von der Notwendigkeit von Veränderungen hätten überzeugen lassen. Der Klon war kein richtiger Mensch, sondern bestenfalls eine aus Fleisch geschaffene Maschine; daher war er der ideale Attentäter. Er wußte nicht, wer ihn geschaffen und ausgebildet hatte, daher konnte er seine Aufseher nicht identifizieren oder die Verschwörung verraten, der er diente.

Clocker schaltete herunter, als der Verkehr an einem besonders verschneiten Hang ins Stocken kam.

Er sagte: »Da er weder mit Religion, Philosophie, einem Glauben, einer Familie oder einer Vergangenheit belastet ist, besteht keine große Gefahr, daß ein Klon die Ethik seiner Bluttaten in Frage stellt, ein Gewissen entwickelt oder auch nur einen Funken freien Willen zeigt, der ihn an der Ausübung seiner Aufträge hindern könnte.«

»Aber mit Alfie ist etwas schiefgegangen«, sagte Paige.

»Ja. Und was genau, werden wir nie erfahren.«

Warum hat es wie ich ausgesehen? wollte Marty fragen, aber statt dessen fiel sein Kopf auf Paiges Schulter, und er verlor das Bewußtsein.

Ein Spiegelkabinett auf einem Jahrmarkt. Er sucht verzweifelt einen Weg hinaus. Spiegelbilder betrachten ihn voll Wut, Neid und Haß, tun nicht das, was er tut, sondern treten eines nach dem anderen aus den Spiegeln *heraus* und verfolgen ihn, eine ständig wachsende Armee von Martin Stillwaters, die ihm äußerlich so ähnlich, innerlich dagegen dunkel und kalt sind. Dann sind sie auch vor ihm, greifen aus den Spiegeln heraus, an denen er vorbeiläuft und gegen die er stößt, und alle wiederholen wie mit einer Stimme: *Ich brauche mein Leben.*

Die Spiegel zerschellten alle auf einmal, und er erwachte.

Lampenlicht.

Schatten an der Decke.

Er lag im Bett.

Kalt und heiß, zitternd und schwitzend.

Er versuchte sich aufzurichten. Konnte es nicht.

»Liebling?«

Kaum genug Kraft, um den Kopf zu drehen.

Paige. Auf einem Stuhl. Neben dem Bett.

Neben ihr noch ein Bett. Umrisse unter Decken. Die Mädchen. Schlafend.

Vorhänge vor den Fenstern. Jenseits der Vorhänge Nacht. Sie lächelte. »Bist du wach, Baby?«

Er versuchte, sich die Lippen zu lecken. Sie waren rissig. Seine Zunge trocken und pelzig.

Sie holte eine Dose Apfelsaft aus dem Plastikeisbehälter, in dem sie ihn kühlte, hob seinen Kopf vom Kissen und führte ihm den Strohhalm zwischen die Lippen.

Als er getrunken hatte, brachte er heraus: »Wo?«

»In einem Motel in Bishop.«

»Weit genug?«

»Im Augenblick muß es genügen«, sagte sie.

»Er?«

»Clocker? Der kommt wieder.«

Er starb vor Durst. Sie gab ihm noch mehr Saft.

»Besorgt«, flüsterte er.

»Nein. Keine Sorge. Jetzt ist alles gut.«

»Wegen ihm.«

»Clocker?« fragte sie.

Er nickte.

»Wir können ihm vertrauen«, sagte sie.

Er hoffte, daß sie recht hatte.

Selbst das Trinken erschöpfte ihn. Er ließ den Kopf wieder auf das Kissen sinken.

Ihr Gesicht war wie das eines Engels. Es verblaßte.

Er entkommt aus dem Spiegelkabinett in einen langen, schwarzen Tunnel. Licht am fernen Ende, auf das er zuläuft, Schritte hinter ihm, eine Legion, die ihn verfolgt, ihn einholt, die Männer aus den Spiegeln. Das Licht bedeutet die Rettung, die Flucht aus dem Spiegelkabinett. Er platzt aus dem Tunnel heraus in die Helligkeit, die sich als das verschneite Feld vor der verlassenen Kirche entpuppt, wo er mit Paige und den Mädchen zur Tür läuft, der Andere auf ihren Fersen, dann ertönt ein Schuß, eine Lanze aus Eis durchbohrt seine Schulter, das Eis wird zu Feuer, das Feuer …

Die Schmerzen waren unerträglich.

Tränen verschleierten seinen Blick. Er blinzelte und wollte mit aller Verzweiflung wissen, wo er sich befand.

Dasselbe Bett, dasselbe Zimmer.

Die Decke war zur Seite gezogen worden.

Er war bis zur Taille nackt. Der Verband war fort.

Eine weitere Explosion von Schmerzen in der Schulter entlockte ihm einen Aufschrei. Aber er war nicht kräftig genug zu schreien, daher kam nur ein leises »Ahhhhhh« heraus.

Er blinzelte mehr Tränen weg.

Die Vorhänge waren immer noch zugezogen. Die Nacht dahinter war Tageslicht gewichen.

Clocker ragte über ihm auf. Machte sich an seiner Schulter zu schaffen.

Zuerst dachte er wegen der unerträglichen Schmerzen, Clocker versuche, ihn umzubringen. Dann sah er Paige neben Clocker und wußte, sie würde nicht zulassen, daß ihm etwas zuleide getan wurde.

Sie versuchte, ihm etwas zu erklären, aber er verstand nur hier und da ein Wort: »Schwefelpuder ... Antibiotika ... Penizillin ...«

Sie verbanden seine Schulter wieder.

Clocker gab ihm eine Spritze in den unverletzten Arm. Er sah zu. Bei all den anderen Schmerzen konnte er den Stich der Nadel gar nicht spüren.

Eine Weile befand er sich wieder in dem Spiegelkabinett.

Als er wieder in dem Motelzimmer erwachte, drehte er den Kopf und sah Charlotte auf der Kante des anderen Betts sitzen, wo sie ihn beobachtete. Emily hielt Peepers in der Hand, den Stein, auf den sie zwei Augen gemalt hatte, ihr Haustier.

Beide Mädchen sahen schrecklich ernst aus.

Es gelang ihm, ihnen zuzulächeln.

Charlotte stand vom Bett auf, kam zu ihm und küßte sein verschwitztes Gesicht.

Emily küßte ihn auch und drückte ihm Peepers in die unverletzte rechte Hand. Es gelang ihm, die Finger darum zu schließen.

Als er später aus einem traumlosen Schlaf erwachte, hörte er, wie Clocker und Paige sich unterhielten:

»... glaube nicht, daß es sicher ist, ihn wegzubringen«, sagte Paige.

»Sie müssen«, sagte Clocker. »Wir sind nicht weit genug von Mammoth Lakes entfernt, und es gibt nur eine begrenzte Zahl von Straßen, die wir genommen haben können.«

»Sie wissen nicht, ob jemand nach uns sucht.«

»Da haben Sie recht, das weiß ich nicht. Aber man kann davon ausgehen. Früher oder später wird uns jemand suchen – wahrscheinlich für den Rest unseres Lebens.«

Er schlief ein und wachte wieder auf, schlief ein und wachte wieder auf, und als er Clocker wieder neben seinem Bett sah, sagte er: »Warum?«

»Die ewige Frage«, sagte Clocker und lächelte.

Marty erweiterte die ewige Frage und sagte: »Warum Sie?«

Clocker nickte. »Das fragen Sie sich natürlich. Nun ... ich war nie einer von ihnen. Sie haben den Fehler gemacht zu glauben, daß ich ein überzeugter Anhänger wäre. Ich wollte mein ganzes Leben lang Abenteuer und Heldenmut, aber das schien das Schicksal nie für mich bereitzuhalten. Dann das hier. Ich dachte mir, wenn ich mitspielte, würde der Tag kommen, an dem ich die Möglichkeit haben würde, dem Network schweren Schaden zuzufügen, wenn ich es schon nicht schaffte, es zu atomisieren, paff, wie mit einer Plasmastrahlenwaffe.«

»Danke«, sagte Marty, der spürte, wie er wieder das Bewußtsein verlor, aber seine Dankbarkeit ausdrücken wollte, solange er es noch konnte.

»He, wir sind noch nicht über den Berg«, sagte Clocker.

Als Marty wieder das Bewußtsein erlangte, schwitzte oder zitterte er nicht mehr, fühlte sich aber immer noch schwach.

Sie befanden sich in einem Auto, auf einem einsamen Highway bei Sonnenuntergang. Paige fuhr, er war auf dem Beifahrersitz festgeschnallt.

Sie sagte: »Wie geht es dir?«

»Besser«, sagte er, und seine Stimme klang nicht mehr so unsicher wie beim letzten Mal. »Durstig.«

»Auf dem Boden zwischen deinen Füßen steht Apfelsaft. Ich suche eine Stelle, wo ich rechts ran fahren kann.«

»Nein, ich komme schon dran«, sagte er, obwohl er nicht sicher war, ob er es schaffte.

Als er sich nach vorne beugte und mit der rechten Hand auf den Boden griff, stellte er fest, daß sein linker Arm in einer

Schlinge steckte. Es gelang ihm, eine Dose zu ergreifen und aus dem Sechserpack zu ziehen, in dem sie steckte. Er klemmte sie zwischen die Knie, zog am Ringverschluß und öffnete sie.

Der Saft war kaum gekühlt, aber nichts hatte je köstlicher geschmeckt – was teilweise daran lag, daß er ihn sich ohne fremde Hilfe hatte nehmen können. Er trank die ganze Dose mit drei großen Schlucken leer.

Als er den Kopf drehte, sah er Charlotte und Emily, die auf dem Rücksitz schlafend in den Sicherheitsgurten hingen.

»Sie haben in den vergangenen Nächten kaum Schlaf bekommen«, sagte Paige. »Alpträume. Und Sorgen um dich. Aber ich glaube, solange wir unterwegs sind, fühlen sie sich sicher, und die Bewegung des Autos hilft ihnen.«

»Nächten? Plural?« Er wußte, sie waren Dienstag nacht aus Mammoth Lakes geflohen. Er vermutete, daß es Mittwoch war. »Was ist heute für ein Tag?«

»Freitag«, sagte sie.

Er war fast drei Tage weggetreten gewesen.

Er ließ den Blick über die weiten Ebenen schweifen, über denen langsam die Nacht anbrach. »Wo sind wir?«

»Nevada. Route 31 südlich von Walker Lane. Wir fahren auf den Highway 95 und weiter Richtung Norden, nach Fallon. Dort übernachten wir in einem Motel.«

»Morgen?«

»Wyoming, wenn du dich kräftig genug fühlst.«

»Ich fühle mich kräftig genug. Ich vermute, es gibt einen Grund für Wyoming?«

»Karl kennt einen Ort, wo wir bleiben können.« Als er sie nach dem Auto fragte, das er noch nie gesehen hatte, sagte sie: »Auch Karl. Wie der Schwefelpuder und das Penizillin, mit dem ich dich behandelt habe. Er scheint zu wissen, wo man alles bekommt, was man braucht. Das ist vielleicht eine Type.«

»Ich kenne ihn eigentlich gar nicht«, sagte Marty, der sich eine neue Dose Apfelsaft holte, »aber ich liebe ihn wie einen Bruder.«

Er machte die Dose auf und trank mindestens ein Drittel davon. Er sagte: »Und sein Hut gefällt mir auch.«

Paige lachte übertrieben für den kläglichen Humor der Bemerkung, aber Marty lachte mit ihr.

»O Gott«, sagte sie und fuhr weiter durch das graue unbevölkerte Land nach Norden, »ich liebe dich, Marty. Wenn du gestorben wärst, hätte ich dir das nie verziehen.«

In dieser Nacht nahmen sie zwei Zimmer in einem Hotel in Fallon, wo sie einen falschen Namen angaben und im voraus bar bezahlten. Zum Abendessen nahmen sie Pizza und Pepsi im Motel zu sich. Marty war ausgehungert, aber nach zwei Stücken Pizza war er satt.

Beim Essen spielten sie »Paß auf wer der Affe ist«, bei dem es darum ging, möglichst viele Worte für Nahrungsmittel zu finden, die mit dem Buchstaben P anfingen. Die Mädchen waren nicht in Hochform. Tatsächlich wirkten sie so verschlossen, daß Marty sich Sorgen um sie machte.

Vielleicht waren sie nur müde. Nach dem Essen schliefen Charlotte und Emily trotz des Nickerchens im Auto, kaum daß sie die Köpfe aufs Kissen gelegt hatten.

Sie ließen die Tür zwischen den benachbarten Zimmern offen. Karl Clocker hatte Paige eine Uzi-Maschinenpistole gegeben, die verbotenerweise für vollautomatisches Feuer eingerichtet worden war. Sie ließen sie in Reichweite auf dem Nachttisch liegen.

Paige und Marty legten sich in ein Bett. Sie streckte sich rechts von ihm aus, damit sie seine unverletzte Hand halten konnte.

Im Verlauf ihrer Unterhaltung erfuhr er, daß sie die Antwort auf die Frage wußte, die er Karl Clocker nicht hatte stellen können: *Warum hat er wie ich ausgesehen?*

Einer der mächtigsten Männer des Network, Hauptanteilseigner eines Medienkonzerns, hatte seinen vierjährigen Sohn durch Krebs verloren. Als der Junge vor fünf Jahren im Cedars-Sinai Hospital im Sterben lag, hatte man ihm Blut- und

Knochenmarksproben entnommen, weil es der ausdrückliche Wunsch seines Vaters war, daß die Klone der Alpha-Serie aus dem genetischen Material seines Sohnes gezüchtet werden sollten. Falls funktionierende Klone Wirklichkeit wurden, wären sie ein dauerhaftes Denkmal für seinen Sohn gewesen.

»Herr im Himmel, das ist widerlich«, sagte Marty. »Welcher Vater kann denn denken, daß eine Rasse genetisch fabrizierter Killer ein geeignetes Denkmal wären? Allmächtiger Gott.«

»Gott hatte damit nichts zu tun«, sagte Paige.

Der Repräsentant des Network, der die Blut- und Knochenmarksproben aus dem Labor holen sollte, hatte einen Fehler gemacht und statt dessen Martys Proben mitgenommen, die zeigen sollten, ob er ein geeigneter Spender für Charlotte wäre, sollte sie eine Transplantation benötigen.

»Und die wollen die Welt beherrschen«, sagte Marty fassungslos. Er war längst nicht genesen und brauchte dringend Schlaf, aber eines mußte er noch wissen, bevor er einschlief. »Wenn sie erst vor fünf Jahren damit angefangen haben, ›Alfie‹ zu züchten ... wie konnte er dann ein erwachsener Mann sein?«

Paige sagte: »Laut Clocker haben sie das menschliche Grundmuster in mancherlei Hinsicht ›verbessert‹.«

Sie hatten Alfie einen ungewöhnlichen Stoffwechsel und ungeheuer beschleunigte Fähigkeiten zur Regeneration gegeben. Außerdem erreichten sie sein phänomenales Wachstum mit Wachstumshormonen und machten in nicht einmal zwei Jahren mit ununterbrochener intravenöser Ernährung und elektrisch stimuliertem Muskelwachstum aus dem Embryo einen erwachsenen Mann Anfang dreißig.

»Wie ein verdammtes Gemüse in Hydrokultur«, sagte sie.

»Großer Gott«, sagte Marty, sah zum Nachttisch und vergewisserte sich, daß die Uzi dort lag. »Hatten sie keine Zweifel, als der Klon keine Ähnlichkeit mit dem Jungen hatte?«

»Zunächst einmal war der Junge im Alter zwischen zwei und vier Jahren vom Krebs hinweggerafft worden. Sie wußten nicht, wie er ausgesehen hätte, wäre er in dieser Zeit gesund gewesen. Und außerdem haben sie das genetische Material so sehr verändert, daß sie nicht sicher sein konnten, ob die Alpha-Generation überhaupt Ähnlichkeit mit dem Jungen haben würde.

Sprache, Mathematik und anderes wurde ihm weitgehend durch hochentwickelte unterbewußte Suggestion beigebracht, während er schlief und wuchs.«

Sie hatte ihm noch mehr zu sagen, aber ihre Stimme wurde allmählich ausgeblendet, während er in Träume von Treibhäusern versank, in denen menschliche Gestalten in Tanks voll viskoser Flüssigkeit schwammen …

… sie sind mit einem Wirrwarr von Plastikschläuchen und Lebenserhaltungssystemen verbunden und wachsen rasch von Embryos zu Erwachsenen, allesamt Doppelgänger von ihm, und plötzlich schlagen sie zu Tausenden auf einmal die Augen auf, in Reihen von Tanks in einem Gebäude nach dem anderen, und sie alle sagen einstimmig: *Ich muß mein Leben haben.*

8.

Das Blockhaus lag inmitten eines mehrere Morgen großen Waldstücks ein paar Meilen von Jackson Hole, Wyoming, entfernt, das noch auf den ersten Schneefall des Jahres wartete. Karl hatte ihnen den Weg ausgezeichnet beschrieben, daher fanden sie das Haus ohne nennenswerte Schwierigkeiten und trafen samstags am Spätnachmittag ein.

Das Haus mußte geputzt und gelüftet werden, aber die Vorratskammer war aufgefüllt. Als der Rost aus den Leitungen gespült worden war, schmeckte das Wasser sauber und frisch.

Am Montag bog ein Range Rover von der Landstraße ab und fuhr zu ihrer Eingangstür. Sie beobachteten ihn nervös vom Fenster aus. Paige hielt die entsicherte Uzi in der Hand und entspannte sich erst, als sie sah, daß Karl auf der Fahrerseite ausstieg.

Er kam gerade recht zum Mittagessen, das Marty mit Hilfe der Mädchen zubereitet hatte. Es bestand aus Eiern, Dosenwürstchen und Bisquits aus der Dose.

Während sie zu fünft an dem großen Kieferntisch in der Küche aßen, machte Karl sie mit ihren neuen Identitäten vertraut. Die Zahl der Dokumente überraschte Marty. Geburtsurkunden für alle vier. Ein High-School-Diplom von einer Schule in Newark, New Jersey, für Paige, eines für Marty von einer Schule in Harrisburg, Pennsylvania. Eine ehrenhafte Entlassung aus der Armee der Vereinigten Staaten für Marty, nach drei Jahren Dienstzeit ausgestellt. Sie bekamen Führerscheine für Wyoming, Sozialversicherungskarten und mehr.

Ihr neuer Name lautete Gault. Ann und John Gault. Auf Charlottes Geburtsurkunde stand, daß sie Rebecca Vanessa Gault hieß, und Emily war jetzt Suzie Lori Gault.

»Wir durften unsere Vornamen selbst aussuchen« sagte Charlotte aufgeregter, als sie es seit Tagen gewesen war. »Ich bin Rebecca, wie in dem Film, eine schöne und geheimnisvolle Frau, die für alle Zeiten in Manderley spukt.«

»Wir durften nicht *genau* die Namen aussuchen, die wir wollten«, sagte Emily. »Auf jeden Fall hatten wir nicht die freie Auswahl.«

Marty hatte in Bishop im Tiefschlaf gelegen, als die Namen ausgesucht worden waren. »Was war denn deine Wahl?« fragte er Emily.

»Bob«, sagte sie.

Marty lachte, und Charlotte kicherte ausgelassen.

»Mir gefällt Bob«, sagte Emily.

»Nun, du mußt selbst zugeben, daß das nicht gerade passend ist«, sagte Marty.

»Suzie Lori ist zum Kotzen niedlich«, sagte Charlotte.

»Nun, wenn ich schon nicht Bob sein kann«, sagte Emily, »dann will ich Suzie Lori sein, und alle müssen immer beide Namen aussprechen, nicht nur Suzie.«

Während die Mädchen das Geschirr spülten, holte Karl einen Koffer aus dem Range Rover, öffnete ihn auf dem Tisch und unterhielt sich mit Marty und Paige über den Inhalt. Es handelte sich um Hunderte Disketten mit Daten des Network, die Karl im Lauf der Jahre heimlich kopiert hatte, dazu mindestens hundert Mikrokassetten mit Gesprächen, die er aufgezeichnet hatte, darunter eine im Ritz-Carlton Hotel in Dana Point zwischen Oslett und einem Mann namens Peter Waxhill.

»Die«, sagte Karl, »erklärt die ganze Klonkrise mit einem Schlag.« Er legte die Sachen in den Koffer zurück. »Disketten und Kassetten sind ausnahmslos Kopien. Sie haben zwei vollständige Sets. Und ich habe darüber hinaus noch andere Kopien.«

Marty verstand nicht. »Warum sollen wir sie bekommen?«

»Sie sind ein guter Schriftsteller«, sagte Karl. »Seit Dienstag nacht habe ich einige Ihrer Romane gelesen. Nehmen Sie das alles, schreiben Sie eine Erklärung dazu, eine Erklärung, was Ihnen und Ihrer Familie widerfahren ist. Ich gebe Ihnen den Namen des Herausgebers einer großen Zeitung und eines hohen Tiers beim FBI. Ich bin sicher, daß beide nicht dem Network angehören, weil beide auf Alfies Liste künftiger Opfer standen. Schicken Sie beiden Ihre Erklärung und je einen Satz Disketten und Cassetten. Selbstverständlich anonym, ohne Absender, und aus einem anderen Staat, nicht Wyoming.«

»Sollten Sie das nicht machen?« fragte Paige.

»Ich versuche es auch, wenn Sie nicht die gewünschte Reaktion bekommen. Aber es ist besser, wenn es von Ihnen kommt. Ihr Verschwinden, der Vorfall in Mission Viejo, die Ermordung Ihrer Eltern, die Toten im Glockenturm bei der Blockhütte Ihrer Eltern – ich habe sichergestellt, daß sie gefunden werden –, das alles hat Ihre Geschichte in den Schlagzeilen gehalten. Das Network hat dafür *gesorgt*, daß sie in den Schlagzeilen geblieben ist, weil sie verzweifelt hoffen, daß jemand Sie für sie finden wird. Versuchen wir, ob wir Ihre Berühmtheit nicht dazu benützen können, daß der Schuß nach hinten losgeht.«

Der Tag war kühl, aber nicht kalt. Der Himmel leuchtete kristallblau.

Marty und Karl gingen am Waldrand spazieren, ließen das Blockhaus aber nicht aus den Augen.

»Dieser Alfie«, sagte Marty.

»Was ist mit ihm?«

»War er der einzige?«

»Der erste und einzige funktionsfähige. Andere werden gezüchtet.«

»Das müssen wir verhindern.«

»Werden wir.«

»Okay. Angenommen, wir bringen das Network zu Fall«, überlegte Marty. »Ihr Kartenhaus stürzt ein. Hinterher ... können wir unser normales Leben wieder aufnehmen?«

Karl schüttelte den Kopf. »Ich habe es nicht vor. Wage es nicht. Manche werden durch die Maschen schlüpfen. Und das sind Leute, die ihr Leben lang nicht vergessen. Gute Hasser. Wenn man ihr Leben ruiniert, oder das von Familienmitgliedern, bringen sie einen früher oder später um.«

»Dann ist der Name Gault nicht nur eine vorübergehende Tarnung?«

»Er ist die beste Identität, die Sie bekommen können. So gut wie echte Papiere. Ich habe sie aus Kanälen, von denen das Network nichts weiß. Niemand wird diese Tarnung je durchschauen ... oder sie damit aufspüren.«

»Meine Karriere, die Tantiemen für meine Bücher ...«

»Vergessen Sie's«, sagte Karl. »Sie befinden sich auf einer neuen Entdeckungsreise zu unbekannten Welten.«

»Und Sie haben auch einen neuen Namen?«

»Ja.«

»Der mich nichts angeht, hm?«

»Genau.«

Karl verließ sie am selben Nachmittag, eine Stunde vor Einbruch der Dämmerung.

Als sie ihn zum Range Rover begleiteten, zog er einen Umschlag aus der Innentasche seiner Tweedjacke, gab ihn Paige und erklärte ihr, daß es sich um die Besitzurkunde für das Blockhaus und das Grundstück handelte, auf dem es stand.

»Ich habe zwei sichere Häuser gekauft, an jedem Ende des Landes eines, damit ich auf diesen Tag vorbereitet sein würde. Beide gehörten mir unter falschen Namen, die nicht zu enttarnen sind. Dieses Haus hier habe ich Ann und John Gault überschrieben, da ich selbst nur für eines Verwendung habe.«

Er schien verlegen zu sein, als Paige ihn umarmte.

»Karl«, sagte Marty, »was wäre ohne Sie aus uns geworden? Wir verdanken Ihnen alles.«

Der große Mann errötete tatsächlich. »Irgendwie hätten Sie es geschafft. Sie sind Überlebenstypen. Was ich für Sie getan habe, hätte jeder andere auch getan.«

»Heutzutage nicht«, sagte Marty.

»Auch heutzutage«, sagte Karl. »Es gibt mehr gute Menschen als böse. Das glaube ich wirklich. Ich muß.«

Beim Range Rover gaben Charlotte und Emily ihm einen Abschiedskuß, weil sie alle wußten, ohne es auszusprechen, daß sie ihn nie wiedersehen würden.

Emily gab ihm Peepers. »Sie brauchen jemand«, sagte sie. »Sie sind ganz allein. Außerdem würde er sich nie daran gewöhnen, mich Suzie Lori zu nennen. Er ist jetzt Ihr Haustier.«

»Danke, Emily. Ich werde gut auf ihn aufpassen.«

Als Karl sich ans Steuer gesetzt und die Tür geschlossen hatte, beugte sich Marty zum offenen Fenster hinein. »Wenn wir das Network vernichten, glauben Sie, daß sie es wieder aufbauen werden?«

»Das oder etwas ähnliches«, sagte Karl, ohne zu zögern.

Marty sagte beunruhigt: »Ich glaube, wir werden es erfahren ... wenn sie alle Wahlen abschaffen.«

»Oh, Wahlen würden nie abgeschafft werden, jedenfalls nicht auf eine ersichtliche Weise«, sagte Karl, während er den Rover startete. »Sie würden weitermachen wie bisher, mit konkurrierenden politischen Parteien, Versammlungen, Debatten, erbitterten Wahlkämpfen, dem ganzen Drum und Dran. Aber jeder einzelne Kandidat würde aus treuen Anhängern des Network rekrutiert werden. *Wenn* sie jemals die Macht übernehmen, John, dann werden *nur sie* es wissen.«

Marty fror plötzlich so sehr wie Dienstag nacht in dem Schneesturm.

Karl hob eine Hand zu dem Gruß mit gespreizten Fingern, den Marty aus *Raumschiff Enterprise* kannte. »Lebt lang und gehabt euch wohl«, sagte er und fuhr los.

Marty stand auf der Schottereinfahrt und sah dem Rover nach, bis er die Landstraße erreichte, nach links abbog und verschwand.

9.

Diesen Dezember und das ganze darauffolgende Jahr, als alle Schlagzeilen den Network-Skandal, Hochverrat, politische Verschwörung, Attentate und eine Weltkrise nach der anderen anprangerten, schenkten John und Ann Gault den Zeitungen und Fernsehnachrichten nicht so viel Aufmerksamkeit, wie sie gedacht hatten. Sie mußten sich ein neues Leben aufbauen, was keine leichte Aufgabe war.

Ann ließ sich das blonde Haar kurzschneiden und färbte es braun. Bevor sie den Nachbarn, die in den verstreuten Blockhäusern und Ranches der ländlichen Gegend lebten, einen Besuch abstatteten, ließ sich John einen Bart wachsen; es überraschte ihn nicht, daß der mehr als zur Hälfte grau war, und auch auf seinem Kopf wuchsen immer mehr graue Haare.

Eine Tönung veränderte Rebeccas Haarfarbe von Blond zu Kastanie, und Suzie Lori wurde mit einem neuen, kürzeren Haarschnitt hinreichend verändert. Beide Mädchen wuchsen schnell. Die Zeit würde bald alle Gemeinsamkeiten zwischen ihnen und den Mädchen beseitigen, die sie einmal gewesen waren.

Im Vergleich zu der Aufgabe, sich eine einfache, aber glaubwürdige falsche Vergangenheit einzuprägen, war es einfach, sich an die neuen Namen zu gewöhnen. Sie machten ein Spiel daraus, etwa so wie »Paß auf wer der Affe ist.«

Die Alpträume blieben beharrlich. Obwohl der Gegner, mit dem sie es zu tun gehabt hatten, sich bei Tage genauso sicher fühlte wie nachts, sahen sie jeder Abenddämmerung mit einem irrationalen Unbehagen entgegen, wie es die Leute in früheren, abergläubischeren Zeiten empfunden hatten. Bei unerwarteten Geräuschen zuckten alle zusammen.

An Weihnachten wagte John erstmals zu hoffen, daß sie sich wirklich ein neues Leben ausdenken und wieder glücklich werden könnten. Da war es auch, daß Suzie Lori nach dem Popcorn fragte.

»Welches Popcorn?« fragte John.

»Der böse Zwillingsbruder des Weihnachtsmanns hat zehn Pfund Mais in die Mikrowelle gestopft«, sagte sie, »obwohl soviel gar nicht reinpassen würde. Und selbst wenn es passen würde, was ist passiert, als der Mais aufzuplatzen begann?«

An diesem Abend wurde zum ersten Mal seit fast drei Wochen wieder vorgelesen. Danach wurde es zur Routine.

Ende Januar fühlten sie sich sicher genug, Rebecca und Suzie Lori an der öffentlichen Schule anzumelden.

Im Frühling hatten sie einige neue Freunde und die ersten Familienerinnerungen der Gaults, die nicht frei erfunden waren.

Da sie siebzigtausend in bar besaßen und ihnen das Haus schuldenfrei gehörte, waren sie nicht darauf angewiesen, Arbeit zu finden. Außerdem besaßen sie vier Kartons mit Erstausgaben von den frühen Romanen von Martin Stillwater. Auf der Titelseite hatte *Time* die Frage gestellt, die nie beantwortet werden würde – *Wo ist Martin Stillwater?* –, und Erstausgaben, die einst antiquarisch zweihundert Dollar wert gewesen waren, wurden im Frühjahr zum Fünffachen dieses Preises gehandelt; in den kommenden Jahren würden sie wahrscheinlich schneller steigen als sämtliche Aktien. Wenn sie in entfernteren Städten eine oder zwei verkauften, konnten sie die Familie damit in schlechten Zeiten über Wasser halten.

John stellte sich den neuen Nachbarn und Bekannten als ehemaliger Versicherungsvertreter aus New York City vor. Er behauptete, eine ansehnliche, wenn auch nicht riesige Erbschaft gemacht zu haben. Daher erfüllte er sich nun den Traum seines Lebens, in einer ländlichen Gegend zu leben und Dichter zu werden. »Wenn ich in ein paar Jahren noch kein Gedicht verkauft habe, schreibe ich vielleicht einen Roman«, sagte er manchmal, »und wenn auch daraus nichts wird – *dann* fange ich an, mir Sorgen zu machen.«

Ann begnügte sich mit der Rolle als Hausfrau; aber ohne die Zwänge der Vergangenheit – Klienten mit ihren Problemen, das ständige Pendeln auf dem Freeway – entdeckt sie ein Zeichentalent neu, das seit der High School brach gelegen hatte. Sie machte Illustrationen zu den Gedichten und Stories im Notizbuch ihres Mannes, in das er schon seit Jahren schrieb: *Gutenachtgeschichten für Rebecca und Suzie Lori.*

Sie lebten seit fünf Jahren in Wyoming, als *Sankt Nikolaus und sein böser Zwillingsbruder* von John Gault mit Illustrationen von Ann Gault ein riesiger Weihnachtsbestseller wurde. Umschlagfotos von Autor und Künstlerin gestatteten sie nicht. Angebote für Signierstunden und Interviews lehnten sie höflich ab und zogen statt dessen ein ruhiges Leben und die Möglichkeit vor, weitere Kinderbücher zu machen.

Die Mädchen blieben gesund, wuchsen heran, und Rebecca verabredete sich mit Jungs, die nach Meinung von Suzie Lori alle in dieser oder jener Hinsicht etwas zu wünschen übrigließen.

Manchmal dachten John und Mary, daß sie zu sehr in einer Traumwelt lebten, und bemühten sich, auf dem laufenden zu bleiben und nach Zeichen und Hinweisen zu suchen, über die sie nicht einmal miteinander reden wollten. Aber die Welt wurde unablässig von Sorgen und Unruhen heimgesucht. Kaum jemand schien imstande zu sein, sich ein Leben ohne die erdrückende Hand der einen oder anderen Regierung, ohne die eine oder andere Form von Haß vorzustellen, daher verloren die Gaults jedesmal schnell wieder das Interesse an den Nachrichten und kehrten in die Welt zurück, die sie sich für sich selbst ausmalten.

Eines Tages kam ein Taschenbuch mit der Post. Der schlichte braune Umschlag trug keinen Absender, und dem Buch lag kein Brief bei. Es handelte sich um einen Science Fiction-Roman, der in ferner Zukunft spielte, als die Menschheit die Sterne erobert hatte, aber nicht Herr ihrer eigenen Probleme geworden war. Der Titel lautete *Die Klon-Rebellion.* John und Ann lasen es. Sie fanden es überaus phantasievoll und bedauerten nur, daß sie nie Gelegenheit haben würden, seinem Verfasser ihre Bewunderung auszudrücken.

Dean Koontz
im Wilhelm Heyne Taschenbuch

Die Maske/Die Augen der Dunkelheit/Die Hellseherin
23/76

Schattenfeuer/Tür ins Dunkel
23/85

Unheil über der Stadt/Todesdämmerung
23/101

Paperback-Ausgaben im Großformat

Die Kälte des Feuers
41/32

Schlüssel der Dunkelheit
41/40

Zwielicht
41/29

WILHELM HEYNE VERLAG
MÜNCHEN